试论诗神

王炜

上海文艺出版社

献给王约和王勘

前 记

2019年11月开始，我受中国美术学院跨媒体艺术学院当代艺术与社会思想研究所邀请，讲授"试论诗神"系列课程。[1] 虽命名为"课程"，但我只是把它当作一个汉语现代诗写作者，面对另一领域的同时代人所做的"报告"。当一个诗人作为客人，在某个馈赠给他的讲台上贡献观点时，其优、缺点可能都在于，他想要保持文学写作者的读、写方式所具有的某些特征。这并不等于，他会提供诗情画意或随性臆说，而是指，他在对文学作品的风格与原创性的说明方面，均有不能舍弃的具体关注；若其观点，不能从一个写作者——尤其是汉语现代诗写作者——的实践性认识出发，并且，不能对"专业化理解"与"实质性理解"贡献一种不同于理论家的区分，则可能是无意义的。

写作，是产生"试论诗神"这件事的唯一契机。我从未因为写作以外的社交因素，而进入到某项公共或半公共的文化活动之中。

如果不是这项课程的激发，我不会得到一种对《荒原》与《四个四重奏》的内在关系的理解。一种习见是，后者是对前者的背叛，对

---

[1] "试论诗神"系列课程共分十五节，本书收录其中十四节。为保持课程中叙述的连贯性，文中依然保持十五节的说法。

此，我过去虽有疑虑却未曾探索；尤其是，我不会得到对亚历山大·勃洛克的那首一直令我困惑的诗《十二个》的一种理解，我视此为我在这项课程中的主要收获。关于无韵体诗与韵律诗的关系的想法，后来，我又随着较为持续地重读了一些近代诗人而稍有改变。有一些在中文世界不被重视的偏僻之作，例如哈罗德·品特极为简短、始终令我难忘的剧作《山地语言》、威廉·戈尔丁的小说《启蒙之旅》等，以一种较为松散却也是内在的连续性，出现在这项课程始终。也许，诗人同行会意识到，分别在"风格问题"和关于米沃什的长诗《诗论》的两节课中，我对包括自己在内的汉语现代诗写作者常常受到的不理解，进行了一种辩护。这些"课"与"课"之间并非具有何种严密的联系，但是，对"积极意义体系"（一个我杜撰的概念）和"文学主流"的一种不同于刻板现代主义的认识，从全程来看，会较为突出，类似戈雅画中被聚光灯照射、高举双臂的受刑者。因为，我的临时讲台由一所著名的艺术教育院校提供，我想把一种主要的受刑者：一种注重整体的意识，介绍给对此容易持睥睨或狐疑态度的艺术创作与理论从业者，并试图说明，其实"文学性"并没有被我们抵达。本雅明提到的"那只挡住绝望的手"[1] 所草草写下的，可能并非"碎片"，而是对整体意识的一种具有抢救性质的印象，类似"视觉残像"现象。我没有直接给出，我所提到的文学作品中的主题和表达方式，以及某些诗学观念与当代实践之间的实用相关性，我相信，每个自觉的文学写作者都会避免那样做，但我也尝试标记了一些两者或可相会之处。我希望有助于听者感兴趣于诗的多义性，但是，它不是为现实带来朦胧玫瑰色的东西。相反，诗会使举起双臂的受刑者、认真工作的行刑者和他们共同站立的大地，都变得异常清晰——有时这令人难以忍受。常常，我只是提出问题，较为不重视听者与我自己，立刻

---

[1] 本句为本雅明援引弗兰茨·卡夫卡日记中的话语，出自《卡夫卡日记》1921年10月19日日记。

给出何种答案。总体而言，我尝试从文学经验，整理出一些对于其他领域的创作者，也对于精神生活均具有激发性和陪伴性的东西。

本书因为中国美术学院跨媒体艺术学院的资助而得以出版。在此，向"试论诗神"过程中关心和帮助过我的师友们，表示深深谢意。在课程结束后的半年里，我对这些讲稿进行了修订，为了使之读起来更紧凑一些。此外，仍然保留了一些口头表达的成分，没有将它改写成那种精心撰写的散文。整理这些文字时，我常想起维克多·雨果《历代传说》中的诗行：

> 以便让我们这些赫尔墨斯和舍的子孙醒悟，
> 我们注定永远只能
> 在闪烁不定的光线下阅读。

王炜

2021 年 5 月

目 录

第一讲　诗神诸相

第一节课
"一个熟识的复合的灵魂的眼睛，既亲近又不可辨认" 3

第二节课
荷尔德林问题 42

第三节课
从"摩罗诗人"到"移动的、可怕的、绝妙的大地" 82

第二讲　在历史诗学与未来诗学之间（上）

第一节课
再论"体验与诗" 117

第二节课
多种声道、复调与戏剧诗，以及莎士比亚的持久重要性 155

第三节课
"平行主题"今昔
——在《青铜骑士》与《荒原》之间 196

户 外 课
"为缺席的民族而写作" 245

第三讲　在历史诗学与未来诗学之间（下）

第一节课
风格问题 279

第二节课
被破坏的诗
——以亚历山大·勃洛克《十二个》为例 313

第三节课
漫谈作为雪莱继承人的哈特·克兰 372

第四讲　三首诗的"诗与真"

第一节课
"肯定性"刍议
——以 W. H. 奥登《诗解释》为例 411

第二节课
再谈"诗与真"
——以切斯瓦夫·米沃什的长诗《诗论》为例 458

第三节课
"光明之子"与"黑暗之子"
——以皮埃尔·保罗·帕索里尼《胜利》为例 547

第四节课
每个人的二十世纪
——"试论诗神"结语 604

第一讲

诗神诸相

第一节课

"一个熟识的复合的灵魂的眼睛，既亲近又不可辨认"

> 地点：中国美术学院南山校区跨媒体艺术学院 4-309 教室
> 时间：2019 年 11 月 25 日（周一 13：30—15：30）

"诗神"的切近性。——这是"大词"吗？——论"可读"与"不可读"。——"文人"与"诗人"的区别。——诗是对"主流"的唤醒。——十字路口：一个古老的位置。——再谈 T. S. 艾略特《小吉丁》中那个但丁式片段里的"交叉时刻"。——什么是"第三材料"。——"诗神"的友谊。——对克洛岱尔《五大颂歌》第一篇《缪斯》的研读。——缪斯（新诗神）、阿波罗（旧诗神）、狄俄尼索斯（尼采的自我强制），三者的区别以及和"新天使"的关系。——"愤怒缪斯"。——"诗神"是直视者还是镜像？——诗性精神与"新工具"的关系为何？——对"诗人是对世界的投入"的理解。——再谈"今天我们为什么要继续写诗和读诗？"

绪言

大家好。为了写一些诗文，这两年，我做过一些还算有目的性的阅读。有目的性的或"研究性"的阅读，固然不可或缺，但在经过一些阶段之后，我们可能又会看到：有目的性的阅读，并不能再继续帮助我们理解文学中的一些本质性的价值，于是，又需要从工作性的、"研究性"的阅读中，重新发现自己的无目的性。在此，我也想建议各位，保持无目的性的深度阅读，我相信这与精神生命息息相关。"诗神"这一命题，可能是把我们带向这种阅读的入口。

无目的性的深度阅读，并不是把我们置于放任自流的趣味，而是置于"文学主流"之中。我也希望，从今天开始的这些"课程"，可以是一种重新认识"文学主流"的开始。

每在一个阶段的写作之后，我都想无任务感地，回到对一些我喜欢的作家的无目的性阅读之中。可是，我又听从了唐晓林老师的这次邀约，再次把自己置于一段"任务时间"之中。去年，我也在这里做过两次关于诗学和写作的分享。其中一次，促使我写完了一本名叫《第二次普罗米修斯》的小书，所以我有些自我期望：这一次，会促使我再写出一点什么。而且，"诗神"这个词语，在脑海里游荡已久。从今天开始，我有机会尝试以"诗神"这个词语作为标记的，一个学期的共同学习，对于我，这也是一次写作机会。

每当这时，我都是一个念稿者。我记得，罗兰·巴特、列奥·施特劳斯都说自己绝对是个"念稿者"，出处我忘记了，但这话是有的。可我又有些矛盾，所以——有点可笑——为了某种我想象中的"现场性"，我觉得还是不能把讲稿完全写好，至少准备到七八成的程度，允许自己"现场发挥"的部分并不多，事后再整理成文。而且讲者在课堂、在某个讲台上的信口而说，往往会很像《等待戈多》里的那个"幸运儿"。

正 文

今天的内容，可以视为整个"试论诗神"的绪言。当我以这个听起来非常巨大，且你们再一想，又可能感到非常模糊的词语"诗神"为主题，好像是要呼吁一种"反潮流"的任务意识，至少，是对这次课程的相关阅读和议论，施加一种难以名状的目的性和任务性。我不知道，我是否有理由，把如此不明所以而又非常抽象的任务强加给别人。我也不知道，我是否能够使别人在各自的知识兴趣和思想习惯中，感到"诗神"这个词对于他们是切近的，就像对于我一样切近。我也不一定能够把这种切近性分享给你们，在"课堂"这种场合，这是非常罕见的——可能也因为我孤陋寡闻——一百年中只有很少的人做到过，在我有限的阅读里，有学者瑟特·伯纳德特、阿兰·布鲁姆、诗人弗罗斯特，也许，还有海德格尔。我断然不可能与前人相比。我只是作为一个"写作着的人"，把一些阅读线索，介绍给各位。

我不知道，各位在生活、学习与研究中，是否经常阅读历代世界文学，以及：读诗。当某个艺术领域的从事者说，要反对文学、反对该领域的文学性时，他可能更想说的是，这些领域已陷入到某种非本质性的，以及被社会化和客体化时的状况。然而，当他用"反文学性"来作为解决办法时，可能，因为是对自身领域所积累的症状的非本质性叙述，从而是一种失败的认识。举个简单的例子，我们从来不用因为居伊·德波、戈达尔这些人的显然强烈的文学性，就认为他们的电影需要"去文学化"或要求他们"反文学"。情况更可能是：我们其实还并没有抵达那种作为"开端"和"本己之物"，把我们向精神事件投掷的文学性。与其说，我们在自己从事的艺术领域中，进行了不好的文学叙述，不如说，我们更应该面对自身领域的缺乏，或者不能践行本质性的认识这一事实。

这样说，好像我是在鼓吹某种本质主义。这里说的本质性，不是"元语言""元政治学""元地理学"那样的东西。当晚年的罗兰·巴特在

《小说的准备》(李幼蒸译)开篇说"<u>写作</u>只有在放弃了元语言时才真地是写作"时,他正是在尝试,做出与早年那个宣扬"零度论"的年轻理论家截然不同的本质性认识。

我们很容易在第一时间说,"诗神"这个词,是个"大词",而这个人——我,这个写诗的——是否又是一个来"跳大神"的。首先,我们的理由往往会是,像"诗神""真理""光明"这样的"大词",没有"可读性"。我们会认为,这些词语不提供美学细节。但是,这是因为,这些词语所生成的细节,与我们在那种物质性的、心灵手巧的美学中所认识到的细节,不在同一维度。

我们也会容易认为,现代审美对效率的需求,不会被这些"大词"所满足。但这不是词语的错,是我们的退化。如今,我们对"大词"的警惕有可能是一种虚伪的警惕,而且,更可能是一种知性损失,因为,这可能是我们长期把自己保护在一种语言实用主义范围中的表现,从而,曾经在数个世纪中、在思想史中产生的许多东西就被排除在外,不再被我们理解和讨论了。也因此,像"真理"和"光明"这样的词语,在现代民族国家的思想运动和文学语言中发生过的张力,例如,在拉丁美洲文学、现代阿拉伯语文学,以及一些群岛国家的文学中曾经显现的主体化运动——人民主体性的破碎境况,以及对人民主体性的不断激发——就不会被我们所理解,我们也许只会停留在一种"资产阶级的审慎魅力"之中。

在这里,我想稍稍跑题,反思一下"可读性"这个常常被我们说出,但我认为非常有局限性的概念。

"可读的",恰好更应该是那些被认为不易读、"不可读"的东西。有一条精神分界线,区分开了"不可读"与那种一般化的、世俗语言有效性层面的"可读性",也区分开了文人化的可读性与诗性精神的"不可读"。这种"不可读",并非不能被理解,并非有意晦涩或故弄玄虚。即使有的诗,语言简朴,似无生僻之处,如博尔赫斯所说是"用普通数码拼成的神奇数字",例如阿赫玛托娃的诗,但是,仍然可能对习语世界显现为"不可读"。可以把这种"不可读",理解为那种只有在走过了精神分界线之后、在经验重置之后,才可显现的明确表达。这种明确表达,与我们所习惯的语言世界、经验世界之间,构成了斗争关系。

这条精神分界线,与其说是由"文学标准"所指出的,不如直接说,是由"诗神"标记和指出的。当我们认为一首诗"不可读",是因为,我们已经没有能力把自己置于"诗神"指向的那种明确表达。我们不知道一首诗为什么产生,为什么如此展现,以及:为什么会有这些互不相同的诗存在。当一个当代人,稍稍离开自己的领域,偶然接触到拜伦的长诗《唐·璜》,罗伯特·勃朗宁的长诗《指环与书》,T. S. 艾略特的《四个四重奏》,哈特·克兰的长诗《桥》,W. H. 奥登的长诗《诗解释》,切斯瓦夫·米沃什的长诗《诗论》等这些作品时,可能已经不知道,这个世界为什么会产生这些诗,为什么它们与我们通常的对"诗意"的期待相比,显得如此不同;它们在说什么,以及,为什么它们是"撕开现实的裂缝",为什么过去和现在(我相信也有将来)一直都有人认为,世界因为这些裂缝、因为"成为诗"而有意义了一些。我们只是或以理论、或以世俗的理由——两者可能是一回事——笼统且不以为然地知道:那是"文学",而且是既无用、也与我们的日常生活和"前沿需求"关系甚少的文学。同时,诗人自己,也会失去愿意被"诗神"置于那种斗争性的明确表达中的信念。

今天,与其说"可读"与"不可读"之间的那条精神分界线被废除,不如说被颠倒了。"不可读"被异化了,成为一种功能性的手段,也成了压迫的来源。一方面,我们正在被各种社会化的、进阶性质的知识所读取。另一方面,由于我们自身变得越来越"可读",那个读取我们的"他者"因此变得越来越"不可读",而且越来越具有凶猛的异质性。越来越"可读"的我们,也失去了读解那个"他者"的能力。

从第一节课开始,我也想持续做一种尝试:把"文人"与"诗人"区分开来。这种区分很困难,而且可能自相矛盾。瓦尔特·本雅明就自视为"文人",但我们很少会认为他与"诗人"相矛盾。之所以这样区分,我想,大家可能都会理解,在当代中国的文化环境中这么做的原因。诗不是文人意识的结果,而是一种开放性的结果,这种开放性,把"心灵的杂货铺"(叶芝语)生成为一个美学事实的可能性,与世界成为奇迹的可能性这两者,置于同一历史维度和同一精神事件的水平。文人化的"开明"意识与创作者的开放性,两者有本质不同。对开放性的理解,可能最好是从对苏格拉底、索福克勒斯到莎士比亚,对作为人类精神史的第一分界点基督,对浪漫主义到萨缪尔·贝克特的一系列精神事件所构成的"主流"的现象学认识,以及从埃里克·沃格林在后期努力叙述的"存在的秩序"中,去获得。与一种社会化认识——诗是布尔乔亚文化角落中的涓涓细流(许多写作者也渐渐直接或间接地接受了这一点)——截然相反,**诗是对"主流"的唤醒。**

这里说的"主流",我很大程度上是以批评家格奥尔格·勃兰兑斯的方式使用这个词。

文学和诗中最有开放性的东西,就是这种我们用"主流"来称呼的创造史。

首先,"主流"使我们对于自我独立性的认识,得以置放在一个非常宽广的时空之中。音乐家格伦·古尔德说:"一个人可以在丰富自己时代的同时并不属于这个时代,他可以向所有时代述说,因为他不属于任何特定的时代。这是一种对个体主义的最终辩护。一个人可以创造自己的时间组合,拒绝接受时间规范所强加的任何限制。"(语出《为理查·施特劳斯辩护》杨燕迪译)文学和诗——这里指那些优秀的世界文学和诗——并不是实现这种认识的唯一途径,但可能是帮助我们通向这种认识的最为本质性的途径。并且,这种认识,也把我们置于对精神创造的**整体性**的感知之中。

一个诗人最不该附和的,就是那种声称世界已经碎片化了的社会化认识。

我认为，T. S. 艾略特的《荒原》并不是对碎片化的模仿。相反，它更是一种策略性的，与社会化碎片的对立。在晚年，艾略特逐渐放弃了早期写作的策略性，从一个现代主义者成为一个古典人文主义者。但是，在以生命实践——以写作——为那种整体性提供个人的真实不虚的证据方面，一个诗人可能要付出比其他领域，例如比哲学、比社会化的艺术（以及"当代艺术"），更艰辛也更为古老的努力，好比保罗·策兰在他的民族全体化作的灰烬中做出的努力。只要我们理解诗人的这种努力，我们也就随之置身于存在的张力之中。正是存在的张力，像弓一样，把我们投掷到将要去做的事，将要去进行的艺术实践中。

如今，我们有许多概念，比如"表演讲座"，比如"理论戏剧"。但我想，我是一个写作者，而且是写诗的，这意味着我必须不断尝试，要求自己活动在某种不是金属市场，而是矿脉的部分，或者说，是在"剧场幻象"之前的状态中。

所以，我们将要开始的这一系列我希望具有阿兰·布鲁姆色彩的"文本的研习"，我认为准确来说，并不是一系列"课程"，它的属性也许可以更质朴一些，比如说，是一系列"报告"；是包括我在内的写作者，将要去做的事、将要写出的东西的序言。这也是一种古老的发言位置，没有老师，没有学生，但是有南来北往的听众，在一个临时的十字路口。而且，仿佛发言者就位之后，这个十字路口才因此产生。我认为，我只是一个在临时的十字路口做报告的人，在有所勘察之后，播报路况、地形、气候和局势；听者可作为参考后，再去往观念市场，或者大地迷宫。也许，这个临时的十字路口，同时也是对观念市场和大地迷宫的某种对立，是诗人的古老位置，也是诗人们与诗神的相遇之处。

文学中有各种有形和无形的十字路口：俄狄浦斯的十字路口、安提戈涅的十字路口、但丁的十字路口等等。阿尔戈号经过的两座相互撞击的移动悬崖，以及整个特洛伊战场，都可以被视为十字路口。《哈姆雷特》也开始于一个命运的十字路口。"身在十字路口的人"，是许多命运故事的基本意象，但是，命运的故事也往往会成为"社会问题故事"，以及世俗化的生活矛盾故事，这些，是对十字路口的简化和驯化，因为，一种本质性的张力被取消了。这种张力，来自"认识自己"和"改变世界的欲望"这两者之间的张力，前者是阿波罗的神谕，后者，雪莱写在诗剧《解放了的普罗米修斯》序言中，可以用来概括整个十九世纪的冲动。当我们说十字路口，就是这两者形成的十字路口，也就是说，是两大精神现象——古希腊的开端性与启蒙运动以来的近代冲动——所构成的"交叉时刻"。此外，还有历史、地缘层面的亚洲与欧洲之间的十字路口。俄罗斯文学中的信仰因素，例如象征主义和白银时代，把十字路口进一步推向弥赛亚问题。当舍斯托夫写他的《雅典与耶路撒冷》时，也是在写下他身处十字路口的速记。甚或，托尔斯泰与陀思妥耶夫斯基的共在，也构成了俄罗斯文学的内在的十字路口。十九世纪的文学尤其是俄罗斯文学，大多都可以被视为十字路口的文学。十字路口既把人置于世界变化的前夜状态，也把人置于历史的光天化日之下，就好像俄罗斯文学中写到的每一个深夜：屠格涅夫的深夜、陀思妥耶夫斯基的深夜、赫尔岑的深夜，虽然是深夜时分，却都有一种被历史的强光照射着的光天化日感。人物的言语和行动，都像是在光天化日之下进行，夜晚也并不显现为庇护和隐秘性，或者说，由于夜晚也如同照耀，秘密必须突变和呈现为行动，从而把人推向更本质性的"人之谜"。虽然，人不满足于徘徊在十字路口，但是十字路口并不是被经过了就永远经过了。十字路口内化于人，跟随着人。十字路口像雅努斯一样，具有两面性。一方面，十字路口具有重复性，或者说，十字路口是多重的，因此十字路口的意象也指出了迷宫的意象。另一方面，正是十字路口，如同弓，把人向未来投掷。

　　从历史事件到一个戏剧舞台，都可以视为十字路口。有一位当代的希腊戏剧导演提奥多罗斯·特佐普罗斯，在他戏剧《被缚的普罗米修斯》2008年的排演笔记（写于中央戏剧学院排练期间）中认为，演员在舞台上不应望向观众，而是应该望向观众背后的诗神之眼。当他这样说时，也把舞台置于这古老的位置。而诗人，如果把自己置于这古老的位置，也就是置身于诗神的目光之下，他对自己命运的未来和语言的未来——两者是同一件事——的期望和预感，由此也在诗神的目光之下发生。或者，**唯有**在诗神的目光之下才可发生。每个发现自己正处于这古老位置，甚至，主动把自己置于这古老位置的诗人，也就开始**为诗神效命**。那么，是否所有的诗人都必须如此呢？

我们知道，有各种写诗的人：有为多愁善感而写的人，有为附庸风雅而写的人，有社会化的诗人例如"农民诗人""工人诗人""高校诗人"等等。有把"诗人"作为一个形容词，说谁谁是"电影诗人"，谁谁是"音乐诗人"，等等。但在这里，我主要是指这样一种诗人，他们必须在十字路口与诗神的目光之间，在多重性与启示之间，提供更新了的美学事实——以荷尔德林、曼德尔施塔姆、茨维塔耶娃、哈特·克兰为例，这份名单当然还可以更长——当说到"诗人"这个词语时，我们主要就是指这些人。我不相信任何不能阅读和理解这些诗人而谈论"何为文学"这个话题，乃至将其观点本质化的人，因为，这些诗人不仅意味着美学感知的标准，也意味着在谈论这个话题时的道德标准。

那么，诗神的目光是怎样的呢？

T. S. 艾略特有一句诗写道："一个熟识的复合的灵魂的眼睛，既亲近又不可辨认"，这是今天这节课的标题出处。

这句诗出自 T. S. 艾略特晚期最重要的诗作、长诗《四个四重奏》的第四首《小吉丁》第二部分第二节——这是一节以但丁《神曲》式的诗节写成的诗。这部诗作由四首长诗构成，分别以诗人生命中的四个地点为标题。现在，我为大家朗读这节诗，我用的是翻译家汤永宽先生的译本：

黎明来临前无法确知的时刻

第一讲　诗神诸相　　11

漫漫长夜行将结束
　　　永无终止又到了终点
当黑黝黝的鸽子喷吐着忽隐忽现的火舌
　　　从地平线下掠飞归去以后
　　　在硝烟升腾的三个地区之间
再没有别的声息,只有枯叶像白铁皮一般
　　　嘎嘎作响地扫过沥青路面
　　　这时我遇见一个在街上闲荡的行人
像被不可阻挡的城市晨风吹卷的
　　　金属薄片急匆匆地向我走来。
　　　当我用锐利而审视的目光
打量他那张低垂的脸庞
　　　就像我们盘问初次遇见的陌生人那样
　　　在即将消逝的暮色中
我瞧见一位曾经相识、但已淡忘的已故的大师
　　　突然显现的面容,我恍惚记得
　　　他既是一个又是许多个;晒黑的脸上
一个熟识的复合的灵魂的眼睛
　　　既亲近又不可辨认。
　　　因此我负担了一个双重角色,一面喊叫
一面又听另一个人的声音喊叫:"啊!你在这里?"
　　　尽管我们都不是。我还是我,
　　　但我知道我自己已经成了另一个人——
而他只是一张还在形成的脸;但语言已足够
　　　强迫他们承认曾经相识。
　　　因此,按照一般的风尚,
双方既然素昧平生也就不可能产生误会,

我们在这千载难逢,没有以前也没有以后的
　　交叉时刻和谐地漫步在行人道上作一次死亡的巡逻。
我说:"我感到的惊异是那么轻松安适,
　　然而轻松正是惊异的原因。所以说,
　　我也许并不理解,也许不复记忆。"
他却说:"我的思想和原则已被你遗忘,
　　我不想再一次详细申述。
　　这些东西已经满足了它们的需要:由它们去吧。
你自己的也是这样,祈求别人宽恕它们吧,
　　就像我祈求你宽恕善与恶一样。上季的果子
　　已经吃过,喂饱了的野兽也一定会把空桶踢开。
因为去年的话属于去年的语言
　　而来年的话还在等待另一种语调。
　　但是,对于来自异域没有得到抚慰的灵魂,
在两个已变得非常相像的世界之间
　　现在道路已畅通无阻,
　　所以当我把我的躯体
委弃在遥远的岸边以后
　　我在我从未想到会重访的街巷
　　找到了我从未想说的话。
既然我们关心的是说话,而说话又驱使我们
　　去纯洁部族的方言
　　并怂恿我们瞻前顾后,
那么就让我打开长久保存的礼物
　　褒美你一生的成就。
　　首先,当肉体与灵魂开始分离时,
即将熄灭的感觉失去了魅力

第一讲　诗神诸相　　　　　　　　　　13

它那冷漠的摩擦不能给你提供任何许诺
　　　　而只能是虚妄的果子的苦涩无味。
　　第二，是对人间的愚行自知表示愤怒的
　　　　软弱无力，以及对那不再引人发笑的一切
　　　　你的笑声受到的伤害。
　　最后，在重演你一生的作为和扮演的角色时
　　　　那撕裂心肺的痛苦；日后败露的动机所带来的羞愧，
　　　　还有你一度以为是行善之举，
　　如今觉察过去种种全是恶行
　　　　全是对别人的伤害而产生的内疚。
　　　　于是愚人的赞扬刺痛你，世间的荣誉玷污你。
　　激怒的灵魂从错误走向错误
　　　　除非得到炼火的匡救，因为像一个舞蹈家
　　　　你必然要随着节拍向那儿跳去。"
　　天色即将破晓。在这条毁损的街上
　　　　他带着永别的神情离开了我，
　　　　消失在汽笛的长鸣声中。

　　这段诗，关于在世界大战中，一个被轰炸后的城市的早晨，诗中的"我"在生与死的十字路口，遇见一个维吉尔式的灵魂。这是二十世纪最优美的一节关于十字路口的诗。我把一本很好的《艾略特传》——作者是彼得·阿克罗伊德——中关于《小吉丁》的一段评论读给你们听：

　　在《小吉丁》和整个《四个四重奏》中我们看到一种传统的轮廓，它被漂亮地勾画出来，但在消失之前、在灾难性的欧战警报拉响之前，它却像幻觉一样发着微光，在这首诗中形式的工整、规则与内在本质的忧虑脆弱，雄辩的直率与掩盖在这种雄辩之下的艾略

特个人记忆形成尖锐的矛盾,正是作者的这种矛盾心理,赋予这首诗以力量。(国际文化出版公司1989年版,刘长缨、张筱强译)

预告一下:我想把对这段诗的研读,作为"试论诗神"这整个课程结束的最后一项内容,也作为最后一节课的结语。所以,从现在到明年三月的这段时间里,我希望各位常常读这段诗。如果愿意,最好读一遍《四个四重奏》的全文,我推荐汤永宽的译本。当然,如果你们有更多的兴趣,可以读英文原文。我希望,各位能够在阅读中,注意到文风的坚实和优雅,体会到那在一个战争中的早晨、生与死的中间地带,与一个练达而言语尖锐的老友般的灵魂直率交谈的氛围,注意到它的警句风格。

我希望,各位可以注意到这段诗中,以诚实自省的态度所表达的伦理主题,关于人与人的共处中产生的精神创伤、对人生虚荣性的认识和对"诗人的责任"的理解,这一切都在诗中高度概括性地融为一体。那么,对于我们,它会启发怎样的伦理反思呢?

我希望,各位可以体会到这段诗中的一种痛苦情感。这种痛苦情感,是只有在人生成熟性之中才显现的:人生的成熟性,其结果并不是我们通常喜欢说的平和淡漠,而是这种内在的炽热。

艾略特有时被贬低为,是一个主要用"理智"而非"感觉"写作的诗人。但这类看法,是一种不折不扣的"庸见"。我希望大家多去体会:并非感性印象的随意组合,但也不是理智的设计,而是一种怎样的、更为内在的情感经验,成为这节诗的动力。我希望,各位能够注意到,这段诗中的"材料的秩序"——也就是,材料在被使用时,表现出来的凝练性和内在条理。这里的材料,是在经验材料与知识材料两者的结合中产生的"第三材料",与我们常常认为,诗人的写作必须以原始材料为第一材料——而且这种"材料原始观"常常鄙视知识材料——不同,诗人的材料,更有赖于这种"第三材料"。也正因如此,有许多原始主义写作者,也有许多"文学史"意识先行的写作者,但很少,很少有诗人。

在这样一种材料意识方面，艾略特的启示至今仍然是有意义的。"材料的秩序"是才智的表现，它不同于那种凭借对现实的印象性感受所做出的组合。后者，可能是"诗意"的，却还不是"才智"的表现。一首诗，首先是"才智"的果实。"材料的秩序"不是使材料显得"通顺"和"流畅"的那种条理化，相反，"材料的秩序"常常使一首诗显得陌生化，因为并不能顺利配合我们的日常阅读习惯。或者说，我们需要经过被这种陌生化激起不同以往的感知之后，才看见一首诗的"直接"与"清晰"。如果以贺拉斯、奥维德这些诗人为标准，"才智"就是灵魂的、属灵的能力。

艾略特在后期成为一个天主教徒的同时，也越来越是一个罗马化的诗人，小说家 J. M. 库切把这种变化仅仅视为一个美国暴发户渴望进行自我正统化的身份焦虑的表现。但是，也许小说家并不理解诗人的内在转变，也就是：诗人在整个写作人生中、在自我内部，最终对"主流"的唤起。我希望大家注意，为什么，这段诗呈现了**心灵结构的转变**。由于心灵结构在多重性与启示之间濒临转变，这段诗，因此有一种强烈的情感紧张氛围，可是，诗人同时又以雅正而透彻的行文使之庄严——很微妙的一点是：诗人使情感紧张显得"临时化"，同时，又使之永恒。

今天，可能很少有诗人能够在去伪存真，同时又在确切而坚实的语言——也即**成熟语言**的基础上，写出一个庄严的诗节。正是这种对庄严风格的直接担负和清晰化，以及所获得的一种在临界时刻的真实性，成为诗人 T. S. 艾略特的"晚期风格"。在艾略特的这部大雅之作、长诗《四个四重奏》中，庄严是他"晚期风格"不可或缺的构成要素。

我说了许多"我希望"，这使我可能显得自以为是和一厢情愿。所以，不妨再多说一个。我希望，大家可以由此为纵深入口，去了解或者回顾这个楷模一般的诗节所致敬的原型——《神曲》的优美和情感力量。

这是出现在"试论诗神"整个课程的第一段诗，也是对我有过重要影响的一段诗。十多年前，在边疆工作的一段时光中，我才忽然开始理解这个诗节的意义,以后,这节诗对于我形成了一种内在的陪伴。迄今,在我全部的阅读中,使我产生这种陪伴感的,除了一本1956年版朱维基译的拜伦长诗《唐·璜》,就是这段诗。很长时间里,我都在一些工作出差和长途旅行中,随身携带着那本《唐·璜》,并且在书中夹着一页打印出来的艾略特的这段诗。这段诗中所提到的,我认为是非常重要的一种诗学时间:"交叉时刻",也从此深深烙印于我的记忆,在我以后的写作和生活中持续发生影响。直到近两年,我在写自己的一些诗时,有时还会下意识地回应这段诗。现在,我也把这段具有十字路口的意义和古典力量的现代诗,推荐给你们,也许,在你们以后的学术工作、创作和生活中,这段诗都能起到一种精神坐标的作用。

现在,我们可以先思考一下"交叉时刻"这个词语。虽然,我刚才说,我们会在最后一节课,再对这段诗进行"细读",但是在课程中,我们还会时不时地用到这段诗。比如,在我们研读艾略特早期的长诗《荒原》中一个关于"雷霆的话"的段落时,我还会使用"交叉时刻"作为对称。

在我读过的几个译本里,我认为汤永宽译为"交叉时刻"最切合原文:this intersection time。我不是"文学学"的研究者,而是一个汉语现代诗的写作实践者,所以,我想建议,我们暂时不关心语文学层面的"原文"所指,而更关心它在中文写作实践里所激发出的东西。

朴素地说,"交叉时刻"标志着多重时间的在场,并且,成为一个精神事件。好像,它所指的无非是人在时间中穿越,并且不同时间并置为多重性,只要"一个人可以创造自己的时间组合,拒绝接受时间规范所强加的任何限制",我们就可以说"交叉时刻"发生了,就像在一些关于时间的科幻电影里表现的那样。然而,这可能会产生一种误解,即:"交叉时刻"是唯我论的结果,是意志的表象。但是,在诗的历史中,"交叉时刻"还有其特定所指:但丁的《神曲》中,维吉尔出场的那个时刻。

那个在荒漠中长久不说话的维吉尔,这"熟识的复合的灵魂",是一条个人的真理之路,也即"天路历程"开始的标志,也是"传统"——或者诗的"主流"——的代名词,是每个时代中诗人的个人才能与文学传统的关系的象征。"传统"是激发,也是陪伴性的因素,固然有其"局限性"——可是,这种"局限性",只有在维吉尔说"孩子呀,短暂与永恒的烈火,都已／叫你目睹。此刻,你置身的范围,／不容我继续施展个人的智力"(《神曲·炼狱篇》第二十七章,黄国彬译)。这句话的时候,才显现出来——也就是说,所谓"传统的局限性"并不能被我们预先地、非实践性地去议论和攻讦。

我们对"传统的局限性"的认识,也必须具有像但丁辞别维吉尔那样,在后者的引导中走过一段路程之后的感谢与尊重。否则,我们对"传统的局限性"的议论只会是空洞和虚妄的。

艾略特所写的"是一个又是许多个"的"熟识的复合的灵魂",明显是一个维吉尔式的形象,我们可以视为:他也是"诗神"的使者,在这一"交叉时刻"中到来,告诉诗人(也告诉我们):必须把握住这个危机性与多重性同时在场的时刻。

出现了"交叉时刻"的这句诗,也可以和里尔克在《杜伊诺哀歌》第一篇的首句相比较。

"谁,倘若我呼号,究竟谁会在天使之列／将我垂听?"(陈宁译)。这是《杜伊诺哀歌》的第一句诗,同样,也是一条精神分界线。诗人们由此开始,指向他们的天使、他们的"诗神",也指向对他们作品的一种**激进许诺**——作品将是一个只有通过"诗神"才可标示的精神事件。所谓"哪里有危险哪里有拯救",而诗人必须就此开始,为"交叉时刻"赋形。"赋形",不是赋予一个美学形式,而是要**给出一个美学前途**——给出一条道路。诗人的道路意识由此产生。所以,"交叉时刻"也是"诗神"赠予诗人的精神分界线,由此,才产生了道路意识。

并不是说,有个神灵,来自古希腊、古代小亚细亚或者萨满时代,名叫"诗神",祂出现了,进行"神授",诗人和诗也因此被神化。不是的,而且这是庸俗的。我们在《地狱篇》的开篇看不到"诗神",只看到站在荒野中,因为长久不说话而一时不知道怎么开口,刚开始说话时有些结结巴巴的维吉尔。

在地狱开始的地方,维吉尔出现了,莫里斯·布朗肖称此为"极限时刻","墙倒下了"(见《无尽的谈话》第二部分《极限体验》)。其一,这并不是灵感时刻。灵感时刻,可能是对诗神时刻的庸俗化理解。

其二,在但丁和艾略特笔下,"诗神"具有朋友的属性,祂与诗人、与人类众生之间有着某种平等性。那么,诗人,或者我们,敢于并且有能力成为诗神的朋友吗?敢于并且有能力进入到这种与诗神、也与人类的平等关系之中吗?这也意味着,与社会化的、单向度的人与人之间的秩序相分离。诗神改变了我们与祂、与现实世界的关系。

在但丁、艾略特笔下,"交叉时刻"不仅不是唯我论的结果,而是属灵生命的表现,是自我的主体性让位给一个可以被真理启示的生命。这不仅是一个美学时刻,一个精神事件的时刻,也是一个政治时刻,它开启了一种责任感和命运意识。

当叶芝呼吁"爱尔兰诗人,把艺业学好"(语出《布尔本山下》,傅浩译)时,不仅是他在说话,也是一种共同意识在说话,可以说,是"诗神"在通过他说话,从而把诗人的责任、把"大写的人"的可能性和共同命运的多重在场,指明为一个实践场所。我们在一般的、社会化的情况下考虑的那些"现实因素",那些"文化环境"的、政治的解释,都不能抹消,不能取代这种长驱直入核心的真实性。并且,它是谦逊的,因为是诗人的自我主体性让位给一个可以被启示的生命。同时,它又是不驯的,为它所获得的一种精神自由度而振奋。

一般文学史叙述的常识,会告诉我们:叶芝写作时的那个爱尔兰内战的时代,使他的语言焦灼而坦率,并且在晚年越来越具有刚健直接的风格。所谓"国家不幸诗家幸"。但可能,今天我们已经失去了在不幸中开启,并且担负这种特殊的"幸运"的能力,这种"政治之诗即命运之诗"的能力。

可能,我们已经无从认识这种"国家不幸诗家幸"的特殊幸运。我们可能没有准备、没有意愿、也没有语言,去实现这种不幸中的幸运。我们可以把这句中国的老话,视为"交叉时刻"的一种较为粗糙的表达。但这些话语所指出的内在信息是一致的,与里尔克在他的"交叉时刻",也在他的诗神时刻说出的"谁,倘若我呼号,究竟谁会在天使之列 / 将我垂听?"是一致的。

里尔克的这句诗,给我们一种这句诗**被诗神的眼睛望着**的感受。这句诗具有彻底性地告诉我们,这是诗人的一种不可或缺的认知:他的美学标准和他的事业道德,都息息相关于这种被诗神的眼睛望着的感受。如果失去了这种感受,他的创作生命与精神生命就停止了。

如果,诗人不是在一个被创造力更新了的美学事实,不是在"知性乃道德职责"中,不是在那种被称为"诗性正义"的**内在炽热**中努力过,就不会产生这种被诗神的眼睛望着的感受。我们也不会通过他 / 她的作品,感受到诗神的目光。因为,不是我们看向诗神,而是祂望向我们。

在我们的时代中,那些"很像诗的诗"但却"一为文人便无足观"的诗,不论精雕细琢还是有意粗制滥造,不会内在地给我们这种被诗神的眼睛望着的感受。

艾略特、里尔克和叶芝的诗句,都是"时代之诗"与"二十世纪之诗"。当我们读这些诗时,诗神的眼睛,那个"熟识的复合的灵魂的眼睛"也望向我们。或者说,是一种共通体——是二十世纪的眼睛望向我们。

曾经在中文里,出现过许多模仿艾略特和里尔克的诗。但情况往往是,这些诗都只是派生性的仿写,并不是写作者实践性地"走自己的路"的结果。那么,在我们的现实中,在我们自身的工作中,"交叉时刻"会是什么?

这个问题也是我们这节课的第一项"作业",希望大家都可以长短不限地写写这个问题。

我们可以继续问,今天,"交叉时刻"会以怎样的现实条件和内在条件显现?对于我们的"现实感"与知识观,它会发生怎样的影响?它会将我们置入怎样的实践,怎样的处境中呢?有时,处境的多重性,被实践压倒了,而"交叉时刻"将处境的多重面貌呈现给我们。首先,"交叉时刻"本身就是一个多重现象构成的处境,也意味着一种古老的被动性:个人的主体性让位给一个可以被启示的生命。并且,以艾略特的文章《传统与个人才能》中的著名观点为例,如果没有那个主动去"动身寻找"的人,这种被动性,也不会显现。

当我们说,"交叉时刻"会把我们置于一种不同的实践,至少是不同于一般社会化形式的实践,或者,是个体的一种通过艺术实践去展开的人生实践。这里的"实践",并不意味着"诗神"的问题可以被实证主义地对待。这种实践所指向的内在层面,首先是:我们需要从自己做起,尝试把自己的个人主体性让位给一个可以被启示的生命,可以被"是一个又是许多个……一个熟识的复合的灵魂",引向不同于我们自身以往的道路。并且,把自己置于和"诗神"的友谊,置于被这种友谊改变了的与现实世界的关系中。

显然,这个目标有点大。那么我们就先来定一个小一点的目标。在这个学期的一系列课程中,我们可以进行一种微小的"实践":我们将直接去阅读诗和诗人,而不是目的性地绕到理论家那里,在他们的转述中"阅读"。我们将仅仅作为一个读者,而非自我理论化的事先评判者,去直接地读那些不仅是不可替代的美学事实,也是精神事件的诗作。

我们再来回顾一下,艾略特的诗句告诉我们的东西,"他既是一个又是许多个……一个熟识的复合的灵魂的眼睛,既亲近又不可辨认"。这句诗很直白地告诉我们:诗神是一个复合的,多重的形象。

刚好，新近出版了法国诗人保尔·克洛岱尔《五大颂歌》的中译本。和现代诗的许多重要作品一样，这也是一个迟到的译本。但从另一个方面来说，也许它到来的时机，又是非常恰当的。这是克洛岱尔在上世纪——1919年至1920年之间——在北京、福州、天津和山海关等地写完的一部散文组诗。到今天，这个新世纪的二十年代即将到来的时候，刚好一百年。

之前，在北京，我一直想要为今天这第一节课，找到一个可以帮助我们认识诗神的多重形象的文本。而且，这个文本最好直接是诗作，而不是古典学或观念史著作，不是哲学家的评论。我发现，克洛岱尔为他的新世纪——二十世纪——写下的这部长篇散文诗的第一篇《缪斯》，刚好概括性地，依次描述了九大缪斯的形象。

现在，我们暂别艾略特，来面对今天的第二个文本，克洛岱尔的散文诗《缪斯》。读这首诗之前，我们休息十分钟。

（中场休息）

【下半场】

在读克洛岱尔的《缪斯》之前，我们可能会以为这是一篇很老旧的神话诗，或者，是一个诗人通过赞美诗神，来为自己授予某种话语权的诗。历史中有很多这种诗，但是，克洛岱尔告诉读者的，却是一个不同以往的，颇为新颖的意见：在一个新世纪——而且是一个精神性的新世纪的开端，九位缪斯，不是诗神的历史权力的图像化，而是"新诗人"的引导。

摩涅莫绪涅，缪斯女神们的母亲，是记忆女神。和人们一般认为的，是她引导了人们表达记忆不同，克洛岱尔说，她"连接着话语所表达的时间与绝对的非时间"。以及,"她重合"。一如《小吉丁》中的那个"重合者"。

然后,克洛岱尔写到"不知疲倦的克利俄",在这一部分,有个非常有趣的"情节"——克洛岱尔提出了一种对但丁的反对。我把这段诗读给你们听:

> 哦佛罗伦萨诗人!我们将绝不追随你,一步接一步,在对你的跟踪中,
> 下降,上升一直到苍穹,下降一直到地狱,
> 就像那一位确信一只脚踩在逻辑的地面上,另一只脚则迈开了坚实的一大步。
> 就如同秋天里当人们行走在一摊小鸟之洼中,
> 影子与形象随着旋风腾起在你激越的脚步底下!
> 根本没有这一切!要走的任何道路都让我们厌烦!要攀爬的任何梯子也一样!

"两只脚"的细节很有趣。在《神曲》中,但丁常常注意对脚步的描写,随着脚步移动,空中的星座也变幻着方位。一只脚"踩在逻辑的地面",另一只脚踏入"绝对的非时间"。克洛岱尔颇为紧张地写道:如果不是踏入"绝对的非时间",就没有什么会产生了。

并且,他说,他不愿"商议任何计划",不愿像但丁那样始终保持要把"一只脚踩在逻辑的地面上"的计划性,这,也是艾略特式的计划性。克洛岱尔反复说,他的灵魂是"不耐烦的",但是,这也是一个随时为了"自由"而行动的灵魂。他赞美但丁,"就如同秋天里当人们行走在一摊小鸟之洼中,/影子与形象随着旋风腾起在你激越的脚步底下"——这句诗,是对《地狱篇》的美学的准确赞美。但是,克洛岱尔暗示我们:这是**地狱**的美学,也是新世纪需要摒弃的美学。因为,对于克洛岱尔而

言，新世纪，意味着天国的可能性。事实上，《五大颂歌》也是一个直接的、就此开始的对属灵的世界——对"绝对的非时间"——对天国的叙述。克洛岱尔说，为了这种叙述，他希望他的诗行"不带丝毫的奴性"（在下节课，我们还将用荷尔德林在《我们审视古典所应取的视角》中的一个同样关于"奴性"的句子，来讨论何为"奴性"），只有这样，人们才"见不到别的"——见不到但丁式的计划性，只看到"一阵光彩夺目的翅膀旋动"。

克洛岱尔赞美但丁在地狱中的美学，但是他肯定地说："根本没有这一切！要走的任何道路都让我们厌烦！"——这个"我们"，是新诗人吗？——"要攀爬的任何梯子也一样"，因为来自这些道路和梯子的定义，**都是语言对纸上的空白的占领**。并且，克洛岱尔尖锐地说，这是一种奴性。这是一种非常激烈地对但丁的反对。我们可以对比罗兰·巴特晚年在《小说的准备》的开篇第一讲，在这次讲演中，老年的罗兰·巴特以"人生的中途"、以但丁作为他"自我准备"的开端。罗兰·巴特说："谁都不能把自己与这位伟大的作家相比，但人们可以、愿意某种程度上与他同化"（见《小说的准备》"导论：人生的中途"，李幼蒸译）。所以，我们会读到雪莱式的但丁、艾略特式的但丁、皮埃尔·保罗·帕索里尼式的但丁、谢默斯·希尼式的但丁（例如在长诗《斯泰逊岛》中）、罗兰·巴特式的但丁……但是，在新世纪（二十世纪）的开端，克洛岱尔却认为，绝对有必要"去但丁化"。因为，但丁——这个同样在其新世纪开端写作的诗人——是对克洛岱尔所看见并急于表达的那个新世纪的**历史牵制**。《缪斯》中依次描述的尤利西斯、埃涅阿斯等等这些历史形象，都是对克洛岱尔的新世纪的历史牵制。

在这里，克洛岱尔表现了一种倒置/颠倒：九位缪斯，不仅并不把我们牵制在历史中，而是帮助我们摆脱历史牵制，走向"绝对的非时间"。九位缪斯，是走向"非时间"的机会，否则，克洛岱尔说，"就没有什么会产生了"。

我们可以理解为,在这些精彩的诗句中,与其说,克洛岱尔表达了对一个新世纪的直觉和希望,不如说,表达了一种对于历史终结的焦虑:一方面,他不愿被牵制在历史中,另一方面,他又为历史的终结而惊叹。同时,他还为"绝对的非时间"的可能性而焦虑。这使《五大颂歌》,这部散文诗,像一种**精神加速**。并且,他对克利俄——历史女神——的理解也非常奇特:他把历史女神也书写为"加速之神"。

在这种加速度中,克洛岱尔写道:"从白纸上一晃而过的我们人类影子尖锐的顶端。……赋予事物真正的特点"——那只有在"绝对的非时间"中才会产生的特点,并且,"绝不要/让我们密不透光的个性保留任何方法来限定思想"。——这句诗,同样隐含了对但丁的历史牵制的批评。最后,克洛岱尔称,历史女神是影子的记录者。包括他自己在内,克洛岱尔说,我们都是一晃而过的影子。

但是,这是什么样的影子呢?是地狱中的、被历史牵制的影子,是麦克白中的那个白痴般的影子"充满了喧哗与骚动"吗?还是说,人是"绝对的非时间"的影子——是天国的影子呢?也许,克洛岱尔倾向于后者。

人类是天国投射在空白中的,一晃而过的影子。这是克洛岱尔的这部杰作的动力。这,使这部诗篇始终充满了一种在历史的断口处,在世界濒临突变时的紧张感。这部诗篇对历史不耐烦,它希望自身变成一道更固定的光,而不是但丁、莎士比亚这些伟大的历史诗人指出的一切,克洛岱尔说,"世界已经不在那里"。

但是,与此同时,在这个历史的断口,克洛岱尔仍然期待着诗神的一声回答,并且认为,这是"全部的回答"。在这部长诗中,克洛岱尔表达了一种去但丁化的,也去历史化的对天国的直觉。

在上世纪二十年代的开始,作为一个天主教徒和外交官的克洛岱尔,在中国的几个不同城市,北京、天津、武汉和福州写下了这部长诗。那么,这部长篇散文组诗,在何种程度上,也指出了中国的新世纪呢？还是说，后者仅仅是派生性地、宽泛地出现在一种世界主义的沉思之中？

但是，这篇散文长诗并没有告诉我们这一点。

在克洛岱尔的另一部作品《认识东方》中，克洛岱尔的中国与其说是一个旧时代的最后光晕，不如说，同样是他的直觉中的天国投射在大地上的幻影。并且，对于他，也是**一晃而过**的。他像一个被历史女神加速的人，是影子的记录者。我们只能接受他笔下的这个一**晃而过**的中国，我们不能要求更多。

诗神的多重形象，还蕴含着一个有趣的问题：九位缪斯——阿波罗——狄俄尼索斯，这三者的区别。

我们可以先回顾柏拉图在《伊安篇》中对诗人的漫画化描述："……诗人是一种轻飘的长着羽翼的神明的东西，不得到灵感，不失去平常理智而陷入迷狂，就没有能力创造，就不能作诗或代神说话。"

在柏拉图的描述中，诗人是轻浮的、以"诗意"为理由托辞的"迷狂者"。也许，这段话正好说出了**诗的敌人**——以"诗意"为理由托辞的"迷狂者"。这也是散文《传统与个人才能》的一个重要议题（同时也是传统议题），即：激情与心醉神迷状态的区别。激情往往需要冷静、专注和有目标。而心醉神迷则可能是激情的一种赝品现象，是一种精神的**无赖化**。激情的敌人，不是冷漠麻木，而是装疯卖傻状态的心醉神迷，是那种通过形而上学，或通过一种"自我例外"论，从而装神弄鬼的无赖意识。这一点，在从浪漫派到现代主义的过程中得到了修正。经历了这一教育的诗人并不贬低激情（相反，会更加认识到激情的重要性和珍贵），也不可能推崇装疯卖傻的心醉神迷——一种市场骗术。也许，我们还容易认为诗神时刻是一个迷狂/迷醉时刻，但也许并不是，这也是尼采可能忽略了的一点——可以说，他对迷醉的肯定只是他对自己的将生命进行知识化的意志的自我反动。《狄奥尼索斯颂歌》，是自我强制的结果，是一个自我强制的人写的诗，是一种向哲学的外部、从他的哲学意志之外呼召而来的自我强制。尼采的狄俄尼索斯是"诗神"吗？我想，可能不是。虽然，祂可能是"浪漫派的将来之神"。但是，尼采把祂当作一种自我强制，一种从哲学知识的外部强加给自己的设计。

但是，艾略特式的情感教育（"圣哲不动情"，以及对"真诚性"的警惕，例如他的警句"庸诗常常出自真诚"）常常会被误解，这种误解，表现为对激情中非常重要的一种，对"愤怒"这种情感的不公正对待。常言说"愤怒出诗人"，维克多·雨果在《惩罚集》中也写道："愤怒缪斯，请走来，现在"（见《黑夜》一诗，程曾厚译）。我们也知道，怒火开启了《伊利亚特》——这部战争史诗以阿波罗的怒火和阿喀琉斯的怒火为开始。重读这部史诗的开头，我们会发现，其中隐含着一个很有趣的话题。

我们知道，在古希腊神话中，阿波罗也管理诗歌和艺术，手中持有弓箭和一把诗琴。也就是说，阿波罗也是诗神。普希金的诗作，便常常以阿波罗为对象说话，或者以阿波罗的"罗马化身"福玻斯为对象说话，而非对缪斯说话。但是，荷马告诉我们：他只能启灵于缪斯。

在史诗开始，在这场由心醉神迷引发的无赖行为——因为抢夺海伦而导致的战争之中，阿波罗怒气冲冲，荷马写道，"一连九天，神的箭雨横扫着联军"（见《伊利亚特》，陈中梅译）。那么，缪斯，是那个怒火中烧的、旧的诗神与诗人荷马之间的"中间人"吗？或者，与其说缪斯是一个"居间人"，不如说，缪斯是一位相对于阿波罗的，新的诗神。

阿波罗的"箭雨"，也是一个旧时代的诗神的暴力意象。同时，也告诉我们"弓与琴"是合一的。"箭雨"，就是竖琴的琴弦。但是，《伊利亚特》这篇战争史诗，也是祛除战争的诗。呼唤缪斯的荷马，要从阿波罗的影响下挣脱出来。可以说，《伊利亚特》这部叙事长诗，是从缪斯与阿波罗的竞争关系开始的。

不过，尽管荷马呼告于缪斯，但好像又常常被阿波罗的力量影响。

在史诗开篇，荷马用黑暗来形容本该意味着光明的阿波罗（"他从俄林波斯山巅直奔而下……像黑夜降临一般"）。此后，史诗中，常常在早晨，新的一天开始，也是缪斯的名字出现的时刻。相比阿波罗，缪斯是光明。阿波罗是严酷的当下，而缪斯是未来，是新的一天。用海德格尔的话说，是"相对于第一开端的另一开端"。**阿波罗——缪斯**，这是《伊利亚特》中的一个天真简朴却又很基本的模型。在这场使一代人几乎全部消亡的战争之后，缪斯，是诗人对未来的直觉，意味着新生，也意味着诗篇中的一种内在的正义——那并不显现在缪斯以外的其他众神身上的正义：缪斯的正义，也即诗性正义。没有诗性正义，任何一种社会的、政治的道德正义，都不能帮助那个名叫"荷马"，或者那个名叫"荷马"的无名诗人群体创造出《伊利亚特》。

我们还可以把缪斯——阿波罗——狄俄尼索斯这三者的区别的考察再往前推进一步，推到另一个我认为也很有趣的话题：这三者与"新天使"的关系。我们都知道，本雅明借用保罗·克利画作的那段对"新天使"的描写。这里，我就不再引述那段精彩至极的文字。简要地说，"新天使"出现在历史废墟中，无休无止地望向过去，同时，强风把"新天使"吹向祂背对着的未来，仿佛——风就是"新天使"的冥河。在二十世纪诗人中，这阵强风的主要书写者，是诗人圣-琼·佩斯（我少年时期最喜爱的诗人，现在仍然喜爱）。

那么，"新天使"是一位诗神吗？一些学者，例如伯纳德特，认为"诗神"是第一开端和另一开端之间的引渡者。我们可以认为，作为"新天使"的诗神，也是一位引渡者。但是，祂自身也被毁坏了，废墟只是祂被毁坏的事实的无限表象，是发生在祂身上的毁坏的镜像。但同时，也是祂对这一无限的被毁坏现实的**直视**。

诗神并不是完好无损的。祂并不会始终完美地带着神明的光彩，出现在每个时代。"新天使"的故事告诉我们，诗神、引渡者都被毁坏了。但是，当我们说，引渡者被毁坏了，不如说引渡者正是身在地狱之中。

没有完好无损的引渡者，没有完好无损的诗神，好比维吉尔只能留在地狱和炼狱中，不能进入天堂。"完好无损性"是一个谎言。

回到柏拉图对诗人的批评。在今天，我们如何理解一个传统的诗学问题：语言与谎言的关系，也即"诗与真"的问题呢？诗是谎言吗？柏拉图主义者们想说，但可能并不都会直接说出来的话是：诗是人类面对真理时的一种谎言状态，即使是一种美丽的谎言状态。刚才我们已经说到，作为谎言状态的那种心醉神迷，那种很像诗的迷狂性构成了诗的敌人。我想，它也构成了柏拉图意义上的谎言。

歌德在《诗与真》中含蓄地写道：诗的真实是不可逆的。在浪漫派诗人眼中，诗是那些不可逆的事物——主流事物的绝对显现。但是，这种主流事物不同于"一"。这种不同于"一"的、不可逆的事物，是"一"的裂缝。诗人，正是在"一"的裂缝之中说话的人，是在多重性和启示之间说话的人，好比维吉尔。"一"的裂缝，也是维吉尔出场的时刻：刚才我们提到的"交叉时刻"。这样说，好像又是在鼓吹某种绝对主义。可能正是因为，诗的真实具有绝对性，诗的谎言性也才尤其突出。但是，绝对性不是以"纯诗"的方式显现的，而是在诗的不可逆的真实之中显现的。"纯诗"是对"一"的裂缝的逃避，因此才常常并非凸显，而是简化了诗的不可逆的真实。因此，在认识"诗的创造"这件事中，依赖纯粹主义美学和传统形而上学的认识是不够的——它们可能是一种可被知识化、整一化的世界观，而不是一个面对裂缝的行动。

另一种认为"诗是谎言"的理由是：诗不是知识。我们并不直接听见诗神本人的话语，都是通过维吉尔而听见，或者，是通过里尔克的呼吁而听见。那么，我们所听见的那些诗神的话语，是一种知识吗？对"诗不是知识"这一常见观念，我个人的想法是：关于诗神的知识不仅是知识，更是一种在实践中到来和显现的"非知识"。

关于现代人面对知识的态度，《哈姆雷特》仍然可以作为一个案例，而且，是一个激进案例。

我们知道，哈姆雷特——丹麦的"王二代"——合法正统的王权继承人，在准备进行清洗丹麦王室的那场自杀性的行动之前有一段独白，我不知道大家有无印象，在这段独白里，哈姆雷特宣布从此开始，他要**弃绝知识**。这段台词如下：

> ……我要把印在我心版上
> 无关紧要的无聊的记录，都抹掉，
> 一切书本上的格言，形形色色的、
> 少年时所见所闻，所留下的印象，
> 统统都抹掉……
>
> （见第一幕第五场，方平译）

——他要弃绝一切书本上的、记忆和经验中的知识，他才可以开始一场与这个时代脱了节的、大裂缝一样的行动。而且剧情告诉我们，哈姆雷特曾经是一个求学德国的留学生。他在德国留学的时间，也是早期人文主义产生的时代。我们可以把哈姆雷特理解为一个知识人，因为，不具有那种知识背景的人不可能说出"人是万物的尺度"这样的一句早期人文主义宣言。同时，哈姆雷特也是一个军人。与我们的一般理解，认为哈姆雷特是个贾宝玉式柔弱俊美王子的形象可能非常不同，这位在军队中受到尊敬的青年储君，是带兵打仗的人，在战场上的死人堆里爬过。但是，在开始他的自杀行动前的那几句独白中，他尤其直白和诚实地表达了他的恐惧感。他的第一次恐惧，我们知道，是在听他父亲的幽灵口授命令之后，他对朋友霍瑞旭表达了恐惧。在这里，莎翁的一个留白是，幽灵的命令究竟是什么？戏剧没有直接告诉我们。我们不知道幽灵的命令是什么，哈姆雷特也没有告诉过任何一个人，不论他的朋友，还是观众。这是这部戏剧的留白，也是它的一个裂缝。

而且，幽灵所说的话，是**不可转述**的。不可转述是因为，其一，在策略层面不能转述,哈姆雷特自始至终都不能透露给别人,他要做什么,幽灵的命令是什么。其二,也许,这也是语言本身的无力转述。哈姆雷特需要以一场清洗丹麦王室的行动来呈现:幽灵对他下达的命令是什么。这是哈姆雷特的第一次恐惧。

  第二次恐惧:哈姆雷特说,他要弃绝知识。从弃绝知识开始,他便走向一个"非知识"的世界、一个血气的世界,开始那场自杀性的政治行动。正是这一恐怖的政治行动告诉我们,幽灵对哈姆雷特的命令是什么。我的个人猜测是:父亲的幽灵对哈姆雷特说,国家完蛋了,这个秩序完蛋了——但是,让这个国家存续下去、重整秩序的方式,就是进入到一种非知识的实践中,去毁灭藏污纳垢、不可治愈的丹麦王室。并且,还要把丹麦王室交给它的敌人:福丁布拉斯。

  可以想象,这个命令完全震撼了在城堡上聆听幽灵话语的哈姆雷特,震撼了这个儿子、这个本可成为未来统治者的储君的身心。所以,幽灵所说的这件事完全是不可转述/透露的。这时,他便在他的独白中说,他要弃绝一切书本上的、记忆和经验中的知识。这是《哈姆雷特》这部剧作中的一个常常被忽视的细节:"弃绝知识"的时刻。人们往往引用和模仿那段著名的台词:"活还是不活"。但是哈姆雷特的另一句更激进和残酷的话语——可被视为"活还是不活"的前奏——我认为就是这句自我宣告:他要"弃绝知识"。

  我们知道,近现代史中每次"弃绝知识"的时刻,其后果如何。那么,哈姆雷特果真弃绝了知识吗?

  当哈姆雷特在那片墓地中端详骷髅头骨,掘墓人对他说,每具骷髅曾经是谁,是个性格怎样的人,有过什么样的命运,在时代中扮演的角色为何。在这时,哈姆雷特又有一番话:一段关于骷髅的独白。这也是一段关于人类终将失去他们的形象、关于人的图像终将被抹去的独白。这段独白,几乎可以被视为米歇尔·福柯的那句"人将被抹去,如同大海边沙地上的一张脸"(语出《词与物·事物的秩序》,莫伟民译)的

"前驱文本"。

在这段关于人的形象即将失去、即将消失的独白中，很动人的一点是哈姆雷特最后一次对于他的知识——人的知识——的记忆。尤其，是对于他在剧本前半部分的那句著名台词"人是万物的尺度"的自我回应。

莎士比亚的文本充满了各种对称，各种"对立的暗合"。例如，弃绝知识的时刻与幽灵的命令的对称；例如，"人是万物的尺度"与人的形象即将消失的对称。这些对称，在莎士比亚的诗剧中俯拾皆是，构成了莎士比亚文本的一种动力机制，就像荷尔德林分析索福克勒斯诗剧时所说的那样："层层机锋不让。"（语出《关于〈俄狄浦斯〉的说明》，戴晖译，原句为："所有一切是层层机锋不让，彼此互为扬弃。"）

在墓地里对骷髅说话的这段情节里，哈姆雷特对人的形象进行了他的最后告别。同时，也是一个知识人对于人的知识的一次最后告别。在实际排演的各种莎士比亚的《哈姆雷特》的演出现场中，我很少看到有导演注意到这个细节。最近的一次，是看奥斯特玛雅导演的那一版《哈姆雷特》。其中，导演启用的一个可视化的、也即带给观众"可见性"方面的效果的意象，是"泥土"。哈姆雷特在疯狂中，抓起舞台上铺了一地的泥土开始啃吃（这也是作为剧中那片墓地的泥土，是导演专门运来的真实泥土）。导演可能认为，这是一个激进图像，但可能恰好是反《哈姆雷特》的。因为那个时刻，哈姆雷特在墓地中，对人的形象进行告别的时刻，是一个不可图像化的时刻——是人失去了图像的时刻。不能用一个激进图像来对它进行"图解"，因为这是一个不可能被图像化的时刻。这样一个时刻，在整个文学史中，可能与之可相提并论的，就是俄狄浦斯的眼睛被刺瞎的时刻，也是"图像化"终止、文本进入到一个非图像化的世界的时刻。

所以，在这些"课程"里，我也不使用例如PPT这样的工具，因为我也感到，在我们所说着的这些内容里，很难产生可视化的图像。

与此同时，"弃绝知识"的时刻意味着什么呢？意味着，一种被父亲的幽灵所指出的,非知识性的生命实践吗?但是,悲剧《哈姆雷特》并不会告诉我们这样一种知识分子化的信息,并不会对我们说:你要去朝向非知识化的、非理论性的精神行动,你要去"在行动中"实践。它不是这样的一个文本。而且,与其说它可能是这样的一个文本,不如说,它正好是这样一个文本的反向。这是《哈姆雷特》这部戏剧诗的真正伟大之处:它是我们想去做的事情,想去获得的知识,想去实现的"意义行动"的反向。而且,如我刚才所说,诗人莎士比亚为这种反向,赋予了精心的对称性结构。然后,在这样一个文本中,我们看到了,人的形象终将消逝,人在失去自身形象时的那种不可图像化的时刻。

之前,我们说到了"新天使"眼前的那个堆积到天际的历史废墟。这个历史废墟,我们也可以理解为是地狱世界的形象。而地狱是"一"的裂缝吗?是但丁开始写作的时刻吗?地狱显现的时间是罗兰·巴特在《小说的准备》的导论"人生的中途"里所说到的那个"中途"吗?这些问题会有多种答案,但不论如何,这些问题都指向了同一个信息:诗神,要求人——要求我们——面对这条"一"的裂缝,独立走自己的道路,独立解决问题。

那么,是否"诗神"的话语是不允许转述的呢?

虽然在《哈姆雷特》中,我们的王子成功完成了那项自杀性的政治行动。但是,文本也告诉我们,他的人生是一场失败,而且,是在一个不可图像化的时刻所指出的失败。这种失败,就是人的感知结构的失败。我们的感觉,在这时不可能被叙述,也不可能成为叙述了。

感知结构的危机是整个现代诗学开始的时刻。起初,我们有兰波的方案。这位诗的炼金术士教导众生说,现代诗人要让自己有意识地感官错乱,他称之为"通感"。"通感"一词源于古希腊文,也可翻译为"联觉"。后来,一些现当代思想家,像布朗肖、让-吕克·南希这样的思想家,都想要从联觉性中推导出一种联觉的政治学,以图阐明"何为共通体"。但是,哈姆雷特的例子会告诉我们,他的失败意味着感知结构

第一讲 诗神诸相

的失败，意味着感知结构的不可能性。他的失败，是我们试图从共通体中推导出一种秩序、一个政治结构的失败。《哈姆雷特》是具有非常强烈的政治哲学色彩的戏剧文本，哈姆雷特本人，在剧中也是青年政客的代表。

感知结构的失败也告诉我们：当共通体出现的时刻，也可能是一个死亡时刻。哈姆雷特的行动和死亡，呈现了感觉结构的终结，以及，那不可图像化的、人的形象终将消逝的时刻。同时也呈现给我们："不可能性"被我们所看见，"不可能性"在语言中变得可能了。我们经常说，诗，是"不可能性"被叙述的可能性。那么，当这可能性出现的时候，才是在语言中显现的共通体或联觉性出现的时候。同时，这种时候也是一个废墟时刻。

在这里，我也想谈谈弗朗西斯·培根著名的"四幻象说"。在最新版本的《莎士比亚全集》中，克里斯多弗·马洛，作为作者之一，是《亨利四世》和《亨利五世》的共同署名者，莎士比亚不再只是一个单独署名者。莎士比亚可能不是一个人，而是许多个人，其中一个疑似莎士比亚的作者，就是《新工具》的作者弗朗西斯·培根。

在《新工具》中，这位哲人和作家告诉我们，围困心灵的假象共有四类："种族"的假象，"洞穴"的假象，"市场"的假象，"剧场"的假象。"四种幻象"，可以被视为正好构成了我们认为是"当下性"的那种时间。

培根在《新工具》中进行了两种区分。其一，区分什么是人的思想所受到的历史牵制，想要把人的思想从历史牵制中，与其说是对它进行"理性化"，不如说把它区分出来。其二，也区分了"四种幻象"为何。为什么"四种幻象"可以视为概括了我们的"当下时间"，构成了这一"当下时间"的表象和现实性呢？

我们仍然要回到《地狱篇》。我们都知道，《地狱篇》的第三歌开始,但丁看见地狱的大门上镌刻着这样一句格言,说:"在我之前,没有创造的东西,/只有永恒的事物,而我永存;/你们走进这里的,把一切希望捐弃吧。"(朱维基译)在这里——在入口处——但丁明确告诉我们:永远回归的现在——"当下时间",就是地狱时间。

这样的"当下时间"也意味着:"过去与未来之间"的张力并非被否认——即使不被否认,也被一种漠然无关的、无所谓肯定也无所谓否定的精神状况所取消了。所以,如今各种形式的对"当下时间"的服从,不仅被我们自己合理化,而且,正在混合成为一种系统化的生命管理。这种生命管理,培根在他的时代,用"四种幻象"来定义它:剧场的幻象、种族的幻象、洞穴的幻象和市场的幻象。"四种幻象"造成了人的理解力退化,也即"精神退化"。

有意思的是,人们一般认为培根是个理性主义思想家。但是,我们也可以把他对"四种幻象"的批评,与柏拉图对诗人的漫画化的描写进行对比。与其说,存在于我们自己的思想和语言中的那些不好的文学性呈现为"四种幻象",不如说"四种幻象"正是诗的敌人,是诗性精神的敌人。不应忘记的是,培根自己也是一个文学家,如前所说,甚至曾被认为疑似莎士比亚某些剧作的真实作者。那么,"诗艺"是一种什么样的机制呢?我个人的一种想法是:"诗艺"正好是一种发现"四种幻象",对其进行整理与克服的机制。与我们通常所想的,"诗"正是要生产意象,生产幻象(种族的幻象,剧场的幻象,洞穴的幻象和市场的幻象)不同,在培根式区分中产生的一种诗的"新功能",就是对"四种幻象"的克服。今天,我们可以把整个现代主义之后的文学写作,都称为一个**后诗性的时代**。就像我之前所说,"可读"与"不可读"之间的那条精神分界线,与其说被废除,不如说是被颠倒了。因为,"不可读"被异化了,它成了一种功能性的手段,成了压迫的来源。我们被各种社会化进阶的知识体系所读取——是的,是这些知识在读取着我们,而非相反。同时,由于我们自身变得越来越"可读",那个读取着我们的"他者"也变得越来越"不可读"。而且,越来越"可读"的我们已经失去了读解"他者"的能力,而这可能是我们失去诗性精神的一个结果——再也没有像诗性精神这样的武器,帮助我们辨认并克服"四种幻象"。

在一个早期人文主义的时代,培根这样的思想家注意到,人的认知、感觉能力和精神性,不仅被这样一些幻象所控制,而且处在精神封冻期的开始。在这里,我们可以再引述拉伯雷(一个似乎与培根截然相反的作家)的一段话,出自那本伟大的《巨人传》,该章节标题是"庞大固埃怎样在海上听见解冻的说话声"(见第四部第五十五章,成钰亭译),这是一段有趣至极的文字,也是这部小说的一个奇幻时刻。

拉伯雷写到,巨人庞大固埃,正和他的伙伴们在一条海船上胡吃海侃,那里是冰海的边缘。这时,庞大固埃听见半空中有人说话,但是看不见人。其他人也都遵照他的吩咐——这个巨人说:"一起竖起耳朵,像牡蛎张开壳吸取空气那样,仔细谛听……为了不漏过一点声音,有几个人用罗马皇帝安东尼乌斯的方法用手掌挡在耳朵后面",还是什么也听不见。但接下来,他们就听见了空中有人群说话和喊叫的声音。因为,在初冬的一场战争之后,战乱的声音在冷空气中被冻住了,到春天,这些声音融化出来,被路过的人们所听见。这时,庞大固埃对他的同伴们说:"我曾经读到过,一位名叫贝特洛纽斯的哲学家,他认为许多世界都是以等边三角形的方式彼此衔接着的。正当中是'真理'的所在地,那里便是'语言''概念''意识',以及一切过去和未来的事物的'形象'所处的地方;围绕着这些东西的,便是'世纪'。若干年后,彼此距离很长,便有一部分像感冒似的落在人类的头上,就像露水落在基甸的羊毛上,另一部分停留在原处不动,直至'世纪'的结束。我记得亚里士多德勒斯曾认为荷马的语言是动荡的、飞飘的、活动的,总之是活的。此外,安提法尼斯也曾经说柏拉图的哲理有如在某处的严冬里说出来的语言,一出口便冻结成冰,不能听见。"

然后，巨人说："现在我们倒要推理和探索一下，这里是不是语言解冻的地方。"

随即庞大固埃又认为，那些声音也可能是俄耳甫斯被色雷斯的女人撕碎后，"始终没有分开"的头颅和琴漂浮在海中发出的声音。俄耳甫斯恰好是一个"准诗神"或"诗神的使者"。

从回荡在天海之间的那些解冻的声音里，庞大固埃仔细聆听，试图听出那些字词的意义，不过——拉伯雷又在夹叙夹议中开始写他的喜剧了——巨人立即开始随口捏造，总结出一番"被冻结的声音的语言学"。

拉伯雷的这段绝妙如散文诗般的文字，指出自柏拉图之始的"精神封冻期"，同时也表达了对荷马的怀念。那么，精神是何以被封冻的呢？培根、拉伯雷、莎士比亚，这些表面看起来非常不同，甚或对立的写作者，在这一点上却出奇地一致——"等边三角形"，"四种幻象"，都造成了人的"精神封冻期"。

当培根指出"四种幻象"时，他是否也是诗性精神的一位潜在纠正者、调试者与过渡者呢？乔治·斯威夫特是较早意识到培根式的海权计划，以及"新工具"在现实中意味着什么的作家。《格列佛游记》可以视为对培根式的未来大不列颠海上政治蓝图的讽刺，但也恰好是斯威夫特，这位培根的批评者，在《格列佛游记》中生动地再现了"四种幻象"。对立者们，一如斯威夫特与培根，在某些核心内容方面往往会出奇的一致。走出"四种幻象"，走到"诗与真"的张力关系中去，这是我们接下来的每次课可能都会谈到的内容。在下一节关于荷尔德林的课上，我们也会谈到，从"精神封冻期"开始的"世界之夜"的问题。

如今，在诗性精神方面，我们可能处在一个**负面阶段与萌芽阶段同在**的时期。如果，新世纪的诗，还未见踪迹——就像在其他的新世纪初期曾经出现但丁、出现浪漫派诗人、出现波德莱尔一样——不仅是因为我们的"文学智力"退化了，更可能是因为，诗人还没有置身于**被逐**之中，因为他们已经在城邦中成为精神顺民。这使得他们对**诗神指向的那种斗争性**的明确表达，目前只具备较为宽泛和粗浅的感知结构。所以，即使诗人也失去了对于诗神的感知。并且，这种失去，在现代性中被合理化了。

如果，连诗人也在面对诗神时，没有任何切身性的感知和对语言的新生的预感，而是即刻认知为"诗神"是一个需要被抛弃和逃避的"大词"，诗可能就没有未来了。可以说，一个诗人的最终成就和命运，也许就取决于他是否用好了这些被认为是"大词"的词语。当然，有直接的使用，也有隐形使用。后者例如康斯坦丁·卡瓦菲斯这样的诗人，我们容易认为他不使用"大词"，但是，他恰好就是用好了一个隐形"大词"：希腊。

如果没有对这些词语的主动担负和使之新生的意识，如果不能重新激活这些词语，为它成为美学事实再次提供直接性，诗就没有未来了。

诗歌领域的一句常言是：诗中没有"大词"和"小词"，只有诗人是否重新"擦亮了"这些词，使之新生。这是一句很对的话，但只说了一半。另一句常见的格言，是德里克·沃尔科特的一句诗："要改变你的语言，你必须改变你的生活"（出自《补遗》一诗，吴其尧译）。我们可以在这两句话之间，得到的辩证性理解至少是：没有人可以原地不动，以某种始终有效或一劳永逸的方式"擦亮语言"，就好像语言是文玩，是手串、玉石之类的东西。不能从语言到语言，而是必须以改变生活来改变语言，并且，不是外在生活表象上的改变，而是内在的改变：是对世界和对自身认识的实践性的改变。

诗的领域还有一句常言是："**诗人是对世界的投入**"——阿兰·布鲁姆在《政治哲学与诗》（张辉译）中也如是说："正是他对世界的投入使他成为诗人"。那么，我们可以说，"改变"起作用的时刻，就是"诗人是对世界的投入"这句话真正发生的时刻。"诗人是对世界的投入"，并不是诗人去从政、经商、做活动家，哪哪儿都有他等等。而且，一个常见的误解是：写作者应当尽量现实化和世俗化。不是的。"诗人投入世界"首先意味着，去与消灭那些"大词"的世界力量相竞争，投入到由此产生的抵抗，投入到语言的新生的实践之中，并且，以**在语言的新生实践中的生活**为第一生活。他也必须担负以此生活所带来的责任和代价。我们可以想想，荷尔德林和曼德尔施塔姆的命运。

当沃尔科特写下"要改变你的语言，你必须改变你的生活"时，这句诗同样具有精神分界线的意义，而且，可能比沃尔科特写出它时所想到的，指向更为深远的历史。这句诗不仅是说，诗人要把自己投入世界，还可以被理解为：诗人要把自己置于缪斯和阿波罗的竞争之中。理解这一点，仍然首先要从荷马开始，而沃尔科特自己，就是一个在"继承荷马"中自我塑造的诗人。

今天，我们谈到的一些主题和相关的诗人们，以及对"何为主流"的理解，在接下来的课程中，我们会一步步去涉及。现在，我想回到开始，再向大家提交我对一个相对而言是次要的问题的理解，也就是：我们为什么要继续写诗和读诗？为什么，我们要在这里，在一个具有综合性的艺术学习现场，谈论文学和诗？好像这是因为，文学和诗对于艺术实践具有某种功用。与其重复宣称文学和诗是"无用的"，我想，也许不如尝试想一想并归纳一下，文学和诗可能具有的"功用"为何。

当我看见艺术工作者们用不好的文学性叙述着他们的想法，艺术家身份又为这种不好的文学性赋予了某种特权时，我就会感到失去了对他们在其领域中的所作所为的兴趣。如果一个从事前沿文化理论的学者，在文学认知方面表现得粗浅甚至蹩脚，那么，我们可以对他／她的言论产生合理的怀疑。

对文学和诗的直接认知经验，也有助于我们理解那些对当代思想产生深刻影响的西方思想家。而且，尤其是当我们面对这些思想家的转述／解说者时，对文学和诗的直接认知经验，也可以帮助我们看见他／她是否在胡说。因为,一个对梅尔维尔和卡夫卡有深切理解的读者,也许更能够判断一个根本不读这些作家,或只是根据刻板化的资料来信口发言的德勒兹专家的水准。

知识有面具性,我们不知道一个人在他/她的知识话语背后是一个怎样的人格,对文学和诗的直接认知经验可以帮助我们看见他/她的感受力的真相。当我们说"感受力"时,不是指"诗情画意",不是指无责任的感性印象。首先是指感受特殊性,以及感受特殊性的具体化和原创形式的能力,是意识到那种我们一般称之为"原创性"的不凡趋势的震颤,它把精神活动,置于一种由它打开的自由度之中,把我们置于对才智的现象学的主动探知之中。如若不然,感受力就是颓废。

对文学和诗的直接认知经验可以帮助我们看见,不凡的美学事实怎样绽露于非理论性之中,并且成为精神事件。这种非理论性正是反智主义所不能到达的。这样说,绝非指从事文学的人就一定有某种特别才能或特权。而且,现实往往是,从事文学的人,可能比不从事文学的人更暴露出如前所述的那些问题,也暴露出感受力的颓废。也因此,在今天,从事文学的人更有可能是文学的敌人。

"文学的敌人"的产生并非因为从事文学的人将文学作为主体崇拜,从而保有特权意识,同时又允许文学被以社会化、工具化的方式使用。甚至也不是因为,从事文学的人服从于公众并自我客体化。即使这样做的人,仍可能表现出某种原创性。例如,我们往往看到,公共艺术与公共文学中的才能比个别的、纯粹的创造可能更加得不到公正对待,容易受到僵硬的、伪孤独的美学纯粹论的歧视。

"文学的敌人"主要是一种自我中心化的文人意识。而且,这种文人意识在社会化的表现中获得了一定权力。今天,非常有必要对"诗情画意"进行阿多诺式的批判。事实上,这种"诗情画意"也弥漫在许多非文学领域中。"诗情画意"是可以社会化和权力化的,诗性精神却不是。从事文学的人可能比不从事文学的人,更加把文学置于这种名叫

"诗情画意"的非本质化处境之中。往往，从事文学的人，比其他领域的人更倾向于简化文学智识的深广性，乃至僵化它。正是因此，"非文学性"才有一种积极的意义。当我们说要"公正地"看待一种才能现象时，也即"前瞻性"地看待它，这也包括：越从事文学的人，对于非文学性越需要前瞻性地认识——正如荷尔德林说"非诗也变成诗。但这里最需要敏捷地把握"（语出《论诗歌创作的不同类型》，戴晖译）。

不论"实践"是社群主义的、无政府主义的还是存在主义的，都涉及去"做"、去"制作"的问题。因此，实践问题就直接关联于技艺问题。文化现象中，"诗艺"始终保持着思索方面的持续性，也即：从柏拉图对话中的相关问题，直至二十世纪例如哲学家海德格尔、学者伯纳德特、诗人谢默斯·希尼所写的诗学文论中的思索的持续性。对"诗艺"的认识，同时把我们置于对技艺问题的多重体会和对启示性的体会之中。

以上，就是我们在目前，能够稍稍概括出来的文学和诗对于非文学领域的几种功用。

本来，今天我还想提交给大家一份"必读"的诗人和诗作的清单。但我又想到，也许不用这样做，因为我们在每节课提到的诗人，就构成了一份精神地图。每节课都会试图说明，为什么在今天、从事不同领域的创作和研究活动的我们，仍然要读他们。关于为什么要读这些诗人，为什么要读过去时代的文学写作者们，有阿兰·布鲁姆的理由，有卡尔维诺的理由。但是，我希望，我们可以产生自己的理由。

今天就到这里，谢谢大家。

第二节课

荷尔德林问题

地点：中国美术学院南山校区跨媒体艺术学院 4-309 教室
时间：2019 年 11 月 28 日（周四 18：30—20：30）
录音整理：斐然

荷尔德林论"奴性"。——什么是"保持为隐蔽不彰"。——由荷尔德林标志的"非在"。——海德格尔式的阐释与非海德格尔式的阐释。——成为荷尔德林的"读者"意味着什么？——"诗人何为？"与濒临死亡者。——一种精神性的策论。——"诗的灵的演进方式"。——荷尔德林论心智的"清明"。——"诗需要非诗"。——诗人是他自己的异己者。——荷尔德林论"孤立"与"顺从"。——"民族之舌"。——《在毁灭中生成》里的"祖国""瓦解"与激情程式。——"金色潮水般的生成"。——"致死的真实"。——"祖国"的构造与无命运状态。——"祖国的转向"。——"祖国"的多重性。——我在诗剧《毛泽东》第三幕《自然状态》中对"祖国的转向"的回应。——"第三材料"产生了"离心的奋迅"，产生了一个不可驯化的分离者。——再次，关于"激情程式"。——合唱队的失落。——对里尔克《致荷尔德林》陈宁译本的析读。——"成熟"与"不成熟"。——"急切的图像"。——对"分享"的批判。——"行行重行行的灵"。

绪 言

大家好。今天的主题，是对荷尔德林的几篇诗学短文中的一些要点的理解。所谓"荷尔德林问题"即"诗人何为？"这个在中文语境里曾经（例如上世纪九十年代）居于隆重而模糊的地位，却好像只得到了很有限的认识，并未被写作者们继续讨论的问题。

我们先从荷尔德林的一个警句开始。这是上一节课，我们已经读过的 T. S. 艾略特《小吉丁》里的那段关于"交叉时刻"的诗之后，我推荐给大家的第二个文字片段。如果说，关于"交叉时刻"的那段诗，可以被当作一种精神"护身符"，那么，荷尔德林的这个警句，可以被作为一种持久的诤言。这个句子出自《我们审视古典所应取的视角》一文（戴晖译），我读给你们听：

> 我们梦想教养、虔诚等等，却一无所获，只是假设——我们梦想原创性和独立性，我们相信说出新意，而所有这一切却是反应，宛如对奴性的一种温和的报复……

——在这个句子里，最刺眼、也令人最感痛苦的一个词"奴性"，是指什么？

在"奴性"这个词语之前，还有一个前提性质的词语："反应"。荷尔德林说，我们虽然"梦想原创性与独立性"，但我们实际做出的一切，却都是"反应"。也就是说，我们并没有把自己投入到艾略特所说的那种动身追寻之中。我们并没有产生感受力，而是用"反应"代替了感受力。我们的感知，是一种原地不动的，被一个我们无能逾越、无能改变的主体所配置给我们的"反应"。我们只是反应性质的写作者，也是反应性质的文化艺术知识从业者。反应性质的思维主导了我们，我们只是精致化、或者专业化了我们的反应性质的思维。正是因为只能成为反应者，而并不具有主体性,这是对我们的"奴性"——对我们的被现实内化了的"奴性"——的一种不那么明显,所以是"温和"的报复。

这种"奴性",如今依然发生在我们每个人的身上,发生在这个时代的精神症状之中吗?这种"奴性",标志着在今天,我们这些社会化的、自我客体化的文化知识活动的本质吗?

不论奴性时代积累和使用了多少知识材料,奴性时代就是贫乏的时代。在奴性时代中,人失去了"走向大地"的能力,失去了在上一节课中我们提到的"要改变你的语言,你必须改变你的生活"的能力,失去了把自己投入世界的能力。同时,人也失去了走向传统的能力——而且,这种失去,是以"教养、虔诚"等等这些人们通常具有的传统意识现象为表现的。在这个问题上,我们还可以联系上一节课中我们试图区分的,"文人"与"诗人"的区别。

之前,我发给了大家一张书页照片。该书页上的文字,是海德格尔的一段关于他的荷尔德林课程的说明,其中有这样一句话:

> 人们如今写作有关"荷尔德林及其诸神"的东西。这乃是最为极端的误解,经由这种误解人们终至于将这位在德国人面前仍然矗立着的诗人逼迫入了无所效用之中……

那么,在奴性时代,诗人不再像海德格尔所说的那样"矗立"。荷尔德林的这个警句还告诉我们——至少是告诉我们之中、包括我自己在内的写诗的人——不要写"一般的诗"。这种"一般的诗",就是如荷尔德林所言的"只是反应"的诗。后者不论以如何冲动的、或精致化的方式表现,都是被一种感性需求所奴役。

"奴性"的对立面是什么?我们可以先推迟回答这个问题,把它放在今天这节课的后半部分。

正文

今天，我们并不是要在这里对荷尔德林做出一次"与众不同"的概述，这是很虚妄的。在各位之中，没有读过荷尔德林的人，想要从这节课得到可直接应用在语言和概念工具库中的东西，恐怕会感失望。我们也不可能在这短短两个小时中，对荷尔德林的一些诗篇进行详细理解——这是不可能的事。海德格尔曾经用一整个冬季学期（1934—1935年在弗赖堡大学），只讲了荷尔德林的《日耳曼尼亚》与《莱茵河》这两首诗。任何认为可以凭借口才，在两个小时中对"荷尔德林"这一精神现象，做出以真知灼见为前提的重新阐述的人，可能是在演说，而不是在进行理解。课堂不应该是一个演说场所。课堂意味着，我们要与演说保持距离，要把自己置放在演说和演说意味着的那种"事件"之外，从而进行持续的理解。

我想，也不能把这两小时用来介绍荷尔德林的生平和后世对他的研究。如果在座中有对诗感兴趣的人，或者就是写诗的人，应该已经了解荷尔德林的生平。关于后世的研究，我想，在座中也应该有许多人了解莫里斯·布朗肖、雅克·德里达，以及一些当代理论家，比如美院的同学、老师都熟悉的贝尔纳·斯蒂格勒等这些受中文读者关注的思想家，所以，也不会对他们著作中的那些来源于荷尔德林的议题或"关键词"太感陌生。荷尔德林是现代诗人的"核心路标"之一。现代诗人中，里尔克、保罗·策兰、奥德修斯·埃利蒂斯、勒内·夏尔和埃德蒙·雅贝斯都受其影响（这个名单还会更长，这里就不继续列人名了）。如果没有荷尔德林，这些现代诗人可能不会写出如今被我们读到的一些杰作。今天，"荷尔德林学"已经不乏各种角度的专家。但我们的目的，或者说，我们在上次课提到的，我们要在这一系列课程中进行的一个微小的"实践"是尝试做一个弗吉尼亚·伍尔夫意义上的"普通读者"，而非一个"荷尔德林学"的或者"文学学"的从业者。做一个"普通读者"，并不是说我们可以随随便便、泛泛地或武断地阅读,而是指在我们的生活,与文学中的美学事实和精神现象之间,建立一种直接的,我想,其实也是传统和普遍的关系。

虽然我不在这里介绍大家随时可从网上搜索到的荷尔德林生平,但是,了解荷尔德林生平的几种特征,仍然有前提性质的意义。

其一,如今,荷尔德林是那种生前默默无闻、死后影响深远的文学艺术创作者命运的一个至高典型。这里,我们不用去批评对这种命运的庸俗化叙述。提到荷尔德林的命运,是因为,它主要显现为海德格尔所说的"长时间地保持为隐蔽不彰"(见《荷尔德林的颂歌〈日耳曼尼亚〉与〈莱茵河〉》中的"先行说明",张振华译)。

初看起来,海德格尔的说法,像是在说一种负面的情况:一种错误的理解——或者——"文学史"与"历史学"的理解,仍然持续地把荷尔德林"保持为隐蔽不彰"。但是,我们是否可以在另一个层面去理解这句话呢?什么是"保持为隐蔽不彰"?它可以被保持吗?怎样保持?

雅克·德里达在纪念保罗·德曼的书《多义的记忆》中,引用荷尔德林诗句中的一个短语"不可哀悼",用来指称那种不可以用"哀悼"这一举动来面对的消亡,例如保罗·德曼这位智者的生命的消逝。因为,"哀悼"作为一种顺服于死亡、同时也内在地社会化了的举动,并不能辨认、不能说出那个曾经是生者之所是,而且也不能辨认、不能说出那个亡者通过死亡成为的生命,那死中之生。"不可哀悼",是否也是一个精神生命"保持为隐蔽不彰"的表现呢?

一般的情况是,人们会积极充分地评估一位生前得不到理解和承认的创作者,人们会写很多纪念性的、彰显性的文字,很多赞辞。但是,这显然不是海德格尔说的把这位创作者"保持为隐蔽不彰"的方式,而是把对那种独一无二的本质之物的认识不断推迟,同时对它进行社会化的占有——用海德格尔的说法,就是把一位"仍然矗立着的诗人逼迫入了无所效用之中"（见《荷尔德林的颂歌〈日耳曼尼亚〉与〈莱茵河〉》中的"先行说明"，张振华译）。这里所说的"仍然矗立着"的"仍然"，显示了一个事实：即使在许多时间过去之后，即使在一个变化的群体"德国人"面前，荷尔德林，这位诗人，仍然"矗立"着，并且，这是一种只有通过创造性的美学事实和精神现象才可产生的"矗立"，同时，也是只有不在"德国人"这个群体之中、不是其中一员——就好比奥西普·曼德尔施塔姆说"不，我永远不是任何人的同时代人"（荀红军译）一样——也不在这个群体特定的世俗时间之中，才会产生的"矗立"。那么，避而不谈、持续对它沉默，是"保持为隐蔽不彰"吗？显然也不是，海德格尔自己就持续地对荷尔德林进行探索性的发言，与之相比，避而不谈和保持沉默，只是"保持为隐蔽不彰"的庸俗形式。

另一方面，我们会从一种常有的对"隐秘"的想象，去理解这句话（"保持为隐蔽不彰"），比如说，自我隐士化，自我边缘化，或者，自我销毁。今天，创作者的自我边缘化有一定的意义，但是也可能会造成某种僵化和教条意识。并且，也可能是米歇尔·福柯意义上的"自我修身术"的表现。显现为自我边缘化的"自我修身术"，也可能是社会化意识的一种内化的表现。

那么，不是去做那种错误的关于某位圣徒的神话叙述；不是避而不谈、使沉默成为一种认知上的**体面的无能**；也不是把荷尔德林的命运作为自我边缘化、自我隐士化的想象材料。海德格尔所说的"保持为隐蔽不彰"，是始终把我们对荷尔德林的理解放在对"另一开端"的跃向之中，而不是放在"荷尔德林学"之中，是始终把我们对他的理解，放在从自己的写作实践与写作的未来这两者的张力之间所产生的**精神生命**中。并且，也是始终把我们对他的理解，放在我们将要进入、或者正在进入的，我们自身的"隐蔽不彰"之中。

其二，荷尔德林的命运显示出，他首先是他那个时代的"文学史"

第一讲 诗神诸相

的缺席者。从荷尔德林的写作年表来看，他一直试图把自己的文学和文化观点（比如关于古希腊和德意志的那些表述）加以体系化、经院式的论证。虽然有许多研究者在"完整的"这一层面谈论荷尔德林，但是荷尔德林并没有"完整的"哲学。比起他的同学黑格尔、谢林等人，他并不"成功"——不论是"学术"还是个人的际遇。他与席勒的通信内容常常是礼节性的，有时是自卫的。歌德则是一个遥远冰冷的影子。可以把荷尔德林看作是"未完成"的，他的诗剧《恩培多克勒之死》没有完成，他后期的诗篇往往是断片和草稿。

同情一个创作者的边缘处境，在对这位创作者的成就的理解中，可能是最不重要的。他对于他那个时代的文学社会，是缺席乃至不存在的，并不因为不被理解、不出名和不被传播等等，而是源于，他所具有的一种本真的非在性。

那么，荷尔德林，是否也是后世的"荷尔德林学"的缺席者呢？是否，对于后世以荷尔德林的名字为标志，从而持续存在的"荷尔德林学"而言，荷尔德林也是一个"非在者"呢？那么，我们是否可以进一步说——如海德格尔的提示——这个"非在者"，与持续存在的"文学史""历史学"之间，是否为一种斗争关系？并且，是"有关神之到达抑或逃遁的决断所做的斗争"的**先行说明者**呢？

以前，在泛泛接触海德格尔的荷尔德林阐释的时候，我的第一反应都是：在海德格尔之外，当然还可以有另一种理解，而且是一个"写诗的人"的而非哲学化的理解。然后，我能够凭借的所谓"诗学史认识"愈益显现为有效性短暂的。如果，与席勒的颂歌体对比，与古希腊人如品达对比，或者联系浪漫派的观念史，我们可能只会得到一种"谈资"。我以为，可以凭借作为诗人的"写作经验"去做非理论的印证——因为一个短语、一个形象、一种措辞的方式和语调现象，对于写诗的人，都会比哲学化的解释重要得多。但是，真开始去做，我越发发现并没有什么"写作经验"。因为那些美学习惯，都在一个奇特和雄伟的精神现象面前显得非常次要和若有似无。当我认为，也许应该就此开始——就从这种对立于自己过去想法的一无所是中开始时，即看见海德格尔早已走在前面。那么，如果只是一个海德格尔的荷尔德林，各种议论和研究已经很多，又有何必要由我来叙述呢？也许，海德格尔也并不在"前方"，那并不是他的"荷尔德林阐述"所在的位置。他不在我们的前方，也不在"荷尔德林学"中占据何种位置。他的"阐述"，只是使我们眼前的道路呈现出真实的艰难，赋予我们未知的、将要自己去走向的"理解荷尔德林"这件事以张力。海德格尔关于"荷尔德林阐述"的非"荷尔德林学"性质，是一种启示性的缺席。也许我们应当追随这种在"荷尔德林"学中的缺席，且越是一个诗人，越应追随这种在"诗学史"中的缺席，而这，也是追随**由荷尔德林所标志**的那种"非在"的开始。同时，这也意味着对"非在"的追随，也是进入到与"文学史"、与"历史学"的斗争关系之中。

其三，如果在这节课后，你们想要继续去了解荷尔德林及其作品，建议大家注意他在1803年前后的变化。

1803年前后的荷尔德林，是一个突变现象。在这之前，我们可以把他"还原"为一个古希腊崇拜者，可以把他放在约翰·亚奥西姆·温克尔曼的影响中去理解。可以把他还原为歌德、席勒时代的一个边缘的浪漫派人物，放在同时代的写作风尚，在受到席勒和品达影响的"诉歌"文体中去理解。可以把他放在他那个时代的经院哲学和神学语境中去理解。还可以通过对茨威格笔下那个神话化了的"与精灵斗争"的文学人物进行祛魅，把他"还原"为一个备受创伤和压抑的，以至于可被作为精神分析案例的对象来理解。但是，1803年前后发生的变化，首先和彻底地是一个诗人的变化，使如上所述的一切"还原"都成为了非本质的。

1803年前后发生的变化，产生了海德格尔必须坚决区别于"文学史"与"历史学"来予以阐明、予以保卫的那种"独一无二的本质之物",产生了那些"无时间—无空间"的、克服了"我们的历史学"的诗作。在文学史中,这种突变的另一个例子,是经历了假死刑、被流放西伯利亚之后的陀思妥耶夫斯基。当然,后者作为小说家是一个完全不同的美学现象。

理解这样的荷尔德林,首先需要的可能就是**放弃类比**,不把他与仿佛同类、相似的诗人进行不论是"文学史"意义的、还是文学风格的类比。当莫里斯·布朗肖在《文学空间》中称文学即空间的转变,并且以荷尔德林为例,称其品质显现出一种"伟大的生硬"时,我们不能仅仅在艺术风格的意义上去理解,而要指向荷尔德林典型性地创作出了在诗学史、历史学的层面,无法以类比去理解的作品。而且,一切类比都社会化了。

这样的荷尔德林,强烈地属于那种不适合通过陈列、例举其各项品质来逐一进行描述或评述的诗人。这是荷尔德林的一个同其他许多诗人的区别。许多人的风格类型以及内容题材,是可以分成各项去加以描述的,即使一些内容极端的现代写作者,我们仍然可以进行理性化的,一个部分跟着一个部分、一个特点跟着一个特点的例举式评述。但是,荷尔德林的语言,强烈地要求一种"整体回应",以至于,如果读他诗作的人不接受这一整体就很难、直至无法谈论他的诗。

那么,对于荷尔德林始终只有哲学的转述性质的理解吗?直接认识一个诗艺和诗学成就的、一个美学事实的荷尔德林,意味着什么?

这也带来了一个问题:如果荷尔德林是如前所述的作者,那么,荷尔德林的读者,会是怎样的读者呢?

那种对于"作者主权"的理论化反对,在荷尔德林这样的作者面前,可能是缺乏意义的,甚至是庸俗的,因为,这种对"作者主权"的反对,同时许诺给了读者一个**第一读者**的身份,他可以永远在第一读者的位置要求并促成"作者之死"。那么,在荷尔德林这样的作者面前,那种作为第一读者,去要求并促成"作者之死"的理论化斗争,是有意义的吗？对于"荷尔德林"这一精神生命，我们的理解与回应，难道是可以继续自以为是地从那个第一读者、也即似乎永远具有社会化斗争权利的原始读者的位置做出的吗？

难道，读者不是更应该在阅读荷尔德林这样的"作者"的过程中，不再是那个第一读者，也不再是一个后世的、迟到的读者，而是成为被阅读所改变，被投掷向海德格尔所说的"不同于第一开端的另一开端"的，一个新的读者吗？

作为读者，我能够提供给各位的，对于你们可能有些许参考作用的一点阅读经验是：我自从初次读荷尔德林的诗作，尤其是晚期诗作开始，有一种感性认识就一直持存于记忆中。这种感性认识是：荷尔德林的诗篇，就像在有意识追求一种集中的、无法被逐帧反映的光照。各种经验材料，意识活动，都在对太阳的感受中表达。太阳的光芒，是荷尔德林的主要自然意象。

理解荷尔德林，对我们在自然界方面的经验也提出了要求。如果我们经历过强风中的高地，认识过在山地与高原生活的民族；如果对森林、高山、江河的认识沉淀在我们心中，我们会对荷尔德林诗中的自然意象，以及通过这些自然意象而显现的大地意识、共同体意识和"灵"的意识，产生更为内在的感受。

这样说，好像荷尔德林就是那个"诗意栖居者"的代言人。事实上，诗人成了这个战争的、政治的、血亲的大地上的一个陌异于众人和自己的异己者。他并不能顺理成章地成为一个族人，并不能完好无损地回到那个"亲和力"的家园中。"还乡"的主题，是成为一个陌异于众人和自己的异己者的前奏。"还乡"不仅在荷尔德林的人生中并未实现，在他的诗中也没有实现，而是异常地揭示了一种未来，在这个未来中，大地即"非认识区"。是的，这个词，"非认识区"，正是来自乔吉奥·阿甘本在《论言说"我"的不可能性》中所说的那个"非认识区"。那个著名的诗句,"在这贫乏的年代里,诗人何为?/而你说,诗人是酒神的神圣祭司,在圣夜里从一地迁移到另一地"——这个诗句中的,在世界之夜走遍大地的人,也就是在"非认识区"工作的人。这个人,是从诗人荷尔德林身上产生的他自己的陌生人。并且,这个面对"非认识区"的人,濒临死亡。

这里的濒临死亡,并不是那种自然的垂暮或垂危状态。濒临死亡者,同样可以是生命力强健者。面对"非认识区"的人濒临死亡,是一个生命力强健者的濒临死亡。当我们对这个在中文里最著名、可能也是唯一著名的荷尔德林诗句津津乐道时,我希望,大家也注意到,这是一个刀锋般的、分界线般的诗句,它分割开了过去与未来,并且,是一个开端,因为在它之后,就是直抵我们今天的整个现代诗学。

在今天,"诗人何为?"这个问题也已经濒临死亡了吗?

我个人非常喜欢荷尔德林的全部作品,随着时间过去,这种喜爱不是安静的对象化投射,而是一种流动在血液中的动力和提醒,是对于我在写作的美学想象方面的,以及在写作的意义方面的提醒。我也相信,这种提醒,也会流动在今天和以后的许多诗人的语言血液之中。这使我感到焦虑,因为我没有能力在一节课的时间中,有效地概括和介绍给你们荷尔德林那些伟大诗篇的意义,这意味着,我很难在一个我认为如果不能整体地谈论,就无法谈论的诗艺现象中,选择出一首或几首诗篇,就像在火焰中分出一两支火舌。

所以,今天,我们先不去读荷尔德林的诗,我选择了他的几篇诗学短论。我认为,这些短文对于我们今天的问题,在我们的弊端、我们的贫乏和我们的希望方面,有直接的启发意义。直接,并不是在现象上对应的直接,而是在内在的直接。

我建议,大家读这些文章时,可以时时联想荷尔德林的那句著名提问:"在这贫乏的年代里,诗人何为?"也就是说,在这个贫乏的年代,在世界之夜,以诗性精神为显现形态的我们的精神生命,应该怎么办?

接下来，我们就来细读其中的一些段落。很抱歉，我没有德语能力，照这个时代的一句刻薄话而言，我是"中国特色的读译文者"。这几篇短文，我用的是戴晖的译本。虽曾被翻译同行批评纠错，但目前也只有戴晖译本。我们先读第一篇《反思》，我采取在朗读每一段之后，做出一点评述的方式（引文中的粗体是我标出的）。

反思

感悟有不同的程度。从乐趣开始，这当然是最低层的，上至一位将军的感悟，他在战场的厮杀中保持谨慎，强有力地获得守护神，感悟有无尽的阶梯。在这阶梯上升降，是诗人的天职和幸福。

——在上次课上，我们读到克洛岱尔，他说，他的灵魂"不耐烦任何梯子"。但这里，我们又遇到了一种古典主义的梯子。但是，这个梯子不是等级论的，也不是雅各的天梯。我认为，我们可以把它想象成一种音阶关系，这种音阶，把向上之路与向下之路之间的一切，都化作音乐的不同声部，而这种音乐的连续性，才是真实的连续性。在产生音乐的连续性之前，向上之路与向下之路之间，未必是连续的，也许两者之间的斗争关系才是它们的连续性，而我们在想象这种连续性时，往往忽视或没有能力面对这种斗争。"斗争"所指向的状态，仍然是一种等级现象，但是，是一种**积极等级**。这种积极等级，目的在于，我们上节课提到的**对主流的唤起**——对只有主流才可显现的那种本质性与开放性，对那种存在的秩序的唤起。一般来说，我们会把不论积极等级还是消极等级，都理解为"门槛"。但是，不论求知还是"诗的灵的演进方式"，当然有门槛，何曾有坦途，何曾有不去进行艾略特所说的"动身追寻"，就可以舒舒服服得到的知识坦途呢？

用套叠的长句时,人有言辞的倒转。然而更伟大和更有效用的却必然是循环本身的反转。循环的逻辑位置,诸如在根据(根据循环)后是生成,生成后是目的,目的后是意图,而从句总是挂靠在与它关系最近的主句后面——这对于诗人肯定是极少派上用场的。

——诗人的"美学技法"必须遵循于"诗的灵的演进方式"——这是荷尔德林的说法。对于荷尔德林这样的诗人,"诗的灵的演进方式"是唯一真实的美学生成。并且,他提出了一种顺序:根据→生成→目的→意图。

一些人在较大的火焰中,而另一些人在较小的火焰中仍保持必要程度的慎思,这是感悟的尺度,每一个人都具备它。在清明的**理智离开你之处,那儿就是你的感悟的界线**。伟大的诗人能够随心所欲地超越自己,却从来不放逸无度。一如人会跌落到深处,他也会失足于高处。富有弹性的精神制止前者,在清明的思虑中的重力阻止后者。如果情感正大、温暖、清晰而有力,它是诗人最好的审慎和思虑。它是精神的缰绳和鞭策。用温暖策动精神继续向前,用微妙、正大和清晰给精神规定界线并且扶持它,以使精神不致迷失自身;这样情感同时就是理智和意志。但是,如果它太阴柔,那么就变为毁灭性的、一条噬人的虫豸。如果精神限制自身,那么情感就太怯弱地感觉到短暂的限制,变得太热烈,丧失清明并且用不可理喻的焦躁将精神驱向无际;如果精神较自由,一时超越规则和材料,那么,就像曾担心受局限,情感同样害怕精神有迷失自身的危险,它变得冷淡、沉闷并且削弱精神,以致精神沉沦、僵化并且在无情的怀疑上消磨殆尽。如果情感一旦如此病态,那么诗人别无良策,因为他认识它,就无论如何别为此惊慌,只是更有分寸地继续下去,不论这种情感是抑制的还是奔放的,即刻校正它,如果他多次如此帮助自己渡过难关,他就重新将自然的恒常给予情感。他必须习惯,不在这些单个的瞬间希求达到他预期的整体,而**忍受瞬间的非完整**;他的意趣必须是于每一刹那超拔自己,以这样的尺度和方式,就像他向事物所要求的那样,直到最后他的整体的主旋律获胜。但是他也不必以为,他只能在从弱到强的成长中自我超越,这样他会变得不真实,承受过大的张力;他必须感觉到,在空灵上赢得他在意义上所失去的,宁静代替强烈,周密代替飞跃,这样在他的作品中将没有一种必然的声音不一定程度地超越前一种声音,因为整体就是以这样的方式构思好的。

——我们可以把这段话,理解为一种情感教育,也可以理解为海德格尔意义上的"情性的准备"。海德格尔有个句子——当他这样写时,也主要以荷尔德林为例——写道:"这种自我教育,自我抑制性的情性,协调着一种人之此在中的真理之庇护的各个建基时机。"为此"建基时机"所做的"情性的准备"或情感教育,可以对比上节课我们提到的"激情"与"无赖性质的迷狂"的区别。但是,也许,荷尔德林并不会关心这种 T. S. 艾略特式的对情感迷狂的批评,对于他来说,这也许太次要了。他所关切之事,主要是在"清明的思虑"中,为了把语言建设为存在的庇护所而进行的"建基"。并且,他完全不关心反讽,他可能是近代作家中最突出的一个完全不关心和不使用反讽的诗人。这样说,绝非贬低"反讽",有许多反讽艺术家,莎士比亚、海涅、克尔凯郭尔等等。但是,这些作者的反讽,也都是在各自的黑暗时代,自我保持在"清明的思虑"中和自我保卫原创性的途径。并且,反讽正是从那些不可能产生反讽,而是因为"存在的建基"这件事而具有牺牲性质的精神生命中,才获得了力量,才因此具有一种"矗立者"的光彩。此外,荷尔德林还建议我们:"要尽可能轻松地运用理智。""轻松地运用理智",也意味着要清晰地运用理智,一如荷尔德林理想中的古希腊式清晰。正是清晰,使作品平直而奇异（奥克塔维奥·帕斯："应该满足两方面的要求：整体中的变化，平直与奇异的结合。"）。正是清晰，偏离了那些"只是反应"的感性需求。在驳杂的事实、事物和经验材料中，创作者应保持一种古典风格的内在结构，在"说明"中创造歧异，不服务于冲动的"可感性"，而且，诗人要在被辨认"可感性"的时候，持续展现路径的变向和精神上的延展性。同时，再没有比称呼这样的写作是"理性主义的"更错误的了。

接下来还应注意这些句子：

一、"忍受瞬间的非完整"。

二、"但是他也不必以为，他只能在从弱到强的成长中自我超越，这样他会变得不真实，承受过大的张力"。

谬误也在真理中变成真理，这才是最真实的真理，因为在体系的完整中真理把谬误置于它的时间和它的位置上。真理是光，照亮自身也照亮黑夜。这也是至上的诗，因为在艺术作品的完整中于适当的时间和适当的地点谈说非诗，**非诗也变成诗。但这儿最需要敏捷的把握**。如果你仍在怯懦地徘徊而不知道事情的进展，不知道从中可做出多少，你如何能够把它用在恰当的地方。把所有的个体放到整体中它所属的位置上去，这是永恒的愉悦，神的欢乐；所以没有理智或没有一种彻底地组织好的情感便没有卓越和生命。

——这个段落里有一个重要的警句："非诗也变成诗。但这儿最需要敏捷的把握。"在这里，请允许我表白，这是一句深深影响了我的话。我想把我写于2010年的一段写作笔记读给你们听：

"当他被世界中'非文学性'的东西吸引而去；当他偏离常规预期的文学性，交往那些'文学'旁边或处在侧影中的事物，那些领域以外的现实事物；当他不仅是拒绝某种事先已经准备好的价值，而是激活了这一价值；当他又带着'非文学性'的案底返归文学；当他写的东西中洞察取代了炫耀；当他的一无所是没有削弱而是促进了他；当他接受自己的弱点，让它只起到一种作用——利用它破坏了有可能给他人造成的某些好的、可供称赞的错觉；当他与陈词滥调的语言势力断绝；当他渊博而一无所是，并且远离矫揉造作者与短浅之徒；当他必须在直接的、赤裸裸的转化责任中工作，因为诗人毫无节制地陷入叙述自传的欲望从而贻误和逐渐失去转化的才能；当他经过理智而放弃理智，濒临疯狂而保持善良；当写作是他渐进的消亡过程，他可能是个有成就的诗人。"

难道人在包罗万象的精神上所赢得的，必须在力量和感受力的稳健和敏捷上失去吗？没有虚无的另一面就无所谓虚无！

你必须从欢乐中懂得纯粹，懂得人和其他生命体，理解它们的"所有本质和独特"，逐个认识一切关系，将其相联系的组成部分反复温习，直到生动的观照更加客观地从思想中突现出来，从欢乐中，在困顿闯入之前；**单纯来自困境的理智永远是片面的歧途。**

相反，仁爱乐意无微不至地发现（如果性情和思想没有由于严酷的命运和清规戒律变得羞怯和阴郁），什么也不愿疏忽，在它找到所谓混乱或者错误之处（这些部分由于它们所是，或者由于它们的位置和运动，一时偏离了整体的音调），只是愈发深情地感觉并且观照那整体。所以一切认识应该从学习美开始。显然，**无须伤感就能够理解生活的人**，他得益匮浅。当生命本身从无限中走出来，梦想和激情也很好，其次为怀念，它不愿接触生活，了解生活，再其次是绝望。对凡尘、变易、他的时间的种种局限的深刻感受，鼓励人去做许多尝试，练习他所有的力量，使他不致流于懒散，人围绕着幻想而斗争，直到他终于重新为认知和劳作发现真实和实在。在盛世少有梦想家。但是如果人们缺少伟大而纯洁的对象，那么他造出任何一个幻境，闭上眼睛，以便能够对之感到兴趣，为之生活。

——这段话，难道不更像是歌德说的吗？"单纯来自困境的理智永远是片面的歧途。"荷尔德林说，我们不要有困境崇拜。一般的观念是，从困境中产生了理智，而且我们相信这种理智。但是，对于荷尔德林，这都是误解，更是在"诗的灵的演进"方面的歧途。他呼吁我们，要肯定健全性，这种健全性表现为这样一种自然的感知：不是崇拜苦难，而是"无须伤感就能够理解生活"。我们可以把这种观点，理解为一种歌德式的观点。但是，这却是荷尔德林本人失去的东西。

耐人寻味的是，荷尔德林本人失去了这种不在苦难中就能理解生活的可能性。他备受苦难。这意味着什么？这是否意味着，荷尔德林自我激发、通过自身命运所显现的，是一种真相，这种真相既不是歌德式的，也不是歌德所反对的"病态的浪漫派"的。这种真相是：在荷尔德林身上显现的未来，同时也是他自己的异己者。还有什么，比这更能说明一个诗人的美学命运与精神生命的深刻矛盾呢？从他身上显现的未来也是他自己的异己者。

一切都取决于，卓越不过分排斥低贱，美不过分排斥野蛮，当然也不与之混合。卓越和美确定地不带激情地认识在他们与他者之间的距离。**如果他们太孤立自己，那么就失去了那种作用，他们在孤独中没落**。如果过于调和，那么也不可能有真正的作用，他们或者像对他们的同类一样针对他者说话和行动，忽略了一点，这些人缺少这一点，必须首先在这一点打动这些人，或者他们过分向这些人靠拢而重复他们本应清楚的芜秽；在两种情况下他们都丝毫没有发挥作用并且必然灭亡，因为他们不是永远毫无反响地在光天化日下表白，孤独地与所有的斗争、请求相厮守，就是**过于顺从地接纳陌生和鄙俗，从而窒息自己**。

——荷尔德林的等级论更多是音乐意义上的，不同于我们今天熟悉的那种等级论。音乐上的"等级"升降，是开放性的必要手段。随后，诗人出人意料地提出了一种关于社会关系，一种关于共同体的洞见。在这里，可以听到海德格尔批评艺术家的主体崇拜、批评艺术家的那种对"孤独"的限制性定义的先声："如果他们太孤立自己，那么就失去了那种作用，他们在孤独中没落。如果过于调和，那么也不可能有真正的作用（……）就是过于顺从地接纳陌生和鄙俗，从而窒息自己。"

今天，有一种堪称原始主义的观念，认为诗人或创作者必须无条件地经历混乱与浑浊，好像因此才具备"现实感"方面的说服力。但是，荷尔德林说，这是一种过度的顺从，从而，我们会窒息自己。

在这篇短文的结尾，我们可以想一想，这篇《反思》是对什么的"反思"？首先，直观上，这是一些对写诗的方式，对"诗艺"的反思。其次，是对浪漫派的"诗艺"在精神上的那种获得的欲望，对那种独占意识的反思。然后，是"建基时机"之前的一些必要的"抑制"，也即对诗人可能遭遇的一些非本质性的事物的反思，也是对表现为"克制"的、那种对心灵能力的规定的反思。反思，也是准备。那么，这篇《反思》，是为了什么而准备的"反思"？反思之后，要去做什么？我认为学者、翻译家刘皓明的一段文字颇有启发，我读给你们听——

> 师法品达的荷尔德林认为，诗的生发过程可以描述为：统一自如的灵，走出自己，同"材"相接触，构成种种永不停歇的变换关系的过程。不同类别的变换关系，彼此形成对立系统。这些系统最后产生静止的点和契机时刻。这样的点和时刻，就是诗写作和实化的时刻，荷尔德林把这个过程称作："诗的灵的演进方式"。而"诗的灵"，归根结底是那个作为创世的神的灵，是这样的灵充斥了诗人——所谓"灵感"或者"感灵"，使得诗人走出自己有限的"领域"，把握和表述只有神才完全拥有的共同体。作为一个歌咏父国咏歌的诗人，荷尔德林认为，诗人尤其是民族用以发声的舌。

（荷尔德林在赞歌《虚弱》中写道）"我们，民族的舌。"

"民族之舌"这一观念，不仅是政治的、历史的，更是宗教的。

关于"同'材'相接触"，也许我们可以回忆上节课提到的，"诗人的材料"是那种在经验材料与知识材料的结合中，产生的第三材料。这篇标题为《反思》的短文，我们可以理解为：是诗人为了成为"民族之舌"而做出的准备。

接下来要读的一篇短文承接了"民族之舌"的主题，是一篇非常重要的荷尔德林文论。我们休息十分钟，然后读这篇文章。

（中场休息）

【下半场】

我们将要读的这篇短文，也可以把它读为一篇关于**克服"非认识区"**的文论。尤其，我们可以把它读为一种**精神性的"策论"**。

在毁灭中生成

正在没落的祖国，自然和人，就其处于特殊的相互作用中而言，造成一个特殊的成为理想的世界以及物之联系，并且就此而瓦解，以便从世界、从存留下来的人种和自然力量中形成一个新的世界，自然的种种力量是另一种实在的原则，正如没落产生于纯粹而却特殊的世界，新世界是一种新的、但是也为特殊的相互作用关系。（……）一方面几乎或者丝毫没有现成的生命，另一方面似乎万物俱备。（……）**祖国的没落**或者过渡（在此意义上）在现存世界的肢体中感觉到自己,新生者、青春和可能也正是在现存者瓦解的契机和程度上感觉到自己。显然,没有统一怎么能够感受到瓦解,如果应该感到并且感觉到瓦解中的现存者,那么,是通过关系和力量中的未穷尽者和不可穷尽者感觉那种瓦解,而不是相反,因为从虚无中得出虚无,直截了当地看,这句话就是说,走向否定之物,就其退出现实性而尚不是可能性而言,不能够发挥作用。

——这篇短文有许多要点,例如开篇即写出的"正在没落的祖国"——这是在此文中,也在荷尔德林的所有写作中贯穿的主题:"没落"与"祖国"。

但是,在现实性自身瓦解时踏入现实性的可能,它发挥作用,无论对瓦解的感觉还是对瓦解者的回忆都是它所导致的。

所以有每一种真正悲剧语言的彻底独创性,绵延不断的创造,个性从无限之中生发,有限之无限或者个性之永恒从个性和无限两者中产生,把握和理解,激发生命,然而不是针对变得无从理解的不幸之物,而是用和谐、领会和生命去把握不可理解者、瓦解和斗争的不幸者、死亡本身。这里所表达的不是最初的、生硬的、在幽深处对于受苦者和旁观者尚太陌生的瓦解之痛苦;在这种痛苦中新生者,理想者没有规定性,是恐惧的对象,与此相反,瓦解本身是现存者,自身更具有现实性,是实在,或者正在存在与非存在之间瓦解自身,被把握在必然之中。

新的生命现在具有现实性,那理应瓦解并且已经瓦解的,具有可能性(理想的,旧的),瓦解本身为必然的并且带有在存在与非存在之间的独特的性格。然而在存在与非存在之间的状态中,可能处处是实在的,而现实是理想的,在自由的艺术摹仿中这是可怕但却神圣的梦幻。瓦解是作为必然的,从理想的回忆的视角来看,如此之必然的瓦解成为新发展的生命的理想客体，回顾必然走过的路，从瓦解的开端直到从新生命中能够产生对瓦解者和瓦解的回忆，对后者的回忆解释并且联合新旧之间发生的空隙和对比。这一理想的瓦解无所畏惧。开端和终点业已设定，已发现，已巩固，所以瓦解也愈发沉着，不可遏止，勇敢，这里它将自己呈现为它本真所是，作为一种再创造的行动，生命由此历经它所有的点，为了赢得完整的总和，它不停留于任何一点，为了在下一点建树自身，它于每一点上瓦解；只是在远离其始发点的刻度上更加实在，直至终于从毁灭和诞生的种种感觉之总和中得出一种完整的生命情感，而种种感觉于一个契机走完了无尽的历程。从完整的生命之情中**那孤标高举者，最先瓦解者**在回忆中（通过客体在完美之顶峰的必然性）得以彰显，而通过对瓦解的回忆，对瓦解者、个性的回忆与无尽的生命之情相结合，它们之间的空隙被填满，于是，从这种消逝的个体与无尽的当下现实的统一和齐一中得出一种真正的新状态，应跟随在毁灭者之后的下一步。

——诗人在此对"新生"这一主题进行了一种规定，我们可以对比罗兰·巴特在《小说的准备》开篇的"导论"，借用但丁"人生的中途"来叙述他面对"小说的准备"这样一个主题时，所准备的第一件事情：对"新生"的认识。罗兰·巴特说，"新生"的实践是新的写作形式的实践。

荷尔德林将"新生"仔细叙述为一个激情程式。他有一些非常详细的、逻辑化的规定，比如说：在走向那个相对于"第一开端"的"另一开端"之前，要给出对"第一开端"的叙述，但是"第一开端"已经瓦解。埃里克·沃格林在《政治观念史稿》的第一卷中即写到，哲学是如何从"希腊的瓦解"的时代开始的，以及柏拉图如何在那个瓦解时代开始写作。我们不知道，"瓦解"的概念是通过直觉，还是通过对古希腊人的阅读，影响了荷尔德林自身写作的一种背景意识。这种"瓦解"，其一，是他写作的背景，其二，他并没有对这种"瓦解"进行批判式的理解——对于诗人的工作来说这相当于失职——荷尔德林说，诗人在"瓦解"中进行写作，同时也是对于"瓦解"的担负。

（……）在对瓦解的回忆中瓦解完全成为沉着、不可遏止和勇敢的行动，它本来就是这种行动。

但是，又因为这种理想的瓦解从无尽的当下现实走向有限的毁灭者，所以它也区别于具有现实性的瓦解，区别如下，(1) 在同一个瓦解和建树的每一点上，(2) 瓦解和建树中的一点与其他每一点，(3) 瓦解和建树中的每一点与瓦解和建树的整体情感，它们都无限地交织起来，一切在欢乐和痛苦中，在斗争与和平中，在运动和止息，形式和无形中更为无尽地互相渗透，接触和关涉，并且如此产生非人间的天国之火。

也是因为这种理想的瓦解从无尽的当下现实走向有限的毁灭者，它终于区别于具有现实性的瓦解，区别在于它会更加彻底地具有规定性，它没有理由惶恐不安地将瓦解和建树的好几个本质点收拾到一起，也不胆怯地偏向于非本质，阻碍所惧怕的瓦解，也就阻碍了建树，那就是真正的毁灭，它也没有理由在瓦解和建树的某一点片面而怯弱地把自己限制到极致，如此趋向真正的死亡，相反，它走它的准确、正大、自由之路，在瓦解和建树的每一点上完全是它能够于此、却也仅仅于此所是，那就是真实而个性化，当然也不在这一点上勉强不相属者，散漫者，自身无足轻重者，但是自由而完整地走过这单个一点，连带它与瓦解和建树的其余各点的所有关系，它们立于最初担当起瓦解和建树的两点之后，这两点就是，相对峙的新的无尽与旧的有限，实在之全体与理想之特殊。

——诗人的工作，同时是对"瓦解"和"建树"的担当。整个这一段关于"瓦解"的话语，荷尔德林都在谈"瓦解"如何对我们产生了一种规定性。这种规定性，是我们的"理想"不能给予我们的。

正是在"瓦解"之中，产生了对于我们将要去做的事——我们的工作——的一种规定性。同时，正是"瓦解"，帮助我们区分了时代中的各种非本质的现象和"非本质的种类"。荷尔德林罗列了一些"非本质的种类"：那些"勉强不相属者，散漫者，无足轻重者"，尤其是，那些不能够承担起"瞬间的非完整性"的完整主义者。

（……）就像它在生成中在过渡期间不可以与用散文来表现的个性之理想相混淆，也不可将之与抒情的无尽实在相混淆，显然，这种状态在两种情况中都把一种情况的精神与另一种的可理解性和感性结合起来。它在两种情况下皆为悲剧性的，这就是说，在两种情况中，它都把无尽之实在与有限之理想统一起来，而两种情况的不同只是直接的，即使在过渡中精神和符号，换句话说，过渡的物质和过渡，过渡和过渡的物质（超验的与孤立的），就像富有灵魂的有机体与有机的灵魂，仍是和谐地相持相峙的一。

由于新的无尽采取旧的有限的形态，现于本己的形态中个性化了，从新的无尽和旧的有限的这一悲剧性的统一中发展出一种新的个性。

就像孤立者和旧的个性在另一个角度努力使自身普遍化，消融于无尽的生命之情中，新的个性现在同一刻度上力图隔绝自己并且摆脱无限性。正如在上一个阶段新作为陌生的力量对待旧的无限，新的个性阶段结束的契机业已在此，这里的新的无尽作为瓦解性的力量（……）

——"不可将之与抒情的无尽实在相混淆。""新的个性现在同一刻度上力图隔绝自己并且摆脱无限性。"

两个句子有同一个指向：对无限、"无尽性"的批判。我们的创作/写作，可能并不是把自己投向无限，投向那种无限的感受，无限的感性印象，或者是一种抒情的无限性。而是——首先第一步：把自己与那种宽泛的无限意识区分开来。

今天，我们讲"无尽的写作""无限颂"等等很多这样的东西。在荷尔德林这里，他的观点是倒置的：创作的第一步，"新的个性"的第一步，即与这种无限、无尽性进行区分。荷尔德林说，新的个性"就像孤立者和旧的个性在另一个角度努力使自身普遍化……新的个性现在同一刻度上力图隔绝自己并且摆脱无限性。……新的个性阶段结束的契机业已在此，这里的新的无尽作为瓦解性的力量，陌生的力量对待旧的个性，而这两个阶段相持相峙，虽然第一阶段作为个性对无限、个体对整体的统治，第二阶段作为无限对个性、整体对个体的统治。这两个阶段的结束和第三阶段的开始在于这样的契机，这里新的无限作为生命之情（作为我）对待旧的个性，后者作为对象（作为非我）……"。

这里产生了三个阶段，第一阶段，是个性对无限、对整体进行统治，我们可以把这理解为浪漫主义阶段。第二阶段，是无限对个体，整体对个体的统治，我们可以把这理解为社会化的阶段。第三个阶段有点像我们上节课谈到的经验材料、知识材料之外的第三种材料，如果诗人失去了第三材料，他的写作生命也就停止。然后，这篇短文的内容，结束在第三阶段："新生"。结束在"新生"也即新的写作实践对于那种常有的无限、无尽性的想象的区分之中。

接下来这篇短文，是我读到过的荷尔德林文论中，我最喜欢的一篇。这次为了这堂课而重读，我仍然被它感动和激励。对于我，这是生命中具有引导意义的一篇文章。其实，它自身已清晰完满，无需我对它进行何种渺小的评论，仅仅是朗读它就够了。但是，既然我们已事先约定要进行一种尝试性的理解，就不能只是在这里朗读它。我只能提供的一点点东西,是这篇文章曾刺激我产生的、一些持存于至今的意念。现在,面对这篇熟悉的文章,我觉得,应该为它小小的冒险一下。我有点害怕,因为我没有事先写好讲稿。

关于《安提戈涅》的说明

(部分内容略)

时间和自然的精神,打动人的神圣,当有与所感兴趣的对象处于最疯狂的对立时,是一日或是一件艺术作品的最大胆的契机,因为感性的对象只达到一半之遥,而精神却在涉及后一半时最强有力地醒来。人于这一契机必须全力把持自己,所以他也最坦然地在其性格之中。

合乎悲剧的颓丧的时间,其客体当然不是心灵的本真兴趣所在,它以最不合宜的方式跟随时代精神,于是时代精神表现得狂放,并非像白昼之精神那样护持人们,而是铁面无情,作为永远生生不息、不落言诠的旷野之精神,死者世界的精神。

(……)安提戈涅:"我听说,生者之王国已同于荒漠……"

——这里需要注意一个细微之处,荷尔德林说,"时代精神"是"永远生生不息、不落言诠的旷野之精神,是死者世界的精神",在此,荷尔德林将"时代精神"和"白昼的精神"做了区分,让两种东西保持在一种规定性之中。(在这里我有一个严重失误,蒋斐然指出我在口述时误把"时代精神"等同于"白昼的精神",导致与前文自相矛盾。)

随后,荷尔德林把《安提戈涅》的这个诗句——"生者之王国已同于荒漠"——称为"崇高的讽刺"。"(心灵)不断把自身与没有意识的对象相比较,但却在她的命运中接受意识的形式。如此之对象是变得荒凉的国土。"

（……）她为时间之父

计数金色的钟点,

而非：替宙斯掌管金色潮水般的生成。这是为了更接近我们的观念。对宙斯的说法必须更确定或者不确定。严格地说更好是：时间之父或者：大地之父，因为他的性格与永恒的趋向相对峙，将从此一世界向另一世界转化的追求变为从另一世界向此一世界转化的努力。所以我们必须把神话表现得处处更可实证。金色潮水般的生成意味着光的辐射，就所称的时间由于光的辐射而可计数而言，光线也属于宙斯。然而，若在痛苦中推算时间，总是这样，因为性情这时更富有同感地跟随时间的变化，从而把握单纯的钟点进程，而不是由理智从当前推究将来。

——这段话语中，我认为最惊人的一个短语是："金色潮水般的生成。"

我们可能熟悉吉尔·德勒兹的术语，但是，如果没有荷尔德林先行指出的"金色潮水般的生成"，如果我们不能对这存在的金色浪潮有所领略，失去对它的想象力，那么，我们也许不可能知道何为"生成"。

可是，因为这种在变易的时间面前的最牢固的停留，这种英雄的遁世生命，真正是最高的觉悟，继之的合唱则借此获得动机，作为最纯粹的普遍性，作为最本真的立场，必须由此来把握整体。

刚刚过去的场面过于挚诚，作为其对立面，合唱的立场包含两种相峙之性格的至高的中立面，而戏剧的不同人物的行动皆由这两种性格出发。

其一是标志着安提戈涅的特征的性格，一个人在神的意义上持反对神的态度，并且认为至上者的精神是不合法的。其次是对命运的虔诚的畏惧，这里敬神已成一种定论。这就是它们的精神，两者在合唱中被中立地置于彼此之对立面。安提戈涅在第一种意义上行动，克莱翁则在第二种意义上。就两人相对峙而言，他们既不像民族和非民族，这里是指有教养的，如阿亚克斯和尤利西斯，亦非自由之精神对抗忠实的质朴，如俄狄浦斯和希腊国民，古典的原始之自然，他们彼此对等，只在时间上不同，以致一方的失败首先是因为它开始，另一方的获胜是因为它随后。就此而言，这里所谈论的奇妙的合唱最契合整体，而它的冷静的中立之所以是温暖，恰因为中立如此独特地契机契理。

——稍后，我们还会谈到荷尔德林对"合唱队"的看法。在这里，荷尔德林已先行指出，"合唱"是一个最为本质的立场，我们必须通过它来把握整体。"这里所谈论的奇妙的合唱最契合整体，而它的冷静的中立之所以是温暖，恰因为中立如此独特地契机契理。"这里的"中立"，也许可以结合罗兰·巴特关于"中性"的观点来理解。

接下来，第三部分，再次出现"祖国"的主题，并且是对上一篇"精神策论"《在毁灭中生成》的深化与举例说明。在这部分，我想说，我们将要面对的是一些极具原创性的，在我看来是伟大的诗学观点。我想建议各位，在读它的时候，心存一种好奇：如果这些文字，放在我们自己的祖国主题中，放在一个我们可以称之为"祖国"的生命空间之中，会把我们带向怎样的理解？

如在"关于《俄狄浦斯》的说明"中所提示的那样，悲剧的表现立足于两点，其一，直接的神完全与人为一（显然，使徒的神是间接的，是在至上精神中的至高理智），其二，无限的感悟将自身理解为无限的，这就是说，在对立面中，在扬弃意识的觉悟中神圣地与自身分离，而神在死之形态中为当下现实。

因此，正如在"关于《俄狄浦斯》的说明"中所涉及的，有对话的形式和与之相对立的合唱，因此有场景中危险的形式，按照希腊的方式，它必然真实地在这一意义上结束：言辞较间接的真实，打动趋于感性的形体；按照我们的时代和观念言辞则较为直接，打动趋向精神的形体。希腊悲剧的言辞具有致死的真实，因为它所攫住的身躯真的导致毁灭。

——我们记住一个词"分离"。然后，荷尔德林写到"致死的真实"。生命力强健者的身躯，被这种直接性所抓住。从而，这样一个生命强健者骤然濒临死亡。死亡不是我们熟悉的那种渐进消亡过程的结局，而是一个生命强健者骤然濒临的死亡。

我们处在更本真的宙斯的统摄之下，他不仅于此界和荒野的死者世界之间稍事停留，而且迫使与人永恒为敌的自然进程在其通往另一世界的路途上更为决然地转向大地，这极大地改变本质的祖国观念，我们的诗艺必然是祖国的，于是按照我们的世界观选择材料，诗的观念亦为祖国的，那么，对于我们，希腊的观念的转变在于其主要趋势，即理解自身的能力，因为这里是它的弱点，相反，在我们的时代的观念类型中的主要趋势是抓住某物，拥有命运，因为没有命运，这不幸是我们的弱点。所以，希腊人也更具有命运和骁勇的美德，无论伊利亚特的英雄对于我们可能显得多么荒谬，这却是他们所必备的本真优势和真正美德。在我们这里不如说这隶属于恰如分寸。而同样希腊的观念方式和诗的形式却从属于祖国的。

于是致死的真实，发自言辞的真正谋杀，须看作是希腊所独具的艺术形式，它从属于祖国的艺术形式。可以证实，祖国的艺术形式也许是毁灭性的真实之言辞，而不是致死的真实之言辞；因为须在此处把握悲剧性，并非以谋杀或死亡究竟结束，而是在《俄狄浦斯》的趣味中，出自感奋之口的这种言辞是可怖的并且导致毁灭，并非以希腊的方式在竞技和造型的精神中所把握的,言辞抓住形体,形体去厮杀。

于是悲剧的表现更希腊地或更西方地依据于较强暴或较难以遏止的对白和挽留它或解释它的合唱,合唱赋予无休止的斗争以方向或者力量,因为即使在无限的悲剧形态中,神也无法绝对直接地向形体传达自身,而是必须表述得明白晓畅或者呈现得栩栩如生,所以,作为神圣地挣扎着的形体的承受机制,合唱不可或缺;然而,悲剧的表现尤其在于真实的言语,它以命运的方式从开端走向结束,其中的关联超过已说出的范围;在渐进的方式中,在人物的对立分流中,在理性形式中,理性形式在悲剧时间的可怕的凝缓中形成,正如它于癫狂的生发中将自身表现在对立面之中,随后在人道的时间中,它成为固定的、与神性的命运俱生的见解。

——"理解自身的能力",或说"认识自己",是太阳神的命令。这里有两个要点。其一,"在我们的时代观念的类型中的主要趋势是抓住某物,拥有命运,因为没有命运,这不幸是我们的弱点"。

其二,"于是致死的真实,发自言辞的真正谋杀,须看作是希腊所独具的艺术形式,它从属于祖国的艺术形式。可以证实,祖国的艺术形式也许是毁灭性的真实之言辞"。

两个要点告诉我们,在悲剧中产生的死亡是语言带来的死亡。然后,荷尔德林进一步写道——这是语言带来的谋杀,是从"太初有言"开始的谋杀,是"致死的真实",是古希腊戏剧诗人、是索福克勒斯们独具的艺术形式,是一种从属于祖国的艺术形式——紧接着,是一个令人惊心动魄的结论:"祖国的艺术形式也许是毁灭性的真实之言辞。"

不同于诗情画意的祖国形象、共同体的祖国形象、工具化的祖国形象。在荷尔德林的写作中,"祖国"是一个被隐没在这几种形象中的更为幽暗和剧烈的构造,是一个变动中的实践现场,诗人应该主动理解和揭示它。"祖国"的形象源于"太初有言"赋予人的能力。人／诗人经受这种赋予，就要面对自身曝露于消亡中的危险。同时，"祖国"的构造，也是与被时代观念遮蔽的**无命运状态**的对立。

《安提戈涅》中的渐进方式是在动荡中的方式，就其为祖国之事而言，其中的关键在于每个为无限的转向所打动和震撼的人感觉自己在无限的形式之中，在这一形式中被震撼。显然，祖国的回转是一切观念类型和形式的转向。犹如彻底的反转，不带任何停顿，种种这些的一个彻底转向对于作为认识本质的人却是不允许的。在祖国的转向中，物的整个形态发生变化，自然和永存的必然性趋向另一种形态，向荒原或者新的形态过渡，在这样一种变化中，一切单纯必然的东西对于变化是有偏袒的，因此，在如此之变化的可能性中，中立者也（不仅是面对祖国的形式，为时代精神的强力所打动的人）被迫当下现实地采取爱国的态度，以无限的形式，他的祖国的宗教、政治和道德的形式。如此重要的说明对于理解希腊以及一切精粹的艺术作品皆为必要的。刚才已经提示过，这里本真的行进方式在一种动荡中（这不过只是祖国之回转的一种方式，仍有更具规定性的性格）。

——可注意三个句子。第一个句子"《安提戈涅》中的渐进方式是在动荡中的方式"。第二个句子"犹如彻底的反转，不带任何停顿，种种这些的一个彻底转向对于作为认识本质的人却是不允许的"。第三个句子"在祖国的转向中，物的整个形态发生变化，自然和永存的必然性趋向另一种形态，向荒原或者新的形态过渡"。

第一个句子意味着，《安提戈涅》是一个变动中的世界文本，也是作为"变动中的文本"的"世界"的高度象征。变动中的世界文本，驱使我们进入"观念想象力"这一是非动荡之地，一个大地鬼魂的世界。

而诗艺——写诗的艺术——首先是这个大地鬼魂世界的透镜、显示仪和振作的乐器。在这段文字中,闪耀着一个非常动人的语句:"在祖国的转向中,物的整个形态发生变化,自然和永存的必然性趋向另一种形态,向荒原或者新的形态过渡。"我曾把这个句子作为我的诗剧《M》的第三幕"自然状态"的题词,在这一幕,我虚构了一场会议,填海造地承包商、土壤修复专家、往昔年代的一个劳动英雄,这些人凑在一起开了个会,关于现实中国的自然状态,一个名叫"我"的青年记者和那个名叫"M"的旁听者。好像,我有点是在夹带私货。我想把这一幕的结尾读给你们听,这段诗,是会议结束后,青年记者与那个名叫"M"的形象的对话。

(诗剧片段略。)

荷尔德林所说的"祖国之回转",是作为历史幽灵的"祖国"的反扑吗?也许相反,"祖国之回转",正是与历史幽灵的反扑的对立。并且,"祖国之回转"也具有海德格尔意义上的情性,仿佛,"祖国之回转"能自己发声说话,诗人之声与之息息相关。"祖国之回转",意味着"祖国"同时具有毁灭之语调和真实之语调。

(……)这是他的时代的命运和他的祖国的形式。人们也许可以理想化,比如,选择最好的时机,但是,至少在等级次序上,以较弱的尺度呈现世界的诗人不可以更改祖国的观念方式,对于我们,这样一种形式恰好是有用的,因为就像对国家和世界的精神,无论如何,除了从笨拙的视角来把捉无限之外,没有其他办法。然而,仍旧可以优先考虑我们的诗人的种种祖国形式,因为如此之形式在此,不仅为了让我们学会理解时代的精神,而且,一旦了解并且学会了这种精神,就应该巩固它,感觉它。

——这里有一个很有意思的短语:"种种祖国形式。"这也许意味着"祖国"的多重性,或者说,"祖国"正是产生于和那个第一祖国、正统祖国观念的斗争之中。在"祖国"成为不可能的地方,即"祖国"没落之处。何为祖国的没落呢?

接下来是最后一篇短文。这一篇的讨论范围相对窄一些,仅限于对悲剧的一些仍然是非常卓越的意见。文章之前也已经发给了大家,时间有限,不能读全文,我只能建议大家注意一些细节。

关于《俄狄浦斯》的说明

……从更高的根据出发,诗尤其需要更准确和更富有性格的原则和限制。那种法定的程式正属于此列。

其次人们看:内容是如何与程式相区别?特殊的内容通过怎样的行进方式,并且如何在无限、但却具有完整规定性的关系中对待普遍的程式?进程和须确定者,不可估算的生动的意义,是如何与程式化的法则建立关系。一个情感系统,即完整的人,如何在自然元素的影响下发展自身,以及观念,情感和智识如何在不同的相续性中,但总是按照一个准确的规则相继而出,这种方式,法则,程式在悲剧中与其说纯粹是次序,不如说是平衡。悲剧的运行实际上是空灵而最无羁的。而运行表现在观念的节奏鲜明的次序中,因此人们在音节中称作停顿的东西,纯粹的言辞,与节奏相逆的休止,才为必要的,以便在高峰处这样来应付迅疾的观念转化,显现的不再是观念的辗转变灭,而是观念自身。

因此程式的序列和节奏是分开的,在后半部分显现为平衡,这样来相互关涉。如果观念之节奏处于如此状态,在离心的奋迅中最初者为后来者席卷而去,那么,停顿或是与节奏相逆的休止必须前置,这样面对后半部分,前半部分似乎得到保护,而正是因为后半部分原本更迅猛并且显得较难以衡量,所以,平衡由于起反作用的停顿的缘故而从后向始发处倾斜。

如果观念之节奏处于如此状态,后继者为肇始者所迫促,因为是结尾仿佛必须不受开端的侵害,停顿则立于接近结束处,因为前半部延伸得较长,于是平衡出现得较晚,平衡则向后端倾斜。以上讨论程式化的法则。

——很难在荷尔德林的这全篇浑然和令人震动的诗学思想中,挑选可以评述的东西。可以注意这些地方:"纯粹的言辞"的作用,是"与节奏相逆的休止",并且具有必要性,"以便在高峰处这样来应付迅疾的观念转化"。以及,"显现的不再是观念的辗转变灭,而是观念自身"。

观念是辗转变灭的,这是悲剧的条件。或者说,观念本身蕴含了悲剧性的辗转变灭。喜剧不能呈现这一点,喜剧虽然动荡、具有明亮的自由度,但喜剧也可能是某种情感一致性的产物。我们可以说,一个在"情调"上不一致、具有杂多性与矛盾性的作品虽然具有喜剧性,但它往往指向悲剧。

还可注意的是荷尔德林的概念:"观念之节奏。"值得一思的是,"观念之节奏"与"程式化"的关系。我们的一般观念是,"程式化"的东西就是负面的,是需要抛弃的东西。但在荷尔德林这里却相反:"程式化"是需要被再创造、再生成的,是一个"激情程式",它所指向的仍是荷尔德林文论的常见主题,或者说第一主题:"诗的灵的演进方式。"

上节课上,我们谈到了"第三材料",也就是经验材料与知识材料相互作用之后产生的"第三材料",这种"第三材料"决定了诗人因何而成为诗人。在这里,我们可以注意,荷尔德林对"前作品状态"的材料,对"第三材料"的一种很特别的命名:"不可估算的生动的意义。"而且,"第三材料"产生了"离心的奋迅",产生了一个不可驯化的**分离者**。并且,荷尔德林用"迅猛"来形容"后来者(分离者)"。在此,"后来者

（分离者）"也是"相对于第一开端的另一开端"。

如前所述，荷尔德林使用的"程式化"一词，不同于我们今天用这个词指称的负面意义，它指向激情程式，是在"第三材料"之中面对的必然性，而且它也定义了一个诗人／创作者的能力与成败。我们可以说，无法产生"第三材料"，也无法产生作为"第三材料"的目的的激情程式的写作，就是"反应"，也就是"奴性"的。

> 为此有总是争执不下的对白，为此合唱队作为这种对白的反面。为此不同部分之间有太贞洁、太精巧并且切实贯彻的相互契合：在对白中，在合唱、对白和伟大的角色以及由合唱和对白组成的戏剧冲突之间。所有一切是层层机锋不让，彼此互为扬弃。
>
> 于是与对白相酬答，在《俄狄浦斯》的合唱中有哀怨、和平和虔敬，有温良的谎言（假如我是预言者，等等）和同情直至精疲力竭，而对白在愤怒的敏感中恰要撕碎这位听众的灵魂；而在分场中有庄严肃穆的形式，戏犹如异教的法庭，作为一个世界的语言，瘟疫、思想错乱和普遍燃起的预言风气笼罩着这个世界，人和神在无奈的时间之中，以便世界的进程没有空隙，而天国的记忆不落空，在忘却一切的不忠之形式中传达自身，显然神圣的不忠最好存留下来。在如此之契机中，人忘记了自己和神，并且就像叛逆者掉转头，当然是以神圣的方式。在痛苦的极限上，除了时间或空间的条件，无物存在。因为人全然融于此契机，此刻他忘记自身；因为神并非其他而就是时间，他也自忘；而两者皆不忠，时间，是因为它在如此之契机中在范畴上转向，首尾在时间中根本不符合，是因为他在此契机中必须跟随这种决然之转向，因而在下文中根本无法与开端相齐。《安提戈涅》中的海蒙即如此。俄狄浦斯本人就这样处在《俄狄浦斯》这出悲剧的中心。

——"层层机锋不让",这是构成《俄狄浦斯》中的诗行与诗行、诗节与诗节的进展动力的方式,是它的动力机制。

以及,合唱队与"对白",处于一种对立关系中。合唱队的失落是精神的退化。这种精神退化,不仅是美学的退化,还意味着人在对于关联性的想象力方面的退化。我们失去了对于"联系",对于上节课讲的"联觉"等等这些把我们投掷到"另一开端"之中的东西的理解与想象力。这种关联性不仅是美学上的,也是现实的和政治的,是人与世界的关系。正是关联意识的退化、正是人对自身和普遍性的关系的认识的萎缩,导致了失去合唱队。

几篇短文,我们暂时就读到这里。现在是今天的最后一项内容,读一首里尔克写荷尔德林的诗《致荷尔德林》。

这首诗非常动人,虽有一定的草稿性质,不像里尔克那些在技艺上更无懈可击的代表作。这首诗写于里尔克在写出《杜伊诺哀歌》之前的那个沉默和练习时期,翻译者是陈宁。

陈宁,一位上世纪七十年代出生的我的同辈人,是我认为最重要的里尔克中文译者,没有之一。好像,他完全是为了在现代汉语中翻译《里尔克诗全集》这件事而来,完成后,他的生命也就结束。他的豆瓣 ID 名叫 Dasha,在上世纪九十年代末,曾做过一个网上的"里尔克中文资料库"。在他生前,我就经常读到他翻译的里尔克以及荷尔德林的一些晚期诗作的译文。当时我并不喜欢。其实,这种不喜欢,就是不知珍惜,因为,觉得总会有这个、那个译者被我们看到和挑选,也总会有人不断翻译下去。在他去世后,这套全集放在我的书架上很长一段时间,我都没有去读。今年,重读后,越读,我越被陈宁的翻译才智和严肃性,被浮现在十卷诗全集中的工作量所震撼。

现在我们来读这首诗。我想,也是对译者的一个小小的纪念。

致荷尔德林

陈宁 译

淹留，即使在至信者身边，
我们也注定不可；倏然
灵从充满了的图像涌入充满中的图像；诸湖
首先永恒。坠落是此刻
最娴熟的事。从熟练的情感
骤然落入待熟练的情感，继续。

你啊，荣耀的人，你啊，通灵者，当你
开口言说时，这急切的图像就是你的一生，
字行自为闭合，仿佛命运，死
甚至存于其中的至柔里，于是你踏入死；但
先行的神却将你从中引领向对面。

你啊行者，行行重行行的灵！他们所有人
却安然筑居于温暖的诗歌，长久
停留在狭窄的比喻里。他们这些分享者。唯有你
行如明月。月光下明明灭灭
是你夜中的一切，是神圣得令人惊恐的风景，
是你在别离中的感觉。无人
更庄严地将它们交出，将它们更加完好、
更加无缺地交还给整体。所以你也
以无法再计算的岁月游戏着
无止境的幸福，似乎那幸福不在心内，
不属于任何人，而是被神性的孩童遗弃，

散落在地上温柔的草场。
唉,至高者所渴求的,你无所愿望地一砖一石
将之建造:矗立着。但是其倾覆本身
并未令你迷惑。

既然,曾有一位这样的永在者,为何我们依然
总在猜疑尘世之物?而不是暂时严肃地
学习情感,为未来的
空间里的一些斜度?

——我们可以把这首诗视为一首礼物之诗。里尔克在这首诗中,概括了他从荷尔德林那里得到的馈赠。这是什么样的馈赠呢?

我想建议大家注意这首诗的几个地方。

一、"从熟练的情感 / 骤然落入待熟练的情感"

如果这种感受,痛苦而真实地产生在我们心中,那么,也意味着一种可能性:我们要重新寻获我们的**不成熟性**。这种不成熟,正是里尔克从荷尔德林得到的馈赠。因此,我们才有可能成熟到了意识到自己的不成熟。因此才有可能,接受来自荷尔德林这样的诗人的一种赠予:精神生命的成熟,首先是从自身再次打开的不成熟性。精神生命的成熟性,是一种我们可以从自身反复打开自己的不成熟性的能力。

二、"这急切的图像就是你的一生"

"急切的图像"是一个激情图式。在上一节课中,我们提到那种舞台化的强烈图像。这种强烈图像,是在视觉化方面进行强调的结果。大家也许还记得,我们用哈姆雷特在墓地里拿着一颗头骨时所说的对白作为例子,说到"非图像"(哈姆雷特拿着骷髅,是对"人的形象"告别,也是对他曾经具有的作为万物尺度的"人的知识"的告别,呼应那句他要"弃绝知识"的宣告)。我们还提到过,俄狄浦斯被刺瞎双眼后进入

的，是一个非图像的世界。因此，这首诗写的"这急切的图像"，明显不同于这两种图像：一种是舞台化的强烈图像，另一种，是在非图像的时刻产生的对形象的告别，是在告别时所做的一种对图像的，也是对形象的解释。

接下来的诗句告诉我们，这一生如同"急切的图像"的人，是一个先行者。这也预示了海德格尔在《哲学论稿》中所说的"何为先行者"的概念。

三、这是这首诗中最动人的部分——

> 你啊行者，行行重行行的灵！他们所有人
> 却安然筑居于温暖的诗歌，长久
> 停留在狭窄的比喻里。他们这些分享者。唯有你
> 行如明月。月光下明明灭灭
> 是你夜中的一切，是神圣得令人惊恐的风景，
> 是你在别离中的感觉。

——这部分中，我认为最惊人的部分，就是对"分享"的批判。这一切是不可分享的，没有那种舒舒服服的分享或共享。"他们这些分享者"——也许，也是我们这些分享者。如果，我们以此来印证这个时代的许多分享活动，会得到怎样的理解呢？这些"分享仪式"，也导致了"狭窄的比喻"。一种仪式性的比喻，就是狭窄的美学比喻，就是我们经常只通过比喻来称呼实体的，那种仪式性的美学语言。

夜，就是世界之夜，也是"圣夜"。在"圣夜"中，人们相互分别。今天，我们在各种前沿理论中汇合（技术理论、媒介理论、激进哲学家们的理论等等），我们在这些理论中分享。但是，我们在古典作品所在的地方分别，相互分离。因为共享，我们认为彼此可以结合在一起。但是，古典作品的十字路口，一方面使我们从社会化的汇合与群体活动中分离，

一方面，把我们投掷向"另一开端"。

四、里尔克也写到了"矗立"。"倾覆"并不迷惑诗人，因为"倾覆"的那种尘世性、证据性并不决定永在者的本质。"尘世的猜疑"，是对里尔克所说的我们将要去学习的情感的束缚。同时，也是情感学习能力的失去。这种情感，是对那个"行行重行行的灵"，并且，我们自身也成为一个这样的灵魂时才可产生的情感。

可以说，里尔克是中间人，在荷尔德林与我们之间，是一个他自身曾预感到的"未来空间里的斜度"。通过传记和诗人自述，我们知道，里尔克是一个"自学者"，而自学，可能是一种真正的学习。在这种学习中，在他沉默无言的那十年的自我辨析中，荷尔德林对里尔克意味着不断接近实体、与实体相处的一种个人化的真实方式。

另一方面，这种自学，也就是荷尔德林意义上的，非奴性的学习。只有这种"自学"，才是我们上节课中所说的，对于我们在自身的精神生命中重新发现和唤起"文学主流"的方式。

我们可以尝试回答，今天我们在开始时提出的那个问题："奴性"的对立面是什么？

现在，也许我们不要那么惧怕说出这个坦率的答案："奴性"的绝对和本质性的对立面，就是"行行重行行的灵"。

结 语

二十世纪九十年代初，荷尔德林的影响在中国稍纵即逝。我们真的接受了这种影响吗？他是最显赫而又最不合时宜的诗人吗？为什么，我们不能接受这种影响？一个奇怪的现象是：**世界文学传统**在中国的"非在性"，首先是近代作家在中国的"非在性"。我们可以听一个德勒兹专家的理论陈述，但是，当我们面对德勒兹对于克莱斯特、梅尔维尔这些作家的评论时，我们也许不能理解其中因由。我们可能不知道，哈贝马斯为什么对海涅念念不忘，以及忽视一些现代美学理论的席勒背景。

其次，在文学领域，我们对十数位二十世纪诗人关注很多，这是一些很好的诗艺家，但他们的诗艺，也同时是在自己的写作生命中唤起了"主流"的结果（上一节课上，我们也尝试对"什么是主流"做出了一定的表述）。但是，我们对这些非常值得我们阅读的二十世纪诗人的关注，可能是一种有问题的、单向度的关注。因为，这种关注，可能把我们与那些直接与**心灵结构的转变**息息相关的近代作家隔开。

后者，直接与心灵结构的转变息息相关的作家，尤其是荷尔德林这样的近代作家，具有一种力量——他们会使我们感到，我们今天的写作可能是错的。今天的相对主义，使我们想在"光明""希望"等等这些"大词"所意味着的那种认知维度面前隐藏起来。但是，荷尔德林这样的诗人告诉我们，如果我们真实进入到了对心灵结构的转变的认识之中，那么，这种隐藏就已经不可能了。

下一节课，我的任务有三个：对鲁迅的《摩罗诗力说》的一种概述；对非汉语民族的民族文本的一点介绍；对勒内·夏尔的一个诗句的理解，以及在三者之间，我们能够得到的联系是什么。我很希望，大家在听的过程中，可以记录下你们的理解或不同意见。我希望我会收到一些笔记，我会仔细读这些笔记，提供我的回应，也作为讨论的材料。

今天就到这里，谢谢大家。

第三节课

从"摩罗诗人"到"移动的、可怕的、绝妙的大地"

> 地点：中国美术学院南山校区跨媒体艺术学院 4-309 教室
> 时间：2019 年 12 月 2 日（周一 13：30—15：30）

对"何为主流"的补充。——对鲁迅的一种较为总体的看法。——重识鲁迅的"摩罗诗学"。——《摩罗诗力说》与《少年中国说》的分歧。——《摩罗诗力说》的双重断裂：与"诗教"断裂，与开明人士的早期现代社会公共教育论的断裂。——那个黑铁一般沉默的"客观对应物"，"人民"的产生。——从"摩罗"（早期）到"人民"（成熟期）。——现代汉语的早期文本们。——"摩罗"也是我们的传统吗？——浪漫主义诗学在现代汉语文学中的失落。——《摩罗诗力说》中的"恶声"与"新声"。——何为"摩罗"？弥尔顿的撒旦与拜伦的卢西弗。——鲁迅的"摩罗"：拜伦诗剧《该隐》中的魔鬼形象。——对我过去的一篇论《该隐》的文中主要观点的复述。——"摩罗之声"中断了。——卢西弗力量是天使力量的一种强调"可见性"的状态，是一种次级形态，也许，它并不是精神生命的正直表现。——《摩罗诗力说》中例举的作家们的共同特征：对"少数民族"的关注。——对《死亡问题与非汉语民族现场》中的主要观点的复述。——理解非汉语民族的精神生命。——可能，卢西弗的力量，正好是诗人们对"将来的诗神"理解失败的产物。——在"恶声"、"新声"、无声者之间，是怎样的一个被皇帝的回音壁关闭的世界，还是一个没有被听见的世界呢？——再谈"移动的、绝妙的、可怕的大地"。——对未来创作者的理解。

绪言

今天是第一讲"诗神诸相"的第三节课，在内容开始前，我们稍作一点回顾。

第一节课的标题，是 T. S. 艾略特的诗句"一个熟识的复合的灵魂的眼睛，既亲近又不可辨认"。我们大致勾勒了"诗神"形象的多重性，也对艾略特的诗《小吉丁》中的"交叉时刻"这个短语所意味着的东西，做出了一定的叙述。我们区分了"可读"与"不可读"这一对概念。借用保尔·克洛岱尔在 1919 年末、1920 年初的中国写下的长篇散文诗组诗《五大颂歌》，我们对诗中"缪斯"形象的变化与诗人的"新世纪"意识的关系，有所评述。然后，对"缪斯"与"阿波罗"的竞争有所叙述。在这次课中，我们还提出了对于"何为主流"这一问题的一点理解。

我们已经谈到过，没有完好无损的"诗神"，没有完好无损的"引渡者"。这种"完好无损性"，是一个谎言。因为"诗神"被毁坏，我们就以为可以去指责那种也许仅仅只是被我们预设的"完好无损性"；我们还认为，可以宣称我们是在帮助诗神再生，从而去杀死诗神，至少，是把诗神驱逐到一个可以被理论化解释的激进语境之中。但是，这可能是另一个谎言。

当我们认为，可以杀死诗神从而帮助祂再生时，也许，我们仅仅只是杀死了袍,而无法再生什么。我们可能仅仅只是毁掉了我们拥有,但是并不知道自己拥有的东西。文学传统或者"主流"的问题并不是一个《金枝》那样的故事。而现代人类学的第一步,可能,正是从弗雷泽《金枝》所写的那种迷梦中走出——从那种关于替代性的迷梦,从关于"新旧之争"的迷梦中走出。

之后,第二节课,我们以荷尔德林为例,对于荷尔德林的非在性(这种非在性同时是之于他那个时代的"文学史"和今天的"文学史"的非在性),对于"诗的灵的演进方式"的"程式化"或者"激情程式",对于诗人在"祖国"与"言辞"的关系这一问题上的原创性理解,进行了一点介绍和说明。

今天是第三节课,用一个流行句式作为标题:"在中文里,谈论'诗神'我们是在说什么?"也就是说,这三节课可以被视为"诗神诸相"这一主题的三个阶段的尝试。第一个阶段,是历史。第二个阶段,是"诗神问题"在现代大门前的一个案例:荷尔德林。第三个阶段,我们仍然要在现代汉语文学的实践层面,对"诗神问题"做出一些认识。

关于"何为主流",我想再做一点概括性的补充。"主流"与一个时期的在文化创造领域中起规定作用的社会化的、政治的强势逻辑之间,常常是对抗关系。而且,恰好正是"主流"最具有开放性和变革意识,而一个时期在文化创造领域中起规定作用的社会化的、政治的强势逻辑,往往会压抑"主流"——这里,我们专指"文学主流"。"正统的""有地位的"不等于"主流"。今天,许多正统化了的或者具有社会地位的作家,很可能并不是能够在我们所说的"主流"层面显现出意义的作者。

上次我们谈到,要把"文人"和"诗人"这两者区分开来,也提到诗不是文人趣味的结果。文人化的开明意识与创作者的开放性,两者有本质的不同。这种不同,在展开今天的第一个主题,鲁迅的早年文论《摩罗诗力说》时,我们还会提到。诗是对"主流"的唤醒,我主要是以一位重要的近代批评家格奥尔格·勃兰兑斯的方式使用这个词。而且,勃兰兑斯对"主流"的命名方式，也是《摩罗诗力说》的重要背景。

文学和诗中最有开放性的东西——如莫里斯·布朗肖所说，即文学就是空间的转变。文学和诗中，最具转变意志的东西，可能就是我们用"主流"来称呼的创造史。我们可以把"主流"视为一种本质性的结构力量，由一系列使本质之物得以显现的精神事件所构成。不等同于有形的经典，"主流"是无形的。但是，它是使经典成为经典的首要原因。例如，我们会说一本研究荷尔德林的书"很经典"，但是，它并不是那个直接参与构成了"文学主流"的荷尔德林作品。对于荷尔德林，"诗的灵的演进方式"，以及，这种演进在历史中产生的激情程式，就是"主流"。"主流"是弓，把我们投掷向我们为之工作的领域的未来。

这种主流观，也是我们面对《摩罗诗力说》的必要前提。

正 文

在评述《摩罗诗力说》之前，我想提供给大家我个人对鲁迅的一种较为总体的看法。

鲁迅依然主要是一个直觉型的批评家，而非思想家。他的观点从未发展到"思想家"的程度（后来的人，例如文化蒙昧主义者如王朔称并不认为鲁迅是"思想家"，一定程度上是对的），其写作当然不符合"学术性的哲学"的规定，在"体认性的哲学"层面也是不充分的。他最有价值的思想之声，往往是反应性或感受性的，这不仅是东方消极性在他身上的表现，也是东方消极性的临界表现，但是，这种消极性及其临界状态，被他的时事批评的准确有效性和巨大声誉所遮蔽了。一个基本事实仍然是：鲁迅是一个有正确直觉（对主题，对中国空间的整体性的、而非仅仅是抒情性的感知）和杰出语感，但却不充分的小说家。作为"未完成"的文学家的鲁迅，具有一种精神意义上的、而非断代意义上的前文学——确切而言是前当代汉语文学——特征，也即：在早期现代汉语文学的、更多只是在社会化层面出现的一个"狂飙突进"时期(有显而易见的模仿性),揭示了前文学,揭示了现代汉语文学的精神性前提为何。并且,在其生命晚期引入非"世界文学"主流的文学(这里的"世界文学",指文学的"世界化"的那种社会上升/晋升方式),以图纠正文学潮流中肤浅的西方化。

鲁迅对自己的作家主体进行社会化,以及他在对社会、政治现象进行批评方面的有目共睹的准确性,只是他对未来的主体的内在直觉的附带性产物(稍后,我们会尝试认识这未来的主体为何)。尽管,对肤浅的西方化,对东方与西方的旧有对立状态提出诸多批评,但是广义地来看,其杂文写作也是一种东方内倾:文学主体并不发展其美学意志,而退回现象批评之中。

鲁迅的杂文写作主要是直觉而非论述性的,尽管他将直觉不断表达为理性化的说明。与其说是"说明",不如说是"标记"。鲁迅是一个"标记者",包括对何为现代汉语文学的精神前提、对前文学阶段、对无希望的希望和无方向的方向(我的一位朋友称其为"鲁迅主义")、对"无物之阵"、对"遗忘"的标记。在那条"被背叛的遗嘱"中,被背叛的主要部分是:"忘记我。"鲁迅不会同意,我们用"爱鲁迅"来取代对他的"遗忘"——那种发生在朝向未来的主体运动中的"遗忘"。他不会同意,我们用"爱鲁迅"来取代一种逾越的行动:对于由他所标记的前文学阶段的逾越。

以上,是我尝试对鲁迅做出的一种概括性的认识。现在我们来谈《摩罗诗力说》。

用海德格尔的术语来说,《摩罗诗力说》是一个"建基"的文本。今天,有些诗人,例如已故的当代汉语诗人张枣,把《野草》视为汉语新诗精神的开端,这是一个不论正确与否,确有其激发作用的判断,可能其他人也有这种看法,但张枣具有一定论述性地、较为集中地说出了它。

重新评析《野草》会是另一大块内容，今天我们不涉及它，否则，你们和我都会不堪重负。在这里，我只建议大家，理解《野草》的一个重要前提就是这篇写于1907年的《摩罗诗力说》。

我们都知道，"摩罗"，就是撒旦，在鲁迅的语境——或者说，在他所引介的浪漫主义诗人的语境中，主要就是弥尔顿《失乐园》里那个在地狱深处唤醒、鼓舞消沉的精灵们的撒旦形象。弥尔顿之后，这个形象的第二次，可能也是最后一次顶峰叙述，即拜伦的诗剧《该隐》。关于拜伦和他笔下的"卢西弗"形象，我们稍后详述。

"摩罗诗力说"，可以理解为是对诗性精神的说明。1907年，这样的一次以撒旦形象为主体的对近现代诗性精神的说明，勾勒了一个以此形象为范围，意在介绍与普及的世界文学视野。在那个时代，这是一个堪称孤例的文本，也是青年鲁迅所写的一份有开端意义的文本。

《摩罗诗力说》是一张源于"主流"的，但是，却被后来的新诗放弃的弓。而我们知道，鲁迅最后的话语，他的《遗嘱》（如"忘记我，过自己的生活"，又如"我一个也不宽恕"），也是"被背叛的遗嘱"。遗嘱是被用来背叛的，开端性是被用来否认和遗忘的，在这些方面，鲁迅的确是现代汉语文学中的一个典例。

初读起来，《摩罗诗力说》简阔粗糙，很难说是一篇专精深入、可以在世界近代文学批评史中占据一席之地的"诗学文论"。《摩罗诗力说》主要是介绍性和呼吁性的，这也是它自我赋予的一项责任，而且，也是鲁迅的早期写作。但是，这个"早期"，应当放在同时代人的"共同的早期"中去理解，放在现代汉语的早期中去理解。

尤其，我想建议大家，把《摩罗诗力说》放在与《少年中国说》（1900年）的遥相对称中去理解。这种遥相对称，也应放在二十世纪中国的"激进政治"与"开明政治"的第一次分歧的浪潮中去理解。

一般或正统的历史解释是：《摩罗诗力说》是青年鲁迅对当时以孙中山代表的"革命派"与康、梁代表的"改良派"的论战的反应，并且是他选择"革命派"作为自己的立场的产物。同期，鲁迅还发表了《文化偏至论》与《破恶声论》等几篇文章。这些话有点是在念教科书，但却是必要的。对这种正统解释做出具有建设意义的分辨，已有现代文学史专业的人士在做，而且，也不是今天我们的主题，提到它是因为我想建议大家通过它，去注意到另一种分歧，不同于正统化解释的"革命派"与"改良派"的那种分歧——《摩罗诗力说》中的一种隐含的不满，是对《少年中国说》中的励志意识的尼采式不满，是对一种"人性的、太人性的"社会公共教育观的警惕。可以把后来的"新生活"运动、"新人"运动等等，与《少年中国说》中的公共教育话语，视为同一种性质的事情。青年鲁迅不认为，这种开明人士的公共教育意识与活动对于人的精神生命的意义是本质性的。

我们可以看到，鲁迅后期表现出来的一种矛盾：既愿与青年人为友，又保持距离。这不是一种精明的关系，而是一种逐渐深化的疑虑：警惕对某种年龄状态进行本质化，从而以此作为政治身份。在后期的一些书信中（例如写给曹聚仁），鲁迅屡屡反对流行的青年观。从他的反对中，显示给我们的一种信息是：不应当以某种年龄状态来规定政治理解。

《摩罗诗力说》中，洋溢着一种不同于梁启超的焦灼——也是早期的现代汉语的焦灼——关乎一个更内在的问题：被社会公共教育思想提倡的人生观所遮蔽了（至少青年鲁迅认为遮蔽了）的文化创造力的问题。奋笔疾书《摩罗诗力说》的那个青年的一种敏感认识是：社会公共教育思想提倡的人生观，常常是一种在现代进步论意义上的"人"这一前提下的宽泛正确性的产物。而《少年中国说》中的公共教育意识，是一种自我表白化、平庸化的生命状况的表现（是的，这很尼采），也是一种将自身"命运化"（这个词是我杜撰的）了的社会设置。直到今天，这种矛盾——鲁迅之思与社会公共教育思想的矛盾——还存在于中国的精神生活中。

在第一次课中，我们也曾提到，陀思妥耶夫斯基在经历"假死刑"

和被流放西伯利亚之后，在《作家日记》里，突出地讨论了"人民"这一概念，就此进行了若干既深刻、又仿佛毫不介意其自相矛盾的阐述。陀思妥耶夫斯基写作生命中的"人民"这一概念的产生，是一个颇具政治哲学意味的问题，但是在专业的政治哲学领域中，可能很少被讨论。很少会有人以陀思妥耶夫斯基为例，来讨论"人民"这一概念是怎样在一些近代作家的思想中产生的。

"人民"作为"客观对应物"，是一个很晚近的观念。鲁迅作品中的"人民"，我首先想起的是关于"大禹治水"故事的短篇小说《理水》（《故事新编》里的一篇）中那些黑铁一般沉默的劳动者，这显然是一个作为"客观对应物"的"人民"的形象。"人民的产生"——以及陀思妥耶夫斯基式的"人民的产生"，标志着二十世纪前夜的一种核心论争。但是，对于鲁迅，一个还处在现代汉语文化实践的早期问题中的青年鲁迅，人民作为"客观对应物"还没有发生。而且，他的尼采，显然也只是一个批评"开明性即庸众性的一种表现"的理由。这个时期的鲁迅，还不是那个成熟的鲁迅，而是一个模糊而急躁的世界主义鲁迅。而鲁迅的成熟，和陀思妥耶夫斯基一样，是"人民"、是那个黑铁一般沉默的"客观对应物"在他的精神生命中的真实发生。

对于鲁迅，"人民"也是一个在他生命的中晚期明确起来的观念。而这之前，激发青年鲁迅的东西，可能更多的是如《摩罗诗力说》那样的，针对于开明人士的社会公共教育观的文化激进主义反思立场。

也许，我们可以把这一演变，概括为从"摩罗"（早期）到"人民"（成熟期）的过程。

《摩罗诗力说》是一篇"准尼采"的文字，然后，这也是一篇关于尼采的先驱——拜伦的文字。但是，《摩罗诗力说》首先是一篇焦虑于开端性的文论。与其说，我们从中读到的是见识，不如说，是一种烦躁：对整个旧文学的烦躁。这种"烦"，指向一条"未走之路"，但好像，提出这条道路的人，也同时预感到了它在中国被实践的可能性渺茫。以至于，第一声呼吁，由于烦躁，听起来更接近一声身在绝境的呼喊。不过，这也告诉我们，所有开端性的呼唤，也许都更像濒死的呼喊。

《摩罗诗力说》是一个双重区别，或者，一种双重断裂：首先，它是与中国传统诗教的第一次断裂，同时，也是与开明人士的早期现代社会公共教育论的断裂。

有的学者，把《摩罗诗力说》放在"诗话"这一汉语古典文学的文类中去辨认。把它视为"诗话"，从而对它进行仿佛它是一种古汉语文学的延续物的描述，我认为这意义不大，几近于一种"谈资"性质的认识。

应当把《摩罗诗力说》视为一个青年人的知识行动，视为一个强行介入到汉语文化的变革现场的文本——而且，首先是强行介入到晚清诗教试图自我延续的最后一个正统化时期中，去进行打断。这是一个尴尬的时期，例如，像黄遵宪这样被视为具有正统身份的诗人和满世界跑的外交官，也只能以道教意象来书写现代军舰和欧洲的雾霾（我们可以对比罗斯金的一篇散文《十九世纪上空的暴风云》）。我记得，黄遵宪写有一首在欧洲远眺军舰演习的诗，诗中所述，无非是"水能化火火化水"云云，跟诸葛亮借东风似的。以至于，我们很难说这些走到世界中去的晚清诗人，是"睁眼看世界"的人。并不是说他们没有对世界的知性认识，而是，暂时还没有表达这种认识的语言。直到当代，我还听过一些中文诗人说，"现代就是声光电嘛"。这可能是一种仍然存在着的，对技术世界的黄遵宪式认识。而一些重要的现代诗人不写声光电，也是现代诗人——即使他／她只写自然界，我们也不能把他们在与古人进行同化中去理解。

与《摩罗诗力说》同时期，还有一个我们都知道的著名文本——我个人认为，可能是被过于高估了的文本，即王国维写于1908—1909年间的《人间词话》。

与其说《人间词话》因为借用了一些西方思想家比如叔本华的言

语，因此有某种准现代性，不如说，正是因此，它更是旧诗美学的一种自我挽歌。当然，鲁迅的《摩罗诗力说》在使用世界文学材料方面也没有比《人间词话》更不浮泛，但是，《摩罗诗力说》的立意却是更彻底的，或者说，相比《人间词话》，在材料上更加"西化"。

这些文本，《少年中国说》《人间词话》《摩罗诗力说》等，也就是古汉语在走向现代汉语时的第一批"开端文本"。但是，这种"开端"本身，因为在"填补空白"方面的直观有效性，同时也掩盖了它的有限性。这种同时也是局限的开端意识，如今，仍然可能是我们的集体无意识。也就是说，今天，我们还有可能，把任何一种"填补空白"的行为——不论是明显的、还是较为隐性的"填补空白"——都认为是：它就是开端性。

这种误解，这种有其错误性的开端意识，如今，与各个领域对自身成熟性的要求之间，仍然具有张力。例如，今天，一些人认为更应该谈论哲学知识的成熟性，而非开端性。另一些人则相反，认为无开端意识的哲学就是一种不成熟的哲学，不论后者如何自我专业化。

但是，这其中也许还存在着的一个小小误解是：两者都可能继续把"填补空白"（对自身成熟性的要求也是"填补空白"的一种），当作开端性。因为，的确，从鲁迅时代开始的"空白"，其实一直跟随着我们，如影随形——甚至相反，我们才是"空白"的影子。好像我们不仅必须以"空白"为前提、在"空白"的几乎不可消除的压力之下工作，我们自己所做的一点点微弱的事，所写的一点点东西，也随时有可能被消抹为"空白"。这些不论你去填不填补，它都在不断生产的"空白"，就这样不断与我们之间形成斗争性的关系，而且一次次实现在我们的失败之中。这样说，好像过分抽象和悲观，那么，也可以朴素地说，也就是在今天，汉语文化中仍然有许多"空白"，以至于，相比撇开"填补空白"这种历史化的命题作业，去"走自己的路"，"填补空白"反而更具有"可见性"一些——或者，更容易在社会化的层面"可见"、可被辨认一些。

当然，如果只因为彼时没有第二个这样的文本，就把《摩罗诗力说》仅仅视为一个"填补空白"的文本，可能是一种过低的评价。我们能够做出的积极评价是：它是一份指出了"空白"的文本，而且是一份直到今天，还可以标示出现代汉语文化实践的一条"未走之路"在哪里的文本。

《摩罗诗力说》还有一种双重的任务（也是美学任务）：其一，是打断，是对晚清诗教试图延续其正统化地位的意图的一次青年人的、急切而烦躁地打断；其二，是力图把"新文学"的视野放在与当时世界文学的同步性之中。这是汉语中第一篇较为有序的介绍西方各国主要浪漫主义诗人和文学变革浪潮中的作家的文章——也就是说，是为汉语文学的未来描画的第一份精神地图。

当然，一般来说，谁提议谁执行。鲁迅显然是第一代执行者之一。他给出了他的尝试：《野草》。在此，我们还可以联系这三节课的一个主要话题。这篇《摩罗诗力说》，我们完全有理由把它视为对现代汉语文学以世界文学为尺度的主流意识的一次唤起。其他的文本，不论《少年中国说》还是《人间词话》，都不像鲁迅这篇材料与观点皆属宽泛的文章，显现出对汉语文化心灵结构的转变的敏感，明确表达了转变的意志，并且视这种转变的意志为"摩罗"的力量。

《摩罗诗力说》的粗糙并不重要。在今天，要批评这种粗糙是非常容易的，而且也没有多少积极的意义。与这种容易的批评相比，我们更应该看到：《摩罗诗力说》的产生，是出自青年鲁迅的整体意识——是一种对于心灵结构的转变的具有整全性的敏感。而且，在那个时代的、今天为我们所见的全部现代汉语文学创作中，似乎唯有鲁迅，始终具有一种原创性的、对于中国现实空间的具有整体性的感觉，也具有一种突出的把素材创造为原型（正如阿Q、假洋鬼子、狂人的"吃人"说、孔乙己和祥林嫂已成为原型），而不只是可被欣赏的审美对象（例如沈从文的湘西田园）的文学成就，并且，始终代表着一种可以把熟读欧陆的我们拽回现代汉语语感的亲缘力量。

所以,当我们"反思"现代汉语文学与文化实践的开端,我希望,不是进行一种"谁来得早谁就是开端性"的排队式的认识,可以尝试从《摩罗诗力说》和《野草》开始。通过这两个文本,我们可以看见这一百年的"新诗"写作和现代汉语文化实践的一种发端时刻。我不认为它是动力来源,因为动力的来源是不断在重构中的,但是,这两个文本,可能更与现代汉语的诗性精神息息相关。

《摩罗诗力说》也标示着一种传统意识,而且完全不同于那种一说"传统"就一定要扯到中国上下五千年的传统意识。《摩罗诗力说》中所称的"摩罗诗人",主要是指十八、十九世纪的一些以浪漫主义为主流的、代表性的欧洲近代诗人。并且,这些诗人都处于莎士比亚、但丁、弥尔顿这"圣三位一体"的影响之下。

在《摩罗诗力说》中,鲁迅逐一介绍和评论了拜伦、雪莱、海涅(鲁迅是海涅的第一个汉语译者,去世前还对日本友人说,如果自己还有时间,想读一遍海涅全集)、普希金、莱蒙托夫、密茨凯维奇等主要近代诗人,将其概称为"摩罗诗人"。并明确"摩罗诗人"以祖国意识、对压迫者的复仇意志、在时代变革中精神开端性等为标志,称之为"无不刚健不挠,抱诚守真,不取媚于群,以随顺旧俗"。

《摩罗诗力说》至少可以提示我们:"摩罗诗人"同样是我们的传统。文中所述的那些诗人,已经有效地干预了我们的语言,参与到了我们的精神生命之中。还可以进一步说,那些诗人,事实上已经成为了我们的"传统"的一部分。

但是,浪漫主义诗学在现代汉语文学中失落了。可能有两个原因。其一,是如今的当代汉语文学对激进性和变革意志的回避,同时也表现为一种双重保守:既是对未来的保守,也是对过去("文学传统"的多样性)的保守。其二,对于美学现代主义者来说它不够前卫,而理解它所具有的源头价值,又不被认为是一件必要的事,或者,只是诗学家和观念史家的事，而这两个智识领域的内容也好像很难公共化。所以，即使在二十世纪后期开始写作的诗人，尤其是当代汉语诗的写作者，往往也不能较为深入地理解自己所接受的现代主义诗学的浪漫主义来源。

然后，在《摩罗诗力说》中，青年鲁迅还提出了一个概念："新声"。

有一种观点认为，我们今天把杂文和短篇小说作家鲁迅过分的丰富化了。但是，有意思的是，随着时间过去，我们重读鲁迅的一些作品，会发现这样一个精神生命，对现代汉语文化从他的时代存在至今的许多问题，都做出了积极面对和准确思索，好像只有他给了我们这种明确的参照感，例如"新声"这一问题。我们知道，同时期他还写有一篇文章，题目是《破恶声论》。

我们不能把这些文章视为何种理论化的认识，而应当视为直觉性的认识。青年鲁迅在文中，关于"新声"如是说："新声之别，不可究详；至力足以振人，且语之较有深趣者"（"较有深趣者"，我们可以理解为具有较为深切的实践性理解的人），"实莫如摩罗诗派"（浪漫主义诸诗人）。"……凡立意在反抗，指归在动作"（政治活动、人生行动和创作实践），"而为世所不甚愉悦者悉入之"。

我们还可以把"为世所不甚愉悦者"进一步理解为，这是一些不满足于现有的"文之悦"、不能满足于现有的对文人职业的期待的写作者，而他们都可以被含纳在"新声"的范畴中。

然后："为传其言行思惟，流别影响，始宗主裴伦，终以摩迦（匈牙利）文士。"这里的"裴伦"就是拜伦，接下来，他将是这篇文章的主角。随后，青年鲁迅提出了"恶声"与"新声"这一组相互对比、相互间具有斗争性的概念，认为"新声"的代表就是这些浪漫主义诗人——"摩罗诗人"，当他们发出言说，就是民族之声的重要途径。

这里，还可以做一个小小的推导：《摩罗诗力说》告诉我们，"新声"在青年鲁迅写作的时刻，仍然是空白的，是将要存在但是还不存在的事物。那么，是"恶声"的存在导致了"新声"的空白吗？并且，无论过去还是今天，都有许多听上去很像"新声"的"恶声"。同时，《摩罗诗力说》还向我们指出，"新声"是从对文学主流的唤起中产生的。

我们回到开始："摩罗"的形象。鲁迅在提到"新声"、提到撒旦的形象时，专指的就是拜伦所写的撒旦——尤其专指拜伦的诗剧《该隐》。青年鲁迅显然以《该隐》来表达心中的"新声"。在文章的后半部分，青年鲁迅以该隐和卢西弗的故事，指向《圣经》的传统。

诗剧《该隐》目前只有杜秉正、曹元勇先生的译本。在中文里，《摩罗诗力说》是第一次对拜伦的诗剧《该隐》进行评介的文章，之后，是一段很长时期的空白，或者，我们所见者（在中文里）都是宽泛的、基于文学史教科书和粗糙理解的无效议论。在中文里，除了对生平事件的不求甚解的复述，对寥寥几首抒情诗的复读机式引用，很少看到关于拜伦的一系列晚期作品（大概有十四部立意与形制不同的长诗和诗剧）的严肃诗学评论文字。

我自己，也尝试写过一篇关于拜伦的不成熟的文章。现在，我想提供对我诗剧《该隐》的一些理解，来帮助我们理解青年鲁迅直觉中的那个形象。我要诚实交待，以下要说到的内容，是对我的那篇文章的复述，这几年，除了兴趣转向别处，也由于自己的认知局限，我还没有对这部诗剧产生新的理解。

时间有限，只能讲讲诗剧《该隐》中的一个很重要的关于视力的场景。以下《该隐》的引文都出自曹元勇译本。在诗剧第二幕，卢西弗——魔鬼——带领该隐去见识"太空深渊"。之后，他们抵达地狱，谈论死去的古代生物。魔鬼的视力不同凡人，但是，在这些地点，而且是在魔鬼的陪同下，该隐——一个羊倌——的视力也变得出奇的好，能够一眼看清遥远星球上非常细微的事物：

该隐

这些庞大的幻影是什么？我看见
它们浮荡在我四周（……）
它们巨大而美，像最大与最美的
活物，可是又如此不像，以致
我难以当它们是活物。

卢西弗

但是它们活过。

该隐

在哪里？

卢西弗

在你生活过的地方。

该隐

何时？

卢西弗

在你们所谓的地球上
它们确实生活过。

该隐

亚当是它们的始祖。

卢西弗

他只是你们人类的始祖,这我承认——
但他太卑微,做它们的末代也不配。

该隐

它们究竟是什么?

卢西弗

是你将会是的东西。

该隐

它们过去是什么?

  我们可以从这个关于视力的意象为起点,去理解这部诗剧。这段诗,像一份空间规划的草图,简明地勾勒出一个广大的空间,这个空间,也是弥尔顿《失乐园》第二章里的那个广大空间。撒旦像一只羸弱的飞蛾,飞行在那个没有空气的广大空间之中,它好像很努力地飞,却飞不动,因为没有气流可供它的翅膀拍动,而且,弥尔顿的诗行使我们看到——正如卢西弗使羊倌该隐看到——魔鬼的那双兢兢业业的翅膀,正在广大的虚空之中,努力寻求着它可以驾驭的气流。
  每当回忆起读《失乐园》的感受,我的记忆都第一时间浮现,并定格于那双在没有空气的远空之上的,可怜而不屈不挠的翅膀。
  我们会发现,在拜伦自己的这部处于弥尔顿影响之下的作品里,我们刚才读的这段简明扼要的诗句,它并不状物。诗人没有去仔细形容,星球上的那些庞大事物是什么样的。诗人只是以一种"思想的声音"作为他的诗行的主体。可以说,诗人非常简练地概括同时也深化了那个弥尔顿的深渊。而且,诗人所写的事物的状况,并不是受到有形的东西,而是更多受到那些很难比喻的东西的影响,这意味着什么?

羊倌的视力就是我们的视力,是我们——读者——在深渊中的视力。这种视力,必须逾越形象和"状物"。这也意味着,诗的视力必须成为洞见。

而且在这部诗剧《该隐》中,"摩罗"的外表,也就是卢西弗的外表,没有被直接描述过。在诗的历史中,除了弥尔顿为撒旦、也为青年鲁迅的"摩罗"赋予的形象,我最后一次读到魔鬼的形象,是在罗伯特·弗罗斯特的一篇诗剧《理性假面剧》中(见辽宁教育出版社《弗罗斯特集》,曹明伦译)。《理性假面剧》是对《约伯记》的一种喜剧性重写,在这部诗剧中,魔鬼的形象是一只尴尬的大黄蜂,带着一脸苦笑,在诗剧结尾处与约伯、约伯的老婆,以及与上帝一起合影,用一台柯达相机。

在拜伦笔下,"摩罗"的形象,其实并不是没有被给定,并不是没有被叙述,而是:能为诗人直接带来一种不易比喻的空白。那个临时的卢西弗,从来没有产生过一次抢眼的可见性,好像他仅仅只是在那个广大空间中的说话的回声——是一种听觉层面的存在——并且,这种回声不断地塑造出作为一种不易比喻之物的空白。而且,这不易比喻的空白,在不停地推动该隐之手去做将要去做的事。

有一些诗,是对终极事物做出的一种临时廓清。关于这样的诗,我们可以稍微跑题,在二十世纪的诗人中,弗罗斯特的诗作可能是比较突出的。今天,我们很难确定,像查尔斯·达尔文这样的科学家,对弗罗斯特产生了何种影响?查尔斯·达尔文有可能是诗人弗罗斯特——这个新罕布什尔的老羊倌——的卢西弗。我们从弗罗斯特的生平资料知道,年轻时代,他在伦敦的文学社交圈——尤其是"庞德圈"——中比较失败,然后从伦敦回到美国,就像自我遣返回原籍。他也是那一代"归来的流放者"中非常边缘的一个。然后,在农场饲养员生活中,他埋头读《物种起源》。而且,在停止早期的、被伦敦的"文学行会"也即"庞德圈"忽视的那种陈旧的维多利亚诗风之后,在中后期,弗罗斯特的许多主要诗作,包括他全部悲剧性的叙事诗,都非常擅长取材于在自然环境中、也在人际关系中的濒临毁灭消亡的事物。他非常善于在"进入黑暗的旅程"中提供一个可以被临时廓清、临时说明的环节。同时,诗也因此成为一种"临时的诗"。

把弗罗斯特视为一个美国陶渊明,可能是一种理解力方面的寒碜。而且,弗罗斯特的自然观更接近霍布斯,而非华兹华斯。今天,我们理解一个现代诗人的角度是:当他想要表达自然界时,他的机会可能既是反华兹华斯的,也是反拜伦的。

弗罗斯特的"临时的诗",是对事物的消亡过程进行临时廓清的诗。那么——很抱歉,这只是我个人的推测——它也可能是,对于某个存在于被"进化论"所叙述的变化过程(而且无法对其进行终极说明)中的,可被临时廓清的环节的发现和证言。弗罗斯特这样的诗人,可能不会同意拜伦在《该隐》中的那种对空白之物的强力直指,前者仅仅愿意廓清某些在当前现实中临时成形的时刻、事态或者局面,并且主动接受:终极事物是缺失的。我们都知道,弗罗斯特有一首著名的短诗,写一只鸟——终极事物的化身——在森林边缘动听地鸣叫着,邀请诗人进入那"黑暗的森林",不过,诗艺精湛的老狐狸诗人不是但丁,他宣布说:"我不去。"

自拜伦的诗剧《该隐》之后,弗罗斯特的那篇写得非常刻薄的喜剧性诗剧《理性假面剧》,和他的另一篇诗剧《仁慈假面剧》(是对《圣经》中的约拿故事的喜剧性重写),是二十世纪诗体创造中为数很少的,以《旧约》为题材的诗剧作品之一。但是,拜伦在《该隐》中的诗艺更为简明率直,也是更为伟大的。现代诗人弗罗斯特的两部诗剧写得机变迭出、行文精湛,却是贫嘴和变异的。

作为一个混合了贵族思想与民主观念的矛盾体,也作为一个务实的怀疑论者,拜伦愿意让他的语言不去占据那难以言喻的空白。正是当语言去占据难以言喻的空白,才产生了语言的法西斯主义。而且,允许难以定论的东西介入写作,同时也使之明确。

使难以定论的东西明确,而且对于拜伦这样的诗人来说,并不是在词和词、诗行和诗行的连接变动中,对难以定论的东西进行同质化——同质化的一个现代别称是"解释"。在《该隐》中,"直指"多于"解释"(以及,"直视"多于"状物"),我们要注意的是,这可能会被误认为是一种因为语言和思想不够现代而导致的浪漫主义抽象性。《该隐》,是一部直视和标记了空白的诗,标记了作为空白的卢西弗,以及:作为空白的"真"——卢西弗的诱惑,同时也是《该隐》的一个核心主题,正是求真意志。

在一首原创性的诗中——不论作者是否有意这样做——空白不会是一蹴而就地给定给读者的。而且拜伦——一个复杂的诗人——在诗人对语言的独占欲望方面持讽刺态度,他认为——在他的书信和长篇叙事诗杰作《唐·璜》中不乏类似的表达——语言对事物(包括对空白)的"最高独占",不论是否"最高虚构",会导致形而上学的"最高胡说",而且,这些胡说——通常他以柯勒律治(被他反感地视为"玄学家")和华兹华斯为靶子——直接或间接地,成了粉饰大不列颠帝国形象的最高象征。拜伦认为那是庸俗的,而且,他把华兹华斯视为帝国御用文人。拜伦——与他的浪漫主义形象相反——可能是近代诗人之中,较早具有一种接近于维特根斯坦的,对语言的独占欲望表示警惕的人。

这是一个困境:诗并不是对自身可能性的独占,但是,放弃独占的诗,也许会坠入矛盾分崩的命运。尽管,在写作经验——或者"写诗的艺术"——的支撑之下,可能,这样一种放弃独占的意愿,有利于某个有限的美学阶段,有利于具体性。与拜伦同时期的另一个伟大的诗剧诗人,也是《摩罗诗力说》的主要人物,雪莱(一个全心全意拥抱最高象征并且关注超越主题的诗人)看到:拜伦是怀疑主义者和一个具有加尔文式严厉理念的人的矛盾混合体。雪莱认为,这并没有深化而是限制了拜伦的才能。

雪莱——和拜伦一样被当代汉语诗人们轻视——对二十世纪的许多重要诗人深具影响。雪莱的晚期之作，但丁化的长诗《生命的凯旋》，其主要继承人之一是皮埃尔·保罗·帕索里尼——我最喜欢的意大利现代诗人。雪莱信任希望的复活和新生的可能性，并且，积极地肯定基督的形象及其对世界史的作用。所以，拜伦和雪莱之间的一种重要区别，也是被写下《摩罗诗力说》的青年鲁迅所敏感到却未能明确说出的区别，是一个旧约诗人和一个新约诗人的区别。此外，我们可以在雪莱的作品中看到柔弱的一面，但是没有颓废。而我们可以在拜伦的作品中看到颓废的一面，但是没有柔弱。

弥尔顿《失乐园》中的那个摩罗之声——那个"新声"——在地狱中，对沉睡着的全体精灵说：你们起来，都给我起来，看看我们在地狱里还能再干点什么！这也是弥尔顿的地狱训示。因此，摩罗的力量就意味着振作，也即在危机中的动力生成。而且，这种振作受到一个"魔鬼"的影响。但是，与其说是受到魔鬼的影响，不如说，是受到不易比喻的部分、空白部分的影响。

拜伦在他的晚期写作中深化了弥尔顿式的"在地狱中振作"这一主题。但是，拜伦是一个悲观论者。他的悲观论如果转写成今天的、哲学化的语言，就是：这种对于主体性的生成而言是必须的振作，同时也把振作者带向毁灭，带向该隐的命运。

这篇诗剧或者长诗《该隐》，是典型的摩罗之诗，立足于深渊中的振作与视力，也是《失乐园》的一次最为简明浓缩的再现。受到"摩罗"影响的诗性精神，推动着《该隐》的诗行的进展，在诗中生成为一系列非常明晰，但是难以定论的意象与时刻，例如：

卢西弗
所以我爱或不爱你，是无法看出的。

> 除了一些庞大而普通的目标，
> 遭遇上这些目标，
> 特殊的事物必定消融如雪。

该隐
> 雪！那是什么？

这段话，出现在《该隐》的第二幕。如果，在今天，一个严肃的诗人再次就卢西弗、就摩罗的形象写作，他也许首先会告诫自己，提到摩罗的形象，并不预先使他的写作变得重要——并不预先赋予某种古典意义。但是，他的任务并不因为这种审慎的现代意识而减轻，因为他不仅要对那个并没有被给定的空白，提供一次来自他自己的更新，他还要再次面对该隐的疑问。

什么是卢西弗所说的那种普遍的雪？那种普遍的雪，似乎，是一种新东西，一种语言的未来可能性濒临绽露的时刻。但是，它也像一场大雪一样，是停顿和休克。我也没有答案。这是拜伦的"留白"，是他留给后世，也留给我们的空白。

根据《创世记》，该隐杀死兄弟亚伯，是人类的第一宗凶杀案。不论是引起一些护教诗人的抵制，还是被敌基督者追认，可能，都不是理解诗剧《该隐》的途径。若仅仅把诗剧《该隐》理解为替凶杀辩护，而且，这种辩护可能会受到某些超现实主义教条的鼓励，我们可能只会受限于对"卢西弗效应"的一种重复的理解。并且，拜伦不是那种在处理极端主题的时候显得歇斯底里的诗人，他不会接受那种文化，这种语言的贵族主义——如果不说是英雄主义的话——也会使一些现代读者不悦，因为，它没有表现出对破坏性的变形的愿望，同时，它又是古老主题的一个新的变体。而且，在《该隐》可能引起的各种理解之中，其中的一种，也许与我们的境况有关——这篇诗剧，也关于控制。卢西弗既进行"教唆",也进行堪称严肃的"教导";既对该隐施加有意的影响,也确实对该隐晓以"真"。

因此,震荡在这些诗行的进展过程中的一种悖论是:一个洗脑的过程,同时也是一个激活大脑的过程。

我希望,我们在读《该隐》的时候,首先想到,它可以被读作一首书写大脑控制和"分裂之家"这一主题的诗。拜伦,这个矛盾的诗人,也可以被视为先知文学的一个继承者。如果把《该隐》称为一种"先知书",可能并不比威廉·布莱克的"先知书"缺乏资格。不过,拜伦有一种贵族自尊心,使他的"摩罗之声"不会被带向一种先知耶利米式的狂笑,不会进行那种古风的,情绪和形象失控的对预言的宣布,而仅仅只是止步于:提及或援引那种笑声,并且还要做出一种戏仿性质的揶揄。他并不是一个"犹疑者"(例如二十世纪的知识分子"犹疑者"),但他是怀疑主义者。

这个矛盾的诗人,并没有走得那么远,远到可以脱离先知的呼告之声的强力传统。他的怀疑主义,又把他滞留在一个临近现实主义,却并不会成为现实主义者的位置,但是,又并不离我们近到足以成为一个"现代诗人"。这也意味着一种灵活事物:文学传统中总有一些并非僵死的部分,既可以被我们重新理解,又不会完全被占有为"当代的"。而且,在今天,理解这种距离,可能会再次变得非常重要。极有可能,一个历史中的诗人不存在于过去,而是行走在未来的某处。

创作者与历史中的作者的关系是永远处在变动中的,而且,被一种不能被意识形态观点所概括的可能性所决定。当今天的一个读者或创作者,因为某些缘故,与一位不了解英国文学的英国人交谈文学的时候,前者也许并不用认为,自己是在与英国文学的主人交谈,是在谈论一些首先被对方所拥有的东西。事实上,前者更可能是这种文学的深入参与者。

文学中一直充满了各种各样的相互干预,只要置身在这种干预之中,可能产生的也就不是一份个人趣味的目录,而是一个精神的社会。而且,只要我们能够从暂时的,从一些语文学的或者意识形态的观点逃开,我们也会看到,比如像作为一种才能现象的、矛盾而具有原创性的诗人拜伦,和所有其他那些不同程度被遗忘的"摩罗诗人"一样,都没有被认识完成,而且,需要未来的介入。

我们休息十分钟。

(中场休息)

【下半场】

以上,是我对《摩罗诗力说》一文的主要论据、拜伦的诗剧《该隐》的一种评述。因为我们今天的主题并不只是《摩罗诗力说》,还是"摩罗"这一形象的弥尔顿来源和后来的文学变体,而诗剧《该隐》正是一个标志。

当然,青年鲁迅的理解,不可能像我们今天在见识了许多理论、许多现代诗学批评,自己也写了一些东西之后所做出的理解。如果今天,一个写作者和研究者还以《摩罗诗力说》的方式概述拜伦,可以说是不可饶恕的。但是,如果他不能以青年鲁迅曾经感受到那个空白的、好比"未走之路"的未来为尺度,不能以心灵结构的转变为尺度,不能以"新声"为尺度,而是用"拜伦学"来代替对拜伦的理解,那么,他更是不可饶恕的。

我们从前人的废墟中得到的直觉,是在从今人的大厦中得到的见识所不能代替的。青年鲁迅的表述如果是"失败"的,首先在于它未能成为现代意义上的"诗学文论";其二,也在于它所呼吁的东西并未被实践,而且失落了——并且,也指出了一种只有它的"失败"才可标示的未来：一个鲁迅自己没有能够成为的鲁迅。

青年鲁迅的诗神，"摩罗"——撒旦——卢西弗，既是一个反专制压迫的形象，也是一个开创者的形象（两者并不是同一的，这一点可能常常被忽视）。不过，"摩罗"的主题，并没有延续在鲁迅以后的创作中。并且，在"弥赛亚"的形象通过俄罗斯文学广泛进入到现代汉语文学的第一次自我塑造的浪潮中之后，"摩罗"的形象中断了，就像诗剧《该隐》中的那个空白。而且，无论是"摩罗"还是"弥赛亚"的主题，对于鲁迅，都是未完成的。

鲁迅可能更适合被视为这样一个作家：他的意义不在于他创作了多少成熟完整的文学作品，而在于：他是一些平行主题和可能性的标记，是一些"未走之路"的路标。

如前所述，《摩罗诗力说》是对心灵结构的转变的呼唤。但是，这种呼唤，不是一种社会公共教育的声音，而是对现代精神生命的唤起。我们也不能说，它是精英主义或者超人主义的，虽然它也借用了尼采的形象。但是，对于青年鲁迅，这是另一种对平等的直觉——是对一个民族的精神权利的直觉。因为，对于各个民族，"摩罗精神"具有同等的开放性，而非一种等级化的、被区别对待的显现——否则，"摩罗精神"也就不成其为"摩罗精神"了。并且，"摩罗之声"，在鲁迅自己的精神生命历程中，也是一种早期的声音，是一种"前新声"。

"摩罗之声"也是一种对于"事物均有其语言性"的预设，也就是说，实践领域中的一切，都可以被语言化地理解。可是，如果我们面对的事物，并没有那么多的语言性，而是显现为非语言呢？在"恶声"—"新声"—无声者之间，是一个被皇帝的回音壁关闭的世界，还是一个始终没有被听见的世界呢？

昨天，我请蒋斐然发给了大家一篇我与童末合作的文章《死亡问题与非汉语民族现场》。这个"非汉语民族现场"，可能也意味着我们的"非语言"对象——不是它没有语言，而是我们不理解它的语言。我们和他们之间，仍然有可能是一种金枝式的关系：我们去杀死他们的神，以至于我们想要因此成为新神，而我们的知识常常促使我们有意无意去这样做。有时，"天真的人类学"也处于尴尬悖论的境地。

今天，非汉语民族，常常是中国空间内的"非认识区"。并不是说，"少数民族"就必然是"非认识区"。"非认识区"是现象，而不是特定的实体。这种现象，既可能移动在非汉语民族，也可能移动在汉语民族的存在处境之中。以"少数民族"为例，往往正是外界的力量，某个特殊的实体打开了他们的世界、涌入他们时才产生了"非认识区"，产生了"非语言"的对象，而且在这之中，外来者自己同样是自己的"非语言"对象。

之前，大家可能已经浏览过这篇文章：《死亡问题与非汉语民族现场》。所以，需要再次抱歉的是，除了在第一部分对《摩罗诗力说》的理解，今天的第二部分（拜伦）、第三部分（非汉语民族）都依赖于复述我过去的两篇文章。

在这篇《死亡问题与非汉语民族现场》里有个观点，我想扼要重复一下，也即关于"认知空白"这一我杜撰的概念。

我们在谈"非汉语民族现场"的时候，可能并不是要去处理某些既定的民族文化材料，而且被享有这种文化的第一继承权的人们所审视。可能，这是一个我们去遭遇那些在当代的、正在成形中的心灵状态，以及，正在成形中的存在的机会。我还想说明的是：这样一种探索，并不是在对某种传统文化材料、对某种地域性的备选方案进行挑选，不是在为社会科学方面的发展理论进行某种注释。我们应当把那个成形中的"当代非汉语民族现场"，首先理解为语言的遭遇，然后，也是存在的遭遇。

大家可能已经看到，我和童末借用一种彝族的传统文本《指路经》（注：彝族仪式上，为了导引亡灵回到祖地而诵读的诗体文本，内容大多是从逝者亡故之地到祖地的所经路线），描述了凉山彝地的"不稳定的人"。这个"不稳定的人",也可以理解为"正在成形中的人"。在传统文本中,那些关于生和死的,或者非生非死的空间的塑造,与人在现实环境中的自我定义息息相关。

各个时期,中国的非汉语民族地区,都容易被理解为一种"地方性"。无论它是苗族的、蒙古族的、藏族的、东北渔猎民族的……我们持续不断地以"地方性"为坐标来辨认和称呼他们。但是,今天我们在做一点尝试性的工作时,需要保持的一种思想上的独立性可能是:它(这种工作)需要警惕一种容易的多元主义理解,需要区别于一种常有的、对不同文化传统彼此之间的差别性的叙述。如果差别存在,也不是民族文化材料之间的差别,不是对那些互相分割的民族文化单元的多元化辨认,而是不同的实践的差别。

有一段时间,我和其他的一些写作者都在讨论,我们是否要不断地从我们的习惯之中,从我们熟悉的一些知识上的"自我保存系统"之中,把自己"转移"出去,从自我中心主义"转移"出去。比如说,我们是否能够做这样的一种实验:把自我"转移"到苗族,"转移"到彝族、蒙古族,"转移"到西藏,等等。但是,把自己转移出去之后,所走进的可能会是刚才所说的那种"非语言"的处境。当我们想把自己"转移"到 T. S. 艾略特式的"客观对应物"面前的时候,可能并没有一个对接者——并没有一个彼岸存在。无论它在另一个领域、另一个地点、另一个族群,还是另一个语种,当我们把自己"转移"出去时,我们可能站在虚空边缘。就像那些当代的彝族人一样,他们想把自己"转移"出去,交给外部社会的时候,也站在这样的虚空边缘。然后,认知空白发生了,一种互相的认知空白。

今天,我邀请童末也来到这里。2017 年,我们一起在凉山地区进行了那次短暂的田野。然后,我们对刚才所说的那些问题做了一点试图系统化的表达尝试,在贵阳、广州和北京的一些空间里做过报告。我想请童末谈一谈,经过这两年之后,对以上问题是否有新的理解。

童末发言——

"我在 2017 年初,去凉山之前,就开始在写一个长篇小说,关于 1949 年之前的彝族地区,写一些在动荡时代中的不同身份的人,包括外来的汉族士兵,被掳掠成为奴隶的汉族人,以及黑彝、白彝等不同等级和身份的人。现在,长篇还差一个结尾。这两年中,我一直在写这个长篇,所以,我还是以一个小说作者、一个虚构作品的创作者身份,谈一下王炜刚刚提的问题。

"关于对非汉民族的辨认,也是非汉民族互相之间的事(而不只是在汉语民族与非汉民族之间),以及彼此之间的主体性在哪里的问题,对此,不同专业背景的人,包括我过去的一些做田野的人类学同行,一些作为非文学写作者的人,角度会非常不一样。但是,比如,如果我去试图展现彝族人对世界的理解,或者他们的主体性,以及在今天,2019 年,他们的主体性为何和他们的站立之处,我觉得,可能是很虚伪的。因为,我无法说出他们的主体性。我只能说,我作为一个文学作品创作者,在与他们有过一些接触和一次短暂的田野之后的个人感触。我觉得,今天的非汉民族的处境,其实是当代汉语写作者自身写作危机的一种凝聚,一种征兆。

"当代汉语写作者,在今天的社会处境中,有很多的自我规避,或者,是回避去处理和面对一些东西,然后,这会导致他们的认知空白。这也涉及到写作者的失语问题。失语是结构性的。我们——写作者们——所经历的,可能是《摩罗诗力说》提倡的那种'在地狱中振作'的声音到今天其实也并没有实现,而且有可能是更加衰退的过程。

"可能大家都知道,今天当代汉语的一些小说写作者或者诗人,包括比较出名的一些,他们的作品去处理的问题,与我们所说的世界文学,或者今天其他地区的一些杰出写作者面对的那些主题和问题意识,是有非常大的差别的。甚至,你可以很轻易的,把这些当代汉语作品,分类成都市作品或者白领作品,或者说,东北作品。现在被关注的这些以地方性为主题，和一种以地方性主题替代了文学问题的写作方式，其中有一些技巧，可以成为方法论，可以拿过来，在当代艺术中也可以去用，但是，它可能缺少一种对于文学来说是更本质性的、一些更应该被说出的东西，关于它，我觉得我们是失语的。

"很少有汉族作家会去处理非汉语民族的人的处境，会以他们的存在为写作的主题。但是，一方面很少有汉语作家这样做，另一方面，我们又有许多民族作家，他们一辈子写的，就是他们自己地区的民族题材，但只是当作'素材'，像民俗文化材料一样，运用到自己的作品里。那么，如果是这样，不论他/她的身份为何种非汉语民族，他/她仍然是一个汉族作家。

"我今天也很难说出，我们应该要怎样去处理这样一种题材。在我的长篇小说写作中，写到后来，当小说中的角色一个个被他们所有的行为，推到了一种处境、一个心灵的位置上之后，他们所思索的东西，并没有彝汉之分，或者，并没有三十年代的人和今天的人的区别。我觉得，当我想要努力接近并且去说出那显现在一个心灵危机的社会、在一个动荡时代中的东西时，在这时，我的作品，其实并不是一个所谓民族题材的作品。"（童末发言结束）

谢谢童末。

这也是我作为一个文学写作者所感受到的。当我们去面临一个非汉语族群，以此作为对象的时候，我们不是社会科学的工作团队，我们也不是传教士。其实，当我们想把自己"转移"出去、交付出去时，发生在我们身上的情况正好是相反的——实际是有些东西、有些信息被转移到了我们身上。我们其实是被我们想要去认识的对象，所赋予了一些东西，被对方嘱托了某种信息。这种信息也让我们感到不安，把我们推到了某种认知空白的边缘。但是，正是这样的一些时刻，成为一个"介入"的时刻，不是我们去"介入"什么东西，不是我们通过怎样的艺术工作、社会实践去"介入"它，事实上，是我们被它"介入"了。我们被"大凉山"、被"东北"、被"蒙古"等等，被很多这些地区所开启的一种现实状态"介入"了。以这些地区为例的一个个事实现场"介入"了我们，那么，这些现场也应当成为我们的时代认识的一部分，而且，其实也一直都是很难面对的部分。

所以这里我们还可以继续再问一些问题，一些听起来好像很"大"，但我认为是根本性的问题。或者，现在已经处在一些根本性的问题再次反扑我们的时候了。

在我有限的印象中，上世纪九十年代以来，人们做了很多努力，通过将知识更为具体化和专业化的工作方法论来促进个人的语言具体化和独立性。但是，这也可能使我们回避了一些根本问题。并且，我们用"宏大叙述"这个词来命名这些问题。这就像在第一节课里，我希望对所谓"大词"进行辩护时所说的情况一样。今天，我们可能正是处在这样的时刻，根本问题又在反复，但是，我们好像还没有做好准备。

其中的一个我们可以进一步推论的根本问题是：这些站在虚空边缘的非汉民族，这些站在虚空边缘的东北人、疆、藏、彝族人等等，以及站在虚空边缘的——鲁迅所说的那个黑铁一样沉默着的形象，我们以何种可能、在何种意义上可以用"人民"这个词去称呼他们？在何种意义上，我们是被称之为"人民"的？而且，我们与不同的当代非汉语族群的人们，是怎样一起被置放在这种被称之为"人民"的共时性之中？

之前，我们也提到，对"摩罗力量"的想象是鲁迅的一种早期认识。所以，这也意味着，《摩罗诗力说》的一种没有意识到，或者未被充分意识到、未被说出的认识。首先，是对文中所列举的那些作家的一个共同特征的认识：这些作家都是"少数民族"的关注者，比如普希金和莱蒙托夫都是非常活跃的、关于他们的非中心民族主题的书写者。《摩罗诗力说》中也出现了对果戈理的一种早期介绍。当代的一个地缘政治学者和旅行作家，罗伯特·D.卡普兰有一篇短文，推荐给大家，题目是

《仇恨的欣快》，文中即通过果戈理的作品讨论今天高加索地区的问题。

这篇文章可以作为一个例子，通过果戈理等这些近代作家可以看到近代文学中一个传统主题：对中央之外的边缘民族的关注。这种关注并不只是一种对"异域情调"的想象，而是一种在今天仍然可能对我们有所启发的，对边缘族群的一种"看见"。

尽管以今天的标准来看，《摩罗诗力说》是一篇不成熟的"文学论文"，但这并不能否认，它是一种在深渊中的视力，就像《该隐》里的在深渊中的视力一样，是这种视力在早期现代汉语中的表达。

和那些主要的近代作家们一样，对于非汉语民族的"看见"也不是浪漫的，同样是一种深渊中的视力。

对"移动的、可怕的、绝妙的大地"（出自勒内·夏尔的散文诗《形式分享》第二十七则，张博译为"恐怖、精致又游移不定的大地"）的"看见"，同样，也是一种深渊中的视力。

今天，我想谈的最后一点是，在鲁迅的时代，他可能处在两种事物分离／区分的时刻，处在两种事物之间。

文学主流是卢西弗的力量吗？是，可能也不是。或者，它曾经是卢西弗的力量。或者，卢西弗的力量是天使力量的一种强调了"可见性"的状态，但是，它可能不是精神生命的未来方式。W. H. 奥登有一个诗句——当时他作为战地记者写于中国的抗战中——他说，"恶总是个人表现和奇伟壮观的／而善需要一切人的生活作证"。这句诗也告诉我们，卢西弗的那种"奇伟壮观"的力量如果是一种不可能的力量，那么，这种不可能性，也比不上那种可以被"一切人的生活作证"的不可能性。被"一切人的生活作证"，这几乎是不可能的。

曾经有过这样的人，他／她的"善"可以被"一切人的生活作证"吗？犹太人也曾经不承认耶稣，愿意祂被处决。被"一切人的生活作证"，可能就是"人民"显现的场所，这是一种其产生比卢西弗的力量更为艰难的事物。因此，文学主流的生命，曾经被人与诸神的争吵所标记，又被"大写的人"的命运所标记，然后又被卢西弗的力量所标记——但是，它还在继续转变，从卢西弗的力量转变为另一种东西，一种新生，一种关于复活的意识。而如果，我们对文学主流的认识仅仅是对卢西弗力量的认识，就成了青年鲁迅的那种早期的泛文学史认识。

在鲁迅的时代，他可能处在卢西弗力量与被"一切人的生活作证"这两种事物的交替时期。那么，进一步，我们对**卢西弗／摩罗力量之后**的诗性精神，以及对文学主流的进一步认识，是否需要一种对新生的意识呢？

是否，这种新生就是一种天使和人民之间的张力？这种张力，同样也是在海德格尔所说的"第一开端"和"另一开端"之间产生的张力。并且，这种张力是在卢西弗／摩罗力量之后的文学主流的转变。这是最难的部分，几乎是不可说的部分，新生／复活的象征，意味着：在深渊中的视力，必然应当是能够承受"当深渊回以凝视"的视力。

而能够回应"深渊的凝视"的视力，只能是梅列日科夫斯基所说的"未来的基督"的视力。而且，是否也意味着，新生的诗神可能会是一个被"未来的基督"所改变了的诗人？当然，这些言语，可能只是推导的结果，而且有一种轻易。因为，一些杰出人物，比如说保罗·策兰这样的诗人，一个肯定具有"在深渊中的视力"的诗人，却没能够走出"非语言"的、作为一个"非认识区"的深渊的黑暗影响。而我们绝不能说，他没能够抵抗住"深渊的回望"是因为他不能认识到"未来的基督"的目光。我们不能这样说。但是，他肯定不是一个依靠卢西弗力量写作的诗人，更不是一个依靠"上帝之死"这句断言的激发性来写作的诗人，尽管，作为一个从集中营走出来的人，他也许有理由这样。

也许，卢西弗的力量正好是诗人们对"将来的诗人"理解失败的产物，是对"将来的诗神"理解失败的产物，尽管是一些伟大的失败。例如，我们无法想象一个赞同撒旦的但丁，但是我们受到威廉·布莱克的影响，都跟着威廉·布莱克认为：弥尔顿虽然赞扬天堂，但是他不知不觉站在撒旦的一边。但是，这也可能只是威廉·布莱克的一句聪明话而已，而且也只能解释半个威廉·布莱克，不能解释在后期写《永恒的福音》的威廉·布莱克。

这么说，肯定不是在宣扬一种基督教的文学观，而是可能只有这样去看，我们才能理解一些非常重要的近现代作家的晚期转变。比如荷尔德林、列夫·托尔斯泰、西蒙娜·薇依、T. S. 艾略特、纪伯伦、勃洛克的《十二个》那种奇特的长诗，以及显现在奥德修斯·埃利蒂斯诗作中的那种现代希腊文学的基督主题等。也可能只有这样，我们才能够理解一些以现代民族国家的革命运动为"新声"的文学创造的内在冲动；或者说，是一些什么样的理由，在激发那些从主体性的破碎中试图重新唤起主体性的民族文学运动。

今天，我们这三个小小的主题：一、对鲁迅的《摩罗诗力说》的一种理解，以及蕴含在《摩罗诗力说》中的一种对未来汉语文学的建议和一份精神地图，以及"何为传统"这一问题；二、《摩罗诗力说》中的拜伦的诗剧《该隐》是怎样的一部作品；三、对于应当成为当代主题的"非汉语族群"的一点认识。这一切，可能都共同传达出一种信息：对于一种具有综合能力的未来创作者的设想。

我想，未来创作者至少具备这些素质：

其一，不论他／她是《摩罗诗力说》阶段的创作者，还是处在另一个时期，以"人民"——作为"新声"的主体——为责任的创作者，他／她都可能必须是"非语言"对象和"非认识区"的容纳者，具有在认识心灵结构的转变方面的积极主动性。

其二，他／她的写作是实践性的，比如，可以在不同民族族群之中活动，去理解形成中的行为和事物，如同皮埃尔·布尔迪厄在《自我分析纲要》中所说，外来者并不是去成为当地人，而是在当地人的介入之下再次成为另一个人，并且促使他的经验知识客观化。

其三，平行主题的意识，一种新的精神地形的意识。

今天，我们都说这是一个"文学被边缘化的时代"。这种"边缘化"，我认为是有意义的。正是"边缘化"，指出我们正在何处，以及，需要朝向何处去偏离"非边缘者"，而且，是为了什么而偏离。我们怎样不仅是成为，而且是主动成为柏拉图所说的被逐者呢？一个正在到来的未来创作者，应该是一个不符合预期（不符合那些"非边缘者"的预期）的，关于形成中的事物的综合作者。我认为，今天，已经具备产生这种创作者的可能性——这是诗神的礼物。

今天就到这里。谢谢大家。

第二讲

在历史诗学与未来诗学之间(上)

第一节课

再论"体验与诗"

> 地点：中国美术学院南山校区跨媒体艺术学院 4-309 教室
> 时间：2019 年 12 月 5 日（周四 18：30—20：30）
> 录音整理：姚远东方

显性记忆和隐性记忆。——从狄尔泰开始。——作为过渡性文类的"成长小说"。——伽达默尔在《真理与方法》中对"体验"的概述。——"体验"作为对抗早期工业化浪潮的精神运动，把自我置放于新知世界。——诗，是对产生"体验"的那些张力条件的保存。——踏入第二次"青春状态"的浮士德形象。——《浮士德》"舞台序幕"中的"可见性"与"可体验性"。——可体验化的世界与无法被体验之物。——"体验"是"解释性的关系"的产物。——被世界的"体验化"生产的人。——海德格尔对"体验"的批判。——现代思想中对"体验经济"和"体验的技术"的反思。——再谈进入第二次青春体验的浮士德。——启蒙时代"体验"的两种冲动。——"体验论"的第一次浪潮。——克莱斯特的《论木偶戏》。——《浮士德》中的"人造人"。——"人造人"是否是"成长小说"的终结，是否是古典体验论与不可体验之物的分裂之处？——弗兰肯斯坦创造的"它"。——"异化"是"体验化"的产物。——

能够承受自己的不完整性的意识,才是整全意识。——整全意识(健全的意识)也是把自己的积极置放在"不完美"中。——沃格林对"知觉结构"的反思。——今天的"体验",仍然是一种浮士德式的虚伪吗?

绪言

大家好。前三节课,我们在"诗神诸相"这一主题之下,对"诗神"的形象,以及现代诗人作品里的几种相关表现做了一点历史回顾。在所讲的内容整理成文后,大家还可以从中再次审视那些观点。W. H. 奥登有句话,大意是说,关于事件的诗往往是在事后写的。我们也可以套用这句话。对于那些在课堂上说出的东西,包括我自己在内,我们可能都是在事后,在将来某个时刻,才得到比现在更好的理解。有的"开端",并不显要,只是默默存在,比普鲁斯特的小蛋糕还要不起眼,而且并不直接"涌现为记忆"。大家都知道,一般来说,"记忆"有显性记忆和隐性记忆。关于后者,比如,我们读完一本书之后,某些认识、经验被改变了。这之后,我们不会再像读这本书以前那样,去看待事物和世界。但是,对于那本书本身,我们可能并不记得多少具体的字句。这种被改变——而且也许并不那么凸显给我们——可能就是对那本书的隐性记忆。

我自己则经常忘了看过的书、有过的想法甚至写过的东西。有时,与别人谈起或被问到某个问题,我回答得很差劲,事后却又才想起,过去我对此其实有过较好的认识,但是在那个时刻我忘了。如今,我告诫自己:不要为遗忘而焦虑。这种遗忘,也许是神在减少我们的虚荣。我也提醒自己,别担心忘记读过多少诗,以及写过什么诗。因为,这些经历或者"体验",可能正是被遗忘所提炼——提炼为一种(诗的)"程式"。在之前的课上，我们已经提到"程式"与常常被贬称的"公式化"、与"概念"的不同。这里不妨再援引海德格尔。"程式"，是因动力的在场而产生的隐然地颤动，是海德格尔所说的"回响——传送——跳跃——建基——将来者——最后之神"这一他称之为"预备图样"的不断颤动。

我仍然主要是在古典作家——例如我们在第二节课着重谈论的诗人荷尔德林的意义上，使用"程式"这个词。或者，为了区别于"公式化"，我们可以给它一个较为保险或现代的前缀："积极程式"。我想说，如果，它已经流动在一个诗人的血液里，对于他/她，就比能够熟记经史子集更为重要。失去它，相比失去一些文学和人文知识，对于诗人可能是更致命的。

也在此意义上，我们可以说，遗忘是一种记忆，或者是更好的记忆。

进一步说，"积极程式"——如果我们再勇敢一些、敢于使用那个更经典、更学术化的说法："激情程式"——也许才是能够保存知识，并且，把遗忘转化为精神生命的必要构成部分的真正记忆形式。以及，是人对精神生命的真正体验方式。

"记忆"和"遗忘"都指向一个问题，也是今天我们这节课的主题："体验"。

"体验"是什么、"体验"的本质、这件名叫"体验"之事的现状等等，一眼看去，似乎是一个前实践的问题，也即一个在创作实践和认知实践之前的问题。

所以，在谈论"实践"——我只能够限定为"诗的实践"（暂请原谅我的认知局限）——之前，我们可能要先谈谈"何为体验"。然后，我们也有必要再尝试谈谈"感知结构"。应当向各位交待的是，对于这些问题我其实并无新的理解——我在这里提供给大家的，大部分是对自己过去的想法的复述。同时，我也认为，对于这些问题，可能也不必急于做

第二讲　在历史诗学与未来诗学之间（上）　　119

出新的理解。

在正题开始之前，我们仍然还是得先做一点概念史的回顾。而且，我们仍然要面对浪漫派作家。

涉及到"诗与体验"这一话题，一般来说，文学史的档案柜就会啪的一声，弹出一个抽屉，像烤面包机一样呈出威廉·狄尔泰的名作《体验与诗》。那么，我们也就从这本书开始。

其一，是因为时间有限，其二，也是我的知识局限，所以我走了一条捷径：汉斯-格奥尔格·伽达默尔在《真理与方法》中即对狄尔泰此书，也对"体验"一词的历史，有过简明扼要的概述。所以，我们不妨借用伽达默尔的概述，来尝试对"何为体验"这个问题做一点"再理解"。

这段时间以来，我经常都在提醒自己：我是作为一个文学写作者、一个写诗的人，来到这里。所以我想，我的主要任务，是向大家介绍诗人们是怎样对待这些问题，而非转述哲学家的观点。否则，一个伽达默尔专家远比我称职。并且，我想，诗人们也不要那么排挤哲学家。有个学者，斯坦利·罗森（他是列奥·施特劳斯的学生）说："诗和哲学都要拿起彼此的武器。"我们可以把斯坦利·罗森的这句话理解为，所谓"诗和哲学都要拿起彼此的武器"，并不是说要写"哲学诗"，也不是再次杜撰某种"诗化哲学"，而是：诗与哲学都要保持对自身领域的一种遗忘状态。

那么，在谈几个文学例子之前，我们先从伽达默尔评述狄尔泰的短文开始。

正文

狄尔泰的《体验与诗》更像一本评传，是对莱辛、歌德、诺瓦利斯和荷尔德林等几位主要德国古典主义与浪漫派诗人的传记性评述。《体验与诗》出版于1905年,也就是说,与上节课提到的《摩罗诗力说》《少年中国说》《人间词话》这些濒临白话文运动前夕的汉语文论,属于同一个时期。

首先,伽达默尔帮助我们明确的一个前提是:"体验"一词,在狄尔泰的时代——在上世纪初,意味着新知,意味着正在工业化的世界中的一场精神运动,由此,指向一种现代生命哲学。这场精神运动明确了和"规定"了:所谓"体验"是要去"体验"什么,并且,不同于实证主义层面的"经历"的获得。然后,"体验"激进化为一种"先行跳跃"。并且,在现代美学语境中,"体验"也常常是对"先锋性"的召唤。

想想,其实有些令人惊讶,这个司空见惯得有些陈旧的词:"体验",却是在启蒙运动以后,尤其是在"地理大发现"这样的空间探索经历之后,很晚近才说出来的一个词语。这也告诉我们,在另一种语言中(例如在狄尔泰的著作中)的一些显得意义稳定的,对于我们仿佛是源远流长的历史事实的东西,可能和现代汉语的经历一样,都是很晚近的产物。一些容易被我们认为是存在已久的、或者陈旧的词语,只是在很晚近才获得了它们的意义稳定性。

我们来读几段伽达默尔的评述,其行文朴实清楚。

> 对"体验"(Erlebnis)一词在德国文献中的出现所进行的考察,导致了一个令人惊异的结论,即这个词不像动词 erleben(经历),它只是在19世纪70年代才成为普通的用词。在18世纪这个词还根本不存在,就连席勒和歌德也不知道这个词。这个词最早的出处似乎是黑格尔的一封信。但是据我所知,这个词在[19世纪]30年代和40年代也完全只是个别地出现的,甚至在50年代和60年代这个词似乎也很少出现,只是到了70年代这个词才突然一下成了常用的词。看来,这个词广泛地进入日常用语,是与它在传记文学里的运用相关联的。

第二讲 在历史诗学与未来诗学之间(上)

由于这里所涉及的是一个已非常古老并在歌德时代就已经常使用的词即"经历"一词的再构造,所以人们就有一种想法,即从分析"经历"一词的意义去获得新构造的词。经历首先指"发生的事情还继续生存着"。由此出发,"经历"一词就具有一种用以把握某种实在东西的"直接性的特征"——这是与那种人们认为也知道、但缺乏由自身体验而来的证实的东西相反,因为后一种人们知道的东西或者是从他人那里获得,或者是来自道听途说,或者是推导、猜测或想象出来的。所经历的东西始终是自我经历的东西。

——这里,蕴含了一个文学问题:"成长小说"——尤其是德国"成长小说"的衰落。歌德(例如《威廉·麦斯特》)、诺瓦利斯(例如《奥夫特尔丁根》)、荷尔德林(例如《许佩里翁》)等人都创作"成长小说"。这种传记化的或半自传式的叙事散文作品(有时是诗化的叙事作品,这一传统的现代——我不知道是不是最后的——代表作家是赫尔曼·黑塞),是从被神学主宰的经验世界自主区分出来的精神行动。或者,我们可以说,是一种早期的、以"人生实践"为表现的生命试验。

"成长小说",以及大体上来说与之同时代的"书信体小说",都承担了"人的自我认知方式的转变"这一任务。或者,用后人的词语来说,承担着启蒙任务,也是一种过渡性的文类。在撰写这些体裁的作品时,作者的冲动都显现为:把"体验"当作将自我置放于一个新知世界的手段。当然,这个新知世界,需要和工业革命中崛起的帝国世俗社会(同样是一个"新世界")区别开来,并且试图从工业社会中,分离出对本真性的体验和对本真性的规定。

所以,像威廉·华兹华斯那样的诗人,书写了一本厚厚的"精神自传"长诗《序曲》时,拜伦仅仅在直觉上——而非我们今天可以做出的某种似乎更深刻、但可能更多是"后见者的便利"的"历史认识"——感到怒不可遏。这种直觉,可以理解为拜伦认为,他看到华兹华斯身上出现了一种合作、一种弥合，也即：本该成为反帝国意识的本真性（表现在自然主题中），最后，却因为帝国需要对工业化中的自然界、土地进行精神管理，而得到了帝国的鼓励。也就是说，华兹华斯式的（原谅我暂且杜撰这个命名）以"自然体验"为途径的本真性体验，是大不列颠扩张的一个附带产物，而且，华兹华斯的自然叙事诗为帝国精神赋予了德性含义。

先不说这种看法对于华兹华斯是否公正，但可能，这就是拜伦在华兹华斯那里感受到一种不适的原因。虽然，拜伦自己也并不完全是大不列颠扩张时代的彻底反叛者，甚至，同样是其背书者。

在"成长小说""书信体小说"这些文类衰落以后，小说领域并非去除，而是内化了这些文类所追求的东西。例如，俄罗斯、法国小说就书写那种生活在一个小城市或外省的内心敏感者，书写他们在外省与中心城市/首都之间的循环往复的人生运动。仿佛，这种运动就是他们命定的人生形式。其实，今天，我们的整个人生活动，可能都没有超出那些"成长小说"曾书写过的范围。

狄尔泰的《体验与诗》也是以"成长小说"为背景所写下的一些诗人的精神性的传记。

伽达默尔指点我们，"体验"具有解释性。狄尔泰所说的"体验"，是一种解释行动。进一步说，"体验"是人通过自我解释，在外部关系中实现的自我主体化的行动。并且，"体验"是一个与"经历"相区别的概念。相比而言，"经历"只是一种前史，是一个"前体验"的观念。

那么，在狄尔泰所认为的"经历"的代表者——歌德那里，"经历"与"体验"、"经历"与人生试验的关系又是怎样的呢？

伽达默尔继续写道：

> 但是，"所经历的东西"这个形式同时也在下述意义上被使用，即在某处被经历的东西的继续存在的内容能通过这个形式得到表

明。这种内容如同一种收获或结果,它是从已逝去的经历中得到延续、重视和意味的。显然,对"体验"一词的构造是以两个方面意义为根据的:一方面是直接性,这种直接性先于所有解释、处理或传达而存在,并且只是为解释提供线索、为创作提供素材;另一方面是由直接性中获得的收获,即直接性留存下来的结果。

——这里,几乎就是在说"成长小说"的内在模型,以及,"传记"这一文类的本质。一方面,"体验"许诺了直接性,或者我们今天的另一个词"一手性"。"体验"是对"一手性"的获取。

另一方面,"体验"可能只是"一手性"的剩余物。因为,"一手性"是那些已经逝去,而且也只能逝去的东西。"体验"产生的同时,也是作为剩余物对那些只能逝去的"一手性"的标记,或者说,传记化。就像我们对梦的叙述一样。而与"传记"不同的,是诗。诗是剩余物与那些只能逝去的"一手性"之间的裂缝,也因此,尤其是对产生"体验"的那些张力条件的保存,这可能是狄尔泰为什么,选择通过写那些作为一个个精神现象的诗人的"传记"来叙述"体验"这一命题,而不是选择小说家、戏剧家或者直接写学术论文来讨论的原因。

与"经历"这种双重方面的意义相应的是传记文学,通过传记文学,"体验"一词才首先被采用。传记的本质,特别是19世纪艺术家传记和诗人传记的本质,就是从他们的生活出发去理解他们的作品。这种传记文学的功绩正在于:对我们在"体验"上所区分的两方面意义进行传导,或者说,把这两方面意义作为一种创造性的关系去加以认识。如果某个东西不仅被经历过,而且它的经历存在还获得一种使自身具有继续存在意义的特征,那么这种东西就属于体验。以这种方式成为体验的东西,在艺术表现里就完全获得了一种新的存在状态(Seinsstand)。狄尔泰那部著名论著的标题《体验和诗》则以一种给人深刻印象的方式表述了这种关系。事实上，正是狄尔泰首先赋予这个词以一种概念性的功能，从而使得这个词不久发展成为一个受人喜爱的时兴词，并且成为一个令人如此容易了解的价值概念的名称，以致许多欧洲语言都采用了这个词作为外来词。但是，我们也许可以认为，语言生命里的真正过程只是在词汇的精确化中进行的，正是由于这种词汇的精确化，才在狄尔泰那里出现了"体验"这个词。

但是，对"体验"这词要在语言上和概念上进行重新铸造的动机，在狄尔泰那里却以一种特别顺利的方式被孤立化了。《体验和诗》这个著作标题是以后（1905年）出现的。该著作中所包括的狄尔泰在1877年发表的关于歌德文章的最初文稿，虽然已经表现了对"体验"一词的确切运用，尚未具有该词以后在概念上的明确意义。因而精确地考察"体验"一词后期在概念上确定的意义的前期形式，是有益的。情况似乎是相当偶然，正是在一部歌德传记（以及一篇关于这个传记的论文）里，体验一词突然一下子被经常使用了。由于歌德的诗作通过他自己所经历的东西能在某种新的意义上被理解，因而不是其他人而是歌德本人诱发了人们对这个词的构造。歌德本人曾经对自己的创作这样说过，所有他的文学创作都具有某种相当的自白性质。赫尔曼·格里姆的《歌德传》把这句话作为一个方法论原则加以遵循，这样一来，他就经常地使用了"体验"这个词。

狄尔泰关于歌德的论文可以使我们返回到这个词的无意识的前期历史，因为这篇文章在1877年的文稿中，以及在后期《体验和诗》（1905年）的写作中已存在。狄尔泰在这篇文章里把歌德同卢梭加以比较，并且为了从卢梭内心经验世界来描述卢梭新颖的创作，他使用了"经历"这个措词，而以后在一篇对卢梭某部作品的解释中便使用了"往日的体验"这个说法。

——在"成长小说"担负的启蒙任务方面,卢梭当然是个很大的话题,所以,我们只能暂时不谈他。既然狄尔泰的主要例子是歌德,那么,我们必须先对歌德回顾一番。

在歌德那里,尤其是在《浮士德》中,这项名叫"体验"的行动是怎样的呢?我想提供给大家两个例子,均出自《浮士德》。其一,是"舞台序幕诗"(剧团团长、小丑和诗人的对话);其二,是"悲剧第一部"中的女主角格蕾辛之死(歌德把由两个部分构成的诗剧《浮士德》称为"悲剧")。

《浮士德》的重要性不必我赘言。一般来说,过去的批评家,例如作家伊凡·谢尔盖耶维奇·屠格涅夫,认为第一部更重要和真实,因为——屠格涅夫认为——第一部,是那个时代的人生实践的一幅高度概括性的图像。屠格涅夫不喜欢第二部(也即浮士德在神话世界的经历)。屠格涅夫认为,第二部的"神话化",是对人生真实性的感受力消退之后的晚年歌德的退化与诡辩的结果。但是,后世的现代批评家们,例如像卡尔·施密特这样的学者,却又注意到第二部中,歌德对于他去世后的欧洲局势直至世界战争的预见,以及预见到发生在现代世界的"空间的转变"。

这里,我们只需要稍微提一下《浮士德》的基本剧情即可:一个老年学术权威,与魔鬼签约,重返青春体验,由此产生的一系列经历。

这个老年学术权威,对一切知识都厌倦了。这种厌倦,可以和哈姆雷特的"弃绝知识"对比。不过,哈姆雷特式的"弃绝知识"好像在文学中没有回声,而浮士德式的对知识的厌倦却回声不断,例如斯蒂芬·马拉美的名句:"肉体真可悲,万卷书也读累。"于是,以对知识的厌倦为前提,人,想要重返对本真性的体验。或者说,在魔鬼的帮助下,老年知识分子浮士德想要重新发明本真性,并"体验"这个发明的过程。可以说,这是一种浮士德式的"体验"。

踏入第二次"青春状态"的浮士德形象,是对"青春状态"的集中反讽（诗剧文本中，处处皆是这种反讽的提示）。歌德背后的远景——马基雅维利，在《君主论》（另一个讽刺文本）中正是把青年人放在潜在的掌权者位置，而那个自我保存的老师——那个哲人——则想要"隐匿"在这种"青春状态"中。

这里，我们可以说个题外话，竹内好也做过类似的论述：日本文学那浮士德式的利己主义和补偿性的自信，其主要表现之一，即对"青春状态"的崇尚（在《浮士德》中，第一部里的那具真实的女性尸体，在第二部升华成了一个作为虚伪顶点的"永恒女性"幻象），和中国文学一样，拒绝了对"近代性的追寻"。

我们先说第一个例子，下半节课再说另一个例子。

第一个例子："舞台序幕"。我认为，它非常明显地阐释了"可见性"和"可体验性"这些问题。我们不妨读一遍这篇序诗：

舞台序幕

钱春绮 译

剧团团长　剧团诗人　丑角

团长

你们两位在艰苦时光，
常常给我许多帮助，
这次计划在德国演出，
你们看有什么希望？
我想使大家看得高兴万分，
因为他们也巴望皆大欢喜。
柱子撑好，戏台已经搭成，
人人都在等候盛会开始。

第二讲　在历史诗学与未来诗学之间（上）

他们已经就坐，眉毛高举，
沉着地想看一场惊人的戏剧。
我懂得博取众人的欢心；
却从未有过今天这样的苦闷；
他们虽没见惯第一流作品，
可是他们读过的却多得吓人。
我们怎样使一切生动新颖，
又有意义，又能使人高兴？
当然，我乐于见到大批观众
像潮水一般拥向我们的戏馆，
仿佛发出强烈的反复的阵痛，
争相挤进这个狭窄的善门，
在大白天里，四点钟不到，
他们就推来推去，挤到售票处，
像荒年在面包店前争夺面包，
为了票子，简直性命也不顾。
在种种观众身上显这种奇迹，
只有靠诗人；朋友，今天瞧你的！

诗人

关于各色的群众请勿再谈，
看到他们就要使诗魂逃脱。
别让我看到那些人海人山，
他们硬要把我们牵进旋涡。
带我去天上僻静的角落里面，
那里才充满诗人纯洁的快乐，
那里，爱与友谊以神的手法

创造、培育我们心灵的造化。

啊！从我们内心深处涌出的诗潮，
在我们口边羞怯地哼出的诗篇，
有时很糟，有时或许很好，
都被瞬间的蛮横的暴力席卷。
往往必须经过多年的推敲，
才能具备完美的形式出现。
外表炫耀者只能擅美于一时，
真正的作品不灭地永传后世。

丑角
不要跟我谈论什么后世，
假如我来侈谈后世的问题，
谁跟当代人来寻开心？
他们要开心，本该如此。
当世有这么一个能干的小伙子，
我想，总是有点使人高兴。
懂得如何娱悦他人的人，
对于群众的任性不会气恼；
他希望大批观众上门，
感动他们，就更加可靠。
因此请显显身手，做个典型，
请给幻想添上一切合唱，
理性、理智、感情以及热情，
可是注意！不要把丑角遗忘。

团长

可是特别要注意情节纷繁!
人们来看戏,他们最爱的是看。
在观众眼前展开复杂的剧情,
能使他们看得目瞪口呆,
你就立即博得大众的欢心,
成为红极一时的作者。
你只能以多量争取多数观众,
他们自己总会有所发现。
提供得多,总有些可以取宠,
人人都会满意地离开戏院。
搞一部作品,就把它分成数段!
做这种杂烩,一定很方便;
脑筋动起来容易,捧出来也很容易。
提供个完完整整的,有什么意思?
观众总要把它扯成碎片。

诗人

你不知道这种手艺多么糟糕!
对于真正的艺术家多不合适!
漂亮人物的粗制滥造,
我看,已成为你的准则。

团长

这种责备并不使我生气:
一个欲善其事的男子
必须选择最好的工具。

想想看，你现在劈的乃是软木，
你瞧瞧观众，你为谁写稿！
有的人是因闲居无聊，
有的人是因吃饱丰盛的大菜，
还有一种人最最糟糕，
他们曾经看过报刊而来。
有的出于无心，像参加化装跳舞，
有的出于好奇，快步飞跑；
妇女们只是为了炫示自己和衣履，
来参加表演，不取酬劳。
你在诗人高峰上做什么美梦？
客满为什么使你满足？
走近点看看捧场诸公！
一半冷淡，一半粗俗。
有的想在看好戏后去打牌，
有的要在妓女怀中荒淫度夜。
干吗你们这些蠢材
为这些家伙去麻烦缪斯？
我劝你，去把内容搞得更加丰富，
就不会脱离目标，陷入歧途。
只弄得他们稀里糊涂，
你是很难使他们满足……
你怎么啦？是难受还是高兴？

诗人

去吧，你去另寻别的奴隶！
诗人难道要把最高的权利，

大自然赐予他的那种人权，
为了你而粗暴地弃置不问！
他用什么感动人心？
他用什么将四大驱遣？
那不就是从胸中涌出而把世界
摄回到他心中的那种"和谐"？
当大自然漫不经心地捻出
无限的长线、绕上纺锤之时，
当不调和的森罗万象发出
厌烦嘈杂的响声之时，
是谁划分那种单调的流线，
赋予生命，使它律动鲜明？
谁把个别纳入整体的庄严，
使它奏出一种美妙的和音？
谁使暴风雨体现热情的激发？
谁使夕阳体现严肃的意想？
谁把春季一切美丽的鲜花
撒在情侣经过的路上？
谁把平淡无奇的青枝绿叶
编成荣冠，奖励各种勋业？
谁奠定俄林波斯，使群神毕集？
都是靠诗人启示的人类的威力。

丑角

那就借这些美妙的威力，
经营你诗人的事业，
就像进行恋爱的男男女女。

他们不期而遇，会心而伫足，
于是逐渐被情丝缠绕；
乐趣增高，随后就招来烦恼，
狂喜之余，免不了乐极悲生，
不知不觉，演出一幕桃色新闻。
我们也搞个这样的剧本！
只要先去体验丰富的人生！
谁都是过来人，却很少有人领悟，
一到你手里，就变得非常有趣。
彩绘缤纷，稍加点睛，
乖谬连篇，略现真理的火星，
上等美酒就这样酿成，
可以鼓舞、启发一切世人。
于是佼佼的青年聚在一块，
看你的戏文，聆听启示的高论，
于是多情的男女纷至沓来，
从你作品里吸取忧郁的养分，
于是煽起这样那样的感情，
人人都看到他们自己的内心。
年轻的人们，他们还可以笑笑哭哭，
还重视感情的飞跃，还喜爱虚幻的假象；
老成的，什么都不能使他满足，
正在成长的却总会感戴不忘。

诗人

让我回到那个时代，
那时，我还在成长之中，

那时，诗泉滚滚而来，
日新月异地不断迸涌，
那时，雾霭笼罩着世界，
蓓蕾有可能蔚为奇观，
那时，我去丛谷之间，
把盛开的百花采来。
我一无所有，却满足非常，
因为我追求真理，爱好幻想。
还我那种不羁的冲劲，
深厚而充满痛苦的造化，
憎恨的威力和爱的权柄，
还我消逝的青春年华！

丑角

朋友，你需要青春，只在于如下情况，
当你在战地受敌人追击，
或者有个可爱的姑娘，
拼命搂住你的脖子，
或有赛跑的桂冠从远处
渺茫的终点向你招引，
或者跳罢激烈的旋舞，
要你连续作长夜之饮。
可是，把你弦乐的老调
大胆而优美地演奏。
向你自己选定的目标，
逍遥浪荡地信步漫游，

老先生，这是你们的义务，
我们并不因此降低敬意。
老年使人幼稚，这是虚语，
它发觉我们还是真正的孩子。

团长

你们已经做够了交谈，
最后让我来看看实行；
在你们互相恭维期间，
可能干了些有益的事情。
多谈心情，有什么用？
迟疑的人谈不上心情。
你们既以诗人自封，
就请对诗歌发号施令。
你们知道我们的要求，
我们要喝强烈的酒；
现在赶快动手酿造
今天做不成的，明天也不会做好，
一天也不能够虚度，
要下决心把可能的事情
一把抓住而紧紧抱住，
有决心就不会任其逃去，
而且必然要贯彻实行。
要知道，在德国舞台上面，
各依各的心意行事；
因此今天请不要吝惜
一切布景和一切机关。

去使用大的天光、小的天光,
星星也不妨加以布置;
还有水火、悬崖峭壁、
走兽飞禽都可以上场。
就这样通过这狭隘的木棚,
请去跨越宇宙的全境,
以一种从容不迫的速度,
遍游天上人间和地狱。

——歌德在这篇"舞台序幕诗"中写下了一种矛盾。表象上,是剧团团长要求诗人尽量提供可被观众体验的东西,而诗人在抵触这种"沉浸式体验"的同时,也对他本人认同的那种诗性体验——作为剧团团长需要的"沉浸式体验"的对立面——进行了告别和哀悼。

我个人认为,这篇序幕诗,不仅是对市场要求的"体验化"这一任务的批评,进一步,尤其提出了"可见性"这一问题。这是歌德置于整部矛盾重重的诗剧开端的第一个矛盾,但是,在我有限的视野中,好像很少见到有评论者谈论。我读过的一些研究浮士德的书或文章,都很少注意到这篇序幕诗。

在"舞台序幕"中,剧团团长对那位不情不愿、半推半就而又自我感动的剧团诗人,交代创作范围。也就是说,不仅整部诗剧只是剧团团长的许可范围的产物,也是这位剧团诗人(真实的浮士德?关于他,或可撰写另一个故事)对自由的幻觉。

我们可以利用这首序幕诗的主题,对那个名叫"可见性"的潮流,以及它与剧团诗人的矛盾,做一些发散性的认识。

现实地来看,人性中有一种根深蒂固的对景观的需要("观众们来剧场,最喜欢的是看"),但我想举一个例子,在这个例子里,对景观的需要产生于对可被辨认、从而可以产生与他人的区别的需要,产生于对自我的独特肯定的需要，产生于对身份的需要。曾经在贵州，我采访过一些在苗族和侗族村寨里做村寨建设的人。他们的项目启动得很早，从上世纪九十年代就开始了。他们发现，由于"赋权的激情"的推动，人们对景观的默许和主动接受是迅速的，以至于将其理解为人在身份危机中的一种应急手段。当然，"景观化"了之后，他们同时也成为被征用、被管理的人，他们所生活、耕作其中的那片土地的价值，也上升到了一个与他们无关的价格。而且，当他们"景观化"了之后，土地的形态和价值就固定了，后来的开发商不会再愿意付出很大的人力物力去改造，于是，就出现了贬值。曾经使他们改善了收入，获得了一种身份感的新公路、新建筑和新设施，现在，成为地块贬值的原因。

与"文学性"尚未被抵达一样，"可见性"也是尚未被抵达的。我们也不能经由那些在人与人的谈话、关系的调整、知识配备等方面的积累，得到他人的和自身的"可见性"。我们知道，有的写作者，比如居伊·德波这样的写作者或"写作发明家"，一生都想方设法反对和改写"可见性"。我自己，也曾经在诗剧《韩非与李斯》的序诗里，设置了两个对话者。这是两个就处在时代的近处（所以副标题是"一首关于就近说明的诗"，也影射苏格拉底），但是不被辨认的评论员，也是两个被放逐的人——老的一个对年轻的一个说：现在，我们可以一起来改写我们的"可见性"。我读一段给你们听：

"我称呼你什么？"

"可以叫我过来人。"

"这称呼不错，微弱，但使用面广。
我倒不反感你这种人来改写
我们为何负气，我们与过去的关系。"

"是改写你我的可见性吧?

与其把事情还原,不如参与一些临时清楚的。

我们不要以为能够理解,那个领域

甚至正在从事它的人也不能理解。

即使有理解也不需要,它并不依此运作。

理解有何用呢?理解只是使我们觉得

我们以为我们可以谈论它。"

——"可见性"在自我改写,"体验性"也在被改写。我们不能通过信息积累和经历,去"体验"一个"分离者"(前几节课我们也提到"分离者",例如那个处在"交叉时刻"的"分离者"),去"体验"一个从已被规定的"共通性"中分离出去的人,从而获得对他/她的理解。

同时,一种统治,也不可能通过不断的,对"可视之物"的积累和添加,以及以此为途径的它对人的"体验",去获得它的正当性。但是,它使景观存在,不断巩固了可体验化的世界。我们在对"可见性"的追求中,只是得到了一系列的景观,好比荷尔德林说:"这仿佛是对我们的奴性的一种温和的报复。"

那么,诗人、艺术家的工作,也是使无法被体验的东西抵达可见吗?并且,使之不能被一个时期的文化政治所利用,不能被类比。如果,不是对这种不可驯化的"可见性"的逼近,那么,我们(诗人和艺术家们)又是在干什么呢?今天,一个诗人,也许是来确认一种共同的困难。我不认为其他路径更缺少这种困难。这种困难,我称之为面对这个时代的"可见性"的困难。《浮士德》的第二部也带给我们这样一种信息:"可见性"也有它的政治局势,有它的"现状"和表现形式。

一方面,我们的许多表达,尚未抵达那种强烈的、不可驯化的"可见性",一如我们在批评"文学性"时,也许我们其实尚未抵达"文学性";另一方面,我们可以看到,一种吊诡是:"可见性"已经以非常凶悍、咄咄逼人的方式来到我们的生活中，但我们还未充分认识，比如，当大爆炸、被砍杀的人、油污的海洋和燃烧的居民大楼出现在我们眼前时，我们每个人都被一瞬间的中国空间的可见性给打击了。是的，打击本身就是一种可见性。"可见性"就是那变更了我们所习惯之秩序的事物的抵达。这种打击，使中国空间对于更多沉湎于当代景观的人来说变得可见——哪怕只有一会儿。然后，景观迅速填埋和修补了它。

现在，我们在这里分享文学史和各种观点。第二节课，我们也已经读到，里尔克写荷尔德林的那首诗中对"分享"的批评。我们常常喜欢说，要分享彼此的"体验"。但是，我们能分享那些打击了我们的"可见性"吗？我们应当在这里分享它吗？

如果说，它不可能被分享，但是可能被"分担"，我们可以诚实地承认，这种"分担"实际上是建立在一种它无法聚集众人、无法以我们今天这种形式进行"共同讨论"的前提之下。我们在为我们的困难——分担可见性的困难——寻找一个尽量诚实的前提。我们有不同的答案，但我相信，我们都已经开始。我也不能说这是"共同处境"。"共同"已经是一个被滥用的词汇。虚伪的共同性，正是通过"体验化"，建立在对"分离"的占有之上——因为，管控社会的力量，已经决定了人与人分离的原因和表现方式。而这种建立在"体验化"基础上的共同性，是一种"最快捷修补"——这是诗人约翰·阿什贝利的一首诗的题目——也即对"体验化"的修补，让世界迅速恢复为一个可以被体验的世界。那无法被体验之物所带来的危机，被快捷地消除了。

现代戏剧中有一种冲动，就是从这种"体验"中分离出来。"共鸣的消除"，是对"体验"的一种异常化处理。问题也在随着局势的变化而变化，过去，是对"分离"的批判——批判分离性和"无共同性"——然后，问题的"局势"，转变成为对"共同性"的批判。

我们继续读伽达默尔：

但是，在早期狄尔泰那里，体验一词的意义本身无论如何还是不确定的。这可以从狄尔泰关于他在后期版本里删掉体验一词所说的一段话清楚地看出来："这是与他所经历的东西、与他由于不熟悉世界而作为体验一同想象的东西相符合的。"话题又是讲卢梭。但是某个一同想象的体验并不完全地与"经历"一词本来的意义相符合——也不与狄尔泰自己后期的科学用语相符合。在狄尔泰后期，体验正是指直接的所与（das unmittelbar Gegebene），而这种直接的所与就是一切想象性创作的最终素材。"体验"这个词的铸造显然唤起了对启蒙运动的理性主义的批判，这种批判从卢梭开始就使生命概念发挥了效用。这可能就是卢梭对德国古典文学时期的影响，这个影响使"所经历存在"这个标准生效，而且由此也使"体验"一词的形成有了可能。但是，生命概念也构成德国唯心论思辨思维的形而上学背景，并且像在黑格尔那里一样，在费希特那里，甚而在施莱尔马赫那里也起了一个根本的作用。相对于知性的抽象，正如相对于感觉或想象的个别性一样，生命这个概念就暗含对整体、对无限的关系，这一点在体验一词迄今所有的特征中是显然可见的。

施莱尔马赫为反对启蒙运动的冷漠的理性主义而援引富有生命气息的情感，谢林为反对社会机械论而呼吁审美自由，黑格尔用生命（后期是用精神）反抗"实证性"（Positivität），这一切都是对现代工业社会抗议的先声，这种抗议在本世纪初就使体验和经历这两个词发展成为几乎具有宗教色彩的神圣语词。反对资产阶级文化及其生活方式的青年运动就是在这种影响下产生的。弗里德里希·尼采和亨利·柏格森的影响也是在这方面发生的。而且就连某种"精神运动"，例如围绕斯忒芬·乔治的运动，以及乔治·西默尔用以对这种过程作出哲学反应的地震仪似的敏感性，都同样表明了这一点。所以，当代的生命哲学乃是继承其浪漫主义的先驱。对当代广大群众生活的机械化的反抗,在今天还是以这样一种理所当然性强调这个词,以致这个词的真正概念性内涵仍还隐蔽着。

——"隐蔽"的是什么呢? 伽达默尔继续写道:

因而,我们必须从体验这个词的浪漫主义的前期历史去理解狄尔泰对这个词的概念铸造,并且将记住狄尔泰是施莱尔马赫的传记家。当然,在施莱尔马赫那里还没有出现"体验"这个词,甚至连"经历"这个词似乎也未出现过,但是,在施莱尔马赫那里并不缺乏与体验具有同一意义范围的同义词(如生命行为、共同存在的行为、环节、自身的情感、感觉、影响、作为情绪自身的自由规定的激动等等),并且泛神论的背景始终是明显可见的。每一种行为作为一种生命要素,仍然是与在行为中所表现出来的生命无限性相关联。一切有限事物都是无限事物的表达或表现。

事实上,我们在狄尔泰的《施莱尔马赫传》对宗教观点的描述中,发现了对"体验"这词的特别意味深长的运用,这个运用已指明这样的概念内涵:"施莱尔马赫的每一个自为存在着的体验(Erlebnisse),都是一个被分离了的,从解释性关系里抽离出来的宇宙形象。"

——"隐蔽"的是:"体验"是"解释性关系"的产物,而非唯心主义的主体化手段吗?

"体验"正是在一个意义关联运动中的产物,并且,指向人在"意义范围"中的自我解释活动。这"意义范围",伽达默尔为我们澄清为"生命行为、共同存在的行为、环节、自身的情感、感觉、影响、作为情绪自身的自由规定的激动等等,并且泛神论的背景始终是明显可见的"。

至少,这告诉我们,"体验"本质上是解释性的。"体验"不是原始冲动的直接实现，而是一种在关系中的自我解释行为，并且指向泛灵论。那个"体验者"，那个从"体验"中产生的、并且渴望着本质化的主体，最终是一个灵知主义的主体。

"体验论"作为一场精神运动，是对机械化的反抗，预示着一个未来的、灵知主义的主体："自为存在着的体验。"但是，却发生了一种计划不如变化的倒错——也许，变化本身就是计划的必然结果——也就是："自为存在着的体验"机械化了。人在被机械化中，成了"被体验者"，成了被世界的"体验化"所生产的人。而这，也是海德格尔对"体验"的激烈批判的背景。

上节课，唐晓林老师提到了阿兰·巴迪欧的一个观点，即：艺术创造不是为了"主题"，而是为了"主体"的在场。可能，这也是海德格尔观点的一种回响。海德格尔认为，今天的人们不知道"思"的道路，因为他们逃遁到了"'新的'内容之中，并且因为政治和种族因素的安排，为自己提供了一种一直不为人所知的学院哲学陈旧装饰品的盛装"。海德格尔的这些尖刻批评，都从属于对"体验"的批判。

我们可以读几个海德格尔的句子：

一、人们求助于"体验"的浅水，无能于估量思想空间的广大结构，无能于在这样一种开启中思考存有的深度和高度。而且，在人们相信自己优越于"体验"的地方，是能通过求助于一种空洞的机敏而来做这件事的。

二、只是因为在今天，对于"体验"的嗜好必定变本加厉，混淆了人们不加思索的关于情调所说出的一切。

三、谋制与体验要求成为唯一起作用的、因而"有力的"东西，并且没给真正的强力提供任何空间。

四、这个时代以谋制方式——也就是以这个时代自己的方式——使可疑问者得到承认，但同时又使之变得毫无危险。而且，这就是体验活动：一切都变成一种体验，一种越来越大、越来越闻所未闻、越来越声嘶力竭的"体验"。

五、因为存在者已经被存有所离弃，就产生了最平淡乏味的"多愁善感"的时机。唯到现在，一切才被"体验和经历"，所有的事业和活动都充斥着"体验"，而且这种"体验活动"表明，现在连人本身作为存在者也丧失了自己的存有，成为他对体验的追逐的猎物了。

——似乎，海德格尔认为"体验"是因为不能进行"主体实践"，从而表现出来的一种体面的无能形式。仅仅作为"体验"的实践，可能是颓废的（尼采意义上的颓废），是利己主义的（指向什么样的利己主义者呢？），为了逃遁到"新的内容"之中。并且，在进入海德格尔式的"激情程式"方面，"体验的浅水"显然有滞后性。

很有意思的是，在思想史中，对"体验"的反思不绝如缕，但是，对"体验"的使用也层出不穷。可能，稍有反思的创作者们都会认为，"体验"已经不能用来概括创作与生命实践，因为，"体验"本身在今天具有一种暧昧性。我们也很容易得出这样的批判，例如，当我们进行"体验"，我们可能是在向那个我们无法"体验"的威权"他者"，去贡献我们的"体验"。同时，也是我们的"体验"的被开采、被采集。也就是说，我们进行"体验"，就是在成为一种感官方面的劳工，参与了世界的"体验化"。以及，围绕"体验"，产生了体验的新技术和"体验经济"。

当然，这样去批判"体验"，可能是容易的，也是一般化的（但并非一般化的就没有价值）。不过，我们的艺术中，仍然继续充满了对"体验"的呼吁和对"体验"的表现。这里并不是说要反对"体验"，更不是反对艺术家对"体验"的表现。当"体验"已经成了这样一种情况:"体验"就是不断被用来消除那些无法被体验的东西,并且,世界的"体验化"即由此产生。那么,艺术家们,确实就应该是"体验"的第一保卫者,去抢夺／抢救出那些在世界的"体验化"中濒临消除的生命经验。

当阿兰·巴迪欧反对浪漫主义时,我们也可以理解为:他反对的正是"体验化"。其实,现代戏剧和诗学中,都有很多这方面的努力。比如,我们都知道布莱希特的著名观点"共鸣的消除",是一种对"体验化"保持创造性距离,在"陌生化"方面进行探索的方式,通过产生"间离性"达到对"体验"的中断,从而达到对"共通性"的中断。诗人中,T. S. 艾略特也在《传统与个人才能》中写道"非个性化处理",提倡"逃避个性"。我们可以认为,这也并不是说要反对个性,而是一种对个性意识、对于情感体验的激进治疗方式。在现代美学中,"体验"的问题也就让位给了"陌生化"的问题,可以说,这是一个漫长的古典时期濒临结束时的最后反应,也是对一个新时代——包括我们的这个新世纪在内——的初次反应。

我们休息十分钟。

(中场休息)

【下半场】

我们再次回到"成长小说"的问题。我想建议大家,注意到"成长小说"中的利己主义主题。这种利己主义,可以放在米歇尔·福柯"主体解释学"的视角之下观察。"体验"产生了一种自我教育／自我塑造方面的技术。比如说,体验人际关系、体验"朋友"这种关系,体验"经典",都是这种自我塑造技术的构成部分,而这,也是歌德的成长小说《威廉·麦斯特》的主要内容。在"体验"中，产生了我们的"自我之书"。

德国批评家、文学史家利茨玛写有一本关于德国作家维兰德的长篇小说《阿里斯底波和他的几个同时代人》的专著，书名是《自我之书》。维兰德是一位时期比歌德较早的德国作家，也是那个时代莎士比亚在德国的主要翻译者和传播者。利茨玛写到，歌德在维兰德墓前的讲话，是一种"坟前的友好"，大概，这可以用来概括大多数同时代人之间的关系。《自我之书》是一本行文精辟机智的书，书中许多地方给我留下深刻印象，我读其中一段的给你们听（加粗部分是我标出的）：

因此，要加强与那些与你气质不同的人们的联系，同时要减少与另一类人的交往——**这类人习惯于总结那些可以与哲学派别的相比较的"边界生存"（Borderline-Existenzen），并说服他们相信，他们自己拥有某种唯独他们具备的知识**。这就是阿里斯底波的治疗性干预的大致要点。

要首次确立一种经典，那就意味着要讨论它。托马斯·库恩（Thomas Kuhn）称之为"规范科学"——对于讨论参与者而言，相当明了的是，哪一种论据可被视为是允许的，哪一种是不允许的。但如果出现了一种"范式更替"（Paradigmenwechsel），或者说经典已丧失其可接受性，情况就不同了。于是，人们将会为一套新的经典的确立发生争论（或者首先是就原有经典的废黜）；此时人们并不清楚，什么是允许的，什么是不允许的。不管怎样，对经典的质疑通常会被该经典的代表者们视为"不严肃"的举动，这毫不奇怪，**因为严肃性是在与经典相关的意义上得到定义的**。对严肃性的指责，是把另一种（"新"）范式的代表，从旧范式的代表们把持的那些机构中排斥出去的**古典策略之一**。对于这个目的本身，甚至也没什么好指责的，因为一种新的范式代表者，总是一些年轻、聪明、开放和没有成见的人，**是一群觊觎王位者的一幅自画像**，他们的目标是：为了被纳入体制内而征召后备军。

——这段话告诉我们，"人生体验"的结果是成为一个新范式的掌握者。我们也可以把这理解为一种浮士德意识。

浮士德的第二次青春状态，意味着浮士德不再是一个老师。这是"老师的终结"这个主题，在古典文学中的一次闪耀。

进入第二次青春体验的浮士德，也不再是一个马基雅维利式的青年教育者。尤其，他不再是一个苏格拉底。他准备投身于自己的欲望。这种欲望，导致了一具著名的尸体。这具尸体的名字，叫作"永恒女性"。很奇怪，人们模仿着诗人说，要崇拜女性，要跟着"永恒女性"上升，但是，这个"永恒女性"首先是一具尸体，而且，产生自那个宣称崇拜她、热爱她的男性：浮士德。

近代文学中的"永恒女性"的尸体：奥菲利娅的尸体、格蕾辛的尸体，以及泰戈尔小说中的医用女性骷髅，构成了一种谎言史。

我把屠格涅夫的一段非常精彩的评论读给你们听：

> 这（格蕾辛的歌）是热情而又羞怯的苦闷的吐露；这种苦闷尽管其内容简单幼稚，然而大概任何时候都不会有人能够令人满意地表达出来……在浮士德与格蕾辛谈论宗教之后格蕾辛失身了……于是一切都完了……格蕾辛被这不幸压得痛不欲生，而浮士德则到布罗肯山去，在那里他将与各种寓意的人物谈话。当他从梅菲斯特那里得知格蕾辛处于死亡的边缘时，他的诅咒简直令人厌恶：他责备别人，而过错首先在他自己；或者说，也许他没有过错，但是当时他用不着发火。而最后在监狱里的那个场面……谁没有读过它，谁不记得它呢？……您说，读者，这个场面里格蕾辛这个被骗的可怜的傻孩子不是要比聪明的浮士德高一千倍吗？浮士德在匆忙慌乱

中求她和他一起逃走,**虽然他清楚地知道,与格蕾辛的那场喜剧演完了**,用歌德的表达方法来说,全部爱情已成为他的过去。是的,"他完成了他应该完成的事",但他没有预料到会有流血的结局;他吓坏了,想要救她,但是如果他真的救了她,使她免于一死,她也会是不幸的!……然而这一次庸俗没有占上风:格蕾辛得到了一个悲惨的结局,整个悲剧以她最后的一声可怕的叫喊结束。

很多人说过而且至今还在说,歌德恰恰这样结束他的《浮士德》,说明他并非没有经过深思熟虑的意图;但是我觉得,《浮士德》的整个第一部是直接从歌德的心里涌出来的,他在着手写第二部时,才开始"考虑"、"整体设计"和以高超的技术"结束"自己的作品。

……无论是个人的信念还是另一个人的亲近,无论是知识还是爱情,都不能迫使他对某一瞬间说:"停一停吧!你真美好……"唉!比浮士德低得多的人不止一次地想像自己最后能在比玛加蕾特高得多的女人的爱情里找到幸福。——亲爱的读者,您自己知道,所有这些变奏曲是以什么样的和弦结束的……**格蕾辛可以与奥菲利娅相比,但是哈姆雷特毁了她后,自己也毁了**;与此同时,在歌德的悲剧第二部的开头,我们看见浮士德在春天的草地上,在妖精的歌唱声中安安静静地休息,完全忘记了自己过去的一切。他现在顾不上像格蕾辛那样的贫穷的普通姑娘……**他幻想见到海伦**……

——以上是《浮士德》给予我们的第二个例子。接下来,我们还将借用这部诗剧的另一个形象。

我们再继续谈谈文学中的几个关于"体验"的倒错,或者"体验"从先前的意义中裂变、陌生化为"他者"的例子。在我引述这些例子的同时,我们可以观察,这些倒错和裂变为"他者"的主体是否也标志了**无法被体验的东西呢**?

启蒙时代的"体验"有两种冲动：其一，是体验"大写的人"的本真性，但是，对"大写的人"的体验，又成了增加人的权力的方式。于是，又产生了一种反动，这就是其二：所谓"体验"，是体验"非人"的本真性。而"非人"的本真性，又指向动物的本真性与灵知主义的本真性，当然，这些目标在被早期的思潮所规定之后，又发生了一系列的倒错和变形。

昨天，给大家看了京特·安德斯对歌德的那首关于"魔幻学徒"的叙事诗的评论。这篇评论出自《过时的人——论第三次工业革命时期生活的毁灭》。关于同一主题，我认为有一个胜过了歌德叙事诗的文本，一篇精妙的散文：克莱斯特的《论木偶戏》。网上很容易搜到。我相信，只要大家读读它，就很快会意识到这篇十九世纪散文的"当代性"。

这篇散文写道，一个木偶能够做出极其逼真的模仿活人体态的舞蹈动作。它不仅能够模仿活人舞蹈动作的微妙之处，甚至能够表现出活人做不出的、具有高度美学意义的细微动态。在散文结尾，克莱斯特写道："这可能是世界史的最后一章。"

在克莱斯特笔下，动物的本真性与灵知主义的本真性的结合，产生了这个早期（相对于我们今天的想象）的技术偶像：木偶。然后，这个木偶就在文学中越来越激进，不断变异，几乎成为了一个史蒂芬·金所写的"它"。而"它"——先不论善恶——的最经典的形象，可能是青年科技精英弗兰肯斯坦创造的那个"它"，那个"他者"，那个怪物。

在《浮士德》中也出现了一个"它"，出现了"人造人"，一个闪闪发光的"小人儿"：荷蒙库鲁斯（见"悲剧"第二部第二幕第二场，钱春绮译）。在关于"人造人"被浮士德的学生瓦格纳成功制造出来后的那一章末尾，魔鬼梅菲斯特也唉声叹气地说："到头来，我们却要跟随自己制造的东西。"这个主题，就此贯穿在整个文学史中，具有丰富的多重性。

我希望大家可以想一下，这个"它"，这个"他者"，这个"人造人"，是否就是曾经承担了启蒙任务的"成长小说"的真正终结之处呢？

是否,也是古典体验论与"不可体验之物"这两者的分裂之处呢?

我们已经说过,浮士德重返青春,也就是重返青春体验。与此并置的,是浮士德的学生瓦格纳在实验室中创造"人造人"的过程。表面上看,浮士德用自己的生命体验,去**反对**瓦格纳在实验室中的"试验",正是生命哲学与实证主义的分裂。但是,真的是吗?学生瓦格纳的所作所为,难道不正是延续了那个老师、那个学术带头人浮士德教授吗?或者说,瓦格纳,不正是浮士德在魔鬼的帮助下、自我放飞的激进生命体验的真相吗?浮士德与瓦格纳是合一的。在格蕾辛死后,在漫游中,在受到了几次挫折之后,浮士德总是回到他的书房/工作室,回到那个实验室,目睹瓦格纳的"人造人"的诞生,就像老师去监考,去看学生的实验和完成答辩一样。在这场一分裂为二,又反复为一的变化中;在这场生命体验与实证主义试验相分裂,却又合二为一的变化中,产生了"人造人",有意思的是,连魔鬼也觉得自己的在场是多余的。

"人造人",一个闪闪发光的玻璃瓶,也许,它就是人类的"体验"的本质。它飞起来,像气象学家的探空气球,像一种面向未来的探针。

从**"体验论"的第一次浪潮**开始,文学中充满了这种向未来伸出的探针。它不同于地理大发现和空间的转变,努力诠释着一种作为新知的自我意识。但是,最后,这种新知识又与实证主义和技术主义合体了。可以说,是浮士德与瓦格纳兵分两路,师生二人一起,踩着"人造人"和"永恒女性"们的尸体,直扑进现代世界。至于魔鬼,它已经没什么指望,只能指望人类能够履行契约。

关于青年科学家弗兰肯斯坦创造的"它"——也是"体验"激进化为"试验"的产物——也许,我们可以在"它"是**克莱斯特的"木偶"的激进化**这一视角下理解。在以后的流行文化中,弗兰肯斯坦的"它",好像都丧尸化了。人们把各种生造出来的"行尸走肉",泛称为"弗兰肯斯坦的怪物"。有个电影,讲述二战时期、德国军队里的一个疯子科学家热衷于"人造人"实验，他还把一个纳粹的左脑和一个苏联红军的右脑切下来，组合成一个完整的大脑，放在同一个头颅里，然后，这个"弗兰肯斯坦的怪物"当场疯狂自戕。但是，玛丽·雪莱笔下的"它"并非丧尸，"它"不仅有感觉，而且能够"体验"音乐和爱欲。"它"会与一个儿童产生一场极富本真性的对话，"它"会去闻一朵花的香味。这个人造人的"它"，是青年科学家弗兰肯斯坦这位"作者"的"体验"的激进化的探针。那么，作为一个激进体验者的"它"——弗兰肯斯坦的"非人"——**是世界的"体验化"的主体吗？**

我读一段埃里克·沃格林《自传性反思》里的话给你们听：

在理解扭曲变形的过程时，我深深受益于伟大的奥地利小说家对这些过程的观察，特别是居特斯洛（Albert Paris Gütersloh）、穆西尔（Robert Musil）和冯·多德勒（Heimito von Doderer）。他们发明了"次等实在"（second reality）这一术语，以表示那些生存于异化状态的人所创造的实在形象。与经验实在相对立的次等实在，其想象性构建支持了这种异化状态。**异化状态的主要特征是多德勒所谓的"拒绝统觉理解"**（Apperzeptionsverweigerung）。此概念出现在他的小说《恶魔》（*Die Dämonen*）中，我总是欣赏这一事实：他是在讨论某些性倒错时发展出这一概念的。"拒绝统觉理解"的正式提出是在"饮食恶魔"一章的引言中，"饮食恶魔"即小说中的某个男主人公喜爱的肥胖女士。

——那么，当我们在"体验"时，我们都可能是那个倒错的"饮食恶魔"吗？

在"拒绝统觉理解"者那里，**探针停摆了**。文学中，有三种针，它们之间的关系很有趣。哈姆雷特在面对父亲的鬼魂时，一切如此安静而恐怖，只能听见针落地的声音，后来，在见到母亲时，哈姆雷特讽刺说

"你们只能去做用针线做的事情"。我们知道，命运三女神也有她们的针。第三种针，是卡夫卡《在流放地》中的那根在人的脊背上刻写标语，作为刑具，写进人的肉身的长针，在这根长针之下，**人成了"被体验者"**。那么，谁，是无法被那根长针体验的人呢？

我们往往模仿维特根斯坦说，"对不可说的东西只能沉默"。如今，我们的模仿和"沉默"，都已经非常流畅了。但是，"对不可说的东西只能沉默"，也许并非回避，甚或逃避"不可说的东西"，而是要把"不可说的东西"置放在言说不能达到的、那种**新生性**的显现之中。而"沉默"的本质，应当是这种**积极置放**。显然，我们经常都没有到达这种沉默。或者，我们的沉默都太容易，因此也都太喧嚣。

我们可以再递进一步，"对不可体验的东西只能沉默"，也是对"不可体验的东西"的积极置放吗？如果走出"体验的浅水"（海德格尔），我们可以把自己积极置放于何处？

我们还可以进一步说，把"不可体验的东西"积极置放于沉默中，也就是从"体验"的技术中逃逸。

"异化"也正是"体验化"的产物。被"体验化"掩盖和耽搁的，是那种**能够承受自己的不完整性**（可参考我们在第二节课提到的荷尔德林关于"忍受自己的不完整性"的观点）的意识，而这种能够承受自己的不完整性的意识，才是整全意识。整全意识——健全的意识——也是把自己的积极置放在"不完美"中。

我还想提到文学中的另一个例子，威廉·戈尔丁的小说《启蒙之旅》。这是一本以航海日记的形式写成的小说，但是，又像一本否定海洋意识的书。

小说主人公是一位远洋轮船上的乘客。从航海开始，到书的结束，主人公的航海日记越来越枯燥，越来越执着于记录身体的不适，执着于对精神昏厥的记录，同时，也是主人公失去体验的记录。一方面，主人公认为自己掌握了一些可以获得"体验"的技术。他是那个科学曙光时代的新工具的使用者。但是,"体验"的过程,成为了一个粉碎"体验"的过程。并且,这种"体验"导致了认知空白。整本书,与其说记述航海"体验",不如说是记述了一个"体验"被碎裂后的无体验的过程。小说的语言,也如同一个枯燥、混沌而又无法摆脱的晃动的过程。然后,在小说将近结束时,戈尔丁写了一个"大天平":筋疲力尽的主人公在甲板上,看到太阳与月亮的同时在场,这是一个惊人的段落。就此,整本枯燥而又令人晕眩的小说,迅速转移到一种令人难忘的清晰与平衡中。

我们可以把《启蒙之旅》中的航船也视为"体验"的探针,同时,也体现了对"体验"的放逐。

那么,文学有一个与威廉·戈尔丁的"大天平"相反的意象吗?

哈罗德·品特有个非常简短的剧本,名叫《山地语言》。去年在创新设计学院,我也组织那边的同学一起,分角色朗读过这个剧本。

剧本的情节很简单。一个山地民族聚居地区驻军的军官,发布来自首都的命令:从此,这里的人们不能再讲山地语言,只能讲首都的语言。剧本结束时,一位被关押的母亲沉默不语,死于孩子对她的呼唤中。

我在网上看过这个剧本在世界各地的好几种演出版本。因为剧本简短,场景简单,而且人物也少,人们或者在街头、或者在楼梯上表演这个剧本。结尾,都是对一个沉默至死的母亲的呼唤:"妈妈","妈妈","妈妈"。

剧本本身也是一个对称结构:一边,是军官的命令(非人化,肉体长针)。另一边,是一个在沉默中死去的母亲。在两者之间,是不断的舞台暗场,如同一连串黑色的×。军官和母亲,也像指针的两端,指针的旋转不表示任何时间,只是为了显现这个×:没有语言也没有图像的时刻。

我们可以得到这样的一个图式:军官←×→母亲。

"可见性"关闭了。我们如何"体验"这×,这非语言、非图像而且无声的部分？以及，如何"体验"死去的母亲的沉默呢？

我想把我的一点阅读感受提供给你们：剧本里的这个核心的 ×，与威廉·戈尔丁写的那个"大天平"，在我的脑海中构成了一种对称。

威廉·戈尔丁笔下的那座终于从"体验"的碎裂与失落中、从认知空白的汪洋大海上显现的"大天平"，与《山地语言》里的 ×（非语言非图像而且无声的部分），在这两者之间，也许，就是我们的现实的开端。

我们可以再得出另一个图式："大天平" ⟷ ×。

可以再进一步说，当我们面对 ×，我们的"感知结构"是否也处在边界呢？这一点，我希望，我们仍然可以从对"感知结构"的一种历史反思中开始。我再把埃里克·沃格林《自传性反思》中的另一段话读给你们听：

> 所谓的"现代意识观"，其特征就是，用对外部实在中的对象的感性知觉的模型来构造意识。把意识的模型局限于外部实在的对象，一定程度上，这变成了19世纪体系构造中隐藏着的**戏法**（trick）。你甚至可以在黑格尔的核心部分（如《精神现象学》）观察到，他也是从感性知觉开始，并从这一基础发展所有更高的意识结构。这种做法引人注目，因为黑格尔是最伟大的历史哲学专家之一；他当然知道，像古典哲人著作中出现的意识之初始经验，并不关乎感性知觉，而是关乎结构经验（比如，数学结构）和转向生存之神性根基的经验——神性根基发挥的效力激发了这一转向。我丝毫不怀疑，有着黑格尔那样的历史知识的人，故意忽视了意识的直接经验，并代之以高度抽象的、历史上非常晚才出现的外部世界之对象的知觉模型，以便形成一个表达其异化状态的体系。在黑格尔著作的任何一个段落中，我没有发现，他反思过自己的知识欺骗的手法，但在马克思1844年的巴黎手稿中，这种手法变得明目张胆了。

这可以被解读为一种对"现实主义"的反思，尤其，是对"政治现实主义"的反思。似乎，沃格林认为，"政治现实主义"得以成立，正是系统地过滤了"神性根基"在"生存论"方面的张力——而这种张力，是人类历史中的一种真实经验。也就是说，"政治现实主义"用一种非常晚近才产生的外部世界的形象，取代了这一真实经验，从而是一种知识欺骗。

关于沃格林对"政治观念史"的考察、在"存在的秩序"这个问题上所打开的问题域，以及对"感知结构"这一问题的宏观讨论，会远远超出今晚的内容范围，也超出我目前的能力。但沃格林的这段话，至少提醒我们：在今天，被我们自我解释化了的对外部世界的知觉结构，也即我们的"体验"，是一种内化了的知识欺骗吗？那么，今天的"体验"，仍然是一种浮士德式的虚伪吗？

最后，我想把几个问题留给大家，而且不用很快回应。我希望，把它们保留在我们以后的阅读理解中，而且也是留给我自己的问题：

一、"体验化"，是如何在很晚近才形成的、作为外部世界之对象的"感觉结构"中产生的？

二、要求"体验"，以及每个人都要求得到"不同的体验"，这是人类社会中潜在的、教会式的共同保存体系的表现，并且资本主义化了吗？

本来，今天还想对克里斯蒂娃的一篇短文做一点研读，短文的标题是《作家是一个外国人吗？》，我想通过它，稍微对我们"在文本中的体验"做一些辨析，但没有时间了，就放到下节课。下节课，我们谈"莎士比亚的持久重要性"、对"现代戏剧诗"这一体裁做一些回顾，以及，通过人类学家的一份诗学文本《叙事者的多种声道》来谈谈"复调"问题。

今天就到这里，谢谢大家。

第二节课

多种声道、复调与戏剧诗，以及莎士比亚的持久重要性

> 地点：中国美术学院南山校区跨媒体艺术学院 4-309 教室
> 时间：2019 年 12 月 9 日（周一 13：30—15：30）

"经验的贫乏"。——对上节课的补充，关于《启蒙之旅》和《山地语言》，"大天平"←→"×"。——样本化了的"多种声道"的人类学认识，会转移我们对一种内在复调的注意力。——"多种声道"不等同于"复调"，因为"独白"也有其复调。——作为一种"前夜艺术"的"复调"。——现代汉语的"复调"，是否首先指向现代汉语的陌生化呢？

——对朱莉娅·克里斯蒂娃短文《作家是一个外国人吗？》的一点评述。——再谈"翻译体"——现代汉语文学的一个主要的"外国人"：莎士比亚。——莎士比亚的持久重要性。——"另一种语言"不是相对于母语的别国外语，而是产生自母语本身的异常者。——莎士比亚是一切语种的"外国人"。——成为母语的被视为"野蛮人"的流放者，是一种情感的结果，首先，是对文学"主流"的情感的结果，其中一部分，即来自对莎士比亚的情感。——哈姆雷特：恐怖的当代人。——《哈姆雷特》的意义坟场。——再谈哈姆雷特的"弃绝知识"。——再谈"霍

瑞旭，天地之间有多少事，是你们的哲学没有梦想到的"。——《亨利四世》中的"乌云"和青年。——《科利奥兰纳斯》里的敌我关系。——《科利奥兰纳斯》里的"深渊"与"故土"的辩证法。

——丹尼斯·泰德劳克的"人类学诗学"文本《叙事者的多种声道》。——"无处没有音乐"。——"俗语"与"雅语"的关联性。——人类学的敌人不是对他人的偏见，而是我们对自身的偏见。——《叙事者的多种声道》里的"元问题的黑点"。

绪言

大家好。上节课，我们以一、伽达默尔在《真理与方法》中对狄尔泰《体验与诗》的概述；二、以歌德的诗剧《浮士德》为例；三、以一种"后弗兰肯斯坦时代"的概述——为材料，对"体验"这一近代概念在文学中的表现，做了一点回顾。当我们在回顾对"体验"的早期解释时，可能就已经是在接触现代诗、现代诗学的前提。之所以这样说，是因为我们可能已经由此在接近：一、一些表现在早期现代主义美学实践中的、也是**应对性**的构造"经验"的方式；二、一种现代浪潮："经验的陌生化"与"经验的贫乏"之浪潮。"经验的贫乏"的产生，可能是和以神性张力为基础的"激情程式"的失去相同步的。"人造人"形象在文学中的出现，可能是**"经验的贫乏"的激进化**，但往往只被认识为和使用为一种发生在现代美学领域的激进应对方式。

"人造人"形象的出现具有视觉奇观性，但可能正是"体验"的断裂——是雪莱式的"改造世界的欲望"这一近代普罗米修斯意识的终结，是"**体验**"的危机的产物。

当然，这些判断，会相像于一些现代人文主义知识分子的批判立场。这些现代人文主义者（从 T. S. 艾略特、莱昂内尔·特里林的时代至乔治·斯坦纳），发起了一种朝向古典人文著作的具有解释学热情的回归。我从不敢轻视这些前人。他们的所写所言，是两次世界大战带来的毁坏与痛苦的深刻结果。而且，今天我们所生活其中的这个现实世界，很大程度上是这两次世界大战的后果。如果，我们没有能力"越出"这种作为后果的世界现实框架，例如像中世纪的人文主义者，以及参与到"狂飙突进"中的近代作家一样，参与促成精神范式的转变——如果不能做到这一点，那么，我们也没有理由，轻视前人在他们所在的世界现实框架中做出过的成就与失误。

传统捍卫者往往相信：人创作不出具有绝对替换能力的事物。所以，他们认为"过时"是一个需要被反思的观念。

实用主义和相对主义者们的看法则是：并没有充分理由宣布，一种价值相对于另一种价值具有绝对的替代性。这种观点本身有世俗主义的色彩。然而，在一个被绝对主义主宰的社会中，实用主义和相对主义者的观点，虽然曾经具有宽容解放的意义（例如是对神权和唯一真理观的抵抗），但其后果却是一种诡辩：人创作不出具有绝对替换能力的事物，因此，也就没有什么是不可被替换的，也就没有什么是必须去追求的。这种想法，在今天，产生了一种深深内化于我们的价值相对主义。在一些古典政治哲学家和人文主义者眼中，它腐蚀了人的精神性，腐蚀着人文知识的基础。

但是，另一方面，我又不能立刻以战后人文主义者的标准为标准。因为，今天我们可能并没有他们做出其成就时所具备的条件。我们是从人文稀薄的粗暴现实中成长起来的，并不是从战后人文主义者所接受教育的那个时代成长起来的。他们的时代，是一个尽管现实生活千疮百孔，但是，由精神事物构成的"**无形的大学**"仍然存在于记忆和信念中的时代。在西南联大时期，在战争岁月，燕卜荪这样的诗人和诗学家，有时在颠沛辗转中以黑板为床，没有书籍，但是他可以仅凭记忆背诵莎士比亚和《失乐园》来给学生讲课。

也许我们并不能急于模仿那些战后人文主义者们的姿态，例如模仿特里林这样的有代表性的人文主义批评家，从而立刻对自己、也对别人宣布说："知性乃道德职责。"如果我们想要像特里林这般说话，可能就必须是一种在进入到了自己的实践——包括创作实践和人生实践——的淬炼之中的表现。

但是，仅仅提出"进入创作实践"，从而以创作实践来规定、来赋予人生实践以某种意义（创作实践与人生实践，是两个有时重合但并不相同的范畴），就不会有问题了吗？沿着这种其实很理想化的道路走下去，是否，也是对问题的一种逃避方式呢？

正 文

今天的正题开始前，我还想对上节课结束时提到的两部作品，威廉·戈尔丁的小说《启蒙之旅》和哈罗德·品特的短剧《山地语言》，再做一些理解上的补充。

今天可能有上次课没来的人，所以我想，需要再重述《启蒙之旅》的梗概：这篇小说是一个远洋海船上的乘客，在强烈的生理不适感中，经历了苦刑般颠簸摇晃过程的日记体记录。在上船之前，他经历过对航海知识的学习——这种知识源于"地理大发现"的时代——但是整个航行过程里，他处在"知识昏厥"中。

小说以航海日志的形式写成。在日记延续同时，小说的叙述越来越逃离一种关于航海经验——或者"海洋小说"——的套路化描述，越来越枯燥，并且越来越呈现出无助感——除小说主角在其现实中的无助，还有文学上的：不仅脱离了"海洋小说"，甚至也脱离了"小说"／"文学"的援助。上节课我们也讲到，这是一个"体验"的失落的过程。小说主角是新工具——那些为了人类体验世界而发明出来的新技术,例如航海定位仪、用于自然博物学的观测工具等——的使用者。但是,这一"航海体验"的过程,成了一个粉碎"体验"的过程。"体验"的行为本身导致了小说主角的认知空白。而且小说中的这艘船,也有点像米歇尔·福柯写在《古典时代疯狂史》开篇的那艘船。

在这本小说的标题直指的那个时代——"启蒙时代",人们想要通过"体验"区别于正在工业化的社会,发起一种名叫"体验"的精神行动,并且积极倡导它。我们已经知道,"体验"这一概念与"启蒙时代"许多命题的开启是息息相关的。但是,威廉·戈尔丁的这本航海日志体的小说,既像是(说"像是",是因为我不希望这是一种定论)一本否定关于海洋的文化想象的书,又像是一本否定"体验"的书。

小说主角在逐步陷入感官混沌状态的过程中,始终想要保持清醒。然后,这一名叫"保持清醒"的濒临崩溃的努力,一直持续到这小说的高潮:一个从枯燥中涌现的非常有意思的情节——在小说快要结束时,精疲力竭的主角走到甲板上,看到了一幕景象:海平面异常安静,巨大的空间里,太阳和月球同时在场。他认为,他看到了一座"上帝的大天平"(这是作者的措辞)。威廉·戈尔丁是个很复杂的作家,其写作中存在着多种思想倾向,象征主义的、反浪漫派的、原始主义的,以及朝向《圣经》式叙述的等等。小说中的那个航海者所看到的(或者他认为自己看到的)"上帝的大天平",使我油然想到:这也是对"启蒙时代"的主要哲学家之一黑格尔的"大天平"的讽刺——在《历史哲学》中,黑格尔谈到了"东方与西方"这座"大天平",并且说"天平颤动不已"。

小说中这一在海船上晃动不息的、经验粉碎的过程,也让我想起另外一件事。前几年,可能我们都看到过一篇关于上世纪八十年代长江漂流者的"真实故事"。那是一篇"10万+"的微信公众号文章,详细回顾了那场江河漂流运动的始末。彼时,"长江崇拜"是那个时代的民族主义情感的表现。牺牲于那场漂流运动的人们,曾经被赋予了光荣的意义。这种崇拜的背后,是困顿于世俗生活的、悲剧性的丧生者。文章写到,牺牲者们是从一种懵懂的冲动开始，走向悲剧性的、又不无荒诞的死亡。在今天，也许不会再有某个人或某个群体，会因为一种对"生命体验"的激情冲动，组织一个由未经训练的业余人士构成的探险团队，投身于上世纪八十年代那种生死未卜的冒险活动了。

早年我也做过一段时间的记者，也曾接触过一些参加过那场江河漂流活动的人们。他们中有的人，对于"八十年代经历"被媒体语言赋予的意义并不以为然，他们也不相信那些一直利用它来喋喋不休的人。同时，对一些嘲讽性的批评或者"风凉话"——例如说他们不科学、不理智等等——他们也显得宠辱不惊。"风凉话"主要是：被作为上世纪八十年代象征的"理想主义行为"，或者那种狂热的"生命体验"，只是一种前现代的、荒蛮无知时代病的表现。

我记得那篇文章发表之后，一些网友也纷纷做出负面评论。他们对于漂流队员的狂热行为给自己、给家人带来的不幸，拒绝表示同情性的理解。他们认为，江河漂流者的牺牲是一种带有蠢行色彩的送命，仿佛完全不配得到一种沃纳·赫尔佐格式的视角。

另一个例子，是发生在1897年的安德鲁热气球北极事故。这次事故发生之后，冒险家们也曾面对尖刻的批评和嘲讽。相比起来，安德鲁团队的成员显然是专业得多的科学家与探险家，不是我们的上世纪八十年代那种以极大的随意性临时拼凑起来的草台班。后者的行为，今天看来会令人感到不可思议。例如，漂流队员们会用普通的胶水，天真地去修补被长江的力量撕开的橡皮船。他们像对待玩具一样，发明了一种密封的球状橡胶船，认为这种船会在长江的激流中，像皮球一样漂浮蹦跳着渡过险滩。然而，当他们付诸实施后，橡胶球里的人们就在彼此的呕吐物中上下翻滚。橡胶球像个塑料袋一样，被长江的力量轻轻撕开，从中被抛出去的漂流队员尸骨无存。

这种球状密封橡胶船，使我想起一个名叫《拯救世界的好人》的纪录片。影片中的主角是两个社会介入艺术家。两个艺术家异想天开，发明了一种可以在世界末日使用的球状救生筏，把它穿在身上，然后它可以在大地上弹跳，也可以在江海中漂流。他们还煞有介事地联系商家，举行专利拍卖会。

球状密封橡胶船，仿佛我们的上世纪八十年代的"愚人船"，它把那些漂浮在野兽般水流中的青年带向死亡。另一方面，幸存者们也得到了回报：成为万众瞩目的凯旋者，服务于那个时代的民族主义情感的宣传。

题外话就说到这里……回到《启蒙之旅》这本小说。小说主角也像安德鲁热气球团队成员一样，是一个新工具的使用者，认为自己之所以进行这场远行，是为了一次把"科学的人"作为衡量自然万物的标尺的新体验。这个故事，也是一个有着近代科学思维——而且是一种英式思维——的旅行者，为了破除培根的"四幻象"，却见到了"上帝的大天平"的过程。也许，"大天平"以另一种方式，把"幻象"带回到了这个濒临崩溃的理性主义旅行者的感知范围中。也许，风格辛辣如谜的威廉·戈尔丁，正是如此写下了一个对于培根式知识观的恶作剧般的讽刺。

正是小说主角在不断被海洋晃动的混沌之境，始终想要保持清醒的状态，让我想起了那场发生上世纪八十年代长江漂流。

上次课我们也提到，文学中是否有与威廉·戈尔丁的"大天平"相反的意象。然后，我们简述了英国剧作家哈罗德·品特的短剧《山地语言》。这个短小的剧本可能十分钟就可以看完。去年我和学生们一起分角色朗读这个剧本，我注意了一下时间，不到十五分钟就读完了。今天我也想再补充一些对这个剧本的理解。长期以来，这个剧本中的一种核心意象，与"大天平"在我的脑海中构成了一种对称。剧本的情节非常简单：一个军官发布首都的命令，宣布说驻军所在地的山地民族从此不能再讲"山地语言"，只能讲首都的语言。

上次，我们提到卡夫卡的短篇小说《在流放地》里那根在人的脊背上刻字的长针。军官的命令，在《山地语言》中也像一种长针，刺入山地民族的身体。军官的命令的另一端,是一个始终在审讯过程中沉默的母亲。这位被禁止说本民族语言的母亲,一直在沉默中,拒绝回应军官的话语,并且沉默至死。在军官的命令和沉默中死去的母亲这两者之间,剧本不断提供给观众/读者一些环境音——比如,囚犯们的声音、访问者的提问、在审讯室中发出的噪音等。在这些声音之间,是不断的暗场。《山地语言》是个频繁暗场的剧作。整个剧本,好像在有意识地显示出一种钟表般的面貌:钟表上的指针,一端是军官的命令,一端是母亲,两者之间是不断的暗场。剧本显现出一个这样的图式:

军官← × →母亲。

这一结构大致是:在指针的两端,是军官的命令和死去的母亲,随着审讯过程不断进行,指针不断地旋转、时间的不断移动,好像都只是为了那个呈现居间的 ×,并且直观表现为戏剧进行过程中的频繁暗场。×,是没有语言也没有图像的时刻。× 的显现,意味着"**可见性**"**关闭**,"**可感性**"**关闭**,"**可理解性**"**也关闭**了。我们如何"体验"这种非语言、非图像而且无声的部分呢?我们如何"体验",那些像死去的母亲那样的人的沉默呢?

上节课,我们也得出了另一个图式:"大天平"←→"×"。它指向了一种只显现于文学的历史。从威廉·戈尔丁笔下的"体验"的失落,从"认知空白"的大海上——大海就是"认知空白"本身——显现的"大天平",到品特《山地语言》中的非语言、非图像的时刻:"×"。我们也可以把这两者,视为对我们今天处境的一种概括。

当然,在今天,人类学家们对"山地语言"这样的存在——还有"平原语言""丛林语言"等等——对这些"非中心"的语言存在,都做出了积极理解。比如说,"多种声道",这是我们今天的内容之一。"多种声道"也是人类学家在接触非中心语言时采取的理解方式。

接下来,我们开始今天的主题。

我们今天的主题之一是"复调"。"复调"和"多种声道",是否为同一件事呢?

人类学家在接触那些非中心语言的文本或"民族文本"时,经常会赋予对方一种美学层面的、不无理想化的丰富性。例如,命名为"多种声道"。那么,"多种声道"是否可以被视为一种没有产生"复调",但是具有"复调"冲动的语言形式的社会化形式呢?

并不是"多种声音"的在场就等于我们可以认为,那是一种"复调"了。因为,即使"独白"也有它的"复调"。我有一种可能会被批评为"文学原教旨主义"的观点:我担心这些样本化了的对"多种声道"的人类学认识,会转移我们对一种内在的"复调"的注意力。我们都知道,米哈伊尔·巴赫金以陀思妥耶夫斯基为例讨论"复调"。巴赫金在1943年10月12日的笔记里,把陀思妥耶夫斯基小说中的时空,写为"奇特的、危机的、地狱的时空点",而且,是一个"外位视点"——这是巴赫金的用词——我们是否可以把"外位视点"理解为:对于"小说的诗学"来说,这也是一种必要的"非个性化处理"呢?(上次,我们谈到了 T. S. 艾略特的著名观点"非个性化处理")。如果我们再大胆一些,想一想《卡拉马佐夫兄弟》的核心主题,也许我们可以得出这样的设想:"复调"是一种在"奇特的、危机的、地狱的时空点"中朝向基督的、对称性的构造。作为"地狱的时空点",它对照并且朝向基督所代表的那种时空点。在第一节课,我们也谈到了俄罗斯文学中的"前夜"的主题。我们是不是也可以把陀思妥耶夫斯基的"复调"艺术,视为一种"前夜"的艺术呢?

那么,什么是现代汉语的"复调"呢?现代汉语的"复调",是否首先指向现代汉语的陌生化呢?

朱莉娅·克里斯蒂娃有一篇简明扼要的短文,收录在《反抗的未来》一书中。文章很短,中文版只有五百多字,我读给大家听:

作家是一个外国人吗？

黄晞耘　译

谈完了被我定义为翻译者的外国人，以及拥有特殊感性世界的作家，有人会问：我们是否都是外国人呢？

我知道，发自关心"排外"问题的人道主义者内心的这声悲怆的疑问，会多么富于煽动性和令公众不快。我们当然并不都是外国人，况且，曾经有那么多鼓吹民族身份的作家不仅是热忱的、民族主义的乃至法西斯主义的理论家，而且即使没有那么极端，也非常真诚地坚信自己幸亏有了民族语言及其传统表达规则这根救命绳才幸免于难！

很多人甚至不愿相信，马拉美想要写下的"语言的局外人"这句话，以及普鲁斯特细心观察到的"对感性世界的翻译"，远不是什么奇谈怪论，而恰好是创造行为的本质所在。

我在这里想要强调外国人和翻译者之间内在的而且常常是无可怀疑的相似性，以便将他们统一到一个共同但又总是独特的翻译体验之中。

我甚至还要更进一步说，假如我们并不都是翻译者，假如我们未曾对自己内心生命中的异质性——对人们称作民族语言的那些千篇一律的表达规则的违反——不断进行磨砺，以便将它重新转换到其他符号中，那么我们怎么可能有精神生命？怎么可能是活着的人？"把自己变成外国人"，变成上述不断被重新发现的异质性的转译者，这不正是在与我们潜在的精神疾患做斗争吗？这不正是我们在"表达感性时间"这个精神病和自闭症患者失败的问题上取得的成功吗？指出这一点是为了告诉您，在我看来，"讲另外一种语言"其实就是保持生命的最基本条件。

这篇文章，可以支持我们对现代汉语文学中已经和正在发生的，如同地层活动一般的变化进行积极辩护。因为，在这种变化中产生的现代汉语文学写作——尤其是诗的写作，已经不同于半个世纪以来的汉语文化所规定的形象，已越出其范围。但是当人们辨认不出它组织材料、形成自我叙述的方式，辨认不出它在主题方面的探索和美学追求时，往往会被很容易地给予一个贬义性的称呼："翻译体。"

　　肯定存在着那种被称之为"翻译体"的"坏写作"，而且，首先就存在于当代哲学和艺术理论的交叉地带中。与此相反，汉语新诗在一百年的写作实践之后，今天即使有许多平庸的诗人，但是，基本已经没有有经验的写作者在书写从翻译中模仿来的汉语时，自己却意识不到了。但是，一如我们在前几节课中尝试的对"传统"的定义，汉语现代诗是在接受了若干外来者——或者克里斯蒂娃意义上的"外国人"——的介入过程中产生的。我们已经提到过，凡是一种被称为"传统"的东西，都经历过了不同语言文化之间反反复复的互相干预和介入。

　　接下来，我们开始谈现代汉语文学的一个主要的"外国人"：威廉·莎士比亚。对莎士比亚的翻译和理解，也与现代中国知识分子的命运内在相关。

　　我很讨厌把诗翻译成散文。所以我比较喜欢近年上海译文出版社出版的，方平先生主编的一套诗体的全集译本。过去几年，我也从一些在政治哲学层面讨论莎士比亚的著作受益，但随时间过去，对其疑虑则更多，可能主要与我是个写诗的，而非政治哲学研究者有关。

　　在评论威廉·布莱克的文章里，T. S. 艾略特引用威廉·布莱克本人的警句："伟大的诗都有一种令人不适性。"当我们说到"莎士比亚风格"，我们的第一反应，可能很大程度上是一种**教条式的反应**——我们就会说"莎士比亚风格"是一种"多向的"风格，是相异和相反的事物相互作用而产生了这位诗人的风格。那么，"莎士比亚风格的多向性"，是否也可以放在如上所说的"令人不适"的层面去观看呢？也许，感到"不适",是美学体验的长期被直接或者间接驯化了的结果。但是,所谓"多向风格"为人们在美学体验方面的习惯带来了危机,使之变得不稳定了——于是,便再现了这种情况:"伟大的诗都有一种令人不适性。""不适"的表现,并不只是对已经看见的东西感到不舒服,而是无视,是**视而不见**,是认知空白。但是,被认知空白标记的东西,也许会在以后的时间中显现为一个个要点。就好像一片陌生地貌,以前意识不到的地方后来被意识到,于是人们渐渐辨认出那里有裂痕、有皱褶,有壮阔的风景。

"莎士比亚风格"的第二个特点,一般认为是"充盈"。莎士比亚式的"充盈",也许也要放在那"令人不适"的多向性之中,在两者间进行辩证性的理解。"莎士比亚风格"常常被用这些词语来指称:雄辩、讽刺、戏谑、鄙俗、崇高,以及"真实"。所有这些品质或要素,在一个思想活跃、具有旺盛的语言组织能力的写作者的行文造句中,被结构性地而非草率地并置在一起。这种美学现象,对于早期的读者,也对于今天和未来的读者,会带来什么?我想,其实是带来了一种"**危机**",一种威胁感——对既有经验的威胁,尤其是对日常语言结构,以及在日常语言结构中形成的经验结构造成了危机。当然,现代人比过去的人更愿意认为:造成这种"危机"本来就是艺术作品的目的。

那么,对莎士比亚的政治学理解,是否会成为驯化莎士比亚风格的"多向性"和"令人不适"的一种方式呢?这是我的一点疑虑。学者们探讨《亨利四世》《哈姆雷特》这些剧作中的马基雅维利思想。并且,莎士比亚成了一位"政治哲人",被放在柏拉图式"政治哲人"的那种形象上去理解。但是,莎士比亚并不像歌德、伏尔泰那样有政治家身份(伏尔泰被戏称为"伏尔泰王",但不大可能有"莎士比亚王"),无论如何他不太像一个从政者。至于为什么不像,我也没有太好的理由。我只能感性地认为,也许他宁愿自己看起来像个普通市民、像个邻家大叔,也不愿像个从政者。他也没有"文臣"气。(不知道你们有没看过电视剧集

《新贵》，我很喜欢里面那个居家的平凡、毒舌、烦恼不断又自得其乐、很想得到女儿认可的中年诗人莎士比亚。）

而且，现实中的君主们是不大可能听从"莎士比亚的教诲"的（"莎士比亚的教诲"是一些政治哲学家的主题）。今天的当世"君主"们，并不像——也不可能像——那些莎士比亚式的人物，前者可能更庸俗、怪诞，也更乏味——他们可能更接近阿尔弗雷德·雅里所写的愚比王，而非李尔王。

在莎士比亚与现实君主之间积极建立意义联系的，甚至希望莎士比亚成为一种"帝师"的人们，可能只是一些天真的政治哲学家。那么，反过来（就像法国诗人弗朗西斯·蓬热在评论洛特雷阿蒙时说，文学经验有时候"就像一把雨伞那样被反过来"）——不可能成为"帝师"，不仅不可能给予君主们任何"教诲"（说者无意对其说，听者也听不见），其声音反而否定、裂解了君主们的经验及其所制造的现实的那个莎士比亚，而那个反向的莎士比亚，又是什么样的呢？

一种观点认为：莎士比亚戏剧的"政治哲学面相"是其未来面孔，这已经在当代知识场域中发生，任何试图回避或无知于此的人将无法真正理解莎翁戏剧的生命力。这在一定程度上是正确的。我并非戏剧从业者，但我想提醒一个显而易见，却常常被忽视了的事实：莎士比亚首先是一个诗人，并且是一个"黑暗时代"的诗人。他的剧作也同时是伟大的诗艺现象。而我这样的无足轻重的汉语现代诗写作者，也需通过莎士比亚去重识诗的创造与人的意识、行动，与现实政治之间并未被穷尽的相关性。

世界文学中存在着"对莎士比亚的情感"，这种情感已经有了文学史意义。今天，包括我在内的许多现代汉语写作者谈"对莎士比亚的情感"——而且主要还是从译本得到的理解——会很容易被认为没有合法性。比如会被批评为：这种"情感"只是从过去延续至今的英语文化中心主义的产物。有一些"冷战"时代的解密文件，可以支持人们去"解构"一些涌现于二十世纪中后期文学神话人物。美国学者安德鲁·N.鲁宾写有一本标题是《帝国权威的档案》的书（有中文版），关于二战时期美国的"文学政治"。书中写到，中情局支持在全世界推广艾略特、奥登、海明威等这些英语作家的作品。如果按照这种解释，最显赫的英语"文学政治"现象就是"威廉·莎士比亚"这个名字及其经久不衰的相关文化产业。"文化政治"视角的怀疑之外，还有一种非政治性的怀疑：文学写作者们的"对莎士比亚的情感"，常常是前者的一种意在自我精英化的"脑补"：用今天的知识结构和解释方式去理解那个遥远的莎士比亚，把古人解释成当代人和未来人，解释得比他们实际所是的更好。如果以上这两种怀疑都是外在的，那么在何种意义上，"对莎士比亚的情感"确实会是一种不断在今人和后人的人生实践、写作实践中再生的情感呢？

我是无数"爱莎翁者"之一。我的感受是：随着时间过去，越读莎士比亚，许多理论知识的框架越会逐渐退散而去，然后，莎士比亚作品成为生命中一个亲近而内在的存在。不过，我还是继续在读着一本又一本政治哲学家们论莎士比亚的书，因为从中可以学习到的确实会比陈腐的文学评论家们更多。昨天我抄写了一段话，出自著名的莎士比亚学家斯蒂芬·格林布拉特的一本精彩的评传：《俗世威尔》。那个世俗的"人间"，是一个既非雅典、也非耶路撒冷之地。《俗世威尔》里有个感人至深的篇章，关于《哈姆雷特》的创作过程。1506年春或初夏（准确时间已不考），由于莎士比亚唯一的儿子病情恶化（自出生以来，莎士比亚除了几次短暂回乡探亲之外从未照顾过他），然后死去。莎士比亚必须抛开一切，从伦敦立刻赶回家。但是他没有能够赶上儿子的葬礼。儿子死去时只有十一岁，名叫"哈姆尼特"（Hamnet）。斯蒂芬·格林布拉特认为，痛苦促使莎士比亚把亡子的名字写进了一部不朽的戏剧。

当我们说到"对莎士比亚的情感"时，其所指为何，也许我们其实是想要把它保持在某种具有生命热度的模糊性之中。理解莎士比亚在每个时代的读者中激起的那些感受，以及，为什么使各个不同的后世作者

对他产生了一种像感谢一样的情感,我觉得都可以用《俗世威尔》中关于儿子之死的章节里的一段话为参照。我把这段话读给你们听:

> (莎士比亚)展现了他对什么该说、什么不该说的领悟,显示了他更喜欢的是杂乱、破损、未被解答的事物,而不是整饬、完善、解决了的事物。这种模糊在他的阅历和内心体验中形成,那是他的怀疑、他的痛苦、他对被破坏的仪式的感受,他对轻易抚慰的拒绝。

这是一段我非常喜欢的语句。我想把它保存于不做"阐释"的、沉默的铭记中。

今天,我们读与写,也许都像轮中奔鼠一样,处在一种循环往复而且社会化了的、因此认不出是语言逻各斯的逻各斯之中。而写作,本应成为与这社会化的、已经认不出来了的逻各斯相反的行为。在克里斯蒂娃的那篇短文所指的方向上,写作就是产生一道裂缝。而我们自己,也存在于作为裂缝的"另一种语言"中。这"另一种语言",不是任何一种不同于我们的母语的别国外语,而是产生于母语本身的异常化语言。也因此,我们也成为自身母语的异常者。诗人,也因此可以被理解为一切国家的"外国人"——这一克里斯蒂娃式的定义也告诉我们,所谓"诗的陌生化",应该有一种超越个人、也超越美学的公共维度(一会儿我会尝试说明,为什么莎士比亚代表了这种超越个人和美学的公共维度,堪称"陌生化"的代表人物)。"陌生化"也必须被放在,比我们在美学风格问题层面想到的、也比我们的行业所惯用和规定的那些语言材料更为广大的历史维度上去理解。

切斯瓦夫·米沃什说"反对不能被理解的诗",而"不能被理解的诗",并不是那种因其内在的复杂性而难以被定论的诗。因为许多诗人,比如保罗·策兰,也比如莎士比亚,其作品都对我们的理解力提出了新的要求。但是，他们并不是不能被理解的。那些"不能被理解的诗"，是通过概念化的美学伎俩掩盖其低劣的诗，这些诗以"前卫"示人，却是对文学的社会化要求的变相顺从，因此是一些并无主体性的诗。此外，"不能被理解的诗"常常是一些因其"前卫性"而"闪烁其词"的诗（齐奥朗曾批评说："那些诗人们制造'闪烁'的东西。"），因其"闪烁其词"而没有真正成为其母语中的"被逐者"和"陌生人"的能力——因为它没有那种果敢实现于母语的"魔眼"之前的清晰性。

刚才提到"对莎士比亚的情感"时我曾说，也许人们更愿意不去说清楚这种情感是什么，而且将它保护于某种模糊之中。现在，我们又谈到清晰性，这是同一件事的两面。

作为写作者，我常感到不论写诗或其他领域的创作都不应该过分别致。"为陌生化而陌生化"是没有意义的。如果只是仅仅为了"美学惊讶"，"陌生化"也会是褊狭的。甚至，没有比仅仅作为美学效果的"美学惊讶"更利己主义的了，这是浮士德们踩着"永恒女性的尸体"（上一节课，我们用《浮士德》的例子讲到了利己主义）、踩着人造人的残骸，得到他们自己的进步的步骤。我们会看到，每个时期的"美学惊讶"都是短暂的，而且很快被收编和正统化。可能，"陌生化"只有在指向"主流"（前几节课中我们一直在尝试为这个词进行积极界说）、只有在指向埃里克·沃格林意义上的"存在的秩序"时可能才**刚开始**有其意义。

莎士比亚就是"一切语种的外国人"。刚才，我们已经提到莎士比亚不是雅典的，也不是耶路撒冷的。耶稣，也是"一切国家的外国人"。即使有了各种关于黑人耶稣、黄种人耶稣的富于想象力的故事，但人们可能不一定立刻想到，他是一个出生成长在小亚细亚平原上的东方人。人们只是习惯性地接受那个俊美白人的形象。今天，《哈姆雷特》也在一切语言中演出，有了黑人哈姆雷特、阿拉伯人哈姆雷特，以及亚洲哈姆雷特。也许，一个诗人应当追随这些"一切国家的外国人"的脚步。这样说，并不与我们上次讨论荷尔德林的"祖国"问题时所说的那些内容相矛盾。但是,"祖国"问题与"陌生化"问题的同在会对创作者提出更高的要求。

莎士比亚本人也是英国的"外国人"。他活着时是伦敦文学圈的外围存在,去世后的很长时间内也不被英国主流文化所接受。之前提到的英剧《新贵》,推荐给大家,因为真的很好笑。其中一集是愤愤不平的中年"非著名诗人"莎士比亚,吐槽伦敦戏剧界和牛津、剑桥的科班知识分子们,他被他们认为是个野路子作者。伏尔泰是重要的传播者,莎士比亚的影响在法国兜了一圈,然后传播到了德国。我们上节课提到的德国作家和翻译家维兰德,也是早期的莎士比亚传播者。但是,伏尔泰也只是把莎士比亚称为"一个写有闪光片段的野蛮人"。

我最近读到过的一段关于莎士比亚的文字,出自阿道司·赫胥黎的著名小说《美丽新世界》(题目即出自莎翁戏剧《暴风雨》)。小说写到:一个旧人类(小说不断提示我们,他有人文知识)被关在笼子里保存和展览,给一代批量制造出来的"新人"们观赏。作为一件"样品",他的标签是"野蛮人"。在小说中,野蛮人和新人进行了一番对话之后,前者对所发生的现实感到了失语,他说:没有词语可以表达这样的事,"即使在莎士比亚中也找不到"。

同样,如果我们也成为被母语视为"野蛮人"的流放者,可能不只是认知的结果,更是一种情感的结果——首先,是对"主流"的情感的结果;其次,其中一部分也许就来自"对莎士比亚的情感"。诗人和小说家罗伯特·格雷夫斯有句话说:"关于莎士比亚的一件重要的事情是,人人都说莎士比亚很好,但他确实很好。"

今天,我们总是用一些粗浅的词汇来进行自我描述或对象描述——比如说,"野生",比如我们会说谁谁是"野生作家"等等。但是,如果我们不能在人被"主流"所标识的那种精神性与**人的形象的消逝**这一更广大的矛盾中,在"野蛮人"和"新人"的矛盾中,去理解所谓的野生性,那么这个词就没有意义——就像我们刚才说的"为陌生化而陌生化"一样褊狭，而且可能是虚伪和利己主义的。

在第一节课我们也提到了"人的形象的消逝"，这是《哈姆雷特》剧中一个重要时刻：哈姆雷特在墓地中手持骷髅头骨进行独白的时刻。有段时间，我搜集了当代不同演出版本中的这一场景的剧照：各种肤色的人手持着骷髅头骨。在哈姆雷特宣布他要**弃绝知识**之后，这个手持骷髅头骨进行独白的时刻，是哈姆雷特对那个作为万物尺度的"人"的**第二次告别**。之前的一次告别，是告别知识，当时他是那个宣称"人是万物的尺度"的青年知识精英。这一次，是对"人"这一图像的告别。人们喜欢谈论那段"生存还是毁灭"的独白，喜欢谈论奥菲利娅之死。但是，好像很少有人注意到哈姆雷特的这两次告别：弃绝"知识"，以及告别"人"这个图像。

上节课我们说到，歌德的诗剧《浮士德》也许是最后一部重要的**前基督时代**的作品。但与之相比，莎士比亚是非基督教文化中的最伟大的作家——我认为这也是列夫·托尔斯泰在晚年激烈否定莎士比亚的重要原因。托尔斯泰在晚年想通过否定莎士比亚，来否定文学本身。我们都知道托尔斯泰晚年的选择，但他想要放弃文学、放弃知识的决定，却与哈姆雷特如此相似。

当代学者张志扬先生有一个令我难忘的观点，关于我们每个人都知道的那句老掉牙的话："有一千个读者就有一千个哈姆雷特。"对此，张志扬先生的见解是：

> 有多少个《哈姆雷特》的研究者就有多少个"哈姆雷特"。
>
> 但哈姆雷特再多也否定不了那唯一的哈姆雷特。无论你怎么解释，也决计解释不成堂吉诃德。
>
> 可是，唯一的哈姆雷特在哪里？隐而不显，确切地说："显即隐。"
>
> 这又只有回归解释学才能做到。也就是说，接受解释学走多的路线，而回归解释学则能走向"一"所标示的"裂隙"。

这是一段我认为是真知灼见的话。其中主要有两个信息。其一，我们都知道"有多少个《哈姆雷特》研究者，就有多少个哈姆雷特"，这已成为"公论"。但正是因此，我们才要去寻找"唯一的哈姆雷特"。"唯一的哈姆雷特"何在呢？

其二，"一"所标示的"裂隙"——这正是对"哈姆雷特"的准确概括。我们都知道那句台词，哈姆雷特说"这时代脱了节，偏偏是我要把它整理好"。当他这样说的时候，他正是在宣布自己的身份：他是一个"裂隙"。

成为"裂隙"，就是成为那个"唯一的哈姆雷特"。

现在，我们休息十分钟，然后对"唯一的哈姆雷特"做一点探索。

（中场休息）

【下半场】

我们继续。看看有无可能对《哈姆雷特》提出一点不同的理解。

二战前后活跃着一个解释文学传统的浪潮。艾略特、特里林、乔治·斯坦纳等这些现代人文主义批评家，都通过评述古典作家来解释何为"文学传统"。与此同时，一些德语现代作家也在不断提供各种对现代人的命名，比如"最后之人"（也翻译成"末人"，源于尼采，然后被布朗肖、福山等使用）、"过时的人"（之前曾推荐给大家的一本书：京特·安德斯的著作《过时的人》的中译本），以及小说家穆西尔的《没有个性的人》。之前的课上我们也曾提到，哈姆雷特的形象也出现在海德格尔与卡西尔于1940年代的一场关于"人论"和"人之谜"的论战中。我近期看过的一版《哈姆雷特》演出，是德国邵宾纳剧院在天津的演出，导演是托马斯·奥斯特玛雅。我个人并不是很喜欢这场演出，但是，它可以帮助我们认识一种当代人的形象：**恐怖的人**。与人们习惯的那个贾宝玉似的秀气男子不太一样，这场演出里的哈姆雷特，是一个人格幽暗的胖子。这个黑暗的胖子版哈姆雷特，容易被认为是一个"反哈姆雷特"，但这也许更接近莎翁的剧作。

首先，哈姆雷特是一个摧毁了自己的过去的人，在接受幽灵的命令之后，他宣布他要弃绝一切书本上的、记忆和经验中的知识。这个"弃绝知识"的时刻，曾令我深感震动。然后，他进入到"非人"状态，从一个"王二代"、青年精英领袖、储君，激进化为一个极端虚无主义者和实施恐怖行动的人。在托马斯·奥斯特玛雅导演的这一版演出中，哈姆雷特用机关枪随意射杀大臣，他对母亲进行语言暴力，也用语言伤害爱人奥菲利娅。人们喜欢讨论哈姆雷特是真疯还是装疯，但在莎翁笔下，并不是哈姆雷特，而是奥菲利娅才是唯一的那个真正疯了的人。

奥斯特玛雅版的哈姆雷特在"戏中戏"环节，把全场观众都置于综艺狂欢节目中的"末人"状态，进行了一场真人秀：在表演谋杀国王的哑剧时，就像在直播斩首，而助手端着摄像机在旁边录像。我们必须要忘记劳伦斯·奥利弗所表演的那种宫廷假面舞会似的文雅的装疯。哈姆雷特依然生活在今天，但他并不是孙道临配音的那个俊秀王子。出于对前人的礼貌，我们可以折中地认为：那个俊秀的王子，只是还没有成为哈姆雷特之前的哈姆雷特。

莎士比亚全部作品的开放性，很大程度上，可以被《哈姆雷特》这个文本呈现给我们的开放性所代表。这种开放性，有一种古典的品质。虽然之前，我们说过不急于走向政治哲学，但在这里，我们需要把莎士比亚作品的开放性，理解为也是一种苏格拉底式的开放性，而非通常在"反意义浪潮"或者后现代主义背景下被推崇的那种开放性——那是一种"意义坟场"的开放性。一会儿，我们还要再讲到"意义坟场"。整部《哈姆雷特》便建立在这"意义坟场"之上。

因此现在我们需要明确的是，莎士比亚戏剧的开放性究竟为何？

以《哈姆雷特》的开放性为例，我尝试把它——莎士比亚戏剧的开放性——概括为四种"凯洛斯时刻"。"凯洛斯"是古希腊的概念，相对于逻各斯。哲学家保罗·蒂利希对"凯洛斯"的解释是：

> 它不是像钟上看到的数量的时间，而是作为时机的质量的时间，那个正确的时刻。……它表明那促使一个行为可能或不可能的什么事情已经发生。我们大家在生活中都经历了这个时刻，感到现在是做某件事的正确时刻，现在这个时候已经充分成熟了，现在我们可以做出决定。这就是凯洛斯。（《基督教思想史》）

这四种"凯洛斯时刻"，也可能是各个时代不同的哈姆雷特扮演者得以进入《哈姆雷特》的入口。而且，也可以作为我们考量不同演出版本的《哈姆雷特》的内在质量的指标。四种"凯洛斯时刻"如下：

一、幽灵的命令是什么？

之前的课上我们也曾谈到这一谜题。大家对相关情节应该都有所了解。我想对这个传统谜题——幽灵的命令——做一点推论和猜想。哈姆雷特在青年精英阶层和军队中有影响力，而且他是军人（他的葬礼也是一个军人的葬礼），并不是文弱书生。在知道有亡父形象的幽灵出没时，他仿佛预感到了什么，于是像指挥官一般对下属进行部署安排，对幽灵出没之地（城墙）进行清场，然后独自去见幽灵。他在见过亡父幽灵后的表现是极大的惊骇，几乎身心崩溃。如果亡父的幽灵只是叮嘱他报仇，哈姆雷特作为一个上过战场（据说表现英勇）的人，不至于如此失态。幽灵告诉他，"要记住"。幽灵嘱咐的任务是什么，以至于让哈姆雷特感到如此恐惧和不堪承受？

如果仅仅只是关于复仇，为什么在那段关于"生存还是毁灭"的独白结束时，哈姆雷特忽然把事情牵扯到了"时代"？然后他说出了那句著名台词："这个时代脱节了，偏偏是我要把它整理好。"

这意味着，哈姆雷特的个人复仇，同时还是一场"**整理**"。

幽灵对哈姆雷特的命令，不只是复仇，而是一场意义更为深远、也更令人震惊的自杀性政治清洗行动："整理"丹麦王室。清洗并毁灭丹麦王室的主要成员，然后，把丹麦的统治权交给敌人——另一个率军前来报杀父之仇的王子——小福丁布拉斯，从而使丹麦得以存续。

这只是我的猜测：这个骇人的计划，就是幽灵所说的那个"要记住"的任务。见完幽灵后，哈姆雷特在他的朋友霍拉旭面前脸色苍白，四肢僵冷，几乎要休克。这是第一个"凯洛斯时刻"。

二、疯狂问题。

由此开始，哈姆雷特不再表演一个行为正常的谋略家（他有谋略的能力），而是开始表演一个疯子。我们也可以把哈姆雷特的疯狂理解为：这是莎翁留给世人与后人的开放机会。哈姆雷特的疯狂，意味着世人与后人扮演这个角色时的不同可能性。

理解哈姆雷特为何选择疯狂，也牵涉到他作为二代继承人的特权问题。由于哈姆雷特的正统储君地位，他那刚刚上位的叔叔暂时不方便直接下手除掉他（而是打算假借英国国王的刀来杀人），这也是哈姆雷特必须尽快在短期内完成清洗行动的原因。而且，哈姆雷特的"精神失常行为"由于他的特殊身份，在短期内还可以不被干预。

哈姆雷特手刃波洛纽斯（奥斯特玛雅版是枪杀）之后，便有了第二次除掉哈姆雷特的机会：行凶杀人，可以依法处理，而且死者还是国家大臣。但是，哈姆雷特的罪行却没有被公开审判。如果走法律程序，也许会连带着暴露国王杀兄的罪行。于是解决问题的方式，是让哈姆雷特和波洛纽斯之子决斗私了。不论国王大臣，在法律边缘，所选择的解决问题方式是古风的：决斗。这一点，剧中的全体权贵都毫不疑虑地接受。

康斯坦丁·卡瓦菲斯（他有四首诗取材于莎士比亚，并且一度尝试过翻译莎士比亚以发生在亚历山大港的故事为题材的剧作《安东尼与克莉奥佩特拉》）有一首标题为《克劳狄国王》的短诗，是对哈姆雷特行为的批评。这首诗站在那个接替了兄长成为国王的人——克劳狄——的立场,认为那个王子陷入了一种荒唐可怕的妄想。这首诗非常有趣,颠覆了对哈姆雷特行为的常规看法,我读给你们听:

克劳狄国王

黄灿然　译

此刻我的心思转到远方。
我正走在埃尔斯诺的街道上
穿过它的广场,我想起了
那个非常悲伤的故事
讲的是那位不幸的国王
因为某些毫无根据的怀疑
而遭他侄儿杀害。

在所有穷人家里
他被悄悄地哀悼
(他们害怕福尔廷布拉斯),
他是一个安静、温和的人,
一个爱好和平的人
(他的国家因他前任
国王们的战争而受了很多苦),
他对每个人都彬彬有礼,
无论尊贵或卑微。
他从不专横跋扈,总是向
认真和有经验的人
讨教王国的事务。

至于他侄儿为什么杀他
则从来没有确切的解释。
这位王子怀疑他杀人,
而他怀疑的理由是:
有一晚他沿着一个古战场散步时
以为自己看见一个鬼
于是他跟他那鬼交谈;
他大概听到那鬼
谴责了国王几句。
这肯定是一时的错觉,
是一种视幻。
(王子是一个极度紧张的人;
他在维滕伯格读书时,
很多同学都以为他是个疯子。)

几天后他到
他母亲卧室去商量
一些家事。谈着谈着
他突然失去自控,
开始呼喊、尖叫,
说是那鬼就在他面前。
但他母亲什么也没看见。

在同一天,没有明显的理由,
他就把王宫一名老臣子杀了。
鉴于王子原定在一两天内
乘船去英国,

国王于是急急催促他
以便救他。
但这件凶残的杀人案
引起公愤
有些人起来造反
并试图冲击王宫大门,
为首的即是死者的儿子,
贵族累尔提斯
(一个勇敢的青年,极有抱负;
在混乱中,他的一些朋友喊道:
"累尔提斯国王万岁!")。

后来,等到王国平静下来
以及国王被侄儿杀死而躺在
坟墓里之后(王子
并没有去英国,而是
在途中从船上逃走),
来了一个叫做霍拉旭的
试图讲些自己亲眼目睹的事
以证明王子是无罪的。
他说英国之行
是一个阴谋,有人
下令在途中杀掉王子
(但是这点从未查清)。
他还说到毒酒,
国王下毒的酒。
确实,累尔提斯也说到这点。

但他就不会撒谎吗?
他就不会搞错吗?
还有,他是什么时候说这些话的?
那时他正重伤垂死,心智昏迷,
一说话就胡言乱语。
至于那些有毒的武器,
后来已证明国王从没有
下过什么毒:
是累尔提斯自己下的毒。
但是只要出个声,霍拉旭他
甚至会抓那鬼来作证:
那鬼说了这说了那,
那鬼做了这做了那!

由于这一切,虽然听完霍拉旭的话
但大多数人在良心上
依然可怜那位好国王,
他因为这些鬼故事和无稽之谈
就被不合理地杀害除掉了。

然而福尔廷布拉斯却坐收渔翁之利,
轻而易举地获得王位,
对霍拉旭的每句话
都细心聆听,逐字掂量。

　　杀死波洛纽斯以后,哈姆雷特的"疯狂"开始成为宫廷清洗行动和政变的加速器。这时,"疯了的"哈姆雷特的恐怖性,已远远超过那个篡位的叔叔。在故事结尾的那场杀戮中,丹麦王室年老与年轻的两代精英统统一命呜呼。

三、"戏中戏"。莎士比亚/哈姆雷特把这场"戏中戏"命名为"捕鼠器"。

每一种版本的《哈姆雷特》对"戏中戏"都有不同的诠释。"戏中戏",也是不同版本的演出发挥想象力的时刻。奥斯特玛雅的一版对"戏中戏"的处理有许多"当代元素",比如一种滑稽化了的死亡金属音乐和妆容趣味,比如异装癖,扮演哈姆雷特的演员在观众席和舞台之间上蹿下跳、在整个剧场里到处跑,进行脱口秀式的现场互动。

卡瓦菲斯的诗也写到,王子的证据只是听到了几句鬼话。在谋划"戏中戏"之前,他唯一的证据仅仅是幽灵之声。"捕鼠器"这个名字暗示了,这场"戏中戏"——"捕鼠"正是哈姆雷特的取证行为。这样一桩政变和复仇行动,不可能只根据一个幽灵所说的,只有他一个人听见、谁也无法证明的话作为合理依据。

四、什么是哈姆雷特的遗言"此外唯沉默而已"中的"沉默"?

在座各位可能都了解那个结尾:临终的哈姆雷特,对想要与他一同赴死的朋友霍拉旭说,如果你真的爱我,那么,为了我,你要忍痛活在这悲哀的世上,讲我的故事。然后,王子的最后一句话是:"此外唯余沉默而已。"

以上,四种"凯洛斯时刻"——幽灵的命令、"疯狂"、戏中戏,以及"沉默"——是莎翁的伟大"留白",也是我们得以面对每一种《哈姆雷特》演出版本的内在质量(而非"制作水平")和主人公的内在身份的时刻。我们可以用它来辨认,一种演出版本对"哈姆雷特"这一主题的内在诠释能力如何。

现在,我们来谈"沉默"。

乔治·斯坦纳在《语言与沉默》中的一种忧虑——也是一个战后人文主义者的忧虑——在技术对人文语言的替代趋势下,沉默成为现代作者的共同命运。这种沉默或失语的焦虑，很大程度上也是一种"德式忧虑"。战后，作为失败国，德语成为一种沉默的语言，英语成为了胜利者的语言。也许，在以上所述的德国邵宾纳剧院的这一版《哈姆雷特》中，我们也可以把哈姆雷特的遗言"唯余沉默而已"中的"沉默"，理解为战后德意志的沉默。二战以后，不仅德国，民粹主义的自我似乎不再有合法性，也不再可能实现了。所有这些不能自我实现的民族国家的"沉默"，需要通过一种世界语言——英语（莎士比亚自然是英语的第一形象代言人）——进行表达，并且可能付出在英语中成为一种主动自我景观化的民族精神表演的代价。

我们再回到莎士比亚的剧作中来。剧本告诉我们，丹麦的命运只能够交给敌人——那个被认为可以改善丹麦、使之延续的新君主小福丁布拉斯。"把自己交给敌人（或对手）"这一主题，一会儿我们还会通过另一个莎翁剧作谈ои。哈姆雷特临死时，作为丹麦王位的第一继承人，遗嘱也正是授权给小福丁布拉斯。我们可以推论，这一授权其实也是转述幽灵的命令。幽灵钦点敌人作为王国继承人。奥斯特玛雅的版本里，并没有交代小福丁布拉斯这条线索，但是场景极端化地再现了那场政治清洗行动。在我所接触过的所有其他演出版本中，哈姆雷特的行动的恐怖性，都没有像在这个版本中那样被直接和清楚地表现出来。

其他不同演出版本，常常只是沿袭了单向度的复仇动机。四种"凯洛斯时刻"，是莎翁的伟大"留白"，也是留给后人的四个考验，并因此区分了不同的《哈姆雷特》演出版本的深度。所以，不同的戏剧导演，实际上成为了幽灵嘱托使命的真正对象。

然后——哈姆雷特必须死。这个在后世成为了一种象征的名字"哈姆雷特"，也意味着一种必死性。在清洗和毁灭丹麦王室之后，试想，如果哈姆雷特登基掌权，他会像亨利五世（哈尔亲王）那样，从一个假装的古惑仔、假装的不法之徒摇身一变，成为一个明君吗？或者，他会不会成为另一个卡利古拉？我认为这非常值得存疑。在暴力变乱使政府成为一个烂摊子之后，把国家交给他人——交给对手——接管，对于这群可悲的王室权贵来说，也许是唯一现实的做法。而这，也是哈姆雷特在进入"非人"状态之后复归人性的时刻，正是在这时，他授权给小福丁布拉斯。他——一个隐而未显的君主——的遗嘱，也是小福丁布拉斯接手丹麦成为新国王的合法性来源。这时的丹麦，是如此暗合于现代弱势民族国家的命运。

假如我们的这些推测成立，那么哈姆雷特的自杀性计划，也颇为类似病入膏肓的恺撒以一种自杀心态、没有阻止事先已知道的刺杀行动，甚至间接帮助了刺杀成功（BBC 有个纪录片，关于对恺撒真正死因的推测。这部纪录片的结论是——恺撒的身体状况已非常糟糕，他其实已经收到告密，自己会遭遇刺杀。于是他间接帮助了刺杀：在准确时间到达准确位置。从而，为奥古斯都的统治和清除异己提供合法性。奥古斯都上台之后，也对参与刺杀恺撒行动的人进行了清洗。BBC 纪录片以现代刑侦的方式去推测了这个过程）。之前，我们提到的学者斯蒂芬·格林布拉特，也在其著作中将哈姆雷特与恺撒进行敏感的比较。

奥斯特玛雅的版本未能表现悲剧《哈姆雷特》的政治面相，但是，也没有回避哈姆雷特的恐怖。正是因为那些恐怖的"凯洛斯时刻"，哈姆雷特成为了我们的当代人。四种恐怖的"凯洛斯时刻"，成为哈姆雷特与我们的共同时刻。

然后我们也可以问，是否有中国的"哈姆雷特"？

可能，在我们问"是否有中国的哈姆雷特"时，我们首先要回应的一个"被诅咒的问题"是：何为"中国人"——何为当代制度的影响下，那些已经发生和将要发生的精神事件之中的"中国人"。情况好比：包括本雅明、斯宾格勒这些人在内的德意志写作者们，在他们的危机时代需要再次回应"何为德国人"。也类似屠格涅夫（屠格涅夫也是莎士比亚重要的俄罗斯诠释者与传播者）、陀思妥耶夫斯基等俄罗斯作家回应"何为俄罗斯人"。每个地区上演的不同版本的莎翁戏剧——例如《哈姆雷特》——都成为了一种试探、勘察该地区精神境况的工具。

这也意味着：作为一个"政治哲人"的莎士比亚，也在参与建构当代世界思想的舞台，就像他也参与建构了过去各个时代的思想舞台一样。我记得，在那场德国人的演后谈中，邵宾纳剧院的负责人有些无奈地提到：中国观众对他提了许多"中国的问题"，于是他被动聆听了"中国的剧场问题"和"中国的社会问题"而无从回答。但是，这其实正是一个莎士比亚式的场面。因为，面对一部莎士比亚戏剧在不同地区和群体中的演出版本时，也就是在面对这个地区与群体的公共问题。而且，伟大的莎士比亚戏剧允许了主体是可变的，是在变动之中的。如果，我们没有忘记之前我们所谈到的，莎士比亚戏剧的开放性为何，没有忘记它的开放性在很大程度上是苏格拉底式的，而非意义毁灭之后貌似自由的无序状态——那是一种**伪开放性**——那么，我们就不会对《哈姆雷特》在当代的那种历久弥新的镜像能力过于排斥。当时，据那位负责人介绍说，邵宾纳剧院的这一版《哈姆雷特》在全世界巡演时，曾经引起不同民族的观众的强烈代入感——尤其在阿拉伯国家演出时，当哈姆雷特枪杀首相并最终手刃僭主，观众都起立鼓掌，认为这是"正义的暴力"。我不想评价这种可疑的"共鸣"。但是它也说明，"莎士比亚戏剧的开放性"不可避免地与当代社会息息相关。

所以，除了从纯美学的层面讨论这种开放性，还可以进一步讨论莎士比亚戏剧中蕴含的公共协作性。英语文学中心论者哈罗德·布鲁姆的一种"大而化之"是：喜欢把任何不同语种的作家，只要是具有风格多向性或全景视角的，就统统称之为"莎士比亚式的"。但是，与他的这种命名不同，当代的社会参与性艺术有可能正是"莎士比亚式的"。不同语种的、立意不同的戏剧实践，都重构和更新了"莎士比亚式的"这一术语。正是在这种重构中的、被称为"莎士比亚式的"**语言情境**中，人再一次遭遇"人之谜"。正是在"人之谜"的像历史幽灵的反扑那样对当代人的反扑中，人们选择了这样一种剧场事实——"莎士比亚式的"。

诗人莱蒙托夫——在短暂的生命中把作为俄罗斯对立面的内亚山地民族作为常设主题——在他的《观感·提纲·题材》中,记录过一个悲剧构思:一个名叫马里的政治家,在流亡中被政敌的手下抓住,但并没有被杀死。当马里预感到死亡临近,他的儿子却不断折磨他,而且这个儿子沉迷女色。儿子逃离了罗马,然后,在另一个城市里自杀身亡。逃避责任的儿子临死前,见到了他的父亲命令他赴死的幽灵,因为他们的家族必须以他们告终。这个写作计划没有被莱蒙托夫实现,他生命短暂,没来得及写出这部悲剧。这个故事,像一种"反写"的《哈姆雷特》,而且也像哈姆雷特的一种当代面孔。

"哈姆雷特"这一形象一直被不同解释者用来指出他们所处的世界的处境,而且,也是不同国家和地区的人们——非洲人、阿拉伯人、高加索人,也许还有中国人——的自我认识的方式。哈姆雷特们,仍然生活在我们的世界。在社交媒体发达的今天,奥斯特玛雅版《哈姆雷特》也把"戏中戏"的形式表现为社交网络平台上的视频直播。今天,各种被父亲的幽灵催促着的继承人们,其疯狂也越来越具有直播表演的风格。

培根的一句格言——我们自小熟悉,因为这句格言常常会写在学校的墙壁上:"知识就是力量。"什么是这句"知识就是力量"中的"知识"呢?我想,这就是大不列颠赖以崛起的那种"知识"。《格列佛游记》的作者乔纳森·斯威夫特,是较早意识到"知识就是力量"的扩张色彩的作家。这种"知识",从"地理大发现"以来,对远东和内亚民族国家的现代命运也产生了深远影响。剧本提示我们,丹麦留学生哈姆雷特,在德国受到的是进步的人文主义教育。但在接受了幽灵的命令之后,他声称要弃绝一切书本上的、记忆和经验中的知识。然后,才开始谈论那个著名的问题"生存还是毁灭"。而这个问题,也是一个"被诅咒的问题"。

那次演出后,有一场在中国观众之间进行的讨论。有的发言者认为这个问题——"生存还是毁灭"——在今天已经不存在了,并且开玩笑说,在今天,"生存还是毁灭"是一个更适合用来谈论股市和楼市的问题。即使"生存还是毁灭"已经不被当代内陆大都市生活中的人们视为紧迫问题。但它仍然可能是一些当代民族地区的紧迫问题。我自己，也曾在拉萨的一次谈话中，聆听一位少数民族知识分子引用这个诗句。

四个"凯洛斯时刻"的最后的一个时刻是"沉默"，是哈姆雷特的"沉默"。那么，"沉默"之后会发生什么？这个问题——"生存还是毁灭"，会演变成什么？

剧中，在哈姆雷特发出这句著名独白之前，他还对朋友霍拉旭说过另一句意味深长的话——他说："霍拉旭，天地之间有许多事情，是人类的哲学里所没有梦想到的呢。"（第一幕第五场临近结束时）后来，这句诗被波兰诗人亚当·密茨凯维奇用于他最重要的作品——诗剧《先人祭》正文之前，作为题词。

"霍拉旭，天地之间有许多事情，是人类的哲学里所没有梦想到的呢"，亚当·密茨凯维奇以此作为一部产生于非欧洲中心地区的、关于民族独立运动的伟大诗剧的题词，从而非常明显地标示了：这部诗剧，正是要同那种把莎士比亚作为语言权力的"知识就是力量"的力量，进行竞争。

今天，关于《哈姆雷特》的环节就进行就这里，我们仍只是略略涉及了这一复杂文本的几个要点。在第一节课，我们所读到的艾略特《小吉丁》中那段关于"交叉时刻"的诗之后；在第二节课，我们读到荷尔德林关于"奴性"的那段警句之后，现在，这是第三个句子——被亚当·密茨凯维奇赋予了新的意义的莎士比亚诗句，我也想转赠给你们：

"霍拉旭，天地之间有许多事情，是人类的哲学里所没有梦想到的呢。"

与哈姆雷特—恺撒的对比一样，在莎士比亚作品中，我们还可以看到哈姆雷特与亨利五世、与科利奥兰纳斯的对比。《亨利四世》是一个变奏，也关于一个"王二代"、一个青年储君在成为君主之前的经历。他假装像个街头混混,跟着福斯塔夫这个大胖子,在街上鬼混。在"伪古惑仔"的生活中,他只有一次在与福斯塔夫相处时——表露出他的真实想法,这句台词也很著名,很抱歉我一时忘记了原话,大意就是说:我就是乌云中的太阳,但是你们只看到乌云,当有一天我从乌云中露出面孔时,你们所有人都会因为一种心理反转——因为惯性认识受到剧烈反转——而高度称赞我(原句为:"我正在效法着太阳,它容忍污浊的浮云遮蔽它的庄严的宝相,然而当它一旦穿越丑恶的雾障,大放光明的时候,人们因为仰望已久,将要对它格外惊奇赞叹。"出自《亨利四世》,朱生豪译)。这是亨利五世的心理学策略。而那朵"乌云",显然就是大胖子福斯塔夫(以及福斯塔夫所代表的那种生活)。一个马基雅维利式的青年政治家,就躲在这朵人形乌云背后。

这朵云其实也在《哈姆雷特》中出现过,出现在他与后来被他杀死的大臣波洛纽斯(如无意外的话将会是他的岳父)的对话中:

哈姆雷特:你看见那片像骆驼一样的云吗?

波洛纽斯:哎呦,它真的像一头骆驼。

哈姆雷特:我想它还是像一头鼬鼠。

波洛纽斯:它拱起了背,正像是一头鼬鼠。

哈姆雷特:还是像一头鲸鱼吧?

波洛纽斯:很像一头鲸鱼。

(朱生豪译,译名根据通行译法修改)

其实,这朵云的身份要更为古老。我想,它最早是出现在阿里斯托芬笔下的《云》之中。然后,这种云就一直在文学史里飘来飘去。今天,这朵云还在我们头上飘着。

《亨利四世》也是一个很丰富的文本,我们今天不过多涉及它。我想再提到的,是另一个常常被忽视的莎士比亚剧作:《科利奥兰纳斯》。

它和《亨利四世》一样，是《哈姆雷特》的一种辩证性的反例。其主要情节是：罗马军队的主帅、一直在与侵扰边境的山地民族浴血奋战的科利奥兰纳斯，凯旋而归；此时罗马要进行民主选举，他有可能成为执政官，但常规程序是：参选者要穿着卑贱的麻衣到市场上，踩在一只小板凳上对民众演说，拉选票。于是，科利奥兰纳斯这样一个贵族意识强烈的军人便想到，他一直在前线流血、为罗马人战斗，自己并不欠罗马人什么，也不希望回报，现在，他也不需要去进行这种庸俗的表演。他为这种政客姿态的表演感到不齿。他拒绝在公共空间对民众进行演说，然后，他的拒绝便被一些民间政治团体认为是精英化的、太精英化的。刚开始，当他凯旋回到罗马时，受到了人民的隆重欢迎。但是，当他拒绝身穿平民的衣服去演说、拉选票的程序之后，对他的非议越来越多，并且被政敌利用。政敌们鼓动民间政治团体，以"人民的名义"批判他这位傲慢的、反人民的贵族。科利奥兰纳斯拒绝对所有人妥协，随后情况迅速恶化：他被罗马判处流放。

这时，科利奥兰纳斯做出了一个极为惊人的行为：他一路隐姓埋名，走向罗马边境，走向山区，去寻找他与之连年作战的、被罗马视为"野蛮人"的敌人。（我看过一个电影版的《科利奥兰纳斯》，曾扮演"伏地魔"和《英国病人》男主角的演员拉尔夫·费因斯扮演科利奥兰纳斯，故事也被置于当代——影射美国与中东——的战争背景下。）

当科利奥兰纳斯到达目的地，敌人震惊万分地认出，这个流浪汉正是他们的宿敌。随后，科利奥兰纳斯——这一行为令人惊骇——向他的敌人借兵，打算率军打回罗马。这好比岳飞被判罪之后逃亡到金国，向金国借兵打回杭州。

一方面，面对自己昨日主帅的进攻，罗马将领们还没能在心理上调整过来。另一方面，也因为具有杰出军事指挥才能的科利奥兰纳斯，熟知自己昨日部下的作战方式——仗打得很顺利，兵锋直指罗马。故事的结局，我们其实也能想到。最后，是政治来解决一切问题。科利奥兰纳斯如果胜利了，又会如何？不论对于山地民族，还是罗马，这都是棘手难题，因为双方之间其实都需要形成一种制衡关系。眼看随着节节胜利，科利奥兰纳斯在山地民族的军队中威望愈盛，山地民族的领袖和罗马政客们都不希望这场战争进行下去。于是——和哈姆雷特必须死一样——科利奥兰纳斯也必须死。在一场假谈判中，他被双方人员合力杀死。

表面上看，科利奥兰纳斯像一个反哈姆雷特式的人物。但蕴含在这部剧作中的一个深刻主题，却还不是"反哈姆雷特"，而是一种非常深邃的辩证法："深渊"与"故土"的辩证法。

山地，或者"野蛮人"的地区，对于科利奥兰纳斯，并不构成他的"敌人空间"，而且也并不对他构成一个真正的对象。当科利奥兰纳斯离开罗马以后，他真正的"敌人空间"和他真正的对象——是深渊。这个深渊，与罗马——也即故土——之间，构成了一种辩证法关系。在我个人看来，虽然《科利奥兰纳斯》通常被认为是一部关于"民主"的悖论、关于"傲慢"的政治悲剧（而且不被认为是莎士比亚的主要作品），但我认为它最核心和动人的主题——也是"潜在"的主题，就是"深渊"与"故土"的辩证法。

后来的文学中，荷尔德林在其后期作品里也试图探索这个主题。然后，这个主题也在当代的一些政治哲学家的写作中出现。

那么，当我们成为自己的母语的"局外人"的时候，我们面对的"深渊"是什么？但是有的人也会说，那么，这就是人开始工作的地方。

现在，我抓紧时间谈今天的最后一块内容，关于人类学家和诗人丹尼斯·泰德劳克的一份"人类学诗学"文本《叙事者的多种声道》。这是对新墨西哥州祖尼人的民间史诗《造物主的话语》的研究。但是，我想尝试简要介绍给大家的几个观点，却出自学者伊万·布莱迪为丹尼斯·泰德劳克撰写的一篇作为引言的短文。短文如是写道：

一个批评者不但要关注那些"处处发生的事情",而且要看到"无处没有音乐",还要感受到"俗语"与"雅语"是相互关联的。

然后,又写道:

　　存在着由变幻莫测的文化实践而变得晦涩、含混的连贯性,我们在此事实面前沾沾自喜就意味着违反了省略和连贯的操作原则。

　　——"雅语"和"俗语"的关联性或并置,在诗的历史中一直都存在着。每个时期,当产生"雅语"和"俗语"之间的争吵时,人们往往就会以莎士比亚为例,对两者进行"积极调和":既反对刻板的"雅语"立场,也反对同样刻板的"俗语"立场,因为莎士比亚的诗行好像总是能够从崇高突降为粗俗,又从粗俗转为优雅。除了作为经典案例的莎士比亚,还有一个比较晚近的例子,就是现代希腊诗人卡瓦菲斯,在他的时代,也发生了希腊人写诗是要用"雅语"还是"俗语"来写作的争论。而我们也发生过争论,在上世纪九十年代末。可能你们中有的已经猜到,我指的正是那次"口语写作"与"知识分子写作"之争。当然,在这场争论中显现的思想认知结构非常粗糙,可是,它又具有历史必然性。彻底的口语写作,也会产生和彻底的书面语写作同样的问题:"失真"和失去美学自由意志,从而被社会化,顺从于"文学场"并成为其中一员。而两者所规定之物,对于一个"莎士比亚式"的写作者来说,可能都是缺乏意义并具有消极束缚性的。

　　"不但要关注那些'处处发生的事情',而且要看到'无处没有音乐'。"这里的"音乐"不是指悦耳动听。这里的"音乐",是在关联性、解释性的关系中产生的,我们可以把它改称为主题的多维度。

　　这句话还给予我们一个信息:**多维度的主题其实是很古老的存在**。与之相比,"莎士比亚式的"反而是很晚近的事物。但我们好像更容易觉

试论诗神

得，莎士比亚才是更老旧的，却可能并不认为那些民族文本中的悠久古代品质是老旧的。民族志的诗学色彩，并不是"诗意化"，也不是文人眼中的诗情画意，但是我们会从"由变幻莫测的文化实践而变得晦涩、含混的连贯性"中得到错误的鼓励。这种错误的鼓励的结果就是：我们会对民族志进行诗意化，从而导致了"我们在此事实前沾沾自喜"。因为这种"沾沾自喜"，我们失去了想要言说的对象。

接下来的句子写道："我们会通过文化干预的操控追求他文化文本中的真实。在目前的情形下，干预会隐含在写作中——比如字母的排序、历史建构等，历史建构已将文化的任意性转换为当今表面上的'自然性'。在西方社会，所谓的'自然性'是传统的文化盲点。"

——其实已经不仅是西方社会了，这种"自然性"或者自然主义也是我们的文化盲点。评论者继续说：

> 人们获取广泛真理过程中的主要问题是，在我们用来表述跨文化经验的语言和知识中存在霸权话语和文化蔑视。我们可通过以下方式部分地解决这个问题：教会"我们自己和他人看待世界的不同方法，讨论作为理论、研究和实践的那些东西"，并教会阅读新的写作方式的新方法，应当要求以特别的方式讲述故事的作者教会读者怎样阅读这些故事，至少指出方法能使读者解读这些故事。

——在这种"人类学的观看"之中，发生的还是一种对于自我的文化霸权，这是一种反向蔑视：我们通过人类学文化材料，对于自我所进行的反向蔑视。我们把这些来自"他人"的人类学材料用于一种逆向压抑：对自我的压抑，压抑我们身上已有的东西，并且在我们自己的文化内部激起愧疚心理，从而获得利益。

这都不是正确理解"他人看待世界的不同方法"的结果。而且，我们恰好正是在抢夺"他人看待世界的不同方法"。这是因为，我们其实什么也不相信。首先，我们不相信自己，所以只有通过"他人看待世界的不同方法"——这朵"乌云"——我们才可以把自己隐藏在其中，隐藏自己的什么也不相信，而且什么也不理解这一事实。我们在那个用各种"他人看待世界的不同方法"形成的市场中获得了利益，但我们却又认为，自己参与到了某种共同体的道德活动中。

可是，这恰好是人类学的敌人：不是对他人的偏见，而是我们对自己的偏见，尤其，是我们对自己的不信任。把自己的虚无主义隐藏在"他人看待世界的不同方法"中的这种**狡诈**，正是人类学的敌人。

接下来，我想为你们读这篇文章在接近结尾时的一段话。这是一段很美的话语。作者写道：

> 叙述不时地转换，时而是富有创意的解读，时而是由于限制性的印刷符号——书写文字——而产生的紧张气氛，时而是层层阐释，使得我们反复观察。诗行本身的停顿会把相关的意义展现出来。多声道的内容出现了，很多声音在说话。我们难以通过一般的语言形式思考所有这些东西并进行文本的批评——像是在窗户上画上很多"元问题"的黑点，而不会遮挡主要风景。

让我们记住这个美丽的说法："'元问题'的黑点。"同样，我也想把它保存于不做"阐释"的、沉默的铭记中。

在文章结尾，作者写道："而无处不在的音乐首先是一种对话。"我们可以回顾第二节课读到的荷尔德林那篇对《俄狄浦斯王》的评论，其中的一句话是："层层机锋不让。"

结合荷尔德林的表达，我们可以得到一个理解是："复调"可能是"多种声道"的升华形式。而且，"多种声道"并不是一种原始的并置形式，而是一种有意识的、内在的语言生成机制。这提醒我们，当人类学家评议民族文本的"多种声道"时,可能会赋予它一种原始主义的命名,把它作为一种原始文化材料去观看。但是,如果把"多种声道"作为一种较为原始的并置形式来理解,可能会是一种平庸的"还原论"。因为,我们不相信这样一种"原始的形式",会是一种朝向所谓"更高级"的美学形式的运动。

然后,是"'元问题'的黑点"。

那么,"'元问题'的黑点",可以回应我们在今天这场课开始时所说的《山地语言》中那种无图像、无语言、无声的时刻——那个"×"吗?"'元问题'的黑点"——甚至那个"×"——也是一扇开向无语言、无图像、无声之处的窗户吗?

"'元问题'的黑点"成为一种内在的窗户——作者说,"这是一种'混合'式样,出乎人们所料"。这也是这篇短文里最为隽永的部分。最后,还有一些时间,我们来读《造物主的话语》的一个片段。这首长诗以太阳为主要叙述者——

> 我们不知道村庄与村庄的分界
> 也不知道一共有多少村庄
> 我们知道这不是拟声法
> 也不是与村庄相似的发音
> 而是一个图像,产生于可见的连续性
> 不可数性,或是掠过一片宽广田地的凝视
> 而田地里居住着很多居民。
> 在这里眼睛被赋予了声音。
> ……
>
> 祖尼周围到处都是古老的废墟
> 这些村庄的遗迹很早就被废弃了

第二讲 在历史诗学与未来诗学之间(上)　　193

"正如你所看到的那样。"
叙述者暂时放下自己的角色
转向第二人称，
几乎又回到了最初的谈话
他没有真的邀请他人发言。
他这样做想诉诸共同的经验
他正在标注不太清楚的东西，
事实上，他正说着题外的事情。
对于了解他所说的废墟的人
景象永远不会相同
故事铭刻在景象之中
可从周围的废墟中得以解读
没人能看到这废墟

——墨西哥诗人奥克塔维奥·帕斯有一个观点，他说，那些具有多种声部的长诗，往往是"平直与奇异的结合"。现代诗人的判断，和一个古老文明中的判断是一致的。在《造物主的话语》中，在太阳的叙述里，各种复杂的声音并存。这些关于"废墟"的句子，曾经带给我一种想象力刺激：今天我们在谈"田野"时，那些来自古老文本中的语句会带给我们何种提示呢？

我想把这个问题留给各位。

今天，我们漫谈了关于"复调"、莎士比亚和"多种声道"的若干理解。现在我们可以稍稍归纳一下：在文学中，"复调"作为一种内在的美学构成形式，是一个陀思妥耶夫斯基式的"奇特的、危机的、地狱的时空点"，它与另一种东西相对称：有可能是基督。"复调"的未来，可能是基督。然后——也是今天的主要内容——通过以《哈姆雷特》为例，概观莎士比亚戏剧在当代理解中的可能性。

在民族史诗文本中,"多种声道"开启了"复调"的可能性。"复调"的可能性即意味着:我们在面对这些民族史诗文本时,不能仅仅是"还原论"地观看。我们不能认为,它有很多声音在说话,所以我们就用"多种声道"来对它进行一种原始主义的命名——其实并非如此,它本身具有"复调"的能力。

今天就到这里,谢谢大家。

第三节课

"平行主题"今昔
——在《青铜骑士》与《荒原》之间

地点：中国美术学院南山校区跨媒体艺术学院 4-309 教室

时间：2019 年 12 月 12 日（周四 18：30—20：30）

　　例举把《青铜骑士》和《荒原》两首诗并列对照的原因。——两种"欧洲的荒郊野外"。——"历史意志"与小市民叶甫盖尼们，《青铜骑士》中的追杀者与被追杀的人。——《青铜骑士》是否斯宾格勒《西方的没落》那个著名结尾的反面？——两首诗中的生命力/自然力的主题。——两首诗中的"钓者"。——"前基督时代的材料"。——"平行主题"的"昨天"，是在两种脚步（雕像的脚步与小市民的脚步）的呼应与回响之中的"昨天"吗？——"平行主题"的今天，是在"渔王"的等待中，在这不再有寻找圣杯的人的世界上的"今天"吗？——"平行主题"不同于"互文""方法多元主义"或"繁复"。——"平行主题"的策略性。

　　——朗读并详论《青铜骑士》。——《青铜骑士》的边界与《荒原》的边界的一致性。——《青铜骑士》中的军事视野。——"波涛的头颅"，大洪水有意识吗？——"他的额际飘浮着怎样的思想"是怎样的"思想"？一个堪比"幽灵究竟对哈姆雷特说了什么"的"留白"。——当小市民叶甫盖尼模糊意识到那"思想""秘密"是什么时,追击/追杀就开始。——长诗止于一具尸体,诗人的想象力无法再越过这具尸体而向前发展。——在雕像与尸体之间,就是这首诗的全部空间。——一种逆向运动:本来僵硬的雕像运动起来,追击活人;原本运动中的活人在被追击中结束运动状态而成为一具僵硬的尸体。——我的一首关于北京的诗中所使用的"青铜骑士"意象。——安德烈·别雷《彼得堡》中的反例。

——朗读并详论《荒原》。——"决定性瞬间"与"蒙太奇时间":二战时代的两种影像时间。——艾略特的时间策略。——怎样理解"《荒原》的道路艾略特没有走下去"。——作为"拾荒者"的诗人。——人们常常用谈论"互文性"来推卸对《荒原》的正面理解。——"时间想象力"的困境,以及为什么在《荒原》之后诗人必须转向。——虚假的"博学化"。——《荒原》的"废墟性"并非是与"世界的碎片化"的同化,相反,是一种抵抗。——关于"四月"的开头的乔叟背景。——正是"红石下的影子",使《荒原》的人类生活掠影得以显像。——《荒原》预示了《四个四重奏》中的"交叉时刻"。——作为驱赶之声和极端世俗时间之声音的"请快些,时间到了"。——什么是《荒原》中的雷声?——"下棋"的意象与"三一律"的废墟。——通过理解《荒原》,从而理解诗人走向《四个四重奏》的必然性。——结论一:《荒原》是《四个四重奏》的前奏。——结论二:诗人不可能满足于片段性的组织方式,需要走向某种整体;如果不能进行一种指向美学整体的人生实践,诗人可能是失败的,而艾略特属于怀有此种观点的最后一代旧式人文主义者。——结论三:有论者认为《四个四重奏》是一个从"文学先锋主义者"变成"文学保守主义者"的结果,但是,"保守主义",也许是对诗人的"自我完成"意志的错误命名。

——结语:《青铜骑士》与《荒原》构成的"移动悬崖",也许就是现代大门;可以在这两首坐标般的诗的对照中,理解现代诗的开端。

绪 言

大家好。接下来几次课,我们会专注于一些具体的文学作品,而且是可能与日常表达和应用写作最有距离感的体裁:诗。我们会通过详细评析诗作来提出一些问题。迟迟不涉及当代理论,可能是我无意识的保守主义,也可能是那个"文学主流"的内在推动的结果。所以,我们依然还是要谈论一些近代和早期现代诗人的作品。把诗作为主要的材料,既是我比较熟悉的领域,我想,也是我在这里的一种职责。

我们已经提到过,维吉尔与但丁的关系显示了诗人们的"过渡者"意识。从近代到早期现代的这一"巨变"时期,诗人及其文本,常常被理解为桥梁("桥梁"也是海德格尔喜欢用的词)。那么,桥梁通向哪里?"过渡者"的目的是什么?一种常见的现代观点是,不再相信历史有其目的。因此,也不再相信历史是有意义的。但是例如荷尔德林、艾略特,甚至保罗·策兰这样一位"被毁坏的诗人",其写作中往往都会显现出某种"目标"方面的历史感。当然,这种"目标",也正是与历史不断斗争的产物,而且是诗人**通过语言**与历史不断斗争的产物。

可能,你们也读过叶芝的那首名诗《第二次降临》。诗中名句是:"一切都瓦解了,中心再不能保持。"(裘小龙译)但这句诗,是作为**"第二次降临"的前提**所说出来的,这一点好像常常被忽略,人们往往只记住了那个已成为流行语的名句。我想说的是,在这些诗人的写作中,"过渡者"的"目标"显现为"第二次降临"。"第二次降临"形成了一种在其写作成熟期越来越明显的张力,一种对于"复活"的、不断破碎而又不断重建的希望。与之相比,各种各样的"终结论"也许只是"当下时间"不断骚扰人的表现。

如果"第二次降临"只是一种"西方目标",中文写作者与它的关系又是怎样的?何种意义上,这种"西方目标"也对我们构成了一种张力?或者在何种意义上,它是一个"普遍目标"?

有一些近现代诗,例如在下节课我们会"细读"的亚历山大·勃洛克的长诗名篇《十二个》——一首很复杂的、在苏维埃革命的背景下重现"基督"形象的诗——这些诗作,也是我们在中文写作中"走自己的路"时参照的"坐标"。那么,在何种意义上它可以构成我们的"坐标"?

我们今天要评析的两首诗作,《青铜骑士》和《荒原》,不仅是俄罗斯早期现代文学的重要参照对象,也是东欧、希腊现代诗人的对比和参照对象。希腊现代诗人塞弗里斯把"卡瓦菲斯——《荒原》"作为重要参照对象,也是制衡的两极。《荒原》也在现代俄罗斯诗歌中发生了影响,阿赫玛托娃在一些散文和谈话中,也把《荒原》作为参照对象。但是,俄罗斯诗人们也做出了自己的选择——帮助他们做出自己的选择的一个重要历史资源,就是《青铜骑士》。这两首诗,不论是在文学史意义上,还是在内在主题的相关性层面,都可以构成对照。

正 文

有两种标志性的历史意识,使我想并置《青铜骑士》与《荒原》,进行一点比较和评述。以彼得堡这座城市的命运为题材的《青铜骑士》,是在跨入现代大门之前,一首突出地关于**空间的转变**的诗。而《荒原》,则是在跨入现代大门以后,通常被认为是开启了现代诗道路的诗。

奥克塔维奥·帕斯说即使《荒原》的作者本人,也没有把《荒原》

指出的道路走下去。而且，帕斯指出《四个四重奏》是 T. S. 艾略特"对罗马天主教的回归"。但是，帕斯的正确可能是一种有限的正确。对"《荒原》的道路艾略特没有走下去"的判断，也是个有限正确的判断。因为《荒原》并不是道路性的，它并不通向哪里。它更适合被视为"文学主流"的一次必要的——至少在那个时代的现代主义者们看来是必要的——异常现象，有点像一种休克疗法。它的复杂性，可能也并没有超出《四个四重奏》这部晚期长诗杰作。但是我们往往会认为，《荒原》是"现代诗复杂性"的主要同义词。其实，在座中如果有学习影像剪辑的人，对《荒原》这首诗的理解也许会容易一些，对于它在历史材料、时空场景方面的组织方式可能并不会感到意外。当我们考察《荒原》的一种主要尝试——也即并置"多重材料"的方式时，也许我们还不能忘记的是，艾略特是一个天主教诗人。然后，也许我们可以大胆一点，把《荒原》视为一套关于启示录场景的"拍坏了"的照片，它像一篇来自地狱的记者报道，更是一组文学的"坏图像"。（可参考黑特·史德耶尔在《为坏图像辩护》中对"坏图像"[the poor image] 的界说。）

《青铜骑士》则截然不同。《青铜骑士》以一种非常清晰化的、具有正统色彩的"宽银幕风格"来表达一个"显明"的主题（不是"直白"的，但依然是"显明"的）：**近代空间的转变**。在这首画卷般的诗中，我们一开始就被作者告知，画面的"刺点"在哪里。例如，我们一开始就知道，"刺点"肯定会产生在那座青铜雕像和那具尸体（一个小职员的尸体）的对比之中。

我们一开始就被作者告知，这幅历史画面的景别、景深是怎样的，以及视点的定位和分布、视线的逻辑性——这一切都是清晰的。所以，《青铜骑士》这首诗也让我们想起架上绘画的巅峰时代，想起德拉克罗瓦和"巡回画派"的时代。相比而言，《荒原》就像从一座被烧毁的房子里抢救出来的照片。

然后，《青铜骑士》**定性**了一个城市（彼得堡）的历史语调。我们知道，彼得堡源于彼得大帝的海上扩张意志，从渔村发展为海洋贸易城市，直至成为一个文化、政治和商业的大都市。至今，《青铜骑士》仍可打动我们的，并不是某种文化怀旧情调，而是这首诗通过说出这座城市命运的本质，从而说出了历史时间的本质。这种历史时间，同时是建设者和毁灭者。这是一种介于扩张与自毁之间、介于追击和停滞之间的本质——我建议大家，读《青铜骑士》时应当记住的一个重要意象，就是**追击**。通过一个帝王的青铜雕像对那个小职员的追杀行为，诗人还说出了另一种追击：历史时间对人的追击。

通常而言，雕像意味着停滞，同时也意味着"运动"的一种景观化。如果说，"彼得堡"这一历史时空是一艘大船，那么，那座青铜雕像就是它的锚，是它的锚定意识，把这艘大船定位于永恒的矛盾性中。这种矛盾性，是彼得堡（通过彼得大帝的雕像来表现）**自我意识的不可更改性**。在历史时间中，它**固化为青铜雕像**。这座雕像伸出的指向远方的手臂，与其说指向新的开发区，不如说指向绝对的"非时间"。但是，青铜雕像的自我意识也蕴含了自毁冲动。普希金写出的悲剧性是：这种自毁冲动并不是以雕像的被破坏而表现的——自毁冲动被转移给了别人，是以一个小市民/小人物的毁灭为显现的，后者被毁灭于一座重新得到了行动能力的雕像的追杀。

所以，《青铜骑士》既是一首表现一个城市的自我定位和历史化，也是表现它因为历史化而成为一个**追击者**的诗。

并且，是"小市民"们——好比地震前的小动物——最早面对这种他们也许并不能充分意识到和理解的恐怖。《青铜骑士》中的追击——追逐，不同于进步论的追逐，不同于斯宾格勒的那种驱赶（"顺从命运的人，命运领着走，不顺从的人就被拖着走"）。在《青铜骑士》中，自我历史化了的意志——那个"命运"，直接去追逐人、**追杀**人。

在诗中的那个夜里，青铜马沉重的金属蹄声与小市民的仓皇脚步声构成了一种双重奏。这首长诗分为简明且易于把握的两个部分：前半部分写彼得堡的城市史，后半部分写小市民的命运。所以，前半部分诗行进展的声音，我们可以理解为：是青铜马踩在大街上响亮而沉重的金属足音；后半部分，则是小市民逃跑的脚步声，推动诗行进展的情调也因此有所变化。那么，两种脚步的关系，是否正好是斯宾格勒《西方的没落》那个著名结尾的一种反例或"反题"呢？

并且，这是一首也许只会出现在俄罗斯——出现在诗人约瑟夫·布罗茨基所说的作为"欧洲的荒郊野外"的俄罗斯——的诗，而非欧洲的诗。理解这一点，会有助于我们去理解，后来的现代俄罗斯诗人——例如"白银时代"的人物霍达谢维奇、别雷等等，为什么会把《青铜骑士》这首并无民俗色彩、而且具有相当"作者性"的诗视为俄罗斯的"民族之声"。这首诗中几乎没有民俗性的材料。我们知道，普希金也写过许多"民族风格"的叙事诗，这些叙事诗都表现出对民俗色彩的心情愉快的接纳。但是《青铜骑士》看起来却是一首比较"精英化"的诗，虽然风格简明，却尤其具有一种严肃、庄重和阴沉的作者之声。但是在普希金作品里，它却尤其被视为一首"俄罗斯的诗"。

《荒原》是另一首关于"荒郊野外"的诗。教科书常常告诉我们，这首诗写的是所谓"现代人的精神幻灭"。艾略特自己并不接受这种解释，认为这种解释是"一派胡言"。但是，好像他自己也没有直接给出他为什么否定这种解释的原因。可能，一般情况下艾略特的自我辩护，都不是为了某种文学解释的、意义上的对错而做出的，更多是在保护一个诗人的美学独立性这一基础上而做出的。他有一句话大意是说（原谅我忘记了出处），一首诗就是它已经是那些词句，而非这些词句之外的任何东西。一个例子是，当有人问他，你这句诗写的是什么意思，他回答说我只能给您读一遍这句诗。

早年我曾想象《荒原》里的"荒原"，与"帝国"——尤其是拉丁语罗马帝国——之外的"荒原"有关。后来我感到，这个想法可能是对一些知识材料的滥用。不过，现代英语诗人都有一种"自我罗马化"的倾向。比如想要"回应",甚至去成为某种现代的维吉尔,例如艾略特。罗伯特·洛威尔的诗作有卡图卢斯的色彩。华莱士·史蒂文斯的观点有伊壁鸠鲁的意味。在弗罗斯特那里,有一些路吉阿诺斯式的东西。现代英语诗人的"自我罗马化",早在浪漫主义时代就已存在。而威廉·莎士比亚就曾是一个被认为杂糅了许多古罗马文学的东西,并非英语文学正统的英语诗人。

两首诗,《青铜骑士》和《荒原》,都关于"生命力"这一主题——或者,都以构成"生命力"条件的"自然界"为主题。

《青铜骑士》开篇即以简明的行文,概括彼得堡这座海岸城市的建城基础:它曾经是一片滩涂沼泽。然后,诗人详述了城市周边的森林资源、交通状况和空间扩张方面的可能性。普希金是一个当他写一座城市、一个地区时,会很注意描述该城市、地区的自然条件与资源状况为何的诗人,例如在《致奥维德》中,他热情写到不同于奥维德被流放时代(彼时还是不毛之地)的黑海地区的丰富物产。一定程度上,这种意识也贯穿在近现代俄罗斯知识分子的求知活动中:关注自然界/自然力,并且动身奔赴,进行实地勘察。

常见的《荒原》的背景资料——部分由艾略特本人说明——则告诉我们,《荒原》在"生命力"的主题方面取材于"渔王"的神话。两首诗的相像是多方面的。《青铜骑士》开篇也述及渔民的历史,而那个隐在的"渔王"就是彼得大帝。我们知道,普希金思想中有突出的彼得大帝崇拜情结。在小说《彼得大帝的黑奴》中,他对彼得大帝的形象进行了神话性的描绘:一个身高两米,穿着工人服装,活动在工厂和劳动人民中间的伟人型君主。

《荒原》借用的"渔王"传说,来自与艾略特同时代的一位文化学者魏士登的著作《从祭仪到神话》。艾略特从中读到了一个关于圣杯的传说:"渔王"是主管繁殖力的神,代表古代的生命力,但由于他失去了性能力,所以土地干旱、牲畜不能生育,世界成为一片荒原。只有某个骑士得到传说中的圣杯,才可救治"渔王",使大地恢复生机。于是"渔王"在河边垂钓,等待骑士的到来。后来终于有个骑士在得到"渔王"的指点、经历种种磨难之后,来到了"渔王"所在的城堡,看到了圣杯的显形,解决了各种难关,最终大地复苏,恢复繁荣。

《荒原》中也有一个坐在干枯河岸上的钓者,直到诗的结尾才出现。我们不知道,在何种程度上这也指向上帝与利维坦的关系,而艾略特是常常从《圣经》用典的诗人,这也是这首诗中许多可用于开放理解的悬念之一。《青铜骑士》中,那座彼得大帝的雕像显然也是一个钓者,但它钓取的是小市民叶甫盖尼们的灵魂。

在《青铜骑士》中,空间**由古代向着未来的转变**,是有其历史秩序的。即便发生了一场大洪水,历史意志似乎也可以安然飘荡在大洪水之上。历史意志如此完好无损——过于完好无损,洪水对它没有任何影响,所以它只能成为一种绝对的自我意识:一座雕像。但是,在《荒原》中,空间的转变已经失向了。失向是如此彻底,以至于它只能有一种希望——在这首诗中深埋的唯一一种希望,其实这首诗的后面部分也明确喊出了这种希望:在"雷霆的话"的部分,对"主"的呼喊。

《荒原》所使用的那些互文性的文学材料,基本都是前基督时代的材料。并不是说,那是前基督时代的文学或文化——好像有一个现成相关的、断代意义上的时间可供我们区别似的。并不是的。而是:前基督时代的材料会一直跟随着人,在时间中漂流。它并不停止在某个年代,而是一直在时间中移动,随着人的发展而发展。同时,随着人的发展而发展的前基督材料,又是一种现代材料。所以,又可以把它理解为**是前基督材料的现代化**。这些现代化了的前基督材料,指向一个"第二次降临"之前的历史废墟。

我们今天的题目,是《"平行主题"今昔》。"平行主题"有今天与昨天吗?**平行主题的昨天**,是否就显现于"青铜雕像"和"小市民的尸体"这两种形象之间,显现于两种脚步——雕像的脚步和小市民的脚步——的呼应与回响之中？**平行主题的今天**，则存在于"渔王"的漫长等待中，存在于这个不再可能产生寻找圣杯的人了的世界吗？

"平行主题"并不是一个理论术语，也从未被严格化或学术化过。我在"白银时代"的主要诗人之一霍达谢维奇论普希金的一篇散文《摇晃的三脚架》中，读到这个词语。在我很有限的阅读中，在"白银时代"诗人们"重新认识"普希金的文章里，霍达谢维奇的几篇论普希金的散文是最好看的之一。之所以说"之一"，是因为我最喜欢的一篇是诗人茨维塔耶娃的《我的普希金》。

对于今天我们都已习惯了的理论知识语境来说，"平行主题"明显是一个前现代的、不够酷的概念。"平行主题"也不完全相同于互文、蒙太奇、拼贴等这些美学手段或方法论。"平行主题"，是近代诗人在**承担世界材料**方面的一种历史责任感的结果。近代诗人在就某一主题进行写作时会涌出一种激情，海因里希·海涅在《德国，一个冬天的童话》里也写到这种激情：试图在每次写作里，都对一个主题**进行"更新"**——更新它的历史地位（是的，主题也有其历史地位）和它在意义、美学表现方面的可能性。这种"更新"也是一个"大写的人"在其时代、在每次创作中对自己积极叙述的结果。

"平行主题"也区别于我们今天的一种平庸化了的对"方法多元主义"的理解。尤其，区别于平庸化了的对于"繁复"的理解。"繁复"已经成为一个习语。我们都知道，小说家卡尔维诺在《未来千年文学备忘录》（1997年版）中突出了"繁复"一词，以后，我们可能因此就一直在惯性化地使用该词去支撑或解释现代诗的某些品质。但在今天，成为了一个习语的"繁复"可能会扭曲诗和文学中的关于"丰富性"的追求。于是理解这一追求，我们常常需要回到近代诗人，回到普希金和莎士比亚写作的时代去理解"何为丰富性"。也可以说，"方法多元主义"和"繁复"等等这些对"丰富性"的理解与命名方式，都是违背了我们在前几节课中所说的"激情程式"的社会化理解与命名方式。

在艾略特那里，与其说"平行主题"是一种前现代的命名，不如说是"第二次降临"之前的一种策略性的方式。"平行主题"的诗，尤其具有策略色彩。在帕斯看来，庞德、艾略特这些处于现代诗浪潮核心的诗人，与其说他们的写作是现代主义的，不如说是一种"古典主义的异常化"（帕斯语），也是一种策略化。但"策略"并不一定就是贬义的。我们经常把机会主义、"谋制"、犬儒主义等等用来理解策略，这可能是偏颇的。即使耶稣也有其策略——例如他的朴素言说方式，以及他选择进入耶路撒冷的时间，和进入耶路撒冷之后在圣殿门前的行为。

以上我们例举了一些宽泛的可以对两首诗进行对比的视角。现在我们先聚焦于普希金。

一个诗人总是好几种风格面貌的集合体。普希金风格，也有几类不同的面貌或变奏。一类是健谈明快的书信体诗，包括《致书刊检察官》那种如今仍未过时的讽刺诗。这一类诗，可以说明为什么别林斯基称普希金的诗是一种"朋友之声"。许多诗人喜欢普希金的一个原因——包括我自己也很喜欢普希金的原因之一便是：他的诗读起来是一个朋友的声音。然后，第二类是《致奥维德》那种富于古典的命运自白风格的诗。《青铜骑士》处于第一、二类的中间状态，综合了两者，但是又含蓄于不成为两者的典型。

然后，《茨冈人》《波尔塔瓦》这些传奇故事长诗则是另一类。

我们知道，普希金也是一个精彩的小说家。在短篇小说中——例如《棺材老板》——诗人释放了自己的怪诞性，从而保持了他在传奇故事诗中、也在《青铜骑士》这样的诗中的严肃风格。

《青铜骑士》虽然给人简明之感，却是一首结构精巧的诗。但是，并不是一首雕琢的诗。它的精巧，是一种在生动明确的感染力自然呈现时所产生的精巧。这种精巧，是目光的精巧，而非眼妆的精巧。有一种并不难被理解，但是又并不容易在理论化解释中被确定的东西，使得

《青铜骑士》并不是那种具有现代歧义性、可以被理论化阐释的"文本机器"。在普希金的几种风格类型中,《青铜骑士》的行文进展方式(当我说"方式"一词时,有一种危险是:"方式"指向那种预先成形的东西,是它的中介。我只能说,这里的"方式"只是一个作为结果的美学事实),是比较中性的类型——例如,既不是书信诗的那种生动、轻快或轻捷,也不是传奇叙事诗中那种多声部发声的多变性,而是倾向于兼容和中性,但是,它的结构意图又很明了。

我们可以回想,前几次课中提到的莎士比亚戏剧中的那种对称性。例如,当哈姆雷特在坟地对"人"这一图像进行告别时,与他之前说"人是万物的尺度"便构成了对称。我们不知道,这种对称性,是否因为莎士比亚在俄罗斯的传播,被敏感的诗人们意识到并且接受。不过,普希金也是莎士比亚的读者。对称性在普希金的诗中也经常出现,例如《致奥维德》。这首诗写到,诗人奥维德从炎热的意大利被流放至黑海西徐亚人的地区,平生第一次踏上冰层——这"陆地上的海洋"。帝国诗人奥维德面对冰层而畏葸,同时,西徐亚人却能够敏捷而谨慎地行进于正在坼裂的冰层。于是"冰层上的人"和"海洋上的人",立刻在诗中敏捷地构成对比。然后,"帝国的人"和"野蛮人"之间也构成了对比。在《致奥维德》中,来自金色罗马的诗人第一次踏上陆地上的冰层时,产生了对自己命运的一种特殊认识。这一形象,在俄罗斯诗歌中的最后一次回声,可能就是奥西普·曼德尔施塔姆在被流放到符拉迪沃斯托克(海参崴)的路上写过的一句诗:"我听见那最初的冰。"

在《青铜骑士》中,一个显而易见而且简明了当的对比,就是"洪水"与"雕像"的对比。霍达谢维奇在《摇晃的三脚架》中有一个洞见性的比喻——他说,那座洪水中的雕像,就好像是洪水的头颅。以及,也许正是雕像手指的方向引来了这场洪水。这些比喻是耐人寻味的。《青铜骑士》在第一部分对城市历史的回顾之后,呈现给读者的就是大洪水,以及大洪水中飘荡的那个作为"洪水的头颅"的雕像。随后,叙事诗的

第二部分文风突变，进入到彼得堡的小市民生活世界。

第一部分，以一种中性、不偏不倚的庄严或"正式化"的声音——也是一种历史文体——写出这个城市和城市的头颅：那座雕像。第二部分，则以小说化的方式写出小市民世界。两者之间，则是一场大洪水。这就是《青铜骑士》的基本结构。所以，它的结构是非常简明和富于概括性的，但绝非简单。简明不等同于简单。因为，可能随着时间过去，我们才会越来越意识到这个简明结构所指向的一种深层次的精神构造。

霍达谢维奇论《青铜骑士》的一段话，不仅是刚才那个"雕像就是洪水的头颅"的比喻，也是"平行主题"一词的出处，写得非常精彩。我读其中的一些句子给你们听：

  普希金可以平静看待的东西，在叶甫盖尼来说却无法忍受。……后者感到沙皇伫立在波涛上，就像波涛的头颅。

  ……令人不解的是，他（沙皇）那只"伸出去的手"是要制服群魔，还是要激越他们，引导他们发作？

  ……魔鬼仿佛是影子，很快便长大并超过自己的主人。然而，对于那些多思并犹豫不决的人来说，"可怜的疯子"的命运是不可避免的。

  ……两个可以成为单独探索对象的问题：普希金的"微笑"问题和"魔鬼"问题。

  ……**平行主题**可以在普希金全部作品中得到发现，这一技艺在他的诗作中达到其他作品未达到的高度。在《青铜骑士》中可以列出一张长长的、得到了全面深刻分析的主题清单。……普希金的各种平行主题是一个需要被认真对待的课题。

霍达谢维奇提到"魔鬼仿佛是影子"。这里可以再说一个题外话。普希金有一个堪称简朴的观点，他说——原谅我忘记了出处，允许我概述大意——并不是人的无能,而是那些一直被人们自己或被现实拖延,从而未得到施展的才能,产生了人身上的魔鬼。然后,魔鬼的形象在索洛古勃等这些"白银时代"作家那里被回应,也在陀思妥耶夫斯基的写作中被回应。

霍达谢维奇继续说:"普希金的各种平行主题是一个需要被认真对待的课题。"

对于普希金而言,彼得大帝意味着人的能力的一个健全时代。小说《彼得大帝的黑奴》中,身高近于两米的彼得大帝穿着工人服装,在造船厂里和工人一起工作。这一神话形象,对于普希金而言便是人的能力健全的标志。但是,普希金的这种对帝王形象的书写,以及他和沙皇的关系,曾经引起了他的朋友——同样也是伟大诗人的波兰民族主义者亚当·密茨凯维奇的不满。由于对沙皇的态度,以及一些对于一个波兰人而言属于不可妥协的政治观点方面的矛盾,这对朋友因此绝交,再无往来。在密茨凯维奇的核心作品诗剧《先人祭》的正文之后,密茨凯维奇附录了一组诗。这组诗是对彼得堡这座城市的一系列现实主义描绘。也许——这肯定只是我无根据的想象——这是密茨凯维奇对于眷恋彼得堡伟大历史的普希金的隐性批评,前者认为:这座城市已经失去了它的历史。

俄罗斯诗歌有一种线索:从《青铜骑士》到亚历山大·勃洛克《十二个》之间的变形记。我们将会在之后的一节课上,评析《十二个》这首诗以及其中的"新人"主题和"基督"主题。

十月革命之后,俄罗斯的诗人与诗也随之进入到一个被政治主导和大众化的情境中。"象征主义"受到压制,"未来主义"虽然得到文化宣传方面的应用——例如诗人马雅可夫斯基、"构成主义"艺术家塔特林等文化领域的"先锋人物"——但也受到这种应用性的压制。

这个过程——从《青铜骑士》到《十二个》——也一直是诗人死亡的过程。俄罗斯诗人与政治的关系的历史,一直就是从普希金之死到"白银时代"的诗人之死的历史。可是悖论又在于,未曾进入到这种关系——这种诗人与政治之间的、发展为"诗人之死"的张力关系——的诗人，以及未曾经受直接的或间接的死亡的诗人，也不能够成为俄罗斯诗歌的传统——或者说俄罗斯诗歌的"主流"——的一员。也就是说，如果一个诗人不能够进入到这种他/她在其中直接或间接死亡的张力关系中，他/她只能是个二流诗人。

《青铜骑士》所呈现的历史意识的边界，与《荒原》的边界也有一致性。《青铜骑士》可以被理解为一首关于前现代的空间转变的诗。《荒原》则可以被理解为进入现代之后，关于空间的失落和失向的一首诗。两首诗，共同指向一个新的时代。对于艾略特这样的诗人，新的时代，意味着一个被"第二次降临"开启的时代。在俄罗斯诗歌中，在"白银时代"——从勃洛克到曼德尔施塔姆——诗人们也继续从《青铜骑士》发掘出新的主题，但是，他们的新时代的大门却并未由此打开。而且，是一个被青铜骑士的金属马蹄追击的、疯了的小市民，在疯狂地拍打这扇没有打开的大门。《荒原》里那个阴郁的"渔王"，也在他的废墟中凝望着这扇门。他们——"渔王"和疯了的小市民——都没有能够进入。听起来这是一个抽象画面，但它所显示的东西，我认为完全是现实主义的。

接下来，因为时间有限，我们对《青铜骑士》的几个段落而非全文，做一点评述。我用的是查良铮先生的译本——

青铜骑士

查良铮 译

前记

这篇故事所叙述的事件是以事实为根据的。洪水泛滥的详情引自当时报刊的记载。好奇的读者可以参看 B. H. 伯尔赫的记事便知其详。

楔子

那里，在寥廓的海波之旁
他站着，充满了伟大的思想，
向远方凝视。在他前面
河水广阔地奔流；独木船
在波涛上摇荡，凄凉而孤单。
在铺满青苔的潮湿的岸沿，
黝黑的茅屋东一处，西一处，
贫苦的芬兰人在那里栖身。
太阳躲进了一片浓雾。
从没有见过阳光的森林
在四周喧哗。
而他想道：
我们就要从这里威胁瑞典。
在这里就要建立起城堡，
使傲慢的邻邦感到难堪。
大自然在这里设好了窗口，
我们打开它便通向欧洲。
就在海边，我们要站稳脚步。
各国的船帆将要来汇集，
在这新的海程上游历，
而我们将在海空里欢舞。

一百年过去了，年轻的城
成了北国的明珠和奇迹，
从幽暗的树林，从沼泽中，

它把灿烂的，傲岸的头高耸；
这里原只有芬兰的渔民，
像是自然的继子，郁郁寡欢，
孤单的，靠近低湿的河岸
把他那破旧的鱼网投进
幽深莫测的水里。可是如今
海岸上却充满了生气，
匀称整齐的宫殿和高阁
拥聚在一起，成群的
大船，从世界每个角落
奔向这豪富的港口停泊。
涅瓦河披上大理石的外衣，
高大的桥梁横跨过水波，
河心的小岛遮遮掩掩，
遮进了一片浓绿的花园，
而在这年轻的都城旁边
古老的莫斯科日趋暗淡，
有如寡居的太后站在
刚刚加冕的女皇前面。

——诗的开篇即概括性地写出，彼得堡作为一个渔村、一片沼泽地的前史。并且，写出彼得堡的生命条件，写出它赖以建立的自然力条件。

刚才我们提到，普希金书写一个城市或地区的诗，常常会注意描述它的自然条件，例如哪里有森林河谷、有何物产，以及它与周围邻居之间的形势为何。我们可以把这样一种思想意识，视为正是一种产生了那座雕像的思想意识。这是一种产生在一个自我主体化的生命中，想把手伸出去，指向前方的意识。这种意识，也可以称之为彼得大帝的意识。

了解这种具有扩张欲望的意识在俄罗斯的一种晚近表现，可以参考我和一些认识的写作者曾经都很喜欢的一套丛书：俄国经略东方丛书。在近现代，不乏俄罗斯科考探险家，前往俄罗斯周边的辽阔空间进行勘察。勘察者、探险家和科学家中的一些人后来成为了重要的政治军事人物，例如高尔察克，在其人生早期便是一位科考探险者与海洋科学家。

接下来是一些著名的诗句：

> 我爱你，彼得兴建的城，
> 我爱你严肃整齐的面容，
> 涅瓦河的水流多么庄严，
> 大理石铺在它的两岸；
> 我爱你铁栏杆的花纹，
> 你沉思的没有月光的夜晚，
> 那透明而又闪耀的幽暗。
> 常常，我独自坐在屋子里，
> 不用点灯，写作或读书，
> 我清楚地看见条条街路
> 在静静地安睡。我看见
> 海军部的塔尖多么明亮。
> 在金光灿烂的天空，当黑夜
> 还来不及把帐幕拉上，
> 曙光却已一线接着一线，
> 让黑夜只停留半个钟点。

——俄罗斯文学中的一种独特的空间感，与我们在第一节课中谈到的"白夜"有关。夜晚也是一场照耀——人的精神状态，人生运动，都在"白夜"中得到逻辑化和表现。然后，曙光是"一线接着一线"出现的,这是一种不应被我们忽略的时间感——因为在后来的二十世纪俄罗斯音乐家斯维里多夫所写的一部标题为《时间!前进!》的交响诗中,便使用了这一意象:毫不停歇的曙光跟着曙光,早晨跟着早晨,明天跟着明天,而夜晚只是一瞬。并且,这种时空感在未来主义者那里得到了强化。

> 我爱你的冷酷的冬天,
> 你的冰霜和凝结的空气,
> 多少雪橇奔驰在涅瓦河边,
> 少女的脸比玫瑰更为艳丽;
> 还有舞会的笑闹和窃窃私语,
> 单身汉在深夜的豪饮狂欢,
> 酒杯冒着泡沫,丝丝地响,
> 彭式酒流着蓝色的火焰。
> 我爱你的战神的操场
> 青年军人的英武的演习,
> 步兵和骑兵列阵成行,
> 单调中另有一种壮丽。
> 呵,在栉比的行列中,飘扬着
> 多少碎裂的、胜利的军旗,
> 还有在战斗中打穿的钢盔
> 也给行列带来耀目的光辉。
> 我爱你,俄罗斯的军事重镇,
> 我爱你的堡垒巨炮轰鸣,
> 当北国的皇后传来喜讯:
> 一个太子在宫廷里诞生;
> 或者俄罗斯战败了敌人,

又一次庆祝她的光荣；
或者是涅瓦河冰冻崩裂，
蓝色的冰块向大海倾泻，
因为感到春意，欢声雷动。

——这段诗，尤其写到了彼得堡之于俄罗斯的军事意义。彼得堡是一个朝向欧洲的港口，所以，彼得大帝可以在这里放置一支庞大的海军。然后，诗人以诸多笔墨强调彼得堡是"俄罗斯的军事重镇"，而诗人是如此喜欢在这里响起的巨炮轰鸣，仿佛"彼得的城"正是在大炮声中得以"矗立"。

巍然矗立吧，彼得的城！
像俄罗斯一样的屹立不动；
总有一天，连自然的威力
也将要对你俯首屈膝。
让芬兰的海波永远忘记
它古代的屈服和敌意，
再不要挑动枉然的刀兵
惊扰彼得的永恒的梦。

——正是"彼得的永恒的梦"产生了那座雕像。写到这里，普希金笔锋一转，说"然而，有过一个可怕的时辰"。之前，是黎明接着黎明、曙光跟着曙光的那种连续不断的"明天"，"连黑夜也不能停留半个钟点"。但普希金转而说：

然而，有过一个可怕的时辰，
人们还能够清晰地记忆……

关于这，亲爱的读者，我将对你
叙述如下的一段事情，
我的故事可是异常的忧郁。

——在一段关于**空间的军事化**，用军事视野对空间进行逻辑性的全景叙述的诗之后，也在一段风格明快的历史概括之后，诗人说，他的故事是"异常的忧郁"——也就是说：这个故事正是存在于那"矗立"着的事物的阴暗面之中。

一段情感饱满的引言之后，是这首诗展开其正题的第一部分：我们的小职员、青年"欧根"——后来常见的译名是"叶甫盖尼"——出场。

第一部

在幽暗的彼得堡的天空，
吹着十一月的寒冷的秋风。
涅瓦河涌起轰响的巨浪
冲击着整齐的石铺的岸墙，
河水激动着，旋转着，像是病人
在她的床上不断地翻腾。
这时候，天色已晚，在昏黑中
雨点急骤地敲打窗户，而风
愁惨地吹扫，吼吼地嘶鸣。
这时候，刚刚做客归来，回到家门，
有一个青年名叫欧根……
我们要用这个名字称呼
故事的主人公，因为我喜欢
它的音调，并且曾有一度

216　　　　　　试论诗神

它和我的笔结过不解的因缘。

——我们知道，普希金的核心作品便是诗体小说《叶甫盖尼·奥涅金》。其主角与《青铜骑士》中这位小职员有着同一个名字。这个名字，普希金说"我喜欢／它的音调，并且曾有一度／它和我的笔结过不解的因缘"。可以视为这是普希金对自己作品的"互文"。

> 他姓什么，我们不想再钻研。
> 尽管这姓氏，也许，在过去
> 一度出现在显赫的门第，
> 甚至于史家克拉姆金
> 也许在笔下使这一族扬名，
> 但是如今，上流社会和"传闻"
> 却早把它忘得干干净净。
> 我们的主角在某一处任职，
> 住在科隆那，一个要人也不认识，
> 他既不向往死去的祖先，
> 也没有叹息已逝的流年。
> （……）
> 他想着，一夜想个不停，
> 他忧郁，并且衷心地期望
> 秋风不要嚎得这样愁人，
> 雨点也不要打在窗上
> 这样无情……
> 　　但是睡眠
> 终于合上他的眼睛。呵，看：
> 幽暗的风雨夜已渐渐消逝，

第二讲　在历史诗学与未来诗学之间（上）

——通过失眠的小职员叶甫盖尼的心理活动,在对他的生活、情感状况、人生理想进行一番介绍之后,普希金开始写出大洪水到来的前夜:

> 让惨淡的白日接着统治……
> 悲惨的白日!
> 　　涅瓦河一整夜
> 抗拒着风暴向大海倾泻,
> 但终于敌不过它的暴力,
> 和它搏斗已用尽了力气……
> 次日清早,在河水的两岸,
> 成群的居民汇集瞭望:
> 他们观赏着水花的泼溅,
> 和汹涌的,排山倒海的巨浪。
> (……)

——时间有限,我不逐句朗读。这段诗可简要概括为:涅瓦河的水位开始上涨,所有人都不知道,这是一场洪水的开始。洪水到来之后,包括从坟墓中冲出的棺材在内的一切,都漂浮在街上,"人民,眼见上苍的愤怒等待死亡"。但是:

> 我们的故皇还正光芒万丈
> 统治着俄罗斯。他出现
> 在凉台上,忧郁,迷惘,
> 他说:"沙皇可不能管辖
> 冥冥中的自然力。"他坐下,
> 他以悲伤的眼睛,沉思地
> 遥望那险恶危殆的灾区。

> 以前的广场已变为湖泽,
> 条条大河是以前的街衢,
> (……)

——第一部分,在大洪水中的社会画卷的结尾,叶甫盖尼看见他的生活、他的希望都被毁了。之前他是个上班族,幻想着岁月静好的生活,但是洪水毁掉了一切:

> 他看见这一切?难道人生
> 只是一场空,一个春梦,
> 或是上天对我们的嘲弄?
>
> 这时候,他好像是中了魔魅,
> 好像是和石狮结为一体
> 不能够下来!在他周围
> 再没有别的,只是水,水!
> 而上面,在那稳固的高空,
> 超然于河水的旋流急浪,
> 背对着欧根,以手挥向
> 无际的远方,坚定,肃静,
> 是骑着青铜巨马的人像。

——这里,我们可以再回顾一下霍达谢维奇的精彩评述:"普希金可以平静看待的东西,在叶甫盖尼来说却无法忍受。……后者感到沙皇伫立在波涛上,就像波涛的头颅。"

这首分为两部的长诗的第一部分,结束在被毁掉生活和被淹死的人们,结束在一个幸存的小市民忽然直视那座雕像这样一幅画面中。诗人可以平静地写作，但是，他笔下的人物已经濒临崩溃。然后，"波涛的头颅"告诉我们，大洪水仿佛是有意识的。仿佛，那"波涛的头颅"正是大洪水自身的意志和思想的产物。

以上是《青铜骑士》的第一部分。长诗的第二部分——因为时间有限，也不全文朗读——写到：小市民叶甫盖尼，在这场大洪水之后变成了一个一无所有的流浪汉。在四处流浪之后，他又回到了他的城市彼得堡，睡在码头，睡在路边椅子，流浪街头。在书写这一流浪过程时，诗人都时时刻刻地注意对比——与长诗第一部分、也即洪水前的城市风貌与市民生活画面对比。

然后，在漫长的饥饿和流浪之后，叶夫盖尼再次看到了那座雕像。普希金写道：

(……)
忽然他站住了，睁大眼睛
静静扫视着四周的情景，
脸上露着失魂的惊惶。
他到了哪里？眼前又是
巨厦的石柱，和一对石狮
张牙舞爪，和活的一样，
把守在高大的阶台之上。
而笔直的，在幽暗的高空，
在石栏里面，纹丝不动，
正是骑着铜马的巨人，
以手挥向无际的远方。
欧根不由得战栗。他脑中
有些思想可怕的分明。
他知道：就在这里，洪水泛滥，

就在这里，贪婪的波浪
包围他，向他恶意地侵凌；
包围着他，石狮和广场，
和那坚定的矗立的人，
以铜的头颅伸向苍穹：
就是这个人，按照他的意志
在海岸上建立了一个城……
看，在幽暗里他是多么可怕！
他的额际飘浮着怎样的思想！

——那么，这是怎样的思想呢？这是一个几乎堪比哈姆雷特的亡父幽灵说了什么的"留白"。

关于这个"留白"，有各种各样的解释。我读到的最好的解释仍然还是出自霍达谢维奇，他写道："……令人不解的是，他（沙皇）那只'伸出去的手'是要制服群魔，还是要激越他们，引导他们发作。"

于是，当小市民模模糊糊意识到了那个"思想"时，整个世界文学中的一场著名的追击就开始了。披盔戴甲的金属骑士，骑着愤怒的铜马，开始追杀小市民。

（……）
仿佛背后霹雳一声雷鸣，
仿佛有匹快马向他追赶，
石路上响着清脆的蹄声。
在他身后，在苍白的月色下，
看，青铜骑士骑着快马
一面以手挥向高空，

——追杀者的速度感，可以对称第一部分的"曙光一线接着一线"的那种速度感。在这场追杀之后，没有悬念——这首叙事诗也结束得干脆了当——市民们发现了一具尸体：

> 一无所有，但是在门口，
> 我们的疯人却被人发现。
> 自然，人们看在上帝的面上，
> 把这僵冷的尸体赶快就地埋葬。

——不乏近代作者偏爱在一个作品停止时表现得简单明了，结束得越干脆越显美学性格。司汤达有个短篇小说《卿奇一家》，在陈述完一系列不幸事件后，作者迅疾地写下小说的最后一个句子："读者诸君，请原谅我的残酷。"世界不是"嘘"的一声，而是随着一个句号"砰"的一响而结束。普希金的短篇小说《射击》，也是这种风格的闪光代表。大家如有兴趣，我很建议读这篇《射击》，写得非常漂亮，行文峻拔而干脆（又跑题了）。

整部《青铜骑士》戛然而止于那具尸体。仿佛，诗人的想象力无法再越过那具尸体而向前发展了。或者，诗人在这里放弃了他的想象力，因为，再往前发展，会是什么——这首诗的前方是什么？这首诗，有它的前方吗？前方，如果仍然是彼得大帝伸出的伟人大手所指向的前方，那么，就是一个已经被一具尸体否定了的前方。在这里，这首诗不再向前发展。

在青铜雕像和这具尸体之间，就是这首诗的全部空间。两者之间，是两种脚步的追击与被追击的关系，也是"平行主题"本身的一种象征。

普希金行文整饬明练，如"讲故事的人"一般娓娓道来。在这部长诗中，他既是诗人，又是个小说家。在《青铜骑士》这部代表作中，他尤其不像在其他许多抒情诗中表现出来的那个诗人普希金。同时，也不是那个小说家普希金。之前我们说过，这首诗是中性的。

《青铜骑士》的第一部分和第二部分之间，构成了一种逆向关系——一种与追击者/被追击者之间的关系具有同一性的逆向关系。诗人只写了两个部分，先是娓娓道来地讲故事，讲述一个事件。但是，诗人始终在遵守和完成一种逆向运动。这种逆向运动是：那座从历史、从人的意识、从"自我主体化"中产生的，本来是僵硬的雕像，运动起来，去追击活人——而那个本来在运动中的活人，那个流浪者，在被追击之后结束了运动，成为一具僵硬的尸体。

在构成逆向运动的两者之间，就形成了这部长诗：《青铜骑士》。

我自己写过的一首诗中，也使用到了"青铜骑士"这一形象。这是一首关于北京的诗，我想读给你们听：

> 我爱你，方形的大城。
> 如今在"北京城：垃圾堆上放风筝"
> 和"赶明日北京满城都是鬼"之间[1]
> 分成两个派别。如果他们是"对立的
> 暗合"[2]，站在鬼那一边的你又将如何？
> 哦，那些板着脸、认死理的人都是铁木真。
> 忽然就对你开骂的人都是忽必烈。
> 一颗红心，两手准备的人都是努尔哈赤。
> 守在摊头，挤在地铁的多余人都是多尔衮。
> 不论你向关汉卿还是鲁迅，询问鬼的未来
> 一个样板戏的大都和狂飙飞逝的北平
> 又能为你发轫于九十年代末的精神生活

---

[1] 两个诗句分别出自卞之琳《春城》和闻一多《天安门》。
[2] "对立的暗合"语出丸山真男《当代世界中的政治与人》。

提供怎样的样板间呢？而那些鬼
是沉默的评论者，他们的所在地
没有休息，没有睡眠，如一个广场般的
郊外。是的，你一直生活在鬼的附近
在西山，鬼魂山脉，那里的墓地
刻写着"静候复活"。如今他们动身离开
去往何处？一个以李自成手指的方向
为起点的海滩吗？"停下"，他说：
"留在这里。只要你留下，你一个人
就是这座城市的尽头。"每次
路过昌平环岛，我看见那座铜像
如看向地平线深处，仿佛我会在
相同位置，看到数世纪的同一双
眼睛，这是那条因永不擦亮
而布满血丝的死龙的眼睛吗？
他的马，就从这双眼睛里跳出来
无数个破碎的喉咙在马嘶中吼叫
仿佛它是一百年来所有惨嚎的化身
仿佛它要用一场以追逐活人来重演的
自我追逐，堵住自己痛苦的嘴，且以
一种因恐怖的前人而颤抖的频率奔驰。
那个浑身黑暗的骑者，伸手指出的方向
不是和一百年来的骑手们一样，指出了
每一次大驱逐吗？难道不是指向回龙观
密密麻麻的叶甫根尼们，难道他们不是
被一条矛盾论的链条铰在一起，拖在
铜马的身后，却认为自己骑上了它吗？

——这是我写的一段使用了"青铜骑士"这一形象的诗。在这里朗读它，算是我夹带的一点私货。

在俄罗斯文学的"白银时代"，我读到过一个最直接的使用"青铜骑士"这一形象的例子，是安德烈·别雷的长篇小说代表作《彼得堡》。这部小说，便直接建立在普希金的这首《青铜骑士》之上。小说中的一个情节是：青铜雕像去寻找小说的主角，青铜人的金属脚步和铠甲震动声哐当哐当，走上楼梯，与小说主角对话。然后，在对话进行过程中，金属的沉重也不断转移到了与之对话者身上，直至后者也变得身体僵硬。

这部小说主角的父亲，是一个政治老人。在小说中，政治老人将要被当时的青年激进组织刺杀。这部小说，也写于俄罗斯的另一个空间转变的时刻：十月革命前后的一段时期。同时，包括中国、日本在内的亚洲政治风云，也显现在这部小说中。在这个把政治巨变内化为一个大脑的活动过程的故事中，安德烈·别雷不是用别的，正是以普希金的《青铜骑士》为锚，定位他的历史图画。

关于《青铜骑士》我们暂时就考察到这里。下半场我们谈《荒原》。

允许我再说一个题外话。霍达谢维奇还有一个句子，写到普希金诗作中时常平行，或构成对称的"微笑"的主题与"魔鬼"的主题。我们可以把一个诗人的或者一种写作的"微笑"，理解为平静的活力状态。"魔鬼"可以被视为内容，不论是美学手段方面的、还是意义方面的内容。有时，"微笑"与"魔鬼"的关系，是诗人在平静的活力状态中显现的、他与他的语言的一种关系。"微笑"与"魔鬼"的关系也是《浮士德》中歌德与梅菲斯特的关系。而普希金正好也是歌德《浮士德》一个模仿者，他曾经写过一篇未完成的仿作。普希金有一个关于写作的观点，他说，他从来不相信那种被称之为"灵感"的兴奋状态。他认为，正是平静，而非那种被称之为"灵感"的状态，才是有效写作的前提。

我们也平静一下，休息十分钟。

（中场休息）

【下半场】

我们继续。还有一个小时。看看这一小时我们能不能完成《荒原》。

我最喜欢的《荒原》译本，是翻译家和学者赵萝蕤先生（1912—1998）的译本。赵萝蕤是浙江德清人，她的父亲赵紫宸，是二十世纪中国的一位基督教神学家。赵萝蕤的丈夫，是古文字学家、考古学家和诗人陈梦家。赵萝蕤先生也翻译过狄更斯、勃朗特姊妹、惠特曼、亨利·詹姆斯的作品。1944年秋，因为陈梦家受邀去美国芝加哥大学讲授古文字学，夫妇也前往美国客居。1946年7月9日，艾略特邀请陈梦家、赵萝蕤夫妇一起晚餐，为夫妇二人即席朗读《四个四重奏》的片段，在赵萝蕤带去的《1909—1935年诗选》扉页上题写："为赵萝蕤签署，感谢她翻译了《荒原》。"

这对杰出的夫妇在"文革"时期的命运，可能大家也都知道，我就不赘述了。他们的故事也被记者、自由撰稿人彼得·海斯勒（中文名字何伟）写入了《甲骨文》一书，在这本书中，彼得·海斯勒追溯了陈梦家的人生。

赵萝蕤翻译的《荒原》和《草叶集》是现代汉语文学翻译领域的名作。W. H. 奥登晚年有一首诗，标题是《感恩节》，历述一生中对他产生过影响的诗人、作家等人物，对自己从他们获得的教益而表示感谢。也许，我们这些后辈汉诗人也应当写一首《感恩节》那样的诗，向赵萝蕤这一代翻译家表示感谢。

鉴于《荒原》是一首我们在一节课的时间内根本不可能详细评述的诗，所以我们谈到哪里就停在哪里。但是我们说到的观点，我想，也许就可以是一个事后继续读这首诗的入口。

《荒原》首先是一篇告白体的诗。去年出版了一本艾略特传记的中文版，书名是《T. S. 艾略特：不完美的一生》。我想把这本书也推荐给大家。这是一本杰出的传记。传记作者也详实地指出，艾略特（他出生在一个严格的宗教家庭）的一些被认为是"晦涩"的诗，其实都可以在告白的、祷告的语体中被理解。

其次，这首诗组织材料的方式，是它成为早期现代主义代表文本的主要原因。我们也可以把《荒原》视为是对"意象主义"做出了一次激进化创造的文本来理解。"意象主义"是关于视觉化"形象"的一种直观处置方式，但与"意象主义"不同的是，在《荒原》中，诗人提供了另外一种"形象"：历史话语材料本身，它既有直观性，也具有图像性。这种对历史文本材料的组织使用方式，在现代诗学中，是从《荒原》开始的。文学史资料告诉我们，艾略特写《荒原》，也是受到詹姆斯·乔伊斯的《尤利西斯》的激励的产物。艾略特和詹姆斯·乔伊斯，都是庞德的"伦敦圈"的成员。《荒原》这首诗的写作冲动之一，便是诗人也想在诗的领域创造出《尤利西斯》那样的东西。

然后，艾略特是一个非常关切"时间"这一主题的诗人，包括时间的本质，以及时间在人的精神意识和语言中的表现方式。早期现代主义者的一个共同点是，都想在"时间"这一问题上有所作为。相比他们的那个时代，今天，我们的时间想象力好像已经到达某种边界了。关于"穿越""平行时间"等等这样一些设定，可能，我们从早期现代主义文学直接或间接得来的想象，其实要比从物理学中得来的想象要多。不过，人们往往更强调后者。但是，这些时间设定的频繁和流行化本身，也许更说明了我们的时间意识的危机。或者我们在时间想象力方面，**已经没有什么新的事情可做了**。

艾略特属于较早意识到这种困境的现代诗人。在后期，他放弃了《荒原》里那种对历史材料、也是对时间的处置方式。可能，对于后期的他——从一个美国人成为了一个英国人的他来说，天主教的时间观，以及但丁的时间观，可能都比早期在《荒原》中的时间策略，更能够帮助他理解人与时间的关系。

而且我们别忘记了艾略特不是个小说家，而是个诗人，这意味着：当他在一个决定性的文本——《荒原》这个策略化的文本中，表达完了他那个时代的时间意识之后，他必须**转向**。而不是像小说家那样——比如像博尔赫斯那样，可以就一种时间观写下一个又一个故事性的变体。因为，艾略特是个诗人，在完成了《荒原》这一决定性（无论是对于现代主义诗歌，还是在他个人的创作生涯中做出了与过去那个"大学生才子"的一次**绝对区别**方面，都具有决定性）的文本之后，他必须要改变，他要从那种对于时间的策略化认识中转向。他并不愿意在《荒原》的那种"蒙太奇"的时间意识中继续他的写作。

我们都知道，《荒原》是一个由许多不同时代的历史与文学碎片组织起来的文本。当我们在读这样一首诗的时候，我们也是在读一种语言文字文本的"蒙太奇"。同时，也是在读一种时间构造方式。在艾略特写作的时代，也即二战前后的那个时代，我们都知道，在影像艺术中出现了两种重要的时间观，一种，是"蒙太奇"；另一种，发生在摄影术中，即"决定性瞬间"。后者出现在二战刚刚结束的时期。

今天，许多摄影家依然谈论着这样一种观点，也即：一个动态或表情对于画面的决定性意义。以及，评价一张照片的方式往往就是：是否提供了罗兰·巴特所说的那种"刺点"（"刺点"与"决定性瞬间"有重合之处，但并不完全相同，前者偏向图像作为一个文本层面的信息，后者偏向一种使画面具有视觉上的"情节性"的纯粹视觉语言）。需要注意到的是："决定性瞬间"产生于战后，是战后艺术对于被轰炸、被破坏后成为废墟的生活经验世界的修补。所以布列松这样的摄影师，将捕捉日常生活中具有美好人性色彩的动态时刻，称之为"决定性瞬间"。对于刚刚经历了战争年代的人们来说，"决定性瞬间"是对生命感的一种修复。

比"决定性瞬间"较早产生的，是"蒙太奇时间"这种早期现代主义美学的激进图像艺术形式。说"早期"，是因为今天它已经常规化、已经不再"激进"了。两种"时间",在《荒原》中都有反映——但显然,它更偏向"蒙太奇时间"。此外,我们在谈《荒原》中的时间意识,尤其需要对比的,是我们在第一节课所提到的"交叉时刻"。《荒原》里的时间观,不论是表现为一个用引文组织起来的碎片装置,还是表现为"蒙太奇时间"——例如在"蒙太奇时间"中表现家庭生活场景、救济院场景、赌场和妓院场景等等——这些时间表现,显然都还不是后期《四个四重奏》里的那个庄严深邃的"交叉时刻"。

关于《荒原》的另一个著名话题,是庞德对这首长诗的修改。我们如今看到的《荒原》是原稿的大概三分之一的篇幅。庞德对这首诗进行了大刀阔斧地编辑。好比《荒原》是导演兼摄影师艾略特提供的素材,而庞德是个剪辑师。庞德的修改成了一桩公案,一些人认为他的删改是成功的,另一些人则认为,他的删改毁掉了一首内容本来可以更丰富充分的诗。

我们都知道,《荒原》题献给庞德——"献给卓越的匠人,埃兹拉·庞德"。好比一个电影导演在电影开篇给出一行字"献给卓越的剪辑师某某"。艾略特的致敬应该是真诚的。我们可以把《荒原》理解为,它既是一首篇幅更长、内容可能更丰富的诗的精炼化,同时又是那首诗的**反像**。

《荒原》原稿的那些被庞德删去的章节有中文译本,在英文里也很容易查阅。我们所读到的这首作为成品——作者是艾略特+庞德——的《荒原》,是那种人们认为可能更"完整无损"的诗的反像。成品的"精炼",是建立在对一首人们想象中更"完整无损"的诗的跃出之上的。艾略特是波德莱尔的崇拜者。波德莱尔的著名观点是:诗人是拾荒者。诗人的风格越精炼,就越是一个身处历史的无边废墟中的拾荒者。波德莱尔既是提出这种观点的第一个人,也是提出"现代性"一词的第一个人。"文风""风格"方面的精湛,是艺术作品处于世界的"垃圾"位置的表现。"精炼"具有"垃圾性",后世的理论家如米歇尔·福柯也发展了波德莱尔的观点。

如果没有经过庞德修改,那首更加完整无损的、也多出三倍篇幅的长诗,可能会显得像是维多利亚时代最重要的诗人罗伯特·勃朗宁的作品,会像《指环与书》这部长篇戏剧诗的派生物。艾略特也会显得像罗伯特·勃朗宁这样的近代戏剧诗人的模仿者,成为一个有些尴尬的角色。一定程度上,艾略特也是一个迟到了的维多利亚时代的诗人。

当然,庞德的修改还有基于信息效率化的一面。或者,这是一种美式风格的效率:把美学兴奋点和有效信息快捷地组织到一起,使材料之间产生有机关系的不是"意义",而是一个节奏化的进程。大家有时间可以从英文**听**这首诗,不乏声音、语句的不断回旋,比如"请快一些,时间到了"(在妓院场景的部分,催促嫖客的话)。这些语句,不断在诗中形成一种类似心电图的图案那样的节奏。这种节奏,我们也可以把它理解为:一种**追击式的节奏**。节奏是把材料、把那些形成有效信息的兴奋点组织到一起的主要手段。

庞德对《荒原》的修改,也像他删改一篇枝蔓太多的战地报道一样(可以参阅他的文章《阅读ABC》),即使被舍弃掉的部分未必是无意义的,但庞德还是把它删去了。而且庞德的这种修改,我个人感到,正好是出于对《荒原》这首诗的原创性的信任。"卓越的匠人"并不担心他的剪裁方式,会损伤这首杰作中的那种深入骨髓的挽歌气氛和悲剧色彩。

我们已经知道,《荒原》里的许多诗句都是取用自过去时代的文学作品。例如长诗的第一部分"死者葬仪"的最后一句是:"你,虚伪的读者,我的同类,我的兄弟",即出自波德莱尔《恶之花》的序诗。如果我们今天花时间在此详述这些诗句的出处,以及各种文学史背景,我觉得是没有必要的。其一,时间不够。其二,大家可以事后去补充。关于这些诗句的出处,也已经有非常详细的注释本,可以找来比对。

我想说,我们要警惕的是:对诗的理解,被一种围绕"引文"而产生的"博学化"所替代。其一，是我们自己在这一过程中的"自我博学化"。其二，是对作品产生了它很"博学"的这种印象，从而妨碍了对它的实质性理解。这种**虚假的"博学化"**，可能遮蔽了"引文"本可显示的，"新天使"的过渡性和它被毁坏的状况。

常常是，我们在谈论"互文性"中推卸了对《荒原》的正面理解。一首深深影响了一个时代的诗，不可能只凭借互文游戏来做到。就像《尤利西斯》对我们的感动，不可能只是凭借方法论层面的标新立异。当然，有时候正是方法本身感动了我们，这是因为这些方法正好是**文本燃烧的地方**。

今天值得我们再次尝试的，是对《荒原》作为"一个美学整体"而非"引文织体"，做出一点自己的理解。无需回避"引文织体"，但是，我们应当在《荒原》作为一部"原创性艺术作品"这一规定之下，去理解那些容易被知识化对待的"引文"。在各种现代主义美学手段中，影响了一个时代的"互文"的观念也影响至今，以至于它变得如此权威，所以经常被人们忘记和回避的是：《荒原》里的那个由人类掠影、雷霆和对"主"的呼喊构成文学废墟。因为什么导致了这种遗忘和回避，我想，今天我们也不用在此很快给出答案。我更希望，答案是来自我们自己接下来的和还将持续在人生中的创作。关于那个文学废墟，我们还应当注意不把它与所谓"世界的碎片化"等同。因为，《荒原》里的文学废墟，与流行意见相反，它可能正是对"世界的碎片化"的一种抵抗。这也是我们在第一节课上谈到的一点。把《荒原》的废墟性，完全理解为"引文织体"的效果，可能就**丢失了张力**。那种张力，其一，是我们在前文所述的用"平行主题"来标示的文学张力；其二，是历史幽灵——比如像《青铜骑士》那样的历史幽灵——与"第二次降临"之间的张力。如果，我们把《荒原》里的文学废墟，仅仅理解为"引文织体"的效果，我们可能就丢失了对诗人**挺身而为"过渡者"**的意识和他为此表现出来的深刻才智的理解。

我把这两首诗——《青铜骑士》和《荒原》——视为两首在跨入现代大门之前和跨入之后,具有内在的延续关系的诗。

还有三十分钟。接下来我们读《荒原》里的几个片段,做一点评述。

荒原

赵萝蕤 译

"是的,我自己亲眼看见古米的西比儿吊在一个笼子里。孩子们在问她'西比尔,你要什么'的时候,她回答说,'我要死。'"

献给埃兹拉·庞德
最卓越的匠人

一、死者葬仪

四月是最残忍的一个月,荒地上
长着丁香,把回忆和欲望
掺和在一起,又让春雨
催促那些迟钝的根芽。
冬天使我们温暖,大地
给助人遗忘的雪覆盖着,又叫
枯干的球根提供少许生命。
夏天来得出人意外,在下阵雨的时候
来到了斯丹卜基西;我们在柱廊下躲避,
等太阳出来又进了霍夫加登,
喝咖啡,闲谈了一个小时。

我不是俄国人,我是立陶宛来的,是地道的德国人。
而且我们小时候住在大公那里
我表兄家,他带着我出去滑雪橇,
我很害怕。他说,玛丽,
玛丽,牢牢揪住。我们就往下冲。
在山上,那里你觉得自由。
大半个晚上我看书,冬天我到南方。

——我们都知道这首诗在今天已经被"流行语化"了的开头。一到每年四月,许多微信公众号文章都会出现"四月是最残忍的月份"这句话,年复一年皆然。我想建议大家留意的是,这也是一个乔叟式的开头。《坎特伯雷故事》的开头也写到四月。但乔叟写的是:四月是一个欢欣喜悦的月份。《荒原》的开头显然与之构成了对比。《坎特伯雷故事》里的那个四月,是一个有生命力的时间。乔叟的这部叙事长诗中满是反教条的情爱故事,以那个作为蓬勃生命力象征的巴斯妇人为核心。艾略特"反写"了乔叟的开头。这是在第一部分"死者葬仪"中,我们可以留意的第一个细节。

其二,是"红石下的影子":

什么树根在抓紧,什么树根在从
这堆乱石块里长出?人子啊,
你说不出,也猜不到,因为你只知道
一堆破烂的偶像,承受着太阳的鞭打
枯死的树没有遮荫。蟋蟀的声音也不使人放心,
焦石间没有流水的声音。只有
这块红石下有影子,
(请走进这块红石下的影子)

第二讲 在历史诗学与未来诗学之间(上) 233

> 我要指点你一件事，它既不像
> 你早起的影子，在你后面迈步；
> 也不像傍晚的，站起身来迎着你；
> 我要给你看恐惧在一把尘土里。

——"红石下的影子"出自《以赛亚书》，原文是："看呐，必有一王凭公义行事，必有首领借公平掌权。必有一人像避风所，和避暴风雨的隐秘处，又像河流在干旱之地，像大磐石的影子在疲乏之地。"

"红石下的影子"划出了一个范围，像一片领地、一个庇护所。它是艾略特接下来将要写下的一个个令人苦恼的生活场景，例如那些赌场、妓院的容身之所。这些现实生活场景都容身于"红石下的影子"之中，似乎，诗人告诉我们：只有这块"红石下的影子"，才是现实生活画面得以显现，得以成像的条件。

进一步说，只有"红石下的影子"才是现实生活画面的"蒙太奇化"得以显像的条件。虽然这是一种崩溃了的生活，是在两次世界大战之间被轰炸为不可见了的生活，但接下来，艾略特写下了一系列人的形象：既是"影像"，又是人的影子。这些"影像"——这些日常生活的人与成为了历史形象的人，纷纷在第一部分"死者葬仪"的诗节中掠过。于是这节诗，就像一种"掠影"。但是，诗句对我们说——"我"要指给"你"看这"红石下的影子"，而且不是早起的影子，也不是傍晚的影子，而是出现在一个晦暝的、半明半暗的交替时刻。从《安提戈涅》以来，半明半暗的交替时刻就是文学中的一种重要时刻。"红石下的影子"，**使人类的掠影显现和成像**。

接下来是一段童谣：

> 风吹得很轻快，
> 吹送我回家去，

爱尔兰的小孩,
你在哪里逗留?
"一年前你先给我的是风信子;
他们叫我做风信子的女郎",
——可是等我们回来,晚了,从风信子的园里来,
你的臂膊抱满,你的头发湿漉,我说不出
　话,眼睛看不见,我既不是
活的,也未曾死,我什么都不知道,
望着光亮的中心看时,是一片寂静。
荒凉而空虚是那大海。
马丹梭梭屈里士,著名的女相士,
患了重感冒,可仍然是
欧罗巴知名的最有智慧的女人,
带着一副恶毒的纸牌,这里,她说,
是你的一张,那淹死了的腓尼基水手,
(这些珍珠就是他的眼睛,看!)
这是贝洛多纳,岩石的女主人
一个善于应变的女人。
这人带着三根杖,这是"转轮",
这是那独眼商人,这张牌上面
一无所有,是他背在背上的一种东西。
是不准我看见的。我没有找到
"那被绞死的人"。怕水里的死亡。
我看见成群的人,在绕着圈子走。
谢谢你。你看见亲爱的爱奎东太太的时候
就说我自己把天宫图给她带去,
这年头人得小心啊。

——童谣之后，是一个出自瓦格纳歌剧《特里斯坦与伊索尔德》的场景："荒凉而空虚是那大海。"歌剧中的两个主角没有再见面，那片空旷荒凉的海滩，是两人彼此失去的场所。

接下来是纸牌游戏。诗句说，"恶毒的纸牌"是塔罗牌。塔罗牌本来是古埃及用来占卜尼罗河水涨落情况的工具。古埃及人认为，它对于尼罗河两岸的繁殖力有着某种影响。然后，是"淹死了的腓尼基水手"，这可能是塔罗牌中的一张上的画面。也有人解释为：艾略特在大学时期有一个同性恋人，战死于一战时代的达达尼尔海峡，而艾略特在此寄托苦闷的怀念。同时，淹死的水手，也指向莎士比亚《暴风雨》第一幕第二场中的一个角色。"珍珠"是那个具有多重文学身份的、淹死的水手的眼睛。

在死者的珍珠眼睛之后，出现了"死者葬仪"里的一个最重要的细节："并无实体的城"——

> 并无实体的城，
> 在冬日破晓时的黄雾下，
> 一群人鱼贯地流过伦敦桥，人数是那么多，
> 我没想到死亡毁坏了这许多人。
> 叹息，短促而稀少，吐了出来，
> 人人的眼睛都盯住在自己的脚前。
> 流上山，流下威廉王大街，
> 直到圣马利吴尔诺斯教堂，那里报时的钟声
> 敲着最后的第九下，阴沉的一声。

——"人数是那么多，/ 我没想到死亡毁坏了这许多人"，这是一个取自但丁《地狱篇》的诗句。这时，诗人是一个正在死亡现场做目击报道的记者。那么，"并无实体的城"，与我们在这节课上半部分提到的普

希金、别雷所写的那个彼得堡，可以形成怎样的对比呢？我想，这个问题可以留给各位。

"并无实体的城"，也被翻译为"飘渺的城"。这个城市没有实体，是一个没有物质性的结构形状的存在。在这首诗中，这个并非实体化存在的城市，是作为一个死亡现场而存在的，同时，它是"非空间"的。这座城市，与艾略特的后期杰作《四个四重奏》中的那个被轰炸后的城市，是同一个城市，伦敦是它的原型。

这"非空间"的——或者，不再能够成为空间的城市，是如何产生的呢？与我们把"城市"理解为一种空间层面的设置不同，这座"并无实体的城"只是存留在人的意识之中。或者，它只是这样一种存在——当我们的眼睛从亮处进入暗处时，短短停留在我们眼球上的"视觉残影现象"——这，就是这座"并无实体的城"的存在方式。

那么，一个有趣的问题是：这样一种作为"视觉残影现象"的"并无实体的城"，与我们在这节课上半部分所说的，标志着近代空间转变的那个崛起扩张之城——彼得堡——之间，在这两种"城市"之间，发生了怎样的"变形记"呢？这个问题我也想留给你们。因为对此，我暂时也没有答案。

紧接着，艾略特写道，"我没想到死亡毁坏了这许多人"。这是但丁在维吉尔带领下来到冥河边，看见望不到边的亡灵队伍时产生的一句油然感慨。望不到边的死者实在是密密麻麻、无以计数——这个望不到边的废墟，这些望不到边的死者，与进步论的历史一起，构成了**双螺旋**。

从古以来，到但丁的时刻，从古希腊诗人写作的时代直到我们今天，诗人的声音有一半是死人的声音。我们可以继续沿着艾略特的设定去推想。我们无法想象，一个被死亡毁了这么多人的城市／世界所不断做出的空间规划是怎样的。我们无法想象它会具有怎样的"实体"。就像普希金的诗停在那具作为边界的尸体边一样，我们也无法越过这样一个"并无实体的城"——以及"并无实体的世界"，去想象某个未来的"实

第二讲　在历史诗学与未来诗学之间（上）　　237

体"。如果那种"实体"可能或已经存在,即意味着:它往往是在政治、经济等这些外部的社会化谋制之中被"实体化"的。但是,在《荒原》中,城市已经无力产生"实体"。这种没有能力——这种无力性,正是那种源于社会化谋制的"实体化"的结果。不论"并无实体的城"是不是那个我们已经没有能力建设的城市——以及"天城"——的幽灵版本,它都是我们的眼睛在进入黑暗时看到的,失去了的城市的"视觉残影现象"。

"死者葬仪"的最后一个细节,关于**相遇**。这是一段情感强烈的诗,写出一个《神曲》式的事件:叙述者遇到一个熟人,拦住后者并称呼他的名字——

> 在那里我看见一个熟人,拦住他叫道:"斯代真!"
> 你从前在迈里的船上是和我在一起的!
> 去年你种在你花园里的尸首,
> 它发芽了吗?今年会开花吗?
> 还是忽来严霜捣坏了它的花床?
> 叫这狗熊星走远吧,它是人们的朋友,
> 不然它会用它的爪子再把它挖掘出来!
> 你!虚伪的读者!——我的同类——我的兄弟!

——这首诗也拦住了我们,我们也是它的"熟人"。这首诗也对我们说,我们是它虚伪的读者,是它的同类,它的兄弟。

这一相遇,预示了《四个四重奏》,预示了我们在第一节课中朗读的《小吉丁》里的那个但丁式诗节。也就是说:预示了"交叉时刻"。

我想多做一点强调的是,"死者葬仪"里的这一节诗,已经预示着《小吉丁》中的那个非生非死的时间。虽然有评论者认为,《荒原》是一首在地狱中进行报道一般的诗,但我个人更愿意认为:《荒原》中的时间仍然还是进入地狱之前的时间,是那个在"人生中途"的幽暗森林中的时间。"死者葬仪"落点是波德莱尔的诗句。在"并无实体的城"中,我们遇到了一个曾经认识的人。这个人与我们的关系,以及,这个人与我们的共同记忆,是一种尸体般的存在。进一步,这个人与我们的关系,也是我们与《荒原》这首诗的关系,即"虚伪的读者!——我的同类——我的兄弟!"

今天这节课还剩下十分钟。

第二部分是"对弈"。在这一部分,我们仍然需要注意时间意识。这部分的诗行反复出现一个句子:"请快些,时间到了。"这是妓院里催促嫖客的声音,也是一个极端的世俗时间。在第二部分"对弈"中,也产生了一种**对读者的催促**。然后是第三部分:"火诫"——"主",明确地出现在这一部分的结尾处:

> 烧啊烧啊烧啊烧啊
> 主啊你把我救拔出来
> 主啊你救拔
>
> 烧啊

——随后,第四部分"水里的死亡",是被淹死的水手腓尼基人的这一主题的回响。

长诗的最后一部分——第五部分,是"雷霆的话",我想谈谈对结尾的一点理解。这首诗的结尾写道:

> 我坐在岸上
> 垂钓,背后是那片干旱的平原
> 我应否至少把我的田地收拾好?

第二讲 在历史诗学与未来诗学之间(上)

伦敦桥塌下来了塌下来了塌下来了
然后,他就隐身在炼他们的火里,
我什么时候才能像燕子——啊,燕子,燕子,
阿基坦的王子在塔楼里受到废黜
这些片断我用来支撑我的断垣残壁
那么我就照办吧。希罗尼母又发疯了。
舍己为人。同情。克制。
　　平安。平安
　　　平安。

　　——读过伏尔泰的人可能都知道那句话,他说,每个人至少应该收拾好自己的园地。也许,这是艾略特对一种欧洲传统的反讽。也许,并没有这块园地。如果有的话,它也只能是"渔王"所面对的那个废墟地带。

　　在"雷霆的话"这部分的最后阶段,那个**催促人的声音**——也即这首诗往前行进的节奏,不再是那个"请快些,时间到了"的妓院里的声音,也不再是第一部分开始时,那些"蒙太奇"化的人类掠影所构成的节奏。在"雷霆的话"中,形成了催促感——也催促着我们的,是雷声。雷霆。

　　这一被雷霆催促着的时间,与"交叉时刻"之间可能构成怎样的联系呢?两者可以构成对称吗?一般来说,雷霆是闪电的目的,是闪电的结果。海德格尔在关于赫拉克利特课程(见文集中的《讨论班》)的第一节开始,便讨论赫拉克利特的"闪电"是什么?这"闪电",使事物显现而闪耀。恰好,赫拉克利特也是艾略特的引文来源,例如《四个四重奏》的开篇题词:"上升的路与向下的路是同一条路。"如果,雷霆是赫拉克利特式的雷霆,那么它仍然是一种前基督时代的文化材料。以及,仍然还是走向"交叉时刻"之前的一种"照亮"。但是,这个雷霆更像是

240　　　试论诗神

《旧约》的雷霆。雷霆也带来了大洪水，摧毁城市和引发变革。雷霆，也是先知们在宣布他们预先知道了的信息的时候，经常用来作为自我比喻的对象。那么，什么是《荒原》中的雷霆？是以上两种雷声里的哪一种雷声？是《圣经》里的雷声，还是赫拉克利特的雷声？同样，这个问题我也没有答案。

早期的法语象征主义诗人比如拉弗格，推动艾略特写下了《普罗弗洛克的情歌》那样的早期作品。波德莱尔对艾略特的影响更为重要。文学史资料告诉我们，曾经作为一个较为边缘的法语诗人的波德莱尔，在现代主义英诗中兜了一圈之后，其影响力才回到法国，才逐渐成为了整个现代诗的奠基人物。艾略特在中后期一直推崇以约翰·多恩为代表的十七世纪"玄学诗"，因此也有人认为这也是产生《荒原》的背景。但是《荒原》之声的源于拉弗格和波德莱尔的部分告诉我们，它的背景至少还包括一种英语化了的法国象征主义。再加之来自《尤利西斯》的激励，两者可能是构成《荒原》的美学想象力的主要原因。这些，是常规的文学史材料。

此外，可能还有一个更内在的原因。

《荒原》的动力机制是什么？关于诗之动力的诗学论述，我们知道，最早来自亚里士多德。亚里士多德的著名美学观点是"三一律"，也即，"同一时间，同一地点，同一人物"。然而，"同一时间，同一地点，同一人物"，正好就是"当下时间"。它使我们想起但丁所看到的那几句镌刻在地狱大门上的话语："从我，是进入永恒的痛苦的道路，/ 从我，是走进永劫的人群的道路。/……走进这里的，把一切希望捐弃吧。""同一时间，同一地点，同一人物"不仅指向"当下时间"，也指向**地狱时间**。

我们可以把《荒原》的里的"荒原"理解为"当下时间"的废墟，是"同一时间，同一地点，同一人物"的蒙太奇化，是"三一律"的废墟。当然，也有表现主义的成分。出现在《荒原》中的那些神话场景、历史场景、现代生活场景，以及那些赌场、垂危的贵妇人、妓院，都为

第二讲　在历史诗学与未来诗学之间（上）　　241

我提供了一个个产生焦虑感的视野焦点。这些视野焦点之间的有机关系是声音组织层面的——也许，正是在庞德的修改中，它被"卓越的匠人"音乐化了。这个声音结构，在这首诗中，被根据对读者的心理影响力的不同程度来进行构造。而在画面、场景方面，也按照对人的心理影响程度进行结构性的布置。

诗人自己则似乎用"下棋"这一意象，来自我讽刺《荒原》的这种布置：自我讽刺《荒原》是"对弈"行为的文本表现。而且，《荒原》式的视野焦点的迅速转换——把各个场景的令人焦虑的部分迅捷组织到一起，组织到一种与之前的历史文本材料的辛辣对比关系之中——这一切，使得《荒原》确实像一个文本密码装置。但是我们刚才也说到，不能仅仅把《荒原》作一个文本密码装置来进行读解。把令人焦虑的视野焦点迅捷组织到一起的方式，在这种技巧方面，我个人认为一个最重要的继承者就是萨缪尔·贝克特。1933 年 9 月 25 日，伦敦的查托-温德斯出版社的编辑查尔斯·普伦蒂斯写信告知贝克特：他的短篇小说《回声之骨》不能出版。查尔斯·普伦蒂斯在信中对贝克特写道："这是一场噩梦。太可怕太有说服力了。它让我毛骨悚然。和梦一样可怕而迅捷的焦点转换，一样旷野而深不可测的人口能量。"（见湖南文艺出版社《贝克特全集》第五卷《回声之骨》的"导言"，朱雪峰译）。"可怕而迅捷的焦点转换"，这个句子正好可以概括这篇与《哈姆雷特》遥相对话的小说杰作《回声之骨》的美学。

由此，我们可以提出一个我认为很重要的问题：这种与历史文本材料的辛辣对比关系，这种废墟性的对比，只是产生了一个文本密码装置，还是产生了另外一种东西？

之前，我们已经提到前基督时代的一种对于"第二次降临"的准备。如果，我们能够对此进行一定程度的辨认，也许就可以辨认《荒原》的"身位"。随着时间过去，我有一些只能说是阶段性的认识，想提供给你们。

我的一个结论是：我越来越感到，《荒原》所代表的诗，是一种次要于《四个四重奏》的诗。

作为一位伟大的现代诗人，T. S. 艾略特的诗作数量并不多。在二十世纪诗人中，他是一个诗写得实在不算多的大诗人。他的中文选集里也只有一本是诗（囊括了他的全部主要作品），另外几本全部是散文评论和一本诗剧。艾略特作为伟大诗人的地位，主要就是由两首长诗构成：早期的《荒原》和后期的《四个四重奏》。

关于两部长诗，传记作者也告诉我们，都有必要从祷告文这一文类来理解。我个人的一种想法是：两部长诗，都是"第二次降临"之前的准备性质的文本。而且，也典型的是"第二次降临"之前的文本——尽管两者的程度不同。相比《第二次降临》的作者 W. B. 叶芝，艾略特拒绝了异教文化，也拒绝了浪漫派的那种"审美家的政治"的自我表达方式。也许，在艾略特看来，这一切可能只是一种**中间状态**，并不是他最渴望的东西。因为，他需要从一个策略性的现代主义者，**径直地**成为一个虔诚的正统天主教诗人。

在今天这节课的开始我们已经说到，帕斯认为，《荒原》的道路艾略特没有走下去，而是走向了《四个四重奏》并成为一个保守的天主教诗人。以前，帕斯的判断对我来说有说服力。随着时间过去，现在，我对艾略特的感受与帕斯的判断相反。也许，心中深藏对宗教信仰的需要的诗人，越来越感到《荒原》的次要性。我相信，只有理解了《荒原》之后我们才会知道，这位诗人——艾略特，必须要写《四个四重奏》。使我产生这种感受，有两个原因。

第一个原因：《荒原》的一些诗句——刚才我们已经谈到——表明了《荒原》是《四个四重奏》的前奏，是我们在第一节课谈到的《小吉丁》里那个"交叉时刻"的前奏。

第二个原因：艾略特，一个人文主义者，不可能满足于那种围绕片段性的材料所做出的策略化组织方式。他必须要走向一个**"整体"**。如果,不能走向一种创造了一个"整体"的人生实践,他可能认为,作为诗人这是失败的。而艾略特,正是属于怀有这种观点的最后一代老派人文主义者。有的评论家认为,《四个四重奏》是一个文学先锋主义者变成了文学保守主义者的结果。但是更有可能,"保守主义"一词,是**对诗人的自我完成意志的错误命名**。

今天,我们谈到了《青铜骑士》的历史意识和《荒原》里的历史时间。最后,我想说,《青铜骑士》和《荒原》,都产生于人类对于历史变革、对于空间转变的一个应激反应的时期。实际上,这两首诗构成了一种移动悬崖。我们知道,《阿尔戈英雄纪》里写到了两块在海面移动的悬崖,两者不停地互相撞击,从其间穿过的船队要么被撞毁,要么进入到一个新空间。《青铜骑士》和《荒原》也构成了移动悬崖,通过它,即进入现代的大门,一直通向我们的当代,通向我们的"同一时间,同一地点,同一人物"——我们的"当下时间"。我们可以在这两首坐标一般的经典诗作的对照中,由此去理解何为"现代诗"的开端。

今天就到这里,谢谢大家。

户外课

"为缺席的民族而写作"

西天中土自2010年以来的出版中有诸多与"民族"相关的著述,从阿希斯·南迪的《民族主义,真诚与欺骗》、帕沙·查特吉的《今日之民族主义》(收录于《我们的现代性》),一直到最新出版的《重塑民族主义》(特贾斯维莉·尼南贾纳)。本次讲座以公开课的形式,穿插进王炜今冬明春在中国美术学院跨媒体艺术学院的"试论诗神"系列讲座当中,结合他最近一年来的游历和多年的相关写作与思考,对"民族"给出写作者的一种回应。

> 地点:中国美术学院南山校区中央草坪
> 时间:2019年12月16日(周一13:30—15:30)
> 录音整理:魏珊

"偏见"与"细致的知识"。——尴尬而非"细致的知识",在争夺我们的言谈的前提。——吉尔·德勒兹论"健康"。——为"次要的、永远没有完成的民族"写作时,"健康"通过作家的"弱"甚至疾病显现了自身。——成为母语的"陌生人"。——何为"自然的语言"。——"城市诗人"的对面是什么?——再谈"认知空白"。——再谈并不顺理成章的"客观对应物"。——论普希金的叙事诗《茨冈人》。——再谈"自然的语言",以及它作为"细致的知识"对以赛亚·伯林所说的"偏见"的克服。——《茨冈人》中的"人之谜"。——一个更加幽暗的、"不太成功"的普希金是"普希金遗产"的重要部分。——"种族主义"是"去民族化"的极端方式。——再谈泰戈尔。——朗读我的长诗《喜马拉雅颂》的第二部分(一篇虚构的对泰戈尔的访问),对诗中的一些"平行主题"的说明。——"骷髅"与"新希腊"。——反向的生命树。——何塞·马蒂的"自然人"。——对现代主义的偏离,以马哈福兹的"现实主义"为例。——最后,一个"印度形象"。一个印度王子,一场独立运动和抵抗战争的领导者,激进民族主义者,"鹦鹉螺号"的船长:尼摩。

绪言

按照原计划,今天的课是我为大家朗读我三年前写的一部诗剧,以它为例,对于一个中文诗人可能在今天遭遇的主题、处理素材的方式,以及"戏剧诗"这一体裁,做一点讨论。前段时间,陈韵女士邀请我为《重塑民族主义》这本书做一次相关活动,但是她说,内容可不必直接关于这本书,可以是我作为一个汉语当代文学写作者的自由理解。所以,不如就把读诗剧改为现在这个主题。

今天到来的每个人,可能都了解"民族主义"一词的复杂性,它会把我们引向各种彼此矛盾斗争的观点。在此对"民族主义"做一个迅速的概述,不仅无必要,而且几乎也是不可能的。不妨援引以赛亚·伯林的一段话,出自他的随笔《关于偏见的笔记》。这段话很短,我读给大家听:

民族主义——十九世纪每个人都认为它正在衰退——在今天大概是最强大也最危险的力量。它常常是创伤的产物，这种创伤是一个民族在自尊或领土方面加之于另一个民族的。如果路易十四没有进攻并掠夺德国人，没有在以后若干年内羞辱他们（在政治、战争、艺术、哲学与科学各个领域，太阳王的国家为所有人制定法律），德国人在十九世纪早期用他们猛烈的民族主义反对拿破仑时，也许不会变得如此富有进攻性。同样，在十九世纪，如果俄国人没有被西方视为野蛮的大众，中国人没有在鸦片战争或更普遍的剥削中受羞辱，他们也许不会那么容易听信那种学说：允许他们——借助谁也无法阻止的历史力量——在粉碎所有资本主义的无信仰者之后继承这个世界。如果印度人没有被庇护，等等等等。光是贪婪或荣耀感不足以培育征服、民族奴役、帝国主义等等，这些东西还得通过某种核心观念来进行自我辩护：法国文化是唯一真正的文化；白人的责任；共产主义；成见（视别人低等或邪恶）。只有知识，细致的而不是简捷的知识才能驱散它，即使不能驱散人类的攻击性或对非我族类（肤色、文化、宗教）的嫌恶；此外，历史、人类学、法律（特别是如果它们是"比较的"，而不是像它们通常那样只属于一个人的国家）也可以提供帮助。

　　——这段话里的一个句子，我认为很重要："**只有知识，细致的而不是简捷的知识才能驱散它。**"

　　什么是"细致的知识"呢？我们知道，即使"专业知识"也可能存在着以赛亚·伯林批评的那些问题——也就是说，即使显得相当"专业化"的知识也会有一种简单便捷性。作为写作者，我也常常感到，如今以"专业化"的方式显得"复杂"，却可能又是相当简单便捷的知识俯拾即是，包围着我们。虽然它们表现为"专业化"的言说形式，却常常是一些陈腐的文化观念和褊狭的意识形态概念的产物。我认为，文学是

"细致的知识"的一种。这里不是指代表了一个笼统门类的名词"文学"。我仍然是指这段时间以来,在"试论诗神"这项课程中,我们称之为"文学主流"的那些具体的文学作品。如果我们读过拉宾德拉纳特·泰戈尔的若干短篇小说,了解它所触及的那个现实印度;读过列夫·托尔斯泰的中篇小说《哈吉穆拉特》,以及 E. M. 福斯特的被作为殖民主义反思的一个精彩范例的长篇小说《印度之行》,就比较有可能认出并抵御以赛亚·伯林所说的"偏见",以及"偏见"在当代的知识化了的表现。

正文

今天这堂户外课的形式有点戏剧化。一个人怎么可以在这样的光天化日之下、在一片公共草坪上,宣称他对"民族"这个命题有某种确定的看法呢?如果一个人当众言之凿凿地言说"民族",往往是两种情况。一种是,他/她对"灵"的问题怀有很明确的认识和信念,以此为前提去言说"民族"——也就是说,他/她是个先知,是耶利米或圣女贞德那样的人。但我们不能扮演这样的人。尤其是,不可以在课堂上扮演。另一种,也是通常的言说,是我们都比较熟悉的:对"民族"这个"大词"进行反讽。对"民族"这一类词语的反讽,也产生了现代文学或者现代主义知识的一种意义共同体——以及由之而生的"意义红利"的共同体。可能,这还没有被我们反思。

这两种情况,我们都不能向其走去。我们既不可以扮演先知,在今天,也可能不再会做出有效的反讽——就像后者作为批判手段,在二十世纪的那种"反讽有效期"中那样。也许,在二十世纪这一百年过去之后的今天,现代主义的反讽"红利"已经所剩无几了。

由于以上两者皆非我们之所是,正是由此产生的一种尴尬,而非"细致的知识",随时随地——就像现在——在争夺成为我们言说"民族"时可凭借的前提。那么,今天,我,这个写作者,这个接受了两者之于我皆为"禁止"的人，在此言说"民族"一词的理由为何？可能，我只有一种失败的语言。

我想，大家对《想象的共同体》等等这些理论著作，可能都有或多或少的了解。我也只是这些书的读者，而非话题专家。我不是专门从事民族主义研究或亚洲学的学者，也没有一篇在制度化的学科生产中产出的论文要在这里宣读。作为写作者、一个写诗的人，我可以推荐几个文学理解的入口：一些我曾读过的，以及我自己的作品的片段，也是我的一种"个人路径"。我想把它介绍给你们。也就是说：我把提供一份"目录"当作这节课的主要任务。

我们从标题开始。"为缺席的民族而写作"，是我在吉尔·德勒兹的《文学与生命》一文中读到的一个句子。这是评论集《批评与临床》的第一篇文章。德勒兹对于在该文中凸显的"民族"一词的用法，很大程度上不同于我们今天流行的对"民族主义"的用法。首先，德勒兹将"健康"与那种社会化的"健康"概念相区别，并不在体育的意义上理解"健康"。然后，德勒兹用"谵妄"支持他的"民族"观。作家在想象力的异常化状态乃至"疾病状态"中，可以自己去生成为一个"次要民族"、一个始终没有完成的民族，例如梅尔维尔和卡夫卡；同时，那依然在完成中的"次要民族"通过作家找到了自身——此即"健康"的表现。并且，"健康"也通过作家的"羸弱"乃至疾病状态显现自身。关于"民族"为什么是"缺席"的，以及如何理解"谵妄"，德勒兹的这段话并不太长，我读给大家听：

> 像文学与写作一样，健康在于创造一个缺席的民族。创造一个民族，这属于虚构功能。人们并非凭借记忆而写作，除非把这些记忆作为隐匿在背叛和否认中的某个民族的共同起源或目的地。美国文学具有产生能够叙述个人记忆的作家的特殊能力，但这些记忆是作为一个由所有国家的移民者组成的共同民族的记忆。托马斯·沃

尔夫（Thomas Wolfe）"可以把整个美国写入作品中，只要美国能够存在于一个男人的经历中"。确切地说，这并不是一个被召唤来统治世界的民族。这是一个次要的民族，永远是次要的，被卷入一场革命的生成中。也许这个私生、低等、被统治、永远在生成中、永远没有完成的民族仅仅存在于作家的头脑中。"私生"不再意味着一种家庭状况，而是种族的形成过程或种族的偏移。我是一只动物，一个历来种族地位卑微的黑人。这是作家的生成。对于中欧而言的卡夫卡和对于美国而言的梅尔维尔（Melville）都将文学表现为一个或所有次要民族的集体陈述，这些民族只有通过作家并在作家身上才能找到他们的表达。虽然文学总是涉及一些特殊因素，但它却是陈述的集体部署。文学是谵妄（délire），但谵妄并不是父亲—母亲的问题：没有不经过民族、种族和部族，不纠缠共同历史的谵妄。任何谵妄都是历史—世界的，都是"种族和大陆的迁移"。文学是谵妄，在这样的名义下，文学的命运在谵妄的两极之间上演。每当它建立一个自称纯净、占统治地位的民族时，谵妄就是一种疾病，典型的疾病。然而，当谵妄援引这个私生的被压迫的种族时，谵妄就成为衡量健康的标准，这个种族不停地在统治下躁动、抵抗一切压制和束缚，并在作为过程的文学中以凹陷的形式呈现。还是在这一点上，一种病态总是有可能中止过程或变化。

当作家们书写"民族"——就如霍米·巴巴在《论书写虚空》一文中说"书写一个民族像在虚空之中的书写"一样——在此书写中显现或召唤的，并不是那个作为抵抗者的、标志着主权欲望的民族主体的形象，而是在召唤一个新的群体："缺席的民族。""缺席的民族"是在与旧民族（或者相对于"次要民族"的主要民族）的斗争中，也是在与历史的斗争中产生的。今天，我们提到"民族"时往往会联想到"种族主义"，但是那存在于"虚空之中的书写"中的"民族"，常常是与"种族主义"争吵

的结果,是德勒兹所说的那个"次要的、永远没有完成"的"缺席的民族"。随后,德勒兹写道:

> 而且,人们重新发现了对健康和田径运动而言也同样存在的含糊不清,以及一种挥之不去的危险:统治的谵妄与私生的谵妄混杂在一起,将文学引向潜在的法西斯主义,而这正是文学与之斗争的代价。文学的最终目标,就是在谵妄中引出对健康的创建或对民族的创造,也就是说,一种生命的可能性。为这个缺席的民族而写作……("为"不仅意味着"代替他",更意味着"为了他")。

体育意义上的"含糊不清的健康",将文学引向法西斯主义。正是"种族主义"消灭了"缺席的民族"。

德勒兹提出了一个也许激进,同时却也是常识性的观点:"也许,为了写作,母语应该是可憎的,但由此句法创造在其中勾勒出一种陌生的语言,并且,整个言语活动揭示出它的外在,超越任何句法。"——这也是我们上节课所谈到的问题。克里斯蒂娃的观点是:作家是一切语种的外国人。成为自身母语的"外来人"和"陌生人",并非用某种外语来写作,并不是成为"跨语言工作者"。克里斯蒂娃所说的"成为母语的陌生人",应当首先是通过母语、**在母语之中**(而非在外语之中)打开陌生性。克里斯蒂娃的观点与德勒兹相似:如果不能以在母语中产生的"另一种语言"去写作和生活,她说:"我们的精神生命就终结了。"越在母语的异常化、陌生化中写作的人,越与德勒兹所说的"健康"相关。这样说好像是指,母语中产生的"另一种语言"是一种"实验性的语言"。但这种既在母语之中、又在母语之外的语言,是重新发明的一种"实验性的语言",还是"自然的语言"呢?

"自然的语言"这一观念(例如"我们用自然真实的语言进行写作"这类常见的观念),在近代文学中是与民族主义的冲动同步产生的。许多作家——尤其俄罗斯作家,例如普希金、托尔斯泰,在其创作生涯的中后期都崇尚"用自然的语言写作"。与此同步,他们也不断书写俄罗斯文学的一个传统主题,即"自然力"。在其笔下,"自然力"尤其表现为对抗俄罗斯中央政府军的山地民族。

我想为大家简述普希金的一首叙事诗《茨冈人》,这并不是我第一次谈起这首诗。以下,我把自己的一篇关于这首诗的文章的思路介绍给大家。

普希金写作《茨冈人》的时期,也是他写作生涯的分界时期。在此之前,可以说,他主要是一个城市诗人。在那个时代,"城市诗人"意味着,他是一个受启蒙运动影响的"欧化"的诗人,同时,也是一个在"民族"生成之前的城市诗人。可是,普希金作为俄罗斯文学最重要的诗人,作为"俄罗斯现代文学之父",在他写作早期,莫斯科与彼得堡的文学界却不乏批评他是一个主题与风格都很"欧化"的诗人,是伏尔泰、劳伦斯·斯特恩、拜伦等人的模仿者,那时,他还没有成为俄罗斯的"民族诗人"。

很长一段时间,我也认为自己是一个城市诗人。好像,我们天然的是一个城市写作者。但是,城市诗人的对面,也许并不是"大自然的诗人"或"田园诗人"——后者在今天是个很模糊的概念。那么,城市诗人的对面是什么?可能是一种正在到来的"空白者"。当我们走出城市诗人的领地,这种空白才降临到我们身上,才在我们的认知和写作中,造成了一种认知空白。关于认知空白,有个很好的例子:锡兰的电影《冬眠》(由契诃夫短篇小说改编)。影片里面有段情节,与我们后面要提到的诗人 T. S. 艾略特的一个重要概念有关。一位做乡村社会公益项目的女性,想用一笔钱资助一个非常穷困的家庭,这个家庭的男主人是个从监狱里放出来不久的酒鬼。酒鬼拿到这笔钱之后,做出了一个行动,给那位捐赠者造成了强烈的认知空白。酒鬼数钱不是五十、一百、两百这样来数的,而是拿着这笔钱说:"女士,我们来数一数这笔钱,这一沓是你的骄傲",他放在一边,又拿出一沓,说,"这一沓是我的自尊,这一沓意味着我的贫穷,这一沓意味着你的知识……现在我们数完了这笔钱,像我这样的人,是没有能力接受您这笔钱的",然后,他把钱扔到炉子烧掉了。捐赠者被这个行为击溃了,她长期以来所做的事陷入了意义危机。

我们前几节课也提到了T. S. 艾略特的一个著名概念:客观对应物。他的观点影响深广,大意是:一个诗人如果要成熟,过了二十五岁之后还要继续写诗,就不能再凭借青春冲动去写诗,而是需要动身到世界上去寻找他的"客观对应物"。十九世纪至二十世纪初期的作家,普希金、托尔斯泰,他们也需要寻找自身写作的"客观对应物"、寻找他们的母语的"客观对应物"——以及,寻找正在崛起的俄罗斯帝国的"客观对应物"。那个电影情节,告诉了我们"客观对应物"的不可能性。或者说,"客观对应物"出现的时刻,就是它为我们造成认知空白的时刻。并没有一个顺理成章的"客观对应物"存在着——并没有蒙古人、苗族人、藏族人、鄂伦春人顺理成章地,等着被我们"动身"去认识。当"客观对应物"出现时,是撕裂我们与客观世界、与"客观对应物"的关系的时刻。当它撕开我们与"客观对应物"的某种预设关系时,实际上,"客观对应物"才显现了,那个可以称之为"异于我们自身"的"民族主体"才显现了。

我们再回到普希金。他作为"城市诗人"的一面可能是比较容易理解、评析的。他的那些书信体诗都有一种非常透明的可读性。称之为"透明",是因为他行文生动敏捷,就像朋友谈天,有一种恰到好处的随随便便。别林斯基称普希金的诗作是"朋友之声"。这发出"朋友之声"的、具有透明的可读性的写作风格,便承载了普希金作为一个"城市诗人"的面貌。同时代当然还有其他的城市诗人,比如英式的城市诗人,在日不落帝国崛起时,他们面对那个雾霾中的、新旧交替的伦敦,进行着崇尚"机智"(wit)或**机智的社会化形式**的写作,就像塞缪尔·约翰逊,一个城市诗人和"强力批评家"。但是,大概在人生中后期,普希金开始追求"自然的语言"——我们也可以视为,他是在为成长于"欧化"的城市文化的俄语诗,寻找缺席的"健康"。在书信和文章中,他不断讨论俄罗斯语言的问题(插一句题外话,如果要读一个作家的全集,尤其是在读他的主要作品之前,不妨先读他们的笔记或随笔断片,可以很快帮助我们对作家的视野与思想世界有所了解)。

在此,需要分辨的是,"自然的语言"并非"天然的语言",因为它可能并不具有那种一眼可见的自明性。当它出现时,也许首先表现为陌生化的语言。这是一种我们还未及准备的陌生化。"自然的语言",也许更具有一种与城市诗的可读性无关的风格,而普希金自己,用一个短语来命名"自然的语言"——**"未来志向的力量"**。

我们可以再比较一下"自然的语言"和"城市诗"。"城市诗"往往是机智的、游荡的,是反应性的。相反,"自然的语言"却常常具有选择上的主动性与自律性,正如艾略特所说"没有传统,我们要动身去寻找传统"(不是原话,是概括其大意)一样的主动性与自律性。寻找"自然的语言",寻找"异于我们自身"的民族主体,也是一种主动选择的表现。在"城市诗"中,我们常常通过"机智"就能解决问题,所以,"城市诗"反而可以具有一种作为文化特权的无序性、一种随意批评的风格。不同于"城市诗",那些以处于边缘地位的民族为素材的文学创造者们,例如普希金、托尔斯泰,在关于山地和草原民族的叙事诗与小说中,反而有一种深深的专注,一种完全不同于他们在书写城市主题时的异常专注。这种专注,把写作者深深带向了一种领域:一半属于冥王哈得斯(稍后我会解释),一半属于未来时空。

并不是城市主题,而是对"自然的语言"的追求,我们可以视为是使普希金成为普希金的重要原因。在俄罗斯文学中,这种转变一直存在,几乎是俄罗斯文学家的宿命。例如契诃夫早期写许多莫斯科城市题材的作品,在《萨哈林旅行记》之后,西伯利亚主题开始出现在他的写作中,他的写作变化,产生了《在流放地》那样的作品。但是,俄罗斯文学中这种转变的典型人物是写下了《死屋手记》的陀思妥耶夫斯基。观念史家洛夫乔伊在其著作《存在巨链》导论中，谈到一个有趣的现象：启蒙运动前后，作家们都倾向于写得"简单"。彼时，"简单"是对神学和经院体系化知识的反动。狄德罗、卢梭们，都在追求"简单"。这种"简单"，我们可理解为，是近现代交替的作家们想要令其写作具有启蒙功能的一种前提。那么，"简单的语言"是否等同于"自然的语言"呢？但是，"自然的语言"的困难也许并不在于"去复杂化"，而恰好在于怎样克服"简单"。而且，事实上这又会使"自然的语言"显得更加陌生化。

我们可以回到开头以赛亚·伯林的那个关于祛除偏见的观点。"自然的语言"，可能是相对于城市知识的一种"细致的知识"，而且它具有主动性。显得更为陌生的"自然的语言"，克服了那些表面很专业、但实际上可能正是一种"简单便捷的知识"的那种"简单"，克服了以赛亚·伯林所说的"偏见"。如此产生的语言表现形式，并不如我们所预想的那样，会产生很大的影响、立刻被公众喜闻乐见，就像一个民族诗人、国民小说家或者"人民文学家"那样立刻被大众辨认和理解。更可能的是，当"自然的语言"出现时，它是无人认领的——城市不会认领它，知识分子也不会认领它。

关于无人认领的"自然的语言"和作为"自然力"的代表的"人民"，我读到过的一个很动人的观点，就是前文提到的霍米·巴巴将"民族文本"命名为"虚空中的书写"的观点。那在虚空中书写的"自然的语言"，是城市语言和知识语言的异常化，并不能被项目性的、顺理成章地达到。比如说，"自然的语言"可能立刻消亡于音乐，而我们却往往认为"自然的语言"像音乐、歌曲一样。同时，不能把"自然的语言"等同于记忆。在虚空中书写的"自然的语言"可能并不被记忆顺利纳入，并不消融于记忆，也不能把"民族文本"等同于仅仅关于记忆的文本。而且，"自然的语言"不能仅仅被视为一种斗争性的语言，但是，它首先产生于差异性。它的出现可能是令人不悦的，包括很难满足我们对罗兰·巴特所说的那种"文之悦"的欲求。所以，当普希金开始写作少数民族叙事诗《茨冈人》时，当托尔斯泰写作《哈吉穆拉特》时，他们也被当时的俄罗斯文学界"失认"。当时俄罗斯城市文学的评论界认为，普希金写这样的民族叙事诗，是他的才能衰落了的表现。诗人和作家们对"自然的语言"的担负，至少在这种现象的开端时期，就很难满足城市文化语境中的那种对罗兰·巴特式"文之悦"的欲求。

"自然的语言"很可能是作家的一种错觉，也即德勒兹所说的"谵妄"。什克洛夫斯基——一个有些被遗忘的散文家、诗学研究者和语言学家——说："当我们走向自然的语言的时候，需要有选择上的错觉"（出自《第四散文》）。"错觉"是很重要的美学概念。关于感知现象，早期的现代美学有许多标志性的词语，例如"通感"，其幽远背景是古希腊人的"联觉"观。"错觉"是另一个同样幽远的概念，贡布里希也曾有过探讨。

作家需要主动走向错觉，走向"自然的语言"和民族"他者"，当他这样做时，是在承担一种风险。我们可以将普希金的叙事诗《茨冈人》理解为"自然的语言"的错觉性的产物。这首叙事诗的情节很简单。诗人写下了三种不愿被命运驯化的人：第一种，是一个离开帝国、离开彼得堡、离开城市社会的自我放逐者，同时，他也是城市青年文化的精英人物；第二种，是城市青年娶的那个姑娘所来自的一个比茨冈人还要弱势的流浪少数民族。两人相爱，结婚。很快，姑娘移情别恋，与另一个青年约会，后者——也是第三种——是茨冈人。故事以悲剧结尾：来自帝国首都的城市青年杀死了他那出轨的异族新娘。这首叙事诗所写的，是几种虽不愿意，却彻底被命运驯化了的人的悲剧，也是几种互不理解的人在"联结"之后发生的悲剧。普希金并不以他此前那种明快活跃的"城市诗人"风格，而是试图以"自然的语言"写作《茨冈人》等一系列叙事诗、悲剧和诗剧，这段时期，如前所述，他被当时的文学界批评为才能衰落。那些先是认为他"欧化"、然后算是认可了他的"城市诗人"

风格的评论家们，对普希金失去了辨认。

我们可以把《茨冈人》理解为一个这样的故事：一个人想要"自我他者化"，想要"在自己身上产生一个陌生人"——于是，他去寻找那个"陌生人"，并且把少数民族作为他的"客观对应物"。他想与之"联结"，但这种"联结"是不可能的，结果是凶杀和死亡。

这类故事在文学中有许多变体。另一个重要的文本，是托尔斯泰的中篇小说《哈吉穆拉特》。

哈吉穆拉特是一个山地民族游击队的头领。小说开始，托尔斯泰先讲述作者的困境——作者该以怎样的方式讲述这个故事。他想把这个故事写得非常自然，但是——托翁写道——他是作为一个"回忆"这个故事的人，还是目击者，或是作为道听途说者来写这个故事呢？他找到了一个办法。既不是目击者，也不是回忆这个故事的人，也不是一个道听途说的人，而是——他说，今天早上他散步回来，走在田埂上，看到一朵巨大的牛蒡花，它的头被除草机切掉了，歪在一边。然后，小说便讲述了一个漫长的故事，以主角哈吉穆拉特被斩首为结束。在小说的结尾，作者说，正是那朵头被切掉的花，"让我想起了哈吉穆拉特"。借此，托尔斯泰试图把这个故事的前因后果写得"自然而然"。而且，书写哈吉穆拉特被斩首的段落，维特根斯坦评价为**自然语言的范例**。

现在我们可以把前面谈的这些东西联系起来，关于"民族主体"，关于作家"书写民族主体"时使用怎样的语言，关于"自然的语言"——也即：那种很难达到城市文化的理解、允许和公认的习惯标准的，很难被当作"语言的愉悦"的语言，一种陌生化的语言。

《茨冈人》这部叙事诗，也提供给了我们一个命题的开端。普希金在他的时代写作《茨冈人》，实际上——在"写作的艺术"层面——并不是很成功，比如，并不如托尔斯泰在"哈吉穆拉特"这个主题上的艺术成功，也不及他的后继者莱蒙托夫对这类主题的更为充分的书写。但是，普希金的"不充分"是重要的，因为他具有开端性。他的"不充分"

意味着他的错觉性更强——相比之后的莱蒙托夫、托尔斯泰和契诃夫们——或者，也更与我们有关。因为，今天我们在面对这样的主题时，走出去的第一步也是错觉性的。

普希金式的"民族主义"作为俄罗斯现代文学开端的一部分，还意味着何为"共性"这一命题。那个来自首都的精英青年，他所娶的少数民族姑娘，以及姑娘的茨冈人情人，这三者之间的"共性"的真相是什么？普希金在这首诗里，把它写得非常幽暗。《茨冈人》这篇叙事诗，除了涉及作为错觉的"共性"，涉及了它的幽暗的显现，也延续了"人之谜"的主题。当人们之间的联结、共在成为不可能，以一场死亡为结束时，一个非常古老的形象出现了：斯芬克斯。我们知道，人头鸟身的斯芬克斯是一个临时拼凑起来的混合形象，也是"人之谜"这个问题本身的形象。当俄狄浦斯成功解答了斯芬克斯的谜语之后，后者便跳崖而死。但是我们也可以把斯芬克斯的死，理解为是它通过退场而继续存在的幻术。在《茨冈人》里，三种人的未来是什么？诗人没有答案。斯芬克斯的形象在其中稍纵即逝，而且，普希金并没有成功解答斯芬克斯的问题。《茨冈人》闪烁着一种直觉：对"人之谜"的直觉。结合这首诗的悲剧性的结局，也显示出了另一个普希金：那个在城市诗中显得明快生动的普希金之外的一个幽暗的普希金，一个"不太成功"的普希金。但是，这个不太成功的和幽暗的普希金，却是普希金遗产的核心部分，是直至后世陀思妥耶夫斯基谈论俄罗斯的民族性时，也必须不断援引的部分。

上节课，我们对《青铜骑士》做了较为详细的评析。我们可以把《茨冈人》理解为，它恰好是《青铜骑士》这首关于首都彼得堡的史诗的**背面**。我们可以以将《茨冈人》看作写在《青铜骑士》背面的文本。

与《青铜骑士》这首行文明晰的城市叙事诗相比，《茨冈人》这首少数民族主题的叙事诗，反而具有一种深沉的不透明性。伯纳德特提到，俄狄浦斯刺瞎眼睛，进入那个没有图像的看不见的世界，背后一直推动他行动的死亡驱力来自冥王哈得斯，冥王是故事的真实推动者。并且，诗人的一只脚站在冥王哈得斯那里，另一只脚站在未来。

我自己的写作也被这种不透明性所鼓励，或者，被"哈吉穆拉特"的一面所鼓励。过去我在边疆，在不同少数民族区域游历的过程中，也产生过一种并不独特的反思：去认识、理解、叙述与我们不同的族群，是因为他们对于我们来说具有一种一望而知的、天然的特质吗？我们可以利用这种特质，让我们的写作变得独特和陌生化吗？我们在期望他们具有某种一望而知的特质时，同时，也是在要求他们具有一种普世性的、世界主义的形象。当我们辨认不出某个非汉语民族的"特点"时，也许我们所处在的，正是一个无法以那些容易看到的民俗文化材料去"发明传统"的情境。"民俗"不等同于"民族"，如果我们要以"自然的语言"，以一种"异于我们自身"的民族面具进行认知和写作，我们的处境与当代非汉语民族的处境，就都已经不能被以某种预先的"民族文化"为前提的民族主义所设定了。这种民族主义设定，可能无法称呼那些人们的行动与形象，无法称呼他们那在不断形成中的实践。此外，我们称为"文明"之物，在今天，可能已经破碎离散，流浪在世界上的任何一处。"文明"已经不再以固有的所在地，或者依据他的主人的划分而被人类使用。例如，一个熟悉英国文学的非英语读者，与一个并不熟悉英国文学的英国人谈论英国文学时，前者并不用把后者视为英国文学的主人。伯纳德特在评述索福克勒斯的诗剧《俄狄浦斯王》时写道，俄狄浦斯已经成为一个"无迹者"。而且，"俄狄浦斯"一词在希腊文里的一层意思是"知道所在"。伯纳德特说，俄狄浦斯已经从"知道所在"变为"无处所在"。这可能也是"文明"在今天的一种容身方式：成为一个"无迹者"，弥散、流浪在世界上的任何一处，而且它并没有某个第一主人。也许这可以提醒我们，当我们与非汉语民族的人群相遇，以及，当各个非汉语民族之间也彼此相遇时，可能是在不同于彼此预设的情境中的相遇——而这时，普希金在《茨冈人》中所写的那种幽暗的共性，才刚刚开始。

关于刚才所说的认知空白，我再提供给大家一个小小的线索。爱德华·萨义德曾有一段言论，批评"认同"这个观念，也批评"寻根文化"，出自杰奎琳·罗斯对他的访问，1997—1998年刊登于伦敦《犹太季刊》，中文版见《权力、政治与文化》一书。萨义德如是说：

> ……过去几年来我一直感到死亡的印记或重量（……因此，不管我感受到怎样的急迫感，不管是如何）匆忙奔向尽头的感受，我认为莫扎特都是对的。这基本上几乎是叔本华式（Schopenhauerian）的，有一种混混沌沌、沸沸扬扬、不断变形的一团东西，而我们正朝它走去。那的确就是我写作的重要对象。原因之一就是我对认同这个观念和整个计划变得非常非常不耐烦……人应该真正集中于自己，他们来自何处，他们的根源，找出有关他们祖先的事——就像《根》那本书和电视节目那样。那在我看来实在乏味得很，而且完全不着边际。我认为我们最不该想的就是那件事。有意思得多的就是尝试超越认同而达到其他东西，不管那是什么。那可能是死亡，可能是一种改变了的意识状态，让你接触到平常接触不到的其他事物，那也可能只是一种遗忘状态，而且就某个时刻来说，我认为那是我们都需要的——遗忘。

这段话很打动我。这段话，也可与德勒兹的那段话构成一个对称性的组合。

"民族"只是一个荣誉称呼吗？只是对一些民俗文化材料，是对被我们认为具有自闭症的"他者"，也是对那些"自我他者化"的人的一种荣誉称呼吗？今天，我们可能处于由"历史民族主义"向"新民族主义"的过渡中。那些荣誉称呼，都可理解为是"历史民族主义"的。世界主义的观念，左派的观点，等等，都在鼓励我们超越萨义德所批评的那种建立在"寻根""认同"基础上的"历史民族主义"。但同时，如果我们无视"民族"这个词语所意味着的若干历史内涵，不论在政治还是文化层面，我们可能会犯下严重的错误。理解"历史民族主义"，意味着要重返十九世纪至现代的一系列复杂的政治运动史。在这些运动中，一些最主要的作家——例如拉宾德拉纳特·泰戈尔——往往都对民族主义做出过积极表述。他们常常把被我们称为"历史民族主义"的那个"民族"，理解为"新民族主义"的征兆——也就是说，"民族"是一个呼唤新的主体的跳板。"民族"是一个"想象的共同体"这样的观点也许并非解构或祛魅，今天的许多现实也已经证明，人们并不能够祛除这种"想象"。我们以为，我们可以对"想象的共同体"进行理性化的、去偏见化的认知，但这种"想象"本身可能是无法被驱离的。德勒兹给出了一个激进的命名——他说，这种"想象"就是"为了缺席的民族而写作"。托尔斯泰、泰戈尔这些具有强烈的民族主义倾向的作家，同时，也是具有强烈的世界主义倾向的作家。这种矛盾，也许可以告诉我们，在他们笔下，世界主义可能正是民族主义的一种积极形式。作家们不断书写这样的故事：被强权统治或者拥护强权的主要结果之一，就是民族之死。今天，我们依然要在这些作家的写作中，去寻找一种思想线索：他们所抵抗的种族主义，正是"去民族化"的极端方式。而且，种族主义的整个运动过程都具有反民族主义的倾向。

我们休息十分钟。

（中场休息）

【下半场】

在普希金之后，我们要开始面对今天这节课的第二个诗人——一位非常重要和复杂，但其复杂性却很大程度上被遗忘了的诗人：拉宾德拉纳特·泰戈尔。在对他做一点解说之前，我想为你们读一段我自己写的诗,是我去年写的一首长诗《喜马拉雅颂》的第二部分。在这一部分,我虚构了我对泰戈尔的访问。诗有点长,但愿你们不会听得很疲倦。这是一段对话,诗中句前空两格的诗节,是我虚构的泰戈尔对我的回应:

我还没有准备好怎样称呼您。
可是,在您面前,是无法准备的。
如果就因为我来自另一天,另一个亚洲
另一次前夜,就可以无视您曾享有的荣誉,这是一种失礼。
那么,我愿如往昔时代那样称呼您。您好,大师。

  "为什么,不停止谈论前夜,去寻找前夜以后的时间?
  为什么不停止你的区别、你的另一天,在你我之上的
  永恒时间中,调整你与现实世界的关系?
  1930年夏天,在柏林,当我见到那个伟人
  只有这一点,我们才有所共识
  除此之外我们互不理解,但人们夸大了理解。
  是的,正是循环回归的前夜造就了你们
  驱使你们走向不能承受的危险。我所担心的
  并非你们会被消灭,而是你们的独占意识。
  独占会败坏你们走的这条路。为什么不在
  孤独工作中保持那不可独占的清晰性
  那不可被你们的自我所关闭的任务
  ——那种最难的事:时代任务?
  只有永恒时间能帮助你们清晰。
  当你们越来越清晰,这是因为:
  并非唯一的你们,被永恒时间卷入了。"

我想告诉您，在当代，其实没人提到您的名字。
没人知道他们忘记您，不是因为您的简单
而是您的矛盾分裂。在您的语言深处
那具骷髅，那使一切联姻，使一切
"新亚洲人"的道路都终结了的骷髅
还在一个被抛弃的起点，表演它沉默的骷髅戏。
大师，这才是您诗篇的核心吗？
我们的全部诗人、小说家和亚洲学者合起来
也不能企及的那种矛盾分裂，曾被你掩盖在
芬芳的花环下。那话语的芬芳，那几乎克服了
整个亚洲的争吵，延续到以后数个世纪
也使您自我简化为一位民族语文教师的芬芳
是否并非您的败笔，而是我们失去的能力？
我们之中已无这样的诗人：扎根生长于
世界之夜，却散发出世界之晨般的芬芳。
可是，当您，把那具在喑哑中行动而又
无人认识的骷髅，置于恒河早晨的
光辉中，仿佛它是一个全新的首陀罗
全新的人民——是的，您那芬芳的花环
正是挂在骷髅身上。当人们因此赞美您
认为您提供了一个"新希腊"
这正是世界文学的失败吗？
残骸，就是我们被抛弃的地方。
大师，我在珠峰上认识的残骸们说着
无呼吸的语言，使我也受到了您曾在
亚洲深睡时的呼吸中践行的那种公共教育。
您没有惊醒那些因为您的诗而睡得呼吸均匀的人。

它们，那些残骸，是我唯一的联盟吗？
可是，与我无法企及他们一样，您的联盟是失败的。
与其说您周游列国，不如说您在被驱逐。
您的乡村阵线，不再因"注视来世而虚弱"
因为，没有来世，也没有乡村了。
只有来世与乡村之间的交叉地带安置了
那些在失败中一步步向骷髅返回的人们。
在您的所有为了告别骷髅而提出的，替代性方案中
我想知道，提出"环喜马拉雅圈"时，您的理由是什么？

"我不记得我提到过它。
但我赞美过它——喜马拉雅。"

人们不记得您所思想，只记得您所赞美。
今天，我找遍您的全集，没找到这句话。
我更愿接受这是我的错觉，一个奔涌在
您的时代与我的时代之间的必要误会。

"也许在你的时代与我的时代之间，是同一次深睡。
我们都以为自己是即将醒来的人，但我们却依然
是噩梦的碎片。在一切尚属孱弱的时代
我的赞美都是未完成的赞美。因为我的工作
迫使我，不能完成我的赞美。这孱弱的时代
会继续跟随我们，所以为什么你要急于区别？
我们是诗人，我们只能在碎片与谦逊之间
寻找平衡人类那无休无止的不完美的办法。
我们不能彻底赞美，只能临时赞美。相比

'走到了人类的尽头',我们更应该标记开端。
赞美就是开端。对于你,这是多么陌生的事?
要真正赞美它是多么困难,伟大的喜马拉雅!
如果,我在某个公共场合谈到并赞美过它
我希望,那不是对持存之物的颂扬,而是一种反差。
喜马拉雅就是世界的反差,是'被世界遗忘的世界'的
巍峨部分。通过意志,通过'创造新的历史'
我们能填满这个反差吗?不,它是一个伟大的洞
存放着数个世纪的失败,走向它就是走向这种失败。
所以,每个登山者的胜利是多么可敬的虚妄。它是
地球的大天平,一边放着失败,一边放着知识。
如果,高加索从地理上区别了东方与西方
喜马拉雅则从心灵上区别。没有人真正翻越过它
所有想要这么做的人,都被中间地带迷住了。
那种他们在自以为是的翻越中遭遇,从此就
念念不忘的中间地带,那些不被任何一种世界体系
所包括,因此匆匆被写入一份份新合约的梦幻领土。
那些尽管拥有自己的名字,却被重新命名
比每一个新的旧世界更加漂流在永恒时间中的
碎片国度。不,没有什么'新希腊'。
当那个标新立异的美国诗人意识到
我并不提供新大陆,而更意味着
对他的世界的偏离之后,他就沉默了。
所以,为什么,你的'诗艺'不能越过
那自我发明的中间地带,寻找不被你的
每一次区别所束缚的永恒现实?
即使,你参考了残骸们的喘息与无呼吸

你把那些走向终结者的艰难心跳，置入
关于'何为人类生命'的激进言论
但你又做到了什么？用一台似是而非的
临时语言心电仪，又如何能够应对
那在每个昨天和每个今天，每一次风暴
每一种动物，每个人身上显现的：宇宙？
我的诗篇在赞美，我的行动在失败
你能理解这两者之间的反差吗？
继续我的赞美，等于继续我的失败。
不，我并没有什么特别的政见与历史哲学
可以告诉你。不论甘地还是我都不能说出
一个让我们，也让所有人满意的未来。
别预言未来，那会让你混淆于现实主义者们
面对宇宙时的无能方式。但是，我们的失败
也许会帮助你辨认真正的敌人——那些把
'人因何为人'的所有闪光证据，囚禁在
中间地带的敌人。他们就是诗人的共同外敌。
但是，通过你们在过去的列强关系中形成的
历史认识，并不能理解这一切。历史认识
在调头转向，内化于世界，因为敌人内化了。
敌人就是我们自己。这是我们最失败的部分。"

大师，我发现在残骸的教育与您的教育之间
我正在成为一种人：野蛮人。
是的，我要成为一个新的野蛮人
继续去做你们赞美过、也是在那些
渐弱的心跳中终结过的事。与其说

我们怎样写新的坏诗、坏戏剧、坏小说
不如说我们如何才能站在自己的废墟中
保持一种坏的部分:黑洞部分。
没有废墟,我又能是什么?
放弃废墟,我会成为我的敌人吗?
当我从自己的废墟走向残骸与您
这是一个无名者的亚洲在与我同步吗?
我接受,正是残骸亚洲和废墟亚洲
在构成我的泛亚洲联盟。
您说过,"残酷者的队伍日益扩大"。
即使残酷者们总会平息,我与我的
野蛮人兄弟们发起的精神动乱。
我们的眼睛,还将继续恐惧地盯着
一桩现实的事,而非您的永恒时间。
——我是说,当残酷者们想要做一次
彻底的摆脱,摆脱残骸、摆脱废墟
摆脱我们,那么,战争还将到来吗?

"在我最困难、也最害怕的时候
我杜撰了一场会议——'消除世界恐惧会议'
湿婆神的'第三只眼睛'熊熊燃烧
但是并没有赋予我洞见,我的生命
在洞见之前停止了。这是否告诉我
每当我们最接近洞见时,只能停止于局限?
也许同样的时刻也将在你们身上到来。在南海
与喜马拉雅之间,我不知道是否有一个
湿婆神的'第三只眼睛'所看见的世界。

　　　　我可能是错的。但能做的我都去做了。"

在您的葬礼,与人们真正为你举行的葬礼之间
有个理论家说,他看到了一个由永恒时间与
与现实时间构成的双重公共空间,他认为
您想居于前者的愿望,在后者破碎了。
所以,您也是一具残骸,用您的公共光辉
保存了不为人知的反差的残骸。
大师,是否,您也是一具与您的骷髅
在"饥饿的石头"构成的亚洲废墟中,握手言和的残骸?

　　　　"不,我没有反对过我的骷髅
　　　　当然,你可以把这理解为'联结'的
　　　　不完美形式,理解为我唯一实现了的'一'。
　　　　你们的所作所为,也许我将不能理解。
　　　　但是,当你痛苦、怀疑而倾向于放弃
　　　　当你又想从野蛮人转变为那种
　　　　在'大脑危险的敏捷'中
　　　　走向世界文学的知识分子时,想想喜马拉雅吧。"

是的,喜马拉雅,地球的大天平
一边是新的野蛮人,一边是新的旧世界。
您所设想的"一"也许并不会到来。
仍未完成的分离,将继续卷入我们。
我们并不是在告别残骸,我们因告别
成为残骸。也许我们也会重获对于
永恒时间的视野。没有不经过分离的

时代任务，没有不经过分离的永恒时间。

也许我们就是湿婆神的"第三只眼睛"。

感谢您的建议。再见，泰戈尔。

谢谢大家愿意听我读完这段长诗。我想要在这段诗中，综述我对泰戈尔及"泰戈尔遗产"的看法。今天的中文诗人很少谈论泰戈尔，他往往被认为是个"中学生的诗人"。泰戈尔在中国的命运是一种持续的失败。他在中国的那次访问，一路上都伴随着左派的批评声，有的批评近乎于辱骂。闻一多说，中国正在经历存亡危机，不需要这个印度人带来的"新鸦片"。泰戈尔离开中国之后，又到了日本和中亚五国，堪称"周游列国"。他是"亚洲共同体"的第一代提出者之一，但他的倡导并不成功。刚到日本时他受到热烈欢迎，但随后，其主张言论也受到日本知识分子的强烈反对，后者也是这样的观点：一个来自英属殖民地、从英语获得成功的诗人，有何资格在日本谈论一个"亚洲"的概念？"诺贝尔奖"并不能为其背书，不能提供这个资格。离开日本时，只有一位书店老板为他送行。他在中亚五国也不成功。

我所写的这段诗中用到了一些历史材料，例如，诗中写的1930年代柏林的那个对话者是爱因斯坦，两人就形而上学的话题交换了意见。我认为他们其实是互不理解的，但是媒体和后世夸大了他们之间的理解。诗中还提到"骷髅"的意象。这个意象出现在泰戈尔的多篇小说里，例如短篇小说《骷髅》，长篇小说《眼中沙》。当代理论家、剧作家帕莎·查特吉把《眼中沙》改编成了一版戏剧。查特吉以其美学敏感，反复使用《眼中沙》中的两个意象：摄影术和"骷髅"。"骷髅"的意象，在查特吉改编的剧本中时常出现，有时作为道具被置放于舞台中央。在泰戈尔的短篇小说《骷髅》中，一个医学院的男学生（当时也只有男学生），把一幅教学用的骸骨拿回寝室，作为他孤独中与之相处的"他者"。男学生经常对这幅骸骨说话，也经常听到一个仿佛是幻听的声音——正是那个一直在寻找这幅骸骨的鬼魂的声音。骸骨的前身是一位自杀身亡的女性，由于一场被欺骗的婚姻。抛弃了她的未婚夫，也是一个医生。《眼中沙》的主角也是医学院的男性青年学生，是继承家族遗产的印度富二代。剧中有一个耐人寻味的情节：他教他的未婚妻辨认每块人骨的名字，后者说"这明明都是人的骨头，为何每块都有个英语名字？"

我的诗里提到的"新希腊"，是诗人和爱尔兰民族主义运动的倡导者叶芝为泰戈尔写的一篇评论，标题就是《新希腊》。叶芝以及庞德当时认为，他们"发现"了泰戈尔。但他们对泰戈尔的"发现"，被中后期的泰戈尔自己所反对。我诗中提到的"标新立异的美国人"即庞德。这些英诗诗人后来似乎也忘记了泰戈尔，因为后者并没有给出前者想要的那个"新希腊"。而且，在那个时代，泰戈尔也推动了对一个问题的思考——他认为，知识化、专业化、学科化了的民族自我认知，在印度各部分本来有的联结之间造成了分裂。我的诗中提到的一个短语"注视来世而虚弱"，出自泰戈尔1937年发表的一篇散文《圣雄甘地》，其中一段话写得很精彩，可以从中看到泰戈尔对古代印度的真实态度：

> 我们注视着来世而浪费的精力，是没有止境的。许多世纪以来，印度给了这种弱点以较高的地位。……今天，所有印度人都希望能有自己管理国家的权利。这个愿望是我们从西方学来的。我们一向把自己的农村和邻村分割成许多小小的部分已有如此之久。我们习惯于在很小的范围内思考并工作。我们认为在农村里建立池塘和神庙，生活才有意义，而农村一向是我们的故乡和祖国。我们一直没有机会把印度作为自己的祖国。我们陷入地方性的罗网并为衰弱所击败……

我们可以用这段话，与泰戈尔那印度圣哲的社会形象相对比。这段话，以及泰戈尔的许多小说如《饥饿的石头》，会颠覆人们常规认识的、他那古代印度传统主要继承人的社会形象。泰戈尔自己首先是这个主要继承人身份的猛烈批评者。"残酷者的队伍日益扩大"这个句子，出自泰戈尔后期的一部诗集《再次集》，这部诗集里的很多篇章，如果不署名，说是佩索阿或威廉·布莱克写的，可能也是成立的。佩索阿、威廉·布莱克等是被现代文学指认了的诗人，而泰戈尔常常被我们认为是"前现代"诗人、"中学生的诗人"。

在今天这场课的开始时，我也向大家坦白：我的主要任务是提供一份目录。关于十九世纪以来的现代作家关于民族主义的书写，我罗列了一些参照点。以下对这些参照点的说明主要是介绍性的，我们不做过多展开，大家可以将其视为一种地图说明。

首先，我想建议大家重新理解"生命树"这一概念。在基督教文化、古希腊城邦文化、现代心理学中都有对"生命树"的叙述。我还想再读一小段我写的东西——我写在话剧《航船》里的一段台词，也涉及对"生命树"的解释。这段台词是两个人的争吵，其中一个说：

（……）临时的就是无可回避的，临时的聚合，临时的人民……一切都在往反面发展，无法发生的一切，无法产生的人民，无法实现的人民的……能力。于是这一切成了……成了一棵向下生长的大树，一棵……反方向的生命树。我们在树上，头朝下，进入深空，我们看到了什么……我们看到人民用丑态取代动态，用讪笑、玩物、段子、恶作剧和暴力相向滋养这棵反向的生命树，我们看到人民与虚空握手，看到他们用狂乱的、自我丑化的喜气洋洋去签署虚假的契约，因为他们不能签署任何真实的合同，我们看到人民从这棵反向的生命树上迅速凋落，像一座寂静无声的大瀑布，落向深空。有一天，大树会断裂，那巨大的重力把土地向下拉扯，大地上会出现一个漩涡，一个陆地漩涡。

这是我对"生命树"这一意象的"反向书写"。巴赫金用"生命树"来解释人民狂欢化的解放冲动，但在今天，我们用狂欢冲动来理解那个被称为"人民"者的处境，也许已经不可能了。在狂欢节理论之中，人民的潜能、民族主体的能力会显现并得到使用，但是今天，这些能力不可能像在巴赫金时代那样，在狂欢节中得到显现和释放。这些被压抑的人的能力反向发展，可能会表现为自毁冲动，或者被压抑的人的自我漫画化，今天的流行文化中有许多这样的例子。这些被压抑的人的能力，我们可以理解为人的能力的反向生长，好比反向的"生命树"。弗雷泽笔下的"金枝"，我们也可以理解为它是生长在"生命树"之上，获得它的人就可以杀死一个民族的祭司，成为一个新的主体。当代人类学对弗雷泽的"阐释"已不乏反思——如今这是一种常见的人类学的伦理——当"天真的人类学家"通过"金枝"或"生命树"的意象去接近他者，可能他们正是参与了对"生命树"的破坏，甚至于杀死了"生命树"的主人。"生命树"意象还与另一个文本有关，西蒙娜·薇依的《扎根》一书的一个重要章节"拔根状态与民族"。在写下关于"人要再次在大地上扎根"的言论之前，薇依先解释了何为"拔根状态"。前现代的民族主体性的冲动，并不是那种宣布要建立民族国家、彰显民族主体性的命令。薇依认为，"民族"是在"存在的离弃状态"中建构一个新的主体的行动，并且用"拔根"和"扎根"这些树的意象来描述这一行动，我们也可以将之理解为"生命树"的回响。薇依认为，"存在的离弃状态"所蕴含的一种危险，就是把"民族"本质主义化。而"民族"被本质主义化，正好是人在"存在的离弃状态"中的异化现象。

近代作家，例如普希金、泰戈尔所谈的"民族"，首先是以我们上节课讲到的哈姆雷特要对其告别的那个"人的形象"、那个福柯所说的"人的形象就要消逝"中的"人"为前提的。"民族"的形象产生自"大写的人"——这是启蒙主义以来，一些经典的民族主义文学作品的前提。今天，我们听或看见"民族"一词的第一反应往往是："民族是被构建的",而"民族情感"是一种前现代情感,抑或是前现代情感与反全球化情感的一种混合物。今天,仍然有各种各样的民族主体性和自我独立身份方面的设计。这种设计,在什克洛夫斯基,甚至托尔斯泰那里,可能是一种"必要的错觉"。在德勒兹那里,在这种"必要的错觉"中书写,可能才是一种"纯粹的书写";而"民族书写",正是这种"必要的错觉"的书写的一种历史化形式。但是,一种悲剧性的情况是——诗人们指出过,而霍米·巴巴在《论书写虚空》一文中也指出——越强化"虚空中的书写","生命树"的反向性就越强烈,越指向薇依所说的"拔根状态"。威廉·布莱克在《天堂与地狱的婚姻》里也写到一棵大树,倒长在地狱的穹顶,有个人倒挂在大树上,往下俯瞰地狱。

以上,是关于"生命树"的一种简史。然后,地缘政治学家和旅行作家罗伯特·D.卡普兰在《仇恨的欣快》一文中,写到我想推荐给大家的另一视点——"自然力"。上半节课我们已经提到,这是俄罗斯文学的一个传统主题——哈吉穆拉特,"茨冈人"群体,那些与俄罗斯帝国形成区别和对抗关系的山地民族,都是"自然力"的化身。卡普兰说,这些群体试图通过不断使自己区别于首都、帝国中心的实践行为——那些被称之为"自然力"的行动——来重新定义他们的边界与主体身份。卡普兰主要通过果戈理的小说《塔拉斯·布尔巴》来谈"自然力"。可以和"自然力"形成对比的,是古巴享有"国父"地位的诗人何塞·马蒂提出的"自然人"的概念——一个关于"拉丁美洲的人"的政治主体性与生命哲学的设想。今天关于拉丁美洲的前途、对拉丁美洲当代共同体的建构的讨论,也许都直接或间接地建立在何塞·马蒂的观念基础之上。我们可以认为,"自然人"也是何塞·马蒂的"人论",是他对斯芬克斯的那个"人之谜"的回应。

此外,埃及作家纳吉布·马哈福兹,也是一个在现代世界为民族主体性而写作的重要现象。二十世纪中后期,是他写作的活跃期。他晚年只能用一只手工作,另一只手由于在被刺杀中受伤,以至于每天只能写作十五分钟。这次刺杀与《魔鬼诗篇》的作者拉什迪有关。拉什迪被霍梅尼下令追杀后，马哈福兹为前者辩护，不仅参与了这场伴随着直接死亡威胁的论争，批评焦点也转移到了自己身上，以至于遭到刺杀。他虽幸免于难，但一只手残废了。有一部分二十世纪现代作家，在他们的写作中，我们很难找到典型现代主义美学、现代诗学的迹象，但他们又是在现代世界写作的重要作家。读马哈福兹的小说，有时不像读一个二十世纪作家的作品。这样的作家还有俄罗斯小说家雷特海乌，他是楚科奇人，为楚科奇民族而写作。还有冰岛作家拉克斯内斯。这些作家的一个共同点是：都不那么像是典型现代作家，不像是在已经有了卡夫卡、乔伊斯、博尔赫斯之后的文学史逻辑中写作。他们都有意识地偏离了现代主义美学的作品建构方式，试图在写作中勾画出一种不同于现代主义主体的人的形象。而这，也是撰写了一系列关于埃及独立运动，以及埃及在现代世界的政治处境的长篇小说的马哈福兹的价值。这些可被视为"现代主义的偏离者"、在现代世界致力于民族主题的现代作家，是"生命树""自然力"之后，我想推荐给大家的关于民族主义主题在文学中的表现的第三种视点。

我想建议大家回想一个人物形象——也是一个印度形象，一个产生于"地理大发现"时代的形象。我想说的是凡尔纳的小说《海底两万里》中的那个著名角色——潜艇"鹦鹉螺号"的主人：尼摩船长。凡尔纳赋予尼摩船长的"人设"耐人寻味。首先，他是个印度王子，是一场民族独立运动战争的领导者，是一个激进民族主义者。在他领导的一场抵抗英国殖民者的战争惨败后，由于他还拥有一笔财富，便躲到一座小岛上建造潜艇"鹦鹉螺号"。然后，他与残部一起在"鹦鹉螺号"里生活。由于他不想踏上殖民者的土地，不想踏进这个现代世界的任何一处，也不想回到他的故乡，所以，他只能生活在另一个空间——海洋中。我们前几节课谈到的"空间的转变"，也是与近代民族主义运动同步的现象——关于这一点，可以参考卡尔·施米特的书《陆地与海洋》中对现代空间转变的描绘。尼摩船长拒绝大陆,拒绝陆地空间,也不能飞向宇宙,所以只能生活在海洋中。他的名字"尼摩"是拉丁文,意为"子虚乌有者"——是的,也是一个"无迹者"。因此,有的批评家便把尼摩船长的形象解读为"缺席的民族"的一个代表形象。

最后,是阿希斯·南地在《贴身的损友——有关多重自身的一些故事》中叙述的"赤子"概念。在书中,阿希斯·南地以"赤子"来命名何为"非殖民的心智"。他并不在常见的政治学和政治观念史的语言中,而是在近代民族国家与殖民者之间的冲突关系中,讨论"心智状况的转变"。在《贴身的损友》中,南地用了许多篇幅叙述诗人、小说家鲁德亚德·吉卜林的印度生涯。我们都知道,吉卜林在印度出生长大。他的名诗《如果》是写给儿子的,在这首诗中,他对儿子、对那个将来的人——也是正在成长起来的一代人——说出了一连串作为父亲的道德叮嘱,描绘了一幅人格理想的图画。这首诗中所写的人格理念,成了现代英国人自我教育的一部分。吉卜林还有另外一首名诗《白人的责任》,这首诗出的名却是恶名。我们在这里不展开,只简要概述两首诗的关系。写下过《白人的责任》一诗的吉卜林,在《如果》这首诗中说:如果你怎样……如果你做到了……等等,那么你就是一个男子汉,你就是一个将来之人。吉卜林的诗句,仿佛新世界所需要的人格的必要准则。具备这些人格的将来之人——一个俊杰,尤其是担负了"白人的责任"的俊杰,与阿希斯·南地所说的"赤子"的"非殖民的心智",是怎样的关系呢?这个俊杰会成为"赤子"的统治者吗?还是会成为一种"朋友"?成为"贴身的损友"吗?

以上我罗列的这一系列视点:德勒兹关于"缺席的民族"的观点,普希金的叙事诗《茨冈人》中那些不愿被命运驯化的人的悲剧,泰戈尔,"历史民族主义"与"新民族主义"的区分,"生命树"的意象,薇依对"生命树"意象的独特回应,地缘政治学家卡普兰对"自然力"的解释,何塞·马蒂的"自然人"的理想,作为"现代主义的偏离者"的书写民族主题的现代作家,作为"缺席的民族"的代表形象的尼摩船长,阿希斯·南地笔下的"赤子"——所有这些视点,就构成了今天这场课开始时我所说的,想要提供给大家的一份理解"民族主义"这一命题的参照点的目录。我想,即便不是正确的,也是一份有趣的目录。

今天就到这里,谢谢大家。

第三讲

在历史诗学与未来诗学之间（下）

第一节课

风格问题

> 地点：中国美术学院南山校区跨媒体艺术学院 4-309 教室
> 时间：2019 年 12 月 19 日（周四 18：30—20：30）

何为"语感"。——被认为只可直观、不可解释的"语感"有其社会性。——"语感"可能是对"风格"的一种社会化了的认识。——"语感"标示的欲望问题。——"语感"是否也可能成为一种保守主义呢？——一个"语感"上成立的作家同样可能是平庸作家。——再谈"风格即人"。——再谈福楼拜式的"写得好"。——有时，"风格"无论具有何种激进或先进性的形象，却是一种伪风格，是一种法利赛性。——法利赛人的风格主义和法西斯的风格主义。——文学思想的仓促的"观念史化"，也会带来一种陈词滥调。——对"创造"的民主化解释，是否文化自毁冲动的一种公共形式？——为什么，现代文学的风格完美主义者忌惮"非文学性"？——为什么"诗"不只是"诗歌"？——从"荷蒙库鲁斯"式的"精湛"到"弗兰肯斯坦的怪物"式的"精湛"。——并不是文学写作中的社会观点或政治观点，恰好是文学写作的"精湛"，在社会化视角下被认为没有合法性。——"风格"，是伴随着人的主体化运动所产生的美学意志。

——别尔嘉耶夫的《自我认知》提示的美学问题。——别尔嘉耶夫对诗的疏远。——对"意象主义"的一种反思。——作为一种美学禁令的"意象主义",是否使诗的形象思维制度化了?——非语音中心主义的诗。——"诗的声音",是对听觉的社会化表现(例如歌曲化)的自由否定,由此"一个诗人即一种谈话方式"才会产生。——韵律、节奏和用词应当内化于句法,从而使思想得以洗练。——未完成的"无韵体诗"。——不可或缺的形式,并非妨碍了诗的自由,恰好是对诗的非自由倾向的拦截。——别尔嘉耶夫对"抒情"的批判。——诗迁就于"诗意化",相当于绘画迁就于"美化"。——"诗意化"是诗的消极与堕落状态。——别尔嘉耶夫对"颓废"的批判。——文人的蒙昧主义。

　　——什么是依附性的写作。——美学上的机会主义。——那些非常像诗的诗、非常像艺术的艺术何以产生?——"好作家"并不在于对"坏品味"的克服,更是对所谓"好品味"的克服。——在"好品味"或"好风格"中蕴含了作家依附于权力的可能。——重识现代诗的一个基本命令:"一首诗必须是一次更新。"——"情感主义者"对"一首诗必须是一次更新"的反对。——"强力诗人"的抒情性被社会化的"情感主义"遮蔽了,同时前者也对"情感主义"造成意义危机。——"情感主义"并不是自由意志或美学自由的结果,而往往是社会化的概念内化于人的结果。——文学成了社会化概念的内化。——凡未经"更新"之刀锋者,不论具有何种社会化的文学身份,都是堆砌辞藻者,都是内化了的"奴性"的表现。——警惕作家访谈中的"经验之谈"。——那么,何为"更新"?——什么是作为颓废现象的"伪更新"?——诗不仅是"更新性"的体现,也是关于"何为更新"的绝对区分者。——"在上帝之中的更新"这一观念对"元诗"的抵抗。——再谈罗兰·巴特晚年对"元写作"的反对。——"风格"的形成本身即具有反潮流性。——我们的写作，可能只是我们更应该走向的写作的一种前写作阶段。——我个人的一些被《自我认知》所推动产生的"自我认知"。——对"诗艺"这一观念的反思。——再谈"美即真，真即美"。——再谈什么是"诗人的诗人"。——对"无韵体诗"与韵律诗的关系的辨析。

绪言

大家好。上两节课，一次是关于"民族主义"在近现代文学中的表现的户外课，然后，是对我的一个诗剧作品的朗读。接下来的课，我们会把主要时间用于评析一些二十世纪的诗和诗人，但在此过程中，我们仍然需要常常在现代诗与西方古典作品之间往返。因为，至少我没有能力在谈现代诗时，完全撇清它与过去的文学和思想史的关系。而且，我们仍然需要谈论一些前提性的问题——所以这节课，我们就用来对常常在各个时代都引起争吵的风格问题做一些辨析。因为，往往并不是文学中的社会意见或者政治意见，而是在"风格"这一问题上尤其集中了作家与作家、作家与世界的冲突。

正文

文学写作者们常常会在第一时间，用"语感"作为评估文学作品的标准。"语感"不是最重要的标准，但是常常被作为基本标准。

人们在读一首诗时，如果认为它"在语感上不成立"，则被认为也就不用在内容方面认真对待。我在很长时间里也是这样（现在也常常如此）：如果读到一本小说，觉得这个作家连句子也没写好，或者在比喻、行文用词等方面陈词滥调，就会觉得不用花时间看下去。这种被称为"语感"的东西，文学写作者们往往会认为难以明说。但我认为，是可以明说的，尤其，是在当"语感"可能成为一种**省心的保守**主义的时候。

审美快感中心论者认为"语感"是不用论证的，而且更不用在社会性的层面论证。但如果，稍微克制一下这种宣告美学主权的冲动，可能我们会发现，其实"语感"经常有它的社会性。

宽泛来说，"语感"有三种面相。

其一，是技术论的。类似一个演奏者对音准、音色的把握能力不佳，尽管他也许有某种自己的音乐理念，这种情况在文学写作中，人们就会说，这个写作者的"语感不好"。

其二，"语感"有其社会性。"语感"可能是一个时期的写作风气的现象化表现。例如，一个人的诗作如果趋同于一个时期被行业（或某一团体）承认的文风或句法构成方式，人们就会认为这个作者（及其"语感"）是"成立的"。或者人们更习惯的表达方式是，并不会说这个作者的作品是"成立的"，而是说这个作者是有"语感"的。

其三，有时，"语感"是人们对文学作品的"风格"的朦胧感受的一种朦胧命名。也就是说，"语感"可能标志了一种认知不成熟：这时，人们意识到了"风格"的存在，但因为各种原因，第一时间却没有认识到，所以就用"语感"来称呼它。"风格"一词在我们的表达中的缺席或退场，与现代文学的激进化过程有关，后者使人们很少再谈论"风格"。于是，当人们模糊意识到了"风格"的存在，却并没有认识到已经在面对风格问题的时候，就用"语感"为主语来称呼他们所朦胧意识到的东西。于是，"语感"便是对"风格"的一种粗朴、简化的认识。而且正是因此，"语感"可能恰好是对"风格"的一种社会化了的认识。

我们沿着这个思路再推进一步。如果按照以上所说，"语感"这一观念就蕴含了一种惰性——也即：人们习惯于认为一个诗人或作家的语言，应当在第一时间就具有那种即刻诉诸于感性认识的直接有效性。人们喜欢的是：可以在毫无准备或者无知的情况下，被一首诗或者一篇文学作品"击中"。当然，这种情况是存在的。正是因为这种情况的存在，我们才应当留意并审视一种欲望——读者的欲望，即：读者可以不做任何事情，也能够获取精神上的满足的欲望。在此情况下，"语感"所指向的欲望正是标示了感受力的匮乏状态，而这——"语感"所指向的欲望——在古典作家那里，也在尼采那里，可能正是（尼采所拒绝的）**颓废**的表现。不过，一种奇怪现象是：在一些"早期现代"的先锋艺术家那里，尼采主义与颓废主义又合为一体了。

"语感"被认为是一种应当**首先显现**的美学素质，但是，"语感"是否也可能成为一种保守主义呢？而且一个"语感"上"成立"的作家，同样有可能，甚至更可能是一个平庸作家，因为他可以停止在某种习得了和熟练了的美学形式中，这种美学形式使他可以一直保持在某种**易于被辨认**的地位。

一个写作者只要还不算笨，总会通过模仿，再通过自己的一点变形，在并不太长的时间里就习得一种把句法、文体写得像样的方式（这也令一些人在一段时间后放弃了写诗，认为无非是一种"伎俩"），从而也会被认为在"语感"上是"成立"的。甚至还会被认为，他／她有"**自己的声音**"。所以，当"语感"几乎成为一个不可侵犯的美学先验观念时，可能，实际上我们通过"语感"问题观察到的，正好是作家的外在化和社会化的表现。他／她在"语感"层面的"成立"，可能恰好也是他／她在一个时期内的社会化写作样式层面的"成立"。我们认为"语感"所标示的，是语言具有内在性的问题，但它其实经常显现的是：一个文学写作者的社会化情况是怎样的。

在一般化的审美经验表达中，我们固然应当看重"语感"，视之为不可或缺。但是，"语感"好比对一个人的生命来说不可或缺，却并不是那种使他／她得以**行走**的东西。如果进一步，走向具有创造性的言语风格和思想经验，乃至面对一种作为精神事件的美学事实时，"语感"就是个相当粗糙的标准，甚至可能还是导致误解的工具。

我们从"语感"这一问题开始，是因为，在一个从现代主义到很晚近的文学"话语场"中，人们很少再谈论风格问题了。但是在对风格问题的一种世俗化的议论方式中，"语感"是人们经常使用到的词。所以，我们首先要对"语感"是什么做一些辨析。"语感"只是"风格"的一个侧面，但这个"侧面"是**被选择的**，被文学的"话语场"选择，从而成为"风格"的一个"亚主语"。当我们仅仅以"语感"来谈论"风格"时，可能我们的想法，只是一种早已进行过了"话语场"选择的事物的剩余物。

我们都知道那句布封的箴言："风格即人。"后来的一些二十世纪文本理论家如罗兰·巴特、米歇尔·福柯，对此言都有不同解读。当作家们说"风格即人"时，这句箴言也为我们指向一个非常素朴和传统的命题——而这，就是风格问题的背景——风格问题就是"大写的人"、就是"人之谜"这一不止于美学问题的命题的侧面。当作家们谈论风格时，也是在谈论"大写的人"这一主体的可能性。此外，"风格即人"也告诉我们："风格"也像人物一样，有其举止行动，有其嗓音、语调和表情。

"风格追求"这一现象，尤其与启蒙运动有关。启蒙运动所催生的那个文学时代的一种尾声，却也是现代写作艺术的先声——福楼拜，在他那里，"写得好"，成为了一个地位堪比黑格尔式形而上学的命题。什么是一个作家的"写得好"呢？由此，产生了文本主义思潮的一种开端。"风格"的问题，也尤其在法国现代文学批评思想传统中得到关注。我们知道，先是萨特一代，然后是罗兰·巴特，围绕着由风格问题触发的"什么是文学"的问题，发生了剧烈而重要的争论。法国现代思想者和文学评论家，对"风格"问题的热情持续终生。战后，不乏公共知识分子的一种"标配"是——比如像苏珊·桑塔格、爱德华·萨义德这些批评家和文章家——都会在谈论现实政治问题的同时也谈论风格问题。他们作为批评家的写作，常常主要是对"广义的散文"——比如对小说家、文章家的关注，较少或几乎不关于诗和诗人。

假如，关于罗兰·巴特（人们对他褒贬不一，我个人很喜欢这位睿智的批评家与文章家，从其晚年讲稿《小说的准备》中我得到了一些至今难忘的启迪），如果我们缺乏对法国文学及其散文传统的了解，例如对蒙田、拉罗什富科、伏尔泰、夏多布里昂等这些文章家的了解；如果我们从未对巴尔扎克、普鲁斯特这些作家有过仅仅作为一个读者——而非自我预设的理论化评判者——的热切与孤寂的阅读，可能，我们就不太会立刻知道罗兰·巴特的许多知性关切的背景是什么，从而仅仅会在理论语体或"本真性的黑话"中，进行一种堪称是"有知识的无知"的专业复杂化言说。阅读首先是沉寂的。这种沉寂，即意味着我们是在一个非理论性的、**前知识的**生命状态中阅读，我们在阅读中产生的感受与思索，不会立刻得到来自理论知识、来自他人和社会化外界的回应。而正是在这样的阅读中，才产生了那些只有自己才能够回应自己，从而去探索并使之清晰化的东西，才产生了精神生命。只有经历过这样的阅读，而非学习各种理论知识，我们才可能真正理解罗兰·巴特（从一个早年的理论明星——这一面广为人知，渐变为一位沉毅的喀戎——这一面较少被理解）那样的精神生命。

亨利·詹姆斯，现代英语文学中一位主要的风格主义者，也是散文风格方面的大师，但他在现代批评或法式批评的潮流中留下的回声较少。在近代德语思想，也在整个欧洲近代思想中，严加关注并对"风格"问题进行心理学考察的首要人物，显然是尼采。法国现代思想家们在议论"风格"问题时，其参照和灵感来源也常常是尼采。不过，罗兰·巴特这种较为老派的文学评论家，心中放着整个法语古典文学——放着伏尔泰和普鲁斯特——所以对他而言，尼采或许并不那么重要。

"风格"问题，是伴随着人的主体化运动所产生的美学意志，并且在近代作家那里开始得到不同于神学时代的细致化发展，文学也因此走向在"早期现代"潮流——例如"马拉美主义者"们——中显现的那种审美高度自治的地位。同时,文学与实际的社会化世界的冲突,也从思想冲突,转变并**激进化为**美学冲突——文学与现实的矛盾,首先是文学的"风格追求"与实际的社会化世界的冲突,而不是文学中的政治观点与社会化世界的冲突。

所以我们会看到这样一个现象:当实际的社会化世界有可能满足诗人、作家和艺术家的美学意志时,例如苏维埃的未来主义时期,以及纳粹时期,本来是特立独行的"先锋人物"的艺术家和文学家们,就会异乎寻常地、直接或间接地走向权力,与权力合作。例如邓南遮这样的唯美主义作家,在墨索里尼时代身居高位,住在一座美轮美奂的宫殿式建筑中;以及,例如超现实主义者与共产主义政权的关系。

这些问题,在彼时的一些较为边缘的人文主义者那里,例如"白银时代"的诗人(对他们的普遍认同也是很晚近才发生的,不论茨维塔耶娃还是曼德尔施塔姆,其生前都是彼时文学界的边缘人物),例如保罗·策兰,还有康斯坦丁·卡瓦菲斯这样的"边缘诗人"那里,得到了深刻的修正。他们毕生的写作是一种证据,他们的存在即意味着:"风格"本身应当具有从死亡和废墟中**显容**的力量,它内化在对历史文本的但丁式回望和对未来风暴的承受之中,而并不一定在"当下时间"的社会化辨认中显现。而那种在**投向权力的美学和权力本身的美学**中显现的"风格",无论具有何种激进或先进性的形象,都是一种**伪风格**,是一种法利赛性。

正是那些曾处于边缘的诗人成为了一种精神事件的写作,是对**法利赛人的风格主义**的深刻修正。这些诗人在身后都得到了神话般的赞美,然而,与此同步的一种现实是——使他们的写作与他们的敌人共**在的一种现实是**:他们的敌人可能和他们一样,都写得很精湛;也就是说,写作的敌人,那些被我刚才称之为"法利赛人的风格主义"的写作者,同样可能是写得很精湛的。这意味着,"风格"的精湛("风格"本身即意味着写作的精湛,若写作达不到精湛,便不可能产生"风格"这种东西)——显然我们又回到了波德莱尔——将不再是光环的来源,而是拾荒者(波德莱尔以此来比喻现代诗人)要面对的问题。在今天和将来,仍然不会缺乏一个又一个精湛的诗人、精湛的小说家和精湛的文章家,但是精湛的"身位"已经发生了变化:精湛属于波德莱尔指出的废墟范畴。

之前的一节课中我们已经提到过,现代批评中的一种激进判断是:精湛可能是一种"垃圾",是一种剩余物。在今天,我们也许并没有走出波德莱尔在其洞见中指出的范围:写作者依然是他讲述的那个拾垃圾者,是一个以废物大地为局限的人,打理着作为废物利用的诗和文学。不论是卡瓦菲斯、"白银时代"、保罗·策兰这样一些具有牺牲意志的诗人所呈现的风格,还是法利赛的或者法西斯的风格主义,尽管两者之间是矛盾的,但与两者同步的一种情境是:"风格"或写作的精湛具有废墟性和"垃圾"性。今天,这些问题依然还处于争论之中,而且好像也没有定论。但这些问题仍然非常重要,也已经蕴含在我们之前的几节课中,现在,我们不妨再清晰化和罗列一下这些问题——

一、当我们说诗的"风格的形成"或者"陌生化生成"时,常常是指这种情况:诗具有一种异常强烈的自我完形的意志,而且越走向自我完成,越需要在主动容纳政治性中获得它的自我拓展。诗的这种自我拓展,意味着什么?而且,这种自我拓展之生,有可能是在"社会主义时间"至"当代时间"中流行的那种文学性/文艺性之死(我是在模仿济慈在书信中谈到弥尔顿的影响时所说的一句话,他说"弥尔顿之生即我之死")。这种自我拓展,我们可以理解为:在诗和对诗的社会化需求之间,存在着一种斗争性的关系。

二、诗这种文类,为什么需要不懈地形成特殊的认知路径?当我们谈论一个诗人时,就是在谈论一种特殊的认知路径,从而就是在谈论一种精神现象。

三、诗艺/诗学与"观念史"的悠久关系。博尔赫斯的说法是，每个作家发明他自己的文学谱系。对这种关系的主动重构，有时候会是斗争性的。比如，首先是与文学保守主义和陈词滥调做斗争。此外，文学思想的**仓促的**"**观念史化**"，也会带来一种陈词滥调。

（说到博尔赫斯，一个题外话是：比如我们会觉得，一个写小说的人很快就写得像博尔赫斯，相像于那种句法或故事构思，我们可能就会觉得他/她写得有"语感"，或者他/她的写作是"成立"的。）

四、然后，是一个非常传统、到今天也争吵不休的问题：社会（组织、群体和个人）并不能始终要求文学/艺术的创造与它的需要（或指令）相一致。这种对一致性——立场、观念或语汇的一致性——的需要，也许是文化的集体自毁冲动的一种表现形式。这种**对一致性的需要**，经常会与法律的、哲学的，以及受这两者的流行化形式所影响的自我技术化的语言同步出现。

我们可以再往前推进一步：对"创造"的民主化解释，是否文化自毁冲动的一种公共形式？那么，社会化了的冲动与感性需求，以及社会对"诗"的想象（例如生活是不是诗意的，人是不是需要"诗和远方"这类话语），反而会使诗——尤其是在二十世纪发生了深刻变化的世界现代诗——不被理解。由此，也许可以得到一个理解里尔克那句名言的角度，也即：为什么，诗与"生活崇拜"之间有一种"古老的敌意"。

五、理解诗和诗人，除了美学层面的认识，尤其重要的还是：从中尝试理解"诗性正义"在当代的意义和可能具有的表现形式为何。"诗性正义"一词（我们第一节课也有提到），部分的以及源头性的是维科意义上的，然后部分被近现代的思想演变不断修订。可以考察的是，今天我们在说"正义"一词时，可能是在说一种产生于社会化感性冲动的、组织化了的行动崇拜。那么"诗性正义"与之的区别又是怎样的呢？而且，诗允许自身表现出的外在性与政治性，为什么不是法庭道德主义的呢？

我想以一个"近代诗人"——海因里希·海涅为例。海涅把自己作为"诗人"的存在，称为"可疑的第三方"，也就是：主流权力和海涅称之为"革命的男人们"这两者之外的"可疑的第三方"。彼时不论在德国还是巴黎，他都不被前两者接受和承认——既不被"革命的男人们"接受，而且当然也不会被官方文化接受。诗人不仅要成为这两者之外的"第三方"，同时，也要成为**生活崇拜者**的异见者。海涅是个讽刺家，他把官方文化的存在，"革命的男人们"，以及生活崇拜者——把这三者称为"三头之犬"，而诗人是"三头之犬"的敌人。

六、诗，作为一种矛盾性的文类，为什么在需要"复调"和"正典精神"，且两者并行不悖的同时，也可以是"朴素"和"粗粝"的？发生在一些近现代作家例如列夫·托尔斯泰，甚至也在 T. S. 艾略特那里的一种现象是：当其创作处在高度成熟期时，他们的"风格"会显得不那么完美。这种"风格"的不完美，也可以被理解为：一个写作者的成熟性即在于他／她的写作中再次发生了一种"不成熟"。而且，在他／她的创作高度成熟时，他／她可能写得不那么"像"文学。进一步这意味着：文学的高度成熟性是一种对"非文学"的创造性接受。这类作家的写作，在保持"复调"和"正典精神"同时，也保持了一种"朴素"和"粗粝"（可以联想艾略特的那些未完成的诗剧片段），也许这是因为，作家们担心写作表现得"太完美"。

这里蕴含着另一个问题：古典文学风格与现代风格发生争吵之处。我们知道，现代主义文学，尤其从马拉美到华莱士·史蒂文斯这样的诗人，都把追求风格的完美当作艺术意志。但是，在古典文学中，反而是一个作家在高度成熟时会显现出一种创造性的"非文学性"。

文学上的"审美纯粹观"和完美主义是很晚近的现象。当然，也有多重的来源，例如文艺复兴的、拉菲尔前派的、唯美主义的，以及从早期的"纯诗"论者乔治·摩尔（其关于"纯诗"的观点见《埃伯利街谈话录》）到成熟的"纯诗"主义者保罗·瓦莱里等等。二十世纪早期，文艺上的纯粹观和完美主义，以及艺术上的感官愉悦至上论，是对古典巨人的抵抗，常常有策略色彩。曾经这是必要的，也是可行的。但在今天，是否需要再重复这种"早期现代"的完美主义，可能又是一个需被重新认识的问题。

在 T. S. 艾略特的时代，更为年轻的一代英语诗人也对艾略特逐渐采取抵触立场。艾略特本人——之前在关于《荒原》的课上我们也曾谈到——在评论威廉·布莱克的一篇文章里写道："伟大的诗具有一种令人不适性。"我们可以把这种"令人不适性"理解为，同以上我们所谈的是同一件事情。诗这一体裁在高度成熟时具有一种创造性的"非文学性"，而这种"非文学性"被现代完美主义者所抵触。为什么，现代文学的风格完美主义者忌惮"非文学性"？也许，这是因为风格完美主义者忌惮逻各斯的权力、历史的权力通过"令人不适性"，通过不完美，通过"非文学性"，进入到写作之中，对现代完美主义者的依据造成**取缔**。所以，两者之间的关系也是斗争性的。

关于"文学的成熟性是一种对于非文学的创造性呈现"，我们在关于荷尔德林的那节课也曾谈到，荷尔德林写道："诗需要非诗，但需要敏捷的把握。"

现代主义者们认为，要警惕并抵抗逻各斯和历史的权力。对此，有许多争吵不休的变体，也有许多解决方法方面的变体。在俄罗斯的那个先锋主义时代，出现了巴赫金这样的具有理念原创性的诗学家。巴赫金提出的解决方案，在当时比较"前卫"，但今天来看可能也是比较浪漫的，而且进一步看它可能正是一个托尔斯泰式的方案——这位关注"复调"的诗学家，通过对托尔斯泰的《哈吉穆拉特》和对《战争与和平》的研究而认为：诗人应当是一个具有战略意识和绘制时代的精神地形图的人。

我们可以延续这一思路，再提出一个问题：

七、为什么"诗"不只是"诗歌"？比如，我个人也经常说"诗"，很少和几乎不会说"诗歌"。一种狭义的原因也许是：许多现代诗作的发声方式并不是"歌唱"的方式,可能是"讲述",可能是一种"谈话的语调",可能是**诗而无歌**,而且与现代小说和戏剧的探索同步。现代诗人的一些无韵体叙事诗可以进行多声部的叙述,有时——例如在弗罗斯特(他并不典型,因为还是一位格律诗人)的悲剧叙事诗中——被赋予《圣经》的文化背景。此外,二十世纪还有着数量众多的散文诗人群体,例如从圣-琼·佩斯到埃德蒙·雅贝斯。这些诗人之作,不论我们认不认为它是常规意义上的"诗歌",至少很难被当作是与古汉语传统意义上的"诗歌"同样的东西。

不论是坚持古典倾向(有"汉文化古典主义"和"世界古典主义"两种)的诗人,还是现代自我中心视角的诗人们,所追求的东西有一种共性:诗需要整饬的风格,同时又需要"善变"。与现代文学中的成熟观——风格越成熟也就越具有稳定性的完美——不太一样的是,"善变",可能更是一种古典观点。"善变",尤其是指文学写作者在"文学性"与"非文学性"两者之间的"善变"。莎士比亚、歌德这些核心的古典大师恰好都是"善变"的突出体现者。然后,不论在古典还是现代诗中,诗人的意志或一种核心欲望即:追求"精湛"。即使只是一个拾荒者的"精湛";即使,只是不停地在世界垃圾堆里翻翻找找,废物利用以达到"精湛"。也许,我们可以联系在《再论"体验与诗"》那节课中讲到的"人造人",来理解什么是诗的"精湛"。

我们的博导浮士德的那位博士生瓦格纳,创造出了那个玻璃瓶里的"小人"(名叫"荷蒙库鲁斯"),后者是整部诗剧中最灵敏、也最脆弱的生命体。我们可以把它视为正是"精湛"的一种化身。与"人造人"的形象转变为"弗兰肯斯坦的怪物"一样,现代文学中的追求风格"精湛",可能,也是从歌德时代的"荷蒙库鲁斯"演变成了"弗兰肯斯坦的怪物"的一种精湛。但后者并不是一个贬称,"弗兰肯斯坦的怪物"式的"精湛"是具有很大魅力的。在很多宏伟的"后现代"小说家那里,比如品钦、约翰·巴斯那里,甚至并不那么"后现代"的波拉尼奥《2666》

这样的一部杰作中，都能够看到一种"弗兰肯斯坦的怪物"式的堪称宏伟的"精湛"。

但是，在我们的写作中，"精湛"（不论是以上哪一种）又是稀缺的。虽然，刚才我们提到不论是文学写作者自身，还是哲学家和理论家们——例如福柯——都提供了一种充分的、可以客观化和批判性看待"精湛"的视角。但是，"精湛"仍然是稀缺的。而且，并不是文学写作中的社会观点或政治观点，恰好是文学写作的"精湛"，经常在一种社会化的审视中会被认为**没有合法性**——而且，经常会在一种民主视角下被认为没有合法性。因为持这种视角的人们往往认为：文学的"精湛"，尤其在民主化的目光之下，具有法西斯性。但这不仅是一种偏见，而且已经陈词滥调化了。

刚才我们罗列的这些问题，以及在今天这节课开始时我们所评述的，"语感"问题中蕴含的"风格"问题，都需要我们回顾它的启蒙运动背景。"风格"问题，应当被置于一个随着启蒙运动产生的"人"的主体化进程中去考察。我个人认为这是一个很必要的前提。

这些问题皆指向：在今天，我们该如何理解诗的常常被视为晦涩异常的风格意志。我没有答案，只有一些以为自己成熟之后，又不断发现了自己的不成熟的写作实践。

接下来的内容，主要是围绕着一位活跃于二十世纪上半叶的重要思想家：别尔嘉耶夫。我想以他的一本书《自我认知》里的美学批判为例，来继续今天的话题。这也是我很想推荐给大家的一本书。

今年上半年的几个月里，我把别尔嘉耶夫有中译本的著作都看了一遍。阅读的动力，首先便是来自《自我认知》的震动和激励。十年前，我可能会看不进去这本书，原因可能是：别尔嘉耶夫所代表的俄罗斯思想家对于被"未来的基督"所标示的"未来的主体"的关切，他以强硬的"思想家主体"姿态提出的"末世论背景下的人格主义"（关于这一复杂的概念，一会儿我们还会涉及），这些命题及其表达方式，对于十年前，正沉浸在现代诗（尤其现代英诗）的风格主义教育中的我（以及从对于现代分析哲学和实用主义者的一知半解中，因"客观化视角"而产生了些许傲慢的我）来说，并不是很适应这些散发着强烈旧式形而上学气息的斯拉夫式命题，以及它那**直线式的**表达方式（相对于巴尔扎克在《驴皮记》开篇画下的那条可被视为"文学生命线"的曲线）。

《自我认知》是一个哲学家的"思想自传"，也是一种写作风格的展示。一些强调自己写作的非文学性的思想家，例如别尔嘉耶夫、皮埃尔·布尔迪厄这些思想家，其自传性的写作却同时也是一种文风的展示。埃里克·沃格林也一样，不过，他并不像其他人那样急着表示与文学拉开距离，而是坦承从文学——尤其从穆西尔等德语现代作家——得到的启发。这种写作风格的展示，同时也是他们对他们所处时代中的，不论哲学写作还是文学写作中的容易的**文学化**的疏远。在《自我认知》的头几章中，别尔嘉耶夫就清楚直接地写到对诗和诗人的疏远。但是，他很推重戏剧和小说（尤其是戏剧）。

别尔嘉耶夫对诗的批判，至少为我们指出了一种欲望、或者一种简单的文学性：对于"形象"的欲望。他觉得，诗太容易在人们的感性认识中建立形象性，或者令人沉浸于一些"意象化"的东西。我自己则从别尔嘉耶夫对"形象欲"的批判中得到的一个启发是：诗人表现"意象"的能力（出于自由意志），不仅是那些非意象化的事物的自由，更是意象化的事物本身的自由——我的想法如下：

带有一种美学禁令色彩的"意象主义"，刚开始提出来时，不论俄罗斯象征主义者还是后来的庞德，虽然是一种"先锋之声"，但同时也是一种美学禁令。"意象"的产生同时，其实也发生了一种对诗人与事物的关系的规定。这种规定导致：诗人不可能是叙述性的，或者不可能是解释性的"走向事物"，诗人与事物、与世界的关系不可能像散文一样，或者不可能像古典诗人一样建立那种解释性。"意象主义"在早期提出时，

第三讲　在历史诗学与未来诗学之间（下）

可以被理解为是对古典诗学的反动，但同时它也是一种规定和一种禁令，它规定了诗人与事物的关系。

但是，诗人的"意象能力"，不仅是在那些"非意象化"的事物面前的自由的表现——"非意象化"的事物常常指思想材料、历史材料或现实材料——如果，这些东西是"非意象化"的，那么诗人的"意象主义"并不是说：诗人可以宣布，我在这些"非意象化"的事物中具有某种自由，因为"意象主义"带给了我这种自由。也许诗人的工作是反过来的：诗人的自由意志——以及诗人的"意象能力"所意味着的那种自由意志——并不是诗人在现实世界面前遁入"意象"的自由，他/她的某种美学知识使之获得了某种自由，不是这样的，而正好是在"**意象化**"**面前的、不受困于"意象化"的自由**——正好是：诗人所追求的那些"形象"或者"意象"，它本身需要得到自由，需要得到它在现实世界中的自由度。诗人的自由，也是他/她在普遍"意象化"的世界中的自由，同时——这稍微有一点抽象——使"意象"本身自由，包括自由于"意象主义"。

别尔嘉耶夫的批判是：具有美学禁令色彩的"意象主义"，反而限制了诗人的这种自由。这是一种"颠倒法"。其背景之一，是反浪漫主义的立场。在那个时代，二十世纪一〇年代末到二十年代初，别尔嘉耶夫指出俄罗斯诗人的"意象主义"背后的浪漫派背景，尤其指出一种被"意象主义"限制了的自由，恰好也是诗人的主体性的自由。因为，当"意象主义"限制了诗，并且规定了诗，实际上，也是使诗的形象思维**制度化**了。

在别尔嘉耶夫对于俄罗斯的"早期现代"（例如伊万诺夫的时代）诗人、同时也是"意象化"的诗人的批判中，这是一个重要理由：具有美学禁令色彩的"意象主义"是诗的形象思维的制度化。这种制度化，被一种表面上具有革命性的美学潮流所强化，发生在苏维埃时代。

别尔嘉耶夫对诗以及对彼得堡—莫斯科诗人群的疏远，以及他在

"诗的革命"的时代所提出的对诗的异见，还有一个原因，与我们之前提到的"'诗'不只是'诗歌'"有关。

每个时代都会有一些美学家说，"诗"这一事物需要通过韵律（或者格律）回归听觉本体，或者说，回归语音中心主义。而我们可以从别尔嘉耶夫对诗的批判中，得到的一种倒转的意见——乃至洞见——是：这种回归，并不是诗的音乐性的表现，实际上是再次宣告了诗在音乐性方面的失败。

"诗的声音"，是对听觉的社会化表现的一种自由否定，并且，不等同于歌曲的声音（不是所有的诗都可以成为歌词）。如果，"诗的声音"是对听觉的社会化表现——比如方言，或者一种制度化了的格律，这恰好是诗的社会化表现。如果我们采取别尔嘉耶夫式的观点，则会同意，诗的声音正是对听觉的社会化表现的自由否定——这才是诗的声音。这种自由否定是运动性的，而非固定不变的，也即：虽然它也时时要从"可听性"寻求方向，但不会完全与"可听性"同化，而且它也是"可听性"的一种抑制者；只有在一种运动性的、对听觉的社会化表现的自由否定之中，那种基本的美学事实——"一个诗人即一种谈话方式"——才会发生。

而且，"诗的声音"也有来自不同时期的演变史。我是写诗的，我的个人观点是：不反对韵律，也不反对在我们所使用的现代汉语语言中随机用韵——比如尾韵、行内韵等等，仍然都是可以使用的。仍然可以让尾韵、行内韵的随机使用参与构成诗节乃至一首诗的动力机制。

但是，我们却不是格律时代或者**语音中心主义**时代的诗体写作者。而且，韵律和节奏意识应当内化于**句法**之中。声音、用词等，可以不作为主要手段地内化于句法之中。而句法，有可能是一种帮助诗人达到**对听觉的社会化表现的自由否定**的方式。尤其是，我们对声音、节奏的理解，应该通过句法内化为思想。因为只有在此前提之下，像韵律、节奏这些传统的语音中心主义的手段，才可以使我们的思想**得以洗练**。在一些诗人那里，韵律和节奏的存在正是使他们的个人思路达到洗练的方式。说到这里，其实我们就已经谈到了现代诗的一种主要的形式追求：对"自由诗"的追求。

"无韵体诗"，与现代诗的自我变革有关。今天，写现代诗的人们可能更多认为，自己只是在白话文运动以来的"现代汉语"这一前提之下写作。但是在我们——写汉语现代诗的人们——的美学史背景中，其实也有"无韵体诗"的存在。而且，"无韵体诗"的工作也许是**并未完成的**，一如在 T. S. 艾略特的时代也是未完成的。

但是，"无韵体诗"这一文体，往往也会成为创作者的惰性与掩饰才能退化的借口。因为，在"自由诗"这一现代诗人们当然接受但又往往是模糊的理念前提下成立的这种"无韵体诗"，其"标准"何在呢？在语音中心主义的时代，人们可以把格律作为"抓手"，去阅读和评判一个诗人。在"无韵体诗"中，这些标准都变得不稳定了。

当弗罗斯特讽刺"自由无韵体诗"是"一场没有网球的网球赛"时，我们也可以理解为，他并不是站在一种保卫英诗格律的守旧主义者的立场，但是，他是个形式主义者，他的立场——**诗的形式之维**——正好是对诗的**非自由倾向**的拦截。诗的不可或缺的形式手段，恰好是对诗的非自由倾向的拦截。如果，诗，被限制在那种受到"无韵体诗"的模糊概念鼓励的"没有网球的网球赛"中，那么，也许这并非诗的自由时代的到来，而是**诗的非自由境况**的到来。诗的这种非自由的倾向，与我们刚才提到的别尔嘉耶夫所批判的"人处在一种最低世界（被非存在和消极性所构成）"，具有同质性。

现代主义的诗的形式之维，与德国浪漫派的主要理论家施勒格尔的观点"有机艺术论"有关，但后者还不是现代意义上的形式主义。别尔嘉耶夫对"有机艺术论"的批判是：它与精神的"**客体化**"是同质的。在别尔嘉耶夫这里，"客体化"是个贬义词，一般指人被社会化和异化后的状态。当别尔嘉耶夫如是说时，也是对那个俄罗斯先锋艺术时代所表现出来的一些倾向的批评，例如，是对什克洛夫斯基这一类诗学家的批评，以及在什克洛夫斯基之后，对于苏维埃公共艺术中表现出的一些倾向的批评。别尔嘉耶夫认为，这一切，都是一种被"客体化"了的"有机艺术论"。

别尔嘉耶夫认为，只有戏剧（他唯一推崇的文学艺术形式），才是具有狂飙突进精神的艺术家与"客体化"世界之间冲突性的本真领域。作为密切关注文学问题的思想家，别尔嘉耶夫是持这种观点的人之一：戏剧反而保存了，并且始终能够提醒"诗之为诗"的原初动力为何，以及"诗之为诗"的原初现实境况为何。

《自我认知》中的这些对于诗人和诗的批评，我觉得在今天仍未过时。它与阿多诺对流行抒情音乐、对抒情诗的批判也有一致之处。别尔嘉耶夫对"抒情"这种行为，始终抱有一种距离感。这种距离感**并不是理性主义的**，他也并不认为自己是个理性主义者。相反，他认为自己是一个崇尚激情的非理性主义者，而且，他也绝不赞扬理性主义者所推崇的那种反抒情性。

我们今天对"抒情性"的一般反思是：它容易导致艺术作品的一种令人反感的"诗意化"，也就是说，容易导致那些**非常像诗的诗，非常像艺术的艺术**，导致那种（不妨如此命名）**自我诗化的诗**。"诗意化"不仅是一种"泛文学性"，而且是派生的、非创造性的，以及，是派生性自身的一种自我诗化。如果，诗，迁就于这种"诗意化"，情况就相当于绘画迁就于"美化"。"诗意化"产生的东西看起来很容易被认为是诗，但却是伪诗，甚至于是反诗的，是诗的消极和堕落状态，同样，也是与精神的"客体化"同质的。

别尔嘉耶夫对于俄罗斯早期现代主义的风格论，也对革命时代的一些自我中心的抒情主义者——尤其，他把诗人作为代表——深感格格不入。在他的时代、在他生活于彼得堡的那个时期，彼得堡也是文人艺术家的集散地，他与许多作家和象征主义诗人都有交往。别尔嘉耶夫**拒绝**

颓废，在《自我认知》中，他对颓废也不乏评说。例如他说，颓废的一种，是对因果必然性——尤其历史因果必然性——的崇拜，同时，也混合了对于"自然力"的原始主义崇拜。

别尔嘉耶夫有一篇文章，是批评舍斯托夫的，关于"俄罗斯精神中根深蒂固的村妇化"。文章写得敏锐而尖刻。当然在今天，人们可能会在一种性别政治的立场上问别尔嘉耶夫，为什么是村妇化，而不是村夫化。

别尔嘉耶夫认为，对于历史因果必然性的崇拜，以及对大地自然界的原始主义崇拜，导致了诗人——尤其是象征主义诗人——的颓废。同时，别尔嘉耶夫也拒绝唯美主义，更拒绝一种**文学化了的模仿性**：在他看来，那些自我中心的抒情主义者，经常只是**固定文学模式的模仿者**，而且正是因为对文学模式的模仿，才使他们更加需要处在一种自我中心视角的抒情性之中。

别尔嘉耶夫尤其拒绝那种蕴含在社会实践活动中的，被教条化和公共化了的文化蒙昧主义。他认为，这种蒙昧主义，与文人们在"思想"和"实践"两方面的蒙昧主义是合流的。并且，正是颓废——不论表现为唯美主义还是如前所述的模仿性——导致了**文人的蒙昧主义**。文人的蒙昧主义，是在时代中甚嚣尘上的文化蒙昧主义中最严重的一种。而且，文人的蒙昧主义是大众性的文化蒙昧主义的一部分，是其极端化表现。

别尔嘉耶夫的批判，主要针对"早期现代"诗人们想要进行艺术风格方面的变革时，所表现出来的一些现象或症状。这些现象或症状，可能今天还依然存在着，每当其中的某一种，对文学写作，尤其对当代汉语写作的自由意志进行判决时，我都会感到，我们可能还处在别尔嘉耶夫的时代。彼时，别尔嘉耶夫对这些现象或症状颇感愤怒，而且，这种愤怒又进一步在《自我认知》这本书中，表现为一种预感——对于一个去个性化的政治时代全面到来之前的，一种前夜的预感。

我们休息十分钟。

（中场休息）

【下半场】

别尔嘉耶夫对诗人的批评，我认为在今天依然有效。别尔嘉耶夫是一位人格刚直的思想家，终生不能接受一种东西：**依附性的写作**。不论是依附于机构、集团，还是一种文化权威。如果，这种依附性是一种功能层面的考虑，那么，除了是一种世俗意义上的机会主义，也是一种**美学上的机会主义**。前者——世俗意义上的机会主义——常常是直白露骨的，所以也不用过多谈论。后者，一种使创作者与那些被他们权威化的前人文本同化，从而创作者也得以自我神圣化的途径，就是美学上的机会主义。

我们的写作，其实也常常依附于这种美学上的机会主义。而且，如果美学上的机会主义，是依附性写作的一个自作聪明、自以为得计的面具，至少，对于别尔嘉耶夫来说是不可接受的。在他对此的辨析中，有一个我认为很重要的观点：一个"好作家"的成熟，可能不在于体现出了多么好的风格、多么好的品味，而是："好作家"并不在于对"坏品味"的克服，更在于对所谓"好品味"的克服。这个观点，与我们谈到过的"文学的非文学性"和"从作家的成熟中再次打开的不成熟"是相一致的。由此思路，我们可以看见别尔嘉耶夫批评诗人的一些主要理由——这些观点，其实也是很陀思妥耶夫斯基和托尔斯泰式的。在《自我认知》中，别尔嘉耶夫也一再提到，这两个作家对他的教育是决定性的。我自己，过去也曾有过一个可能是很冲动的判断，我认为：一个人（不只是文学写作者）如果不读这两个作家，可能是无法成熟的。当然这是一个情感化的断言。

一个成熟的作家也是对所谓"好品味"的克服，在这一观点中蕴含着一种批判。一般，人们认为"好品味"是好的风格的前提。但是，"好品味"或好的风格，本身即可能是一种社会化的表现，以及，可能是社会依附性的表现。一个作家，如果是别尔嘉耶夫所说的那种**在自由否定中探索肯定性**的人，以及，如果这种肯定是对"未来的基督"和"未来的主体"的肯定，那么他/她获得艺术自由度的方式，会与对"好品味"或"好风格"的克服息息相关。因为，正是在"好品味"或"好风格"中蕴含了作家依附于权力的可能性。

接下来，我们要谈的是现代诗的一个基本命令，或者，一种基本的教育。这种教育，不论我们还会以何种反思性的观点来看待，对于我——无数现代诗写作者中的一个——也是始终有效的。这种教育就是：一首诗必须是一次"更新"。

也就是说：或者是构思、或者是材料的使用方式、或者是对"主题"的某种发现性地改写，写一首诗必须是一次"更新"，一首诗也因此——而不是因为"诗意化"——才成为：诗。

这是现代诗的一种 ABC 性质的、几乎是绝对命令的核心命令。我们绝不能说它是教条。它是"诗之为诗"的基质，是诗人的自我训练的主要内容。不存在"技法"或者文学常识方面的"第一课"，而是"一首诗必须是一次更新"才是诗人学习的"第一课"。并且，因为对"抒情性"的需求以及道德主义的原因，都阻碍了写作者对于"一首诗必须是一次更新"这"第一课"的学习。

我个人的立场，比较接近别尔嘉耶夫的那种反对"情感主义者"的立场。当然，我并不反对情感。而且，也没有人可以"反对情感"吧？但是，我们可以反对那种虽然表现为**美学化**了的，实际上是一种社会化的"情感主义"。

反对这种"情感主义"的首要原因，可能因为它不仅是反美学的，更在于，它是**反更新**的。对于"一首诗必须是一次更新"这一核心命令，"情感主义"会表现出抵触和逆反。因为，"情感主义者"会认为，"一首诗必须是一次更新"这样一个**行动**，对于他们来说太激进，或者，是太陌生化的，从而被他们视为一种暴力。因为，"情感主义"辨认不出这种更新。而且，"情感主义"会阻挠更新，并且，更是一种教条性质的阻碍。由于"情感主义"和道德主义的原因，都阻碍了"一首诗必须是一次更新"发生于诗人的工作。

文学写作者们——包括我这样的一个普通写作者在内——当然不可能反对人类的情感或"反对抒情"。但是，诗的情感，与那种"更新"之前的、往往是道德化了的"情感主义"不可同日而语，而且可能是彼此冲突的。我们因此可以理解，一些被称之为"强力诗人"者的抒情性（我显然是在依靠哈罗德·布鲁姆的概念。这一概念本身有些我并不认同之处，但我认为是可以暂时使用的），比如像莎士比亚的抒情性，哈特·克兰的抒情性，茨维塔耶娃的抒情性，它们可能并不是"情感主义"的，甚至会被"情感主义"所遮蔽。而且，这些"强力诗人"的抒情性，常常会对我们的社会化的"情感主义"造成意义危机。

别尔嘉耶夫的观点是，"情感主义"并不是通常所说的自由意志或美学自由的结果，而往往是社会化的概念内化于人的结果。

由此，我们可以再考察一下"客观化叙事"。"客观化叙事"在当代汉语写作中，我个人记得的一次潮流，是在上世纪九十年代。当时，人们还讨论"冷叙事""冷处理"等等这样一些"客观化叙事"的"亚概念"。一种别尔嘉耶夫式的辩证是（当然，别尔嘉耶夫有尼采主义的一面），"客观化叙事"，是人在情感能力方面的贫乏内化于人的结果。在此情况下，"情感主义"有两种表现，一种是道德化的"情感主义"，另一种，是表现为"客观化叙事"的"情感主义"。在这些情况下，文学都成为了社会化概念的内化。

表面上来看，"一首诗必须是一次更新"像一个"泛进步论"的立场。但也许，它更是一种刀锋。我想，我们可以大胆一些，得出一个尖锐观点：凡是未经过这一名叫"一首诗必须是一次更新"的刀锋的写作者，不论具有何种社会化的文学身份，不论是一个自由主义写作者，还是一个官方写作者；或者，不论是一个持"前卫"立场的写作者，还是一个持保守的古典主义立场的写作者——凡未经"更新"之刀锋者，都是堆砌辞藻者（哪怕是朴素的辞藻），而且，都是内化了的奴性的表现。我们可以回顾第二节课所谈到的，荷尔德林对"奴性"一词的定义。

当我们谈论"风格"问题时，还有一种情况是：我们用行话或"经验之谈"（往往来自我们喜爱的一些作家或诗人访谈，这些访谈内容通常是较为非正式的、口头表达的"经验之谈"。我们会觉得，这种"经验之谈"有一种**易于把握性**。我们模仿这种"经验之谈"，把它转换成一种术语化的表达方式：行话），或者用一些已成为习语的现代诗语汇（主要来自十数位二十世纪欧美诗人），去评论写作是否欠缺"独到的深度"、欠缺"成熟性"，或者，欠缺"风格"——但也许，更应该明确和直接说出的是：欠缺的是"更新"。凡是，当我们用行话或"经验之谈"的方式来谈论这些欠缺时，也许我们也把它合理化了。但是，在别尔嘉耶夫那里，"更新"不同于文学艺术家的风格、美学革命的那种"更新"——写作缺乏"更新"，其主要欠缺的是"在上帝之中"的"更新"。

也许，这是"更新"成为刀锋的一个内在原因。而且，也唯有"在上帝之中"，也即只有通过"在上帝之中"才可实现的美学自由度或自由意志之中，才能够定义，什么是"更新"。然后，才可区别于那种纯属实用主义的、颓废的"更新"——或者，"伪更新"。诗，这种创造性的存在，不仅是"更新性"的实现，也是关于"何为更新"的绝对区分者。

在别尔嘉耶夫的时代，他以"在上帝之中的更新"这一信念去抵抗他的争论对象——在风格主义的层面，提出"元诗"的"早期现代"诗人。在那个时代，在"形式主义"和"象征主义"，在从诗人伊万诺夫到散文家、理论家什克洛夫斯基的观点中浮沉的"诗"的概念，蕴含着一次"元诗"的浪潮（我不确定是否是第一次现代浪潮）。在此情况下，别尔嘉耶夫以"在上帝之中的更新"，以及诗作为"更新"的绝对区分者的信念，去对抗那个时代的"元诗主义者"。

我的观点——倾向于别尔嘉耶夫——是：单独在风格主义层面强调"元诗"，可能是无意义的。在此问题上我们可以再联想一下，前面几节课中提到过的罗兰·巴特晚年对"元写作"的反对，他与早年提出"写作的零度"的那个人好像不是同一个人，但两者之间，我认为有深刻的联系。我的另一种个人观点是：如果有一种东西叫"元诗"，那么，它应当被内在于一首**正常的**诗。

《自我认知》头几章，记录了别尔嘉耶夫对他那个时代的文学形式主义者们的对抗，也记录了他对那种**从风格革命走向社会革命的潮流**的对抗。因此，在哲学家别尔嘉耶夫身上也表现出来的是：一个在"世界精神"的进行时中的写作者、一个提供了一种风格模型的现代写作者的写作，同时，也是提供了对于"何为非文学性"以及这种"非文学性"如何成为一种积极美学可能性的写作。

别尔嘉耶夫在他的时代，也是一个"反潮流者"（在以赛亚·伯林的意义上）。另一方面，我们也要认识到：**"风格"的形成，本身即具有反潮流性**。二战之后，在战后人文主义者那里，人们"发现"了若干具有反潮流色彩的诗人和作家，对他们进行重新认识和肯定，比如康斯坦丁·卡瓦菲斯这样的诗人。

《自我认知》也清晰有效地帮助我统合了自己十数年来的一些对写作的认识。例如，怎样对待用于写作的材料——不论知识材料还是基于现实的经验材料——以及许多在阅读经验中形成的观念，或者，一种也希望被称为"个人知识"的事物的形成轨迹。我现在仍然处在这些个人化的阅读和学习过程中，《自我认知》对我起到了一种推动作用：推动我认识到，可能迄今，我们的写作，只是我们更应该走向的写作的一种**前写作阶段**，是一种前存在的状态。

可能我们会认为，我们已经解决了那些在当代写作中常见的问题，认为自己已经不拘困于其中。我自己，在一个阶段里，认为自己已经逾越了正统与反正统者在其中争吵,但两者只是"对立的暗合"的那些问题范围,因为那些问题都只发生在同一个认识平面上。我还认为,自己已经越出了不仅主宰,而且对当代汉语文学进行制度化的那种"简单文学性"的束缚。但是,如果我像维特根斯坦说"我已经解决了哲学问题"那样说"我已经解决了诗的问题",那么,这肯定是个糟糕的错误,是一个比写作者的过分谦逊、过于自我反省还要糟糕的错误。

在读《自我认知》之前,已经存在于一点点知识准备,以及存在于我的潜意识中的,人格主义与末世论形而上学所指向的某种可能性,很大程度上也被这本书清晰化了,而且,使我看到,在此种可能性方面,我并没有进取。

别尔嘉耶夫也帮助我理解,何为写作者的一种真实的进取心。也许,**再没有比"写得好"这一自福楼拜以降的风格至上主义,更妨碍这一进取**。而且,《自我认知》帮助我理解:所谓"成熟的写作者",是一个更加经常面对从他身上涌现的"坏写作"的可能性的人。

别尔嘉耶夫对美学问题的认识,对风格至上主义的反思的重要背景,当然是在宗教哲学方面的思考的"伴随物"。别尔嘉耶夫比梅亚苏那篇出色的《神之非在》更直接和明确,也更深入我心的向我指出了"非在"的问题。

而且,在写了一首关于列夫·托尔斯泰的诗《最后一站》,以及一首去年在希腊开始写的长诗《灭点时代的诗》之后,我的写作在这半年里有些停断。但我觉得,这是一种**提醒性的**中断。因为我本能所趋向的东西——或者说,一种更为本质的东西——我的理智尚未清晰认识到它,若以它为维度,那么——这有些残酷——我迄今的写作也许都还是"准备性的"。

《自我认知》写于上世纪四十年代,也可以说,是写于"黑暗时代"(甚至是也包括今天在内的同一个"黑暗时代")的"不合时宜"的书。它提醒并推动我,认识到自己的写作的准备性质。当然,也帮助我完全打消了是不是也模仿着说那么一句半句维特根斯坦式豪言壮语的念头。《自我认知》还推动我所清晰化的是：**我的社会性为何**。之前，我并没有积极思考过这一问题。因此，我也必须"自我认知"，从而认识到自己并不是"激进左翼"，不是"开明右派"，也不是某种"准左翼的自由主义者"，可能一直因为"我是一个诗人"这一主要的自我意识，使我不满于这些命名。在我曾经以一个"新无政府主义者"（部分来自人类学家大卫·格雷伯和詹姆斯·C.斯科特）和"人文主义者"（主要来自爱德华·萨义德的界定）自居以后，别尔嘉耶夫的这本"老书"提醒我：除了是一个"人文主义者"，我可能还一直是个天性上倾向于人格主义和末世论形而上学的写作者。因此《自我认知》也呈现了我的准备性，这种准备性，过去我只是间歇性地意识到，却从未积极认识。

迄今我比较认同的写作，往往是那种在不屈地应对这个越来越凶暴的异质性世界时，所表现出的艺术能力对我产生了想象力刺激（内容上的和文体艺术形式上的）的那种写作。但是，我认同它们，可能恰好是因为，它们同样振动着一条人格主义与末世论形而上学所指向的"非在"的脉搏，而之前我并未充分认识到这一点。可能，这也是过去我在一篇文章里，写下关于"何为彻底作家"的观点时的最大不足。仅仅从美学意志，并不能真正界定何为"彻底作家"。并且，"彻底作家"**因此只是一个次要概念**，不是第一性的，而且也只是一个**准备性的**概念。对于这一点，我过去一直未能充分认识。

大家可能都直接或间接地，接触过一种华莱士·史蒂文斯式的著名观点：写诗即追求"最高虚构"。并且，作为"最高虚构"的"文本"，是一个此在世界的自我完善的标记。但是，在别尔嘉耶夫的意义上，把写作、把"诗艺"作为一个自我完善于此在世界的"标记"，可能是不够的。如果在别尔嘉耶夫式前提下批判性地来看——虽然我自己并不完全认同——可能我的写作，也依然是遵循了在现代诗中占据主流位置的

"后象征主义"。

"文本"即此在世界之自我完善的**符号化**,别尔嘉耶夫时代的"象征主义"是其**早期方案**。当这一理念备受"客体化"(别尔嘉耶夫的贬义词)的世界破坏——尤其是两次世界大战之后,便需要寻找新的材料来补充和延续它那自我中心化的生存,也即"诗"作为"最高隐喻"这一理念的生存可能。

我也逐渐意识到,可能需要对一件事情做出反思:对于很大程度上,被现代英诗美学所影响的"诗艺"观念的反思。英诗美学,有其罗马化的自我意识和古典主义的背景(别尔嘉耶夫对古典主义的批评颇具启发性,详见《自我认知》),现代诗学并非"终结",而是强化了它。对英诗美学的长期接受,也许是一种我尚未认识到的消极因素。

而且在此之前,我对同时代的写作与相关思想观念常常怀有不满。但这种不满,仍然很局限地只被我表达在一些审美观察、诗学辨析和从观念史学习到的一点方法中,也就是:一直悬置在一种不充分之中。在此之前,我并没有充分意识到,这种不满的内在原因是什么。而且,这种不满也更多是对自己的不满。这种不满,也许,只能在一种维度上去认识——迄今我仍然对它心怀犹豫——也就是信念的维度,它并不能够在所谓"诗艺的工作"这一概念或安全性中得到解决。当一个处在"黑暗时代"的创作者用风格主义的理由,说着"诗艺的工作"这样的话时,可能只是为自己划出一个临时的安全范围。但是,我对自己的、逐渐多于对时代的不满,只能在一种超乎于它之上的可能性中去解决。也就是说,必须在向着"非在"的敞开和行进中去解决。而我并没有积极认识到,遑论参与这种运动——"人格主义革命"意义上的向"非在"的敞开,并没有去为之生活和写作。

作为二十世纪最重要的宗教哲学家之一,别尔嘉耶夫也在其时代重新解释了基督教思想。他认为,基督教思想受到"客体化"了的教会的扭曲,而教会是历史中的一系列扭曲的结果,"是时代的一种精巧的颓废形式"。别尔嘉耶夫式的基督教是教会之外的，非正统的。我们知道，后来还有一位"教会之外的基督教"的重要思想家：西蒙娜·薇依。

如果我们的认识并不是在向着"非在"的敞开中产生的认识，可能，我们就无法理解我们在这几节课中所说的那个"主流"，也无法进行关于它，以及被它所激发的写作。通过一些历史学的、"诗艺"的、艺术史的、"社会真实故事"的材料与手段，无法实现那样的写作。因为它的内在动力并不取决于这些材料与手段，也并不取决于：我们是否具有使用和完善这些材料与手段的能力。也许我们——写现代诗的汉语写作者们——也需要尝试在别尔嘉耶夫式的人格主义与末世论形而上学层面，整体性地反思"诗艺"这一观念，为了得到一种相对于我们自身过去的、对"诗艺"的新的肯定。

以上，是我——一个写现代诗的汉语写作者——的一些被《自我认知》所激发的，对自己的不足的认识。今天，我们在经历了现代主义文学、艺术史的教育之后所面临的问题，与别尔嘉耶夫在对罗马化的古典主义（列夫·托尔斯泰也持这种批评）和对教会的批评中提出的问题，可能是相通的。也许，我们已经处在一种临界点上。这个临界点所发生的问题，与别尔嘉耶夫在上世纪四十年代书写的问题具有同质性。构成临界点的其中一种要素是：我们今天在谈论"诗"和"诗学问题"时，可能已经需要整体性地反思"诗艺"这件事。

另外，别尔嘉耶夫也谈到了对"陌生化"这一问题的看法。何为"陌生化"、何为"语言的陌生化"，这是现代诗的常见话题，在现代美学中具有很高地位。我们对"陌生化"的认识，经常与"实验性"，与"经验的异化"和"社会异化"等这些语汇联系在一起。我们认为，当这些东西及其代表的语汇出现的同时，也就是"陌生化"的在场了。但这些东西，不仅常常异于现代文学中所说的"陌生化"，甚至还作为社会化概念遮蔽了它。

如果是在别尔嘉耶夫意义上的"非在"这一维度上，那么，"诗的陌生化"可能就会是一个很不够的命名。因为，那仅仅以"陌生化"来

第三讲　在历史诗学与未来诗学之间（下）

命名的现象,不只是陌生化,而是**诗在语言自由意志中的自我确认**。别尔嘉耶夫写过一个句子:"那陌生的并不陌生,是他自己的。"如果由此再进一步推论,我们可以认为,"陌生化"不能仅仅被解释为具有特定效果的美学悖异感,还是经由美学意志所发生的一种对美学的"越出";而"陌生化"就意味着在美学中发生的非美学时刻,意味着美学意志的**在自我否定中发生的肯定**,也惟其如此,美学过程才有意义。

那么,如果由此回顾济慈的那句对于今人来说可能已经非常古旧的箴言——"美即真,真即美"——我们会得到怎样的认识呢?

是否可以理解为,当我们说"美学向非美学越出"的时候,也就是在说"美"朝向"真"的跳跃(在此我们也可以回忆一下叶芝的那句诗:"如今我枯萎而进入真。"),也就是美学跃向"美学之外"、跃向"美学的未来"的运动过程。"美即真,真即美",**就是这样一个运动过程**。

这一"美学的未来",只能由**认知结构的转变**所决定。而且别尔嘉耶夫的一种满怀激情的信念是:只能由人类精神生活史的核心事件——基督——所决定。这一点,也许并不容易被对于基督教思想感到不适或者陌生的人们所理解。可能也因为,他是一位"斯拉夫天命论"背景下的宗教哲学思想家。也许我们只需要认识到一点,"美即真",即:美学意志积极地呈现自己,从而不被美学本身所限制和规定。"真即美",首先意味着:世界的复杂性依然需要生成为一个美学事实。可惜的是,济慈只是在**静物化的**"观想"中认识到这一点(对象是一只希腊古瓮)。然后,"真即美",并非将"此在"深化为、自我完善为一个文本主义层面的"最高虚构",而是:心灵结构的转变不能等同于技术和物质革命意义上的那种社会化的、进化论的表现,从而必须呈现为精神性的(这也是雪莱在《诗辩》一文,在对进化论者皮科克的反驳中以他那个时代的文学语言说出的要义)。

在此前提之下,我们还可以再进行一个我认为是很必要的反思:关于什么是"诗人的诗人"。

一种常见的观念是：那种把"此在"深化为、自我完善为一个文本主义层面的"最高虚构"的诗人，即"诗人的诗人"。比如说，人们常常称马拉美——以及"马拉美主义"在现代英诗中的主要"变体"华莱士·史蒂文斯——为"诗人的诗人"。之前的课上在谈荷尔德林时，我也提到荷尔德林是"诗人的诗人"。但是，荷尔德林这样的"诗人的诗人"，与华莱士·史蒂文斯这样的"诗人的诗人"，好像并不是同一回事。两者之间，好像有一种矛盾关系。由此，我们可以得出一种观察，或者可以揭示一种长久以来的误解。"诗人的诗人"，并不是那种追求"最高虚构"的文本主义者，而正好是那些不能被自我完善、自我神圣化为超验符号的虚构美学所限制的诗人，他们的创作是在自由意志之中跃向"文本以外"，且此"文本以外"只能由向着"非在"的敞开所决定，那么，这种人可能才是"诗人的诗人"。"诗人的诗人"更应当是在**心灵结构的转变**方面做出了贡献的诗人。前段时间，我在一部名叫《日曜日式散步者》的电影中看到了一个我很喜欢的句子："诗人不是写诗的人，而是让诗得到了发展的人。"事实上，往往正是这样的诗人激发了诗的未来，他们不是那种被现代完美主义所定义的文人，而是一些随着每个时代的变化而变化着的**才能现象与精神现象**。他们的名字，是莎士比亚和但丁（就我个人而言，还有雪莱）。他们是每个时代，从事"写诗"这件事的人所参照的对象以及教养来源。**他们，才是"诗人的诗人"**，而不是现代的幽闭型唯美主义匠人，后者，反而更多地是**"常态的诗人"的典型**，例如被"后象征主义者"们楷模化了的华莱士·史蒂文斯。

我们还有一点时间，可以再谈一个话题，关于"无韵体诗"。

别尔嘉耶夫对"诗"的反思路径（在我看来很特别）常常是，从陀思妥耶夫斯基这样的作家的一些格言或断言出发，对"写作美学"进行观察批判。他所引用的陀思妥耶夫斯基的一句断言是："痛苦是意识唯一的原因。"

如果我们接受陀思妥耶夫斯基的这句断言:"痛苦是意识唯一的原因",那么,人想要写作的意识(那种里尔克式的"我是否必须写作否则无法活着"的自问),以及作为写作意志的一种高度自我要求、自我赋形活动的"诗艺",与"痛苦"的关系是怎样的呢?

韵律诗时代与无韵体时代的矛盾和争吵在今天仍未终止。从语音中心主义的韵律诗"叛离"而来的"无韵体诗",也许只是韵律诗的一种变形。因为,"语音"的文明化了的形式——格律,并不能够容纳"无韵体诗"所能够容纳的语言材料、经验素材、思想内容等方面的异质性,以及,并不能代替"无韵体诗"所揭示的未来写作美学的可能性。那么,"无韵体诗"是否也是"痛苦"的反应呢?是否,"无韵体诗"在寻求和揭示韵律诗所蕴含却未能够揭示的"痛苦"呢?

这种"痛苦",在《自我认知》中,被认为是源于"失去了在天堂中的自由"。我们可以稍微大胆一些,由此推论:如果,语音中心主义的悦耳动听的韵律诗,是"对天堂的回忆"(别尔嘉耶夫的说法),那么"无韵体诗"正好是人类语言失去了"在天堂中的自由"(别尔嘉耶夫的说法),在历史中被压抑、积累的那些"痛苦"的表现。不再写韵律诗,相当于我们不再能够在天堂中说话。那么,韵律诗的那种呈现为悦耳动听美学效果的语音建构,可能就是语言的一种**自我天堂化**的表现(大家如果有时间,我想建议各位回头去网上听诗人读诗,例如可以听听威廉·布莱克诗中的韵律效果,以及听"能把电话号码簿读出《圣经》效果"的狄兰·托马斯怎样朗诵他的诗)。也许我们可以说,韵律诗是一种在听觉层面呈现的天堂记忆。

这样说,就好像"无韵体诗"和韵律诗之间有一种显明的"前后相继性",并且,好像是在说"无韵体诗"是一种被逐出乐园后产生的文体。

但与其说两者并不是"前后相继"的,不如说,"无韵体诗"是韵律诗的潜意识。韵律诗在"痛苦"的自我成形同时,也指出了"无韵体诗",就好比指出了那个撒旦——那个"摩罗"。从而,"无韵体诗"也是关于"诗艺"的认知结构转变的结果。而且"无韵体诗"不仅不是对韵律诗的进化论意义上的"淘汰",而是具有共时性,甚至积极延续了这种共时性的一种形式。

韵律诗作为对天堂之声的记忆,也许正是蕴含在"无韵体诗"那旷野呼告之中的回声。"无韵体诗",应当以韵律诗为回声。我们可以进一步推论:不具有这一回声的"无韵体诗",我们可视为失败。所以,当我们读到弗罗斯特说"自由无韵体诗"是一场"没有网球的网球赛"时,可能我们还需要补充一个别尔嘉耶夫式的观点。"自由诗"背景下的"无韵体诗"的失败在于:它未能使韵律诗作为它的回声。如果,"无韵体诗"是一个被逐出乐园、去到荒原上的**旷野呼告者**,那么韵律诗正是它那孤独的回声。那些被认为是"强力"的"无韵体诗",我们能够被读出它的韵律诗的回声。"无韵体诗"不仅是在它的自我实现中指出了与之共时的韵律诗,也因此,相比韵律诗而言,**更具有悲剧性**。

我相信,每个诗人的生命都是一部奥维德的《变形记》。因为,每个诗人都应该在接受异质性的痛苦内化过程中,变形为"另一个人"(凯尔泰斯·伊姆莱意义上的"另一个人")或"未来的主体"。而《变形记》中的那些自我燃烧,动植物化或者超我化的,长出了翅膀的形象,可以视为韵律诗变异成为"无韵体诗"的写照和象征。

那么,成为一个朝向"诗的未来"的写作者,就并不是在材料、主题上不断更换并由此表现出某种表面的、社会化的未来性。而是在于他/她是否在这样的一种精神层面:在"无韵体诗"的旷野呼号所显现的语言境遇中发生的自我揭示,并且,这一自我揭示不能够被社会化解释所核准,只能被那种向着"非在"的敞开所校准。

但是,"诗艺"不是"意识",只是一种促使心灵结构转变的"意图"。正如"无韵体诗"与韵律诗的共时性的关系,"诗艺"也是**对"前后相继性"的偏离**,是一种对前后相继性做出转变的机制。但是"诗艺"

也有着强烈的"谋制"的属性。所以，每个时代的那些被我们学习的诗人，或者"诗人的诗人"们，都是与"诗艺"自身的谋制性相搏斗的结果，是从"谋制"中越出的向着"非在"的敞开。例如，我们熟知的里尔克就是一个这样的诗人。所谓一个"大诗人"，即意味着：他更深刻地处在与"诗艺"的**既相合作又相对抗**的关系中。

从下一节课开始，我们会逐一研读几个二十世纪诗人，亚历山大·勃洛克、W. H. 奥登、切斯瓦夫·米沃什、皮埃尔·保罗·帕索里尼的作品。通过阅读和评析他们，可以回应今天我们在这节课的上半部分列出的那些问题，也可以帮助我们理解，"二十世纪"之于我们的精神生命的意义，以及，之于我们的写作的意义。

今天就到这里，谢谢大家。

第二节课

被破坏的诗
——以亚历山大·勃洛克《十二个》为例

> 地点：中国美术学院南山校区跨媒体艺术学院 4-309 教室
> 时间：2019 年 12 月 26 日（周四 18：30—20：30）

绪言。再谈"写作的废墟"。——每个人都必须分担一部分被损害与不可见。——写作的历史如何悠久，写作的被破坏就如何悠久。——再谈"非写作"。——对于"为未来而写作"的常见误解。——"反风格"的意志。——人类的灾难在语言中内化成为一种反风格。——在"写作的真实"与"写作的谎言"之间的分界。——里尔克与勃洛克的一种对比，《十二个》可能是使勃洛克截然不同于里尔克的唯一一首诗。——关于一种"无冲突的"民众观。——不同于"善恶树"的"生命树"所具有的无意识性。——"向下的生命树"不只是对于"相继性"的动乱，更实现为"相继性"的堕落。——作为"意识结构的转变"的革命。——"赤贫者"。——"反人民"。

关于《十二个》。在我过去的阅读经历中，《十二个》一直是一首空白之诗。——《十二个》中的"命令"的声音。——"命令之声"和勃洛克的一种具有自毁倾向的写作欲望结合在一起。——《十二个》在勃洛克一生诗作中的异质性。——《十二个》标志着一场语言灾难,是语言被破坏之后、诗被破坏之后产生的诗。——对诗人、艺术家的自我毁坏行为的高估是一种现代神话。——碎片必须前进。——一条在"语言灾难"和革命、和基督之间的最简单、粗鲁的直线。——《十二个》的图式:一场作为"×"的暴风雪→十二个士兵→耶稣基督。——一段"在上帝之内"的雪花噪播屏幕图像。——士兵、革命、标语、命令:"苦中之苦"。——语言灾难的暴风雪。——关于《十二个》的结尾的争论。——"狗"与"基督"。——勃洛克的"新人"与马雅可夫斯基的"新人"之争。——"未来的基督"的布尔什维克化。——重思终极性问题的可能性被剥夺了,不仅是语言被剥夺了,终极性本身也被剥夺了。——亚历山大·勃洛克的抑郁症和精神失常。——亚历山大·勃洛克之死。

结语。——在"脱节的时代"。——这一切,与写汉语现代诗的人关系为何?——汉语现代诗的自由意志已经模糊了。——"反成功性"。——既是东方的反面,也是西方的反面。——走出"交叉时刻"。

绪言

大家好。以今天这节课为分界,我们暂别近代作家,开始读一些二十世纪诗人的作品。

今天,我们要评析的这首长诗,亚历山大·勃洛克的《十二个》,可以被视为俄语文学进入"现代"时产生的"第一首诗",也是十九世纪的最后一首诗。这首诗可能会有一些令今天的读者感到陈旧的东西,或者,显而易见的前现代色彩。亚历山大·勃洛克是我很喜爱的诗人,但是,这首《十二个》,在过去的生活中我却一直没能读进去过,在读勃洛克的一些我非常喜欢的诗时,也很少想起他也是《十二个》的作者。所以，我想，是否有一个契机，比如就因为今天的这节课，要求自己仔细读一次《十二个》，看看会得到什么样的理解收获。

我也希望，我们的每节"课"有可能类似一种地图性的说明。在每节课开始时都会有一些像"视点定位"一样的东西，好比在古代，打仗开始前，用一支燃烧的箭射向战场，作为弓箭手射程的参照点。在从今天这节课开始的、"对二十世纪诗人的阅读"的路程开始之前，我想用分别来自凯尔泰斯和里尔克的两段文字，来作为"视点定位"。

还需再说明的是，本来，今天这节课的原计划是对比性质地读两首诗，《十二个》与《桥》，就像之前我们对读《青铜骑士》和《荒原》。但在备课时，我发现两首诗各自的复杂性，都牵动了许多我想要表达的东西，以至于不能够像之前那样并置于一节课的时间。我记得，曼德尔施塔姆在一篇散文里，提到托尔斯泰与契诃夫的会面。曼德尔斯坦姆写道："一个大师，场面庄严。两个大师，有点滑稽。"所以，我们今天的主要时间就用于评析《十二个》。

哈特·克兰的《桥》，就挪到下节课。下节课的主要内容，是对"现代诗艺"尝试做一点概述，而且——也许我有点贪多——再对哈罗德·布鲁姆和谢默斯·希尼的诗学观点做一些概述。我们知道，哈罗德·布鲁姆是哈特·克兰的热烈崇拜者，而哈特·克兰是美国现代诗的悲剧性神话。谢默斯·希尼除了是一位精湛、内向化的诗歌匠人，也是一位以英诗为主要论述对象的深刻的诗学家，在我看来，他显示了二十世纪四十年代以后，现代英诗的一种比较节制、可能也比较中产的美学倾向，而且，在政治性方面也更接近当今世界。

今天这节课，还是按照之前提供给大家的提纲，从"陌生化"这个问题开始。

正 文

上节课，以别尔嘉耶夫在《自我认知》中的美学批判为例，我们对"陌生化"有所评述。我还想再做一些补充。

"陌生化的写作"并不等同于"全新的写作"。有时，这种"全新性"可能是俗不可耐的。例如对于别尔嘉耶夫的那种精神向度来说，是俗不可耐的。而且，我们并没有获得一个可以俯瞰一切"过时的写作"的位置，这个位置可能是不存在的。相反，这些"过时的写作"因为是"过时的"，从而成为了我们的废墟（好比本雅明写的那个在"新天使"面前延伸到天际的无休无止的废墟），因此，我们才无法摆脱它们。甚至，我们接受了它们，把它们当作再没有比它们更能够对"现时"构成歧义的东西来接受时，它们就成为了我们的责任。只有在这时——在**写作的废墟抵达了我们时**——我们才发现，我们与写作之间，建立了一种可称为"责任"的关系，因为，这种责任命令我们，使我们不可能在走进废墟时，还具有安然无恙的可见性或可读性（在第一节课，我们也谈到对可读性和不可读性的一种分辨），使我们每个人都必须分担一部分**被损害与不可见**。而这，也是文学写作者的工作显得"陌生化"的开始。

当然，这可能还只是一个在当代的用语范围里做出的分辨。然而，在别尔嘉耶夫的时代，他径直地把文学/诗的"陌生化"，定义为"在上帝之内"的"更新"。上节课，我们对"一首诗必须是一次更新"这种经典的美学意志进行了一点评析。我们也提到，在别尔嘉耶夫的意义上，美学意义上的"更新"是次要的。也就是说，显现为提供了一种陌生化的素材、主题和形式等，这些是次要的。对于别尔嘉耶夫而言，"更新"首先是在"在上帝之内"的"更新"。也许，我们并不能立刻在这样一个信仰论的层面延续别尔嘉耶夫的立场。即使别尔嘉耶夫把问题置入其中的那个维度，如此令人感动，我们也并不能不做任何"自我认识"，便因为被感动就顺延他的立场，不论我们是不是基督徒。但，回顾别尔嘉耶夫观点的意义，至少在于我们会认识到："陌生化"的问题在其开端时期，就已经不完全是一个美学问题。

并且，也因此，一个称得上"写作者"的人——尤其"现代写作者"（现代主义对"特质"的推崇，也有必要进行观念史的回顾）——才不能适应**模仿化的文学**。当然，写作者会有一个学徒期，一个浮士德的学生瓦格纳——那个制造"人造人"的科学家——的时期，但是，如果你始终写得像博尔赫斯、卡尔维诺、帕维奇，像里尔克、史蒂文斯、布罗茨基，这是你和他们的双重死亡。模仿化的文学，需要自身停留在一种被假设为**永久有效的可见性**之中，这种永久有效的可见性，同时，也是"社会化"——或者我们再用一次别尔嘉耶夫的贬义词"客体化"——的事物在文学内部的发生，它所带来的一种颠倒是，你越模仿那些带给你可见性的文学神话人物，你的写作可能越成为一种社会化的东西，并且，你的写作，便因此停留在一种可以当即、当场的被文学谱系的辨认中。它害怕它不被辨认。它与自恋有一种共同结构，即：想要或者假装它所使用的条件，可以被无限使用下去。

可是，越模仿写作——或者**通过写作去模仿写作**——写作越远离我们，写作的可能性也即告丧失。越模仿文学，文学就越不被抵达。当我们说"文学性"时，可能正是指那些在模仿写作中产生的写作、模仿文学语言中产生的文学语言。模仿性的语言——这里不包括作为文学手段的"仿拟"和"戏仿"——本身即导致写作之于写作、写作之于文学的**隔离**，导致写作和文学的丧失。不论模仿性的语言具有如何激进的本真性话术与审美自治的态度，可能都导致了在写作中的，写作的失落。

写作的"陌生化"，还蕴含着另一个问题：写作的被破坏。因此，我们还是回到列夫·托尔斯泰那里。列夫·托尔斯泰曾在一封致朋友的信中写道："写作在今后的全部意义可能被破坏。"有许多理由可以支持我们认为，它已经被破坏了。但是，破坏不是在今天才发生，而是在文学的早期就已经存在，伴随着每个时代的写作者。**写作的历史如何悠久，**

写作的被破坏就如何悠久。

当我们在"历史维度"上谈论写作（不论是关于小说、诗、文章还是戏剧），不是用一个绝对尺度去观看各个历史时期中的写作，因为，当下性并不能产生这样的绝对尺度——如果当下产生这样的绝对尺度，那么它就是地狱性的，就像但丁在地狱大门上看到的标语一样。如果，我们并不是以一种以当下性为理由的绝对尺度去观看各个历史时期中的写作，而是在彼时差异性世界的横向比较中理解写作（而非仅仅"以今论古"），那么，就应当同时是在——也不可避免的——面对它的被破坏。所以，当我们说写作的"陌生化"时，也许，所说的正好是这种相当悠久的、写作的被破坏，而写作正是一件伴随着自身的被破坏而发生的事。

这也意味着，现代作家中会出现这样一些写作者，他们必须走出这样的一步：不仅是要克服坏的风格，还要克服所谓好的风格。他们可能是这样的作家：他们可能会把事情做"坏"、把东西写"坏"，但是，这正是迈出从"坏"之中产生他们的价值的那一步，也即：面对写作的废墟。那被称为"作品"的东西，正是要站在自己的废墟之中，保持其废墟性或者一种"坏"。所谓写作者的美学生长和"更新"的能力，可能正是和自身的废墟同步的。

这一切，与我们今天这节课的评析对象、诗人亚历山大·勃洛克息息相关。《十二个》，正是一首在**被破坏中**写成的诗，它是一个诗人——不啻于人类敏感性的代表——在被破坏中所做的事，它集中显现了这位悲剧性的诗人在末路中的，最后的美学意志。关于这些，我们稍后会详述。

今天，"广义写作"是另一个较为常用的，但我认为更朴素的词。我不太接受像"元写作""超写作"等这样的一些概念，相较而言，我愿意接受一个更简单的词："广义写作"。

近代作家，往往是这样的写作者。例如这段时间我们常常提到的一些作家，比如赫尔岑、伏尔泰、海涅等等，都可以被视为一些"广义作家"。以"广义写作"为前提，我们也可以重新思考"迫害与写作艺术"这一问题。其实，《十二个》这首诗，也是"迫害"与"写作艺术"的关系的一个非常奇特的结果。

仅仅是重思"被迫害者的写作"和压迫性的社会条件，是不够的。当我们谈论"广义写作"，并非谈论文学写作之外的写作形式，例如"非虚构""哲学写作""历史写作""艺术写作""科学写作"等，而是谈论写作的"非写作"维度。那么，从"非写作"维度，我们又能得出怎样的一种对于"迫害与写作艺术"这样一个列奥·施特劳斯命题的认识呢？

"非写作"可能有两种常见表现。第一种，是一般不被知识分子们视为写作的写作，比如，今天我们应该怎样去对待恺撒的写作、拿破仑的写作、希特勒的写作、列宁和斯大林的写作，以及，我们的毛主席的写作呢？难道他们的写作不是写作吗？那么，他们又是怎样的"写作者"呢？

作为文学创作者，我们会有一种知识分子的态度——仅仅把他们的写作愤怒地视为一台机器，卡夫卡所写的那台在人背上刻写指令的机器，可能是不够的；也不仅在于他们的写作——事实上是现代社会中最为"显白"的写作——使一部分知识分子写作成为了"隐微"的，而是，他们的写作，使"非写作"的维度介入了知识分子们的写作。

第二种情况，是"不写作的写作"，即那些被哲学化地解释为"肉身写作"的人们的"写作"，或者说，是人们的肉身存在所产生的叙述。

今天，我们常常积极辨认和引用第二种，但好像很少辨认第一种，由此，我们可能失去了什么样的理解呢？

正是这两种"写作"，可能才是历来就存在着的，被命名为"超写作"或"无尽的写作"那样的写作吗？而且，这两种"写作"的历史，与知识分子写作之间的争吵和斗争，尚未结束。

我从图尔科夫撰写的传记（中译本书名为《光与善的骄子——勃洛克传》，译者是翻译家郑体武）中读到，勃洛克在写《十二个》这首诗的时期，是其情感和精神状态的剧烈颠簸时期。1918年，当他写完这首诗后，便在生命的最后两年陷入严重抑郁。他在1921年去世。关于"知识分子与革命"这一主题，他数次撰文论述，他的散文集也有中译本。

评述两种写作——"非写作"和知识分子写作——的矛盾关系，以及这种矛盾关系的历史，可能会是另一节课的主题。这里只提到一点："非写作"的意义，实际上也被遮蔽了。其被遮蔽的意义中的一种是：当我们说不懂得、看不懂某一种写作时，并不只是说不能理解其手法、风格或者内容，而是我们没有能够理解其写作中的"非写作"因素。我想，这可能也是我一直不太喜欢《十二个》这首诗的原因。

我们不能理解参与了写作的"非写作"因素，并不是指不理解作者以何种方式迎合并宣布其或隐或显的那种普罗大众性，或者说，不理解作者如何利用各种"非文学"的元素，来构成自身的某种美学资源，而是：我们不理解写作是如何**站立在自身的被破坏之中**，是如何站立在自身的废墟之中，以及，不理解写作的废墟与世界的废墟的同质性。

这里，又出现了另一个问题——"写作的危机"。在勃洛克写作的时代，包括他在内的许多文学创作者，都面临知识分子的精神危机，不仅仅是"诗的危机"，更是"人之为人"的危机。同时，"写作的危机"可能并不在于写作本身的能力，例如美学和技艺这些方面的危机，而在于：写作已经不能够处理，或者不再能够以之前的方式去处理"非写作"的因素。

那么，我们自己，怎样认识今天所有可能会面临的"非写作"因素呢？之前，我们提到过的一种提议是：在"世界史"和中国的非汉语民族之间，可能构成我们的写作立足其中的处境，构成材料、方向的各种元素，都需要被进一步地和重新地辨认。一个写作者，仅仅以其思想的、美学的理由宣称"为未来而写作"，可能是对"为未来而写作"的常见误解之一。"为未来而写作"，是接受那种将要到来或正在到来的"非写作"因素中最为极端的一种：接受异质性的世界介入并成为写作的潜能部分。

对于我个人——一个写汉语现代诗的人——来说,"服役"于这样一些写作前提,并且接受它,甚至参与去帮助它成为一个今天的美学事实时,可能我才会认为,写作的"陌生化"在自己的写作中才是真实发生了的。

当然,我的这些观点,都已经是一个"迟到的人"在对二十世纪文学写作的许多现象有所辨别之后,才获得的观点。所以,本身并不是一种新的观点,而是一些正常观点,并且,是已经蕴含在历史中的事实。

然而,在别尔嘉耶夫那里,他可能不认为我的这些个观点是"根本性"的。我们上节课已经谈到过,对于他,"陌生化"是个非常次要的概念,只要不是朝向"非在"的敞开,就没有什么"陌生化"可言,而如果朝向"非在"敞开,"陌生化"就是个非常次要的、附带性的现象了。

我们简单归纳一下,写作的历史也伴随着非写作的历史,背景之一,是写作的"陌生化"问题。并且,"陌生化"会始终在现代写作中发生。

写作的"陌生化"还有另一面,二十世纪的灾难也催生了"陌生化"。二十世纪发生了一些浩劫程度的政治灾难,以及,发生了两次世界大战。凯尔泰斯·伊姆莱是战后最重要的反思奥斯维辛问题的作家之一,他有一本小说,名叫《惨败》,我很喜欢,写一个老年作家艰辛写成的关于大屠杀的小说被退稿的过程。在《惨败》里,有这样一段话,在我读过的凯尔泰斯作品里,是我最为难忘的段落之一,我读给你们听:

……尽管不存在结束,因为——我们都知道——没有什么会结束:人们得继续干,继续,不断地继续,带着亲近的和令人讨厌的健谈性,就像两个杀人犯在交谈。尽管我们要说的话,如此地索然无味和不偏不倚,就像谋杀,把自己简化为冷酷无情,简化为一种继续的统计的事实……

——在这段话里，有两个句子给我留下很深的印象，一个是："不断地继续，带着亲近的和令人讨厌的健谈性。"另一个是："就像两个杀人犯在交谈……一种继续的统计的事实。"

上一节课，我们的主题是"风格问题"。而凯尔泰斯的话语显示了现代文学中的风格问题的一种变形，也即，现代文学写作中发生了这样一种现象：当愤怒内化之后，所产生的一种**反风格**的意志。这好像是一种只有在战后文学中才会出现的声音，并且，是一个时代的声音的重要构成部分，是贝克特、卡内蒂、伯恩哈德等等这些作家共同构成的一种声音。在这些作家的写作中，人类的灾难，在语言中**内化成为一种反风格**。

凯尔泰斯的另一本书——一本"笔记"或"断片"集——名叫《苦役日记》（也译为《船夫日记》），其中也有一段我非常喜欢的话，可以和前面的那段话搭配起来读。这段话如是说：

> 我觉得，那些我在所有作品里视为可信的，甚至科学的东西，首先被创作者毁灭于已知的真理之中，然后再通过他获得重生。——否则非真理的东西就成为了真理——"说来说去，到底什么是真理？"彼拉多问。另外，——"我们只有尝试了我们所蔑视的东西，也就是说，只有当我们捕猎尽最后一丝希望以及盘踞在我们体内的暴君意志，只有当我们在所有的承诺皆已兑现、但仍感失落之时，我们的退缩和被放逐才真实可信。假如有什么东西被强加在我们身上，我们就会把它雕琢成一种纯粹的道德，显然，就跟在许多情况下一样（也许是在我的情况下？），这只不过是某种精神上的东西。"

——似乎，凯尔泰斯，只能在一种意义上接受超越性是可能的，也即："我们只有尝试了我们所蔑视的东西，也就是说，只有当我们捕猎尽最后一丝希望以及盘踞在我们体内的暴君意志，只有当我们在所有的承诺皆已兑现、但仍感失落之时，我们的退缩和被放逐才真实可信。"

但即使如此，凯尔泰斯也没有把基督形象作为一个"未来的主体"，作为他的那种无未来、"无命运"（他有一本书名叫《无命运的人》）的写作的未来。凯尔泰斯是那种对世界怀有顽强的不信任感，且这种不信任感是不可驯化的作家。他用反风格的，事实上却又高度风格化的、悖论性的写作，为写作的真实和写作的谎言进行了**分界**，并成为界标。同时，也为写作中的那些命令——对写作的规训之声——以及对写作的破坏，这两者之间的关系，进行了分界，并成为界标。

今天在这里的人们，可能有大部分人都看过安哲罗普洛斯的那部著名电影《永恒和一日》。电影里的一个场景是：边境线的铁丝网上挂满了人。这犹如一个时代的文学的象征。

然后，里尔克，这样一个高度风格化的、早已高度正统和古典化了的诗人，却也是凯尔泰斯这样的以刚强、倔强的风格书写破碎生命的作家的回声。在凯尔泰斯的另一本"笔记"集——《另一个人》中，时时显现出与里尔克的对话——而这，也是一个反风格的现/当代作家，与一个前辈古典诗歌大师的隐秘对话，就好像我们上节课所说的，韵律诗是"无韵体诗"的隐秘对话者一样。

（在《另一个人》中，对于那个第一人称叙述者而言，可能既没有什么"过时的人"，也没有"新人"，但是他想成为一个集中营之后的"另一个人"。）

在里尔克的写作中，有一个首次向"非在"敞开的时期，在他写《图画集》和《新诗集》这两部中期的重要诗集以前，也即向罗丹、托尔斯泰学习以前，有一本诗集叫《时辰祈祷书》。我的一点个人印象是，这本诗集，帮助里尔克把自己的写作理想与德国浪漫派的影响，进行了早期的区别。

在这些诗中，里尔克开始表现出，他作为一个诗人想要走出自我关注、寻求"客观对应物"的倾向。里尔克会书写一个个苦难中的个体，但是，我们却很难想象，他会去——比如像亚历山大·勃洛克那样——去书写作为政治主体的人民。基督的、俄罗斯文学的"诸众"，帮助里尔克理解无名的个体，他好像是二十世纪的重要诗人中，很少或几乎没有使用过"人民"这个词语的人（我不记得是不是一次也没有，但应该极少。或者另一种情况是，他的德语用词并没有翻译为中文的"人民"的必须性）。像奥登这样的诗人，在中国写作，他的《战时十四行》（其中一首即致敬里尔克）里，"人民"这样的词语也会占据核心位置。里尔克好像不需要用"人民"这个词语来表达他的精神生命与现实世界的相关性。

在许多方面，勃洛克都被用来与里尔克比较。但是，《十二个》，可能是使勃洛克截然不同于里尔克的**唯一一首诗**。勃洛克的写作处境，是一个写作被破坏，同时强大的"非写作"因素主宰了所有他这样的知识分子命运的时代。勃洛克不可能不写"人民"，《十二个》这首长诗，集中反映了这种必要性，以及在这种命令之下诗人的语言的极端化表现。

《十二个》这首长诗语言的极端化，意味着发生了什么？我认为，《十二个》显示了一场**语言灾难**，是那个时代的诗人的"诗艺"、是他们的文明信仰和**风格系统**完全被剥夺之后，从他们——由亚历山大·勃洛克这样的诗人和人所代表——**能力崩溃危机**中产生的一首诗。

但是，我仍然想过一会儿再聚焦于勃洛克。这之前，我还需要再提到一个我认为相关的、准备性的话题，也即"人民"的概念。

有时，"人民"是一种最初的思想，比如在一个作者的思想与创作的发生方面，具有起始和动力作用。有时，"人民"是一种最后的思想，比如，在经历了许多分歧与纷争之后，不同立场的人们往往会做出一种最后的告白："人民，只有人民才是……的动力"，等等。陀思妥耶夫斯基在《作家日记》里屡次讨论什么是"人民"这一问题——之前的课上我们也谈到过——"人民"在陀思妥耶夫斯基写作中的发生，可能是一个较少被谈论的思想现象。陀思妥耶夫斯基对"人民"这一问题的关切，以"人民"作为弥赛亚的可能和"人民的病变"两种情况的并存，为出发点。陀翁对"人民的病变"不无深刻评论，比如在《作家日记》中他写道"人民是不可被疗愈的"。而陀思妥耶夫斯基之前的作家，例如，列夫·托尔斯泰不会这样写"人民"，歌德也不会，在近代作家那里，"人民"可能经常只是作为"人性"这一主题的现实化的背景，或者，是基督教目光之下的"人民"。

陀思妥耶夫斯基笔下的"人民的病变"，尼采以及二十世纪许多早期的现代主义作家都深受其影响。这种影响的一个比较普遍、也相对宽泛的现象是：早期现代主义诗人和艺术家们不信任一切从未对"庸众"问题产生过困扰的民众观。别尔嘉耶夫也提到，危险的总是：一个"民众主义者"，从未在他/她的主体性形成中，遭遇过与客体化的冲突，并且，这种无冲突的民众观渴望着进一步的扩大化直至强权化。

在关涉"人民"这一问题时，别尔嘉耶夫也同步讨论着另一个问题：伊甸园里的那棵"善恶树"。并且，别尔嘉耶夫还讨论不同于"善恶树"（作为区分、分裂和"认识"的象征）的**生命树**，所具有的**无意识性**。

前几节课中，我们也提到过倒置的、"向下的生命树"，以及作为它的一种表象的"人民的病变"。如果，要批评"人民的病变"这个命名，就需要重思"生命树"的无意识性，因为，"向下的生命树"似乎具有甚至自我赋予了那棵原有的无意识"生命树"所没有的自我意识。那么，"向下的生命树"就不只是对于"前后相继性"的动乱，更实现为"前后相继性"的堕落。

一种可能性是，即使"向下的生命树"，仍然也是对那棵原有的无意识"生命树"的"记忆"。但更可能的是，"向下的生命树"以及由此产生的"人民的病变"，是"记忆"失落的后果，是朝向那棵原有的无意识的"生命树"的"潜能"（也唯此才可认识"潜能"），失落为**无未来**

第三讲　在历史诗学与未来诗学之间（下）

的结果（别尔嘉耶夫认为，失落的"意志化"的表现即堕落），是对那种天堂中的、生命树的无意识的具有强烈自毁冲动的**模仿**。可能，我们需要沿着别尔嘉耶夫的逻辑走得更远一些，乃至完全离开相对乐观的、巴赫金的那种"人民狂欢论"，才能够理解"人民的病变"。

陀思妥耶夫斯基在流放以后、在"死屋"和"地下人"以后的时期（主要在1870年代）的《作家日记》中，尤其对其思想观念中的"人民的产生"进行着重叙述，而且具有鲜明的双重性——"人民"是自然力的表现，同时也是对自然力的集体创造性**打断**，是变革的，同时又是病变的（我们刚刚提到，陀思妥耶夫斯基的用语是"不可被疗愈的"）。"人民"，是陀思妥耶夫斯基本人痛苦的精神世界**自我颠倒的产物**（也是对"假死刑"之前那个莫斯科知识圈子语境的颠倒，具有一定的诡辩性。约瑟夫·弗兰克的传记对陀翁"假死刑"前后的言论和态度、对讯问者的回应方式等有详细研究），是陀思妥耶夫斯基的"记忆"（对"死屋"——鄂木斯克流放营——的记忆）的表现，也是作为一个作家的意识结构的转变。在这种情况下产生的"人民"的观念，也影响了"白银时代"的诗人。

我们刚才谈到，一个写作者与称之为"人民"的这样一个主体的相关性。那么，那是一种对"自然力"的"记忆"吗？以及，它产生于对"生命树"的"记忆"吗？如果按照一种别尔嘉耶夫式的逻辑，"记忆"可能是向着"存在"之前的"前存在"状态的衰退，同时，也是对于"有过去所以有未来""有昨天所以有今天"的这种前后相继性的**自我确认**，而且，被文化性的叙述精致化了。别尔嘉耶夫是个很矛盾的思想家，当他批判"记忆"时，我想，可能也包含了一层意图："记忆"不是革命性的，不是在革命中发生的主体，而仍然是一种向着"前存在"的**衰退**。

我们可能还需要考虑的是，在那个时代，别尔嘉耶夫、勃洛克，甚至普鲁斯特，他们都是同时代人。普鲁斯特是我们所知道的关于"记忆"这主题的"第一作者"，我们也可以理解为，普鲁斯特并非"记忆"的楷模，因为"寻找失去的时间"正是意识结构的转变的表现，从而，也是朝向写作的未来的。

正是作为意识结构的转变的"记忆"，使"同时代性"进入到一种内在的相关性、也是意识结构的转变之中，完全不同于人们为"同时代性"所赋予的那种社会化的相关性。对于意识结构的转变，人们有各种命名，在亚历山大·勃洛克写作时代，意识结构的转变，就是**革命**。不论是普鲁斯特式的"寻找失去的时间"，还是别尔嘉耶夫式的理解，都让位于革命，只有在革命中，才能产生对"生命树"的真实认识。并且，以"革命者"为自我意识的主体，也是对那种社会化了的相关性，例如"同时代性"这种相关性的一种激进反应。

对于"非写作"的承受，以及，对写作的废墟的承受，如果把巨变时代的作家——例如我们将要开始讨论的诗人亚历山大·勃洛克——视为在这样一些前提之下写作，我们会得到怎样的认识呢？在他们的写作中，集中出现了这些意象，比如暴力的意象、士兵的意象、废墟的意象、贫穷者的意象、被侮辱和被损害的人的意象，以及死者的意象，这一切，可能是二十世纪文学的最为内在的部分，也是二十世纪文学的"地狱篇"的开端。

在另外一些时候，我个人把这些现代作家称为"彻底作家"。正是这样一些作家，在他们的写作中，与他者的相关性，可能，首先就是从与暴力、与废墟、与被侮辱与被损害的人、与死者的相关性开始的。

对于里尔克，当他想要走出一种浪漫派的自我关注，想要寻求那种相关性，则是在一种基督教的视野下开始的，其成果之一，是《时辰祈祷书》。《时辰祈祷书》的最后一部分，标题是"贫穷与死亡之书"，这里，我们可以做出的第一个比较是：里尔克写的那些穷人和死者，与《十二个》这首长诗中的穷人和死者，是同一些人吗？

我们来读一个里尔克的片段：

>因为，主啊，庞大的城市
>是无望者，是失措者；
>最大的城仿佛在逃离烈火，——
>没有慰藉可以将他慰藉，
>它微小的时间正在流逝。
>那里人们活着，低劣而沉重
>在低矮的房室里，神情惊慌，
>比头生的牲畜更恐惧；
>屋外你的大地醒着，呼吸着
>他们却活着，对此一无所知。
>（……）那里人们活着，白色的盛开，苍白
>那里的人们死着，惊异于沉重的世界。
>无人看见这绽裂的鬼脸，
>被一个温柔的种族用微笑
>在无名的夜里扭曲而成。

这段《贫穷与死亡之书》中的诗，不妨用来和《十二个》中所写的那场暴风雪中的街头现象进行对比。当然，里尔克所写的穷人和死者，更可能（不论是否只是他的预设）是一些"在主之内的人"，还不是政治浪潮中的人，而是"自然的人民"。但是，自然性——作为"自然的人民"的自然性——很快就在时代巨变中被剥夺了。并且，正是因为"自然的人民"的自然性在时代巨变中的被剥夺，人，才成为了真正的**赤贫者**。

不过，作为一个诗人，里尔克从来没有被剥夺过语言。他的写作人生艰辛而感人，是一个楷模。他的人生，是一个为"诗艺"奉献了一生的人的楷模人生。可是，他并没有遭遇过亚历山大·勃洛克和"白银时代"的诗人所遭遇的那种语言被剥夺、生命被剥夺的政治灾难，他也没

有面对过后者所面对的,那种不断对人宣布绝对命令的"非写作"的因素。很难想象,里尔克会怎样面对,怎样书写政治灾难,但是,我们好像都善于想象他在一个美而偏僻海滨小城堡中的沉默。里尔克会书写自然状态下的人民,可是,他不一定关心,那些被驱逐出自然状态、进入一个全面政治性的世界中的革命人民。

我们知道,里尔克去俄罗斯拜访过列夫·托尔斯泰,受到后者的影响。众所周知,托尔斯泰晚年试图抛弃一切,就像我们在之前的课中所说的哈姆雷特那样,想要"弃绝知识",想要抛弃文学和家庭生活,抛弃所有的社会活动。托翁是想离开政治世界中的人,回到自然状态中吗?他可能不认为,这些政治世界中的人是本质性的,尤其,他可能不会认为这样的人是"在上帝之内"的。这种走向自然状态的人的归属倾向,可能,尤其在苏维埃时代的语境中,一定会被认为是一种消极性。

在长诗《十二个》中,作为自然状态的人的"人民",不再可能了。在这首诗中,诗人必须被迫——而且,因为被迫,从而更加主动和极端化的去命名"人民",把那些从自然状态中不论是自己跳上、还是被驱赶上历史舞台的人,称之为"人民",他必须让他的语言承受这一点,被这种"激进性"所介入。那么,在这种很大程度上表现为"非写作"的"激进性"面前,自然状态的人,是不是也成为了"反动者",或者,一种"**反人民**"呢?

我们可以再做一个相反的推论。是否,那种主动跳上历史舞台的"激进性",才是一种创造了历史的"反人民"呢?是否,成为"人民"的前提,正是要成为"反人民"呢?

成为"人民",正是"人民"的自我否定吗?并且,由此成为"新人"吗?听起来,这些提问,像是一些辩证伎俩,但在勃洛克写作的时代,1918年前后,这是一些非常令人痛苦的、可能是生死攸关的问题。

现在,我们就把时间专门用来评析《十二个》这首长诗。

****

在我个人的阅读经历中,《十二个》一直是一首空白之诗。

不仅因为这首诗中写的那场暴风雪对我来说是一个空白。在这之前——在俄罗斯文学中——我稍微理解的是普希金所写的暴风雪,以及,勃洛克本人在写这首长诗之前,他的另一些诗中所写的风雪。但是,我一直没有去理解这首长诗里的暴风雪。

对于我来说,这是一种认知空白。首先,我感到这首诗所标示的一种东西即:**认知空白**。对于那个时代的许多作家,这种认知空白,出现在也被《十二个》这首长诗所写的那种时代巨变之中。诗中的那场暴风雪,是否正是认知空白的象征呢?人——不论"大写的人"还是渺小的个体,不论作为社会人还是一个作家,每个人都在遭遇和承受认知空白。

其次,对于我,这首诗一直在我的阅读中空缺。我读过不少亚历山大·勃洛克的《十二个》之前的诗。不过,《十二个》之后,勃洛克也没有再写出多少东西,在写完《西徐亚人》——一首关于"亚洲"和"欧洲"两者之间发生的争论的组诗——之后,他就很快去世了。亚历山大·勃洛克是我很喜爱的诗人,但是,对于《十二个》,我却一直感到无从进入,或者说,我一直都不能够喜欢上这首诗。而且之前我也并不知道,我为什么不喜欢这首诗,每次读,我都感受到一种……烦躁。

可能是因为,这首诗中有一种清晰强烈的**"命令"的声音**。当然,勃洛克是一个诗歌美学大师,一个"卓越的匠人"。可是,在《十二个》中出现了一种在他之前所有写作中,都没有过的声音,就是这种"命令之声",无论那是时代的命令,苏维埃政府的命令,是诗中的那些革命战士的命令,还是来自"非写作"的命令。这首长诗,也许正是我们理解一个像勃洛克这样的"诗艺"领域的美学家,与"命令之声"之间,会是怎样的紧张关系的样本。

在那个时代,勃洛克不是唯一经历这些,也不是唯一这样做的诗人。比如,在同样的"命令之声"的层面,我可能更愿意读马雅可夫斯基，虽然对于作为后世读者的我，马雅可夫斯基不可能占据勃洛克在我心中的地位。在《十二个》中，不论是时代的命令，或者革命政府的命令，都和一种东西结合在一起——这是诗人身上的一种神经质的欲望：在此命令之下，还会写出一种怎样的、不同的诗的可能性。"命令之声"，与这种欲望或者想象力，结合在一起。允许我再强调一次——"命令之声"，和勃洛克的一种具有自毁倾向的**写作欲望**结合在一起。

相比较而言，马雅可夫斯基可能并不真的相信他诗中的政治主张以及那些政治命令。我个人认为，马雅可夫斯基是个狡猾的诗人——一个早期未来主义背景下的机会主义者，尽管他的结局也是沉重的悲剧——因为，我个人认为，马雅可夫斯基真正相信的是：那激进政治的"命令之声"，可以为作为诗人的他，带来一种**语言命运**。

而勃洛克，可能与之相反。我认为，勃洛克也许并不相信《十二个》这首诗的那种具有一定实验性的，尤其具有革命政府意义上的"时代性"的语言。但是，勃洛克可能真的相信，这首诗中的那种政治命运。我们知道，马雅可夫斯基是一个街头政治演说家，是一个在"命令之声"方面，具有强大煽动力的诗人。但是，《十二个》是一首比马雅可夫斯基的"命令之声"更可疑的"命令之诗"，而且，也是一首更痛苦的诗。

我个人并不相信马雅可夫斯基诗中的"命令"，但我相信他的声音，那个"诗人的声音"。马雅可夫斯基的语言力量具有一种真实性：同时是高度的谎言与高度的可悲。当我们说，这个诗人的语言是谎言，并不是说马雅可夫斯基这个诗人在欺骗世人，而是他通过高度真实的语言，在他的语言的命运层面，凸显了谎言性质。并且，他也为此付出了代价（开枪自杀）。

但是我感到并不相信勃洛克在《十二个》这首诗中的声音，比如，这首主要由一些街头场景构成的长诗，非常**拟声化**，诗人试图让自己的语言街头化，他模仿街头语言，模仿各种人说话，以及，模仿粗话。好像，这位诗歌领域的美学家，想要在这样一首诗中打断自己、停止自己，

第三讲　在历史诗学与未来诗学之间（下）

好像他要破坏自己此前的诗艺面貌——他试图"**弃绝诗艺**",而且,他是真诚的。可是,这首诗的语言却因此具有一种令人苦恼的、可疑的模仿性:**对"时代语言"的模仿**。诗人写得很真诚,可是,真诚中又有一种像反光那样的不可阻挡的虚假性。然后,是一个在当时引发了争议的、异常奇特的结尾:在暴风雪中,引领诗中那十二个赤卫队军人前进的人,是耶稣基督。

当然,通常来说,《十二个》首先会被视为一首"政治诗"。对此,我们可以再稍稍涉及一个话题:**什么是"政治诗"**。俄罗斯文学中的"政治诗"是一个独特的类型,在整个现代诗文化中,好像并没有其他国家的诗人,像苏俄诗人那样去写"政治诗"。"政治诗"并不等同于"政治宣传诗",可以说《神曲》是政治诗,《哈姆雷特》也是政治诗。但是,在现代诗中,苏俄诗人——以及受其影响的现代汉语诗人——好像是一些最热切投入地,去写"政治宣传诗"的人。

尤瑟纳尔在《康斯坦丁·卡瓦菲斯评介》一文中说,"政治之诗即命运之诗"。但是,这句话里的"政治",可能更多是古典政治学意义上的政治。而苏俄诗人的"政治之诗即命运之诗",则发生在另一个层面:一种破坏性的、反诗的、"非写作"的层面。很难想象,苏俄诗人会像古罗马人、英国人,以及卡瓦菲斯那样,去写一种个人化的、讽刺且优雅的"政治诗"。政治,对于苏俄诗人来说,并不发生在文明化的美学意志的动人褶皱之中,而是发生在苏维埃的"命令之声"中。

可能,这种"命令之声",正是令我读《十二个》时感到烦躁的原因。但是,我的脑海中又不断回响着一种信息,我知道,它是出自勃洛克这位俄罗斯诗歌的堪称最后一个十九世纪美学家之手。如果是出自马雅可夫斯基之手,它好像又不够好,因为,马雅可夫斯基的广场化语言极为巧舌如簧,在今天读来都是富有煽动性的,而《十二个》如果与马雅可夫斯基的那些演说诗相比,只能说,是一首晦暗的诗。但是,又有一种直觉,使我感到它确实是一种重要的、具有分水岭意义的诗,是一个界标。而马雅可夫斯基有一首界标性的诗吗?(《穿裤子的云》是吗?这一点我们先不考察,而是继续我们的主题)我认为,可能,勃洛克正是因为同样的直觉,一种对于自己可能提供并呈现出界标的直觉,使他几乎用一种接近于语言自毁的方式,写出了《十二个》这首诗。并且,这首诗在勃洛克的整个写作生涯中都是一个异类。

关于《十二个》在勃洛克一生诗作中的异质性,我想到的一个比喻是:电视屏幕没有信号,没有正常图像时的雪花噪播。在诗人亚历山大·勃洛克的一生中,关于一场暴风雪的《十二个》,标志着一个像是雪花噪播屏幕的地带,而这,可能是勃洛克对于那个时代的诗人所承受的语言灾难的一种直接反应。

这是我的主要观点:《十二个》这首诗,标志着一场语言灾难,**是语言被破坏之后、诗被破坏之后产生的诗。**

在绪论部分,我们谈到了"陌生化"与"非写作"的关系,谈到了写作者面对自身的废墟。但这一切,很大程度上都还是一种发生在美学意志层面的事,也就是说,还是相对内在的。而在勃洛克时代,他所面对的"写作的废墟"和一种"非写作"的因素,更多来自写作的外部,来自完全非美学的因素,来自"命令之声"。勃洛克在人生后期,被官方认可为俄罗斯诗人的代表,成为俄罗斯诗歌的领袖人物。然而,当"命令之声"到来时,不仅对于勃洛克,也对于每一个诗人而言,都是一场语言灾难。这场语言灾难,尤其显著地发生在勃洛克身上,其表现,就是《十二个》。

每次,我读《十二个》时,都很难进入它的开头,因为一开始就要面对这样的句子:

洁白的雪
漆黑的夜。

曾经，我不理解一个像勃洛克这样的大诗艺家——一个在过去曾写出过那么精巧微妙的作品的诗人，为什么，会写出这一如同**语言本身的自暴自弃**的开头，这仿佛放弃了一切的直愣愣的"洁白的雪，漆黑的夜"。而我绝不能同意，这就是所谓的"直接性"，或者被解释为某种返璞归真。可能，这正是我一直很难去读《十二个》这首诗的原因：它是一首语言被破坏、被剥夺之后产生的诗。

今天，我在群里给大家分享了一部以《十二个》为脚本的默片时代的动画短片。在短片里，有一个我觉得挺有意思的现象是：它的台词，如果我们不知道这是勃洛克的诗作《十二个》，就会很像只是默片的那种常见的文字说明。或者，《十二个》很像一首"电影诗"。但是，这对于大部分现代诗人来说，可能是很难接受的，因为后者一般会认为，一首诗，应该是在由"诗艺本身"所显现的可能性中呈现，而不是再转化或者**"非纯粹化"**为社会化的语言，不是通过对街头俚语、谩骂的模仿，对世俗场景的模仿来表达自身，现代诗人们可能会认为，这是一种外在的表达。

《十二个》也是一种"掠影"（"掠影"的一个较为合法化的词，是"蒙太奇"），像是对时代图像进行读图活动时的辅助性文字说明，尽管，是一些诗意化的说明，可是，它会被认为不是"艺术本身"的表现。因为，即使叶赛宁、马雅可夫斯基这些最显得大众化或者"社会化"的诗人，也都做出了"艺术本身"的表现。

而且，如果说，这是因为一个诗人经历了语言灾难，所以才导致了这样去写，或者他主观上认为可以就这样去写，那么，也就不能解释——例如勃洛克的下一辈诗人——曼德尔施塔姆等人，在他们最艰难乃至临近死亡的时期所达到的那种不朽成就。

《十二个》之前，勃洛克也常常写到雪。之前，我们在一节课上，也谈到拜伦的诗剧《该隐》中，那同时作为"普遍性"的象征和"意义的空白"的象征的雪。在若干早中期的诗中，在书写风雪——俄罗斯的风雪——这方面，勃洛克绝对是高超动人的。我记得，勃洛克的一首精巧的十四行诗写到，由于独处于室内的"我"的宁静地在场，整场暴风雪，因此产生了某种中断和间隙，继而，风雪形成了一双晶莹的翅膀——诗人就这样，写出一个在暴风雪中断时显现的天使时刻。这样的诗，展现给我们一种极为敏感的感受力。

但是，这样一个诗人，在《十二个》中完全消失了。一个曾写得如此微妙的诗人，却写着仿佛整个文学语言都大势已去了的"洁白的雪，漆黑的夜"，发生了什么？而且，我不认为，这种完全的消失——那个诗艺家、美学家的完全消失——即意味着，这是一个诗人的伟大。我不认为是这样。因为这并不是一件顺理成章的事，或者，这种顺理成章（诗人的语言更直接了，所以更伟大）是被那个"命令之声"所解释出来的。今天，**我们可能高估了诗人、艺术家的这种自我破坏和自我毁弃行为**，我们把这种行为视为一种"艺术英雄"的品质、视为先锋，甚至是伟大的。可是，我想说的是，这种行为的前提，至少在勃洛克时代，是非常社会化和政治性的。而且，在勃洛克那里，如果他不这样做，可能他就不再能够写作了。我们不能神话化一个诗人对他最好的、最成熟的那个风格系统的放弃或者"弃绝"，并且，这种神话，可能是一种非常典型的**现代艺术神话**。

但是，《十二个》像勃洛克的自毁冲动一样，没有一个句子，没有一个诗节，让我们看到那个曾写出那些整饬、微妙而深邃的抒情诗的诗艺大师，但是，又有一种奇怪的、可以说是非常偏强和不讲道理的东正教的回光返照，使这首诗，产生一种光亮；使这首街头活报剧一般、或者默片字幕一般的诗，不同于马雅可夫斯基。相比而言，我更愿意读马雅可夫斯基那些楼梯形的、攻击性和煽动性十足、巧舌如簧的街头演说政治诗。但是，马雅可夫斯基的任何一首那样的诗，都不能替代《十二个》中那仿佛经过了不仅是自我捣毁、也是被时代捣毁，却依然存在的一丝诗人亚历山大·勃洛克灵魂的光芒。

《十二个》中的暴风雪，也不同于勃洛克写过的任何一个雪夜，不再是我们第一节课上谈到的俄罗斯文学中的"前夜"，都不再是了，甚至也不再是一个黑格尔式的"世界之夜"，不再是那个长刀般的世界之夜。它发生在一种**革命时间**之内，发生在一个紧急的世界。我个人感到，也许，勃洛克放弃了他的一切"诗艺"，从而想要把握那个紧急世界，也许因此，这首诗才通篇充满了最简单的描写和对街头声音的模拟，例如对街头俚语、底层说话声的模拟，以及，在节奏上模仿枪声。这首诗的"可听性"很强，但是，仍然是一种模仿，而且，只能是一种模仿。如果再相比，马雅可夫斯基不需要模仿，也能达到这种紧急性。并且，在那个时代，人们认为勃洛克的主要对手，事实上也是最主要的公开论战者，正是马雅可夫斯基。

　　这种拟声性的模仿，也是我在过去初读这首诗时感到烦躁的一个主要原因，那以后，许多年里我一直没有读进去这首诗。但是，我也知道，如果不去理解它，可能有一种重要的界标会因此错过。关于一个诗人与他的被破坏，两者之间的关系，有一种重要的界标，可能会因此被我错过。

　　对于诗中的那些曾令我烦躁的、那些模仿性的响声，我越来越理解为，是一场雪花噪播屏幕般的语言灾难。如果，我不去穿越它，有一种界标会因此错过。

　　我因为准备今天这场课，才仔细读完了《十二个》这首诗，并且把这首诗理解为：它是那个巨变时代的语言灾难的一种显示。

　　我们可以从图尔科夫撰写的传记中读到，在写完《十二个》之后，勃洛克的精神状况基本上就崩溃了。在1918年写完这首诗之后的两年里，勃洛克陷入严重的精神危机，而且，他的许多言语和行为，在今天看来，是非常严重的抑郁症症状。然后，1921年他就去世了。

　　我个人的看法是：《十二个》是勃洛克的内在崩溃——尤其是作为一个诗人的**语言崩溃**——的显现，但是，又因为他仍然是一个具有不凡直觉的诗人,所以,他把这种语言崩溃,转化成了如此一首痛苦、却又具有启示录色彩的街头政治寓言诗。他得到了碎片般的语言,碎片般的场景,其结果,却不是《荒原》那样。T. S.艾略特的"荒原"毕竟不是革命的荒原。在勃洛克的这首长诗中,碎片不可能在罗马化的文学史+希腊故事+《圣经》的那种文学语言谱系中得到对比。**碎片本身只能前进**,就像十二个精神乞丐般、十二具时代残骸般的士兵那样,往前行走。**碎片必须前进。**

一个曾经以微妙绝伦的方式写过风雪的诗人,在《十二个》这首诗中,只做了一些最简单生硬的事情:洁白——雪,漆黑——夜。这就好像,莫奈晚年放弃了全部色彩能力,只画着一个一个的圆圈,而且告诉我们:这是——鸡蛋。

我长期适应不了《十二个》的开头所意味着的,一个诗人写作中曾经熠熠生辉的语言的停止,它标志着我过去许多次阅读的沮丧。直到我意识到,它写在一场语言灾难的前夕,而且,它——"洁白的雪,漆黑的夜"——是一个界标。之前——界标的那一边,是作为诗艺家的勃洛克的"诗艺"。之后——界标的这一边,是他的死亡。在这两者之间,濒临疯狂的"国家诗人"亚历山大·勃洛克,**在语言灾难与革命之间,在语言灾难与基督之间,画了一条最简单粗鲁的直线。**

他不介意。他曾经是一个莫奈,但是,他今天告诉你,这些圆圈名叫——鸡蛋。他不介意这种直线性,把语言灾难、革命和基督这三者,用一条简单粗鲁的直线联系在一起。因此,我们也可以视这首长诗,为一个临终者的心电图,它是在两端——上帝与革命现实——之间剧烈颤动的雪花噪播屏幕,是在这两者之间的一场暴风雪。

在刚刚写完《十二个》——这首最不像勃洛克的诗——之后,勃洛克说出了他人生中的最后一次豪言壮语,他在日记中写道:"我今天是天才"。我想,这"天才"可能就在于:他把握住了那种直线性,把握住了那种界标,他在不仅异常于自己、也异常于时代地抵达了这一语言界标之后，就迅速衰竭直至死亡。

关于"洁白的雪，漆黑的夜"所显现的那种语言贫乏，我还想提供给大家一种很普通、但有助于说明的体会。有一个冬天，我在新疆，遇到一场暴风雪，很骇人，也很壮观，当时，我和一个知道我写诗的临时报社同事在一起，我说，哇呀呀呀！雪太刺眼啦！朋友说，喂喂，你是个写诗的人啊，怎么语言那么贫乏！我觉得，在当时那种强风和严寒中，只能喊着说"雪太刺眼了"时，我的语言被什么剥夺了，也许是被当时严酷的外在自然环境给剥夺了。当然，这只是源于我个人经验的一个微小例子。

我觉得，勃洛克把一种被巨变时代的强力现实所破坏了的，而且是即将被剥夺的语言，直接用来写作。所以，就只剩下了：洁白——雪，漆黑——夜。一个诗艺大师，就直接写下这样的句子，这也是一个实际上已经置身于语言崩溃中的诗人的心理状态的表现。

我们知道，"白银时代"最杰出的诗人全都命运悲惨，例如茨维塔耶娃、曼德尔施塔姆这些不朽者，但是，他们在处于逆境，甚至处于临终状态时，似乎也没有经历这种语言崩溃，而是越写越呈现出"诗艺"的非凡卓绝。

构思了三个星期后，在1918年的1月27日、28日这两天，勃洛克"一气呵成"（根据传记）写出了《十二个》。直观来看，这首叙事长诗的情节很简单：关于十二个赤卫队的士兵，在十月革命之后的一个风雪之夜，巡视彼得格勒的一条大街。也就是说，这首诗写的是一次**巡逻**。可能大家还记得，我们曾在第一节课上谈到 T. S. 艾略特《小吉丁》里那个但丁式的三行体诗节，其中，也写到一次"交叉时刻"，在一条被轰炸后的大街上所做的"一次死亡的巡逻"。

在《十二个》里的巡逻过程中，出现了资本家、知识分子、神父、老太婆，出现革命的反动者与不合格者，以及失去了成为"人民"的资格的人，长诗写下他们在夜色之中的众声喧哗，也写下了十二个革命军人之间的对话。

《十二个》发表之后,评论迅速两极化。1918 年 3 月,作家叶甫盖尼·伦德贝格在日记中写道:"这样的诗在俄国文学中还从未有过……可《十二个》之后他将干什么?"

　　勃洛克的朋友列米佐夫认为,《十二个》以其"语言实体——街头用语和词汇的音乐"说服了他,"——这是怎样的音乐啊,勃洛克处理得多么成功:换着方式来表现街头……"

　　如果,放在一种同时代的共性中去看,勃洛克的街头,可以对比维尔托夫《持摄像机的人》里的那个街头,也可以对比爱森斯坦《战舰波将金号》里的蒙太奇街头。

　　如前所述,这是一首"最不像"勃洛克的诗,几乎没有一个勃洛克式的诗句,都是一些人物对话以及类似视觉场景字幕式的文字说明。我们也不妨可以认为,它是一种蒙太奇的"影像诗",并且,用音乐组曲的方式来安排和进行。一个曾经追求风格完美的诗人,在人生最后一段时期所写的一首最为凸显"非完美性"的诗,勃洛克认为,这是他最好的作品。

　　我只能以自己作为一个诗人——当然我绝不可能与勃洛克相比(天!)——的经验,去猜想,诗人勃洛克可能认为,他只有在这样的一种诗中,才能把他的**意识的探针**,像我们在关于"体验与诗"的那节课上所说的作为探针的"人造人"、一个弗兰肯斯坦式的探测仪那样,伸向未来。

　　长诗中的一些叙事场景,比如,"妓女开会"的场景,句式上也有讽刺性:"我们讨论,我们表决,短时十块钱,通夜二十五。"也许,大家还记得,我们在讲《荒原》的那节课上提到的一个场景,两者可以对比,也就是《荒原》里的那个关于"快点!时间到了!"的妓院场景。

　　刚才我们也说到,《十二个》注重声音效果。比如,词句就像采音师的工具一样,采集并且编辑风声、雪地里走路的声音、人的谈话和喊叫声,以及,用枪声——比如"哒哒哒哒,哒哒哒哒"这样的象声词——来作为一段诗章的中止,从而为整首诗赋予节奏,也对诗中的场景所在的时间段进行区分。

我还想建议大家回想的是,《十二个》,还可以和我们在之前的课上所谈到的一个剧本,品特的《山地语言》进行对比。我们已经知道,《山地语言》中也有一个发出命令的声音,这个"命令之声"呵斥人,要求人,评判人和抓捕人,而且,像卡夫卡所写的那台机器上的"长针"一样,在人的肉体上刻写指令。

同样,《十二个》也是从一句宣布指令的标语开始的——长诗的开始部分就出现了这句标语:"一切权力归立宪会议。"整首长诗,开始于这句同样也要刻写在人身上的大标语,这也是长诗中主要的"命令之声"。

在《山地语言》中,在"命令之声"与沉默至死的母亲之间,我们已经提到,是一个无图像、无语言、无声音的时刻——是一个"×"。

《十二个》中并没有这样一个无图像、无语言、无声音的"×"。但是,它有另一个图式。在第五节课上,我们已经提到过,《山地语言》的图式是:军官("命令之声")← × →母亲(沉默至死)。

《十二个》,则表现为与《山地语言》不同的另一种图式。在"×"前面,走着十二个巡逻士兵("十二"这一数字也指向十二门徒),紧接着,在十二个士兵之前,又走着一个突如其来的耶稣基督。那么,《十二个》的图式,则是这样的:一场作为"×"的暴风雪→十二个士兵→耶稣基督。三者的关系不是对称/对峙性的(与《山地语言》不同),而是递进、行进式的。《山地语言》中的噪音归于沉默,《十二个》中的噪音则走向进行曲(或进行曲的幽灵)。

这场暴风雪,也不是我们以前说到的,俄狄浦斯在瞎眼后进入的那个"不可图像化"的("不可图像化"是爱德华·萨义德的词)、非图像之境。《十二个》中的那个空间,充满了一场暴风雪,在暴风雪的间隙中我们听见那些成为了"人民"和无法成为"人民"的人的声音。这场暴风雪,就像一段**"在上帝之内"的雪花噪播屏幕图像**(但也许并不是别尔嘉耶夫意义上的"在上帝之内"的"更新")。这不是思考的结果,而

是直觉的结果。

我们还可以把这首诗与《青铜骑士》对比。《青铜骑士》的意图/立意鲜明,而且,它的主题的推进,诗中的那个时空的展开,都是富于设计性的,像一份有人物故事的城市空间规划图。但《十二个》不同。《十二个》,就像《青铜骑士》的反面,同时,又不同于马雅可夫斯基式的那种未来主义者意义上的反面。

今天,我们必须穿过那些旧时代的语言材料,那些声音和街头场景,去感知勃洛克的直觉。《十二个》完全是一种直觉化的诗,它那简单得像默片字幕的诗句,没有一行,具有比如像现代英诗可以为"新批评"提供的那种可解释性,也没有一行,具有勃洛克本人作为《十二个》之前的那个诗歌大师所具有的可解释性。

那十二个士兵,十二个精神乞丐,也对应于耶稣的十二门徒(这一点常常被评论家提到),他们在这首长诗中,鄙俗而粗暴,常常进行恶言恶语的争吵,但是,因为"命令之声"的存在,好像又使他们的粗鄙语言获得了某种正当性或者正面性,以至于成为一种革命的语言。

诗人勃洛克自己有一个观点,他说,诗人是这样的人,他必须要从飓风中听到完整的句子。但是在《十二个》这首诗中,可能,诗人从飓风中听到的完整的句子,是具有否定性的。诗人的声音,不是被里尔克的天使所听见,而是被一些粗暴的士兵所听见。

士兵,革命,标语,命令,这一切不是诗人要称颂的对象——虽然他好像是在称颂这些形象——而是令诗人痛苦的相关者。在长诗中,除了用"哒哒哒哒,哒哒哒哒"这串象声词(机枪扫射声)作为主要节奏工具,这有另一个重复句:"你这苦中之苦。"

士兵,革命,标语,命令,才是"苦中之苦"。而这种痛苦中的痛苦,正是把亚历山大·勃洛克,这个"诗人中的诗人",置于一场语言灾难的暴风雪之中。

我们休息十分钟。

（中场休息）

【下半场】

好，我们继续。

《十二个》的主要意象，是十二个行进中的士兵。出现在诗篇开端部分的，则是一句标语。士兵的移动，标语的确定性，以及一场暴风雪，就构成了这首诗的主干空间。这些意象，尤其，那条标语，是否就是这首诗中最令人痛苦的他者，是诗人的"苦中之苦"呢？总之，诗人把这些材料，用他的那种**直线**，统统直接串连起来，置放于一场雪花噪播屏幕般的暴风雪之中。然后，结尾出现了：耶稣基督。

这个结尾当时引起了强烈争议，也有人说，这个结尾是《十二个》的败笔，是整首诗最失败之处。但是勃洛克本人最坚持的，也是这个结尾。

还有一种批评是，认为耶稣基督出现在这首诗中，只是一种文学性的现身。也就是说，基督的出现只是文学性的，并不是一种"**必然的出现**"。但是，对于勃洛克，也许这正是一个必然的结尾。不过，在我所读过他的散文、书信和相关评论，以及他的传记中，也没有读到关于这种必然性的解释。但是，我们相信，诗人必须要以"耶稣基督"这个词来作为长诗的结尾。而且，诗人在出现"耶稣基督"一词的那个诗节中较靠前的地方，写了一条狗。于是，我们可以得到一个画面：一条狗，跟着十二个革命军人，十二个革命军人前面走着的是——耶稣基督。

在这个诗节中，诗人有意识让"狗"与"基督"两个词押韵，这是一个激烈的表现。大家不要以为我懂俄语，这一点，我是从一位评论家谢·伊·科尔米洛夫的文章里看来的（见《二十世纪俄罗斯文学史》），对此，他写道：

勃洛克首先直接用"狗"和"基督"在交叉韵诗句中押韵："身后是一条饿狗，/ 前面是耶稣基督"。但他为了避免露骨的亵渎，没有让这两个词太靠近，即便如此，这一对比还是得到了深化。在终稿里，"狗"和"基督"相隔六个诗行，并且还隔着一个韵脚"由玫瑰编成"。由此，从极其不和谐的饿狗形象到极其和谐的基督形象完成了渐进式的困难的过渡（在一系列基础韵脚中楔入了其他韵脚："步伐"——"旗帜"，"看不到"——"没有受伤"，"踏着风雪"——"像珍珠一样"），但这个过渡又完成得非常快速（在一个短诗节之内）……

这个结尾，直线性地，把语言灾难、革命和基督这互不兼容，又必须并置的三者，断然联系在一起。

同样，我想，我们也可以把这个结尾，理解为勃洛克的直觉的结果。他就是这样，就以这种方式——"洁白的雪，漆黑的夜"的方式——写出"耶稣基督"一词。他就是这样在这场语言灾难中，让这个词直接进入。可能，这也是在他的整个写作人生中，写出的最后一个，他自己最为**确信**的词语。

当然，也有一些评论家说，这是勃洛克"面对革命的犹豫心态的结果"，等等之类。这是一种教科书式的解释。还有的说法是，这是他身上的东正教文化的回光返照。我觉得——可能这与我也是一个写诗的人有关——这些解释也许都是外在的。也许，勃洛克首先是一个语言听觉的大师，对他来说，在这场语言灾难之中，把狗、十二个巡逻兵、耶稣基督这三者在听觉上，在声音上猛然焊接为一个整体的可能性，正是这种东西抓住了他。

我们还有一点时间，可以用来朗读一遍这首诗。

我用的是郑体武、郑铮的译本（《勃洛克叶赛宁诗选》，人民文学出版社 1998 年版）。不过，我不能确信在中文里朗读这样一首诗的必要性有多大。因为，我们已经谈到过，这首诗在俄语中是富于声响效果的。在我读到的几个译本里，比如与戈宝权先生的译本对比，似乎郑体武、郑铮的译本较为注意声音性一些。

我为大家朗读一遍这首诗。

十二个

1
漆黑的夜，
洁白的雪。
风啊，风，
刮得让人站不稳。
风啊，风
吹在神的世界中！

狂风撕扯着
洁白的雪花，
雪的下面——是冰。
路好滑啊，好难行，
腿脚再灵便，
也会跌倒——唉，可怜的人。

两座楼房之间
挂一根长长的绳子，
绳子上——一张大标语：
"一切权力归立宪会议！"

一个老太婆哭哭涕涕,痛苦万分,
怎么也搞不清,这为的是啥事情。
干啥挂这么大的标语,
干啥用这么大一块布,
能给孩子们做多少包脚布啊,
可每个人——都光着身,赤着足。

老太婆,像个老母鸡,
颤颤巍巍跳过雪堆。
——咳,圣母保佑!
——咳,布尔什维克是催命鬼!

狂风刺骨。
严寒紧跟。
一个资本家站在十字路口,
把鼻子藏进衣领。

这是谁?——长长的头发
说话还压低了嗓门儿:
　　　——叛徒!
　　　　——俄罗斯给断送啦!
这肯定是雄辩家——
　　　舞文弄墨的人……

瞧那穿长袍的——
遇到雪堆,溜边儿走,
　　哎,牧师同志,

如今怎么发了愁?

记得你从前可不一般,
走起路来大腹便便,
肚子上的十字架
对着大家亮闪闪。

再瞧那穿羔皮大衣的太太,
朝另一个太太转过脸,
——我们哭呀,哭——
脚下一滑,啪嚓一声:
她摔了个仰面朝天。

　　哎哟,疼死我啦!
　　快伸出手,拉我一把!

快乐的风
既凶狠,又兴奋,
扯着衣襟,
扯着路上的行人。
它吹着,揉着,撕着
那幅巨大的标语:
　"一切权力归立宪会议",
还送来对话几句:

……我们这儿也开过会,
……就在这座房子里,

……讨论了问题——

　　通过了决议：

一小时——十卢布，过一夜——二十五，

少于这个数——请另找主。

……走，我们睡觉去。

　　夜色渐深，

　　街上行人渐少。

　　一个流浪汉

　　弓起了腰，

风，风在怒号。

　　喂，穷光蛋，

　　　　快过来，

　　让我们亲一下。

　　　　给块面包吧。

　　前边是啥？

　　　　过去吧。

漆黑的，漆黑的天空。

仇恨，伤心的仇恨，

　　在胸中沸腾……

忧郁的仇恨，神圣的仇恨……

　　看吧，同志们！

睁大眼睛!

2
风在游荡,雪在飘摆,
十二个人列队走了过来。

步枪上系着黑皮带,
四下里——火光排排。

嘴里叼着烟卷,帽子皱成一团,
就差后背上贴一张"方块尖"。

　　自由啦,自由啦,
　哎哈,哎哈,不要十字架!
(戈译:唉,唉,没有十字架啦!)

　　嗒嗒—嗒嗒!

好冷啊,同志们,好冷啊。

——万尼卡和卡奇卡在酒馆里……
——她的长袜里有大票克伦基!

——万纽什卡如今成了有钱人……
——他从前是我们的,现在却成了大兵!

——哼,万尼卡,狗娘养的,资本家,

有胆试一试，把我的姑娘亲一下。

　　自由啦，自由啦，
　　哎哈，哎哈，不要十字架！
　　卡奇卡和万尼卡搞上啦——
　　搞个啥呀？搞个啥？

　　　嗒嗒—嗒嗒！

四下里——火光排排。
肩膀上——枪带，枪带。
同志，接住枪，别畏缩，
让我们把子弹射向"神圣的罗斯"——
　　　　射向坚固的罗斯，
　　　射向茅屋的罗斯，
　　　射向屁股肥大的罗斯！

哎哈，哎哈，不要十字架。

3
我们的伙伴已出发，
到赤卫军里去服役。
到赤卫军里去服役，
抛头洒血在所不惜。

唉，你这苦中苦啊，
甜蜜蜜的生计。

破烂的军大衣啊,
奥地利的兵器。

我们要让资本家吃苦头,
把世界性的大火燃起,
世界性的大火在血中燃烧,
　　——赐福给我们吧,上帝。

4
大雪飞舞,车夫高叫,
万尼卡和卡奇卡乘车飞跑。
一只灯笼
　　　在车辕上摇啊摇……
　　　哎,哎,闪开道!

他穿着军大衣,
一副傻瓜相貌,
留着一撮小黑胡。
　　　他一边捻胡须,
　一边打情骂俏……

瞧这万尼卡——是个宽肩膀!
瞧这万尼卡——能说又会道!
　　　讲起话来滔滔不绝,
　　　　跟卡奇卡这傻妞又搂又抱……

卡佳朝后仰过脸,

珍珠般的牙齿亮闪闪……
　　你呀,卡佳,我的卡佳,
　　你的脸蛋儿胖又圆……

5
你的脖子上,卡佳,
那块刀伤还没复原,
你的胸脯下,卡佳,
那块刀疤还很显眼。

　　唉咳,唉咳,跳个舞吧!
　　你的大腿真好看!

你穿过一件长袖衫——
走一趟吧,走一趟
你曾跟军官荡马路——
再去荡吧,再去荡!

　　唉咳,唉咳,再去荡!
　　心儿快要跳出胸膛!

记得不,卡佳,那个军官——
他还是被人捅了一刀……
是想不起来了,瘟婆娘,
还是你的脑子乱糟糟?

　　唉咳,唉咳,想想吧,

再去跟他睡一觉!

你穿过灰色的护腿袜,
你吃过"迷娘"巧克力糖,
你跟士官生兜过风——
如今又跟大兵配成双?

唉咳,唉咳,作孽吧!
这样也许好受些!

6
迎面又飞一般驶过
一驾呼啸的马车。

停下,停下!安德留哈,帮帮忙!
彼特鲁哈,从后边跟上!

嗒嗒嗒—嗒嗒嗒—嗒嗒!
子弹打得四下溅起雪花!

车夫拉着万尼卡仓皇逃去……
再来一枪!快扣扳机!

嗒嗒嗒!看你还有没有胆量
再纠缠别人的姑娘!

溜了,王八蛋!别着急,

明天我再来收拾你!

卡奇卡在哪儿?——死啦,死啦!
子弹射穿了她的脑袋瓜!

怎么,卡佳,还高兴?——一声不吭。
在雪地上躺着吧,你这个死人!

迈起革命脚步!
警惕敌人反扑!

7
十二个人又出发了,
雄赳赳地背起枪。
只有可怜的杀手
脸上是一副惨相。

他越走越快,
越走越急,
脖子上的围巾
怎么也弄不整齐。

——喂,同志,你怎么不高兴?
——喂,朋友,你慌个啥?
——喂,彼特鲁哈,为何垂头丧气?
　　莫非你是可怜卡奇卡?

——唉,同志们,亲爱的,
这个小妞我爱过……
我跟这妞在一起
度过不少销魂的夜……

——就为她火辣辣的眼睛,
天不怕地不怕,
就为她有一块红斑
在她的右肩膀下,
我杀了她啊,我这傻瓜,
我一时火起杀了她……唉!

——瞧你这讨厌的家伙,唠叨个没完,
别奇卡啊,你怎么跟娘们儿一般?
——你当真要把心里的话
统统都倒出来?那就请便吧!
——快把腰杆子挺起来!
——对自己还要多检点!

——现在可没有工夫
让大家都停下来哄你!
我们的压力还会更大,
坚强些,亲爱的同志!

这位彼特鲁哈
开始放慢步伐。
他扬起了脑袋,

354　　　　　　　试论诗神

重新快活起来。

  哎哈,哎哈!
乐一乐总不算罪过!

快给房门加上锁,
马上有人来抢劫!

快把酒店全撬开,
穷人要来喝一喝!

8
唉,你这苦中苦啊!
  寂寞的寂寞,
    折杀人的寂寞!

我要把时光来消磨,
    来消磨……

我要搔搔你的脑袋壳
    脑袋壳……

我要把瓜子剥一剥
    剥一剥……

我要把你身上的肉往下割
    往下割!……

你飞吧,资本家,和麻雀一样!
我要把你的血喝干,
为了黑眼眉的姑娘,
为了我可怜的心肝儿!

上帝啊,让你的女仆安息吧……

  寂寞啊!

9
听不见城市的喧嚣,
寂静笼罩着涅瓦河钟楼,
再也不会有巡警啦——
出来玩吧,伙计们,别再喝酒!

一个资本家站在十字路口,
把鼻子藏进衣领。
一条癞皮狗蜷缩在他旁边,
翘起尾巴,浑身僵硬。

资本家无声地站着,
像一个问号,一条饿狗。
旧世界仿佛丧家犬,
翘着尾巴,站在他身后。

10
暴风雪刮起来了,

暴风雪漫天飞扬!

怎样的暴风雪啊,四步开外
　　彼此看不清对方!

旋风卷起鹅毛大雪,
像柱子,像漩涡……

——好大的暴风雪啊,故世主!
——别奇卡,你真糊涂!
说说你的金圣像
给你带来过啥好处?
你真个叫做没觉悟,
该动动脑筋,想想清楚——
难道你的手没杀过人,
为卡奇卡而争风吃醋?
——迈起革命脚步!
警惕敌人反扑!

　　前进,前进,前进,
　　　　工人兄弟们!

11
十二个不信仰圣名的人
向远方毅然走去。
他们做好了一切准备,
什么都在所不惜。

他们把自己的钢枪
对准了看不见的敌人,
对准了大雪纷飞
和寂静无声的街头巷尾,
对准了厚得拔不出脚的
毛茸茸的雪堆……

   一面红旗
   映入眼睛。

   传来有节奏的
   脚步声。

   残暴的敌人
   已经睡醒……

暴风雪在他们眼前
   纷纷扬扬,
   日夜不停……

   前进,前进,
   工人兄弟们!

12
他们迈着雄健的脚步走向远处。
——谁还在那儿,快出来!
这是一面红旗

在前方迎风飘摆……

前面——是冰冷的积雪,
——谁在雪堆里?快出来!
只有一条无家可归的饿狗
在后边一瘸一拐……

——别跟着我,癞皮狗,
不然我要用刺刀把你刺穿!
旧世界啊,你这丧家犬,
毁灭吧——我要把你推翻!

那狗呲着牙——饿狼一般,
它翘着尾巴——步步紧跟。
冰冷的狗啊,丧家的狗……
——哎,回句话,来者何人?

——谁在那边挥舞红旗?
——仔细一看,漆黑一片!
——谁在那儿走来走去,
在房子的后面躲躲闪闪?

——反正我能抓住你,
要保性命就赶快投降!
——哎,同志,聪明点,
再不出来我可要开枪!

嗒嗒—嗒嗒！——只有回声
　　在每座房子里回荡……
　　只有暴风雪长长的笑声
　　在漫天大雪中飞扬……

　　嗒嗒—嗒嗒！
　　嗒嗒—嗒嗒！

　　他们就这样迈着雄健的脚步——
　　身后——是一条饿狗，
前面——一个刀枪不入的人
　　被纷飞的暴风雪遮住，
　　踏着晶莹的雪花，
　　迈着轻柔的脚步，
　　戴着白玫瑰的花环，
　　把血红的旗帜挥舞，
前面——是耶稣基督。

　　——鲁迅评论过《十二个》，为它的中译本写过一篇后记，其中有个句子如是说："旧的诗人沉默，失措，逃走了，新的诗人还未弹他的奇颖的琴。"

　　鲁迅的这句评论，我们也可以理解为：在旧的诗人逃走了，而新的诗人还没发出声音的时候，那么，这个中间时刻——雪花噪播屏幕般的时刻——就是语言灾难发生的时刻。暴风雪，标记了这种时刻。

　　然后，《十二个》中还蕴含了一个问题："新人"（以十二个士兵为代表）与"基督"的关系。梅列日科夫斯基在他的一篇文章《未来的小人》中，也曾谈到此问题。以我们今天的流行语来说，梅列日科夫斯基是一个抱持"黄祸"观念的思想家,在这篇文章里,他以"庸俗的中国人"为例来说明"未来的小人",然后,梅列日科夫斯基写道:"只有未来的基督才能打败未来的小人"。与梅列日科夫斯基同时代,与此命题同步,别尔嘉耶夫不仅深化,也纠正了白银时代至二战一代俄罗斯知识分子对"未来的基督"的动荡不定的意识。

与《十二个》同时代,也是梅列日科夫斯基、别尔嘉耶夫、勃洛克的共同朋友,诗人和小说家安德烈·别雷(我们在关于《青铜骑士》的那节课上谈到过他),在其小说杰作《彼得堡》中,以宇宙论——被别尔嘉耶夫批判——和神智学为前提,宣泄了一种对世界政治的现实进程和对"亚洲人"(日本人和蒙古人)的恐惧。这种恐惧,在不仅是别雷,也是勃洛克写作的时代,仿佛一种文化濒死时产生的情绪,也是"堕落的逻各斯"(别尔嘉耶夫的词)的一部分。

勃洛克的《十二个》,也许是从古典至"近代"(十月革命以前)的俄罗斯文学中,最后一次尖利的,却显得粗鲁、固执甚至不无贫乏的对"未来的基督"的想象。但是,"未来的小人"和"未来的基督"之间,还有那些"新人"——那些革命战士和巨变时代中产生的"新人"们。并且,**"未来的基督"的布尔什维克化**,也许是勃洛克的想象力中最可疑,却又最为悲剧性的一面。

我们可以再回到梅列日科夫斯基的警句:"未来的小人只有未来的基督才能打败。"更为冷静、也更怀抱世界主义理想的别尔嘉耶夫,可能不会认同这个警句上下文里的种族主义色彩。但是,关于那些成为了"未来的小人"、不再能够成为"自然状态的人"的"人民",还有这样一位布尔什维克化的耶稣基督,这些很奇特的、几乎只有在彼时俄罗斯文学中才出现过的文学形象,包括诗人和作家在内的那个时代的思想者们,似乎都没有结论。

我们刚才说过,勃洛克以一种与自己以前美学风格断裂的方式,以街头活报剧的方式,在长诗最后,近乎偏执地写下了这样一个形象:那个起初被革命战士认为像狗一样藏起来,用枪支威胁其现身,然后,成为了他们的引领者的耶稣基督。也许,诗人只是因为一种固执的率意而为,从而写下这个形象。但是,对于那个时代的问题语境,这也并不是结论性的。写完《十二个》之后——1918年以后——在1920年和1921年之间,勃洛克就陷入了严重精神危机。之前,我们也提到过,这一代俄罗斯作家对地缘政治问题的关注。在写完《十二个》之后,勃洛克还写了一部组诗《西徐亚人》,这是一部具有地缘政治色彩的抒情诗,关于亚洲和欧洲之间古老的地缘关系。写完这组诗之后,勃洛克的写作生命就停顿了。

长诗《十二个》是一组街头画面,同时,也给人一种声响上的湍流感。但对于我自己——一个写汉语现代诗的人——来说,我在美学上并不喜欢这首诗。因为,它那在声音层面的湍流感,它的强迫性,可能并不是来自作为美学主体的诗人自身的想象力,而是更多地来自"命令之声",来自那条确定无疑的标语。

那么,在长诗开端的那条确定无疑的标语,"一切权利归立宪会议",与长诗结尾的耶稣基督之间,这首诗,究竟居于何种时间以及怎样的现实呢?对此,这首诗什么也没有说,只是表现了一连串街头画面。我们可以再回到上半节课引用过的评论家谢·伊·科尔米洛夫,他写道:

> 1918年5月13日,填写所谓"现在该做些什么?"的调查表时,勃洛克写道,耶稣诞生之后罗马帝国还存在了500年左右,但实际上已经形同灭亡。如今,推翻罗马的那个世界也到了衰败的时候。
>
> (……)早在布尔什维克之前,勃洛克就高呼革命的目的是造就新人。(……)"自然力"因素,包括"人民性"因素在每个人身上都可能会变成现实,在《十二个》中这种"人渣"非但没被摒

弃，而且还充满了"音乐精神"。

（……）他就是这样"突然看见了"他，并且"不情愿地压住火气——基督本来就该出现"。耶稣在勃洛克的草稿中"不是男人也不是女人"。

（……）十二个队员不仅仅是物质上的乞丐，而且是"精神上的乞丐"，所以允许他们进入天堂。然而，与福音书不同的是，这里进入"天堂"的前提条件是克服精神上的"贫乏"，甚至"天堂"本身就意味着克服精神贫乏。

（……）勃洛克首先直接用"狗"和"基督"在交叉韵诗句中押韵……由此，从极其不和谐的饿狗形象到极其和谐的基督形象完成了渐进式的困难的过渡"

（……）普希金"不是被丹特士的子弹杀害的，他死于令人窒息的空气，他的文化跟他一起死亡了"。勃洛克已经意识到，期盼已久的新文化不会到来，而他的勃洛克文化已经奄奄一息。

产生"人民性"的那些因素——自然力的因素——会被"新人"打断，会被"新人"进行一次否定中的肯定，那么，在每个人身上，"新人"才可能成为现实。

在《十二个》中，十二个革命战士，对一位被杀死的年轻女性的鬼魂进行谩骂嘲笑。他们带着一种自我确信，尤其是带着一种革命精神的笃定性，在大地上巡逻，并且，对那些贵妇老太太和知识分子，进行革命者的嘲讽。

谢·伊·科尔米洛夫写到，这十二个人，也是十二个精神乞丐，也就是说，他们身上具有"人渣性"。这种"人渣性"非但没有被这首诗所抛弃，没有被一个认为"革命的目的是造就新人"的诗人所抛弃，反而，还被诗人赋予了音乐精神。但是，他们主要的"音乐"——我们在这首诗中也听到了——就是用枪扫射，就是枪毙人。然后，"耶稣基督"出现。

一种评论认为,勃洛克的"耶稣基督"出场是为了赞美十二个赤卫队员。但是,我更喜欢谢·伊·科尔米洛夫的观点——诗人已经不愿意压住他内在的"火气",作为一个诗人的"火气",由此写出"耶稣基督",并且认为"耶稣基督"**本来就该**出现在此。

谢·伊·科尔米洛夫写到那个时代对"新人"的想象,认为勃洛克的内在的现实感告诉他,期盼已久的"新文化"并不会到来的同时,勃洛克自己属于的那种文化也"已经奄奄一息"。但是,"勃洛克文化"在《十二个》这首长诗中,我们是半个字也看不到的。我们只能在写于《十二个》之前的那些诗,如《美妇人集》中,以及《疯狂的年代》等等那样的诗中,看到"勃洛克文化",看到东正教信仰下的俄罗斯近代文学的一个优雅的结晶体。而《十二个》,无疑是完全反优雅的。

别尔嘉耶夫的一个本身并不新鲜的观点,或者他所继承的一个传统观点是:认为只有**重新思考终极性**,才可以抵抗那种建立在"无限的进步"这一前提下的庸俗历史观。别尔嘉耶夫也是一位较早认识到"新"这一观念的现代庸俗性的思想家。在《自我认知》中,他较多地批判文学、艺术领域的庸俗激进主义。但是,别尔嘉耶夫的这种观点在他的时代,也已经被批评为一种过时的观点。而在今天的"新人"们看来,批评者与被批评者,可能都已经过时了。

在别尔嘉耶夫的时代,诗人们(可能也包括勃洛克、别雷在内)都不喜欢他的观点,因为太形而上学。同时,苏维埃政府也不会喜欢他的观点。但是,作为勃洛克的同时代人,别尔嘉耶夫也积极参与了对"文学/诗的未来"的讨论,并且指出了这一点:**重思终极性问题的可能性被剥夺了,不仅是语言被剥夺,终极性本身也被剥夺了。**

在这种前提下,我们可以把《十二个》理解为,它是一个狂躁的直觉显现,它完全声音化,甚至像一个恶作剧,在书写了一连串世俗化的场景后,诗人愤怒地写出耶稣基督的形象,像是对整个巨变时代的报复。所以,在狂躁的直觉之下,"狗"与"基督"押韵,如同一个恶作剧,同时，又确实是一种奇特而强烈的直觉。

写完《十二个》之后，勃洛克经历了一段心力交瘁的精神危机，随后去世。按照我们今天的说法，他明显是在严重的抑郁症中死去。图尔科夫的传记，便记载了这方面的情况。1921年5月，他被确诊出心脏疾病，然后，他来到莫斯科，参加为他的作品举办的一场朗读晚会。在活动现场，有听众对他叫喊："勃洛克，你读的这种诗已经死了！你自己也已经死了！"接着还有一些其他语言攻击。面对这一切——图尔科夫的传记写到——勃洛克沉默不语，而且，面带奇怪的微笑，对自己身边的人说："那个人说的没错，我确实死了。"

在这场活动之后，勃洛克回到家中便病倒。此后，探望他的人说，他常常是独自一人无语呆坐。他的朋友，诗人伊万诺夫说，勃洛克似乎在告别，先是告别自然界，然后，彻底告别生命。

在生病的这段时期，除了妻子，勃洛克几乎拒绝了任何人的探望。他的神经质也更加严重，情绪极不稳定，狂躁症发作时，则把药瓶摔在地上和砸在墙上，砸得粉碎，而且砸椅子，砸家具，砸家里摆的艺术品，例如一个阿波罗的头像（在勃洛克名声盛期，他被认为是"俄罗斯诗歌的阿波罗"，之前享有这一荣誉称号的俄罗斯诗人好像只有普希金），然后对妻子说，想看看"这幅肥厚的嘴脸能碎成什么样"。

我不知道，他写《十二个》这首诗，是不是也想看看，他的语言能碎成什么样。

图尔科夫写到，在所有这些发作中最极端、并且又最从容不迫的，是勃洛克认真细致地毁掉了自己的许多手稿和笔记本。当他这样做的时候，一个被允许进屋见到他的人回忆说，他觉得勃洛克已经疯了，尽管后者表情平静、面带笑容。

一种文学神话是，总会有人挽救那些被作家们试图毁掉的手稿。勃洛克的一些晚期文稿，仍然被身边的人从他手中抢出来了一些。

在1921年5月26日，他还能写信给他的朋友、批评家楚科夫斯基，信中写道:"……现在我既无灵魂,也无肉体,我病了,从未这样病过,高烧不退,全身疼痛不止。"

听到勃洛克去世的消息时,楚科夫斯基想起的是勃洛克早期的两句诗:

> 大地的心脏累了,
>
> 这么多年,这么多天。

诗人亚历山大·勃洛克去世于 1921 年 8 月 7 日。

以上所有这些勃洛克晚期生活的情况,都来自图尔科夫撰写的传记。

之前我们提到,在勃洛克去世的三年前,1918 年,写完《十二个》时,他说,"我今天是个天才"。我想,也许并不应该把这句话,视为一句艺术家的豪言壮语。我认为它更像一句自我讽刺。说出这句话的诗人勃洛克,更像一个哈姆雷特式的自我讽刺者。"我今天是个天才",一如"这时代脱节了,偏偏是我要把它整理好",**更像是一句疯话**。而且,的确,他在《十二个》中连接了两个脱节的时代。

在"脱节的时代",诗人们的一个重要命题是"诗的未来",一如今天的人们也常常谈论的"写作的未来"。直观地来看,"写作的未来"不完全是指一种线性时间意义上的未来,并不是对新的材料进行新的处理的可能性,也不是接受了各种理论的、科技知识的介入干预之后的必然性结果,而且,这一切——不知道大家是否还记得我们在关于荷尔德林的那节课上谈到的"反应"——只是一种"反应性"的结果。

别尔嘉耶夫并不如此来看"写作的未来",他的观点,刚才我们已经提到过,是一个非常强硬的观点:"写作的未来"取决于对终极问题的认知,取决于他所称的一种"真正的想象力"。别尔嘉耶夫所说的"真正的想象力",是"对另一个世界形象的激发",而且,他认为,那个"世界形象",并不是视觉性的,只能是精神性的。

重启对基督的想象并接近之,对那个"脱节的时代"——前现代和现代交替的巨变时代——的思想者和文学家来说,可能是未来写作的核心。二十世纪写作文化中的一种非常重要的冲动——原谅我只是在套用埃里克·沃格林的说法——就是少数具有精神能力的人,冲破"客体化"的、历史化的,以及教会的语境,走向"真正的想象力",以寻求失落了的"实在"。

这失落的"实在",是"此在"与"非在"之间的积极沟通与斗争的领域,也是别尔嘉耶夫和时间上稍后的西蒙娜·薇依为之写作的领域。

当然,这是一些很宏大的命题。在今天,宏大命题常常是不合法的。我最后想谈的一点是,那么,这些问题与我们这些写汉语现代诗的人(请不写诗的人原谅,我希望,对你们也可能有一点参照作用),关系为何?

首先,写汉语现代诗的人,怎样处理勃洛克写作中所发生的那种语言灾难呢?这种语言灾难——或者目前的情况尚还轻微、只是语言危机——是双重的:其一,是一种语言危机,也即汉语在不断遭遇汉语的异己事物,许多非常不同于汉语的历史文化传统(也不同于古汉语文学传统)的东西,出现在汉语中;其二,是思想危机,汉语文化体制不断遭遇那些它所不适的,或者努力将其消极化的"不可思"的东西。

那么,也许,我们作为汉语现代写作者,可能,正是要在这双重危机之中,寻找汉语现代写作的自由度,并且,去积极地自我确认汉语现代写作的自由意志为何。

这种自由意志,在我们晚近的"文化传统"中也有它的历史。首先,这种自由意志被**文人的自我正统化**(有意思的是,自我正统化往往也表现在自视为非正统的文人身上),也被"五四"以来的一种学生气给模糊化了。

这种学生气,是非常固化的,并且,与意识形态的普遍化浪潮结合在一起。有时，学生气倾向于自我正统化时，我们就可以用另一个词来称呼它——"共青团员化"。"共青团员化"也是很内化的，因为也常常表现在它的异见者身上。学生气的、"共青团员化"了的主体性，掩盖了其无主体性。而且，现实也常常可以证明，学生气是"官方性"（不论直接或间接的）的"前存在"状态，是其有意识或无意识的准备。

文人的正统意识，学生气（以及它的正统化表现即"共青团员化"），这两种东西，为人们提供了一种主体性。但是，这种主体性是为了掩盖其无主体性而存在的，由此，自由意志被它不断地改写。而且，它也在不断成为文学写作的主体。

另一种情况，是各种"泛现代主义"的方法论。这些方法论，许多是未经实践性的再分析的，但是，它却是一种必要的、为走向当今的"世界文学"这一社会上升模式做准备的美学身份。

汉语现代诗的自由意志，被这一切弄得模糊了。那么，作为汉语现代写作者，作为写汉语现代诗的人，便正是要在一种实践性的不断持续之中，在并非被抵触性（或所谓"叛逆"）所定义，而是被别尔嘉耶夫意义上的那种"非在"所定义的**反成功性**之中，走向**既是东方的反面，也是西方的反面**的东西。所以，我们可能要在不同于那种常见的"西方中心论"及其反论的逻辑之下，并非"去西方化"，反而是要重启自身的"西方性"——进一步说，是从自身开启那些其实并不能被"西方性"这一可能褊狭的词语所指向的东西。

但是，仅仅以诗学史和历史哲学的立场，把"诗"理解为一个世界文化共在显现的领域，可能仍然是不够的。因为，"聚合性"本身有一种"客体化"的倾向。也许大家还没有忘记，"客体化"是别尔嘉耶夫的贬义词。别尔嘉耶夫在批判"世界和谐"的观念和"集体主义"的观念时，也提到了"聚合性"在前布尔什维克时代的尝试，并且还指出，"集体主义"的观念有其斯拉夫神秘主义的前身。

我们可以再返回"交叉时刻"。一方面，在但丁那里，"交叉时刻"，是神学诗人在古典时代（维吉尔）的影响下，在危机中处理分歧（对于但丁，是否，维吉尔是三头野兽之外的另一种危机呢？），因此具有一定张力的时刻，并且，具有"聚合性"与共在显现的特征。

"交叉时刻"暗示了一个前基督教时代与基督教时代，以及雅典与耶路撒冷的分岔口，但是，其戏剧性多于启示性，因为美学价值的显著（"但丁——艾略特"意味着这种显著）而具有稳固合法性。

但是，曾经有另一个类型的早期现代诗人认为，相比眷恋／缠斗于那古典氛围浓郁的"交叉时刻"，诗及"诗学"的创造，更应当走向一种深刻的、非理论性的创造实践，并且，只能在此不断的创造实践之中，再现在"上帝之中的"超越性，从而才是有意义的。在别尔嘉耶夫那里，"末世论形而上学"是其顶峰表现。

我不是天主教或基督教信徒。我很担心，这些观点会演变成一种蹩脚的对神学的模仿。我通过这些笨拙的条理化，想要说的是："交叉时刻"可能是一种局限——比如是我自己现有的一种局限——而诗及"诗学"的创造，需要**走出"交叉时刻"**，把自己置于自由意志之中。我想，这一点在今天也依然重要，尽管并不显要。

在神学诗人——从但丁到艾略特——那里，那个非生非死的"交叉时刻"表现为一种从"前基督教时期"走向皈依之前的净化步骤，这在艾略特的诗中非常明显。在但丁那里，"交叉时刻"实际上在《神曲》开篇就终结了，而它未来的故事，则必须交给神学。

但是，在现代思想家们看来，"交叉时刻"不仅不能归属于地狱的领域，也许，它正是自由意志的前奏。莫里斯·布朗肖在《反思地狱》中，与其说重述，不如说挽救了"交叉时刻"，把它从走向罗马天主教文化（比如艾略特那样的）的趋势中拽离，置于自由意志之中，也即，将其本质化了。布朗肖背后的荷尔德林，是诗的历史中，发生的最后一次挽救（布朗肖并未超出荷尔德林的范围，只是做出了更具体和深化的阐述）。

自由意志被归属于地狱的领域，这是别尔嘉耶夫——以及他背后的尼采——尤其反对"地狱"这一观念的原因。但是，我不能像别尔嘉夫，以及他背后的尼采那样，全然反对"地狱"的观念。别尔嘉耶夫关于"地狱"的一个观点，颇具启发性，他认为："被正统基督徒珍视的地狱观念"，是基督教统治的一种社会化手段，而这对基督教的历史发生了致命的影响（对此，他在《论人的使命》中有具体阐述）。

我认为"地狱"是存在的，是一条真实的湍流，无时无刻不在我们的背后奔流。而且，用"地狱"这一观念来统治他人的人，实际上，自身也已经演进为、真实化为"地狱"的在场了。

我们最后一次回到《十二个》。如果，具有地狱氛围的《十二个》，也是一首"交叉时刻"的诗，那么，它肯定是一种别尔嘉耶夫不会认同的"交叉时刻"。《十二个》，这首"苦中之苦"的长诗，可能就是涌动在勃洛克身后的，也是涌动在"勃洛克文化"身后的地狱的湍流。这首长诗像一个反讽，但是，确实又像"新时代"的序曲。

下一节课，我们将对哈特·克兰的长诗《桥》做一点评析。简要而言，哈特·克兰在《桥》这首长诗中，尝试提供一个希望的结构。

在哈特·克兰写作的时代，上世纪四十年代，也是现代英语诗的高峰时代。关于哈特·克兰，哈罗德·布鲁姆（哈特·克兰的热烈崇拜者）有一句话说，"钟是他的天才"。通过哈特·克兰，我们还可以考察的是："崇高性"处于怎样的困境。我们曾经提到过，诗的"崇高性"**不同于诗的美化**，有可能，正是与美化的斗争，才产生了诗的"崇高性"。对于诗人而言，"崇高性"又是怎样的不可或缺，**而且，一个希望的结构，又会怎样比绝望更使一个诗人进入危险地带呢**？

哈特·克兰，可能也是二十世纪最后一个表现出这种精神追求和写作理想的诗人——也就是说，诗人必须提供一个作为希望结构的激情程式，向未来精神跳跃。而且，未来精神，绝不同于《荒原》那种废墟现实的现代主义意识。哈特·克兰对他的朋友直接表达过这一点:《桥》这首长诗,就是为了对抗《荒原》而写。哈特·克兰把T. S.艾略特当作他的对立面。《桥》的未来精神,既不同于《荒原》,也不同于《四个四重奏》的那种欧洲化的解决方案。

哈特·克兰是浪漫主义英诗的重要继承人,同时,又是一个非常具有美洲自我意识的诗人。哈特·克兰诗中的那种世界愿景,很大程度上是一个惠特曼式的大陆的未来。而且,在《桥》中,哈特·克兰用爱伦·坡定义了美国的心灵地下室,而不是 T. S.艾略特的那片具有《圣经》色彩的神话学的废墟。哈特·克兰用惠特曼来标记美洲大陆的未来想象,而不是用任何一个欧洲中心的诗人,不是但丁,也不是维吉尔,这都是他力图不同于 T. S.艾略特的选择。

在二十世纪诗人中,哈特·克兰可能是最后一个具有自我弥赛亚化意识的诗人,或者说,一个精神跳跃者。关于1923年开始写作的《桥》,他在致一个批评家的信中说:"它根据直觉很粗略的综述'美国'。历史、事实、地理位置等都被转化为几乎独立于题材的抽象形式。'我们的种族'的最初冲动力将被引向桥的顶点汇集。桥是我们富有建设性的未来象征,是我们的独特本性,其中也包括了我们的科学希望和未来成就。"

这是他本人对《桥》的概括。那么,这种"被引向桥的顶点汇集"的"冲动力"——现代诗的另一种不同于《荒原》传统的主要面孔——和那场如同雪花噪播屏幕的暴风雪的关系,和语言灾难的关系,又是怎样的呢?下节课,我们可以对此做一点探索。

今天就到这里,谢谢大家。

第三节课

漫谈作为雪莱继承人的哈特·克兰

> 地点：中国美术学院南山校区跨媒体艺术学院 4-309 教室
> 时间：2019 年 12 月 30 日（周一 13：30—15：30）

绪言。文学中并没有可被写作者引以为自感"孤高"之物。——"骄傲"的言不及义性质，以及常规意义上的"信心"，对于一些独特的现代写作者（例如卡夫卡）来说可能是一种次要品质。——"独特性"不等于独占，独占的意识会败坏"独特性"。——把"独特性"交给人，这是喀戎的工作。——何为喀戎。——"知识萨满"。——诗人是智术师的对立面。——诗人的堕落。——对诗人的柏拉图式批判，被智术师工具性地利用了。——"交谈"的失去与重启，喀戎们，萨满们，智术师的对立面，对于"写作被破坏"了的感受，构成了现代诗艺所注重的主要内容。

哈特·克兰的两首短诗：《河的休眠》与《岛上采石场》。——"意象"不是用来点缀，而是使一首诗的整体产生如同直视太阳的鹰眼的那种效果。——哈特·克兰是我的内在调试者之一，只要对他的形象有所回忆，就是对一种美学事实的回忆，也是对一种语言命运的回忆。——对"哈特·克兰"这一才能现象的回忆，伴随着一种难以言状的、对太阳强光之下的二十世纪人类生活的感受。——《流放者归来》中关于哈特·克兰的记述。——罗伯特·洛威尔所写的回忆哈特·克兰的诗,"我们时代的雪莱"。——这个朋友的幽灵,意味着众人失去的东西,他们失去了他们的"雪莱"。——随着二战前后美国诗的"巨人时代"的结束,那个"惠特曼的美国"也濒临终结。——哈罗德·布鲁姆对哈特·克兰的评论。——有一类诗人,他们的死去,标志着人类失去了一种天赋,失去哈特·克兰和失去雪莱是同一种失去。——现代诗中的"光明维度"的失去。

哈特·克兰的先驱:"半野蛮人"雪莱。——何为"光明维度"。——先是出走,然后返回帝国,成了"讲故事的人"和提供"最高虚构笔记"以供士绅萃取的诗人们,他们失去了自己的雪莱。——诗人是一个被"文化场"萃取的人吗?但诗人会对抗这种萃取。——罗伯特·洛威尔,精湛的写作艺术"只是有个洞的口袋"。——一个诗人必须具有可被利用的政治或社会意义才值得被阅读吗?——纯诗诗人(认为"所有的诗都是同一首诗")和意识形态诗人,哈特·克兰这类诗人不会被这两者所认同。——并不把华莱士·史蒂文斯,而是把哈特·克兰视为"想象力"的代表。——哈特·克兰追求的"民族性"与"国家神话"是什么?——追求崇高风格。——一种对比,老狐狸弗罗斯特的"中间地带"。——仿佛协商好了角色分配一样,各自罗马化的现代英语诗人们。——哈特·克兰,一个最不同于"国家诗人"的大陆性诗人和现代民族诗人,一个未来诗人而非历史主义的诗人。——哈特·克兰是全部美国现代诗中毫无皮里阳秋、全面拒绝妥协的诗人,也是"现代英诗合众国"中最独特和最不幸的诗人。

关于哈特·克兰的长诗《桥》。——《序诗》的全景视野。——作为欧洲的自我厌倦产物的新大陆,歌德的短诗。——哈特·克兰对于非美国现代文化材料的使用。——并不能只从"对抗艾略特"来理解哈特·克兰。——哈特·克兰不像艾略特那样回望欧洲,并希望成为那些构成了"美国"的不同文化的联结者。——哈特·克兰的不同于艾略特的"新神话"。——墨西哥之梦,"征服史"与"新世界"之间。——《桥》的人类学和美洲共同体面向,这是不同于英诗中心论者哈罗德·布鲁姆式解释的东西。——《桥》不是那种可被"世界文学"这一文学的社会地位上升机制所辨认的"史诗"。——在哈特·克兰的未完成之作与完成了的德里克·沃尔科特《奥麦罗斯》之间。

绪言

大家好。我们在上节课对之进行了一点评析的亚历山大·勃洛克长诗《十二个》,也许可以视为俄罗斯"近代诗"的终结。今天我们也要如此进行评析的哈特·克兰的长诗《桥》,是现代诗的重要作品,写于二十世纪二十年代末。两首完全不相同的、被放在两种迥异的文学史叙述中的诗,其实创作时间相距并不很远。

今天这堂课的动机,是想对"诗艺"这种事物在以前十来次课的基础上做一次"概述"。其实,这也是每节课或显或隐的主题。原本我想在这节课上对之做一点评述的两个诗学家——谢默斯·希尼和哈罗德·布鲁姆——我们也可以在以下评述哈特·克兰的过程中涉及。英语文化中心主义者哈罗德·布鲁姆,一直是英国浪漫主义诗人的不遗余力的当代阐明者,他也把哈特·克兰视为浪漫主义英诗的核心精神在二十世纪的主要继承人。哈罗德·布鲁姆可以代表一种现象:把对于浪漫主义诗人的解释——例如对于雪莱、对哈特·克兰,也对于华莱士·史蒂文斯等这些诗人的"阐释"——**拽离**一种始于"新批评"的阐释体制,并且置放在一种混合了成为"新塞缪尔·约翰逊"的强烈冲动与灵知主义狂热的散文化的、而非学术论文式的表达中。同时是重要诗学家的谢默斯·希尼，由于他作为杰出诗人的艺术实践，使之论近现代英诗的方式与哈罗德·布鲁姆截然不同。关于那种被称为"诗艺"之事，尤其它在近现代英诗中究竟是一种怎样的美学生产机制，在这方面，谢默斯·希尼的阐明极为内在于诗人的写作实践，而且加以系统化和历史化。另一方面，很大程度上，谢默斯·希尼的诗作也可被视为二十世纪中期以来英语中产阶级文化趣味的诗的一个代表。

上节课，我们谈到"写作的被破坏"，以及"写作的被破坏"的一个——我个人这样认为——著名例子：亚历山大·勃洛克在"临终时期"的诗《十二个》，是一个诗人最后的声音。虽然，《十二个》并非勃洛克最后的作品，但一般被视为他写作生涯最后的重要作品，例如托洛茨基便认为《十二个》是勃洛克的"天鹅之歌"，符合一般意义上的悲剧性"绝唱"的概念。但在苏联官方文学史中，《十二个》被认为是一项"民族成就"。

伴随着"写作的被破坏"，一些哲学家认为，"交谈"这种古老形式也已失落。就此意义上，我们时常做的"交谈"是"交谈"的残骸。"交谈"的能力以及"交谈者"本身都已经失落了的感受，并不是文学家们的"孤高"。我想，文学写作中并没有让人们可因此而自感"孤高"的东西。因为"孤高"很可能意味着：创作者并没有真正走向他所声称追求之物，否则，写作中真正实现的事物就会使"孤高"与否显得不再重要了。如果，创作者一定要从写作中引申出自感"孤高"之物，那么他可能就成了自己的二手产物。

因为，那些推动人们的思想，促使人们去写作的东西，以及创作者产生的一点思想与创作本身，创作者并不**持有**它。它不支持创作者的社会身份，也不是创作者实现社会现实目的方面的资源。创作者，只是"**可见性**"与"**不可见但可被理解之物**"两者之间的偶然中介（虽然也有必然性——例如部分源于从传统、从知识训练中学习到的东西——但可能终归是偶然）。创作者是"会思想的芦苇"，即使他的"自我"发展成

第三讲　在历史诗学与未来诗学之间（下）

为了一块面积可能还不小的知识芦苇荡,但是他也知道,那仅仅是一块芦苇荡。相比知识芦苇荡,他还想——或者更想反复靠近那个"非认识区",不论那是"地狱",是一个人类学的"田野",还是一个"天城"。

但是大多数创作者只是在对于自身被毁坏的惧怕,在"创作欲",也在对一些启发过他们的事物的记忆中,很快便过完此生,没有更多时间去继续了解那个"非认识区"。所以,并没有任何一种骄傲之义,可以维持创作者在这样一种有限过程中的**信心**,甚至可以立刻定义他那只能在未来时间中逐渐呈现的价值。常规意义上的"信心",对于一些非常独特的现代写作者——例如弗朗兹·卡夫卡——来说,可能是一种次要的而且是社会化的品质。

伴随着现代写作中的被毁坏感,一个同步的现象是对"独特性"的追求。创作者对"独特性"的追求,以及"独特性"本身的确实实现,是一种真实的精神生命实践现象。但是,"独特性"可能只是在经历了一个崎岖追求过程之后才会显现的应然现象。人人都有可能在崎岖追求之中产生"独特性"。可是,"独特性"不能被独占,因为独占的意识会败坏"独特性"。耶稣被认为不论他是否"人子",都是一个非常特别的人。但耶稣不会独占他的道路,否则会败坏他的道路。"独特性",就像人类学家所说的那片从远处看去是人迹罕至的荒野,走近一看却处处是人的踪迹。写出"独特性",阐明它,把它递交给人,让它被踩出人类的足迹,这样一件事,可能就是**喀戎的工作**。

我们知道,喀戎——古希腊神话中的半人马,一个动物与超人之间的形象,**也是老师的形象**。祂有两副胸骨,也就意味着祂有双重的"呼吸之记忆力"(这是埃利亚斯·卡内蒂的词语)。喀戎的幽灵,是非常重要的文学幽灵。人们或许听见祂的声音,但不认识祂。"交谈",是一种也许只有在喀戎的工作中才可以被指出和被开启的领域。"交谈"越边缘,越荒野化,也越不会产生那些非边缘的事物可以给予人的解释、身份命名乃至权力——不过,喀戎也被神话故事讲述为:祂是那些非边缘人的故事主角们的老师。

在古希腊神话中，喀戎常常是那些会成为未来统治者的青年英雄的老师。但可能，喀戎，也是"不可见但可被理解之物"对那些追求表现于"可见性"之中的人的干预。"可见性"之中的人，其实可能并不喜欢喀戎，因为喀戎的存在即意味着：青年英雄们的边界在哪里。而且，喀戎并不能被这些"可见性"之中的人所专有，绝不会只成为青年英雄们的私人教师。祂有自己的命运：前往地狱，牺牲自己，用自己的生命换回普罗米修斯的生命。

正是在这项行为（用自己的生命换回普罗米修斯）中，喀戎彻底离开了青年英雄们的社会。青年英雄们——新人们——不愿再提到这个不能为他们的"独特性"提供特别支持的老师（比如有利于自身的"克里斯玛神功"的知识支持）。青年英雄们认为，是喀戎自己选择离开，甚至于背叛了他们。另一方面，青年英雄们不能认识到，或者不能接受喀戎与他们的一种"共性"：当喀戎的生命在地狱中终结时，便产生了与青年英雄们的变形相一致的变形，就像奥维德所写的那种变形。青年英雄们认为，喀戎只应该是一个老师，不可能除此之外，还是一个和他们一样的变形者——也就是说，老师不应该有他的未来。青年英雄们只能无视喀戎的变形。因为喀戎的变形与青年英雄们的不同，并不产生前者的变形所获得的那种"可见性"。因此，走向了自己的命运和变形的喀戎，也彻底成为青年英雄们的"他者"。

一些作家的命运——例如在与同时代青年的关系中的弗里德里希·席勒的命运，以及我们在之前的课上谈到的鲁迅的命运，就是喀戎的命运。他们都是一些**大喀戎**。

几年前，亚当·密茨凯维奇的史诗剧《先人祭》曾在我国演出。诗剧的第二幕——以后的课上我还会谈到这意味深长的一幕——关于一位在乱世中，隐居在森林的老师。故事发生在诗剧的第二幕，学生古斯塔夫去森林寻找他老师，老师没有认出学生。在《先人祭》的舞台现场，古斯塔夫认识老师的女儿，认识他们的家具，甚至认识书架上的书，但老师一直没有认出他，以为古斯塔夫是个借宿的路人。古斯塔夫在老师的森林之屋中弹琴歌唱，朗读书架上的卢梭。最后，古斯塔夫只得对他的老师说："老师，难道您把一切都忘了吗？"随后诗剧告诉我们，出现在这里的古斯塔夫实际上是个鬼魂，已经在一场发生在首都华沙的动乱中被处决。学生的鬼魂回来找他的老师，这个老师曾经告诉他什么是真理和自由。之后，学生去世界上实践，并且被世界毁灭。剧情进行到这里时，《先人祭》舞台现场上，出现了许多学生的鬼魂，来到这位已经遗忘了他们的老师的森林小屋，这场戏在老师的恐怖喊叫声中结束。我曾经因为《先人祭》中这位老师的恐怖叫喊声，片面理解了喀戎的终结。之所以说是片面的，是因为这仍然是一种知识化的片面理解，而非源头性的理解。我想建议大家，如果以后有时间，可重读一个诗人：席勒。席勒在其时代做出的开创性的思想探索（例如《美学书简》），以及他与青年人的关系，都可以帮助我纠正那种片面理解。

《先人祭》中老师的叫喊声的终结性与批判力量，所指向的也许是另外的事物。

托马斯·哈代——我认为他也是一位喀戎——已经在《还乡》（书名直译是《本地人的归来》，我更喜欢这个书名）中，用荒原标示了那个并不因其边缘性，就可以自动被赋予那种"边缘事物"容易被赋予的意义的地带，而人，就在它的无名性中被消灭。"本地人"（也即可能的独占者）并不是主人或者持有第一经验的"先在者"，并不会得到何种"独占性"，而是被不断翻转和消灭在"不可见但可被理解之物"的崎岖显现中。哈代透彻地写出了翻转，但并不从哲学知识授予的权力去对这种翻转赋予何种意义上的支持，而是选择写出人的消灭。归来的"本地人"想要返乡有所作为这一动机，开启了消灭。

那么，一个认同《还乡》和《无名的裘德》的人，怎么还可能自视为一个顺理成章的"知识分子"呢？

另一类人物，例如尼采、埃里克·沃格林这样的思想史家，既非思想史的"爬梳"者，也不是喀戎，而更接近"知识萨满"，是超越时代的竞争者——因为他们以其澎湃的，既具有激发性、也令青年英雄们感到压抑的那种超越时代的思想同步性，成为竞争者。"知识萨满"并不是供应潜意识材料的人，也不为人们打开潜意识的方便之门，而是在**知识史的潜意识**层面工作，以激起那些被惯性称为潜意识的领域的危机——从而走向积极的显性意识。

文学家的一种观念是：文学写作中发生的内容——那些精神线索与有所作为之处——并不能以其他社会实践性的方式显现，只有在阅读和具体的写作之中才能显现，而且也不会显现于理论家或智术师。文学家们认为，只有那种在读与写中才会显现的东西，才可能是对抗那条时刻奔流在全部生活与美学事实背面的地狱湍流的东西。上次课，我们评述了一遍《十二个》。这首诗，不论是否被高估了，它都是文学家上述观念的一次具有崩溃色彩的表现。当然，也是一个机智的表现——一种濒临疯狂的机智。可是，这首诗却被放到了国家文学的至高地位。我认为，勃洛克本人很清楚这首诗——**一条在失语中的"言语直线"**——所显示的悖论。

那些精神线索与"可为之处"，那些可认识之物，关于它们的"交谈"已经失落了。为此，伽达默尔、布朗肖（也许还有保罗·利科）——作为智术师对立面的哲人——分别勘察了一部分。而我们，则是一些愿意接受这些哲人的指点，却可能并不走在他们的路径中，而是仍然在前途未卜中、行进在"非图像之境"的中文写作者。我们处在这一失落之境的何时、何地？在怎样的破碎之地与怎样的可能性之间工作？可能呈现为怎样的写作现象学？都仍未明朗。如今，我们可能正是处在瑟特·伯纳德特在关于《安提戈涅》的精彩分析之开始时所说的，那个**半明半暗的时刻**。

诗人曾是智术师的对立面。在"诗与哲学之争"这一古老矛盾中，智术师曾经得到过显赫地位。伯纳德特的一个令我难忘的警句是:"智者无根,而诗人沉溺。"诗人的堕落,既表现为驯从于智术师,也表现为因此在"认识上的无耐心"从而"自我沉溺"。赫尔曼·布洛赫曾指出从事文学者在"认识上的无耐心",他在人生后期停止了作为小说家的写作,转而致力于政治哲学。此外,尼采在《人性的,太人性的》中对诗人的批判也有类似意旨。我们在上节课谈到的别尔嘉耶夫对诗人的批判,也可以被视为延续了尼采的观点。一个很有意思的现象是:对诗人的堕落的批判,本应当由哲人严格阐明(我们可以注意到,现代哲人中并无"反诗者"),但是对诗人的柏拉图式批判,却被智术师工具性地利用了。

另一个情况是:诗人的创作即他们失去生命的过程,这包括,也是他们失去朋友的过程。在这方面,哈特·克兰具有典型性。罗伯特·洛威尔曾说,哈特·克兰意味着他们"失去的东西"。稍后我们会详谈这种"失去"。

"交谈"的失去与重启,喀戎们,萨满们,智术师的对立面,对于"写作被破坏"了的感受——这些,可能就构成了现代诗艺注重的大部分内容。

在当代,两个诗学家在"诗人何为"这个话题方面的观点,都具有较为接近我们的时代的参考作用。一个,是哈罗德·布鲁姆对浪漫主义诗学的坚持,如果要做一个不太恰当的比较,鲁迅的《摩罗诗力说》可以视为相当粗糙的哈罗德·布鲁姆观点的先声。另一个是作为诗学家的诗人谢默斯·希尼,在英语语音中心主义的"技艺"层面所贡献的深度说明。

正文

今天的一项主要内容,是尝试对诗人哈特·克兰做一种概述。

我想尝试把哈特·克兰的代表作《桥》,作为《十二个》那种界标性的诗在现代英诗中的一个对应物。两位诗人既是两个被毁坏者,也是两个在个人废墟中提供了强烈图像的诗人,在想象力的表现上又极不相同。对《桥》这样一首非常复杂,而且篇幅上具有一定规模的长诗的阅读理解,应该是需要好几节课的工作。但是,如果这节课能够稍稍让这位诗人的光彩引起你们的注意,乃至留在你们的记忆中,我也就算完成了一点任务。

在谈论《桥》之前,我很想把我最喜欢的两首哈特·克兰的短诗——《河的休眠》与《岛上采石场》——朗读给你们听。之前,我发到群里的阅读材料里开篇也是这两首诗。现在我记忆力退步,二十几岁时我曾可以背诵《岛上采石场》。我想,这两首短诗能够帮助没有读过哈特·克兰诗作的人,较好地建立对这位天才的第一印象。两首短诗都具有鲜明的哈特·克兰风格——也就是说:都充溢着奇特的意象控制力,锻造钢铁般的行文造句风格,以及一种悲剧性的回忆语调。

前一段时间有个朋友曾要求我,不假思索写出第一反应中所想到的"最优美的文字"。我脑海里立刻同时涌现了多篇诗文,其中之一就是这首《河的休眠》:

河的休眠

胡续冬 译

柳树带来一种迟缓的声音,
风跳着萨拉班德舞,扫过草坪。
我从不记得
沼泽地火热而固执的水位
直到年岁把我带到海边。

旗帜、杂草。还有关于一面陡峭凹壁

的记忆：在那儿柏树分享着月亮的
暴政；它们快要把我拖进了地狱。
猛犸海龟们爬上硫磺梦
而后塌下来，阳光的裂口把它们
割成了碎片……

我放弃了怎样一笔交易啊！漆黑的峡谷
和山中所有奇异的巢穴：
在那儿海狸学到了缝纫和牙齿。
我曾进去过又迅速逃了出来的池塘——
现在我记起来那是柳树歌唱着的边缘。

最后，在那个记忆中所有东西都在看护。
在我最终经过的城市——像流淌的滚烫油膏
和冒烟的飞镖一样经过——之后
季候风巧妙地绕过三角洲
到达海湾的门口……在那儿，在堤坝以远

我听见风一片一片剥下蓝宝石，就像这个夏天，
柳树不能再保留更多稳定的声音。

　　——短诗回忆一个以一片柳树林作为边界的地带：一个港口及其自然界。有另一首可与之对比的短诗是罗伯特·弗罗斯特的《冬天所有权》，诗中写一个农夫半夜怎么也睡不着，一种冲动推动他，在风雪交加的深夜走出房子，围绕着他的农庄步行，由此他感受到大地的轮廓，以及他对冬天的"所有权"。《冬天所有权》与《河的休眠》的共同点是：两首凝练的诗所写的都是一个地区/地点的概括性画面。弗罗斯特的诗

是一首寓言化的诗,也是一个智者的诗,却不是哈特·克兰的这样一首在感知结构方面具有强烈原创性的诗。

第二首,是《岛上采石场》。在我的个人阅读经历中,这是哈特·克兰第一首震撼了我的诗。在我二十多岁时,这首诗对我展示了一种全新的感知结构:

岛上采石场

赵毅衡　译

方石板——他们把大理石
锯成平板,在那山脚
道路转弯处的采石场上
笔直的路好像撬进石缝,那粗暴的
尖矛般的大理石和远处的
手掌一起,插进日暮那高耸的大海,可能
也插进人类世界。在某些时刻——

黄昏就是这种时刻,似乎这岛在升起,漂浮在
印第安温泉上。在古巴的黄昏,眼睛
沿着笔直的路,走向雷电——
这干燥的路银光闪闪,伸向采石场的阴影,
——有时候,似乎眼睛被强烈地灼烧,庆幸,
不走上右边那条颤抖的,远远离开大山的,
山羊走的小道——不走向眼泪,不走向睡眠——
而是走进永不哭泣的大理石。

——意象和音调(得益于赵毅衡的翻译)如此强烈和简练有力,以

至于当时我实在忍不住模仿这节诗的形式构造和意象风格，写过一首名叫《岛屿志》的诗，后来我又把诗的标题改为《普林尼的一页》，关于那个死于火山爆发的古希腊博物学家和游记作家。写这首诗的时候，我二十多岁，如今已经过去二十多年。这首诗写的是在舟山群岛旅行的记忆：

普林尼的一页

岛上的动物鼓足了劲，努力吸——
各种各样的卵涌来了，
影响着岛屿，这座岛就要变得透明，努力吸嗅着
　　自己的轮廓、口语、温度，
嗅着自己黝黑的品格，
同样也鼓足了劲，好像也要吸光自己的形象。

波纹更加猩红。
我翻动着它：
"岛上的居民还在劳动"
"劳动在他们体内
像色素一样变幻，他们做出
劳动的动作已经开始显得有些猥亵。"
以及沉没前的话：
"土壤向上升起来，把我们每天上班的路照得发白。"

我进入过这里的、和别处的岛上的黎明
　　——岛屿的黎明，
它向他们中的阐述者投去

一个死结的侧影，那橘红或
白垩的光，是一个死结的直白的光辉
投向他全部的理解欲。

——这是我写过的只有很少几首"哈特·克兰式"的诗之一。最后一节，关于那个阐述了"一个死结的直白的光辉"的人，即来自彼时的我对哈特·克兰的理解。那时候我也想象不到二十年后的我，写着的是现在这样一种诗。但是，有一种内在的意识："意象"不是那种点缀其中、使诗显得像是一首诗的东西，而是必须使诗之整体产生如同直视太阳的鹰眼的那种效果。而这，只能产生于一个诗人在他的语言意识方面的转变能力。在这方面，哈特·克兰一直是我的内在调试者之一。只要对他的形象有所回忆，就是对一种美学事实的回忆——也是对一种语言命运的回忆，因此，这种回忆也就有助于延续以上这种内在于写作的自我要求。

这种回忆，也伴随着一种难以言状的、对太阳强光之下的二十世纪人类生活的感受。

我们就不耗费时间介绍哈特·克兰的生平。之前，我们也说到需要把对创作者的理解，和对于他的现实境遇的同情区别开来。前几年，一部二流电影《断塔》回顾了哈特·克兰的生平——关于诗人的电影总是二流甚至糟糕的，这是个有趣的现象。《断塔》，也译作《毁损的钟楼》，是哈特·克兰的一首未完成的长诗的标题，也是他最后的诗作。中文迄今一直没有出版过哈特·克兰的书。在网络上可以读到《桥》的大部分章节和两首长诗《航行》《献给浮士德与海伦的婚姻》的多个当代青年诗人的译本。《白色楼群》和《基韦斯特》两本诗集也都有了完整的翻译。而且《白色楼群》也有了好几个译本，大家可以在豆瓣上读到。

上世纪八十年代有一本对彼时文学写作者产生过影响的书：美国文学批评家马尔科姆·考利的《流放者归来》。书中也记述了哈特·克兰的生活场景。我认为作者的记述带有一种偏见,即使他记录了事实。马尔科姆·考利写道,他认识的人里没有第二个像哈特·克兰那样使旁人陷入困境的人,因为酗酒后的哈特·克兰往往狂躁而暴力,"打碎一切、把家具扔出窗外",当人们努力制服他,把他按在地上,他就在挣扎中呢喃:"我是……克里斯多弗·马洛……这是……不可剥夺……不可剥夺。"(克里斯多弗·马洛,这位英诗的"雄伟戏剧诗"风格的开创者,在莎士比亚传记剧集《新贵》里却被黑得很惨。)

马尔科姆·考利继续写到,他与哈特·克兰的一次共同散步。这是这本书中最后一次写到哈特·克兰,行文有一种淡淡的哀婉调子,好像是在与朋友告别。散步时,作者建议哈特·克兰,"是否可以改变写作方式",不再写那种"狂喜的诗"。我们知道,"狂喜的诗"也意味着一个从威廉·布莱克到沃尔特·惠特曼的传统——这也是哈特·克兰所延续的传统。哈特·克兰平静地回应这位文化记者思维的评论家:"你是说我不该喝那么多酒?"

这一代美国诗人——堪称美国现代诗的"巨人时代"——都或多或少毁在酗酒上。奥登酗酒。列夫·洛谢夫撰写的《布罗茨基传》中有一份奥登每天的详细酒单:早上五点半起来开始喝,整天喝的都是各种烈酒,具体到了什么时间喝什么酒,喝什么酒时写什么东西。晚年奥登的脸上布满了令人见过后便难忘记的皱褶,也许是长期酗酒而面部浮肿、肌肉垂垮后的表现。伍迪·艾伦早年是个段子写手,曾写过一个笑话说自己有个朋友整容失败,整得像奥登(见他的杂文集《门萨的娼妓》,孙仲旭译本,生活·读书·新知三联书店版)。此外,毕晓普、约翰·贝里曼、罗伯特·洛威尔都酗酒。罗伯特·洛威尔甚至因为长期酗酒,突发心脏病,猝死在出租车上。

酒确实不该喝得太多。但我认为,上述情节说明:马尔科姆·考利并不理解作为诗人的哈特·克兰。否则马尔科姆·考利不会说出这样的话:你是不是要改变一下你的写作方式,你是否应该写什么和怎样写、不写什么和别怎样写。由于马尔科姆·考利的批评对于哈特·克兰及其同时代诗人的才能缺乏真正理解,并且,是一种"**代替忏悔**"——因为他试图把文学创作者们拉回到那种犯了过错的"日常生活的对抗者"的形象,从而取悦公众,这使《流放者归来》事实上沦为了一本投机取巧的书,虽然作者也的确在阐述他对同时代人的严肃看法。相比对于诗与诗人命运的学术研究,大众更喜欢特立独行者想要逃避世俗生活、却又自毁于这种逃避的故事。这本书很成功,成为了一本泛文化史畅销书。

长诗《桥》被视为哈特·克兰的"代表作"。但如果他继续生活下去,完成计划中的几部作品,他的写作成就会逾越那种可以用"代表作"来概括的范围。"代表作"可能只适用于作品数量不多或缺乏杰作的诗人。

哈特·克兰在世时并非没有得到过欣赏与肯定,例如玛丽安·摩尔就曾说,哈特·克兰"可能是我们(美国诗)的弥赛亚"。罗伯特·洛威尔猝死后,二十世纪美国诗的一个主要发生在二战前后的"巨人时代"便仿佛结束了(之后堪称"大诗人"者还有詹姆斯·梅里尔、W. S. 默温和约翰·阿什贝利)。在世俗意义上功成名就的罗伯特·洛威尔写有一首关于哈特·克兰这位早逝的天才同行的、愤世嫉俗而又情感复杂的诗。我在网上读到了这首诗的中译:

给哈特·克莱恩的话

周琰 译

"当普利策奖淋到某些笨蛋身上
或搞窘了那些用肥皂冲我们的干嘴的家伙,
没几个人会想为什么我喜欢
偷偷摸摸跟梢的水手们,并把山姆大叔
假镀金的桂冠扔给鸟儿。

因为我知道我的惠特曼像本书,
在美国的陌生人,告诉我的祖国:我,
复活的卡图卢斯,一度
是格林威治村和巴黎的愤怒,曾经扮演
我同性恋的角儿,狼吞协和广场
垂涎着的迷途羔羊。
我的收益是一个有个洞的口袋。
我的时代的雪莱,他求我,
必须把他的心搁在外面供我吃住。"

——罗伯特·洛威尔直率地把哈特·克兰称为"我们时代的雪莱"。而哈特·克兰正是雪莱在二十世纪的重要继承人。雪莱溺水身亡后,妻子玛丽·雪莱、朋友拜伦等人将其在海滩上火化,雪莱的心脏一直没有烧化,于是玛丽·雪莱将它放在一只盒中与骨灰一同下葬。"众心之心",是玛丽·雪莱为丈夫的墓碑选择的铭文。

罗伯特·洛威尔半戏谑、半认真地自命为"复活的卡图卢斯"。卡图卢斯,则是一个行文机智而又不无粗暴的古罗马诗人。罗伯特·洛威尔在写作上功成名就,得到过两次普利策奖,成为美国官方委任的"桂冠诗人"。但他认为,这些荣誉都是"有个洞的口袋"。同时,一个幽灵,在恳求在世的朋友们用他的心在世上生存。这也许是洛威尔的一种苦涩而激愤的自我诋毁,是他在一个**没有这颗心的名利场**中所作的自我讽刺,因为他已经是构成这个名利场者的一员。洛威尔出身于名门望族,他在人生后期写过三部诗剧,以家族史为材料概括美国史。也许,洛威尔感到,他已经失去了赞美哈特·克兰的资格。他不可能在成为了这样一个功成名就者之后,还可以清洁地、完好无损地做一个哈特·克兰的赞美者。甚至,也不可能说出一个完好无损的"亡人"的形象。洛威尔把自己作为一个被毁坏者的情绪,寄托在了一个朋友般的幽灵身上。这个幽灵是慷慨的,其形象仿佛在表达一种朋友间的谦卑乞求,以及,一种几近于来自耶稣的那种谦卑乞求(请拿去,这是我的心,这是我的血)。这个朋友的幽灵,意味着他们都失去的东西——他们失去了他们的雪莱。

这种失去,也参与构成了洛威尔和他的同时代诗友们的被毁坏感。我们知道,二战前后的一个美国现代诗的"巨人时代",其结束是悲剧性的。洛威尔常年有精神疾病,最终在出租车上猝死。他的朋友、著名诗人约翰·贝利曼,从一座高桥上跳下自尽。随着二战前后美国现代诗的"巨人时代"的终结,同时,"惠特曼的美国"也濒临终结。

前天,我发给大家的那篇哈罗德·布鲁姆的文章结尾,也提到了这种失去感。哈罗德·布鲁姆写道:

然而克兰,他唯一的实际宗教就是不顾一切的自我倚靠,变成一个天主教徒的可能性并不大于加入左翼作家行列。野蛮地保持独立,他直到死时仍无信仰无政见,也仍无伴侣和无诗歌之外的任何职业。在1926年写给沃·弗兰克(Waldo Frank)的信中,克兰对《桥》在美国诗歌中的位置曾下断语:

"我的诗之形式源自一种价值和视觉想象完全压倒当下的过去的诗歌,以至于我无法解释我的幻想,我幻想在过去和我的诗歌所配得上的未来命运之间存在着一种真实联系……但凡今日被言说的美国能有惠特曼五十年前所言说的美国价值的一半,对我来说说不定还有些什么可说——"

然而1920年代,作为一个在美学生产上不受管束的自私自利的时代,相似于1990年代。克兰具有一个先知的情感能力,但却经受着被派去面对尼尼微的新约拿的命运,当我们以知道上帝爱我们的美国方式坚持忏悔时,无疑会转意后悔。克兰的雄心至少仍是尖锐的;也许某日它们可能看起来要比那更多。对我来说,他诗歌的最高时刻遵从着对布鲁克林桥的狂喜赞美,这种赞美是一种可能的知识或曰诺斯，一种和谐、系统的与爱相关的音乐：

哦，钢铁的认定，你的跨越施行
云雀归来的敏捷行迹；
在其中索套横扫环绕的歌唱
在单个蝶蛹中许多的双双对对，——
你是众星的针脚，骏马发光
像一架风琴，你，带着命运的声音——
视、听，肉身，你时间界域的领头羊
当爱为舵轮找到清楚的方向。

"跨越"或"拱顶隆起的"是克兰的核心隐喻，而且本身也是他的遗产。和惠特曼、迪金森、弗洛斯特、史蒂文斯、艾略特一道——也和将其散文与诗一并算上的爱默生一道——克兰位居于美国诗歌成就的核心序列中。克兰身后，也有几个那样成就的诗人：毕晓普，阿蒙斯，阿什伯利，梅里尔，还有一些更年轻的诗人也可能达到了那一高度。**当我结束本文时，我回到我们的损失这里。哈特·克兰，在 32 岁时，投海自尽了，无疑是因为他得出了结论他的诗歌天赋已然死去。悲剧性的错误，他折磨着他的仰慕者，在此百年诞辰之际，沉思他们失去的诗歌**。(《为哈特·克兰百年纪念而作的序言》)

——我们还可以得出一个不同的理解：并不是哈特·克兰的天赋已经死去，而是：人们失去了他所意味着的天赋。

这些构成美国现代诗共同体的人们，失去了他们认为哈特·克兰所意味着的那种天赋。是的，有这样一类诗人，他们的死去标志着人们失去了一种天赋。前面我们提到，洛威尔直接称哈特·克兰是"我们时代的雪莱"。哈罗德·布鲁姆终身写作中的一个核心评述对象,就是雪莱。雪莱,则是哈特·克兰的先驱。失去哈特·克兰,以及——失去雪莱,在人类诗歌文化中可能是同一种失去。那失去的,是什么?

我想把它命名为,失去的是一种**光明维度**。

是在语言、文化认知结构中失去了一种光明维度。现代文学并不注重这种光明维度。现代文学常常是关于被毁坏之后的世界境况的寓言化叙述。而且,我们还会认为,光明维度是前现代的,或者——我们在第一节课中也提到——它只是发生在一些民族文学中的二元论张力。在哈特·克兰的先驱,雪莱那里,光明维度的失去曾经表现为一个主题——"阿波罗危机"。雪莱的一首叙事诗(时间有限,今天我们就不朗读这首诗),标题是《日落》,大家回头可以去读,有江枫的译本。这首叙事诗便是对"阿波罗危机"这一主题的精妙揭示。

谈论哈特·克兰,也就意味着我们需要对雪莱做一些辨析。并不是说哈特·克兰自己选择了成为"雪莱的传人",成为后者在现代世界的强烈回声,并不是的。有时,可能我们需要把一些诗人**看作同一个诗人**,在同一个主题、同一个语言现象之上去认识他们。

接下来的"故事",我想从雪莱的著名文论《诗辩》说起。但我们先休息十分钟。

(中场休息)

【下半场】

我们继续。"新工具"的浪潮产生了一种对诗的驱逐,包括驱逐雪莱这样的以"文学行动"为主要表现形式的"**知识僭越者**"。雪莱作为一个早期的、具有鲜明的安那其倾向的政治行动分子,彼时的所作所为在今天，可能就是人们认为"行动者"应当去做的事。在雪莱时代的那个"日不落帝国"，他的言行以及他的诗篇，都是对大不列颠社会层级结构的僭越，而且是**知识僭越**。对于雪莱这样的诗人和政治行动分子，无论彼时还是后世，都有各种贬义性的命名，例如"幼稚的""诗意理想化的"。这些命名的实际效果，是赋予了"知识僭越者"一种永久的旧时代性或前现代性。这是一种**颠倒**：把趋向于未来的知识僭越者，不断称呼为旧知识主体。在今天，这一幕依然在发生。

这也是《诗辩》所面对的一种潜在敌人：倒置性的命名。托马斯·洛夫·皮科克——《诗辩》的潜在反驳对象——在《诗的四个时期》一文中，称现代诗人/知识僭越者为"半野蛮人"（尽管并没有直接点名，但以雪莱为例），他还写道，"数学家、天文学家、哲学家、政治家和政治经济学家"则"把金字塔筑向智力高空，居高临下地俯视着现代的帕尔纳斯山"。这是一种被工业革命时代的进步论改写了的柏拉图视角，一种对诗人的新型驱逐。在皮科克的论述中，柏拉图视角是一种随社会进步而随机应变的**倒置**：诗人作为"半野蛮人"被反转到了进化的末端。于是，这就促使"半野蛮人"雪莱写下了《诗辩》这篇论战之作。

在雪莱的叙述中，现代诗人/知识僭越者具有不受进化论钳制的自我意识，它如同恒星，其光束永远向未来延伸，但本质纯粹如一，像光一样发生和消灭。此纯粹如一，不会因为现实的改变而变形，"无所谓时间、空间和数量"（《诗辩》）。在此也许我们可以稍稍想到：这其实也是哈特·克兰的《桥》这首长诗的直接观念背景。

即使拜伦，也做出了也许并不自觉的、顺应柏拉图视角的变形——不论思想还是诗艺上——变形也因此具有世俗性（拜伦预示了奥登，但拜伦对现代英诗的深远影响却隐而不显）。与反对帝国价值观、却又归属成为帝国价值观的一部分异见者的趋身应变不同，对于雪莱，"未来感"并非提出某种未来图景。雪莱的"未来感"是再现性的，被"再现"的循环回归所显示，是那再现着的、纯粹如一的心灵结构。尽管有"表示时间的不同、人称的差异、空间的悬殊等等的语法形式"（这些"语法形式"令我们联想到拜伦内容丰富的叙事杂论诗《唐·璜》），但是"应用于最高级的诗中，都可以灵活运用，而丝毫无损于诗本身"（《诗辩》）。这意味着，诗人的工作是那个"无所谓时间、空间和数量"的本质的"再现"，而这，也引起了拜伦那样的具有现实主义倾向的怀疑派诗人——也是一位"变形记"诗人——的费解。这种费解，也延续到现代文学。

但是，"再现"作为对抗文学上的进化论的武器，却也具有矛盾性：源于柏拉图，又是与柏拉图的争论。《诗辩》还蕴含了"护国者"（包括伏尔泰那样的异见分子）与"诗人"的矛盾。在雪莱的文本中，"未来感"并不是必须落实为"未来政治"或"未来政治人"的那种东西，也许它恰好是一种通过并不提出这些命题而揭示的本质性。我们应当很谨慎地对待这种思想，因为我们随时可能成为一个新的皮科克、一个对"诗人"做出颠倒命名的人、一个把"再现"的本质性称呼为旧事物的人。如果正是本质性之"再现"，而非皮科克式的进化论，更与人类的心灵结构的重塑有关呢？而且，我们已经不处在皮科克和雪莱两者共有的，那个进步观可以激发社会希望的时代。我们处在一种晦暗的世界时间之中：一个即使指出人类在进步观方面的自相矛盾，也无法概括的世界之夜。

诺曼·梅勒——一个在帝国中不断讲述帝国之死的"半野蛮人"——把冷战中的世界时间称为"长刀般的夜"。这把世界长刀一直指向我们的头顶，"再现"于我们，我们——当代诗人们——是否也会在某一时刻，经历刀锋般的逆转，成为"野蛮人"呢？

不应忘记，在赫胥黎的《美丽新世界》中（在谈莎士比亚那节课中我们也曾提到），只有"野蛮人"还是莎士比亚的读者——也许是最后一个记得莎士比亚作品的人。这个"野蛮人"，是被"新工具"支持的社会达尔文主义所驱离的人，我们也可以将其视为人类的最后一个诗人。

今天，在我们的这样一个"新智人"时代，对"半野蛮人"的攻讦和倒置性的命名，已经更为激烈了。

在全部诗作中，雪莱式的"青年状态"始终被叙述为"阿波罗"的危机状态，以及对**光明的可灭性**的焦虑表达（《阿多尼颂》是一次更深化和全面的表达）。雪莱对社会生活中的"青年状态"的怀疑，并非从老年经验主义的立场提出，也非对"理想青年状态"的不论出于美学的、还是出于政治潜力需求的批评性呼唤，而是诗人本身作为一个青年，对"阿波罗危机"——光明的可灭性——的反复提醒与自我提醒。因为，"阿波罗危机"并非"男性自我中心意识"的神话表达，而是那身躯脆弱的"不完美的"青年男性的消失，是那以心灵领域为前提而成为"将来的人"的可能性的消失。雪莱并不呼吁"完美青年"，而是提醒意欲成为"完美青年"的人们，存在于他们身上的"阿波罗危机"——也就是：社会生产的"完美青年"消灭了**不完美的知识僭越者青年**，也消灭了"不完美的"青春状态可以为之投入全部生命的"爱"与光明。

那么，一个迫切的、可能不会有答案却需要不断提出的问题便是：何为"光明"？

也许我们可以再次考虑雪莱式的答案："光明"，即心灵领域通过纯粹如一的"再现"逾越了"时间的不同、人称的差异、空间的悬殊"的**解放状态**。

当我们提到心灵领域的"天才"时，不仅指那些在其领域创造了一种新范式的人，也指这样两种人：一种是文学史逻辑与社会经验逻辑的"逆转者"——是冥王式的破坏者兼保护者，是拜伦、克莱斯特、斯特林堡和爱伦·坡，尤在现代写作者中多见。另一种，是**光明维度的揭示者**。并且，第二种人物蕴含了第一种，是第一种的结果性的方向。即使海涅、果戈理那样的讽刺家和犹豫的"逆反者"，也被一个内在的阿里斯托芬和普希金——两个具有光明品格的诗人——推动而倾向于阿波罗。

易卜生，一位傲岸如谜的剧作家，会满足于自己仅仅是一个向"皮科克社会"提供深刻悖论的精神经理人吗？在易卜生最后的悲怆剧作中，光明也内在地呈现于人物苦涩的自我意识之中。

以萨缪尔·贝克特为代表的现代写作者，常常被认为终结了人类对光明的传统意识（一个题外话：萨缪尔·贝克特曾谈到非常喜欢雪莱的诗作）。但是，"贝克特式的处境"恰好是被"皮科克世界"更为深入乃至彻底控制的人类囚禁状态。"无法称呼的人"的生存方式与漫游运动，可以视为伽利略在法庭上的那句咕哝——但是，地球正在转动——的变体。

例举这一切，并不意味着"光明"是一种具有豁免权的、未经分析而且要求被绝对认可的例外之物。**"光明"任何时候都不是顺理成章的**，如果它不能在"时间的不同、人称的差异、空间的悬殊"中再现，也就不能被称之为"光明"。

今天我们有一个机会：不把古典作家置于既有意见的历史中去理解，而是置于一个新的问题框架——因为我们自身已被置于一个新的世界状况和问题框架之中——去理解。我们不仅需要像理解"何为俄罗斯人""何为美国人"那样在"人论"所催促的心灵领域前提下，重新理解自己，也需要重新进行对"何为光明"的认识。与新的问题框架同步的，是黑暗——是世界之夜的再次展露。新的问题框架也复活了，而且尤其突出了一种古老的张力结构（现代知识几乎不再关切与提及）：黑暗与光明二分的结构。

如果，如同巴赫金所说："新东西乃是对旧主题的更为深切的复活"，并未终结的历史会再次反扑现实，我们将会再次进入黑暗与光明那刀锋般剧烈转换的精神世界。尽管，我们已经熟悉了各种提供了形形色色独特性的、文学史逻辑与社会经验逻辑的"逆转者"的才能，但是，"天才"是那种始终服务于光明维度的人，是能够在"时间的不同、人称的差异、空间的悬殊"中揭示光明维度的人。

雪莱之后，人类文学中几乎再无第二个诗人，以全部纯粹如一的写作对此进行强有力的揭示:"光明时代"并非一个结果性的乌托邦,而是不断形成中的心灵领域在"时间的不同、人称的差异、空间的悬殊"的解放状态的再现,是人类心灵领域的最高存在状态。

并且,雪莱的"光明时代",因为始终朝向人类心灵领域的未来,从而逾越了传统的文学虚构。仅仅把"光明时代"视为雪莱的**非传统性虚构**,乃至"最高虚构",是远远不够的。因为,雪莱并不准备从心灵领域的未来,返回那个不论具有何种独特立意与方法的诗人们,都可以被接受并承认为"最高虚构"提供者的帝国——不论是旧的还是新的帝国。

现代诗人们常常以技艺精湛著称。但是,罗伯特·洛威尔——同样是一个精湛的大师——可能会认为,精湛的写作艺术只是"有个洞的口袋"。在现代诗的写作文化中,我们会看到一种现象:在熟悉了现代诗人们——例如艾略特、弗罗斯特等等——的立意与方法之后,我们会看到,那些不论怎样先前从社会、语言和文学传统中"出走",然后返回帝国,成了"讲故事的人"和提供"最高虚构笔记"以供士绅进行审美和意义**萃取的人**(很难说哈特·克兰会愿意自己是一个被萃取的诗人,他更可能会**对抗这种萃取**)。随着时间过去,我们逐渐对他们——对这些现代大师们——感到一种失望:他们失去了那种曾经被雪莱所揭示的,**光明维度与皮科克主义者的"人类世"之间持续不懈的张力关系**。他们失去了自己的雪莱。这是隐藏在他们那精湛的写作艺术中的秘密。

一个诗人必须要有可被利用的政治或社会意义,才可以被我们阅读吗? 而不这样做的诗人,不一定就是"纯诗诗人",因为"纯诗诗人"往往认为"所有的诗都是同一首诗"。而且,书写政治主题的诗人不一定就是意识形态诗人,例如包括奥登、米沃什在内的一些二十世纪的主要诗人们。而哈特·克兰这样的诗人可能并不被两者认同——并不被"纯诗诗人"和"意识形态诗人"所认同。

我们说过，他属于那些"失去了的诗人"——或者说，是**被失去的**诗人。

哈特·克兰虽然把 T. S. 艾略特视为主要对手，但是，他的写作理**想并不只是一种反艾略特的选择**。即使有这种考虑，在实际产生的作品美学事实中也是次要的了。除了雪莱，哈特·克兰还有另一个直接背景——当然就是沃尔特·惠特曼。哈特·克兰像惠德曼一样积极追求美国的民族性，这一点，在布鲁姆那篇文章中也提到，文中说，哈特·克兰在追求美国的国家神话这方面，可能比惠特曼还要高亢热烈。在"对美国进行概述"这样的想象力活动中，"民族性"被诗人哈特·克兰重新命名。

哈特·克兰认为，美国大陆所意味着的建设活动、给人的兴奋性和它的精神症状，支持一种需要被专注对待的"想象力"——这一点他与华莱士·史蒂文斯相似——从而继承并革新了惠特曼。尽管修辞大师华莱士·史蒂文斯推崇"想象力"，但我仍然把哈特·克兰视为"想象力"的代表。华莱士·史蒂文斯是一位自我保护于议会后花园的享乐主义者，他那变幻多姿的修辞艺术是社会娱乐的一种高级形式，并且具有楷模地位。由于本质上欠缺主动性，使华莱士·史蒂文斯不能抵达哈特·克兰所抵达的东西：一种使变化中的"民族性"在并不安全的语言材料中濒临未知的能力，并且，因此失去了个人的社会面孔，成为一个**僭越的**精神事件，并激活希望——激活那个光明维度。

哈特·克兰失去了他的社会性，这可能也是他的躁郁症的来源。可是，激活那个光明维度才是他的第一写作驱动力。

哈特·克兰改写了浮士德神话，也可以被视为一种试图主动激活、并且促成原型内容（例如浮士德神话）转型的冲动，因此一个现代诗人和传统之间也产生了一种**新的**距离性，而这正是所谓"强力诗人"的表现。

哈特·克兰相比罗伯特·弗罗斯特——后者写过许多接近一种小

型悲剧的叙事诗——更长驱无畏。相比较而言，老狐狸弗罗斯特的原型追求倾向于欧里庇得斯——这位濒临诡辩世界的最后一代古典悲剧诗人的代表。弗罗斯特与原型的关系是犹豫的，表现为一种低沉的自然噪音（与他诗中社会人物的声音互为面具），仿佛在深夜调试收音机，是调频波段的寓言化。或者说，弗罗斯特提供了现代人与原型的关系的一种**中间地带**。与之相比，哈特·克兰不会愿意在这种中间地带实现自己，他是一个追求崇高风格的诗人。之前，我们已经谈到，"崇高"不同于"美化"，而且经常与"美化"之间是斗争关系，甚至是"反美化"的。在追求"崇高"方面，哈特·克兰的直接背景传统是弥尔顿和雪莱。哈特·克兰属于这样的诗人：他们认为，"**崇高**"**可以再一次具体化为原创性的现代积极形式**。

哈特·克兰的创作，是"民族性"的诗——表现为他念念不忘的"美国诗"——的现代例证，从而使他不同于其他那些各自罗马化的英语诗人——仿佛协商好了角色分配一样，后者纷纷成为贺拉斯（奥登）、维吉尔（艾略特）、卢奇安和半个维吉尔（弗罗斯特）、西塞罗（庞德，曾经的文学执政官，"一个人的国家"的法西斯演说家，但躲过了西塞罗所遭受的那种处决）、卡图卢斯（罗伯特·洛威尔）。

哈特·克兰是一位最不同于"国家诗人"的大陆性诗人和现代民族诗人，是一位未来诗人而非历史主义的诗人。这是他极为独特的一面。一个最不国家化的、失去了社会性的诗人，却成为了一个大陆的、"民族性"的诗人；以及一个具有未来形象的诗人，而不是历史主义的诗人。而其他那些诗人，可能纷纷都是把自己历史化的诗人。这一切使哈特·克兰显得非常奇特。

如果，阅读和理解诸位"现代罗马诗人"是必要的素养，那么哈特·克兰可能更加标记了"诗人"这种人物的命运。越是对于哈特·克兰这样的诗人，时代的现实，与时代所具有的内在可能性（被诗人所辨识）之间的张力会越剧烈。他是一个半途折断的巨人，时代打倒了他。

哈特·克兰是全部美国现代诗中毫无皮里阳秋、全面拒绝妥协的诗人，也是"现代英诗合众国"中最独特和最不幸的诗人。

接下来我们谈谈《桥》这首长诗。我先为大家朗读一遍序诗：

致布鲁克林大桥

赵毅衡　译

多少拂晓，因颤动的休息而受冻，
海鸥的翅膀俯冲忽又旋身向上
洒下骚乱的白环，在被锁住的海湾
海水之上高高地建起自由女神像——

然后，在完美的曲线中，消失，
像幻景中的帆一般穿过
几页只待归档的数字；
——直到电梯把我们从白昼降落……

我想到电影，全景的技巧
大群人俯下身来面对闪闪的景色
从未发现真情，却在同一银幕上，
匆匆地向另一些眼睛又作预言；

而你，跨越海湾，银色的步伐
太阳好像跟着你走，你的脚步
却留下一些运动没有使用，——
你的自由暗中把你自己留住！

从地道、小屋或阁楼上跑来
一个疯子高速飞跑冲向栏杆,
一个歪倒,尖叫着衬衣像气球,
一个玩笑从无言的商队里跌落。

正午,从桁梁的空隙漏入街头
像乙炔灯把天空烧裂成齿状;
驾在云头的吊杆整个下午转动……
你的巨缆吹静了北大西洋。

晦暗,就像犹太人的天堂,
你的奖赏……你授予的
无名爵位连时间都无法授予;
你显示了振荡的缓刑和赦免。

哦,狂想熔铸的竖琴和祭坛,
(单靠辛劳怎能调准你合奏的弦!)
先知所预言的可怕的门槛,
漂流者的祈祷,情人的哭泣——

汽车灯光又掠过你流畅的
不间断的语言,星星洁净的叹息,
珠连起你的路径——凝聚的永恒:
我们看到夜被你的手臂托起。

我在桥墩上,在你的影子下等待,
在暗处你的影子变得十分清晰。

城市燃烧的包裹全解开了
白雪已经淹没铁的岁月……

哦,你无眠,就像你身下的水流
穹盖着大海,和草原做着梦的土地,
有时你猛降到最卑微的我辈身上
用一种曲线性把神话借给上帝。

——首先,我想提请大家把这首诗中的视野组织方式,与《青铜骑士》的那个视觉空间做比较。因为,这都是两首关于"全景"的诗。同时,也是两首试图在历史时空中进行视野定位和空间分界的诗。哈特·克兰是卓别林的爱好者,那是一个电影可以成为社会奇观的时代。一个重要的细节是:

而你,跨越海湾,银色的步伐
太阳好像跟着你走,你的脚步
却留下一些运动没有使用——
你的自由暗中把你自己留住!

——哈罗德·布鲁姆指出,这是威廉·布莱克关于"追随太阳的向日葵"那句诗的回声,并且,指出"向日葵"与"桥"的对比。但我感到之后的两行诗,却更值得被注意:

……你的脚步
却留下一些运动没有使用——
你的自由暗中把你自己留住!

——这是一个很典型的，对于"细节"的宏伟表现。也就是说：这是那种只在具有整体性的力量的层面才会发生的细节，它是我们在第一节课上提到的那种不属于一般所说的美学工艺细节的细节。"你的自由暗中把你自己留住！"——这种惊人的具有高度诗性的细节，与我们在那种物化的、心灵手巧意义上的工艺美学中认识到的细节，不在同一维度。

> 晦暗，就像犹太人的天堂，
> 你的奖赏……你授予的
> 无名爵位连时间都无法授予；
> 你显示了振荡的缓刑和赦免。

——这是一张**时空之弓**的力量。它不再专断地把人掷向未来，也不是卡夫卡写的那台在人体上刻写字句的权力机器，而是一座属于自由的工具。这两个诗节的美，我认为无需再做解释，诗节已经成为桥梁的同一体。我们沿着这一诗／桥的同一体而行，直到我们被这一层层的雄壮精炼地描绘，带到一个最高点与最低点的结合之处：

> 有时你猛降到最卑微的我辈身上
> 用一种曲线性把神话借给上帝。

这是诗人对这座大桥——这座时空之弓——的简练而具有崇高力量的概括。

哈罗德·布鲁姆把《桥》的一个章节《万福玛利亚》，理解为对柯勒律治《忽必烈汗》的"强力重写"。布鲁姆的解释常常是很精彩的，但有时，我们也可以视之为一种文化惯性——因为他的解释也是把哈特·克兰从"新批评"的解释权中拽离出来，然后把他置于一个居于"弥尔顿—雪莱"（传统英格兰）与"爱默生—惠特曼"（新英格兰）这两种声威赫赫的传统之间的,而且是居于核心地位的方式。

但是《万福玛利亚》的另一个重要面相,似乎未被纳入布鲁姆的关注范围——哈特·克兰在诗中突出地使用了若干非美国现代文化的新大陆文化材料,例如来自印第安人、哥伦布时代的南美洲、非洲等地的文化材料。这说明,使《桥》极大地区别于《荒原》的,是一种鲜明的现代世界主义的意识。部分的,也是源于惠特曼时代的,一种使"惠特曼的美国"截然不同于"老欧洲"的意识。同时,也是美国——至少是那个"爱默生—惠特曼"的美国——用来自我定位的意识。这是一种作为新大陆之自我意识的世界主义,而新大陆的崛起,是与欧洲的衰落同时产生的。歌德有一首短诗,写到:欧洲人已经厌倦了欧洲,因为欧洲大地上布满了各种雕塑、家族城堡、神庙和废墟,所以欧洲太沉重了,它想要像一条脏狗那样猛晃身子摆脱这些东西,而新大陆不同——新大陆没有这些负担。歌德的短诗所说出的一种讯息是:新大陆的崛起,是欧洲自我厌倦的产物。在欧洲自我厌倦的同时,产生了一种美国式的世界主义。

哈特·克兰不再像艾略特那样回望欧洲,而是希望看到那些构成了"美国"的不同文化的联结者。这种联结者意识,是一种非常不同于艾略特的神话。但是他也因此感到了深深失落。我们知道,电影《现代启示录》中那个变成了一个暴君的库兹也感到了类似的失落,但是库兹只会朗读艾略特的《空心人》,而不可能朗读惠特曼或者哈特·克兰。

这些敏感的美国现代诗人——从哈特·克兰到罗伯特·洛威尔——之死,标志着美国在精神上已经自我迷失。哈特·克兰自己则说过,"如果美国能具有像惠特曼的时代那样一半的价值",他才可能有话可说,才可能寻找到一种用于自我解释(另一种"自我之歌")的语言。

我对哈特·克兰的一种想象是:如果他没有放弃生命(三十二岁),而是继续生活,他会写完他计划中的那部关于西班牙十六世纪侵略墨西哥事件的史诗,他取名为《征服史》。以哈特·克兰的笔力,那会是一首怎样的诗呢？而且我想，将会是一首很不同于《桥》(1930)的现代叙事长诗。一些评论家认为《桥》只是一部有闪光片段的"断片集"。《桥》的破碎性，与《十二个》的破碎性有某种内在一致性，它们都是一个诗人在被毁坏中的产物。

小说家勒克莱齐奥在《墨西哥之梦》中，便书写了哈特·克兰计划在《征服史》中书写的那个主题。几年前我在大凉山旅行时，也想起印第安人与凉山彝族人的异同，以及"征服史"和"新世界"的关系。尽管已经有许多作家写过这类题材，但是，仍然有一个似乎并未被人们充分表达的主题：一个民族在潜意识中想要成为"世界精神"和"世界灵魂"的反面，一方面，这种冲动被那些外来征服者一眼看透，同时，这种冲动也产生在被外来征服者一眼看透时而显现的必死性之中。也许，文学对这一主题的书写，并不是要对民族潜意识进行表现主义的书写，而是要对那些激起这种潜意识的条件及其存续危机，进行一种历史化的叙述。这个主题，也耸立在中国的非汉语民族空间之中，却似乎未被深思和叙述。并且，文学抵达集体无意识的方式，好像最后都很快演化成了驯化集体无意识的途径。

哈特·克兰人生晚期的写作计划《征服史》——一部想要重写墨西哥印第安王国被暴力毁灭的历史的史诗，将会是一部怎样的诗呢？这是引起我不安的想象的，整个二十世纪现代诗的空白处之一。也许，《桥》其实也部分预示了那部随着诗人的死，再也不会产生的史诗可能具有的面貌：它的故事会关于，作为征服者之"世界精神"的一种"对应物"，一种**对面的形象**。而且，《桥》也没有完成，也许它的那种目标本身便具有某种不可完成性。

不可忽视的是在《桥》中，充满了关于印第安人、印第安大地的具有人类学色彩的书写，显示了这首长诗的"美洲大陆共同体"的面相，而这可能是一种最不同于哈罗德·布鲁姆的理解的东西。哈罗德·布鲁姆仍然主要是一个"回声评论家"，想要把哈特·克兰置于浪漫主义主流的回声之中。布鲁姆认为，哈特·克兰的核心意象是钟声——也许这是一种因为回声身份而产生"影响的焦虑"后的激情想象。但不论如何，布鲁姆的解释都有助于把哈特·克兰从新批评的解释制度中拽出，置于一个更深广的世界文学传统之中。

《桥》这样的长诗的努力，一个可与之相比的很晚近的例子也许是德里克·沃尔科特的史诗《奥麦罗斯》。

相比《桥》，《奥麦罗斯》在美学形式上更完整成熟，而且篇幅浩繁：一千页诗。但也许，它太完整和熟练。沃尔科特是一流的诗歌匠人。但是，一千页诗自始至终，每一节每一页，显得都在同一种语言方法中完成。由"七书"组成的《奥麦罗斯》，每一"书"都是三个章节，每一章皆由精巧工整的三行诗节构成。每一章诗在技术上，常常由四种互相配合的美学要素构成：第一种（"起"），是对读者起明示作用的意图概述（史诗的意图和诗人的意图）；第二种（"承"），是风景画家般概括性地描绘群岛空间的光与影——是一种视觉概述（仿佛介于透纳风格与高更风格之间），而光与影就像我们在第一节课上谈到的阿波罗的"箭雨"那样，也是一张琴，这张琴编制并讲述了群岛的历史；空间概述之后，第三种要素（"转"）是人物的肖像画，与前两种要素构成视觉戏剧性的对称，仿佛是前两种要素的共同镜像；然后，第四种要素（"合"）再发生一个转折：具有视角聚合作用，仿佛是置放在前三种——明示性的概述、构成群岛风景的光影、作为自然物质世界的镜像的人物肖像——面前的一盏灯。我的区分并不严谨，但四种美学要素在每一章诗中起、承、转、合的方式，均表现为一致。我们知道，除了是诗人和剧作家，德里克·沃尔科特也是一位画家。《奥麦罗斯》的诗章显示出工整的画面安排意识，精熟而无懈可击。但是，一千页长诗的几乎每一章均如此进展，自始至终，并无变化。我的感受是，这也许导致了一种现象：整部"史诗"，**没有美学矛盾**。群岛在被破坏与自我破坏中的历史，被这种工整而优美的现代诗写作艺术给**世界文学化**了——作品想要成为"民族的史诗",但结果却像一种被"现代世界文学"这一社会地位上升机制所允许的"民族文学"。

"诗艺家"沃尔科特的精彩程度毋庸置疑。他的诗艺使他像一个被"文学场"平顺接受的民族吟游诗人,但是,却可能不是一个关于自我破坏和被破坏的诗人。《奥麦罗斯》的每个章节,不断重复同一种诗艺发生机制(当然,那是优美的诗艺),可是,没有"破坏性"发生——进一步说,那种只有从自我破坏之中产生的"无名之物"似乎并没有发生。而那种从自我破坏中产生的"无名之物",也许才是真正构成了一部史诗所要讲述的"事实"的东西(也许因为它,史诗才可称为史诗)——在我的想象中,这也许正是哈特·克兰会想要在《征服史》中显示、却未能抵达的东西,而且这种东西也参与打倒了他。

一千页精美整饬的诗章中,"破坏性"一直没有发生,使得《奥麦罗斯》可以被"世界文学"顺利读取和辨认,同时,也是因为沃尔科特的精彩诗艺而可被顺利辨认。但也许,被这种顺利辨认所带来的,是这首篇幅宏伟的"史诗"想要表达的"意义"的一般化——而且是那种容易在"世界文学"辨认体系中成立的,某种"民族的诗"所通常具有的那种意义。

读《奥麦罗斯》时,我常常会想到一些更彻底的写作艺术家,当他们处于一种世界文学辨认体系之中,去写一种"民族史诗"或相似的叙事作品时,他们会认为:应该有一种自我破坏在文本中发生。比如小说家贡布罗维奇,以及大江健三郎,后者认为,构成"小说的艺术"的一个重要部分是:它必须发生自我破坏,从而不去维持那种在"现代文学"或者"现代世界文学"的顺利辨认的目光之下光滑进展下去的文本。当然,这只是我个人对《奥麦罗斯》这部精彩诗作的渺小的浅见与微词。如果各位有兴趣和时间,我很希望大家去读这部杰作,我自己也会继续读它。

我不知道,关于哈特·克兰,我有没有为大家提供一种比较有效的信息。我们可以简要概括一下：哈特·克兰，是一个罗伯特·洛威尔这样的诗人认为他们失去了的诗人，同时，也是一个关于光明维度的诗人，其诗性强度应当放在与雪莱的"同一性"中去认识。各个不同的大陆文化材料的"联结者"形象、世界主义的和美洲新大陆共同体的理想，使我们不能把哈特·克兰的作品，仅仅只放在是"对 T. S. 艾略特的对抗"这一狭窄的范围中去认识。

今天就到这里。后天就是 2020 年了，祝大家新年快乐！

第四讲

三首诗的"诗与真"

第一节课

"肯定性"刍议
—— 以 W. H. 奥登《诗解释》为例

> 地点：中国美术学院南山校区跨媒体艺术学院 4-405 教室
> 时间：2020 年 11 月 17 日（周二 13：30—16：00）

什么是"积极意义体系"。——对"积极意义体系"的失去把握是与"认知灾难"同步的。——"预言"作为认知的虚荣。——戏剧诗人对抗卡珊德拉。——"认知灾难"将是二十一世纪的主要标志吗？——"积极生活的平凡人"，会随着"认知灾难"的强化而消失吗？——"积极意义体系"与"非个性化"、与"平凡"的关系。——"平凡性"在创作者的语言生命中并不显而易见，而是有待苏醒。——"平凡性"与激进的主体化意志的区别。——米沃什短诗《礼物》中的肯定。——"肯定性"的另一个立足点，来自奥登。——作为一次紧急写作的《1939 年 9 月 1 日》。——"肯定的火"即一种"积极意义体系"吗？

关于《诗解释》。《战地行纪》中的武汉群像：博古、史沫特莱、叶君健。——"英格兰的常识观念"。——奥登的人道主义观点的宽泛与局限性。——"奥登的声音"。——关于奥登对中文诗人的提问。——诗学意志使诗人越出单一文化意境。——

"恶总是个人表现和奇伟壮观的"。——奥登的里尔克与杜甫的庾信。——燕卜荪。——仍然不被理解的"智性诗人"。——什么是奥登的"总体战"？——"这是历史上第三次大幻灭的世纪"。——历代各国统治者的漫画群像。——《诗解释》的二元对称结构。——"人类如果放弃自由，便可以团结。"——奥登诗中的"黑暗大陆"。——《诗解释》的主角：积极生活的平凡人。——奥登的"反脆弱"观点。——"打断这冰冷的心的文质彬彬，再一次强迫他变为笨拙而生气勃勃"，这样的声音可信吗？——仅通过沉默来表达与现实的距离感，可能是诗人能力退化的表现。——我们的"诗与真"。——汉语现代诗的"笨拙"开端，创伤依然存在于我们的语言中吗？——汉语现代诗在"不完美"中对自身的不断激活。——从"摩罗诗人"到"卑贱者的无形学府"。——"积极生活的平凡人"与无名工作者的道路，很难是完美主义的。

绪言

大家好，一年不见。我想，大家对这一年的感触都会是一言难尽。今年，许多人的工作和生活计划都被打乱，我也听一些朋友说，他们的许多事情都堆在了新冠疫情缓解后的年末两个月。和去年（2019年11月）上课的时间一样，现在也接近年底，我也了解到，大家最近的各种课程都排得很密集。我反思了一下，推动我继续做完原计划剩下课程的主要动力，是对一本书的欲望——是想看到这些讲稿最终可以构成一本怎样的书的虚荣。所以，我想感谢你们，是因为你们继续关心和愿意参与这项课程，并且尽量调整了排课时间，我才有可能返回这里，完成这件去年没有完成的事。

由于时间过去了一年，接下来的几节课，也许会与去年的十节课之间有不连贯之处。我也没有预设一个和去年的内容直接相关、环环相扣的框架，我想，可能在进行这剩下四节课的过程中，延续性会自然产生。

从这一节课开始，我把三首现代长诗作为最后几节课的主要内容。第一首，是奥登的《诗解释》，这首诗源于抗日战争时期他在中国的记者经历。第二首是米沃什的《诗论》，对二战前后波兰的诗体写作者与诗歌观念进行了一次概括。这两首长诗，都是关于昨天的，但也是一个具有普遍意义的世界。第三首诗，皮埃尔·帕索里尼的长诗《胜利》，则关于一个试图把自己紧紧捆绑在一种政治幻想中的破碎的世界，而这个世界，也直接关涉今天我们的世界。这三首诗，都产生于第二次世界大战前后这一人类社会与文化的剧变时期。一般来说，两次世界大战决定了现代世界的格局。这三首在战争中以及在战后不长时间里产生的诗作，在概括一个时代的精神实质方面，具有典型性。某种程度上，这三首具有史诗内涵的"政治诗"，可以作为二十世纪现代诗的代表，而且，还可以说，我们是在自己所处的剧变时代，回看这三首曾经的剧变时代的诗。

正文

去年十二月，刚结束这项课的"第一程"之后，我在上海遇到一位朋友，她是一位生活在纽约的艺术研究者，她也参与和发起一些社会介入式艺术的工作。在谈及去年发生的一系列公共事件之后，我们说起奥登的一句诗："愿我亮起肯定的火。"这句诗，随后也成为我产生这几课的想法的动机。我想，可以把"肯定的火"，理解为一种"**积极意义体系**"。

所谓"积极意义体系"，是我杜撰的命名，为了对比那种常常基于否定性的现代意义体系。我想，人类的积极意义体系，是"人之为人"的历史中所产生的最重要，也最容易被扭曲利用，以及是最容易被抛弃的遗产。不知道，大家是否记得在去年的第一节课上，我与大家分享过这样一个观点：我们常常说，像"真理""希望""爱"等等这样的"大词"，没有"可读性"。我们认为，这些词语不提供美学细节。但是，这是因为，这些词语所生成的细节，与我们在视觉性或物质性的美学中认识到的细节，不在同一维度。我们也会容易认为，现代审美对于语言效率的追求，不会被这些"大词"所满足。

在第一节课上我们还谈到，"对大词的警惕"，有可能是一种虚伪的警惕，而且，更可能是一种损失。因为，这可能是我们长期把自己保护在一种语言实用主义之中的表现，从而，曾经在几个世纪中，在近现代思想史中发生的许多东西，就会被排斥／排除在外，不再被我们理解和讨论了。也因此，像"真理""希望""爱"这样的词语，在许多现代民族文学的语言和思想中、在近现代民族解放运动中发生过的精神张力，就不再能够被我们所理解。然而，如果我们失去更新这些词语的能力——**由此失去把握被这些词语所标志的"积极意义体系"的能力**，这可能是一种无法估量的精神退化和提前死亡。今天，我们流行说"文学的终结""诗的终结"，那么，"终结"其实早已显现在这种退化之中了。

在过去的历史中，尽管世俗主义的观点、神学观点和精英主义的观点等各方争斗不止；在启蒙运动、近代民族国家的兴起和现代主义文学的剧变中，人们使用被这些词语所标志的积极意义体系的能力，也从未衰落（可以参考拉丁美洲文学、现代法语文学的例子）。今天，在"现实感"不断被扭曲之后，我们对"积极意义体系"的感知，也变得模糊不定了。对"积极意义体系"的失去把握，是一种突出地发生在二十世纪后半叶至今的现象，而这是与另一种灾难同步的，我想尝试把这种灾难，称之为**认知灾难**。

我想，也许大多数人都没有把握"积极意义体系"的能力，没有所谓"亮起肯定的火"的能力，这可能与知识或者聪明才智无关。同时，我们又常常对这个眼看着就好不起来了的世界，做出种种**预言**。我自己，在过去，也"预言"或者"说中"过一些后来在中国现实中发生的事情。但是，这可能并不是什么先见之明，而是，这些事情，其实一直都是**容易被想到的**，例如，政治精英的变质，权力的逻辑，等等，因为这些事情在二十世纪文学中的呈现已经足够充分。其中一些对中国现实的预言，我也在出租车司机、工人和生意人那里听到过，并非如何罕见的见识。而且，这也无非因为，我们处在一个坏事皆容易被说中的时代，但又可能是一个最未知的时代。人的这种喜欢做出"预言"、**言中坏事**的现象，尤其说明了人的认知被动性，而且，"预言"更说明了人的无知。因为，如果不在"预言"的范围内，而是越出它，去想象另一种可能性，我们又能够知道什么、把握住什么呢？

在此，我们可以对人的"预言癖"做出一点小小的历史回顾和反思。如果，我们迷惑于自己"预言"过的事情的貌似实现，迷惑于这种建立在其实并不稀有之事之上的虚荣——一种认知的虚荣——以至于让"预言"的意识侵袭语言，这不仅是语言的庸俗化，也会使语言**去潜能化**了，而这，是写作的灾难。

埃斯库罗斯不会把自己置于卡珊德拉的位置。莎士比亚也不会允许三女巫的视野控制《麦克白》。一旦那样，诗的潜能就死亡了，就被另一种仿佛奇特、然而却是最社会化的事物所取代。"预言"的隐藏的庸俗性，是否被想要从城邦的压力下挣脱出来的戏剧诗人们意识到呢？也许，公众希望看到**"预言"的表演**，但是，埃斯库罗斯（以及莎翁）们，是怎样摆脱卡珊德拉的影响的呢？

也许，与我们习惯认为的事情相反，"预言"的"灵晕"是晚近才产生的，摆脱了古代的那种**表现为原始图像的社会性**，也即摆脱了那种社会性所具有的"去潜能"的死亡力量，并且，在启蒙时代得到修正和转化，才成其为"灵晕"，在浪漫主义诗人那里得到最佳显现：在《西风颂》中，"预言"被改革，被决定性地近代化了。但是，与曾经在德尔菲女巫影响下的古老公众也许并无不同的当代人们，一方面渴望神谕，一方面，不会再感兴趣任何一个"亮起肯定的火"的雪莱。

现在，还会发生什么，我们已经很难"预言"，同时似乎对什么也都不会再感到意外，而这，意味着一场认知灾难。有一种观点是，人类传统意义上的几大政治动能已经透支了，某一立场的鼓吹者及其反对者，是同一种匮乏、同一种欲望的"对立的暗合"，这将是很长一段时期的常态。凭借每次公共事件，"意见分子"们的争吵不是一句"时代的喧嚣"即可概括，而是一场巨大的认知灾难的表现，或者，是它的开始。这将是二十一世纪的主要标志之一：二十一世纪不是产生于新科技，不是产生于"新冷战"，而是产生于一场**认知灾难**。

无论法国大革命还是十月革命，两次世界大战，都还没有呈现为这样的认知灾难，而且，这场认知灾难，被社交网络加速了。所谓"灾难内化于我们"，是说灾难不仅是瘟疫、自然灾害等这些，更是人的认知能力被**镂空**和被摧毁。认知灾难不仅表现为人的认知能力的崩溃（如"现实感"的崩溃，对自我或对他人的、对"文明"的认知能力的崩溃），也表现为，人专门制造和利用认知灾难，由此，灾难——不论人为或天灾——即是人成为"非人"的准备。

传统意义上的强权者可能并不令人忧惧，他们一定会死去，他们再权倾天下，也不会破坏人类中的一部分人对生活和文明的感受，在过去，这部分人一直是生生不息的。令人最感忧虑的，是"世界的恶化"已经内化于人的认知能力了，并由此得到加剧，而人类之中的自以为是者，会利用这种恶化。对于人类还能够产生那样一部分人——"**积极生活的平凡人**"——的能力的**永久性截断**，通过普遍的——或者一个我们今天常用的词：结构性的——认知灾难，永远蛀虫一般**镂空**人类在灵性方面的潜能，这在今天，完全可能技术性地实现。一个人如何能够无视这场已经开始侵蚀所有人的认知灾难，而从事他的学术或创作呢？组织、派别或团体，与这场精神危机的关系是怎样的呢？我想，我们每个人都已经困在这场精神危机中，挪动一点是一点。而一个文学写作者、一个写诗的人，唯一还能够做的，往往也只能是用**文学意志抵抗精神危机**。这种文学意志的本质为何，仅仅是可灭和审美之物，还是有其未来和超审美的东西，也只有在此过程中才能够有所理解。

刚才，我们提到，产生"积极生活的平凡人"的能力，可能会被截断。"积极生活的平凡人"，也许会伴随着认知灾难的不断强化而消失。那么是否，成为一个"积极生活的平凡人"，才能理解那个"积极意义体系"呢？也许，大家还记得，去年第一节课上我们讲到艾略特时，提到过他的著名观点：一个诗人不是"追求个性"，而是"逃避个性"，需要对自己的写作进行"非个性化处理"。由此启发，我个人的一种想法是："积极意义体系"往往需要一种"非个性化"的认识，因为，它需要我们自我克制，保持客观性，以及，接受平凡。

有个"白银时代"的俄罗斯诗人，霍达谢维奇，去年，我们在讲《青铜骑士》时引用过他的观点。他有句名言，也是句大实话，大意是说：文学是个大墓地，其中埋葬着无数的被遗忘者，即使他们并非没有才能。这一年，我也对自己过去的写作和想法产生了距离感，并且，觉得自己无非也是霍达谢维奇所说的，正在走向那个大墓地的无数人中的一个。但是，这一点并没有让我感到沮丧，而是觉得，如果归于那个大墓地，也不见得不是好事。相比一个自命不凡者走向无可救药的狂妄自大，如果，一个创作者对自身平凡性的认识，只能必然性地等同于消极和**自我庸常化**，这也许同样愚蠢。因为，愚蠢不仅在于人无法理解不凡的事物，也在于**失去了认识平凡的能力**。

平凡性在一个人的生命中，尤其在一个创作者的语言生命中，也许，并不那么显而易见，而是**有待苏醒**的，而这，可能才是决定一个人和一个诗人的实质为何的前提。海德格尔称为"庸人"的那种状态，并非甘于平凡，恰好是对平凡性的逃避。因为，接受平凡性，即意味着：接受一种不能被自我中心视角所决定的、广大的事物，即意味着接受构成"人"这一概念的常识秩序；而它对一个诗人而言，即意味着：接受语言的伦理维度，以及，接受语言责任与良心层面的责任的合一，同时，不再通过超人意志、唯美主义英雄和未来主义新人的各种变体来进行自我理解。当米沃什、希尼这些现代诗人或直白地说出"反对不能理解的诗歌"、或较为婉转地说出"大师身上根深蒂固的正常性"等等这些观点时，我想，也是把平凡性的问题，再次置入经过了一系列剧变的、现代至后现代主义文学的激进化的语境之中。众所周知，每个人都可以从这一语境中，为自己做出某种想要突出于他人的、极端化的主体设计，从而获得某种自我的现代性。然而，从今天开始，我们在这里谈论着的这些诗作，并不指向文学中的那种激进的主体化意志，而是都以不同的方式，与一种并不被庸常所定义，而是如光天化日般明朗的平凡性有关。我们既不能通过它，来为自己投身于其中的行业、团体赋予某种强力的含义，也不能用它来解释自己的欲望、专业技术、个人观点或者目标，这些诗中所写的"人"这一概念，并不能满足那种对一个更加优异、更加强大的"自我"的需要，也就是说，这些诗作，并不具有我们习惯于要求或跟随的那种"前沿性"。

而且，当我在这里和你们一起，读这三首诗，对我自己也是一次考验，因为，这三首诗中有某种强烈的东西，使它拒绝被以何种当代知识理论的方式去谈论，我们无法使用那种语言去描述它，而我是写诗的，所以，面对这三首诗，我尤其只能以一个"写作者"的本分去议论它。也就是说，我很难利用对当代知识理论的一点点了解，去拉近缺乏读诗经验的人与这些诗的距离，我也很难通过何种激进理论的办法使这些诗显得惊人，如果我这样做，甚至有可能会失去作为一个文学写作者、一个写诗的人的道德。在此，我也想提请大家稍稍注意，阿兰·巴迪欧两次评论帕索里尼的诗作，一次是对早期代表作《葛兰西的骨灰》，一次是对晚期的杰作《胜利》。在这两次评论中，巴迪欧的行文都显得清晰平实、言之有物，相当不同于他在其他理论著作中的风格。也许这是因为，一位激进理论家和哲学家也懂得，在那样的诗作面前，这大概是唯一得体的方式。

今年暑假,疫情较为缓解之后,我的女儿在成都参加了一次夏令营,每天早上,老师会组织小孩儿们在户外的树林里读诗。第一天早晨,他们读的是米沃什的那首常见于中文的短诗《礼物》。可能,这也是许多对米沃什了解不多、但略知一二的读者都见过的一首诗。我也很反感于,一个诗人的形象只被一两首抒情短诗"定位",而且,即使只是那一两首抒情短诗也常常被庸俗化地理解,这种例子有很多。但是,我在夏令营的老师发来的视频上看到女儿和她的同学,在晨光中朗读这首《礼物》时,我也和她们一起读了一遍。

礼物

西川 译

如此幸福的一天。
雾一早就散了,我在花园里干活。
蜂鸟停在忍冬花上,
这世上没有一样东西我想占有。
我知道没有一个人值得我羡慕。
任何我曾遭受的不幸,我都已忘记。
想到故我今我同为一人并不使我难为情。
在我身上没有痛苦。
直起腰来,我望见蓝色的大海和帆影。

这当然不是一首应被高估的诗,如果仅仅通过它,来理解米沃什这位一生的作品非常丰富复杂的诗人,会是很错误的。读过这首诗的人都知道,它写于米沃什晚年。这首短诗词汇简单,语气明确,米沃什后期的许多长诗和组诗,其实都是这种简明陈述句的几类变体。

可以说，这首短诗正是关于平凡性在一个人的生命中，尤其，是在一个诗人的语言生命中的苏醒。这个诗人，是一个经历了战争、政治灾难和思想纷争时代的老人，如果，他的人生经历使他想要扮演一个老年查拉图斯特拉，恐怕也不会受到太多反感。与平凡性的苏醒同时，这位老年诗人，也对我们共处于其中的这个一言难尽、常常是眼看就再也好不起来了的世界，表达了肯定。这是一个并非带给人观念震惊和视觉震惊的特别世界，而是一个基本的世界。并且，这种肯定，是与**自我松绑**同步的。一件苦行衣，不论是语言的，还是记忆的，诗人把它脱下了。这件苦行衣，既是被诗人的语言意志穿上的，也是被历史穿上的。

今天，我想，人人都很容易想到，我们在创作、在知识影响下被激发的自我主体化的意志，常常是"被建构"的。当然，诗人米沃什，也没有在这里执着于一定要表达出什么反建构的观点，他只是写下了这个时刻，就像睁开了目光平静的眼睛，看向世界。这简单平静的目光本身，正是语言的分寸：诗人不想发出超人的声音，甚至于，也不想发出一个诗人的声音，只想发出一个站在了正确的**立足点**之上的凡人的声音。

关于肯定性，还有另一个立足点，来自我们今天的主题：奥登。

"愿我亮起肯定的火"这句诗，是奥登的名篇《1939年9月1日》的最后一句诗。1939年9月1日，是二战爆发日，这首诗即写于当天。这是一首对人类境况具有**紧急揭示**力量的诗，是一首**紧急之诗**。不过，据说奥登本人后来并不满意这首诗。也许，是因为他有个观点，认为几乎所有写得成功的关于现实事件的诗，都是在"事后"写的。大概，这是指它经过了记忆、经验的转化提炼吧。今天，我们也往往认为，当某一公共事件发生，诗人第一要做的事情，是沉默，而一切"急就章"都是糟糕的。但一个客观现象是，我们在每次公共事件发生时读到的那些，也确实都是糟糕的。先不论奥登本人是否满意，使他即刻挥就《1939年9月1日》这首诗的那种紧急性，依然展示了一种悠久而珍贵的诗人的能力，当他写下"愿我亮起肯定的火"这句诗时，也无异于：在整个世界现代诗领域点燃了烽火，把一个与精神生命的存亡息息相关的消息，带给许多读到这首诗的人。

在今天，更普遍的情况是：固守于艺术自律性，成为诗人在表达现实、在亮起烽火方面的紧急能力——包括思想能力和语言能力——的失去的托词。固守于艺术自律性，同时，也是固守于追求一个不凡的自我。而这，导致了一种昏庸，以至于当烽火亮起时毫无察觉，或者，继续认为那是柏拉图洞穴的火光。而且，往往是：固守于艺术自律性的人们，对于构成这一自律性的内容究竟为何，也正在失去相关历史知识与当代知识的参照，从而，艺术自律性成为了一句被架空的、没有具体含义的神圣教条。但是，这种情况并不是今天才有的，而是在阿里斯托芬讽刺那个坐在空中的篮子里蔑视太阳的苏格拉底的时代，就已经存在了。

二战前后，非常多的小说家和诗人都有过做记者的经历，不胜枚举。但是，诗人、作家去做记者，在非文学性、非文化艺术性的事情中锻炼"现实感"，这样一种"传统"的意义，在今天也变得模糊不定了。产生于1938年战地记者工作过程中的长诗《诗解释》，附录于著名的组诗《战时十四行》之后，由诗人穆旦翻译为中文。奥登的诗作，不仅影响了穆旦的行文造句风格，也通过穆旦等人的翻译，影响了汉语现代诗。关于这首诗的写作背景，我们可以从《战地行纪》一书中得到了解。1938年的这次中国之旅，被这本书的作者、作家衣修伍德以日记形式记录下来。衣修伍德是奥登当时的同性爱人和工作搭档。这本书中，有一些令我难忘的细节。

1938年3月8日，两个青年英国记者，衣修伍德和奥登，从香港一路北上，到达汉口。衣修伍德写道："这就是战时中国的真正首都。……历史渐渐厌倦了上海，对巴塞罗那也不耐烦，已将其变幻莫测的兴趣投向了汉口。"3月14日，他们受到了宋美龄的接见，衣修伍德对宋美龄的评价是"与其说漂亮不如说是很活泼……其率真尽管有些做作，依然不失为动人。……她说:'我们给予人民的东西,共产主义者许诺了却无法履行。'"

然后,4月5日,他们到达西安。衣修伍德写道:"西安的招待所定是这世界上最为奇怪的宾馆之一。张学良异想天开地建成了它……若郑州意味着种种疾病,西安则意味着谋杀。"在西安,他们认识了一个名叫穆瑟的医生,这位医生不喜欢诗人,理由是诗人们"改变了词语的秩序"。穆瑟医生谈到,他在墨西哥工作期间,曾经治疗过一个名叫"戴·赫·劳伦斯"的英国人,医生回忆说,那是个"相貌古怪的家伙,留着一撇红胡子。我告诉他:'我认为你长得像耶稣基督',他就大笑起来。……我问他从事什么职业。他说他是个作家。'你是个著名作家么?'我问。'哦不是,'他说,'不是那么有名。'他老婆不喜欢那个说法。'你真不知道我丈夫是个作家?'她对我说。'不知道,'我说,'从来没有听说过他。'而劳伦斯说道:'不要傻了,弗里达。他怎么会知道我是个作家啊,我也不知道他是个医生,直到他说了我才知道的啊"。——穆瑟医生后来帮劳伦斯检查了身体,并且告诉劳伦斯他患上了肺结核,而非疟疾。据说,劳伦斯很平静地接受了这个事实,只是问穆瑟他还会活多久,"两年,"穆瑟说,"如果你很小心的话。"这一年是1928年。确实,英国小说家、诗人戴·赫·劳伦斯于1930年3月2日在法国死于肺结核,死时四十四岁。

一路上,衣修伍德难以在挤满了人的火车里入眠,而奥登则通常能够酣睡如牛,或者一路读狄更斯的《荒凉山庄》,把沿途地名都改成《荒凉山庄》里的地名。他们沿着黄河行走了几天,对河岸边的古老水位测量工具大感兴趣。4月14日,他们到达洛阳。衣修伍德写道:"尽管每活捉一个俘虏有一百六十块大洋的封赏,被俘虏的日本兵始终很少。他们的军官告诉他们中国人会把俘虏统统斩首,因此他们宁愿在敌人到来前自杀了事。有些日本兵的尸体上甚至还找到了系在他们衣服上的便条,恳求中国人在他们死后不要砍他们的头。"

4月22日,他们返回汉口。作家和翻译家叶君健去拜访他们,衣修伍德写道:"我们在昨天的文学茶话会上认识的一个羞怯的年轻人。"叶君健告诉他们:"如果我有时看来有点愚钝的话。要知道,他们(指日本警察)经常打我的头。"

4月25日,他们见到博古和史沫特莱。史沫特莱住在一片战火后的、废墟上的唯一完整的房子里,房子摆满了精致的中国瓷器,这给衣修伍德造成了一种视觉反差。衣修伍德写道:"博古对每件事情都会笑——日本人、战争、胜利、失败。我们问他八路军都有什么最新消息。眼下状况如何?'很可怕!'博古哈哈笑着。'他们没鞋子穿!''没有鞋子!'史沫特莱应声叫道,极度绝望地呻吟着。她两手掩着嘴,开始在房间里来回踱步。'告诉我,博古,我们该做些什么?没有鞋子!我必须马上发电报到美国!'"这一天,他们还被告知,"相当多的东北人在日本军队里作战"。

我的转述——都来自《战地行纪》——就到这里。我想,这些细节,也许可以帮助大家产生一点现场感。

奥登是一个令人对他的情感很矛盾的诗人,当你认为可以称颂他时,他却让你看到他辞令虚夸,诗人R.S.托马斯的评价是,"我看不出那些仿佛从地狱中滚滚涌出的花言巧语有何价值"。但是,当你觉得可以贬低评判他时,又会被他诗中的过人才智和情感力量说服。今天,我们要读的这首长诗《诗解释》,当我以为,应当以对待一个经典文本的态度来阅读、因此重读了一遍之后,我却发现,其实更想与大家分享对这首诗的局限性的认识。

这种局限性,既与英式的人本主义哲学有关,也与我们今天在这个变动着的现实中,还可能怎样做一个人文主义者有关。从《诗解释》这首诗中,我们可以看到构成奥登所理解的"人"这一概念的**常识秩序**是怎样的。这一"常识秩序",与英格兰的常识概念息息相关。关于英格兰的常识概念,埃里克·沃格林曾写道:"英格兰和苏格兰的常识概念,作为一种人的态度，融入了哲学家面对人生的态度，但又无需哲学家的技术装备……基于常识层面的、持续不断的古典哲学传统，即便没有一种必要的亚里士多德的技术装备，对于知识氛围和社会的团结，会具有重要意义。我现在认识到，德国社会领域明显缺乏的，恰恰就是常识传统这个因素……没有根植于完好无损的常识传统的政治建制，乃是德国政治结构的一个根本缺陷，而且至今没有被克服。我观察德国当代景观时，发现那里有着实证主义者、马克思主义者和新黑格尔主义者之间的白热化争论……然而，思想水平已经变得不是一般的平庸。"（见埃里克·沃格林《自传性反思》）

沃格林的这些回忆（"常识秩序"这一说法也出自其中），也可以视为一个德语知识分子逃亡到了英语中的体会。而且，事实上，和英语成为一种胜利的语言一起，在这场世界战争中，英格兰的常识观念也成了一种胜利的哲学。由"常识秩序"出发，我们还可以看到，奥登——以及他所代表的知识分子群体——是怎样既笼统、又并非不积极地，看待发生在中国的这场战争。批评家汉弗瑞·卡彭特对此写道："在许多观察家看来，中国的抗日战争不过是法西斯主义和社会主义之间即将爆发的一场世界大战的东方前线。"

来中国前，青年奥登宣布，"我们将有一场完全属于我们自己的战争。"因为，衣修伍德和奥登认为他们一年以前在西班牙的经历并不太成功，因为当时的西班牙"挤满了文学名人观察家"（衣修伍德语）。中国之行，则是又一次机会。这些满世界跑的世界新闻浪人，往往是左翼，怀抱着一种混杂的进步论观点，战时的国民党政府不仅接待、也约束着他们。这一代人之中，还包括前后脚的埃德加·斯诺（他曾与诗人威廉·燕卜荪在战时的天津烂醉街头，而燕卜荪，随后在西南联大成为卞之琳、穆旦等这一代诗人的老师），以及海明威的好友、电影导演伊文思。这些人前后脚来到中国，在不同程度上，中国经历都是其早年创作生涯的一个节点。

奥登在晚年自己也说，他当时在中国的认识，没有超出一个游客的认识。在对现实中国的认知方面，奥登的人道主义，与此前他在西班牙的人道主义辞令，是可以互相替换的，似乎，对于世界上任何一个国家的战争现场，都可以说出他在诗作《西班牙》和在中国时写的《战时十四行》里的那些人道主义观点。这一点，也让乔治·奥威尔感到不满。这意味着，诗人与这两个战场现场——西班牙和中国——之间，存在着一种同样的距离感，而且这种距离，诗人或许并不屑于改善，原因可能部分是一种傲娇的文学宠儿的自我意识，此外，可能部分的，是一种基于英格兰的常识概念的世界观，也许，诗人觉得给出一种概括就足够了，这种概括是：历史，是人类的那种"想要到达好地方的努力的失败"；以及："如今已经没有地区性的战争"，所有的战争都是"一场所有的……都深深蕴含其中的斗争的地方性变种"。

这可能是一个不够深刻的、局限的观点。至少，对于经过了种种政治学、人类学和社会学陶冶的当代读者来说，我们知道，也有那些既注重普遍性，但也对一个民族、一个地区的真实处境进行了具体化表达的作品，且这种具体化并不等同于"地方色彩"，而是一种思想上的具体结果，能够超越"地方色彩"，触及一个民族或群体的"独特的真实肯定"。我们已经读过了阿列克谢耶维奇关于苏联解体后的俄罗斯生活的书，读过了不久前去世的思想家大卫·格雷伯关于战争中的库尔德人的评论，因此，我们可能会不满足于奥登在诗中表达的人道主义观点，我们会觉得，那是一种很宽泛而且陈旧的"牛津共识"。

但是，如果这样来要求《诗解释》，也许，这首长诗中的一种概括力之美就会消失，消失在一种今天的，或者当代非虚构文本，或者专业知识的标准中，尤其是，那个标志性的**奥登的声音**，将会消失。

正是这个声音，奥登的声音，而非政治观点，是奥登留在现代文学中的主要遗产。并且，他也不同于那种更专业的、把中国战场置于世界现实政治视野的观察家。而且，确实也是因为那个声音——诗人奥登的声音——中国战场由此，被置于一种内在的全人类处境之中。我们还不应该忘记的事实是，并没有一个现代汉语诗人，在我们的新诗还在白话文运动与新文化运动的潮流和初创期中面目模糊，而且还将被随后的政治浩劫打断的时代，一个有点大大咧咧、不无笼统的外来者，对抗战时期的中国进行了诗的概括，也由此，为汉语现代诗置入了一种开端。

有个传说故事，我模糊记得有不少人说过，但我找不到它的原始出处了。这个故事说：在武汉的一场文化界欢迎西方记者的宴会上，奥登问在场的中国诗人：如今，中国正在发生如此重要的历史，为什么没有你们的诗人把它写成诗？据说这个问题当场引起了尴尬，没人回应。这个故事的另一个版本是，在与诗人和翻译家邵洵美的对谈中，奥登对后者表示"没有发现一篇像样的有关抗日的中国诗"。第二天，邵洵美去拜访奥登，带去了一首据说是无名中国诗人写的诗——其实是邵洵美自己写的——而且颇有奥登风格，奥登读完就说，他收回他的话。不一定是那首诗写得多么好，但是，这至少证明中国诗人正在写作。但是，奥登没有问的另一个问题是：这场战争以后，中国人该怎样理解自己？以及，什么是中国人？因为从香港登陆后，他们一路看到的，都是一种等待的心态：每个人，老板、官员、知识分子，都在等待这场战争过去，都认为这场战争一定会过去，而中国人有足够的人口、足够的平常心、足够的资源和足够的土地面积，经得起这场消耗。人们认为，这场战争过去之后，一切都不会改变，生活会恢复如常。这个问题，衣修伍德写在了他们的日常对话中，但是，他们并没有拿去问那些中国同行们，也许，他们认为，他们没有问这个问题的资格，也许奥登认为，应该把这个尖锐但可能无礼的问题，融入一首关于人类普遍状况的诗中。

所以，当我们批评《战时十四行》和《诗解释》的局限时，实际上，我们并不能立足于今天我们认为自己持有的那些当代前沿知识。那些知识提供给我们的，可能是一种虚假的具体性和深度感。可能，我们依然还是那些被一个奥登式的问题提问之后的，尴尬沉默的人。今天，我们理解《诗解释》的立足点，也许更应该是一种自我追问，把奥登的问题用来问自己——如今，当我们经历了一场历史性的事件之后，我们该怎样理解自己？

当然，在这首《诗解释》中，作者也没有往前再走一步。这首诗，停在一种**全景性的**世界史视角中，而这种世界史视角显得仅仅来源于"英格兰的常识概念"，来源于一种大不列颠的知识观，这种知识观，从培根的那句粗野的表述"知识就是力量"开始，已经文明化和含蓄化为一种人本主义的哲学。这种哲学，这种"英式哲学"，一方面是经验主义的，一方面有保守主义的成分，同时，又是世俗主义的，尽管维多利亚时代为它赋予了一种斑斓的光辉。但是，诗人奥登会在他最好的作品中，冲破这层维多利亚英国的玫瑰色光彩。他最好的诗真实、刚健而正直，使我们常常浮皮潦草到了麻木的神智，恢复对时代精神状况的清醒和警觉。由此，奥登是一个"相反的诗人"：不是一个带给我们迷醉体验的诗人，而是带给我们清醒和警觉体验的诗人。在这些诗中，取代"修辞"、也取代那个"花言巧语"的牛津才子腔的，是另一个声音，是一个"愿我亮起肯定的火"的声音，这是良心的结果，但是，更是**诗学意志的结果**，或是两者合一。因为，一个真正具有诗学意志的诗人，不会允许自己安于某一种文化意境之内，不论那是中式文化的，是大东方主义的，还是维多利亚式的；不论是剑桥牛津的，还是北大复旦的。一个真正具有诗学意志的诗人，不可能允许这种文化意境性质的东西来决定他的精神生命和语言生命——他只能是他在越出这一切之后所成为的东西。

这是我第四次读《诗解释》这首长诗。十年前，在西藏阿里古格王朝的遗址，我听到一个故事：拉达克人准备抓捕躲到山上的末代古格王，但并不直接攻上山，而是逼迫古格人民在山的正对面不远处，以刻意的缓慢速度，建起一座高塔。无数的古格人在建造这座高塔的过程中死去，工地上白骨成堆。眼看高塔渐渐接近山顶的高度时，古格王走出山顶躲藏处，接受了他的死亡。这个传说的真实性已不可考，但是，听到故事

出现那座高塔时，我立刻就想起了《诗解释》里的一句诗：

> 恶总是个人表现和奇伟壮观的，
> 但善需要我们一切人的生活作证。

这是《诗解释》中我印象最深刻难忘的诗句之一，这样的诗句，在诗中俯拾皆是。最近一次读这首长诗，是在那段每天关注武汉情况的时间里，当时，我也回想起这首长诗中的诗句：

> 这场大斗争已经席卷了一切人们：
> 老的，少的，多情的，多思的，手巧的，
> 还包括那些认为感情是一种科学的，
>
> 那些把研究一切可增添和比较的
> 当做毕生之乐的，和那些头脑空旷得
> 像八月的学校的，那些强烈要求行动
>
> 以致连念一个字都不安地低语的，
> 一切在城市、荒漠、海船、港口房舍的，
> 那些在图书馆发现异邦人的往事的，
>
> 那些在一张床上创造自己的未来的，
> 各怀自己的财宝在笑声和酒杯中
> 自信的，或像水老鸦般发呆和孤独的，
>
> 都已使他们的全部生活深深卷入。
> 这只是一个战区，一个阶段的运动，

试论诗神

而那总体战是在死者和未生者之间，

在真实和伪装之间进行。……

现在我们休息十分钟，然后，我们来读这首长诗。

（中场休息）

【下半场】

我们继续。《诗解释》是《战时十四行》的"附言"。《战时十四行》很著名，大家如有兴趣，可以不只读原文，而是对比读这组诗的几个不同中译本，因为汉语新诗的一些主要前人都或者全文、或者部分地翻译过《战时十四行》。在对比读这些中译本的过程中，也许我们可以体会到，现代汉语诗"初创阶段"时期的前人怎样措辞行文，而汉语诗的现代风格，可能就是如此开始的。

围绕《战时十四行》也有一些故事，比如之前我们提到的那些现实背景，还比如，十四行诗中有一句诗，写一个亡兵，"他和他身上的虱子都被遗忘"。当这首诗在一场社交活动中，由奥登本人读给在场的中国军方的人听的时候，后者很不高兴，于是，当这句诗在中文里发表时，被改成了口号式的"所有的人都站起来斗争"（大意如此）。《战时十四行》中还有一个常常被人们津津乐道的细节，可能你们中有的人也知道：诗人写道，今天他在这里，在中国的这个艰难时刻，想起一个人，这个人沉默了十多年，然后终于在一个夜晚，"一举而让什么都有了个交代"，随即，那个人走出他写作的房间——那座小小的城堡，走出去抚摸这座城堡的阴影，像抚摸一个巨兽般的庞然大物。可能，你们都知道，这几句诗写的是里尔克,后者沉默了十多年之后,在杜伊诺城堡里写完了他最重要的两部作品《杜伊诺哀歌》和《致俄耳甫斯的十四行诗》。这也让我想起另一个例子,杜甫晚年有一首诗写道:"庾信平生最萧瑟,暮年诗赋动江关。"我们会常常读到,不同时代和语种的诗人,在其艰难时期,都会写到自己内心中的参照点,他们把某个历史中的诗人作为参照者,作为一种自我校准性质的自我投射。在一个特定的现实情境中,诗人把前人作为参照点,可能也是一种对自己的语言的定位行为,也就是说,他不会允许自己被现象——被一场战争或者社会变乱——完全决定他的语言的命运。他需要一个参照点,或者一个历史中的"客观对应物",来帮助自己始终把自己的工作**保持在语言之中**,这可能是诗人的一种迫切需要,**也因此**,他不会完全成为一个"现实主义"诗人。

在《战时十四行》这组二十七首十四行诗之后,奥登用三行体的诗节写了一首长诗《诗解释》,对组诗《战时十四行》的意图进行了一次综述和总论。我用的是穆旦的译本。用这个译本,也会涉及汉语现代诗在"开端时期"的英诗影响的问题,这个问题已经有许多学者在研究,但可能,"文学学"或文学批评的研究不一定有助于我们去读具体的诗,那么,作为"普通读者"的我们,可能只需要了解两件事作为"背景"就够了。

其一,是**燕卜荪**的作用,刚才我们已经提到,诗人燕卜荪是汉语现代诗"初创阶段"的重要人物。他之前在日本教书,然后来到中国,成为西南联大的教师。长沙大火之后,西南联大师生离开湖南,前往云南。到达云南的方式不同,有的条件好一点的,可以先飞到香港,然后再从那边进入内陆去云南。有的则组团步行,从湖南徒步到云南。燕卜荪是跟着学生步行去云南的,常常没床睡,就在黑板上睡觉;没有书,燕卜荪就凭记忆背诵整部《失乐园》或莎士比亚剧作来为学生讲课——我想,也许今天的大部分文学和人文学术的教师学者,都没有这种能力。

执教于西南联大后,燕卜荪的学生里有卞之琳、穆旦这些人。我们都知道，今天，这些人被普遍视为共同构成了汉语现代诗开端的人物。关于名著《复义七型》(也译为《朦胧的七种类型》)的作者、诗人燕卜荪，哈芬登的《威廉·燕卜荪传》里有一段对他的评论（这部传记的第一卷有中文版，建议大家找来看），可以帮助我们了解四十年代前后、也即二战前后英诗写作文化的基本面貌：

> 在《复义七型》中，我发现了分析——它持续、彻底、细致、机智、敏感、充满自我意识、清晰、远离教条，有感染力。……它有讽刺意义和怀疑精神。它有性格、语调和感情的个人特征。……他追求细腻、暗示、反讽、复杂性，超出了批评常理的范围……

这段话，我们也可用于了解奥登这样的诗人的美学观念背景，当然，这是较为宽泛的，但至少也可以提醒我们一种写作文化和"情性"的类型。由此，即可提出我们需要了解的第二件事：英诗写作文化中的"机智"。

"机智"有时也被翻译为"巧智"（wit），对此，塞缪尔·约翰逊曾在《诗人传》里专门阐述，把"机智"扼要地定义为把表面不相关，甚或性质相反的材料联系为一体的语言艺术。在英诗的历史中，一般认为"玄学诗人"即主要以"巧智"来写作。好几个世纪里，"玄学诗人"在英诗中受到的评价都不太好。艾迪生、塞缪尔·约翰逊这些以新古典主义为立场的大批评家，对"巧智"的、贬低性质的批判，直到艾略特时代才被替换，由于后者的重新评论，以约翰·多恩为代表的在数个世纪的评价中长期处于低迷处境的"玄学诗人"，才得到积极理解，从边缘转为"正典"。从"机智"发展出了"智性之诗"，被认为是语言综合性的表现。有利于表现"语言综合性"的"智性之诗"，常常会被偏重诗情画意和感性抒发的人们认为是反情感，甚至反诗的。艾略特为它做的辩护是，它不是反情感的，而是一种广义的情感机制。而且，在莎士比亚那里，就已经出现了非"情感化"的、广义的情感机制和"语言综合性"的诗艺。艾略特自己，作为一位"智性诗人"的写作（包括批评写作），也影响了他的后辈诗人们，其中自然也包括"奥登一代"。而且，"智性诗人"从"奥登一代""洛威尔一代"至杰弗里·希尔，相对于已经显得古典了的艾略特，又发生了数次变形，而且也都已经经典化了。

当然，今天，我们不可能把自己的写作（不论如何普通）还原论地归为"巧智""玄学诗人"，或者其对立面如塞缪尔·约翰逊等人推崇的类型。这些近代的分类法已成为过去，但是，蕴含在这些分类法中的诗人对不同的、变动中的诗的理解方式及其激烈纷争，在今天还存在着，**其实，也已经是汉语现代诗的一种前史**。但在今天，可能一些习惯于诗情画意（以及它的现代化变体）的读者还会认为"智性诗人"是非诗的。有时，我们会看到，一个从事当代知识理论的研究者，在面对具体的现代诗作品时，判断方式却是前现代的，或者，允许我用一个较为无礼的词，是少见多怪的，因为考虑不到、从而也不能理解现代诗写作文化在综合感受力层面的表现方式及其变迁。并且，许多不适应现代诗的读者，其实，也不能理解许多早已是古典作品了的诗作。不能理解世界现代诗人的读者，是否，就一定能理解罗伯特·勃朗宁、莎士比亚、贺拉斯和古希腊戏剧诗人呢？是否他们只是一些"省心的古典主义者"呢？

在汉语现代诗中，"智性诗人"的形象一直是隐晦不定的，一直不能够被积极辨认。而且，我们也很难仅仅以老派的"智性诗人"为自身合法性的前提，同时，我们又有强大的古汉语抒情诗传统，以及美文的"品评鉴赏"传统。如今，离提出"综合感受力"的艾略特时代，已经过去了一百年，但是，这一曾是早期现代主义诗学的开端观念（之一）、如今早已古典化了的观念，在汉语现代诗领域的处境却仍然是低迷的。而且，越是走向作为"广义情感机制"的"综合感受力"的诗，越是会对情感论者造成认知危机，也越被视为非情感。当今天，我们还在用"理性的还是感性的"这样的前提去评估现代诗，这不仅省略了大部分不应被省略的辨识工作（省略了一部分重要的历史知识和现代知识），而且，也等于直接把整个二十世纪的写作实践给**删除**了。

如果，我们还是用"理性的还是感性的"这样的评判方式，来读各种不同的现代作品，也就是把作品置于一种不论直接还是间接的、前现代的批评方式之中，同时，这种批评方式也受到来自——例如《诗品》式的——美文分类法的支持。我个人不太认同用美文分类法去评判现代诗，虽然它可以满足一种泛文化趣味，构成"谈资"，但却会使许多并不能被这样归类的现代作品立即死亡，或被逐入不被辨认的荒野。这其实只是一些很古老的争论，类似自印象派开始的现代画家曾经的处境，而且，反方的理由，时常声色俱厉，其实也一直缺乏实质性的观念进展。但新的诗还是不断被写出来，也不断丰富人们的理解和观念。

在专业的文学理论和文学批评研究者眼中，我以上的介绍也是多余的。但遗憾的是，在汉语现代诗写作者和阅读者中，这一切却始终未能成为常识。如果不是专门的文学研究者，在读奥登这样的诗人之前，我想，了解以上这些基本的美学观念背景可能就够了。因为，重要的不是何种职业化的理解，而是读者个人与这些作品的内在关系。接下来，我还是以去年的方式，边读边对这首《诗解释》做一点评析。由于并不是每行诗句都需要分析一遍（我们已经说过那个例子，当艾略特被听众问到他的某句诗"写的是什么意思"时，诗人说，"我只能给您朗读一遍这句诗"），所以我想，重要的是，我们可以在这里共同和具体地，**朗读**一遍这首诗。而且，与《荒原》那种诗不太一样的是，这首长诗——《诗解释》——虽然内容丰富，但语言却是很明白或"显白"的，并无《荒原》式的晦涩，我相信在读的过程中，你们也会感受到这一点。接下来，我会在一些我认为重要的地方稍做评述，朗读完整首诗后，再提供一些总体层面的观点。

诗解释

查良铮 译

季节合法地继承垂死的季节；
星体在太阳的广大和平的翼护下
继续着他们的运行；灿烂的银河

永远无阻地旋转，像一个大饼干：
被他的机器和夏日花朵围绕的人
在他的小地球上，渺小的他却在思考

整个宇宙，他就是它的法官和受害者，
这一奇怪角落的珍异生物在注视
使它的族类和真理都微不足道的

各条巨大的轨道。前脑的发育确是有功：
人不像酸浆、介或蛾消失在一湾死水，
他没有像巨型的蜥蜴一样灭亡。

他的软虫一般无骨的祖先会惊愕于
他直立的地位，乳房，和四心室的心，
这都是在母亲荫蔽下秘密的进化。

"活着就很好"命定者说，"尽管活得悲惨"，
而从关闭的父母圈子走出的年青人，
对他的不肯定、肯定的年代提出了

无限的焦虑和辛劳的时间表,
但他们只感到初获得自由的欢欣,
只感到新的拥抱和公开谈论的快乐。

但生存和哭泣的自由从不能令人满足;
风围绕我们的悲伤,无遮的天空
是我们一切失败的严肃而沉默的见证。

——前七个诗节犹如写出了一种人类进化的简史。奥登的比喻是,那永远旋转的"灿烂的银河","像一个大饼干",而这,是一种儿童视野。儿童慢慢长大,成长为一个"从关闭的父母圈子走出的年青人",于是他意识到,他需要情感、行动和言论的自由,需要"公开谈论的快乐"。这微型的人类简史是整首诗的起点,奥登的笔锋迅速摇转,写出"这里"——写出中国:

这里也一样:这个幽默而少毛的民族
像谷子一样继承着这许多山谷,
塔里木抚育他们,西藏是屏障他们的巨石,

在黄河改道的地方,他们学会了怎样
生活得美好,尽管常常受着毁灭的威胁。
多少世纪他们恐惧地望着北方的隘口,

但如今必须转身并聚拢得像一只拳头,
迎击那来自海上的残暴,敌人的纸房子
表明他们源起于一些珊瑚岛屿;

> 他们甚至对自己也不给予人的自由，
> 而是处于孤僻的暴君对大地的幻梦中
> 在他们猩红的旗帜下被静静地麻痹着。

——前两个诗节是对中国地理的概述，也迅速介绍了传统上的中国地缘形势，从这简练的六行诗，我们即可见识奥登迅捷的概括力。令人难忘的短语有两处，其一，是"幽默而少毛的民族"，这是奥登给出的中国人肖像，颇为"巧智"，不无人种学的意味。另一个，是"多少世纪他们恐惧地望着北方的隘口，/ 但如今必须转身并聚拢得像一只拳头"，前一行诗，即是对中国古代地缘形势的概括，后一行，奥登的诗句立即从地理概述"转身"，迅速"聚拢"——聚焦于现实。

这些诗句都很清晰易懂，我认为无需专门解释，而且我也很担心，我会被视为是在自不量力地与布罗茨基竞争，因为众所周知，后者对《1939年9月1日》进行了逐行分析，而我不能这样做，因为，这首《诗解释》突出地明白，并无奥登其他诗作中的那种刺激起人智力欲望的复义性或者晦涩。所以，我们主要应该是读而非"细读"这首诗。有时，"细读"可能只是我们用来回避一首诗的专业主义方式。接下来的诗句，我也认为只需注意三个细节，其一是：

> 这只是一个战区，一个阶段的运动，
> 而那总体战是在死者和未生者之间，
>
> 在真实和伪装之间进行。

其二是：

> 如今世界上已没有区域性的事件

——之前我们已经提到，这就是奥登对中国抗日战争的看法，既是一个令人印象深刻的概括，但是，也是一个局限。说它是局限，可能是因为：我们作为中国读者会感到不满足于这一概括。我们会希望，诗人提供一种专门关于中国的、抵达"地方性"之后的深度解释，可是，这也许会使我们忽略奥登的主要立场：

　　那总体战是在死者和未生者之间

　　——这是什么样的"总体战"呢？通过诗中接下来的世界史回顾，奥登告诉我们：这场"总体战"，是一直存在着的，而且并没有结束。诗人、批评家兰德尔·贾雷尔把这称为"奥登的二元论"，善与恶，文明与蒙昧，进步与落后，自由人与压迫者，这些对立双方彼此，一直都在酝酿着一场"总体战"，而且，死者——那些往昔的已逝之人——和未来的生命才决定了这场战争的意义，因为，活着的人往往失落了其意义。对此，我想建议大家的是：这也是一个埃德蒙·伯克式的观点，伯克认为，建立秩序不仅需要活着的人，也需要"死者"和"未生者"的介入，大家可以参考拉塞尔·柯克的名著《保守主义思想：从伯克到艾略特》第一章关于伯克的部分。

　　第三个细节是：

　　这是历史上第三次大幻灭的世纪

　　——为什么是"第三次"呢？诗中随后也有解释，稍后我们再提及。我想到托尔金的一个概念——"中间纪元"——也许可以作为对比。托尔金与奥登也有交往，后者还为前者写过诗。在《托尔金给出版商（米尔顿·沃德曼）的信》（1951年）中，托尔金写道："这是一个微光中的纪元，一个中间'纪元'，崩坏并被改变的世界首度登场……"（邓嘉宛译）。

这三个细节，我认为就是接下来这一大段诗的重点，在这段诗节中，奥登又从中国的局势转向世界史，现在我们继续朗读：

在这里，危险促成了一种国内的妥协，
内部的仇恨已化为共同面向这个外敌，
御敌的意志滋长得像兴起的城市。

因为侵略者像法官似的坚决而公正，
在乡村的小径，从每个城市的天空
他的愤怒既爆发给富人，也爆发给

那居住在贫穷之裂缝里的一切人，
既对那回顾一生都是艰辛的，也对那
天真而短命的，其梦想产生不了子孙的。

当我们在一个未受损害的国际地区，
把我们欧洲人的影子投在上海，
安全地行经银行间，显然超脱世外，

在一个贪婪社会的种种碑记下，伴着友人，
兼有书和钱和旅客的自由，我们却
被迫意识到我们的避难所是假的。

因为这使虹口变为一片恐怖和死寂，
使闸北变为哀嚎的荒原的物质竞争
只是一场大斗争的本地区的变种；

438　　　试论诗神

这场大斗争已经席卷了一切人们：
老的，少的，多情的，多思的，手巧的，
还包括那些认为感情是一种科学的，

那些把研究一切可增添和比较的
当做毕生之乐的，和那些头脑空旷得
像八月的学校的，那些强烈要求行动

以致连念一个字都不安地低语的，
一切在城市、荒漠、海船、港口房舍的，
那些在图书馆发现异邦人的往事的，

那些在一张床上创造自己的未来的，
各怀自己的财宝在笑声和酒杯中
自信的，或像水老鸦般发呆和孤独的，

都已使他们的全部生活深深卷入。
这只是一个战区，一个阶段的运动，
而那总体战是在死者和未生者之间，

在真实和伪装之间进行。对那从事创造、
传达和选择，并且唯有他意识到"不完美"的
稀见的动物，这战争在本质上是永恒的。

当我们从幽室里出来，在劳丰饮冰室的
温暖的阳光下眨着眼睛，想到大自然
确是人类的忠诚可喜的近亲，

第四讲　三首诗的"诗与真"

就在这时候,在每一块土地上
敌对的人们对峙着,原来我们早已
深入到发生伤亡的地域以内。

如今世界上已没有区域性的事件,
没有一个种族存在而无它的档案;
机器已教我们知道:对那无人道的、

落后的、除非报以绝对粗暴的否决
就不懂得讲理的愚昧社会来说,
我们的颜色、信仰和性别都是等同的

争端只有一个,有的制服是新的,
有的转变了阵营;然而战役在继续:
仍未获得的是"仁",那真正的人道。

这是历史上第三次大幻灭的世纪;

——在中国现场和世界史视野的交替叙述中,出现了那些无名的人,弱者,穷人,以及城市里文明化的平民,这些形象的出现,是一个铺垫——是为将要出现在后文中的一种形象,也是《诗解释》这首诗的"主角"——**积极生活的平凡人**——所进行的铺垫。在诗的结构上,中国现场和世界史这两种视野的交替叙述,即构成了前半部分的基本推进方式,为积极生活的平凡人的出现做准备。同时,我们也需注意到,与两种视野的双螺旋相平行,奥登还提供了两则发言,先是专制者的演说性质的发言(在中部),然后是回应性质的、积极生活的平凡人的发言(在诗的后部)。两种视野,和两篇发言,即构成了《诗解释》全文

试论诗神

的——堪称易于把握的——主体框架。

奥登的世界史演说继续：

> 第一次是那蓄奴帝国的崩溃，
> 它的打呵欠的官吏问道："什么是真理？"
>
> 在它废墟上升起了明显可见的教堂：
> 为人世共同失败感团结起来的人们
> 在它们的巨大阴影下像旅人结营而居，
>
> 他们确实的知识是那永恒之域：
> 那里有不变的幸福在迎接信徒，
> 也有永远的恶梦等待吞噬怀疑者。
>
> 在教堂下，一群知名和无名的工作者
> 并无他意，仅由于使用他们的眼睛，
> 不知自己在做什么，却破坏了信仰；
>
> 只用一颗中立垂死的星代替了它，
> 没有正义能来访问。自我是唯一的城，
> 每人在这囚室里寻索他的安慰和苦痛；
>
> 肉体只成了一架有用而得宠的机器，
> 听从爱的使唤和管理家务，而头脑
> 在它的书斋中同它自己的上帝对谈。
>
> 早自残忍的土耳其人攻下君士坦丁堡，

早自伽利略自言自语说:"但它是在移动,"
早自笛卡尔想"我思故我在",——那时起

即已在冲刷着人心的浪波,
在今天已经力竭,并静静地退去了,
而被退潮卷去的男女是不幸的。

——在此,奥登即已写到今天被我们所谈到的"世界的退化",以及被大退化的浪潮席卷而去的人们。奥登的诗句也许可以提醒我们,其实,这种"退化"一直在进行之中。"退化"本身也一直在运动不止,并不特定地属于某个愤世嫉俗者眼前的时代。

在过去,智力从没有如此发达过,
心灵也没有如此受压抑。人的领域
变得像森林一样敌视友善和感情。

由无害的牧师和儿童发明的机器,
像磁石般把人们从大地和泥土
吸到煤矿的城市,来享有一种自由——

使节欲者得以和无地者狠狠讲价,
由于这一行动而播下了仇恨的种子,
长期孕育在破屋和煤气灯的地下室里,

它终于堵塞了我们情谊的信道。
老百姓尝到了他们殖民的苦难,
这知识使他们疏远开,像得了羞涩病;

心情疑惧的富人们踱来踱去
在他们窄小的成功的天井里，每人的
生活方式都被扰乱；像窗台一样闯入，

恐惧筑起巨大的峰峦，对外面世界
投下沉重的，使鸟沉寂的阴影，
像雪莱，我们的悲哀对着峰峦叹息，

因为它把我们所感的和所见的隔开，
把愿望和事实隔开。那十三个快乐伙伴
如今变得阴沉，像山民一般争吵起来。

我们在地面游荡，或从床到床迷误地
寻找着家；我们失败而哀叹已丧失的年代，
向往于那时，"因为"还没有变成"好像"，

"可能"也还不是严峻的"一定"。卑鄙者们
听到我们哭，那些粗暴者原想以暗杀
平息我们的罪，已经利用我们的愿望了。

——这里需稍稍注意的是，英诗的一个传统写法，是把概念人格化，也即概念本身在诗中可以作为戏剧性的角色出场，例如雪莱就经常这样写诗。

他们从各方面提出无耻的建议，
如今在那具有康瓦尔形的天主教国家
（欧洲起初在那里成为骄傲的名称），

在阿尔卑斯北,在黑发变为金发的地方,
在德国,它那沉郁的平原像是讲坛,
没有一个中心,而今那无耻的呼声最响亮。

现在,在我们附近的这整齐的火山顶上,
(由于黑流,这里看不到塔斯卡洛拉海)
呼声比较安静,但也更不人道,更骄矜。

——接下来,我们将看到一幅由历代各国统治者组成的、漫画版的群像。它也让我想起海涅的一个构思,在海涅版的浮士德计划里(并没有写成,只作为一篇构思草稿留存下来),浮士德被女性的梅菲斯特化成的巨蛇缠住,同时,包括恺撒等人在内的历代统治者们,从地狱里冒出地面,围着浮士德舞蹈。在海涅的浮士德故事里,浮士德并没有被拯救,而是下了地狱。

在奥登的这段诗中,我们也将看到一场统治者的竞赛,他们的政治命运的竞赛,以及他们的意志的竞赛,在此,奥登写出了《诗解释》中的两篇互为对应的发言的第一篇:

通过有线电、无线电和各种拙劣的翻译
他们把他们简单的信息传给世界:
"人类如果放弃自由,便可以团结。

"国家是实在的,个人是邪恶的,
暴力像一支歌曲能协调你们的行动,
恐怖像冰霜能止住思想的潮流。

"兵营和野营将是你们友善的避难所,

种族的骄傲将像公共纪念碑一样耸立,
并把一切私人的悲哀予以没收和保存。

"把真理交给警察和我们吧;我们知道善;
我们能建立时间磨损不了的至善的城,
我们的法律将永远保护你们像环抱的山,

"你们的无知像凶险的海可以避邪,
你们将在集体的意志中完成自己,
你们的孩子天真可爱,和野兽一样。"

——这些诗行,堪称一篇简练的集权纲要。

所有伟大的征服者都坐在他们的讲坛上,
赋予那讲坛以他们实际经验的分量:
有焚燃学者的书籍的秦始皇帝,

有疯人查卡,他把男女分隔起来,
还有认为人类应被消灭的成吉思汗
和统治者戴奥克利先生,都热烈发言。

拿破仑在鼓掌,他曾发现宗教有益,
还有其他人,或则欺骗过人民,或则能说
"我将促其必行"的,如矮子菲德里克。

许多著名的文书也支持他们的纲领:
那对一般人失望的好人柏拉图

忧郁而迟疑地在他们的宣言书上签了名,

　　商君赞成他们"没有隐私"的原则,
　　《君主论》的作者将诘问,霍布斯将向
　　能概括的黑格尔和安静的波桑奎游说。

在这段诗中,国家主义哲人柏拉图是统治者们的秘书。这些诗节又相当于写了一种古典政治学的简史,对应于全诗开始的人类进化简史。在此,我们已经可以得出《诗解释》的结构图,是由三种清楚易见的二元对称构成:进化简史⟵⟶国家主义政治学简史,中国现场⟵⟶世界史,统治者的发言⟵⟶积极生活的平凡人的发言。并且,在上半部分罗列中国战争景中的众生相为铺垫之后,"积极生活的平凡人"(具有左翼色彩)则出现在后半部分。这套二元对称结构,推进得层次分明,工整有序。

　　每个家庭和每颗星心灵都浮动了,
　　大地在辩论,肥沃的新月争论着;
　　连通向某地的中途小城,那被飞机

　　现在施加肥料的沙漠中的花朵
　　都为此而争吵;在有高海潮和能行船的
　　河口的遥远的英国也是这样;

　　在西欧,在绝对自由的美国,
　　在忧郁的匈牙利,和机伶的法国
　　(嘲笑曾在那儿扮演过历史的角色);

——"嘲笑曾在那儿扮演过历史的角色",这是暗示伏尔泰。在这段对国家主义哲人和历代统治者进行漫画概括的诗中,也概括性地出现了一个曾被历史学家称之为"黑暗大陆"的两次世界大战之间的西方。

从"人类如果放弃自由,便可以团结"开始的几节诗,我想,大家可能也注意到了,它显然会让人联想起《1984》的那段工厂入口处的铭文,这不仅是某个小说家、某个诗人的焦虑,而是一种共有的焦虑,它不仅一度成为了现实,而且还可能再次成为。然后,诗人又回到"这里"——回到中国现场:

> 这里也一样;这些耐心的、被大米养育
> 又被封建堡垒的道德守卫着的家庭,
> 有成千户相信,上百万在信仰的途中。
>
> 我们的领袖毫无办法,现在我们知道
> 他们是白费心机,弄巧成拙的骗子,
> 只知乞灵于画廊的祖先,仍在追求那
>
> 久逝的光荣,但它的利息已经潜逃。
> 正如华伦海特在赛尔西阿王国的一角
> 会低声说到他一度测量过的夏季。

——然后接下来诗行,便是《诗解释》这整首诗的主干,是这首诗的柱石。这段诗非常重要,也是整首诗最具史诗性的部分,刚才我们说到的,在前文有序铺垫基础上的、整首诗的"主角",积极生活的平凡人,将在这段诗中出场:

> 尽管如此,我们还保有忠诚的支持者,

他们从未丧失过对知识或人类的信念，
而是热情地工作，以致忘了他们的三餐，

也没有注意到死亡或老年已经来临，
只为自由做准备，好似郭熙准备灵感，
他们静静期待它好似盼望着贵宾。

有的用孩子的坦率目光看着虚伪，
有的用女人的耳朵听着邪恶、不义，
有的选择"必然"，和她交媾，她诞生了自由。

我们有些死者是著名的，但他们不理。
恶总是个人表现和奇伟壮观的，
但善需要我们一切人的生活作证，

而且，仅仅使其存在，就必须把它当做
真理、自由或幸福来分享（因为，什么是幸福，
如果不能在别人的脸上看到欢乐？）

他们并不像那些为了证明自己富有
而只种瓜的人，他们不是作为特别高贵者
而被人记忆；当我们赞誉他们的名字时，

他们警告地摇摇头，教训我们应感激
那卑贱者的无形学府，是这些卑贱者们
多少世纪以来做出一切重要的事情。

而且像平凡的景色环绕着我们的斗争，
而且熟稔我们的生活，又像风和水
与染红每次日落的死者之灰相融合；

给了我们以面对敌人的勇气
不只在中国的大运河，或在马德里，
或在一个大学城的校园里。

而且在每个地方帮助我们：在恋人的卧房，
在白色的试验室，学校，公众的集会上，
使生命的敌人受到更激烈的攻击。

——接下来，"他们"的发言，对称于前文的那些统治者的发言：

如果我们留心听，我们总能听到他们说：
"人不会像野兽般天真，永远也不会，
人能改善，但他永远不会十全十美，"

"唯有自由者能有做诚实人的意向，
唯有诚实者能看到做正直人的好处，
只有正直者能有做自由人的意志。

"因为社会的正义能决定个人自由，
有如晴朗的天能诱人研究天文，
或沿海的半岛能劝人去当水手。

"你们空谈自由，但不公正；而今敌人

戳穿了你们的谎言,因为在你们的城市里,
只有步枪后面的人才有自由的意志。

"你们双方有一个共同的愿望,就是建立
一个统一的世界,欧洲一度就是那样:
冷面的亡命者曾在那儿写过三幕喜剧。

——这里第二次提到伏尔泰,显然,他是奥登在《诗解释》中的内在参照对象。不过,奥登见到的中国并不是伏尔泰想象中那个理想化的中国。

"别悲叹它的衰亡吧;那贝壳太约束:
个人孤立的年代已有了它的教训,
而且为了启蒙之故,那也是必要的。

"今天,在危急的血腥的时刻的掌握中,
你不打败敌人就自己死亡,但请记住,
只有尊重生命的人,才能主宰生命,

"只有一颗完整和快乐的良心能站起
并回答他们苍白的谎;是在正直人中间,
也只有在那里,团结才与自由相符合。"

——从"尽管如此,我们还保有忠诚的支持者"开始、全诗主角"积极生活的平凡人"出场的这段诗,是《诗解释》最令人感动的段落,也是我最喜欢的部分。奥登在这里以极大的情感力量和集中的笔力,写到**"他们"**——那些无名的工作者。只有"他们",而不是那些著名的公众人物或知识分子名流，不是那些"著名的死者"，才是生命的敌人的对立面。"他们"构成了"卑贱者的无形学府"，正是"这些卑贱者们／多少世纪以来做出一切重要的事情"，"而且像平凡的景色环绕着我们的斗争"。

从"如果我们留心听，我们总能听到他们说"开始的发言，对称于前文统治者的发言。可以把这段发言理解为，它是一种"反脆弱"的认识，是一种反对幻想的务实主义。正是这种观点，才是自由生活的基石，才是"积极意义体系"的基石。同时，"肯定性"的呈现，是以这些无名劳作者为主体的，而不是以个别现象，不是以某个"奇伟壮观"的事物——不是以某个具有克里斯玛力量的"超凡魅力者"为主体。秉承人本主义观点和英式常识观的奥登，他那诗人的智力会活跃于讽刺性的观察，却不会向大大小小的领袖人物递上赞歌。而且，接受"肯定性"，就是接受那种像"平凡的景色"一样环绕着我们的东西，那是"人之为人"的基石；接受"肯定性"，就是在平凡中保持热情的工作，就是保持成为一个正直的人。

一方面，这种观点是左翼的，另一方面，有基督教思想的背景。我们知道，诗人奥登的人生从前者走向了后者。但是，重要的是，这种观点——如埃里克·沃格林在《自传性反思》中所说——是真正帮助一个诗人和一个人，冲破知识分子集团，冲破特定的文化生活意境氛围，去找回"失落了的实在"的东西。

最后，是这首伟大的诗的结尾：

> 夜幕降临在中国；巨大的弓形的阴影
> 移过了陆地和海洋，改变着生活，
> 西藏已经沉寂，拥挤的印度冷静下来了，
>
> 在种姓制度下瘫痪不动，尽管在非洲

植物界仍然像幼雏一样茁壮生长，
而在承受斜射光线的城市里，幸运者

在工作，但大多数仍知道他们在受折磨。
黑夜快触到他们了：夜的细微跫音
将在夜枭的敏锐耳朵里清晰地振荡，

而对焦急的守卫则是模糊的。月亮俯视着
战场上像财宝一样堆积的死者，
还有那些在短促拥抱中毁灭的恋人，

还有载着海上亡命者的船只；在寂静中
可以清晰地听到呐喊声投入到
茫然无感的空间，它从不间断或减弱，

压过树林与河流的永恒的喋喋，
也倔强得超过华尔兹催眠的回答，
或把树林化为谎言的印刷机的轧轧声；

我现在听到它发自上海，在我周身缭绕，
并和那战斗的游击队的遥远呼唤交溶，
这是人的声音："哦，教给我们摆脱这疯狂。

打乱这冰冷的心的文质彬彬吧，
再一次强迫它变为笨拙而生气勃勃，
对它受过的折磨做一个哭泣的见证。

从头脑中清除成堆耸人听闻的垃圾，
纠集起意志的失迷而颤抖的力量，
把它仍集合起来，再散布在大地上，

直到有一天，作为我们这星体的供献，
我们能遵从正义的清楚的教导，从而
在它的激扬、亲切而节制的荫护下，
人的一切理智能欢跃和通行无阻。"

——这是一段非常动人的诗句："打乱这冰冷的心的文质彬彬吧，/再一次强迫它变为笨拙而生气勃勃，/对它受过的折磨做一个哭泣的见证。"那么，这样的声音可信吗？它是一种煽动，还是一种空洞的理想化呢？怎样判断它的真实性呢？

对于今天的诗人来说，"诗与真"的那种歌德式的古典内涵，也已经不再那么安全，不再那么顺理成章了。尤其是，发生了二十世纪的政治灾难之后，"真"就不再只是被生命哲学所定义，而且与现实政治息息相关。我们都知道，曼德尔施塔姆写诗讽刺斯大林，被流放到海参崴并死在那里。米沃什晚年写诗献给教皇，也是因为他对神学主题的关注，但我们很难想象他会写诗献给任何某个国家元首，他和布罗茨基一样，对世界政客们怀有深深的不信任。但是，沃尔科特会写诗赞美奥巴马，希尼则与克林顿据说有不错的私交，那么，他们在"诗与真"这一坐标上，又最终处于什么样的位置呢？尽管奥登善于辞令、文人作风十足，但至少我自己，作为一个读者，很难想象他会写诗赞美政治领袖，赞美罗斯福或者肯尼迪。一方面，他是个讽刺家，继承了英诗中自莎士比亚以降的那种对权贵的观察与嘲讽态度。一方面，尽管我们会认为，他对中国的"概述"的真实性不够，但是，他的真实性，也许更建立在**他的诗学意志拒绝与政治世界取得某种一致性**之中，他对现实世界的赞美与批评，都不会被来自政治世界的现象所决定，他不会允许诗顺应命令——不论是顺应必须的赞美，还是顺应必须的沉默。以美学自律为由的沉默，可能只是顺应了命令的一种体面的表现，尤其，当政治世界的存在本身就已经是一种命令了的时候。对现实表达的失败，不等于现实不值得被表达。仅仅通过对现实的沉默来表达与现实的距离感，这一点，可能是诗人的能力退化的表现。沉默虽然可能是金，但更可能的，是贫乏，是"现实感"的僵化和失去。因为，并不是沉默不语，而是创作者表达的真实性，才可以呈现出创作者与政治世界的真正距离感。表达的积极性，才可以显示"诗与真"的生动实质，而不是无所作为，否则，仅仅在一种自命不凡的审美形象、而非在平凡的积极性中获得的"诗与真"，就太省心和太虚假了。

有许多诗人，都在诗艺层面都对奥登进行了精湛的分析，我根本无望于和那些诗人相比，我只是作为一个在当代中国写作的汉语现代诗写作者，对于这首长诗留在汉语诗中的精神方向进行一点辨认。将近一百年了，这仍然是一首可能是最清晰明确的，关于危机境况中的中国人的精神生命，也关于中国人的不屈服的诗。在我的有限阅读视野里，并没有读到过第二首诗，像《诗解释》一样如此清晰、直接而毫不晦涩地说出过这些。我们自己，有的诗写得也非常直白和勇敢，或者说，非常酷，但在抗战时期、在"文革"后的一段时间里，却没有这么精炼、宽阔和富于概括性的诗，而且在诗艺上也不能与之相比。我想，和鲁迅的《野草》等作品一样，这首诗，也可以是作为我们的正确立足点的基石。从当代的各种思想资源来看，我们可能不会满足于这首诗，但是，相比为我们的浮士德式的欲望辩护，我更希望这样的诗还会产生，也希望自己能够写出这样的诗。但是，写出这种诗的前提，可能正是放下那种浮士德式的、知识上的自命不凡，并且敢于去聆听、去肯定和接受如"平凡的景色环绕着我们"一般的人的声音，在"无形学府"中，成为那些在平凡中热情地工作、无所谓成为"风和水"中的灰烬者的一员，并且，从"冰冷的心的文质彬彬",再一次变为"笨拙而生气勃勃"。

当然,奥登本人并不完全是这样的人,但是他懂得这样的人的价值。并且,正是这样的人的存在,才塑造了他与现实政治的真实距离,以及一个诗人对剧烈变动着的现实世界的态度。这是他的"诗与真"中的"真",并且一直允许以这样一种坐标来调试自己。

而我们的"诗与真"的情况是怎样的呢?与奥登同代的中国诗人的"诗与真",情况是怎样的呢?由此,我们可以回到米沃什的那首短诗《礼物》。穆旦——奥登的主要中文译者和早期汉语现代诗的主要诗人——在他的晚年(二十世纪七十年代)也写过一首与《礼物》类似的诗,这是我听过好几个朋友都表示最喜欢的一首穆旦的诗,也是我最喜欢的。我读给你们听,诗的标题是《冥想》:

1

为什么万物之灵的我们,
遭遇还比不上一棵小树?
今天你摇摇它,优越地微笑,
明天就化为根下的泥土。
为什么由手写出的这些字,
竟比这只手更长久,健壮?
它们会把腐烂的手抛开,
而默默生存在一张破纸上。
因此,我傲然生活了几十年,
仿佛曾做着万物的导演,
实则在它们长久的秩序下
我只当一会小小的演员。

2

把生命的突泉捧在我手里,
我只觉得它来得新鲜,
是浓烈的酒,清新的泡沫,
注入我的奔波、劳作、冒险。
仿佛前人从未经临的园地
就要展现在我的面前。
但如今,突然面对着坟墓,
我冷眼向过去稍稍回顾,
只见它曲折灌溉的悲喜
都消失在一片亘古的荒漠,
这才知道我的全部努力
不过完成了普通的生活。

这样的诗,在今天可能显得很老派,而且也是一首和米沃什的《礼物》一样,不应被高估的诗。它很简单,甚至陈旧,但令人难忘。两首诗的对比,是令人感慨的。《礼物》中的老人依然桀骜不驯,他的平静释然中依然有一种君主风度,一种斯多葛哲学家马可·奥勒留式的返璞归真。但《冥想》中的那个老人却非如此,他更卑微。而且,尽管米沃什的写作人生虽然历经坎坷,但他——以及包括在内的现代流亡作家们——的写作连续性从未被打断,而穆旦这一代中国人却被打断了。共同点是,这是两个保持了工作热情的平凡的老人。而且,穆旦这一代诗人的"诗与真"也很难是奥登那样的,他们在权力面前不堪一击,要么毁灭,要么停止自己的语言。我们都知道他们在建国前后,在"文革"中的命运,停止作为一个诗人的语言生命,写宣传意识形态的文字,把才能转移到翻译中,等等这些,构成了一种主流叙述。我个人认为,不论那种命运是怎样的,我们今天都无法苛责。正是因为他们,汉语现代诗的开端时期表现为一种生气勃勃的"笨拙",而非"冰冷的心的文质彬彬",而我们无法苛责那种"笨拙"。其实,汉语现代诗的开端就是这样的,它不完美、卑微、破碎、命运多舛,这种创伤特征也许依然存在于我们的语言中——并不是何种"伤痕意识",而是一种在"不完美"中的对自身的不断激活。因为,一开始,汉语现代诗就不是一种完美主义的语言。如果,有"完美主义"的声音出现,它可能是一种社会化的概念、是精英主义或"资产阶级审慎的魅力"对语言发出命令的结果。而如果汉语现代诗继续保持进取,在变化的材料与现实中继续探索自己的道路,那么,那条从"摩罗诗人"到"卑贱者的无形学府"、到积极工作的平凡人和无名工作者的道路,就很难是"完美主义"的。

下一节课,我们会读另一首更长的诗,也是我迄今读过的所有诗作中最喜欢的诗之一:米沃什的长诗《诗论》。《诗论》具有史诗性,同时也提供了一种反前卫主义,但却并非保守主义的诗学意见,这一点,我们会在关于他的下一节课上,结合他的文章《反对不能理解的诗歌》尝试做一些评述。

今天就到这里。谢谢大家。

第二节课

再谈"诗与真"
——以切斯瓦夫·米沃什的长诗《诗论》为例

> 地点：中国美术学院南山校区跨媒体艺术学院 4-405 教室
> 时间：2020 年 11 月 24 日（周二 13：30—16：00）

绪论。克服了人种学目光的"人"的形象可能是怎样的。——正是"无名者"的形象把我们置于对现实世界的正面遭遇之中。——奥登与庄学本，一种对比。——一个领域的"外来人"。——米沃什《反对不能理解的诗歌》。——诗是诗的裂缝，从而把诗带给诗的"外来人"。——"不能理解的诗"是"纯诗主义"的诗吗？——米沃什与纪弦，一种对比。——"原始现代主义者"：一种刻板化了的诗人形象。——被诗人刻板化了的自我意识，也配合了社会对诗人的刻板化认识。——既然"旧诗人"是一个"原始现代主义者"，"新诗人"是一个"文明的现代主义者"吗？——不同于"外来人"的，"本地人"的世界主义会是怎样的？——"新诗人"通过不去"做一个诗人"而成为一个不可预测的创作者。——客观性的失落。——左翼曾是"积极意义体系"的代表者。——叙事诗是对诗人缺乏客观性思维的"文化病"的治疗，也是在自我沉溺和专业化的社会环境研究之外的另一可能。——叙事诗人使现实性变得可疑。——

并非创作者的自我中心表现，而是创作者与客观性的关系才是文学中最有戏剧性的关系。——再谈"没有顺理成章的客观对应物"。——在今天怎样理解"对知识分子保持怀疑"？——"积极怀疑"与"消极怀疑"之别。——三种伦理：语言伦理、历史伦理和神学伦理。

关于《诗论》。《序诗》的反纯诗主义观点。——文学的秘教化、符号化从而不能理解。——先锋文艺家们却成为了世界的刻板化的表现。

第一章《美好的时代》。"青年波兰"和"文艺病"。——"一个纯粹之物，无视悲哀的大地事务"，这就是时尚。——"普通句法"。——判决"什么是诗而什么不是"的"长发缪斯"。——"青年波兰"的诗人群像。——"并非所有诗人都了无痕迹地消逝"。——以青年时代为标志的"美好的时代"，是否一种二十世纪现象？——"咖啡馆里的笑声/在一位英雄的墓地里的回荡。"——我们的"墓地"不是"英雄"的，而是无数"无名者"的时光墓地。

第二章《首都》。"七星诗社"。——青年诗人与前人之争。——"先锋派的寻常错误"与"接地气"。——"让我们抵达得更深吧。这是分裂的时代"。——"他们对一种民间力量的梦想/是一种受惊的艺术的遁词"。——一种现代"文人病"：轻视一切。——构成"共同体"的诗人全部不存在了。——那种"即便身为斯大林主义者"，也可同时侃侃而谈马克思与希腊人的人。——"诗无关道德"吗？——纯诗主义和文化相对主义者的美学禁令，是总体上的文化禁令的一部分。——什么是"未来读者"。——诗人的责任。——"我们需要粗野不羁地言说"。——米沃什版的二十世纪上半叶波兰诗歌史。——"初升的太阳的恐怖"。

第三章《历史精神》。在废墟中闲逛的"历史精神"。——在"历史精神"与"大地精神"之间。——我们今天也不知道"如何融合自由与必然"。——我们今天也"没有被教导",我们拒绝被教导。——康德的"知性的未成年状态"在今天的颠倒。——语言丧尸的行动性。——我们的写作最好情况下,可能只是"草草建成的路障"。——没有诗人能够为"灭绝的、仇恨的土壤"进行"洗地",没有这样的语言。——"密茨凯维奇对我们而言太难"。

第四章《自然》。近代博物学家视角的大自然。——大自然:"天真性"可以再生的世界。——"主观性的砂粒"。——"我要的不是诗,而是一种新的措辞",我们还有被这句话激发想象力的能力吗?——伪必然性。——结尾《颂歌》里的一段伟大的诗。——如同"魑魅喜人过",责备人的"魑魅",责备诗人的妖魔鬼怪,一直环绕着我们。——关于"我们需要有所作用"。——"无用性"过度地导致了我们的纯粹主义。——作为"偿还"的写作。——我们身处于"主观性的尘埃"和"死者的面庞"之间,我们自己也可能是死者。

结语。价值相对主义的绝对化。——对知识的恐惧,被表现为专业主义的"知识化"所掩盖并巩固。——如果遵守"长发缪斯"的美学禁令,就不可能产生奥登《诗解释》和米沃什《诗论》这样的诗。——美学禁令在现代世界的政治表现。——"先锋"就是一种反动吗?——修复被时代中的意识形态(伪必然性)所打断的"常识之链"。——对"普遍性"的理解,必然是不完美和实践性的。

绪 言

大家好。在座经历了上学期十节课的人，可能已经适应了我不用PPT的方式，但需要对新来的听者说明一下：其一，我感到在这里所说着的一切，似乎缺乏那种有必要转化为图像或者可视化文件的东西；其二，我希望，信息是从"听"而不是"看"之中产生，而且我们可以把注意力放在语言本身。今天，我们的主要时间用来读米沃什的一首长诗《诗论》。我可能有些贪婪：想在一节课的时间里评述《诗论》这种篇幅的诗作。《诗论》具有史诗性，而且，提供了一种我认为是反前卫主义的、但并非文化保守主义的诗学意见，稍后我们会结合米沃什的散文《反对不能理解的诗歌》，对此做出一点理解。

开始今天的主要内容之前，我想回顾上节课的话题并做一些补充。上节课的主要内容，是诗人W. H. 奥登关于抗日战争时期中国的长诗《诗解释》。上节课结束时，奥登对中国人身体形象的一种具有人种学色彩的描写——"幽默而少毛的民族"——引起了大家的一点议论。一眼看去，这是个"才子气乱冒"的英国文人对"异族"的一句碎嘴的、政治不正确的特征化描写。那么，一种克服了这类特征化描写的"他人"的形象，可能是怎样的呢？其实，奥登也在诗中给出了他的答案——这种形象，既与肖像的伦理有关，也许还和"无名者"的形象有关。

"无名者"的肖像不是一种美化了的、政治正确的肖像，而是：它必须有一种我们通过特征化概述——甚至，也包括**通过"刺点"所无法把握的正面性**。也就是说，"无名者"需要被正面地面对，一方面，"无名者"的形象是阿兰·巴迪欧所说的一种"独特的真实肯定"，另一方面，面对"无名者"形象的人，也正是**被"无名者"的形象置于对现实世界的正面遭遇之中**——我们可以借用米沃什的说法，就是："站在人这边。"

我想这可能正是上节课，大家对"幽默而少毛的民族"这句诗提出疑问的原因——大家认为，这种特征化描写以及它给出的**语言"刺点"**，显示了作者的一种局限。

几乎与 W. H. 奥登在中国活动、写下"我现在听到它发自上海，在我周身缭绕，/并和那战斗的游击队的遥远呼唤交溶，/这是人的声音：'哦，教给我们摆脱这疯狂'……"的同时期，上海浦东人、摄影师庄学本也在四川阿坝和青海果洛等地进行他的人种学肖像工作。可以说，庄学本对非汉语族群的肖像拍摄工作，也是一种关于"无名者"形象的正面记录（相对于特征化记录）。但我认为，在我们与庄学本的这种正面记录的肖像之间，似乎仍然存在着一种安全距离。庄学本所拍摄的肖像并不是那种特征化的或者美化的少数民族肖像，而是正面和诚实的，也正是因为如此——这一点颇为微妙——它才被我们接受了，使我们的观看得以置身于一种安全距离，可以安慰我们的对于不同于自己的他人的正面经验的缺失之感。

需要注意到的是：在中国活动时期的奥登，这样一个自恃聪敏的青年诗人，却也怀有一种伦理敏感。此伦理敏感即在于，对上述那种安全距离的警惕。虽然他显然也不会越出安全距离——他写下一首杰出的诗，然后就离开，回到他的欧洲。但是，我们可以把这一点视为《诗解释》的一个重要信息，因为——如果我们还记得奥登的诗句的话——在中国，他也感受到了一种**拒绝**："我们有些死者是著名的，但他们不理。"来自西方的"我们"，无法带着自己的特征性去面对"他们"。那个"他们"，被外来的观察者、青年诗人奥登理解和界定为，是那些在中国深处保持热情的无名工作者。

外来者与本地工作者之间的关系的基调，在现代世界中很早就奠定了。二十世纪的社会学、人类学关于这一点的讨论已经很多。皮埃尔·布尔迪厄在《实践感》的"绪论"里，有一句我认为是对此问题颇具概括性的观点：

关键并不是像人们通常做的那样，虚拟地使一个外地人接近想像中的本地人，而是通过客观化来远离任何外来观察者身上的本地人，由此使本地人接近外来人。

不仅是一个地方的"本地人"与"外来人"的关系，还有一个领域、一个"话语场"意义上的"本地人"与"外来人"的关系——例如当代文学写作和某个学术领域的"外来人"、当代艺术领域的"外来人"等等。例如我，作为一个文学写作者来到这里，也是一所专事美术教育事业的学院的"外来人"。

这里即可引入诗人切斯瓦夫·米沃什的观点。米沃什的许多文章和诗，都有一种有意识的促使文学去面对文学的"外来人"的意图。

正 文

散文《反对不能理解的诗歌》是米沃什为他编选的一本诗集所写的序言。肯定会有人认为，米沃什本人的诗作也并不是很好理解，例如我们今天会细读的长诗《诗论》，会被望文生义地视为那种"用诗来写论文"的诗。那么，什么样的诗是"不能理解的诗"呢？

米沃什在文中写道："我编选这本诗集的目的超越了文学的领域。"这意味着，他编辑这本诗集是面向文学的"外来人"、面对"写诗"这件事的"外来人"。他继续说："普通人所感与所思甚多，但他们不能研究哲学，无论如何这通常不会给他们提供更多东西。严肃的问题通过创造性作品来到我们身边，从表面来看，它似乎只有艺术性，就像它们的目标一样，即使它们装满了每个人向它提出的问题。也许，正是在这儿，在环绕诗歌的墙壁这个地方选择一道门，把它打开，让它把诗歌带给所有人。"

一方面，米沃什先是界定并肯定了，只有"创造性作品"才能把"严肃问题"带给人。另一方面，为了"创造性作品"不成为自我循环的回音壁,它还需要一道**裂缝**——进一步说,只有"创造性作品"才会产生这种裂缝——需要一道门,把诗带给人。

由此,我们可以先读一首米沃什的短诗,这首短诗即是对他以上观点的扼要说明,诗的标题便直接以"诗艺"为题(粗体部分是我加的):

诗艺

乔亦娟 译

我一直在渴求着一种更为开阔的形式
不受诗歌和散文的要求的限制
它使我们相互理解,而不必将
作者或读者置于崇高的痛苦境地。

在诗歌的本质中有着某种粗鄙的东西:
它产生了,而我们并不知道它源于自身,
于是我们眨着眼,仿佛一只老虎跳了出来
站在光亮中,使劲摇尾巴。

因此我们理所当然,说诗歌听命于一位守护神,
然而声称他必定是位天使却有失夸张。
诗人的骄傲从何而来令人匪夷所思,
他们频频暴露弱点使自身蒙受羞耻。

什么样的理性之人愿成为一座恶魔之城,
魔鬼们操着各种语言,像在家中行事,
并且,不满于仅仅窃取他的唇和手,
还致力于改变他的命运,为了魔鬼的方便?

的确，病态的东西在今天受到高估，
因而你也许会认为我只是在开玩笑
或是我又发明了一种方法
借助于反讽来赞美艺术。

有一个时期人们只读那些智慧的书，
它帮助我们承受不幸和苦痛。
毕竟，这和浏览那些来自精神病院
成千上万的新作有所不同。

然而世界和它看上去的并不相一致
我们也有别于胡言乱语中窥见的自己。
人们因此以沉默来保持正直，
并赢得亲人和邻居的尊敬。

诗歌的目的是提醒我们
要坚守一己的存在何其困难，
因为我们的屋门敞开，门上没有钥匙，
无形的客人们随意去了又来。

我在此写下的并不，我承认，并不是诗，
因为诗应当写得稀少而勉强，
出于忍无可忍迫不得已，并怀着这样的希望：
是善的精神而非恶的精神，选我们作为工具。

——《诗艺》这首诗（我们稍后再谈到它），可以用来与长诗《诗论》的"序诗"对比。两首诗说的是同一件事，是同一种观点的两种变奏。现在，我们还需要再稍稍回到《反对不能理解的诗歌》中的那个语句："也许，正是在这儿，在环绕诗歌的墙壁这个地方选择一道门，把它打开，让它把诗歌带给所有人。"——诗人说，诗要成为诗的裂缝，诗要成为诗的具有激发性的不完美状态，由此，诗才成为把自己带给人们的方式，成为文学／诗的"外来人"的"门"。这看起来是一种很普通常见的平等主义观点，但是，在现代世界中它的命运却并不顺利。而且这种观点自身也是现代美学思想的产物。那么，与它对抗的对立面，它所反对的那种"不能理解的诗"是什么呢？我个人认为，是一种"早期现代"的纯诗主义。

前天我读到一篇文章，关于一位汉语诗人——很大程度上他是米沃什的同代人：诗人纪弦。文中对于以纪弦为例的"诗人"这一形象，进行了如下概括："故意把世界树立为自己的敌人，孤冷狂傲，神经质的内省，行为举止的表演性"，以及，这样的诗人"是个感情脆弱而个性又很强的人。因了前者，他是比谁都容易感伤，因了后者，'恨'在他心中又特别容易产生。他很容易同别人冲突。他不满于环境。所以他反抗性也就很重。当他的烦闷，憎恨，没有一种正确的信念去指导和安慰他时，必然的使他写诗来发泄这情感。"

文章还写出了诗人纪弦的生活与言论的时代背景："战前上海的都市环境及其机械文明，不禁让他（指纪弦）萌生对于'二十世纪的万魔之魔的诅咒'。上海之沦为孤岛造成惨淡的社会气氛和贫瘠的文艺生态，一位文化人哀叹道：'上海在过去，不但是远东第一大商埠，也是中国文艺界的唯一中心地，自从我军西移后，为了环境的特殊，经济上及贸易上顿失去了它的重要性，同时也形成了文艺界空前未有的枯竭状态。'"

文章继续写道："不难理解，路易士（即纪弦）为何频密制造出一幅幅畸零人的诗歌肖像：'独行的歌者'、'摘星的少年'、'孤独的饮者'、'裸体的画师'、'索居的隐士'、'执拗的筑塔人'。……既然诗歌是'小众'的、'私己'的事业，既然诗人与社会大众存在难以逾越的鸿沟，所以,路易士干脆高傲地把自己封闭起来,享受着自虐虐人的快感。……在救亡运动高涨的四十年代……对任何变革力量持有傲慢和偏见,在大势所趋的边缘化处境中,路易士(纪弦)扮演着一个捍卫审美自主性的'诗歌烈士'的角色,他发展出一套主题重复、风格过剩的'抵抗诗学',其上铭刻他对'社会现代性'的欲望与焦虑、认同与迷失,也刻意回避有关民族正义的思考,甚或夹杂一种王尔德式的自恋、自大、自虐与自我表演的面影。"

超人、孤独者、先知、天才、病人,这种早期现代主义的诗人形象,与二十世纪早期的纯诗主义有关。我想把这种诗人形象,称为一种"**原始现代主义者**"。

诗人纪弦从二十世纪四十年代末前后开始活跃,人生轨迹以上海到台湾为主线。他的作品,我个人并不认同和喜欢。但我认为他具有一种**典型性,可以从他,回顾一种刻板化的诗人形象,以及被诗人们自己刻板化了的自我意识**。并且,这种自我意识也配合了社会对"诗人"的刻板化认识。

不论是左翼的"无名者"形象,还是米沃什在《反对不能理解的诗歌》、也在《诗论》的序诗和刚才我们朗读的《诗艺》中,都指出了另一种"**新诗人**"的形象——至少在二战前后,这是一个"新诗人"的形象,一个更"**站在人这边**",而非更有诗人气质的人。

既然那个"旧诗人"是一个"原始现代主义者",那么,"新诗人"是一个"**文明的现代主义者**"吗?我想,也并不能做这种二元论的对比。但是奥登、米沃什这样的诗人和现代人文主义者,显然更关注文化的秩序性,而不是一个无序的时代。在无序的时代,好比《诗艺》中的一句诗所说,"病态的东西受到高估"。需注意的是,这些诗人的秩序意识不同于国家主义的秩序。这些诗人的秩序意识,属于战后人文主义者的一项试图共同构建的精神事业,它与欧洲人文主义者的公共精神观念、也与一种不同于现实政治的"**精神民主**"息息相关。还需注意到,这些西方的世界主义者，正是以这样一种基于"精神民主"的秩序意识为理念背景和前提，才走向不同于他们的族群，才成为世界各地的"外来人"。

那么，"本地人"能够产生的世界主义会是怎样的呢？一般来说，有两种方式：其一，是寻求一种不只是被欧洲人文主义者所定义的世界主义；另一种，是成为一个"原始现代主义者"，生活在自己愤世嫉俗的、孤独的梦幻家园中，就像我们在一些当代人类学纪录片里所看到的失落的少数民族诗人那样。在今天，两种方式的区别与表现将是怎样的呢？对此我同样也没有答案。

"新诗人"不是仅仅区别于那个"旧诗人"就够了，还需要通过**不去做一个诗人**而成为一个不可预测的创作者。当然，今天我们都很容易想到：一个创作者是不是"诗人"、是不是"艺术家"并不是非常重要，而且这种观点本身并非一个"前卫观点"，而是在历史之中就一直存在着。其实并非创作者的"身份自我中心"的自我意识，而是这种观点，一直是推动文学和艺术发展的内在动力主干。诗人、艺术家的"主体化"是很晚近才发生的事情，而且也是一个"早期现代主义"现象。

与那个"原始现代主义者"、与那个"旧诗人"所不同的是，另一种诗人，是对诗人的主体意识和自我中心视角的自我质疑，也是诗人对自己的，以及"诗的危机"本身的一种自我提醒。与自我中心视角的"原始现代主义者"不同的诗人，也并不能仅在内容题材、艺术观念等这些美学做法方面的事情中表现出区别，而是，必须去在一种具有综合性的实践中呈现出区别。那么，这是一种怎样的实践呢？是去做田野，还是社会介入呢？或者只是持续一个"写作者"的志业，按照自己真正所想、所愿的那样去创作呢？刚才，在我们引用的那篇皮埃尔·布尔迪厄的文章里，作者还有另一句令我难忘的话（我曾把它写进了诗剧《MAO》里）：

尽我最大可能把一个非常艰难的职业做好，这个职业旨在促成被压抑的东西的再现，并当着所有人的面说出没人愿意知道的东西。

可是，如果这个句子脱离布尔迪厄的语境，则会是模棱两可的。我们都知道，一种基本的阅读道德是：理解任何一句引文，至少要回到这句话出处的上下文中，尝试从作者的语境去把握。但是，苏格拉底很早便告诉我们，说出去的话是泼出去的水，无法收回，也无法控制它在社会流动中变成另一种东西。布尔迪厄的这句话，也可以被负面性地使用——照今天的一个流行词来说，也是可以被"逆练"的。比如，所有对我们愿意肯定的那些价值进行攻击的言论，都可以声称，它同样也是在"促成被压抑的东西的再现，并当着所有人的面说出没人愿意知道的东西"。

因为，**客观性失落了**。于是当人们听到"没人愿意知道的东西"时，也没人愿意辨别和验证，因为准则失落。这是无序的时代——以及，一个"对知识的恐惧"的相对主义时代的基本境况。相对主义变得越来越绝对化了。（推荐给大家《对知识的恐惧》一书，是对当代相对主义的批判。书很薄，读它应该不会花很多时间。）

米沃什属于二十世纪最后一代具有秩序意识的现代诗人，或者说，是那种从"文明的现代主义者"逐渐成为的传统人文主义者。他们的写作，也许是离我们最近的一次将存在经验秩序化的努力。就米沃什而言，这种对秩序的需要，可能也与他对消失了的祖国立陶宛的祖先记忆有关。这也是战后欧洲流亡知识分子的一种共性——在埃里克·沃格林这样的思想家身上尤其显著：这是离我们最近的一些，对于知识伦理、语言伦理、历史伦理和神学伦理，在现代世界的剧变时代进行了秩序化表达的人文主义知识分子群体。同时，他们并非"后现代主义者"，他们是深刻的知识人，但并不生产"前沿知识"。

上节课我们谈到奥登诗中所写的那种"积极生活的平凡人"，谈到

"重新理解平凡性"的问题；以及，"肯定的火"为什么是需要反压迫者的"无名性"才是有生命的。但如果"历史地去看"，奥登当时的观点也可以放在"反法西斯阵线联盟"这一时代讨论之中去观察，例如其中的一个命题是：谁是"反法西斯阵线联盟"的主体。彼时，是人类社会的一个剧变时期，是许多知识人的思想兴奋期，也是认知结构转变的时期。左翼思潮不仅积极介入，并且促成这一转变。而且在此时期，左翼还未公开显现出它那官僚化的一面。在此时期，左翼取得了"积极意义体系"的代表者位置，不论最后它是否只是一种政治幻想。对于想要参与成为一个新时代主体的作家和艺术家们而言，失去那个"积极意义体系"，可能就失去了"现实感"。

还需注意到的是，其艺术敏感性并未在政治意识形态潮流中窒息而死的创作者们，不仅摆脱了"早期现代主义"的"超人"与"苦闷者"形象，也试图摆脱后来在政治意识形态潮流中涌现的"新人"/"社会新人"的形象。当然，更常见的情况，是在两者之间摇摆不定。同时，艺术和文学创作者们也转而关注时代潮流中微弱的个体和沉寂的事物，但这种关注，也许仍然是左翼思想经过了一个心路历程之后的一种内在结果：从近代启蒙主义产生的"人"这一主体，只能在保持"平凡性"之中才是有可能获得生命力的。这是基督教观点与左翼观点在漫长的思想史争论之后的结合的一种内在化。

但是，对于文学写作者来说，他们与"平凡性"的关系，同时还指向他们与客观性的关系。对于一个创作者（他不是社会工作者，不是学者，不是从政者）而言，不论他选择平凡，还是追求不凡，都不能代替那个只有从其创作活动中呈现出来的美学事实。所以，我们可以缩小一点范围，可以谈谈"平凡性"对于"诗人"这种人来说意味着什么。

近现代文学的一种具有开端意义的现象是：诗人可以摆脱神权，也摆脱象征主义和唯美主义，以叙事诗的形式去写"民族主题"。许多现代诗人，例如罗伯特·弗罗斯特，以构思一个短篇小说的方式去构思和创作叙事诗。如果诗人选择写一种叙事诗，常常就意味着从**"颂神诗"**演变而来的那种绝对主义和纯诗化的诗，便不能再支持一个叙事诗人，不能构成用来创作叙事诗的材料、视角和主题。

对于诗人，叙事诗是对他的主观性、对他缺乏客观性思维的"文化病"的一种治疗，而且，也是在**自我沉溺与专业化的社会环境研究**之外的另一种走向"新的写作实践"（罗兰·巴特意义上的）的可能。叙事则必然涉及现实性，这便与那种超尘绝俗的、或者唯美主义诗人的观念分道扬镳。但是，叙事诗并不是"真实故事"，不是对现实的模仿。如果诗人关注他的材料与主题的现实性，关注事情／事件的现实性，并希望提供一种具有诗学发现意义的叙述，他便应当**迫使现实性变得可疑**。他应当使现实性的价值不再那么稳定和显著，不再能够被社会化地预判。这种预判，往往是未经分析和惯性强大的。他（诗人）应当使现实性的意义变得岌岌可危，用诗句将其推向变化的边缘。诗人并不因"叙事"而摆脱美学要求，而是：美学要求本身变得动荡不定了。诗人因此不能追求完美主义，而是要在一次次的不完美性中去激发自己的写作。这也意味着：并非创作者的自我中心表现（不论是唯美主义的、还是纯诗主义或绝对主义的）与世界的冲突，而是在创作者的工作（作品的完成只是其中一部分）中产生的创作者与客观性的关系，才是文学中最富戏剧性的关系，而且，也可能是一种最内在的关系。当然，它常常也是令人痛苦的。

去年，我们在谈 T. S. 艾略特时，提到他关于"客观对应物"的著名观点。大家可能还记得，我们谈到：在当代世界可能已经没有一个为你准备好的"客观对应物"等待在某地、某个族群之中，你可以通过某种田野工作去发现、去应对和回应。并没有这样一种顺理成章的"客观对应物"。在"客观对应物"面前的失败（大家可以参考去年的相关内容），是一种新世纪的反思。而在上世纪的较早时期，文学和艺术创作者从"无名的诸众"寻求"客观对应物"，仍然受到天主教观点和共产主义观点的支持。但是，经历了这种失败的创作者，相比没有经历它而获得了某种美学成功与社会成功的人，也许是更可贵的。可贵在于，经历了这种失败的创作者，其失败中所呈现的真实信息令失败获得了一种意义，或者一种独特的积极性，这时我们可以看见：一个值得认真对待的创作者，是用一种内在的必要性取代了炫耀的创作者。我们无法从"原始现代主义者"——比如从纪弦式的诗人身上，看到这样一个创作者。

《反对不能理解的诗歌》这篇散文中的观点，也不时浮现在我们今天要读的这首长诗《诗论》中。

我们还可以稍稍回顾一下现代汉语自身的语境。可能我们都听或读到过这句话——上世纪八十年代，诗人海子说，"诗不是一场修辞练习，而是一场大火"。但是，诗也可以不是一次性的大火，而是渐进的地貌和动身勘察，尤其是在奥登、米沃什这样的现代人文主义诗人那里。并且，如同米沃什的《诗艺》中的观点，也许对于一个不再是"原始现代主义者"的诗人来说，接受"平凡性"，而非重复那种陈旧的艺术家英雄的"超人"自我，对于写作来说可能才真正是具有冒险性的。

读长诗《诗论》前还需要了解的一些背景：其一，米沃什是个"灾变论者"，并非庸俗的末日论，而是有严肃的神学观点支持。米沃什的一个比较悲观的观点是：在两次世界大战以后的现代世界，一个写作者与前人较为不同的是，前者尤其面对末日——文学与事物的双重末日。一个现代创作者，就意味着他目睹并面对着这种末日而进行见证性的写作。其二，米沃什写作中的一个从青年持续到晚年的主题，是一个"天真大地"所能够带给人的希望感，这是一种从远古而来的希望，在米沃什的人生后期也得到了神学的支持。

其三，米沃什还有一句话，大意是（抱歉我忘记了原句）：我读过很多书，但并没有帮助我增进对根本问题的理解。而这也涉及一个具有普遍性的问题：人对自己的语言和思考进行"知识化"这一行为的失败。可是在今天，不论现实本身具有怎样的失败性，知识却在不断发出胜利之声。也许,对于米沃什这种上世纪的比较老派的人文主义者来说,承认知识的失败,仿佛只是一种属于上世纪的,或者那个时代的资本主义社会中的知识分子的道德感。在现实世界中,政治、文化和社会意见常常不是建立在"智识"基础上的,而是一种**活跃分子思维**,是后者的"自我知识化"(我杜撰的词)。但今天的一种症状是,"知识分子"与"意见分子"思维的差异,已经并没有知识分子们认为的那么大了。两者的区别已越来越小。那么,今天,怎样理解"对知识分子保持怀疑"这一具有强烈自反性色彩的命题的积极意义呢?根据什么来怀疑?在何处、在哪里怀疑?怎样怀疑?怀疑的目的为何?这一切,均未被重新说出。但我们都知道——甚或过分地知道——这一命题在过去不久的历史中被扭曲和篡改了,而且后果惨痛。

我们也都知道,没有任何"原意"会在时间中不经解释地保存。对意义的扭曲篡改是历史运动的主要表象。所以,在那些持米沃什观点的、上世纪人文主义知识分子那里,我们会看到一种斗争,这种斗争——不仅是"求真意志"的斗争——还是把"**积极怀疑**"从"**消极怀疑**"的极端化,也即历史篡改中区分开来,主动把它置入现实的斗争。继续篡改本来应当具有再生性的、精神生命的潜力,并且篡改者继续进行对自我的"知识化",这种情况,米沃什把它抨击为一种"恶意的虚无主义"——他还进一步说,这是一种"躲藏在左翼面孔之下的右翼意识"。诗人对这一切的思索,也都蕴含在《诗论》这部长诗中。

长诗《诗论》和奥登的《诗解释》一样,虽然内容丰富,却勿须做过度地、逐字逐句的"细读式"阐释。如前所述,米沃什"反对不能理解的诗歌",所以,诗人行文造句也非常明练可读。

我不知道大家是否都比较熟悉切斯瓦夫·米沃什这个诗人,所以在读这首长诗之前,我想,应该还是有必要提供简短的生平介绍。

1911年6月30日,切斯瓦夫·米沃什出生在立陶宛维尔诺(现维尔纽斯）附近的一个农庄。1934年他在法国上大学，直到1936年回波兰期间开始写作，和朋友创办了一份名叫《火炬》的文学刊物和同名文学团体"火炬社"。这一伙人，号称波兰文坛的"灾难主义诗派"。这几年中，他开始出版诗集。1939年，二战爆发，苏德瓜分波兰。他的故乡——苏联红军统治下的维尔诺——已面目全非。早年那些先锋派诗歌小圈子像"纸房子一样倒塌了"。他匆匆逃离，穿越封锁线，回到华沙，然后加入左派抵抗组织，从事地下反法西斯活动。1943年，米沃什目击华沙犹太区惨案，并写下了他作为见证者的著名诗作《菲奥里广场》。

今天如果有哪个诗人敢于就这一类事件，立刻进行"紧急写作"，那么他很可能会立即被评判为：抓住重大事件为自己进行意义添加的机会主义创作者。

1944年，华沙被德军劫掠，米沃什和一些作家、艺术家躲到克拉科夫城避难。1945年，苏军攻占柏林，德国投降。在克拉科夫市政当局的要求下，米沃什被迫离开，因为他被怀疑是共产党的同情者，以及对立陶宛人和白俄罗斯人抱有好感。在一些朋友的帮助下，米沃什被任命为波兰驻美使馆的文化专员，常驻美国。1951年初，他因为不同意当局的一系列文化政策，从任上出走，向法国申请政治避难。1960年他移居美国，成为加利福尼亚大学伯克利分校斯拉夫语言文学系教授。1980年他获得诺贝尔文学奖。1990年代初他又返回波兰克拉科夫居住，之后一直往返于波兰与美国之间。他去世于2004年8月14日，活了九十三岁。

以上的生平简介有助于我们理解《诗论》。这首长诗由四个章节构成，我们需要注意四个章节的小标题下标注的时间：既是波兰的，也是二十世纪上半叶人类世界的四个重要时间段。

还需在读诗之前预先说明的是：从T. S. 艾略特提出的，那个已成为现代诗学的基本观念的"非个性化处理"开始，诗人在主动寻求"客观性"方面的探索，在现代世界，也存在着一种诗学观念上的变迁。米沃什这样的诗人，在"客观性"方面的探索则具有强烈的政治性。对于现代诗人来说，对自我的"非个性化处理"并不等于"走专业主义路线"，不等于"技术流"。专业主义可能是这样一种症状的表现：并不是无知，而是无知的"知识化"——这意味着一种新的法利赛人格，它是一种通过"专业主义"表现出来的自我中心主义。诡异的是，一种经常具有未来主义和专业主义面相的自我叙述，它的主体形象却是"早期现代"的——也即"原始现代主义"的。

对于米沃什这样的人文主义者来说，"非个性化处理"和寻求"客观性"，即意味着去**正面遭遇伦理维度**；即意味着：创作者要从以专业主义为表象的自我中心主义中"出走"，走向一种语言伦理——后者，稍后我们在读《诗论》序诗时会边读边谈。

诗人要负担三重伦理。除了语言伦理，其次是历史伦理。我们可以注意到，在《诗论》中，一个具有历史家意识的诗人，怎样对一个时代进行非法官式的总结。西方诗人的第三种伦理，是神学伦理。米沃什晚年走向了神学伦理，但是，明显的神学伦理在《诗论》这首诗中还未出现，而是出现在诗人晚期的许多天主教主题的作品中。长诗《诗论》全篇的结尾，是一个西方人文主义者的"颂歌式论述"——我们会注意到，那也是一种前基督教时代的声音，是对贺拉斯这样一位古罗马帝国诗人的跨时空回应。

三种伦理，分别指向语言、历史和信仰。而信仰，是在人的精神生命与现实世界之间建立的一种整体性的关系。三种伦理，也是诗人从"特殊性"走向"普遍性"的三种必要条件，同时也是对那个作为一种"现代病"患者的、自我中心主义的"原始现代主义者"的治疗。

现在，我们开始读米沃什的这首长诗《诗论》，我用的是一位当代汉语诗人连晗生的译本（诗中粗体部分是我加的）——

诗论

连晗生 译

序诗

首先,平易的言辞在母语中。
聆听它你会看到
苹果树,一条河,路的转弯,
如同在夏日闪电的一亮中。

而它应比画面包含更多。
节奏引诱它进入存在,
美妙的音乐,一个白日梦。无所防御的,
被这干燥的、尖锐的世界所经过。

你总问自己为何感觉羞耻,
每当你读一本诗集。
仿佛作者,由于你未明的原因,
对你天性最坏的一面致辞,
搁置思想,欺骗思想。

诗,用反讽调味,扮着小丑,
开着玩笑,仍知道怎样愉悦人。
然后它的优点备受赞许。
但严峻的战斗,在生命攸关之处
用散文交锋着。并非一直如此。

而我们的遗憾还**未曾坦白**。
小说和评论有用却不持久。
一个清澈的诗节比详尽散文的
整辆运货马车承载更多的分量。

（译者注：《序诗》的翻译以米沃什和罗伯特·哈斯合译的两个略有差别的英译本为基础，对照了波兰原文和法文版，并参照了诗人张曙光的中译本。）

——这首《序诗》简练并看似明了，但我们需要注意一些关键词——比如"平易的言辞"，以及：诗人认为"严峻的战斗在生命攸关之处"，是"用散文交锋"的。然后米沃什说，诗人们对此的遗憾，还没有被诚实地坦白说出过。我们可以再回到奥登的那句"聪明话"："幽默而少毛的民族。"那么，对于米沃什来说，可能这就是一种用"反讽调味，扮着小丑，/开着玩笑，仍知道怎样愉悦人"的诗句。

这首《序诗》中——勿忘对比前文中的那首《诗艺》——呈现的一种观点是：诗人不介意他所写的是不是一首"诗"，但它最终**只能是**诗。这是一种与"旧文学"的区别：不介意是不是一首"诗"的诗，是一种对超人主义和纯诗观的治愈，是一种**出走**。在米沃什那里，主观的、唯我独尊的"原始现代主义"的风格，是一种"旧文学"的意识。但是，米沃什并不反对神秘主义，而是关心神秘主义的去权威化，以及神秘主义在文明进程中的秩序化表现。米沃什关注像斯威登堡这样的神秘主义者，在多篇散文杂论中都做出过一定的辨析。

《序诗》还提到了现代诗历史中的一个至今仍争论不休的问题：散文化。

纯诗主义者往往认为，"散文化的诗"就不是诗（当然这种批评如果用于现代法语散文诗人以及惠特曼的传统，除了引起刻板的对立，在理解诗人"在做什么"方面是完全无效的)。但是，米沃什所指的"散文"，不是指诗句可以写得像散文，而是指：诗要去处理**非诗情画意**的内容。

说来也很奇怪，"纯诗"是一种晚近才产生的观念，不是古典主义的，也不是现代主义成熟期的，而是"原始现代主义"的。米沃什自己的方式，往往是在一篇作品里，在诗节和散文片段两种形式之间自由切换，以形成一种**综合化的**文体。诗人切斯瓦夫·米沃什的主题、谈话方式和高度精神化的声音，始终运动在这种文体中。

当我们以"诗的创造"来接近《序诗》中的那个"干燥、尖锐""用散文交锋着"的世界时，就既不能对"什么是诗"再做单一化的理解，也不能再对这个世界做单一化或者绝对主义的理解——尤其是，我们不能再认为，我们在接近"诗"的时候，是在接近一件诗情画意的、可以抚慰情感按摩心灵的事情。如果是这样，也许我们就会对从莎士比亚至今的无数形式不同，主题和内涵彼此矛盾但又异常丰富的诗作——以及去年我们所说的"文学主流"——失去理解的可能。尤其，要警惕一种早期现代主义的**诗教**，一种对情感伦理和美学意境进行神圣化和统一化的方式，因为如果那样做的话，文学的历史指涉和政治指涉的能力，及其已有成果，将会被大幅度削减。从而，文学本身将会变得**秘教化**、符号化从而**不能理解**。

在此，关于米沃什所说的"反对不能理解的诗歌"，我们便可以理解为：正是反对诗的这种表现为秘教化和符号化的末日倾向。这是一种语言的终末倾向。然后，写作／写诗，就是**对这种终末倾向的不断阻挠、袭扰和抵抗**。进一步说，写作／写诗就是通过阻挠、袭扰和抵抗语言和世界的终末倾向，从而给"人"以容身的空间。

刚才，我们通过诗人纪弦谈到了"原始现代主义者"身上的一种现象：政治暧昧。比如"未来主义者"和"颓废唯美主义者"意大利诗人邓南遮，从具有政治暧昧的美学家成为政治投机主义者。这是米沃什许多散文的主题,例如《被禁锢的头脑》。为什么,先锋主义文艺家们以及极端个人主义的文化人,会在政治潮流中失去政治辨别或者"变质"呢?为什么,唯美主义者会为纳粹服务?米沃什在《被禁锢的头脑》中还写道,一场浩劫刚刚过去,道德家们就光滑而灵活地开始"反思"了。这种批评,不由得也让我们联想起"伤痕文学"。后者是"反思"的一种简易方式吗?那么,头脑是被什么禁锢的呢?这些诗人、艺术家,曾经是新事物的追求者,本身却是一些晚近才产生、但迅速**刻板化**了的文化观念的表现。这些本该是带来文化活力的创作者,这些"早期现代主义者",却走向了相反:他们成为了语言和思维方式的刻板化表现。正是这种刻板化使他们失去了政治辨认,在政治意识形态潮流中成为异化者。这些先锋文艺家们,成为了现代世界的刻板化的表现。米沃什这样的战后人文主义者的观点是,只有那种保持了**正常性**的、文明的现代主义者,保存了某些价值——今天,我们都会慎用"永恒价值"这样的说法。所以我们只用一种中性的说法:是一种悠久的、正常化的价值,把人的头脑从"保守主义"与"未来主义"的双重禁锢中解放出来。今天,我们不难发现,自己也身处"保守主义"与"未来主义"的双重诱惑中。

我们开始读《诗论》正文(诗中粗体部分是我加的)——

一、美好的时代

(克拉科夫,1900—1914)

——小标题下面的时间,1900—1914这一时间段,是从二十世纪初始至一战开始前的十四年。

长诗从一幅早期现代主义者嬉游其中的风俗画开始,从青年人聚会的公共空间——饭店、酒馆、咖啡馆和街道写起。诗人从记忆呼唤一座城市的形象——在诗人的语言中,也在当时文学家的语境中,它指向另一个名字:"青年波兰"。

马车夫在圣玛丽教堂的塔旁打盹。
克拉科夫小如彩蛋
刚从复活节的染罐取出。
披黑斗篷的诗人们在街上闲荡。
今天没人记起他们的名字,
然而他们的手一度是真实的,
他们的袖扣在桌上闪亮。
一个侍者领班取来架上的报纸
和咖啡,然后像他们无名地
消逝。缪斯们,披着长披肩的拉切尔们,
别起发辫时舌头舔住嘴唇。
现在别针和她们女儿的骨灰放在一起,
或在一个玻璃盒,挨着缄默的海贝壳
和一朵玻璃百合花。新艺术的天使们
在父母家黑暗的盥洗室,
沉思性与灵魂的关联,
去维也纳寻找偏头痛和忧郁
(我听说,弗洛伊德也来自加里西亚),
而安娜·西拉格长出长长的头发。
轻骑兵的短上衣悬着装饰的穗带。
皇帝的新闻传遍一个个山村。
有人曾在峡谷见到他的马车。

这是我们的开始。否认是徒劳的。
回想遥远的黄金时代是徒劳的。

——"青年波兰"。长诗从坦陈这一不可否认(显然作者这样认为)

的开端开始,而且把它作为那个现代城市的开端。这一开端,不可被置于那种常见的对"现代性"的批评,或者对假想中的"黄金时代"的怀念中从而被"否认"。早期现代主义者——新艺术的天使们——还比较年轻,没有走出父母的控制。还需要从维也纳这样的"艺术之都"去习得他们的文艺气质或者"文艺病":"偏头痛"和"忧郁"。曾于本世纪初传播在中文读者里的一本译文集《一个战时的审美主义者》中,收入了奥登的一篇关于偏头痛的文章。偏头痛接替了肺结核,成为"文艺病"的代表。以及,这里也暗示了弗洛伊德的影响。

战争时期的审美主义者,往往被认为是在动荡时代仍然生活于个人美学理念中的人。不过,米沃什并不会像左翼批评家那样,把这些诗人和艺术青年们称之为"画梦的人"或"象牙塔里的人"——诗人不会采用这种政治性的立场,而是同感于"战时的审美主义者"所希望保存的价值,同感于"战时的审美主义者"的遭遇:被时代破坏从而发生的一种人生命运。

然后"青年波兰"的社会风俗画卷继续,以下诗行也是对那个时代的服饰装扮与时尚的回顾:

> 我们**不得不**接受并把涂发油的胡子,
> 投滚球者的卷边帽,还有合金表链的
> 叮当声**当成我们自己的**。

——"不得不"。"我们"不得不把那些生产出来的潮流时尚,**当成自己的**。这是时尚的基本特征:对于那些从外部介入我们的事物,我们不得不当成自己的,认为这个"不得不"之中才有可以继续下去的生活。

> 这些属于我们,工人之歌,工厂镇
> 黑如厚布的大杯啤酒。

第四讲 三首诗的"诗与真"

　　　　火柴在拂晓时分划开，而十二小时的
　　　　劳作，为了从烟雾中创造财富和进步。

　　——"十二小时的劳作"（有点"996"的意思）是一种"划开"，是在过去和未来之间的"划开"。能够支持这种"划开"的，只能是进步论。或者说，当每一次，进步论需要被再次提出或者改头换面地提出时，就会发生关于**增加工作时间的提议和争论**。

　　　　哀悼吧，欧洲！而等待着一张船票。
　　　　十二月的一个夜晚，鹿特丹港
　　　　一艘塞满移民的轮船，静静地泊于
　　　　冻得像覆雪的冷杉的桅杆下。
　　　　一个合唱，或连祷，在下面甲板从某个
　　　　斯洛文尼亚或波兰农民的方言唱起。
　　　　一台被子弹击中的自动钢琴，开始演奏。
　　　　在一个沙龙，方舞曲驱动一对对野蛮人，
　　　　而她肥胖，红发，啪地一声绷断吊袜带，
　　　　穿着绒毛拖鞋，大腿瘫开
　　　　在王座，她，神秘人物，等待
　　　　旅行推销员的洒尔佛散和避孕套。

　　——这段诗中的"欧洲"，显然是与社会进化论的、早期现代主义的欧洲同步的"另一个欧洲"：一个移民、流浪者和边缘人的欧洲。诗人继续以一幅风俗画卷来描写开端：第一次世界大战之前的十四年——

　　　　这是我们的开始。一台电影放映机：
　　　　马克斯·林德牵着一头奶牛倾倒在地。

露天咖啡馆的灯光透过树叶。
一个女子管弦乐队吹起长号。

直到从手,宝石指环,淡紫色紧身胸衣,
从雪茄烟灰,全部展开,蜿蜒行进,
穿过森林,低地,山峦,平原——
命令"Vorwarts"、"En avant"、"Allez"

我们的心在那儿,连同生石灰撒落
在一直为火舌舔食的空荡田野上。
而没人知晓为何骤然终结,
——一台自动钢琴演奏——进步和财富。

我们的时尚,不愉快地说,产生于那里。
阁楼窗户荡出的里拉琴声,
在拂晓的一个舞厅上方低吟,
轻歌飘渺如欲坠的星辰,
不为商人们和他们的妻子所需,不为
一个山村的农民们所需,
一个纯粹之物,无视悲哀的大地事务。

——"一个纯粹之物,无视悲哀的大地事务",这就是时尚。时尚正是"纯粹之物",是纯美学和完美主义的。把美学激进化为完美主义,这种倾向,是被早期现代主义巩固和刻板化的。"纯诗"也如此。然而,在启蒙主义前后——之前的课上我们也有提到——美学中最有积极性的部分,恰好不是关于完美主义的,而始终是在"不完美"中的创造性激发。

这里,诗人继续着他对诗歌语言的历史反思。"纯诗",是否也是和时尚一样的"纯粹之物,无视大地的悲哀事务"呢?反正,大都市的高级时装上可能会出现唯美主义的,或"纯诗"诗人的诗句作为文化装饰元素,却不太可能出现那些非唯美主义、非"纯诗"的诗。

> 纯粹的,禁止某些词的应用:
> 盥洗室,电话,票据,蠢驴,金钱。
>
> 一个长发缪斯在她父母家的
> 黑暗盥洗室学会阅读
> **而已知什么不是诗**,它只是
> 一种情绪一阵微风。它居于
> 三个句点之中,为一个逗号所跟从。

——这个"长发缪斯",没有走出父母的控制,但已经能够判断什么是诗而什么不是,已经开始成为某种美学法官,并且把诗定义为情绪化和性灵主义的:

> 它流动,起伏,无法形容。一个
> 宗教的替身,就这样它将持续。
> **普通句法**的呼吸将被抑止:

——"普通句法",散文的句法,以及现代语言将被"抑止"。这个还没走出"父母的盥洗室"的青春期的缪斯,将对什么是诗而什么不是发出她的美学禁令。

接下来,在"长发缪斯"的率领之下,"青年波兰"时期的早期现代主义者们纷纷出场。

"哦，报刊。让他们用散文写作吧。"
然后，在新的先锋派学校中，
他们将把这古训称为一个发现。
并非所有诗人都了无痕迹地消逝。

——这是诗人对"青年波兰"的同行们的情感。我们今天常常会说，一切都会四分五散而消失。我记得，二十年前在北京时，写作者们常常喜欢冷若冰霜地说"才华遍地都是"，所以当时大家都不谈"才华"二字，而且认为有才华的人和没有的人一样都会"了无痕迹地消逝"。但是，米沃什在这里说出了他那与我们相反的、令人感动的观点："并非所有诗人都了无痕迹地消逝。"也由此，诗人写下"青年波兰"的诗人群像：

卡斯普罗维奇咆哮着，撕裂丝制的系绳
却不能撕断它们：它们是无形的。
而不是系绳，它们更像蝙蝠
在飞行中从言辞吮出鲜血。
莱奥波尔德·斯塔夫是蜂蜜的颜色。
他赞美女巫、土地神和春天的雨水。
他的赞美仿佛在一个仿佛的世界。
至于莱齐米安，他得出自己的结论：
如果所有都是一场梦，让我们将它梦到底。

——这些诗句有一种普希金色彩，让人想起普希金的那些回忆青年时期彼得堡文学圈的诗。后者往往以生动简要的概括性笔触，回忆一代诗人的形象与各自信奉的观点。需要稍稍注意的，是这个略具讽刺性的句子："他的赞美仿佛在一个仿佛的世界"——两次"仿佛"，概括了青

第四讲 三首诗的"诗与真"

年人观点的随意性和幻想性。

接下来的场景尤其有趣,涉及波兰的一位历史人物,也是现代文学的一位重要作家。

>在克拉科夫,一条狭窄的小街,
>两个男孩相居不远。
>当他们中的一个走向圣安妮学校,
>他看到另一个在沙上玩耍。
>他们有不同的命运,不同的名望。
>对于这水手,海洋浩瀚无边,难以理解,
>裸体部落响着海螺的岛屿
>在珊瑚礁那边。这瞬间而今仍在
>当,在潮湿的布鲁塞尔,一条废弃的街上,
>他缓缓登上大理石阶
>并推动一口刻着字母 S 的钟,
>这佚名的社区,他聆听静寂,
>进入。两个女人,编织着,拉着线——
>对他而言她们仿佛是帕尔卡——,然后放下
>一个个线团,朝着门用手示意,
>门后这掌舵者出现,
>仍然匿名,摆着他的手。
>**就这样约瑟夫·康拉德**
>开始指挥一艘刚果汽船,如
>命定那般。对那些善于倾听的人而言,
>丛林河流的故事仍是一个警告:
>一个文明化的人,一个叫库尔兹的疯子,
>一个沾血的象牙的收集者,

> 在他论文化之光的报告边
> 涂写:"恐惧",而爬进了
> 二十世纪。

——可能了解康拉德的读者都会意识到,这里是在指涉康拉德的小说名篇《黑暗的心》。小说主角库尔兹是个有文化的英国军官,在非洲殖民地的一处偏僻之地成了地方暴君。这个形象的复杂寓意已经被许多人解读过,在这里,我们就不跑题去谈论这篇经典小说。但需要了解的一个基本情况是:康拉德是波兰人,早年被判决为"叛国者",此后一直过着流亡和客居异国的生活,并且用英语写作。

> 此时
> 在克拉科夫村子,是农民的服装,
> 合着低音提琴曲直到
> 拂晓的婚礼舞蹈,还有一个木偶剧场,
> 诸世纪来一如既往。不屈的韦斯皮安斯基
> 梦见一个民族剧场,一如在希腊。
> 他无法征服矛盾。他的
> 手法扭曲了他的视力和我们的言辞。
> 这会把我们变成历史之囚徒,
> 不是人,而是人的踪迹,在一个
> 只用一个时代风格盖下的印章上。
> 韦斯皮安斯基已无益于我们。
> 作为遗产,我们接受另一种纪念碑:
> 并非为着任何荣耀,如同一个玩笑孕育
> 街道歌谣式的语言,
> 对抽象思想嗤之以鼻。

第四讲 三首诗的"诗与真"

怜悯是一支步枪：男孩所著的《小词语》。
那天已消逝。有人点起了蜡烛。
夹竹桃田野上的卡宾枪扳机
不再扣响，平原空荡荡。
着步兵靴的唯美主义者已离开。
他们的头发从理发师的地板上扫掉。
雾和烟气悬浮在那地方。
而她，她戴着一顶紫丁香色的帽纱。
借助烛光她的手指伸向钥匙，
而当医生用液体灌满玻璃瓶
她唱起一段似乎没有出处的曲调。

咖啡馆里的笑声
在一位英雄的墓地回荡。

——这是青年诗人们的两个教育者，两个老师，两个彼此差异很大的民族诗人。在青年人眼中，这也是两个在"无益于"他们和"不屈"之间，忽明忽暗的前辈诗人。他们，也是青年人的求知心理和自我平衡心理，在对上一代诗人做出极端判断和取舍时的心态的投射对象。青年人往往尤其焦灼于想要成为前人的法官。但是，在这段诗句中，又有一种对于上一代诗人的客观判断。**这种客观性，只有在经历了如此的两代人之间的张力关系，以及，在经历了青年人自己的长时间动身实践之后，才可以得出**，不能在当时或当场通过思考与对话得出。所以，总是那句老话：需要时间。但是，客观性到来的时候，已经不再是一个喧哗的对话现场，而是一个空荡荡的、众人已经离开了的平原。这段诗写得情感饱满，而且也控制在客观性之中。最后，是两行精彩的诗句，对"美好的时代"进行了概括："咖啡馆里的笑声／在一位英雄的墓地回荡。"

我不知道，各位是否也有对某个"美好的时代"的体验。我有过那么一点，但没有这么充分，不至于到念念不忘、反复怀旧的程度。也可能是因为，我（生于1970年代）和你们一样，都没有经历过一个"青年波兰"那样的"青年中国"。也许，那种以青年时代为标志的"美好的时代"，是一种二十世纪现象，例如人们都津津乐道的"五四"前后和"八十年代"，一个被人们普遍认为较有文化自由度的、有朝气的早期现代主义时期。

今天，我们的咖啡馆里也许是没有笑声的，往往只有一种刻板化了的沉默：大家小声说话，谈论工作，谈谈事务。而且，我们的沉默的咖啡馆即使发出一点点声音，也不会在某一位英雄的墓地里回荡，而是在无数"无名者"的时光墓地里回荡。

第一章结束。

长诗的第二章，标题是《首都》。小标题下面给出的时间段，是1918—1939，也即一战结束后、二战开始前的二十一年，是夹在两次世界大战之间的生活。这些诗节，行文造句都极为练达并倾向于"平实"，没有一个别致化的句子，是对一个个历史场景的精干而质直的肖像画概括：

二、首都

（华沙，1918—1939）

你，一个多尘平原的外来者的城市，

——诗人直呼华沙为"你"，由此对该城市的人员结构与社会画面进行概括性的描绘：

在东正教大教堂的圆顶下，

你的音乐即军团横笛,
骑兵卫队是你士兵中的士兵。
从敞篷四轮马车扬起下流的高加索小调。
就这样,人们应撰写一首给予你的颂歌,华沙,
给予你的悲伤、堕落和惨痛。
一个街头小贩,手因寒冷而笨拙,
量出一配克的向日葵种子。
一个海军少尉带着一个铁路职工的女儿私奔。
他将在伊里沙弗格勒让她成为一位公主。

在切尔尼雅科斯基街,在戈尔那和沃拉,
黑玛丽在下等酒吧痛饮。
她提着折边的穆斯林裙上楼。

而你,城市,受到统治,来自一个大本营。
哥萨克马队在一首歌的回声中
刺痛他们的耳朵:"红旗在王座上飘扬。"

你已充分管辖了一个地方。
你,维斯瓦河旁的一个游乐园,
怎么就成为一个国家的首都,
塞满乌克兰的难民,
叫卖他们毗邻敖德萨的庄园的珠宝?
一把军刀,几杆步枪,来自法国剩余军用物资,
将不得不在战斗中装备你。
他们正罢工反对你——很荒谬——
在伦敦码头和开明的布拉格。

因而宣传部门的志愿者
写下关于东方进攻的文章。
他们不知晓,有朝一日,刺耳的铜管
将在他们的墓地奏起"国际歌"。

然而你存在着。有着你变黑的犹太区,
你的失业者们昏昏欲睡的愤怒,
你的女人们的眼泪和她们战前的披肩。

多年来毕苏斯基在瞭望台踱步。
他从未相信持久。
而会再次说:"他将攻击我们。"
谁?他指的是东方,西方。
"我已停顿了历史车轮一会儿。"

早晨的光荣将在血污中萌芽。
在那里麦穗跪伏着,林荫大道将上升。
而一代人将问在那瞬间如何感觉。

哦城市,直到没有一块石头,
留存于石头上,而你也将消逝。
火焰将吞噬瑰丽的历史。
你的记忆将化为一枚被掘出的硬币。
而这是你的灾难的回报:
作为标志——只有语言是你的家——
你的壁垒将由诗人所建。

——接下来是诗人群像,关于"七星诗社"的成员,也是对那个时代的波兰诗人们各自的主题与艺术手段的扼要概括:

诗人,首先,要从优良的血统涌出,
在他的世系去拥有一个神圣的查迪克。
当然,他的父母会读拉萨尔,
相信进步和柏林的抒情曲。
优雅缓慢地自我提炼。一些
来自甚少幻想的人们,来自绅士阶级
或市民们,甚至一个扣着睡帽的德国人。

喧闹于"斗牛士",他们没猜想
月桂树有时有一种苦味。
杜维姆鼻孔翕张,当他在格罗德诺
和提科辛诵读,叫喊"Çaira!"时,
而让这群本地青年在
一个迟到百年的声音上颤抖。
几年后他会在一个安全警察舞会上
遇见他幸存的钦佩者们,他们
把一个狂热的圈子维持至最后:
参议院舞会开了又开。
莱霍尼 - 希罗他底踩跶着过去。
他想看到绿色春天,而非波兰。
然而他将一生沉思
老波兰的服装与古代礼仪,
或宗教,波兰语,不是天主教,
而让可怜的**奥尔 - 奥特**成为它的牧师。

斯沃尼姆斯基呢，悲伤，心灵高贵？
他认为理性年代就在眼下，
将自己献予未来，以韦尔斯或其他的
某种方式宣告它。
当理性的天空变得血红，
他把他的衰微岁月献给阿基里斯，
向他的孙辈们许诺普罗米修斯
步下高加索山峦的前景。

伊瓦什凯维奇筑起他壮丽的石房，
冷漠于公共品德的召唤。
而后，作为一个口述者和市民
在粗野的必然性的压力下持续。
承认万物相关——
为着一个简单的原因，因为它们穿过——
他当众颂赞斯拉夫美德，
由一个活泼的农民乐队伴奏。
这一切的一切，是一种忧郁的命运。

并非道德上的优胜，只是更为骄傲，
美洲冬天中的那种孤独。
雪中一只鸟的踪迹，一如既往。
时间不再伤害，没有更多的援助。
一只蓝松鸡，喀尔巴阡山松鸡的亲戚，
会凝视**维耶津斯基**的窗户。……

哦，最终须付出一个代价，

为了年轻人的快乐，为了春天和美酒。

从未有这么一个**七星诗社**！
然而他们言辞中有种瑕疵，
一个和谐的瑕疵，正如在他们的老师之中。
一个转变的唱诗班不太像
普通事物无序的合唱。

就在那儿，万物萌芽，发酵，
比一个完美的词能抵达的更深入。
杜维姆活在敬畏中，扭着手指，
他的脸骤然潮红，肺热斑浮现。
可能有人说他愚弄了官员，
正如他后来欺骗了真挚的共产主义者。
这令他窒息。在他的尖叫中是另一个人：
人类生活就是混乱和一个奇迹，
我们行走，吃，交谈，而与此同时
永恒之光在我们的灵魂之上闪耀。

那些人在那儿，看到一个微笑的漂亮女孩
而想象一个套着项圈的骨架。
杜维姆即如此。他立志于长诗。
但他的思想传统，如运用谐音
和韵律般的娴熟，被用来
覆盖他的景象，他羞愧的景象。

不管是谁，在这世纪，在一张纸

规整的行列中划下字母时
都会听到敲击，囚禁于一张桌子、
一堵墙、一瓶花里的可怜灵魂的
声音。他们似乎想要提醒我们
是谁的手把所有这些东西带入存在。
漫长的劳作，无聊，绝望
居于事物而没有消失。
拿着笔的那个人——对于他这世界
是既定的——感到不安，害怕。
他竭力抵达孩童的天真，
但魔力从魔力拼写中逃脱。

——我们记得，前文有两个"仿佛"——"他的赞美仿佛在一个仿佛的世界"。这里，是两个"魔力"。

那就是为什么新一代
只是适度地喜欢这些诗人，
向他们致敬，但带有一定的愤怒。
他们想以编码方式结巴地言说，
因为一种结巴的言说至少表达一种感觉。

——我想说，这也恰好是包括我在内的写诗的人，对上世纪八十年代"先锋诗人"的基本态度："只是适度地喜欢。"但也许，我这一代写作者，也正在成为一些更年轻的诗人带有一定的恼怒、一定的礼貌，在有极大保留中"适度地"阅读的对象。同时，我们的语言，即使是对之前几代诗人语言的修正，也无可避免的，会成为更年轻诗人眼中"结巴的编码"，至少只表达了某种"感觉"。

我们先继续读完这一大段米沃什评论波兰诗人的诗,然后再做一点评述。

布罗涅夫斯基也没赢取他们的钦佩,
虽然他从地下汲取某种强劲之物
创制成呈给工人阶级的诗节。
民族之春,第二次,
变成悦耳的美声唱法。
他们真正想要一个新的惠特曼,而
他,在马车夫和伐木工人中,
会让每天的生活像太阳般闪耀。
会在钳子、锤子、飞机和凿子中看到
明亮的人奔跑着穿过宇宙。

克拉科夫先锋诗群当中
唯有**普日博希**值得我们的惊奇。
民族和国家沦落成尘,
化为灰烬,而普日博希仍为普日博希。
没有疯狂吞噬他的心,它富于人性,
如此清晰。他的秘密是什么?
在莎士比亚时代他们称之为绮丽体。
一种风格完全由隐喻组成。
普日博希乃深度的理性主义者。
他感觉一个理性的社会人
被假定感觉的东西,思考他们思考之物。
他想把运动置于静态画面之中。

试论诗神

——"思考他们思考之物",以及"被假定的感觉",由此,"把运动置于静态画面之中"。柄谷行人曾在《马克思,其可能性的中心》里写道,"青年黑格尔派的幻梦"也正是这种"深度的理性主义"状态。

> 而先锋派犯了寻常的错误。
> 他们革新克拉科夫一种古老的仪式:
> 赋予语言比它可能的
> 更重要的角色,没有嘲弄,承受着。
> 他们想必已知,从咬紧的下颚
> 他们的声音是以一种奇怪的假音发出,
> 而他们对一种民间力量的梦想
> 是一种受惊的艺术的遁词。

——正是这样一些青年抽象主义者、纯诗主义者,他们需要从自身之中"出走",但是,"出走"到哪里去呢?时代提供的一种**常见选择**是:出走到"在地性"中去,去"接地气",去从民间语文和民俗材料中获得一种"新语言"的尝试。但是,这种"新语言"却是"一种奇怪的假音"。诗人告诉我们,这正好是"先锋派的寻常错误"。

可能两年前,大家也看过一部关于台湾的早期现代主义诗人的纪录片,名叫《日曜日式散步者》。影片里,一个诗人在日记中写道,"使诗发展的诗才是诗"。不论东方、西方,似乎人们都只有同样的选择。在那部影片里,那些文艺先锋派、早期现代主义青年诗人们,从日本带着满心满脑的波德莱尔与超现实主义回到台湾后,也转而进行"接地气"的努力,发起一场台湾本土的民俗运动。

接下来是一个重要的诗句:

> 让我们抵达得更深吧。这是分裂的时代。

"神和国家"不再是诱惑。

——这也是我们今天依然处在其中的时代,"分裂"还在继续。

一个**轻视**骑兵军官甚于**轻视**
波希米亚人的诗人,也一度**轻视**银行家。

——两行诗句中连续出现了三个"轻视"。轻视一切,这是一种现代的"文人病",是一种对一切价值进行预判的"轻视"。不论对象为何,对于一个先锋主义诗人的主体意识而言,都要先"轻视"一番,即使输道理也不输面子。由于这种轻视一切的"文人病"——

他嘲弄国旗和一场旗帜表演,
他会吐痰,当一群尖叫的年轻人挥棒
游行,反对犹太商人之时。

终结被提前准备着。

——在"分裂的时代",这种"轻视一切"的姿态就是一种在精神上自觉或不自觉的,**对终结的提前准备**。

终结被提前准备着。共和国的陨落
并非因为盔甲和大炮的匮乏。
诗人在波兰是一张晴雨表,即便
他在《路线》或《马战车》发表作品。
连串的共同价值已松开。
没有共同的信仰把我们的心维系。

看到的人在反讽中寻求庇护,
活在人群中犹如在荒岛。
那些理解的人中的一个假装
崇拜这国家崇拜的神祇。

加乌琴斯基想要跪伏于地。
他的故事包含**一个基本的真相,**
即,一个没有共同体的诗人
就像十二月的干草,在风中瑟瑟作响。
不由得他对习俗的怀疑
除非他准备被放逐。
还是在此明晰表述吧:党
直接来自法西斯右派。
除了其故作姿态值得鄙视的
反叛,他们之外从来没有任何东西。
谁复活了勇敢者博莱斯瓦夫的剑?
谁把柱子推入奥得河底?
谁又承认通往权力的道路
将在民族激情的火炭上随风飘动?

——没有这些人了。不再有这些人,他们消失了。构成"共同体"的这些诗人全部都不存在了,他们只是构成了躺在"咖啡馆的笑声"之下的那具尸骸。

加乌琴斯基将诸多要素融为一体:
嘲笑中产阶级,唤起西徐亚人
武德,写作波兰的霍斯特·威塞尔之歌。

他的名声已穿越两个时代而飞升。

切霍维奇呢，这牧羊人，全然不同。
茅草屋，一块时萝和胡萝卜的土地，
一个清晰的、光亮的河边早晨，
溪边洗亚麻布的女人的
歌声回荡，库雅维人舞蹈的歌。
他爱细微之物。他制作一块
没有政治没有防御物的土地的田园诗。
好好对他吧，你们这些鸟儿和绿树。守卫他吧，
保护他在卢布林的坟墓免受岁月的蹂躏。

并非一个民族而是一百个民族
对**申瓦尔德**吁求。**而即便身为斯大林主义者，**
他懂得如何获益于马克思和希腊人。

——这是对知识分子的一种精辟反思，那些"即便身为斯大林主义者"，也可以同时侃侃而谈马克思与希腊人的人，这种人，今天不也依然活跃着吗？

河边的一个景象：一次学校旅行遭遇
偷取木头作燃料的赤足的农家孩子们。
或一个工人小孩的故事，对于这小孩
一辆自行车就是奇迹和兴奋。
诗无关道德，正如
申瓦尔德，一个红军副官，所予以证明。
在北方的古拉格，当

>一百个民族的尸首变白之时，
>他正撰写一首献予西伯利亚母亲的颂歌，
>众多精美波兰诗中的一首。

——这正是"纯诗诗人"和文化相对主义者的表现，他们认为"诗无关道德"，认为不应该在诗中谈论道德，否则就是"说教"，就"不是诗"。这种**美学禁令**，正是那种导致了普遍沉默主义的不自由的一部分，是一种总体上的**文化禁令**的一部分。

>在一条陡峭的街道上，一个男学童
>从图书馆回家，拿着一本书。
>这书有一个标题："漂浮于森林"。
>由勤勉的印地安人的手指染色。
>一束亚马逊藤本植物中的阳光，
>树叶铺在绿水上的厚垫
>如此坚实以致人可以穿越它们。
>这梦想家从一个河岸漫游到另一个，
>猴子，棕色多毛如坚果，
>在他头顶的树间悬起桥梁。

他是我们的诗人的未来读者。

——可是，这个"未来读者"，这个满怀世界想象与求知欲的孩子，仍然是个未知数。难道他就不会成长为诗人的敌人或者漠视者吗？接下来，米沃什又补充了对这个"未来读者"的描述与界定：

>多云的天空，乌鸦的叫唤不能穿越

歪斜的围栏，他活在他的奇迹之中，
而且，**如果他幸存于毁灭，正是他将
轻柔地护卫他的导师们**，
伊瓦什凯维奇，莱霍尼和斯沃尼姆斯基，
维耶津斯基和杜维姆将永远存活，
因为他们居于他年轻而炽热的心房。
**他不问谁更伟大，谁略弱小，而发现
他们每人的细微之别**，
当独木舟带着他在某段亚马逊河漂流。

——这段诗，非常动人。米沃什对这个"未来读者"的界定是：他"幸存于毁灭，正是他将/轻柔地护卫他的导师们"，以及："他不问谁更伟大，谁略弱小，而发现/他们每人的细微之别。"这是一个值得我们终生铭记的"未来读者"的条件。而我们自己，能做到吗？

接下来，米沃什便以这个"未来读者"的视角，继续评述另一些波兰诗人。

对他而言，**维特林**舀了一勺汤
送进人类饥饿哭闹的嘴中，
巴林斯基听到一队蜿蜒而行的马帮的铃铛声，
在多尘的伊斯法罕红灰的尘土中。
瓦日科注视着窗台的船模，
而一片波浪闪耀在阿波利奈尔的诗中。
而在那边，被听到，一个波兰萨福精湛的悲叹，
厄休拉的悲叹，在
四百年后被更新。生命飞逝
而这转动的唱盘持续，甚至比卡鲁索的

天鹅绒更长,那

玛丽亚·帕芙里柯夫斯卡的诉怨:"Perche? Perche?"

也许这战士的血变黑,化为桦树下的

小星并非无足轻重。

毕苏斯基不该承担所有的谴责——

纵使他只关心一个安全边界。

他为我们带来二十年,他披着一件伤害

和愧疚的斗篷,因而美

有一点点生长的空间,虽然美,

人们常说,无关紧要。

——显然,这些诗人,不同于那种持现代主义绝对论的诗人,尤其他们与诗人的"**责任**"这一传统观念有关。

年轻的读者啊,你不会活在一朵玫瑰里面。

那国度拥有它的行星,它的河流,

但它脆弱一如早晨的边。

正是我们每天重新创造它,

通过更多的、并未僵化在

名词及其声音之间的事物化为真实。

我们用力把它们拧进世界。

如果太易得,它们根本不存在。

所以,再见,**事物消逝**。你的回声召唤我们,

但我们需要粗野不羁地言说。

——去年,我们也谈到过世界现代诗的一种现象:"雅语"和"俗语"之争。这种争论在现代希腊语文学、现代阿拉伯语文学中都发生

过。曾经发生在现代汉语中的争论,也可以被视为这种现象的一部分,是世界现代诗的一种同步的现象。诗人应当用怎样的语言写作?用"雅语"还是"俗语"?用白话文还是慕古的半文言文?我们知道,康斯坦丁·卡瓦菲斯在他的时代,选择用"俗语"写作。而我们(包括我自己)也"需要粗野不羁地言说",用世俗化的现代语言——比如世俗化的现代汉语——去"言说"。

> 这时代最后的诗刊印了。
> 它的作者,**瓦迪斯瓦夫·塞比瓦**,
> 喜欢从衣橱取他的小提琴,
> 把琴箱放在**诺维德**的卷册边。
> 他让蓝色制服的衣领
> 敞开(他为布拉格铁路工作)
> 在那首诗中,仿佛它是他最后的意志,
> 波兰是斯维雅托维德,
> 这古代的两面神,倾听战鼓在平原
> 东部,在平原西部逼近,
> 而在睡眠中,这国家梦到蜜蜂们
> 整个中午时分嗡嗡飞行于柑果小树林。
> 是否因此他们才射击他的脑袋
> 并把尸体埋在斯摩棱斯克森林?

——一个被枪杀的诗人。

> 一个美丽的夜晚。一个巨大的、轻摇的月亮
> 泻下一种只出现在
> 九月的光线。黎明前的时辰

华沙的空气完全静寂。
拦截气球　悬挂如成熟的水果，
在一个随拂晓而变银色的天空。

——米沃什以历史家的方式，对这些诗人在"华沙事件"中的不同表现和不同命运，进行了秩序化。所以，我们也看到：这一整章的诗人群像，正是二十世纪上半叶的**波兰诗歌史**。

第二章的结尾和第一章一样，是一个令人感动的沉思：

在塔姆卡街，一个女孩的鞋跟咔嗒作响。
她轻声呼唤。他们一起走到
一块杂草丛生的空地。
守夜人值勤，为阴影所遮蔽，
听到他们在低处的黑暗中柔和的声音。
我不知道如何怀揣我的怜悯。

或如何找到为着我们共同困境的言词。
一个小妓女和一个工人来自塔姆卡。
在他们面前，是初升的太阳的恐怖。

——是的，这是一个"毒太阳"。

后来**我不止一次问自己**
在即来的岁月和年代**是**什么将降临在他们身上。

——那个碾碎了许许多多人的人生的东西，是什么？而且，它需要被不止一次的追问，因为**不可能被一次性的理解**。接下来，是第三章

《历史精神》，也是这首长诗最长的一章。

我们休息十分钟。

（中场休息）

【下半场】

我们继续。第三章《历史精神》小标题下的时间段是1939—1945，这正是发生第二次世界大战的六年。从一个被战火残害了的城市场景开始，诗人书写二战中的华沙：

三、历史精神

（华沙，1939—1945）

当金颜料从雕像的手臂脱落，
当字母从律法之书跌下，
然后意识裸露如一只眼。

当书页飘落在燥热的废料中，
在粉碎的树叶和扭曲的金属上，
善恶树被剥得精光。

当一只帆布做成的翅膀熄灭于
一块马铃薯地，当钢铁崩裂，
除了茅屋和母牛粪堆没有什么留下。

在莫索维安森林中，在松针覆盖的路径上，
在莱茵河和总督区之间，
一个农妇的平足踩在沙地上。
她停下，把重负放下靠着松树，
并从她覆满灰尘的脚拨出一根蒺藜。
湿布中的一块黄油被模塑成
她古老肩骨的弓形。
往渡口那些地方还有一段蹒跚的路途。

鸡咯咯地叫。鹅从篮子伸出脖子。
在镇上，一颗子弹正在人行道划出
一道干燥的痕迹，擦过一袋袋本地产烟草。
整晚，在城市的郊区，
一个老犹太人，在土坑翻转，垂死之中。
他的呻吟只当太阳升起时才停息。
维斯瓦河灰暗，刷洗着柳树
并形成浅滩扇形的砂砾层。
一只承重过多的汽船，带着它的走私货，
桨轮搅起了白色泡沫。
斯塔尼斯瓦夫，或亨利克，用一根杆测探河底。
"一米。"扑哧。"一米。"扑哧。"二十米。"

风带来火葬场的气味，
乡村敲响了祈祷钟，在那里
历史精神外出散步。

——接下来的诗行非常有趣：米沃什以拟人法，把"历史精神"人格化，写下一个黑格尔式的"历史精神"在这个大废墟中的闲逛与所见所闻。这个"历史精神"：

> 他吹着口哨，他喜欢这些
> 被大洪水冲洗、剥去外形而现在**准备着的**国家。
> 一条之形栅栏，一块土布做成的裙子也令他愉快，
> 在波兰，在印度，阿拉伯也同样。
>
> 他朝天空张开粗大的手指。
> 在他的手掌下，一名骑者在自行车上：
> 一个安全网络的组织者，
> 伦敦军事集团的一个代表。
> 白杨，像小峡谷里的黑麦那么矮，
> 导引眼睛从森林到一所庄园的屋顶，
> 就在那儿，起居室里，
> 疲倦的男孩们脚着军靴闲坐着。
> 一个诗人已认出这漫步者，
> **一个次等的神**，时间和一天长的
> 王国的命运已呈献给他。
> 他的脸有十个月亮大。他的项脖
> 绕着一串被割断的头。

——"他的脸有十个月亮大。他的项脖/绕着一串被割断的头"，这幅图腾风格的漫画又好笑又恐怖。

> 没有承认他的人开始咕哝，
> 向他鞠躬的人受到他的轻蔑。

鲁特琴，阿卡迪亚小树林，和月桂叶，
明亮的女士们，带着丈夫的公主们，你们在哪里？
你们可能被巧妙的措辞奉承，
优美的跳跃抓住一袋金子。
他要的更多，他要肉和血。

你在哪里？强力之人？长夜漫漫。
是否我们知道作为**大地精神**的你
从一颗苹果树摇下毛毛虫
让画眉们轻松拣啄？
是谁为一块肥沃的腐殖土搜集甲虫的腿，
风信子在上面应时开花？

——读到这里，人称的转换令我们有些困惑。这个"你"，是谁呢？是那出现的另一个尼采式的角色——"大地精神"吗？还是说，诗人在这里转换了人称，从"他"改为"你"，称呼"历史精神"的别名为"大地精神"呢？是"大地精神"需要"肉和血"，还是"历史精神"需要呢？这一点我也想听听你们的看法，但我们先继续。

　　是否你就是他，哦，毁灭者？
　　他，形影不离，我们忠实的同伴，

——"你"和"他"，两个称呼的区别继续引起困惑。如果，"他"是"大地精神"，那么接下来的诗句就可以被理解：

　　多少次他导引我们的手
　　顺着一个女孩的肩膀和脖子，

当一对对情侣在六月的黄昏漫步，
穿过草地，在松树的香味中，
当一台风琴演奏一段曲调，梦幻的，
关于柠檬树和一个情人岛，
想起这么全然地失去是痛苦的？
多少次他、美和光荣、
壮丽和松鸡求偶的叫声
把我们的嘴唇翘成一个反讽的微笑，
通过在我们的耳边私语：春天，
夜莺的颤音，我们自己的灵感
是他泛滥的引诱，因而物种的法则
得以实现。我们的血，
将冰冷，而我们，为灰尘所触碰，披着
日渐褪色的紫色斗篷，将跌落在
百万年的尘埃中，最终
和一直等待着的
我们的猿人表亲混合。

——如果"他"是大地精神，那么这些关于引诱、关于自然界的意象就可以被理解。但是，诗人又切换到"你"：

而你，是否正是你，
身着一件**黑格尔式的**合理长袍，
已为自己择取一个不同的名字？

——这里，诗人进一步明确："历史精神"是黑格尔式的。好了，接下来我们可以摆脱这双重人格的"你"和"他"——如同"来自德国的大师"般的"历史精神"和"大地精神"——的困扰。

> 秘密的报刊在一个绿袋。
> 阅读它们的诗人听到他发笑。
> "作为惩罚我剥夺他们的理性。
> 没人想走出我的意志。"

> **用什么样的词向未来延伸,**
> 用什么样的词庇护人类幸福——
> 它有新烤的面包的味道——
> **如果诗人们的语言不能找到**
> 使用准则给以后的世代?
> **我们没有被教导。我们根本不知道**
> 如何融合自由与必然。

——这段很重要的诗句,是作者对一切敢于以"诗人"为志业者的质问。我们今天也不知道,"如何融合自由与必然"。而且,我们今天也没有被"教导"——而且我们拒绝被教导。康德在《何谓启蒙?》中说,那种没有引导者就不能使用知性的状态,那种"跟随者"的状态,是"知性的未成年状态"。但在今天,**这颠倒过来了**:我们认为,如果要接受引导就不能使用知性了,所以我们拒绝一切引导,并且,**我们拒绝相信存在着引导**,这一点更极端化为**拒绝使用知性**,这是今天的"知性的未成年状态"。

而且,我们也没有找到我们的语言的"准则",不仅仅是美学准则,因为它不是关于如何把诗写得完美、如何达到完美主义境界的"准则",而是我们曾数次谈到的,如何在不完美中激发精神生命的可能性的"准则"。我们没有找到这样的"准则",我们每写一首诗,都终结在主观性之中，我们无法想象它的未来，我们没有想象自己的语言向那个"未来读者"延伸的想象力。我们的写作已经失落了许多东西，以至于我们的写作是空壳，即使它有行动性，也是一种**语言丧尸**的行动性。

在一个梦中，心灵访问锋利的两边。
非尘世之物、发光之物有祸了。
在天空风暴中，它们无视
有着欢乐、温暖和动物力量的地球。
通情明理者、心事重重者有祸了。
他们的谎言将熄灭晨星，一件
比自然、或死亡更为持久的礼物。

秘密的报刊在一个绿袋。
宣传的诗不会持续。
它不适宜因它比我们了解得更少。
诗感觉太多。然后它静寂。
它仍回应一个遥远的召唤，
不准备背负新事物的重量。

——"遥远的召唤"：美学的、起源/本源论的、诗情画意的、古风的，等等。回应这"遥远的召唤"的诗不准备"背负"什么，不仅不"背负新事物"，也不准备"背负"自己。

华沙二十岁的诗人们
不想知道此世纪某些东西
服膺于思想，而不是拿投石器的大卫们。
他们像一个在医院房间的人——

他冷漠于与未来的约定，
想只对瞬间忠诚，
想拥有孩子们的笑声，
鸟儿的空中游戏，至少一度，
最后一次，在石门闭上之前。

——今天，我们的年轻诗人、二十岁的诗人也是这样吗？

草草建成的路障没有饰以
人类的曙光，与游吟诗人们的允诺。
在一块黄色田野和一圈战斗的死者
上空，圣母玛利亚伫立，为一把剑所伤。

——这是一个画面感很强的概括性"特写"。我们的写作，最好情况下，可能也只是"草草建成的路障"。它的临时性和它的现实性，都使它成为"草草建成的路障"。

年轻者，惊奇于每个早晨，触摸
一张桌子或一把椅子，仿佛他们找到
一个在雨中闪光的尘菌，
完好无损的。物象对于他们就是彩虹，
雾蒙蒙像他们的岁月，投射于面前。
他们不得不放弃名声，安宁，智慧。
他们的诗是一次寻求勇敢的祈祷。
"当他们从生命，就像从城市追逐我们，
哦，你，我们黄金之家，让我们获得
一张孔雀石床吧，只为了夜晚，然而它是永恒的。"

没有古希腊的英雄投入
如此绝望的战斗,在他们的脑袋中
是一个白骷髅被经过的脚踢着的画面。

——这是现代战争,没有古代英雄——例如《荷马史诗》中的那种——投入过"如此绝望的战斗"。接下来的内容,很像是 W. H. 奥登《诗解释》中的那个历史人物纷纷出场发言的片段的变体:

哥白尼:一座德国人或波兰人的雕像?
留下一束花,波雅斯基凋亡:
一个牺牲应当是纯洁的,非理性的。
泽宾斯基,波兰新的尼采,
死前他的嘴被石膏封上。
他把一面墙的景象,把他的黑眼睛只在片刻之间
不得不留意的低云带在身上。
巴钦斯基的头歪落在他的步枪上。
起义惊飞了成群的鸽子。
加伊西,斯措因斯基升向天空,
一个红色的天空,在一个爆炸的盾上。

在一棵菩提树下,像以前,日光
颤动于蘸墨的鹅毛笔。
书籍仍然受到古老准则的管辖,
源于一种信仰:可见之美
是存在之美的一面小镜子。
幸存者穿越田野,逃离
自身,知道历尽百年

他们也不会返回。他们面前,蔓延的
　　流沙地,在那里一棵树变成虚无,
　　成为反树,在那里没有边界线
　　把一个外形从一个外形分开,在那里,雷声当中,
　　"存在"的金色房子坍塌,
　　而词"成为"上升。

——在树"成为反树"的流沙之地,一个没有边界线的边界,正是"存在"的边界。然后是"雷声"——如果我们还记得艾略特《荒原》里的"雷霆的话"那个诗节中的"雷声"——在这"雷声"之中,"'存在'的金色房子"倒塌了。

　　直到他们的日子终结,他们所有人
　　都带着怯懦的记忆,
　　因为他们不想无缘无故地死去。
　　现在他,被期望、被漫长等待的他,
　　升起千只香炉的烟。
　　他们爬过湿滑的小路到他的足下。

——事实上,"他们"——所有人——正是**无缘无故**地死去了。那么,那个被期望的"他"又是谁呢?

　　"哦,**诸世纪之王**,不可捉摸的运动,
　　您,用一种翻腾的寂静充满
　　海洋的石窟,您居于一条被刺伤并被
　　其他鲨鱼吞噬的鲨鱼的血中,
　　在一个半鸟半鱼之物的口哨声中,

第四讲　三首诗的"诗与真"

在一个隆隆响的海中，在群岛沸腾时
岩石刚强的汩汩声中。

——"他"是普遍运动的力量，是运动的精灵。接下来是一段献给这位运动之精灵的献诗：

"您海浪的搅动携来了手镯，
珍珠，不是眼睛，和盐水蚀去
王冠和锦缎礼服所剩的骨头。
啊，您没有开始，你总介于
形式和形式之间，哦溪流，明亮的火花，
朝一个正题成熟的反题，
而今我们等同于诸神，
在您之中知晓我们不存在。

"您，在您之中因果被联结，
从深处抽出我们，正如您抽出一片波浪，
在一瞬间，无限的，转化的一瞬间。
您已给我们显现这时代的苦痛
以致我们可以提升到**您的手**
指挥乐器的那些高度。
饶恕我们吧，别惩罚我们。我们罪孽
深重：我们忘记了您律法的力量。
拯救我们于无知吧。接受我们的奉献。"

就这样他们背誓。但他们每个人
一直藏着一个希望：时间的癫魔

有个极限；有朝一日他们
能看看一棵开花的樱花树，
在那时刻，在许多时刻中独一无二，
让海洋沉睡，塞住沙漏，
且听时钟怎样停止滴答。

当他们用一根绳子环绕我的脖子，
当他们用一根绳子窒息我的呼吸，
我将轮回一次，而我将是什么？

当他们给我注射一剂苯酚，
当我带着血管中的苯酚走了半步路，
先知们什么样的智慧将启迪我？

当他们从这一拥抱中扯开我们，
当他们毁坏温柔光线之轴，
哪个天堂将看到我们又合为一体？

——这是三个残酷的诗节。"他们"是那些行刑者，是消灭了一个民族群体的肉身的死刑执行者。

一名歌者诅咒犹太人区上空的白云。
我常给这盲诗人几便士。
让他的歌伴我到最后。

在单人牢房的墙上，整整一晚我雕刻
一个词：爱，因而音节幸存，

>而带着这监狱环绕太阳而滚动。

——读到这里,可以发现,"爱,因而音节幸存,/而带着这监狱环绕太阳而滚动",是对但丁《神曲》的那个著名结尾的改写。可能在座也有人记得那个《神曲》的结尾:"是爱也,动太阳而移群星。"米沃什的改写——出自一个单人牢房里的犯人之口——是苦涩而讽刺性的。

>我在空罐头上敲着节拍,
>我,现在不存在,只是一度存在,
>在那里,道路伸向营地大门。
>
>我的遗迹,一部藏在砖间的日记,
>可能有一天它将被发掘,
>宽恕的一天或惩罚的一天。
>
>**灭绝的土壤,仇恨的土壤**
>**永远没有词语会将它洗净。**
>**没有这样的诗人会出生。**

——在这段关于监狱场景的诗里,这是一个极为沉痛和严峻的诗句:"没有这样的诗人会出生。"没有这样的诗人能够为这片灭绝的、仇恨的土壤进行"洗地"。也没有这样的语言。

>因为即使有人被召唤,他也在我们身后
>走向最后的大门,因为只有
>一个犹太区的孩子能说出这些话。

斯拉夫农民令人尴尬的言辞
诸世纪来忙于沙沙响的韵律：
它最终产生一首匿名之歌，
在空气的颤抖中，在
白泡沫嘶嘶响于棕榈树下之处，
在一只鱼鹰于拉布拉多激流
投入大海之处，在缅因州的杉木下
一把光辉的犁那里
仍可被听到。一支小调在
中提琴的弦上低吟，简单的，
一首献给女人们的歌在一个美丽的季节，
它意味深长的时间刚好反转。

——接下来米沃什的诗节形式再次变化，整部长诗的文本面貌也再次发生变化，开始了一种与前人的互文表达。"匿名之歌"在此开始出现。然后，米沃什对"匿名之歌"的每行诗句，进行了一种**评论性的扩展**：

冬天就要终结

行军的女孩们，犹太人们，
表达他们唯一的快乐，复仇的快乐。
是的，不久是飞鹤之声的夜晚。
不久干燥的雪不会冻僵工人们的手。
是的，溪流中一块红润如唇的鹅卵石
在脚踩过河床时会咯咯地响。

春天将会来临

是的，液汁将奔流于郁金香
而一只五月虫，哼唱着，轻叩窗台。
是的，新郎将摘取橡树的嫩叶
为他的新娘编织花冠。

在我们的身体上

而今我们的身体是一个身体。
骨头、肌肉、神经不是我的而是我们的。
米里亚姆、索妮亚、拉切尔的名字
在雪气中变暗和寒冷。

青草将会蓬勃生长。

青草，为一首歌的反讽所击败。

——"反讽"，使一首歌中的青草不能生长。接下来是大地和乡村场景，以及，会出现一个重要的历史人物：

腌制的黄瓜在一个坛子。
莳萝的嫩枝。黄瓜是不朽的。清晨的
细枝在灶台中劈啪作响。
一个黏土碗里，木勺子和稀粥。
门边，篮子和锄头，那里母鸡栖息。
死寂笔直的农场小道。无边的田野。

平原，空荡而多雾，直到斯凯尔涅维采。
平原，空荡而多雾，直到乌拉尔山脉。
嘿，但且勿休息。中午在远处。

——在这段富于画面性的诗句之后，一个重要的历史人物出场了，米沃什不仅引用他的诗句，并且也对其进行评论性的扩展，他就是波兰——也是曾经的立陶宛在近代最伟大的民族诗人：亚当·密茨凯维奇。

轻盈的南京丝绸装饰我们的肩，
出身名门我们这些年轻人围坐成圈。
精心着衣消磨了早晨的光阴，
而诸多良夜我们磨砺我们的智慧。

在马铃薯田和秋天的土地之上，
一个火星像一片雪花：一架飞机
翻转着，高高升起，往云层之外。

说出你想要的
告诉我们你的饥饿和你的渴望。

不需要芥菜种子的苦痛。
诗被温暖的瓷器，
被一团迷人恩典的陪伴，
被古代香草提炼出的精华良好地服侍。
吹着长笛，穿着南京的织物，
让这诗人追逐任性的梦吧。

第四讲 三首诗的"诗与真"

一间木屋，当然，但建造完好，挺立着。

《斐多篇》有一定距离，还有卡图的《生命》。
星期五晚上这一家人会用
闪亮的枝形吊灯点一簇蜡烛。
从但以理的韵律、以赛亚的韵律，
一个年轻人在如何保持沉默，
如何组织诗句上受到太多的教导。

一个城堡坐落于新格鲁代克山

我真正需要的是森林，清澈的水流。
因为这里没有什么来保护一个人。
当他研究地平线的空虚
一个中心的意念缓缓隐去。
他唯一的忠告是他移动的影子。

这没有生到这些坦荡平原的人
将会在海洋航行，在苹果树下的
韦泽尔河岸漫游乡村，
或在缅因州的松林和暗绿的河流中
追逐他故土的倒影，
当人们在一群陌生人中扫视这些脸庞——
为着那一张被珍奇地、热诚地爱着的脸。

密茨凯维奇对我们而言太难。
我们的知识不是贵族或犹太人的知识。

我们以一把犁、一支耙子劳作。
宴会日我们听到另一种音乐。

——为什么,"密茨凯维奇对我们而言太难"呢?他的声音不是贵族的,也不是犹太人的,这里出现了一个第三方:非贵族和非犹太人的平民。

在这里,诗人也记录下了"另一种音乐"——我们将要听到这首活泼的人民之歌,整个第三章《历史精神》也结束于这首民歌:

何拉何拉
羔羊咩咩叫,咩咩咩咩
牧羊人跑来看
步履匆匆
走到马棚
何拉何拉
甚至杰克结结巴巴
也唱颂玛利亚
圣母玛利亚
何拉

大肚子低音提琴嗡嗡而鸣。

胡度胡度
我们也奏出
我们唱颂基督我主
不为一次赏赐
胡度

菩提木做成的小提琴,细细哀泣。

提利提利
我们的颤音甜蜜
瓦利瓦利
从拂晓到夜晚静寂
瓦利

老葛雷格吹着长笛,压着笛孔:

米耶垒,米耶雷
给我们哄耍的孩子

而竖笛不甘其后:

木拉木拉
给母亲和孩子

而低音提琴重复:

胡度胡度
我们也奏出
我们为主基督而奏出

那么多的事物逝去,那么多的事物。
而当没有完成的劳作援助我们之时,
提图斯·齐兹耶夫斯基携着他的基督圣歌归来。

低音提琴嗡鸣不已,他也低声吟哦。

我卷了一根烟,又舔了舔纸片。
一根火柴在我手中的小房子里。
而为何不是带火石的打火匣。
风吹拂着。我坐在中午的道路,
想着想着。我的身边,是一个个马铃薯。

——《历史精神》,长诗中篇幅最长的一个章节,停止在对往昔的立陶宛人民之声的回忆之中,也停止在对那个难以到达的、亚当·密茨凯维奇的立陶宛世界的回望之中。

长诗的第四章,小标题下的时间是"1948—1949":

四、自然
(宾西法尼亚,1948—1949)

——结合米沃什的年表,可以得知这是米沃什在二战后、流亡前(1950年开始流亡)的生活时间段。

自然的花园打开了。
门槛边的草地翠绿。
而一棵杏仁树开始开花。

愿冥河诸神愉悦我!
被称颂的耶和华的三重名字!
火、水、土的精灵们,
庇佑我!——这进来的客人说。

——这段诗明显是在仿写《浮士德》。接下来，米沃什写出了这首长诗中最为浓墨重彩的诗句，关于大自然。

米沃什在不同时期都倾心写作关于大自然的诗篇，并且称自己更想做一个"自然主义者"而非现代派。尽管，他笔下的自然界，更多带有他那个年代的人的一种近代博物学式的、幻想化的美妙色彩。似乎对于诗人来说，大自然是一个**天真性可以再生**的世界。米沃什一生写作中的一种内在努力就是：试图用"天真之诗"去克服"经验之诗"。他绝不会允许自己笔下的大自然成为萨缪尔·贝克特式的荒芜空间，或者成为一个具有毁灭力量的自然界。从这些诗句似乎可以感受到，诗人希望他的自然界具有儒勒·凡尔纳式的、乐观热情的近代自然博物学者眼中的那种再生性。

爱丽尔住在一棵苹果树的宫殿，
但不会出现，像黄蜂之翼振动，
而梅菲斯特，伪装成多明各会的
或圣方济会的住持，
不会从桑树丛降落到
画在小径黑土中的一个五角星上。

但一只杜鹃走在岩石间
穿着皮质叶子的鞋，响着一个粉红色的铃。
一只蜂鸟，一个孩子的陀螺在空中，
翱翔于一个点，跳动的心脏。
被黑荆棘的钉子刺穿，一只蝗虫
从抽搐的口鼻泄出棕液。
他能做什么，幻象首领，
正如他被称谓的，不只作为魔术师，

蜗牛的苏格拉底,正如他被称谓的,
梨子的音乐家,黄鹂的仲裁者,人?
在雕塑和油画中我们的个性
想要存留。自然中它凋谢。
让他陪伴被一个山妖(有突出
卷角的公山羊)从悬崖
推下的樵夫的棺材吧。
让他参观捕鲸人的墓地,他们把矛
捅入海中怪兽的肉体,
在肠子和鲸脂中搜寻秘密。
海浪拍击消退,风平浪静。
让他打开几乎找到密码、就
找到权杖的炼金术士的教科书。
然后没有手、眼或仙丹地死去。

这里有太阳。而不管是谁,孩童时
都相信他能打破事物重复的模式,
但愿他明白这模式,
掉落,在它物的外皮上腐烂,
怀着惊奇察看蝴蝶的颜色,
难以形容的奇迹,无形无迹,**敌对于艺术**。

为了不让桨在锁扣中嘎吱作响,
他用手帕绑住它们。黑暗
从落基山脉冲向东方
而盘踞在大陆的森林中:
满天余烬辉映于云层间,

苍鹭群飞,树木在沼泽之上,
干秸秆在水中,铁青,乌黑。我的船
分开蚊群的空中乌托邦——
瞬息中它们再造诸多闪光的城堡。
睡莲的水池,嘶嘶地响,在船艄下。

现在正是夜晚。水是灰烬色的。
演奏,音乐,但听不见!寂静中我等了
一小时,感官调谐到海狸的小屋。
然后突然,一个折痕在水中,一只野兽的
黑月亮,浑圆,从池塘黑暗中,
从冒泡的沼气迅速犁开。
我并非无形,永远不是。
我的气味在空气中,我的动物气味,
散开,彩虹般,惊吓海狸:
一阵突然的泼溅声。
我仍然在我
高高的、夜色天鹅绒的柔软的保险柜,
洞悉有什么抵达我的感官:
四趾的爪子如何抓挠,毛发如何
在泥泞地道甩掉水珠。
它不知道时间,没听说过死亡,
呈献给我,因为我知道我会死。

我记得每件事。在巴塞尔的婚礼,
触摸一把中提琴的琴弦和银碗中的
水果。像萨沃依习俗,

一只翻倒的杯因为三对嘴唇,
而酒溢出。蜡烛的火焰
在莱茵河的微风中翻动而微弱。
她的手指,骨头透过皮肤闪亮,
摸到丝绸的钩扣,
而衣服敞开像一个坚果壳,
从腹部浮起的颗粒掉下。
一条项链在时间之外窸窣作响,
在不同信条的武器混合
鸟叫声和恺撒们的红发的坑中。

也许这只是我的爱人
在第七河道那里说话。**主观性的砂砾,**
执念,封住去往那里的道路。

——"主观性的砂粒",这是阻隔在我们与我们所爱的事物之间的东西。对于诗人——他就像那个懂得魔法、懂得大自然的秘密而且能够差遣精灵的公爵普洛斯彼罗——"主观性的砂粒"也是阻碍在他与那个童话色彩的自然界之间的东西。

直到一个百叶窗,寒冷花园的狗儿,
一列火车的呼啸,冷杉中的一只猫头鹰
免于记忆的扭曲。
而草说:当初怎样,我不知道。

一只海狸甩溅着水花,在美洲的夜晚。
记忆滋长大于我的生命。

第四讲 三首诗的"诗与真"

一个锡盘，掉落在地板不规则的红砖上，
永远咯咯地响，锡的声音。
大脚的比琳达，朱莉娅，塔依斯，
她们性的灌木丛被缎带所遮蔽。

愿桎柳下的公主们安宁。
沙漠风拍打着她们描过的眼睑。
在身体用围巾缠绕之前，
在小麦在墓中入睡之前，
在石头陷于沉默之前，而只有怜悯。

昨天，一条蛇穿过黄昏的道路。
被轮胎压死，它在沥青上扭动。
我们是蛇和车轮两者。
有两个维度。不可获得的存在的
真相在这儿，这儿，在持续
和不持续的边缘。在平行线相交之处，
时间经由时间在时间之上升起。

——如果回想起去年我们读过的T. S. 艾略特《四个四重奏》的"小吉丁"里，那段关于"交叉时刻"的诗，我们就会知道这几行诗："这儿，在持续／和不持续的边缘。在平行线相交之处，／时间经由时间在时间之上升起"，正是在呼应艾略特。

在蝴蝶及其颜色之前，他，麻木，
无形，感觉他的恐惧，他，不能接近。
因为没有朱莉娅和塔依斯，蝴蝶是什么？

没有蝴蝶落在她的眼,

她的头发,她肚子光滑的颗粒上,朱莉娅是什么?

国度,你说。我们不属于它,

而在同一刹那,我们还是属于它。

一个荒谬的波兰会持续多久?在那里

诗人们书写自己的感情,仿佛

他们要满足一个有限责任的

契约。**我要的不是诗,而是一种新的措辞,**

——在这里,一个诗人声称他要的"不是诗",在一个褊狭的文艺批评环境中可能是很难被接受的。我们会带有轻视地说,你要的"不是诗",那么你为什么还要写诗呢?为什么不去干点儿别的?为什么不去写小说、戏剧、写论文或者做当代艺术,为什么要写诗?

但是如果我们这么说,这正好说明:我们已经没有理解与接受**这句话的激发性**的能力了;我们已经没有被这句话,带向对一种无所谓是不是"诗"的、"新的措辞"的想象力了;我们已经没有了被它更新认知的能力,没有去理解"使诗发展的才是诗"这样一个警句的能力了!这是长诗《诗论》全篇之中,我最喜欢的一句诗。

因只有它才可能允许我们表达一种

新的敏感,和拯救我们脱离一道不是我们的

法律的法律,脱离不属于我们的必然,

即便我们采用它的名字。

——这个"不属于我们的必然",也就是那些带有强力的**伪必然性**,是那种强迫我们接受它、并采用它的名字作为自己的名字的**势力**,今天它依然存在,而且越来越无敌了。

从破碎的盔甲,从被时间指挥官
打击的眼睛而被收入
模具的管辖而发酵,
我们描绘我们的希望。是的,为了把海狸的毛皮,
灯心草的气味,一只拿着细流出酒的
酒壶的手的皱纹
集拢为一个画面。**为何不痛哭**
一种历史感摧毁了我们的基础,
准确地说,是否它供给我们的权力,
我们头发花白的父亲,希罗多德的一次沉思,
作为我们的配备我们的工具,尽管
不容易使用它,强化它,
因而,像一个有着纯金中心的铅锤,
它将再次拯救人类。

带着这样的反思,我推动一只划艇,
在这大陆的中央,穿过纠缠的秸秆,
在我心中,一个图像:两大洋的海浪与
一盏警卫舰提灯的缓慢摇动。
意识到此刻我——而不仅仅是我——
保留,如在一粒种子里,保留未命名的将来。
然后一个有节奏的吁求构成它自身,
不同于带着丝绸呼呼声的飞蛾:

哦城市,哦社会,哦资本,
我们已看到你们热腾腾的内脏。
你们将不再是你们自身。

你们的歌不再满足我们的心房。

钢铁，水泥，石灰，法律，习俗，
我们崇拜你们太久，
对于我们，你们是目标和防御之物，
属于我们，你们的荣耀和耻辱。

盟约在哪里被撕毁？
在战争之火中，在白炽的天空？
或在黄昏时分，有人从穿越荒漠的列车
放眼望去，塔群飞过，

机动火车头经过一个窗口，在那里
一个少女察看镜中她窄细
易怒的脸颊，而用缎带扎紧她
被卷纸火花穿空的头发？

你们那些墙是墙的影子，
而你们的光永远消失。不再有世界的
纪念碑，一部我们自己的作品
矗立在太阳下，在一个变化了的空间。

从灰泥和镜子，玻璃和画幅，
把银色棉幕帐扯落于一边，
赤裸而必死，人来了，
为真理，为言辞，为翅膀而准备。

> 哀悼吧，共和国！跪伏吧！
> 扬声器的魔咒被终止。
> 听啊！你能听到时钟的滴答。
> 死亡，他的手已伸向你。

——"哦城市，哦社会，哦资本……死亡，他的手已伸向你"是一个插曲，这正是一首关于那个漂浮在大自然界之上的、强力的"不属于我们的必然"（伪必然性）的哀歌。

> 一支桨在我的肩上，我从树林走去。
> 一头豪猪在树权间责骂，
> 一只有角的猫头鹰，未因本世纪而改变，
> 未因地点或时间而改变，俯瞰
> **来自林奈著作**的雕鸮。

——这里，我们又回到了米沃什那老派的近代博物学视角，一种林奈分类法的视角：

> 对我而言，美洲有一头浣熊的皮毛，
> 它的眼睛是浣熊黑色的望远镜。
> 一只花栗鼠颤动于干树皮，那里的
> 藤蔓在红色的土壤中，和
> 拱廊般的郁金香树的根部纠结。
> 美洲之翼，是红衣主教之色，
> 它的喙半张，而一只知更鸟从空气汗浴中的
> 绿叶灌木发出颤音。
> 它的线条是水草般穿过河流的

水生蝮蛇的波浪身体,
一条响尾蛇,一堆斑点的瓦砾,
在丝兰的花下缠绕。

对我而言美洲是有关丛林心脏的
童话的插图版本,
在夜晚纺车的嗡嗡声中被讲述。
一把小提琴,颤动着带起广场舞蹈,
拉着立陶宛或弗兰德斯琴弓。
我的舞伴叫毕鲁捷·斯文森。
她嫁给一个瑞典人,但生于考纳斯。
然后从夜窗中飞进一只飞蛾,
双掌张开那样大的,
有着透明绿宝石的色调。

为何不在自然的霓虹热气
建立一个家?不足够吗,秋天、冬天
和春天和凋萎的夏天的劳作?
你在特拉华河岸听到的并非在
西吉斯蒙德·奥古斯都宫廷中所说之词。
无需《拒绝希腊使节》。
希罗多德将休憩于他的书架,未裁开。
而仅有玫瑰,一个性的象征,
爱和超凡的美的象征,
将打开比你的知识还深的峡谷。
关于它,我们在梦中找到一首歌:

——这是第二首插曲：

在玫瑰里面
是金色的房子，
黑色的等压线，水流的冰寒。
黎明伸出手指触摸阿尔卑斯山的边缘
而夜晚流向海湾。

如果有人在玫瑰里面死去，
他们抬着他走在紫红的道路，
在时钟俱已裹起的队伍。
他们用火把照亮洞穴的花瓣。
他们在颜色起始之地将他埋葬，
在叹息之源，
在玫瑰里面。

——这些不断的、插叙性质的歌曲，或是前人的文本，或是民间的声音，出现的频繁次数，仿佛一种送别，显示了这首长诗即将进入它最后的环节。

这些插叙文本，既是一种合唱，也是一种复调与回声，犹如这首长诗自身的回声。

让月份的名字只意味它们所意味的吧。
让"曙光"号大炮，或年轻叛乱者行军的足音
没被他们任何一个听到。
我们，最多可能保留某种回忆，
像在阁楼保存一折扇子。为什么不在

乡间简陋的桌边坐下，并以老风格
撰写一首颂歌，正如在古代
用我们的笔尖追逐一只甲虫？

——最后，是长诗四个章节外的一首"颂歌"，具有总结性，写在秋季十月的清冽空气之中。

颂歌

啊，十月
你是我真正的快乐，
小红莓和红槭树的月份，透明空气中
哈德逊海湾飞行的鹅的月份，
干燥的藤蔓、枯萎的草地和烟雾的光，
啊，十月

啊，十月
松针地毯上道路的静寂，
猫头鹰之翼化成的一声鸟鸣，
雄鹿气味中的犬吠，
以及云杉间一只惊鸟的扑楞声，
啊，十月

啊，十月
剑锋上的森林的闪耀
当一个波兰工程师在西点军校附近的鲜艳树林
瞥见英国士兵们槭树红的外衣

朝阿巴拉契亚山脉的小径无声地移动
啊，十月

啊，十月
寒冷是你水晶状的酒，
果馅饼是你的嘴唇品尝花楸果的味道，
你喘气而行的山坡是
山鹿淡棕色皮毛的颜色，
啊，十月

啊，十月
在人迹罕至之地倾泻露水，
在反叛者的营地上方吹起水牛角，
在山径斜坡上烘暖赤足
当秋天和大炮的烟飘荡而过，
啊，十月

啊，十月
诗的季节，在每个更新的瞬间
开始生命全部冒险的季节，
你给我魔戒，翻转之时
一束光闪射于你自由的宝石，
啊，十月

——接下来的几个诗节，非常、非常动人。在我的记忆里，我所读过的诗中，只有 T. S. 艾略特《小吉丁》中那段关于"交叉时刻"的诗可以媲美。我特别不想用我笨拙的评述，影响你们对这段本身已经非常明晰的诗节的感受。每次重读，我都感到它对于我是启示性的：

　　有许多用来责备我们之物。

——对人的责备、对诗人的责备是非常多的。杜甫的一句诗，大家可能都知道，"文章憎命达"，但这句诗的下一句似乎常常被忽视："魑魅喜人过。"这些责备人的"魑魅"，责备诗人的妖魔鬼怪，一直环绕着我们。

　　被给予选择，我们拒绝安宁的静寂
　　和值得尊敬的对世界结构的
　　长久沉思。永恒的瞬间没像
　　应当的那样吸引我们，风格的纯粹也没有。
　　相反，我们想要像词的运动般的运动，
　　腾起名字和事件的尘埃。
　　我们没充分关心他们消失在
　　千次闪光中，而我们伴随他们。甚至
　　我们对自己已作的坏批评
　　并不完全远离我们的设计，
　　因此，尽管不情愿，我们付出了代价。

　　许多人将承认——如果他们了解自身——
　　他们像有人听见声音的
　　合唱却不知它们有何意味那样。
　　因而，狂怒。一只脚踩紧油门，仿佛
　　速度能拯救我们于声音和幻影之中。
　　我们到处追踪一根无形的绳子

而感到它的悬钩时时刻刻在我们体内。

然而指控者错了，如果，
流出的眼泪在这时代的邪恶之上，
他们将我们看作天使，被投入一个深渊，
对着神的杰作晃动我们的拳头。
无疑许多东西已凋亡，名声狼藉地，
因为，像一个文盲发现化学，
他们突然发现了相对性和时间。
对于其他人，一块从河岸捡起的石头相当的浑圆
提供了教训。或一条鲈鱼正在流血的鳃，
或——月亮在云岸上方升起——
一只犁过沉睡的柔软水面的河狸。

因为沉思没有持续而消逝。
因为本身的缘故，它应被禁止。
而我们，当然，比那些在叔本华的书中
啜饮悲伤的人更快乐，
当他们在阁楼听着
下面酒馆音乐的喧嚣。
至少诗、哲学和行动对于我们
不可分离，如它们为他们所存在，
但加入一个意愿：我们需要有所作用。
而那是——有时是沉重的——**偿还**。

——我们必须把我们欠下的债务，情感的、知识的债务，归还给这样的一种人——因为他们的牺牲，无声的牺牲，我们才得以产生我们的

诗，得以产生我们的思考、我们的哲学。正是他们，构成了一个不同于功利社会主流价值的世界。

但是，怎样归还呢？一首诗，能帮助和改变他们的生活吗？

我们可以"有所作用"吗？我们常常会说，诗、哲学是无用的，不论庄子意义上的还是卡夫卡意义上的无用。但是，这也许**过度地导致了我们的纯粹主义**。以至于，当一个诗人、一个艺术家想要去做一件不那么像"诗"、不那么像"艺术"的事情时，我们会说他是一个机会主义者。

什么样的"有所作用"呢？此刻我在这里笨拙地说着这些，我不知道，是不是在起一点点、就像一颗沙子般可以忽略不计的"作用"。我不知道一个诗人"起作用"的方式，是去做"介入"型的知识分子，还是到工厂去为工人们读诗写诗，而人家不见得喜欢你写的东西。那么，传统回答是：一个写作者只有继续写作。但是，这应当是一种"偿还"——是对一个我们一直鄙视、但却刚刚才准备接受我们的世界的"偿还"。

在上节课里，我们读了晚年的米沃什的那首题目叫《礼物》的短诗。诗中所写的，是一个老年诗人可以不用再向什么人"偿还"了的时刻。也许，对于那个老年诗人来说，那才是一个自我的时刻的到来。

我们在青年时代，只知道获得知识、获得目标、获得意义，但是，也在不断的亏欠中建立起我们的自我。这个自我遮蔽了我们不断产生的对世界的亏欠，但是，如此建立的自我，并不是我们在米沃什的诗中看到的那个自我。

接下来诗人继续写道：

> 如果我们，尽管我们的过错仅仅是历史性的，
> 将不会接受长久声名的桂冠，
> 那又如何，毕竟？有些人被给予纪念碑
> 和陵墓，然而在五月柔软的雨中，
> 一个男孩或女孩披着外套

跑过，完全冷漠于那种完美。
于是无论如何我们的某个词或许会留下，
我们半张的嘴唇的某些记忆：
他们没时间说他们想要的。

——最后一节诗，是我迄今整个读书写作生活中，最喜欢的几个诗节中的一个。应该毫不犹豫地说，这是一段伟大的诗。当有人问"什么是伟大的诗"时，我们可以说这就是：

气、火、水的精魂，
靠近我们吧，但不要太近。
轮船的螺旋桨推动我们离开你们。
并未实现，这古老希望：尼普顿
将展露胡须，跟踪一群仙女。
没有什么，除了沸腾和反复的海洋：
徒劳，一切都徒劳。虚无这么强烈
我们力图通过思索海盗的骨头，
螃蟹宴会上统治者如丝的眉毛
来把握它。而我们握住
冰凉的金属栏杆的手更紧了。
在油漆和肥皂的气味中求助。
船身开裂，载着这些船货——
我们的愚蠢、含糊和隐藏的信念，
我们主观性的尘埃，和那些在搏斗中
被杀的人无家可归的白脸庞。
载着它们到哪里？至福的小岛？不，在我们身上
暴风雨淹没了用小刀在学校

长木凳上刻下的贺拉斯诗句。
它将不会在这盐和空虚中找到我们：

西塞蕾亚，维纳斯已带领合唱队，在升起的月亮下舞蹈

1956，布里-孔德-罗伯特

——至此，长诗《诗论》结束于一句引用自古罗马诗人贺拉斯的诗，仿佛结束于一个跨时空的回声之中。

如今，我们可能仍然也处在"主观性"的漫天尘埃之中。我们身处于"主观性的尘埃"和被杀的死者——死于暴力伤害和社会灾难的死者——的面庞之间，这就是我们的现实。而且，我们自己也可能成为这样的死者。那么，"他们"——死者们——也存在于我们的语言中吗？我们的语言能够"载着"他们吗？载向哪里呢？诗人没有答案。我也没有。但可以肯定的是，并没有"至福的小岛"。那么，携带着这种行李——这种特别的行李——而前行，正是一种"偿还"。在"盐和空虚"构成的大海中，那句贺拉斯的诗，那些古代的回声，也并不会找到同样是漂泊者的我们。

现在我们可以回到我们的标题："特殊性"与"普遍性"（后来改为"诗与真"）。

"特殊性"，往往是在现代美学自律的前提下提出的。而美学自律的一种早期现代主义表现，就是"纯诗"。直到今天，"纯诗"，仍然常常表现为一种以"诗意化"来取代"不同的诗"的诗。尤其，"纯诗"与现代诗的主要形式——具有综合性、歧义性的、戏剧性和叙事性的诗——之间的争吵和对抗性，一直不减。但我个人认为，这种对抗的表现，并不是现代诗写作的"现代性"的表现，反而是一种**退化**。这种对抗不仅

使我们的理解力和想象力处于退化中,也管制着理解力和想象力的发展。因为这种对抗其实削减了理解力和想象力,削减了文学可以涉及的范围。

"普遍性"的第一个敌人,是价值相对主义者,一如柏拉图时代的"智者"。如今,我们都学会了说:没有什么是必须的,也没有什么是完全没有价值的。去年的课上我们也谈到,相对主义曾经是绝对主义的动摇者,曾经在历史中起到了推动人性化、世俗化的作用。但是,经过了漫长历史后,变化是诡异的:相对主义绝对化了。

今天,当一个人以价值相对主义的立场发言时,其实发出的往往是一种绝对主义的禁令——也就是说,绝对主义是相对主义的**腹语**。价值相对主义者会说:没有什么是真实的,也没有什么是必须的,所以,也就没有什么意义是必须要去担负的,也就没有什么是值得去信任的,并且,也就没有什么知识是必须被理解的。而这正是"相对主义的绝对主义"发出禁令之处。相对主义的一种当代症状是:对知识的恐惧,被一种表现为专业主义的"知识化"所掩盖并巩固了。

这一切,既是文学写作的敌人,也是诗的敌人。因为,如果遵守这种禁令(包括"长发缪斯"的美学禁令),就不可能产生 W. H. 奥登《诗解释》和切斯瓦夫·米沃什《诗论》这样的诗。如果遵守"原始现代主义者"的美学禁令,允许纯诗观念(犹如黑格尔式"物自体"的诗化)来裁定文学的主体性,那么,就好像电影里的那个"灭霸"一样,不止一半,而是世界文学史中的九成作品都会被其删除。

在一些回忆录性质的杂文中,也在《站在人这边》这样的散文集中,米沃什也对这一美学禁令在现代世界的政治表现进行了一种追究。

现代主义的一个突出现象是:先锋文艺人们,最后却成为反动者。例如里芬斯塔尔这样的艺术家,还有意大利的唯美主义者和未来主义者邓南遮这样的文学家,不在少数的先锋文艺人、先锋诗人、先锋艺术家,把国家主义作为他们的归宿。以至于:"先锋"就是一种反动。

而且,美学禁令使"普遍性"不会呈现于文学和诗的创造中,因为构成"普遍性"的创作需要另一种思维方式——尤其是一种责任意识：接受语言的伦理维度。

"普遍性"并不等于左派意义上的"大众性"。例如我们可以说卡夫卡的故事、康拉德的故事具有"普遍性"，但却不一定符合"普罗文艺"的标准。辨别这些，并不需要如何深奥或专业化的知识，而是常识，以及对于被时代中的意识形态（伪必然性）所打断的"常识之链"进行的修复——对于某一领域的人文学者来说，便是对于构成这个领域的问题史与实践史的"常识之链"的修复；对于批评家，便是对于那在时代动荡中简单粗鄙化了的批评方式的治疗，是对构成了文学批评的问题史与实践史的知识（近现代批评史的"常识之链"）的修复；对于诗人，是对"不同的诗"在历史中怎样产生、相互之间怎样发生影响，怎样在现代世界产生了不同的实践知识的修复。

这些"常识之链"，非常重要。一个追求"前沿化"的知识人，可能会因为缺乏在"常识之链"方面的准备而犯下认知错误。这些认知错误却又共同构成了知识资本，以及——共同构成了表现为知识欺诈的知识失败。

可以说，米沃什这样的诗人晚年一直在"常识之链"中写作。当然，"常识之链"只是"普遍性"的一种。我们所说的"普遍性"，是指对于存在状况的具有本质性和激发性的揭示。在这个时代，我们很少谈"普遍性"了，一个庸俗化的词是"普世价值"，继而这个词也变得暧昧了。"客观性"一词则容易被视为是保守主义的。但是，可能最大的问题是：当我们谈"普遍性"时，只能在人文主义者的二十世纪语境范围中去谈，也就是说——只能在"向后看"中去谈，而无法在"向前看"中去谈。如果"向前看"，那么，"普遍性"的现身，只可能是在一次次社会运动与社会灾难之中的真实现身。我们对它的理解，必然就只能是开放性的和实践性的，同时，也必然是不完美的。

下节课，我们会借助一位美国思想家莱茵霍尔德·尼布尔的词语，接触现代思想中的一个很特别、但似乎较少被我们谈论的观念:"光明之子和黑暗之子",并且以此为切入点,朗读和评述第三首重要的现代长诗:皮埃尔·保罗·帕索里尼的杰作《胜利》。

今天就到这里,谢谢大家。

第三节课

"光明之子"与"黑暗之子"
—— 以皮埃尔·保罗·帕索里尼《胜利》为例

> 地点：中国美术学院南山校区跨媒体艺术学院 4-405 教室
> 时间：2020 年 12 月 1 日（周二 13：30—16：00）

绪论。对上节课的一点补充。——保罗·策兰可以对米沃什式的"清晰化"构成异议。——"语言祖宅"和空中的坟墓。——"平凡的语言"≠"习语"。——"平凡性"≠"现成性"。——不能接受米沃什的也不能接受策兰，两者都是反"美文"的。——"歧义性"不只是游戏性的文本生产实验，而且是悲剧性的。——过去的诗人只是成了我们的"符号利润"吗？

莱因霍尔德·尼布尔对何为"光明之子"与"黑暗之子"的界定。——"冒傻气的光明之子"。——"光明之子的愚蠢"与"黑暗之子的明智"。——可以把奥登诗中的"积极生活的平凡人"视为"光明之子"的成熟化形象吗？——两种不同的"光明之子"，奥登的和帕索里尼的。——《胜利》：一首关于"光明之子"的鬼魂的诗。——"光明之子"陷入自欺，"黑暗之子"则伪造"光明之子"。——二十世纪政治话语的一个突出现象：伪造"使命"。——可帮助理解精神病理现象的三个文本：a. 卡内蒂《群众与权力》的结尾，b. 沃格林（通过援引穆西尔）关于"诚实的糊涂"和"高级的糊涂"的观点，c.沃格林关于"意见分子"的观点。——再谈"拒绝统觉理解"。——并不只是官方艺术，反官方艺术也会自我正统化并发出美学禁令。——反智浪潮是伊甸园乡愁的一种扭曲表现吗？——三种"现代人"："唯一幸存者"/统治者（或怀有权力欲的人），"高级的糊涂"/中层阶级，"意见分子"/新人。——以"光明之子"的外表显现的"黑暗之子"：新人。——阿兰·巴迪欧对二十世纪的概括："真实的激情的世纪"。

关于《胜利》。——帕索里尼与蒙塔莱，一种比较。——人民失去了"武器"的时代。——像"一个渴望去死的青年那样说话"。——帕索里尼的"赤子"。——帕索里尼的自我否定判断：一个"缴了械"的"此世之子"（"黑暗之子"）。——什么是帕索里尼的"苏醒"？——"同志的阴影"，不可能的"同志"。——谁是那个"无名的父亲"？那个辩证法的父亲、作为革命领袖的父亲是谁？——"奴性的镇定"。——"现实中已无诗人"。——一个不再是"光明之子"、不认为自己是诗人的诗人看到的是什么。——"异于自身的命运"并横死于战斗的人。——青年死人军队的出现。——《胜利》的结构图。——二代：彻底的"此世之子"。——旧的革命观念与革命时代的结束。——年轻人被那种对精神父亲的"史诗般的热爱"给侏儒化了。——对立统一辩证法的预演："成为兄弟"。——死人的"阳刚之地"。——青年鬼魂军队在正午的烈日下列队前行，去寻找精神之父。——精神之父在光天化日下遗弃了革命之子们。——莫比乌斯环般的辩证法，是一种鬼魂思维。——帕索里尼对自己宣判的七宗罪。——生命的枯萎与僵化的政治灵魂。——观念沙漠中的非理性心灵会变成什么？——帕索里尼诗中的"他们"，可以构成奥登《诗解释》中的"他们"（无名工作者）的反题。——"血腥的睡眠"。

结语。海因里希·海涅谈"疲倦的运动的儿子"。——"此世之子"的时代，不再有青年死者的鬼魂去寻找某个精神父亲。——《胜利》中的失败也发生在现代中国，发生在现代汉语中。

绪言

大家好。今天要读的第三首诗，是皮埃尔·保罗·帕索里尼的长诗《胜利》，与前两首诗（《诗解释》和《诗论》）在风格上较有区别。前两首诗，都堪称是"清晰化"的，不像《荒原》那样需逐句辨认用典且双关语密集。两首诗都保持了内容上的"易见"，把握起来也许不算是很困难。但《胜利》却是一首显得"晦涩"的诗，而且它的"晦涩"，不同于《荒原》的那种因为压缩了文学史而产生的"晦涩"。

《胜利》的"晦涩"是怎样的"晦涩"，我们会一边读诗，一边辨认。之前，我给大家分享了阿兰·巴迪欧那篇评论《胜利》的短文。不论如何，我都必须暂时忘记阿兰·巴迪欧说的那些话，否则我可能会在"影响的焦虑"下难以完成今天的内容。

在这节课开始，我先回应上一节课后我在群里收到的一条问题，问题是这样的：

> 怎么看待那些纯诗传统的后人，像策兰、莱维、布朗肖、列维纳斯、德里达等人，他们在战后也在追寻某种文字的伦理性，并在充分反思自我指涉的现代病，像策兰、莱维、列维纳斯、后期德里达更是以敞开自身面对他者为反思目标。但他们的诗读来，明显并非如同米沃什一般近似平凡的普遍性的，而是可以说充分置

身"纯诗传统"的。就想问问,应该怎么审视这种"纯诗传统"的自反性,算不算也算另类的"诗要成为诗的裂缝",一种特殊的普遍性?(就像原始现代主义所做出贡献的补偿一般)。还有感觉是,依我个人体验,您讲的米沃什的那种平凡的普遍性,让我感到更大背景的宏观历史性与政治意味,这种普遍性对我个体而言过于宏大,让我感到政治哲学意味的充分普遍性的共善追求,应该怎么看待?两种不同的普遍性或许展开诗的更多可能……

问题叙述得稍显杂乱,提到的五个人只有两位是诗人(我也是近年才粗浅知道普里莫·莱维也写诗)。但这条问题本身,我认为一定程度上是成立的,原因在于:保罗·策兰对于切斯瓦夫·米沃什的那种被我们暂且称之为"清晰化"的方式,确实可以构成有力的异议。但是,两者诗作的风格虽截然不同,却并不是对立的。

当米沃什的那种侃侃而谈的诗行追求显明/明朗时,策兰却可能因为不断朝向文字语言的边界而显得崎岖碎裂。也许这是因为,使策兰的母语能够像米沃什那样得以如同家产继承人、如同一个族长般侃侃而谈的基础,已经失去了。对于策兰而言,它已经变成没有地址的坟墓。策兰,如同米沃什的长诗《诗论》结尾所写的那种携带着语言行李的离散者,其道路前方,也没有一座"至福的小岛"。而米沃什一生的写作则朝向"语言祖宅",一直想要成为归家的人。而且,米沃什的那座"语言祖宅",是可以在大自然中、在平凡人的劳作中**再现**的。

对于诗人保罗·策兰,那座犹太人的"语言祖宅"已成为空中的坟墓。我想,一个人很难或者无法面对犹太民族化成的那弥漫天空的飞灰,去想象某种"再生性"。那座因集体死亡而变得不可理解——以及,**不可研究**,在大地上没有地址,而是灰烬弥漫天空的民族坟墓,使一个诗人——例如策兰——放弃了欧洲人文知识语言的传统的解释性。或者说,那种解释性,也参与了那种使他的民族化为飞灰的国家行为。他无法用那种语言来写作。在一个诗人那里需要明确化的东西，在另一个诗人那里，可能就是歧义发生之处。或者换句话说：一个诗人是另一个诗人的裂缝。

不知道大家是否还记得，米沃什在《诗论》中写道：

> 灭绝的土壤，仇恨的土壤
> 永远没有词语会将它洗净。
> 没有这样的诗人会出生。

我不知道，是否确实没有一种语言可以为"灭绝的土壤"进行"洗地"，因为人类要做什么、要对异己者进行怎样的评判和裁决，一向都是**何患无辞**的。但是可以有一种阻拦、抵抗这种语言的语言，就像移动界标，它标志出边界在哪里，例如诗人保罗·策兰的语言。

在艺术形式上，部分因为早期所受的表现主义、法国超现实主义诗人的影响，部分因为和奈莉·萨克斯这些诗人的艺术共性，策兰探索出了一种基于超现实主义、断片和经文箴言的语言形式，在其写作人生中，愈益显得"晦涩"的遣词造句，不是被米沃什意义上的那种写得"易见"，而是被一种极端的内在性所照亮。它的"可见性"，不同于米沃什式诗人的那种"可见性"，甚至会像强光一样让我们在面对它时感到眼睛不适应。但它并不是"不可理解"的，而是需要另一种理解：一种不是我们通过现在这样的理性化解释所进行的理解。而且，也许不能把"独特性"**过度地归功于**保罗·策兰这一个诗人，因为，例如他的同时代人奈莉·萨克斯，也是从集中营阴影下幸存的犹太诗人，都具有这种艺术共性。但是，至少在当代中文阅读环境里，奈莉·萨克斯很少被谈论。

米沃什式的"平凡化""散文化"和"清晰化"，是**诗被非纯诗主义的事物介入的能力**的创造性彰显。需要做出的一个区别是："平凡的语言"（可以回忆米沃什《诗艺》中的"平易的言辞"）并不是**习语**。

一首有效的基于"平凡性"的诗，常常正是区别了"平凡的语言"和"习语"的诗。"平凡性"好比一个清楚可见、可被辨识，但却是陌生人的人，这个陌生人给出新的内容，可见、可认识，但是难以被认知积习所判决。

在米沃什的观点中，诗的语言的"平凡性"是经过诚实、接纳"杂质"、保存语言的粗糙棱角来实现的。但是他也并没有把这种"平凡主义"绝对化，比如绝对化为一种"贫穷主义"的诗。一方面，他认为诗的语言应当保持一定的**正常性**，例如常言的"朴素""粗糙"或"平直"。但另一方面，一个诗人还需要进一步**像克服那些"不朴素"的东西一样，去克服"朴素"**。因为，**诗总是更进一步的东西**。所以，在米沃什那里，"平凡性"也即语言的开放性的条件。

我们还可以做的另一个区分是："平凡性"也不等于"**现成性**"。

"平凡"并不是一种对现成价值的利用，例如一种经常被用来对现代写作者进行说教和斥责的观点是："你看，这是平凡的，这是语言平实的"，等等。这些，都是一种基于语言的现成性的观点。尼采批评"人性的、太人性"的事物时，也是在批评现成性。但是，在米沃什那里，"平凡的语言"正好是**非现成的**，是一种有待去尝试，去对它进行一种创造性调整，从而区分于"习语"的语言。进入这种工作，也就是接受语言的"非完美主义"的表现。建立在这种"平凡性"基础之上的，也就是米沃什所说的"站在人这边"的美学，也就并不是一种关于"完美"的美学。之前我们也提到过，把"不完美"不断认识为一种激发性，从来就是美学的活力。我认为，这些都是米沃什式的"平凡化"或者"散文化"的诗学观点所指向的东西。当然，只是我的个人观点。

但是，不能接受米沃什的"平凡化"与"散文化"的人，其实也不能接受策兰。因为"原始现代主义"的抒情诗作者，以及喜欢一般意义上的"诗歌"的读者们，都会认为策兰写得"太艰涩"，或者会认为策兰执迷于把诗写成一种介于密码和形而上学臆想之间的东西。甚至会认为，他写的不是诗。但是，对策兰的理解，不可能仅仅在一般的诗情画意感受的范围内完成——而且，不论米沃什还是策兰，都是**反美文的**。

我们知道，一些哲学家例如德里达，都对策兰进行了积极而翔实的解释。这些解释，不论争议多大，都说明了策兰的一种普遍性。这种普遍性，是一种由他整个生命为代价的极端内在性所揭示的普遍性，并不能在诗情画意的或者消费性的文学观中得到阐述。同样，它也对文学评价体系构成了挑战。某种文学认知结构，会因为策兰这样的诗人的出现而成为无效的，或者只能得出某种傲慢而自我中心的看法。策兰的"歧义性"，不仅为文学批评的认知结构、也为文学读者的感知结构带来危机，尤其，这种"歧义性"并非游戏性的文艺生产实验，而是一种悲剧性的东西。

每个现代诗人，都要求得到一种与既有评价体系不同的评价。但是，在今天，评价体系的自我更新能力似乎是空前退化的，而且这一点，尤其被文学的职场化和专业主义所巩固了。对一个新诗人、新小说家个体或群体的不懈辨认，可能会影响一个职业的文学批评从业者在既有文学等级结构中的形象和话语地位；或者，会影响他在某种固化的文学史结构中获得"符号利润"。不过，在今天，策兰也已经符号化了，而且也是不乏文学研究者和写作者的"符号利润"的来源。

现在我们回到今天这节课的主题：关于"光明之子"与"黑暗之子"，以及皮埃尔·保罗·帕索里尼的长诗《胜利》。

正文

"光明之子"与"黑暗之子"，是一位美国政治哲学家莱因霍尔德·尼布尔的说法。这两个词语，出自《路加福音》："此世之子，在与同时代的人打交道的时候，要比那些阳光之子明智。"

我把尼布尔关于"光明之子"与"黑暗之子"的一些主要界定，读给你们听（粗体部分是我加的）：

为更为全面地阐明这一重要的区别，我们不妨借用《圣经》上的名字来称呼这些**道德的犬儒主义者**，即那些不承认自己的意志和利益之外存在任何规律的人，称之为"此世之子"或"黑暗之子"。相应地，那些认为自我利益应当受到高一级规律制约的人，则可以被称之为"光明之子"。这样的称号绝不是随意借来的：因为恶总是对某种自我利益的执意维护，而不考虑整体的利益，不管这整体是指与自己密切相关的共同体，或是人类这个完整的共同体，还是整个世界格局。另一方面，善则总是各种层面上的整体的和谐。**对于像国家这样次要的、不成熟的"整体"的忠诚，从一个更大的整体，比如从人类共同体的高度看，当然会变成恶**。因此，"光明之子"就可以这样来定义，即用它来指那些意欲将自我利益置于更具普世性的规律之下，使之与更具普世性的善相谐洽的人。

根据《圣经》上的说法，"此世之子，在与同时代的人打交道时，要比光明之子明智"。这一说法也符合现代的情况。我们的现代文明，不是由黑暗之子创造的，**而是由那些冒傻气的光明之子创造的**。现代文明一直在遭受着黑暗之子、道德的犬儒主义者的攻击，他们宣称，**一个强大的国家，不需要承认除了自己的势力之外的任何规律**。在这一攻击之下，现代文明几乎遭遇了灭顶之灾，这不是因为它接受了与犬儒主义者一样的信条；而是因为它低估了个体的和集体的自我利益在现代社会中的力量。**光明之子没有能够像黑暗之子一样明智**。

黑暗之子之所以邪恶，是因为他们除了自我之外别无所知。他们尽管邪恶，却明智，是因为他们懂得自我利益的力量。光明之子之所以高尚，是因为他们能够理解比他们自己的意志更高的规律。他们之所以往往冒傻气，是因为他们不明白自我意志的力量。他们低估了在国家和国际共同体内的无政府状态所造成的严重危害。简单说来，现代的民主文明，**多情善感的成分多于犬儒的成分**。多情善感与犬儒和光明之子与黑暗之子是什么关系？由于对人的看法肤浅而不切实际，它对国家和国际层面上的共同体中所存在的无政府状态和混乱局面，只能拿出一种随意的（easy）解决方式。它并不明白，同一个人，虽在表面上致力于"共同的善"，却可能拥有自己的欲望和野心、希望和恐惧，而这将会使他与邻居产生分歧。

必须明白的是，**光明之子之所以愚蠢，不仅仅是因为他们低估了黑暗之子的自我利益的力量。他们也低估了这一力量在自己身上的显示**。民主世界之所以几乎遭遇灭顶之灾，不仅仅是因为它从不敢相信纳粹居然真的拥有它所宣称的恶魔般的仇恨。文明拒绝承认在其自身所属的共同体之内阶级利益所发挥的力量。它还在口若悬河地谈论着某种国际道义；但与此同时，黑暗之子却在施展伎俩，挑动国与国之间进行争斗。他们因而得以能够洗劫一个又一个的国家，而文明的国家却都在袖手旁观，没有相互施以援手。道德上的犬儒主义比道德上的多情善感主义有一个暂时的优势。其优势不仅仅在于它自身缺少任何的道德顾忌，还在于它能够顶住光明之子们的道德抗议，对个体和国家的自我利益的力量进行刁钻而准确的估算。

——也许我们可以认为，从启蒙主义至列夫·托尔斯泰时代的近代主流文学，更多属于"光明之子"的范畴，而现代主义文学/现代诗则更多属于"黑暗之子"的范畴。尼布尔继续写道：

> 不光我们现代的光明之子——世俗化的理想主义者们——是极为愚蠢和盲目的，那些更具"基督品性"的光明之子几乎同样也犯了这个错误。（……）对于自己的意识形态污点的视而不见，是

光明之子所特有的盲点。

——我们还记得第一节课,奥登那首长诗中的主要形象:那些保持热情的无名工作者和"积极生活的平凡人"。也许,我们可以把他们视为"光明之子"的成熟化形象,也就是说,他们是一些意识到了自身的"盲点",有学习能力,比如,可以学习"黑暗之子"的明智的"光明之子"。

有意思的是,奥登的那段关于无名工作者的诗,不论在形式还是内容上,都恰好与《胜利》的主要部分相对应。两首诗,不仅都以警炼的三行体诗节写成,并且在进入到核心内容的段落时,都以"他们"为主语。如果,大家重读这两首诗,我也希望你们可以把这两种"他们"对比起来理解。这种对比,一会儿我们在评析文本的时候还会提到。

奥登的"他们",是无名的工作者,是保持热情的"积极生活的平凡人"。"他们"是抵抗、希望和"肯定性"的化身。我们提到过,这是一种左翼思想的主体人格,虽有天主教思想的来源,但是,尤其是一种在今天来看已经古典化了的左翼思想的主体人格。当巴迪欧深深同情帕索里尼诗中那个左翼意志的绝望,却不同意帕索里尼的诗停止在"否定性"之中时,也许,巴迪欧会同意奥登诗中的那个"肯定性人格"。

两种"他们",两种不同的"光明之子":一种,是在一个具有英式的常识思想的人文主义者笔下清晰化了的"他们",并且被毫无保留地赞美;另一种,在一个意大利激进左翼诗人的笔下成为"无未来者",成为历史的孤魂野鬼。《胜利》,就是一首关于"光明之子"的鬼魂的诗。

我们之前也提到过,奥登笔下那个"亮起肯定之火"的无名工作者形象,是一种左翼话语还未官僚化的时期的形象,但这并不是说,它就是还未官僚化的左翼话语本身做出的叙述,而是,还未官僚化,便使得奥登式的"诗人之声"还可以跻身其中,并且在语言美学和语言伦理两方面都还可以是成立的。左翼话语的官僚化,也伴随着"光明之子"的异化,对此进行过探索的作家,中文读者最熟悉的也许莫过于米兰·昆德拉。小说《玩笑》中的那个生活在社会主义东欧的抒情诗人形象，不仅成为意识形态话语的欺骗和集体无意识症状的牺牲品，而且，他那诗意化的自我和世界想象，也使他滑稽而又可悲地参与到了欺骗的生产之中——一种"刻奇"的状态中。不仅"光明之子"陷入自欺，以及"黑暗之子"伪造"光明之子"，而且，伴随这一点，发生了二十世纪政治话语中的一个突出的现象，就是：**对使命的伪造**，不论是斯大林主义的还是纳粹的。使命话语掀起的意识形态潮流，导致了"现实感"的失去。二十世纪发生了使命的失落与对集体使命的伪造现象，并不是说，过去的时代就没有政治谎言，但是，二十世纪发生了不同于以往任何时代的意识形态浪潮。

有三段文字，可以帮助我们理解，在现代世界发生的这种失去"现实感"的精神病理现象。这三段文本，也可以被视为现代人的人格的三种表现。

第一段文字是埃利亚斯·卡内蒂的《群众与权力》的结尾，写到一种偏执的、想要成为"唯一幸存者"的心理：

> （……）最后他由唯一的人类变成了唯一重要的人类。由此我们可以设想，偏执狂与集权者都怀有一种同样深切的妄想，他们都希望将其他的人都赶走，并且最后只剩下他一个人——生还者，从一般的意义上来说，就是他们都想方设法地让所有人都来帮助自己成为"唯一的人"。

第二段文字，出自埃里克·沃格林的《希特勒与德国人》一书（是他的系列讲座稿），是对作家穆西尔的关于"诚实的糊涂和高级的糊涂"的观点的评议。中国人喜欢说，"难得糊涂"，但在埃里克·沃格林和穆西尔那里，"糊涂"是参与造成了二十世纪政治浩劫的一种精神病理现象。在我读到过的有限相关文字中，这段文字对我的启发尤其重要，而且，它也可以作为对"冒傻气的光明之子"的一种重要的辅助性解释。对于我们今天置身其中的现实，它也不失为一种具有揭示力量的说明。埃里克·沃格林这样写道：

> （……）现在我们就要进入现代的具体情形。这里先讲一讲穆西尔（Musil）非常有趣的研究，他是小说《没有个性的人》的作者。这项研究反映在**他的文章《论糊涂》**中，这是他在维也纳发表的一篇讲演。我后面还会探讨不同于穆西尔所分析的糊涂的类型，但是他的分析是一个很好的出发点。
>
> 穆西尔不讲失去人性和失去神性，而是从一个日常层面出发，**他首先从心理病理学（Psychopathologie）意义上**，也即从临床的角度，来理解和定义糊涂：这个人的神智清楚吗？或者说，这个人是否太笨，以至于不能完成这个任务或者理解那件事情？在这个意义上，穆西尔采用了心理学教科书上的定义，认为糊涂是"**……这样一种状态，在所有条件——除了跟个人相关的条件之外——都具备的情况下，无法完成任务**"。也就是说，仅仅是因为个人的因素妨碍了一项任务的完成，在既定的社会处境下，这项任务本来是被视为可以解决的。这种缺乏完成任务的能力的状态就是糊涂。因此，糊涂总是跟特定社会关系中的正常相对的。在一个特定的社会和历史处境中被认为是笨拙的人，在不同的处境中也可能会被视为精干的。在失序、混乱的时代，一个人需要精明、狡诈和残暴才能生存，那么这些品质和能力对于生存就是必须的、重要的，凡是没有培养这些品质的人就是无能的，而且有可能因此而被毁灭。在一个有秩序的社会关系中，这种**狡诈、残暴、利用别人的信任等等，就是糊涂的症状**，因为一个人如果这样做就会遭到社会的抵制。所以，糊涂总是要参照社会与历史处境才能理解。与糊涂相对的是聪明或者能干，因此我们可以得出，每一种能干都有一种对应的糊

558　　　　　　　　　　试论诗神

涂。因此，我们必须把跟社会上一般要求的能干类型相对应的糊涂区分出来。我们不能笼统地说笨拙，实际上笨拙的行为有多种，每一种精明与能干都有一种笨拙与之相对应。

既然"糊涂"这个词可以笼统地指没有办事能力，那么它是否有时候可以取代那些区分出来用于指称特定类型的糊涂的那些词呢？正如"卑鄙"（Emeinheit）这个词可以作为"伤风败俗"（sittenverletzung，道德败坏）的一般性表述，而无需进一步区分哪一种伤风败俗那样？在表达作为缺乏能力的糊涂的各种具体词汇以及表达作为伤风败俗的卑鄙的各种具体词汇之外，我们还有总括性的词汇。

"糊涂"的第三种含义是用于辱骂的话语。这个跟一种恐慌状态有关，需要一种所谓的极度的"骂人冲动"才能缓解。有这样一些情况，它们可以用诸如"因为愤怒而几乎窒息"，或者"说不出话来"，或者"需要透一透气"之类的话来描述。在这些情况下，人开始辱骂，但是这种骂是很笼统的：这是卑鄙，这是糊涂！这是一种骂人的意愿。这是一种"哑口无言，脑子空白"的状态，实际上是一种发作，穆西尔把这种状态称为一种"严重的无能感"。当一个人说，这人现在"变得实在是太笨的东西了"的时候，这是一种身体性的发作。因为这种东西，这种对我来说变得太笨的东西，这种激起我的暴力的东西，"这种东西就是我自己"。当糊涂作为"一种骂人的冲动"表达的时候，也就是说，当问题的鉴别区分不再受到自主的时候，一种恐慌性的举动就发生了，而这个人自己就是糊涂的了，因为这个人已经不再能够把握和说清楚这个局势。穆西尔补充说——以极亮的眼睛看着德国发生的一幕一幕——请你们留意，这一段话是1937年写的：

"在一个积极进取的精神受到珍视的时代，我们有必要注意有时候可以跟这种精神乱真的东西。"

也就是说，这种伟大的精神，这种激进，这种积极进取，**乃是对于现实的恐慌性拒绝**，是糊涂的一种形式。

——这是"诚实的糊涂"与"高级的糊涂"的分野，也即"高级的糊涂"是一种进入到虚假的激进性之中的表现。穆西尔的这种观点，如沃格林所说，乃是洞见。沃格林继续写道：

> 有人后来接受了穆西尔这个洞见，特别提到基于世界观或者如多德勒所描述的突然暴怒的极端情形对现实的拒绝。特别是在《墨洛温王朝》（*Die Merowinger*）一书中，多德勒更进一步研究了穆西尔把它等同于暴怒的那种糊涂，并且选择了滑稽剧这种文学表现形式来描绘这种等于是拒绝现实的糊涂。我们后面还会来谈一谈这个滑稽剧的问题，因为国家社会主义不是悲剧，悲剧只能在精神层面上，而不是在**不分青红皂白的暴怒**层面上上演。**在这个庸俗层面上只有滑稽剧，即便是一个血腥、可怕的滑稽剧。从文学形式来看，滑稽剧，而非悲剧，才是适合于国家社会主义问题的表达形式**。此外，弗里希（Frisch）也在他的《诚实人与纵火者》中明确地拒绝把它归类为悲剧，在那里，如古典剧本合唱所吟诵的那样，**"绝对不能因为糊涂事发生了，就值得被称为命运"**。糊涂事（Blödsinn）这个词在多德勒那里也出现过，他在书的最后，根据从海德格尔著作中选出来的例子，对糊涂事问题进行了探讨。

还有一种类型。穆西尔区分了诚实或单纯的糊涂和高级或聪明的糊涂。这是一种很重要的区分，我们接下来很快就会明白。诚实或单纯的糊涂可以理解为人们所谓的缺乏悟性：有些人"管子很长"，理解很慢。单纯的人在这个意义上是完全可信赖的，在许多情况下他们拥有宝贵的品格，如忠诚、坚定、感情纯洁、规矩之类等等。这些美德显得纯粹，联合成一幅十分吸引人的性格图，如穆西尔强调的那样，因为它们不跟其他的品格，如更高级别的精明和强干相冲突。我们谈单纯的人，这是在糊涂的一个层面上谈的，这种糊涂不表明直接就是坏的，相反是很令人喜爱的，能够表现出纯洁的样子，因为完全缺乏精神层面的复杂因素。

高级或聪明的糊涂与这种单纯的糊涂不同。我在此进一步引用穆西尔的话：

"它不是缺乏理解力，而是由于这样一个原因使理解力失效了：它对自己其实并不具有的能力怀有一种自负。"

——这是一个在我读到之后，想转述给每个朋友的警句。它具有一种严酷的真实性。比如，我也很担心，我在这里说着这些，是不是也会引起一种对自己"其实并不具有的能力"的自负。我想，你们各位也会因此，立刻联想到当代的众生相。但在沃格林那里，这不仅仅是一个批判现实主义的观点，他把这作为一种"灵性病理现象"，区别于一般的心理病理学，并且，把它置入"纳粹得以获得统治权的条件"这一问题中去观察。沃格林写道：

……高级的糊涂这种状态不是心理病理学意义上的精神狭隘，而是一种完全不同的东西。我们在此还需要一个界定，不同于穆西尔，而是自谢林（Schelling）以来就很常用的德国人对这个问题的一种分析。谢林将这种类型的精神障碍归于灵性病理学（Pneumopathologie）的范畴。是精神（灵）病了，而不是心理病理学意义上的魂（Seele，Pschy）病了：精神病状态是与心理病状态相对的。我们还会经常性地使用这个词。正是这个施朗，举个例子来说，总是试图把这类问题推到心理病理学上去，因为他无法把握，无法理解它们。但是这类问题实际上不是心理病理学的问题，而是灵性病理学的问题，这种问题柏拉图、谢林乃至穆西尔和多德勒都

第四讲 三首诗的"诗与真"

已经详细地探讨过了。但是施朗却不知道这一点。

现在来刻画这种高级糊涂的特征,引一段穆西尔的话:

高级的糊涂实际上是一种**教养病**(但是为了防止误解:它是指没有教养,缺乏教养,误入歧途的教养,物质与教养力量的不均衡,也即与真正的教养相反的东西),要把它描述出来是一件几乎无法完成的任务。它触及到了最高的精神层面。早在几年前我就写到过它,**把糊涂理解为毫无用处,这样的想法绝对是错误的**。糊涂是全然灵活的,能够穿上真理的所有衣裳(聪明的糊涂臭名昭著的典范就是意识形态)。真理则与之相反,在每一个场合都只有一件衣裳,一条道路,并且(面对这种聪明的糊涂)总是处于不利地位。这里所说的这种糊涂**绝不是精神病**(Geisterskrankheit, mental illness)(他又说了一遍),然而却是最致命的,是危及到生命本身的精神疾病。

——但是,在现代世界,这种"糊涂"——以及那种虚假的激进——已经成为构成我们的经验世界的重要因素。海因里希·伯尔称这种"高级的糊涂"为"想当然",而且这种"想当然"也受到了个性主义的支持,我们在"想当然"中理解自己和辨认他人,发表观点,组织社会活动,进一步去构成解释人、解释世界的社会化知识。

在帕索里尼的长诗《胜利》这首诗中,"高级的糊涂",则莫过于**沉浸于辩证法**。而被诗中那个沉浸于辩证法的精神之父所抛弃的,那些孤绝、年轻的极端主义武装分子,则是失去"现实感"的极端表现。

沃格林对灵性病理的探索,除了对"糊涂"的讨论,还表现在他对"意见分子"的剖析中。"意见分子"的另一个译法是"爱意见者",对立于"爱智慧者"。接下来我要引述的这段极为尖锐的文字,也是第三段文字,出自埃里克·沃格林《自传性反思》(译者是徐志跃)。这段文字较长,但值得在此朗读:

当我们越过马克思，转向十九世纪后期和二十世纪意识形态的跟屁虫时，我们所面对的知识水准，远远不如构成马克思背景的知识水准，这就是我特别憎恨意识形态分子的地方，因为他们矮化了知识辩论，赋予公共讨论一种明显的暴民统治色彩，如今，这一色彩已经到了这种地步：假如你要讨论政治论争中出现的问题，你甚至还要把法西斯主义者或威权主义者作为一种参考物，观照本需要知晓的有关政治史和知识史的事实。对历史知识和哲学知识的极端谴责，必须视为社会环境中的重要因素，因为，**那些甚至连知识骗子也称不上的人主导了这一谴责**，由于他们的意识水平极其低下，而**连自己的客观性欺诈也意识不到**，但最好是把他们描述为**有着自我夸大的强烈欲望的半文盲**。(《关于意识形态、个人政治见解和出版物》)

一个生活在一战结束以来的二十世纪的人，只要有一个开明和反思的头脑，就会发现自身被意识形态语言的洪水从四周包围，即使不说是遭到了挤压——因此，意识形态的语言也意味着语言象征，后者伪装为概念，而实际上是未经分析的传统主题（topoi）或话题。

(……) 在历史上，语言不止一次劣化和腐败到这样的地步，以致不再能用来表达生存的真理。这是培根在撰写《新工具》(Novum Organum)时的情形。培根把他的时代中未经分析的话题归类为各种"偶像"：**洞穴的偶像，市场的偶像，伪理论思辨的偶像**。在抵抗偶像的支配时，亦即，已和实在失去关联的语言象征的支配，我们不得不重新发现对实在的各种经验，以及恰切表达这些经验的语言。今天的处境并非截然不同。为了看清问题的连续性，我们只需回忆一下索尔仁尼琴《癌症楼》论"市场偶像"的那一章（第31章）。索尔仁尼琴不得不借助培根及其偶像概念，以在他的生存中捍卫理性的实在，对抗共产主义教条的影响。我愿意提到索尔仁尼琴的案例是因为，他对问题的意识，以及在他参照培根上体现的作为哲学家的资格，显然是个模范，如果我们跟随他，也许就可以从根本上改变我们的高等院校的知识氛围。在与主流的社会科学氛围的关系上，美国哲学家发现自身的处境，非常类似于索尔仁尼琴和苏联作家协会的关系——当然，重要差别是，我们的苏联作协不能援引政治权力来压制学者。因此，在西方总有一些飞地，在那里，科学得以继续甚至繁荣，尽管有诸如大众媒体、大学科系、基金会和商业出版社这类机构的知识恐怖主义。

（……）"哲学"（philosophy）这一术语并不是孤立的，而是从它的这个对立面获得了意义，即：占据优势的"意见爱好者"（philodoxy）。正义问题不是在抽象中发展的，而是在与正义的错误概念的对抗中发展，这些错误概念事实上反映了环境中的非正义潮流。哲人本身的特性获得其特殊意义，乃是通过与智术师特性的对立，而智术师对实在的曲解，是为了获得社会权势和物质利益。

这就是哲人的处境，在此，哲人不得不在一个既领会过去、又领会现在的共同体中，找到同类人。尽管意识形态意见总是主导着社会氛围，但也存在着，甚至在我们的社会也存在着庞大的学人族和思想者团体，这类学人还没有与实在脱离联系，而思想者则试图恢复他们正面临丧失的这一联系。二十世纪的一个典型现象就是，精神上富有能力的人冲破主流的知识分子集团，以找到失去了的实在。

（……）再现实在以反对当代的扭曲变形需要纷繁复杂的研究。你必须重建生存、经验、意识和实在的基本范畴。对于那些使日常习惯变得混乱的扭曲变形，你必须同时研究其手法和结构；你必须发展一些概念，藉此对生存的扭曲变形及其象征表达进行归类。因此，这一研究的展开不仅必须反对扭曲的意识形态，而且要反对思想家对实在的扭曲,他们本该是实在的守护者(如神学家)。

(……)在理解扭曲变形的过程时,我深深受益于伟大的奥地利小说家对这些过程的观察,特别是居斯特洛,穆西尔和冯·多德勒。他们发明了"次等实在"(second reality)这一术语,以表示那些生存于异化状态的人所创造的实在形象。与经验实在相对立的次等实在,其想象性构建支持了这种异化状态。**异化状态的主要特征是多德勒所谓的"拒绝统觉理解"**(Apperzeptionsverweigerung)。此概念出现在他的小说《恶魔》中,我总是欣赏这一事实:他是在讨论某些性倒错时发展出这一概念的。"拒绝统觉理解"的正式提出是在**"饮食恶魔"**一章的引言中,"饮食恶魔"即小说中的某个男主人公喜爱的肥胖女士。对我来说,"拒绝统觉理解"已成为核心概念,用于理解意识形态的倒错和扭曲。它出现在种种现象中,其中在历史上最有趣的一例就是,**孔德与马克思所要求的正式禁止提问**。假如你提出实在的神性根基这一问题来质问他们的意识形态教条,孔德将告诉你,你不应该问"无聊的问题"(questions oiseuse),马克思也会告诉你,**你应该闭嘴并成为"社会主义者"**——"不要思考,不要问我"。对其前提的质疑会立即推翻他们的体系,**这种不许质疑的态度是意识形态分子在讨论中普遍采用的战术**。(……)
(《为什么做哲学?为了再现实在!》)

——我们每年都陷入到"意见分子"的声音洪流之中,以及,自己可能也在成为"意见分子"。关于作为一种异化状态的"拒绝统觉理解",我们也可以联系去年的第一节课中,我们提到的 T. S. 艾略特的一个现代诗的基本观念:现代诗追求综合感受力,或者说,追求一种广义的情感机制。此外,去年的第二节课上,我们也曾谈到荷尔德林的一个词语:"反应",也即没有主动认知能力,只能做出"反应"的状态。荷尔德林把这种只能做出"反应"的状态,称为认识上的奴性。只能做出"反应",同样也是"拒绝统觉理解"的表现,都导致了"现实感"的失去。以及,不能进入那种区别于原始现代主义抒情诗观念的"综合感受力",同样是认识上的奴性的表现。

提出"综合感受力",并不是预设我们具有某种近乎于自动的综合能力,创作者并不舒舒服服地享有这种综合性。而是要知道,有一些不同于自我绝对主义的文学和艺术创造,而如果采取自我绝对主义的立场,即不能理解它,因此,只能置身于只听到自己回声的洞穴幻觉之中(就像福斯特《印度之行》中那个在因陀罗的洞穴中置身于回声,因此产生了被并不在场的印度导游性侵了的错觉的英国女性)。这是一种**在美学中的单独监禁**。但是,一方面,并不是一切不同于"普罗艺术"的艺术形式都是自我监禁,失去了艺术形式的独立性才是监禁。

我们可以再回到米沃什的那个话题:一种"拒绝统觉理解"的,从早期的、原始现代主义抒情诗人那里发扬出来的美学禁令,它本身,也是会不断正统化的。我把上节课提到的纪弦那样的诗人,称之为一种刻板化的现代诗人。刻板现代主义诗人也会把自己的一切正统化。另一方面,一切表达自身独立性的艺术形式,都会倾向于把自己正统化。正统主义是一种因为自我核心化、从而导致了认知刻板的现象,可以说,一切方式都会把自己正统化,或者都蕴含了自我正统化的欲望。并不只是官方艺术会对自己进行正统主义的叙述,那些表面看来是反官方化的艺术,也会把自己正统化,也会发出和官方艺术一样的什么是艺术什么不是、什么是诗什么不是的美学禁令。这也是丸山真男所说的,在二十世纪所发生的**"对立的暗合"**的一种表现。

但是,又有一种诡异的情况是,对这一切的成熟化辨别,在现代人的失去了"现实感"的感性认识中,常常是并不被推崇的,因为会被认为偏离了"赤子之心",会被认为不是"光明之子"的思维方式,或被认为是唯理智主义的。这种观点,也是人们如今常言的"反智浪潮"的重要组成部分。

但是,"反智浪潮"不仅在二十世纪一直存在着,而且本身正是启蒙运动的一个后果。洛夫乔伊在《存在巨链》一书的导言中就已写道,"追求简单",这本身是一种启蒙主义的思维方式,在二十世纪演变为一种反智的、感情主义的浪潮,本身是启蒙主义追求简单化的后果。然后在今天,它又成为一种认知活动的内部恶性竞争:人们会认为,"赤子"不会去辨析这些意味着历史复杂性或者观念复杂性的内容,否则"赤子"就失去了纯真,如同吃下知识之树的果实而被逐出"天真的""自然的"等等感情主义的价值所构筑的乐园。一定程度上,"反智浪潮"是伊甸园乡愁的一种扭曲表现。

以上这三个文本,可以说,概括了一个深陷于意识形态洪流中的时代的精神病理现象。当我们笼统地说"现代人"时,不如具体化为讨论这三种人。这三种人,对于每个知识领域来说,可能都构成了这些领域所面对的主要社会状况。现在,我们可以归纳一下这三种人:

一、"唯一幸存者"——统治者(或怀有权力欲望的人)。

二、"高级的糊涂"(例如表现为虚假的进取心与虚假的激进化)——处在"中层"的人。纳博科夫有个观点,他说,不是那些在上和在下的,最冥顽不灵的是在中间的人。

三、"拒绝统觉理解"的"意见分子"——"新人"。这样一种"新人",是以"光明之子"的外表显现的"黑暗之子"。

在成为"黑暗之子"化了的"新人"之前,这个"新人"仍然有一个"光明之子"的前身,也就是说,他们仍然保持了某种正义想象,不论是自欺的幻觉还是某种话术,但这种正义想象,是"新人"之所以成为"新人"的历史合法性的来源——因为,"新人"不会完全成为经验性的,即使他已经内在地成为了一个经验主义者的时候,他仍要戴着"光明之子"的面具。不论如何,他一定要在自己身上保持天真之子、"赤子"的形象。这种情况在诗的领域,即表现为:不会完全成为"经验之诗",而是一定要以"天真之诗"的面目出现。但是,那个"赤子"/"天真之诗"的前身,不仅死亡了,不仅成为了"**新人**"的自我僵化的原因,同时,还成为了他们的道德武器。这,就是在现代世界发生的一种扭曲变形:作为"新人"的伪"光明之子"。他们"**对自己其实并不具有的能力怀有一种自负**",并且"**出于对现实的恐慌性拒绝**",在"**骂人冲动**"中表现出作为糊涂的一种形式的虚假激进,然后,成为那种将其他人都赶走,只剩下他一个人的人。

二十世纪后五十年,一些东亚作家例如大江健三郎,也以新人问题为主要的写作主题,例如战后日本的青年左翼和右翼活跃分子。他以此主题创作的小说,例如《新人呵,醒来吧》《迟到的青年》和《空翻》,是直接可以和帕索里尼的这首长诗《胜利》对比阅读的。但是,在《胜利》中,"新人"不会从自身的新人状态中醒来,不仅走进了一场无休无止的梦游,从一次政治意见的争吵到下一次争吵,并且,最终成为了鬼魂军队的一员。但是,这些诗和小说作品中的"新人"形象,可能是这一形象还保留着一种始于法国大革命时代的"光明之子"之幻影的**最后时期**。在此之前,"新人"需要表现为"光明之子",有时也确实是"光明之子","新人"虽然以"光明之子"的面目示人,但同时,"新人"也正是"光明之子"的终结。"光明之子"实际上是死于"新人"的。然后,"黑暗之子"在"新人"身上存活下来,并且,"新人"也越来越不需要"光明之子"作为面具了。那种曾经被"新人"这一形象所标志的激情,从此成为过去时的,一种已死之物的鬼火之光。

阿兰·巴迪欧在《追寻失去的真实》中,以帕索里尼的早期名篇《葛兰西的骨灰》为例,认为"真实的激情完全是二十世纪的激情",而帕索里尼的诗作讨论了这种激情的消逝。巴迪欧把二十世纪明确概括为"真实的激情的世纪"。这一点,我们在第四节课,也就是最后一节课中还会谈到。激情消逝以后,历史中断了,这些"站在历史中断处"(巴迪欧语)的作家——例如帕索里尼这样的"历史遗孤"(这是巴迪欧对他的称呼)一般的诗人并没有,也许,也不可能有答案。

《胜利》，是在我有限的阅读经验里，读到的一首最为痛苦的关于"新人"和"新人之死"的诗。

我先简单介绍一下作为诗人的皮埃尔·保罗·帕索里尼。除了拍电影，他也是非常重要的现代诗人。

1957年，三十五岁的皮埃尔·保罗·帕索里尼完成了长诗《葛兰西的骨灰》，小说家阿尔贝托·莫拉维亚称其是"总结半岛的一切的一个机会"，并且在这首诗遭到冷遇时坚持帮助发表了它。莫拉维亚终生认为，"最伟大的意大利现代诗人"是帕索里尼，而非诺贝尔文学奖获得者埃乌杰尼奥·蒙塔莱。此后，另一个小说家伊塔洛·卡尔维诺，称这首长诗"开辟了意大利诗歌的新纪元"。对诗人帕索里尼公开表达积极支持的，是两位小说家。同时，这首长诗招致了当时意大利诗界狭隘思想的非议，帕索里尼本人也为自己的诗读者稀少而感挫败。

约瑟夫·布罗茨基把蒙塔莱称为一个"在但丁的幻影下"的诗人，但有可能，更适合这一称呼的是帕索里尼。和那位在地狱与炼狱中与各类政界、宗教人物对话的前人一样，帕索里尼也在诗篇中频繁指涉政治人物和教会。不论是三行诗节的形式、圣像画式的意象和鲜明的政治性主题方面，帕索里尼都令人联想到一个"新但丁"。但是，帕索里尼用来写下多篇长诗代表作的三行诗节，与其说来自但丁，不如说，来自人生结束于意大利海浪的珀西·比希·雪莱写于最后时光的长诗——《生命的凯旋》——中的那个"雪莱化了的但丁"。在《胜利》这首诗中，"改造世界的欲望"这一主要的、普罗米修斯式的近代革命意志走向异化，"光明之子"突变为"黑暗之子"，左翼激情生命的崩溃成为二十世纪极端主义的前提，是这首诗的主题。

之前，我们提到过，奥登和米沃什的那两首长诗，分别关于昨天的世界和普遍性的世界。帕索里尼的诗，则关于一个试图把自己紧紧捆绑在某种政治幻想中的破碎的世界，这个世界，其实也直接通向我们的世界。在帕索里尼的这首长诗中，他失去了奥登和米沃什表达的那两种世界。而且，和两位人生发展相对稳定的、成熟的现代人文主义者不同，诗人帕索里尼的写作，是一个混合了唯美主义（而且主要是意大利式的，有着与邓南遮美学重合的部分）、神学和激进左翼思想的奇特存在。

在我有限的视野里，好像没有第二首《胜利》这样的诗，如此综述性地和令人难忘地说出了二十世纪后半叶青年运动中的极端主义者的命运。在我有限的阅读经验里，《胜利》是我读到的一首最为痛苦的关于新人和"新人之死"的诗。这首诗的写作同期（1964年），帕索里尼还在拍摄《马太福音》——一部被认为具有左翼色彩的耶稣题材的电影。这一年，1964年，安德烈·马尔罗在现场观看《东方红》在北京的公演，赫鲁晓夫下台，萨特拒绝诺贝尔奖，我国的第一颗原子弹爆炸成功，首次提出了"实现四个现代化"，离"文革"开始，还有两年。

《胜利》这首诗的起因，是诗人的弟弟死于一场发生在两个左翼派别之间的战争。十一年后，1975年11月2日，帕索里尼本人也死于非命。数年前出版的一部《帕索里尼传》（作者：巴特·大卫·施瓦茨，吉林出版集团）中文版里，也给出了对诗人死于一个极右翼团体的虐杀这一判断的新近证据。兄弟二人，都直接死于那个政治动荡时代的意识形态斗争。

《胜利》是一首只能在二战后产生的诗，是在现代政治意识形态斗争中产生的诗。对于任何一个试图以激进政治运动为主题写点什么的诗人，也许，这首诗都会是一个坐标性的参照点。对于我自己，这首诗中的核心意象——在正午阳光下、行进在白色平原上的青年鬼魂军队——是一个我读到以后，便从此难忘的意象。

我还是像前两次课一样，边读、边对这首诗做一点评述。

胜利

申舶良 译

武器在哪里？

——长诗从这一提问开始，并且，笔直地指向一个从诗人的提问而开始、延续至今的，"人民"失去了"武器"的时代。

需要稍稍区分"武器"与"工具"的区别。人民有"工具"，也有"玩具"，但是没有了"武器"。"工具"是目的性的，"玩具"不一定是目的性的，但是，"玩具"可能成为"武器"。"工具"是使事情实现的，而"武器"则不一定，并且具有攻击毁灭性，同时，"武器"是"工具"的激进化，我们所使用的"工具"（不论是文化工具还是物质工具）会被激进化地解释为"武器"，从而也使事情得以直接和彻底地实现，而非保守性地实现。而且这样一种"武器"，也区别于那个精英主义的"知识就是力量"的"新工具"。如果，"知识就是力量"的"新工具"成为压迫者，比如，大量的人无法获得并掌握新技术手段，那么，也许，"人民的武器"就需要成为一种使"新工具"不能顺利运行的东西。

那么在此时，我们就要面对诗人的提问，这样的"武器"在哪里？但诗人诚实而苦涩地说，他自己也没有这样的"武器"。他也并没有说，写作就是他的"武器"，就像知识分子常常说的那样，"以笔做枪"。帕索里尼不会这样文饰地解释自己。他不会在这样一首痛苦的、弟弟的血泊阴影下的诗中，宣布自己"以笔做枪"。但同时，他的立场也不像后来的先锋作家那样，比如，像罗伯-格里耶那样——在一次作家会议上，罗伯-格里耶听到一个来自社会主义国家的小说家说"要用小说去战斗"，对此罗伯-格里耶感到可笑。当然在今天，格里耶的立场并不难被理解。但是，帕索里尼也不关心这种纯美学问题方面的艺术立场，虽然他本人是一个艺术家，并不会把艺术形式上的种种现代变革都扣上"去政治化"

的帽子，但是，也并不扮演一个"以写作去战斗"的文人。如此，长诗从艺术道德和政治道德方面的双重否定开始。但我们也可以说，这是一种双重诚实。诗人从这种双重诚实开始，进一步进行"自我揭发"和自我否定：

> 我仅有的都来自自身理智
> 而我的暴力中甚至容不下
>
> 一件不智之举
> 的痕迹。这可笑么，

——仅有的"武器"，是一种知识分子式的思想状态：一切"都来自自身理智"，甚至连在自己的"暴力中"都"容不下一件不智之举"。瓦莱里的名篇《与泰斯特先生一夕谈》的第一句便是："愚蠢不是我的强项。"这是一种现代知识分子式自信，但是，帕索里尼称其为虚弱状态，他说："这可笑么？"

> 如果来自我梦的暗示，在这
>
> 灰色清晨，死人能够见到
> 别的死人也会见到，而对我们
> 这不过是又一个清晨，
>
> 我高呼斗争之语？

——"清晨"结束了。诗人对于在这个"清晨"继续"高呼斗争之语"感到怀疑，他说："这可笑么？"然后说："谁知道中午……"

怎样区分"中午"与"清晨"？如果说，"中午"是一个"此世之子"的时刻，"清晨"是否是一个"光明之子"的时刻呢？在后续的诗句中，我们还会看到，"中午"与"清晨"这两种时刻的对比，对于理解这首诗至关重要——它将贯穿长诗全篇，对整首长诗起着结构性作用。

> 谁知道到中午，我将
> 如何，那老诗人却"狂喜"

——"老诗人"是谁？帕索里尼没有明确指出。我的一种误读是，这个"老诗人"让我想起叶芝。叶芝正是一个"老来癫狂"的诗人，越晚年，写的东西越是生命欲望的清晰化与狂喜状态——用帕索里尼的语言来说，就是越在晚年，越像"一个渴望去死的青年那样说话"。

> 他像云雀、八哥，或
> 一个渴望去死的青年那样说话。
> 武器在哪里？旧日子
>
> 不复归，我知道；红色的
> 青春四月已去。
> 只有一个梦，关于欢乐，能开启
>
> 一个荷枪实弹的疼痛之季。
> 我，一个缴了械的党徒，
> 神秘，无胡须，无姓名，

——这是一幅离开了早年的青春革命激情之人的自画像，一个离开了"光明之子"的自我的自画像。这个人，不仅不再是弟弟那样的革命青年，而且，还面对着那个青年的尸体。这个人没有了武器，"缴了械"，远离了"荷枪实弹的疼痛之季"，形象神秘，而且失去了名字。但是，这个人成了一个著名的、形象神秘的电影导演——成了我们今天看到的，其自编自导电影中的那个画家乔托、诗人乔叟的扮演者：电影艺术家帕索里尼。这个人，仿佛早年那个没有了名字的诗人，不再是"光明之子"的帕索里尼的社会化表现。他没有武器，不是那个"荷枪实弹"的战斗者。

在这里，"武器"又具体起来——就是枪支弹药本身。"武器"一词必须没有任何花里胡哨的歧义，就是直接的"枪杆子"，就是在一个普遍禁枪的世界，成为非法的武装分子。这是对"武器"的一种彻底现实主义的，同时，也是绝望的理解。

但是，接下来，诗中的那些年轻的武装分子们，他们真的掌握"武器"了吗？

> 我意识到生命中可怕地
> 染了芬芳的反抗的种子。
> 在清晨叶片都很平静

——这是一个具有诗性魅惑力的比喻：生命，是革命反抗的种子生长出的、在"清晨"招展摇曳的叶片。我们可以再次联想到叶芝。我们都知道那个著名的诗句："早年我在阳光下招摇／如今我枯萎而进入真。"但是，帕索里尼并不像叶芝那样表达一种随生命阶段而递进的智慧观，前者也不是那种旧式爵爷般的老年智者，他只是哀悼那早年的，在"清晨"的阳光下，在"光明之子"的时刻招展的生命力之叶片。

> 如同曾在塔利亚门托河
> 和利文扎河畔时——不是暴风将至

或夜晚降临。

——诗人短短回顾了少年时光,同时,这也可能是他的弟弟的少年时光。那个少年的自我意识,虽然显得有些自恋,但也部分地和一种艺术化的自我意识有关,与《威尼斯之死》中的那个高度符号化了的美少年有关。反正,诗人怀有这样一种自我意识:不论他是不是一个美少年,他都具有那种源于"清晨"的,对早年那个平静的"光明之子"生命的美好记忆。诗人认为,自己已成为一个"缴了械"的"此世之子",一个明智的"黑暗之子",而不再是那个少年赤子。

是生命的

缺席,它沉思自身,
与自身疏离,

——这个"与自身疏离"的,生命缺席了的生命,一个自我否定的生命,是一个剩余者的现实生命。诗人是以一个不情愿的、"此世之子"的声音在:

专注于
理解那些仍充溢其中的

恐怖而宁静庄严的力——四月的芬芳!
每叶草都有一个荷枪实弹的青年,
都是渴望去死的志愿者。
……
好。我醒来——第一次

在我的生命中——我想拿起武器。
在诗中说这个是荒唐的

——这是这首长诗中，诗人**第一次**写到"醒来"。在后续的诗行中，"苏醒"的意象会变得非常重要。

那么，在这之前的漫长岁月里，曾经写过《葛兰西的骨灰》的帕索里尼，沉睡于什么？沉睡于一个"光明之子"的幻梦吗？但是，这种苏醒——还不至于是**觉醒**——并没有让诗人看见自己**再次**成为那个"光明之子"——就像浮士德因为自己的生命力欲望和认知欲望而接受了魔鬼给予的第二次青春那样——返回气息芬芳的生命力的可能性。这首诗的后续诗句告诉我们：诗人只是因为这种苏醒，才看见了中午的太阳光照射下的——"新人"的尸体。

接下来，诗人写到他的社交圈：

四位来自罗马、两位来自帕尔马的朋友
将从这完美地译自德语的乡愁中
理解我，在这考古的

安宁中，

——这个少年赤子的形象，不论是不是《威尼斯之死》里的那个美少年，都是来自德语的。这里显现了一个矛盾：诗人怀着来自德语的乡愁，眼看祖国陷入在一种"考古的安宁"中。这是一个机智的短语："考古的安宁"。这是源于古罗马和文艺复兴的，诗人的祖国意大利的"考古的安宁"。

凝视阳光丰沛、人烟稀少的

意大利,野蛮的党人的家园,他们从
　　阿尔卑斯山脉下到亚平宁山脉,沿着古道……

　　我的狂暴只在黎明到来。
　　中午我将与同胞们一起
　　工作,吃饭,处于现实,升

　　白旗,

　　——诗人继续着他那作为一个"此世之子"的自我讽刺与自我否定。黎明的、"光明之子"的本真时刻消逝了,剩下的只有社会化的、一个著名电影导演和公众人物的"中午",也是现实的"中午",一个明智的"黑暗之子"的"中午"。可是,这首诗中最具创造力和最讽刺的一幕,却在"中午"发生。这一幕我们稍后就会读到。

　　今天,关乎众生的命运。
　　而你,共产主义者,我的同志／非同志,
　　同志的阴影,隔绝的近亲

　　——在这里,连续出现了几个重要的短语,"**同志／非同志**","**同志的阴影**"。然后,是一个悖论性的双重否定:**隔绝的近亲**。诗人用这一系列悖论性的短语,讲述**不可能存在的同志**。
　　现代人中不可能再产生古典意义上的同志了。那么,一个人只能成为自身的同志,成为一种大写、但没有实体的同志形象的影子,并且,只能在"非同志"之中,维持友爱的幻影。共同体,则成为"隔绝的近亲"。这种共同体——而且显然是一个"光明之子"的共同体,因为只有"光明之子"才会谈论共同体,"黑暗之子"不会——并不使个体获得价值，而是"迷失于当下"的人们的虚假进取的集体化表现。这是一个非常悲观的观点，但是，我们无法绕过它，而且我们还会发现它也与我们今天所做的事相关。

> 迷失于当下，还有遥远，
> 将来那些无法想象的日子，你，无名的
> 父亲，已听到呼唤

——后文将会写出谁是这个"无名的父亲"：一个辩证法的父亲，一个作为革命领袖和精神导师的父亲。那么，他具体是谁？还是说，仅仅是一个抽象的、概括性的形象呢？他，就是这首诗的后文所写到的，意大利共产党和共产国际的领导人帕尔米罗·陶里亚蒂吗？而且，陶里亚蒂正好去世于帕索里尼写下这首诗的这一年：1964年。

> 我觉得那像是我的呼唤，
> 正在燃烧，像被遗弃在
> 冰冷平原上的火焰，沿着沉睡的
>
> 河流，在炸弹爆响的群山……
> ……
> 我将一切责难加于自身（我的
> 旧业，未予供认，简单活计）
> 指向我们无望的弱点，
>
> 正是为此我千千万万，
> 都是一个命，无法
> 坚持到底。结束了，

我们一起唱吧,哒啦啦:它们正在坠落,
越来越少,战争与
殉难之捷的最后叶片,

被将成为现实的东西
于点滴中毁坏,
不止是亲爱的"反应",还有美好的

社会民主的诞生,哒啦啦。

——这被称为"现实"的腐蚀之物,也是一个"此世之子"的现实。这里,出现了一个重要的词语:"反应"。德国诗人弗里德里希·荷尔德林的有一个关于"反应"的警句:

"我们梦想教养、虔诚等等,却一无所获,只是假设——我们梦想原创性与独立性,我们相信说出新意,而所有这一切却是反应,宛如对奴性的一种温和的报复……"

帕索里尼显然是自我否定地,把自己视为在"反应"中,被现实腐蚀,从而被"奴性"所获的人。与一种激进的左翼意志所指出的方向相比,"美好的社会民主",显然是平庸的,或者右翼的。

我(欣然)将罪责加于自身
将一切按其原样处之罪:
失败之罪,怀疑之罪,艰苦的年月中

肮脏的希望之罪,哒啦啦。

——诗人像一个僧侣般的苦行自虐者那样,列出了自己所犯的四种罪。中间两种——"失败之罪"和"怀疑之罪"——不难理解，而且使其他两种显得更为突出。四种罪的第一种，"按其原样处置之罪"，可以理解为"还原论"的罪。阿兰·巴迪欧曾写道，那个不可还原的、"独特的真实肯定"才是重要的。但是，帕索里尼认为自己的"独特的真实肯定"失败了，而且，他对此发生了怀疑。同时，以这样的一种心态所保持的"希望"，是"肮脏"的。

这个有着修士思维的现代诗人，表现出了一种古怪的、中世纪的洁癖。而我们知道，**这种给人中世纪感的洁癖，也是构成传统的共产主义者形象的品质要素之一。**

> 我还会将最黑暗的乡愁之痛的
> 煎熬加于自身，
>
> 它以那般真实
> 唤起悔恨的诸事，几乎
> 让它们复活，或是重构那些
>
> 使它们必不可少的破碎的条件（哒啦啦）……

——"乡愁之痛"是因为：其一，这是对一个革命青年的伊甸园和那个少年赤子的故乡的乡愁；其二，重构乡愁的条件是破碎的，因为，并没有完好无损的故乡形象，也没有完好无损的关于故乡的语言。而且，**乡愁变得黑暗了**。成为了"黑暗之子"的帕索里尼，进行着他的痛苦自白，就像拼合着一些破碎的材料，从中不能使往昔的生命复活，只能产生一种弗兰肯斯坦式的怪物——我们将在后文读到的青年鬼魂们。

……

> 武器都去了哪里，和平
> 而丰饶的意大利，你在世界中已无足轻重？
> 处在这奴性的镇定中，这镇定证明

——"奴性的镇定"，可以呼应前面的那个短语："考古的安宁"。是的，"奴性"，这又是一个荷尔德林的词，前文是"反应"，这里是"奴性"。我们不知道，帕索里尼是否看过荷尔德林的那篇文章《我们审视古典所应取的视角》，但是，他所谈到的那种"译自德语的乡愁"也许与此不无相关。

诗人的祖国意大利，并非因处在"奴性"之中而不安，而是处在"奴性的镇定"里，正是"这镇定证明"——

> 昨日的繁盛，是今朝的萧芜——从崇高
> 到荒诞——在最完美的孤独中，
> 我控诉！别，冷静，政府、大地产，
>
> 垄断企业——即便它们的高层祭司，
> 意大利的知识精英，他们所有人，
> 甚至那些老实地自称
>
> "我的好友"的人们。

——诗人再次写到他的社交圈，这是一个举世闻名的电影导演与公众人物的社交圈。"好友"，可以呼应前文的"同志"。由这些"好友"——这些"此世之子"——构成的社交圈，也是帕索里尼的"隔绝的近亲"，是一种"非同志"。诗人也只有在他的隔绝——在与这些"好友"们构成的社会关系隔绝之后的完美孤独中，才能够控诉一点儿什么。

因此，诗人也讽刺性地嘲笑着自己。但是，他还要保持冷静，因为那些自称为"好友"的"此世之子"们都在看着他。同时：

> 这些年也必是
> 他们生命中最糟的年份：因接受
> 一种不曾存在的现实。这纵容，
>
> 这窃用理想的后果，
> 是真的现实中已无诗人。
> （我？我枯竭，报废。）

——这是一个彻底的自我否定：帕索里尼否定了作为一个"诗人"的自己。"此世之子"中，怎么还可能存在着"诗人"呢？那会是怎样的"诗人"呢？

这个怀有对激进意志和芬芳的"光明之子"生命力的痛苦怀念的诗人，认为"现实中已无诗人"了，自己也是个"费拉"，是个社会化了的剩余物，不是诗人。

那么，这样一个自认为不是诗人的诗人，看到了什么，并把它写进了这首成为整个现代文学中的一篇重要作品的长诗之中呢？

是否，接下来的那一切，是这样的一个只有不认为自己是诗人的诗人，才会看到的呢？而且，是"光明之子"所无法看到的呢？

> 如今陶里亚蒂已从
> 上次血腥罢工的回响中退位，
> 老了，有先知为伴，
>
> 他们，哎呀，是对的——我梦到武器

藏在泥里，哀悼的泥
在其中孩子们游戏，老父们劳作——

——接下来，我们将要进入这首长诗最具创造力的场景，也是这首诗最震撼人心的部分。从全篇结构上来说，这个部分所在的位置，也相似于奥登《诗解释》中那段关于"无名工作者"的核心诗节所在的位置。这一部分，将告诉我们，一个不再是"光明之子"、不认为自己是诗人的诗人，看到的是什么。

我们休息十分钟。

（中场休息）

【下半场】

我们继续。之前的诗节，是"早晨"与"中午"之间的一幅自画像，是这首长诗的第一个阶段。接下来是长诗的第二个阶段，也是这首诗的核心部分：

> 当忧愁从那些墓碑走下，
> 名录破碎，
> 墓门崩裂，
>
> 年轻的死尸们穿着
> 那些披的外套，宽松的
> 裤子，军帽扣在他们党徒的

> 头发上，他们走下来，沿着
> 紧挨市场的墙，沿着把
> 城市的菜园和山坡相连的
>
> 小道。他们从墓中走下，年轻人
> 眼中盛着的不是爱：
> 一种秘密的疯狂，属于那些像被一种
>
> 异于自身的命运召去战斗的人。

——"不是爱"，而是"一种秘密的疯狂"，这种"疯狂"之所以具有毁灭性是因为：它是具有自然必死性的人，被拽入了一种"异于自身的命运"，从而成为**横死的人**，横死于一种要求他们去战斗的"异于自身的命运"。

> 怀着那些不再是秘密的秘密，
> 他们走下，死寂地，在黎明的阳光里，

——在此，可以再次注意到，这首长诗对"早晨"和"中午"这两种时段的辩证性使用。在诗中，这两种时段**是翻转不定的**。在这里，长诗的结构悄悄地发生了一个反转："清晨"的阳光，在这里**变得死寂了**。而那些死人（"年轻的死尸们"）获得活力的时刻，复活与再现的时段，是"中午"，是在这首诗的前半段中，被诗人写成一个死寂的社会化时间的时段。

"中午"，接下来取代"清晨"，成为长诗中的活力时段。

> 而，离死这么近，那些将在这世界上

远行的人们的步履中，却数他们的欢快。
但他们是山里、波河的野岸边

和最寒冷的平原上最遥远之地
的居民。他们在这儿干什么？
他们回来了，无人能将他们阻挡。他们不隐藏

武器，他们手持武器不含悲喜，
无人注视他们，好像羞愧使这些人盲目，
羞愧来自枪肮脏的闪烁，来自那些兀鹫

降入它们在阳光中暧昧的职责的声响。

——"暧昧的职责"，指兀鹫吃人的行为。我们注意到，进行到这里时，这首长诗开始生动起来了——语言的活力强盛起来，然而，却是关于死人的。

长诗前半部分，帕索里尼的大段从"清晨"到"中午"的独白，沮丧而灰暗，近乎于死气沉沉。但是，这正是这首诗的一种令人难忘的悖论效果：关于活着的、作为"此世之子"的自画像的诗节，是死气沉沉的，而到达第二阶段，开始写出青年死人的军队时，语言却生动了起来。同时，黎明时刻与中午时刻，也发生着莫比乌斯环般的反转，形象准确而鲜明，行文刚健而富于意象概括力，只是，**这是一种关于死人的语言生动性**——这是一种关于"丧尸"行文的刚健有力。

于是，这一大群的青年行尸开始活动起来了：

……

谁有胆量告诉他们

第四讲 三首诗的"诗与真" 585

他们眼中秘密燃烧的理想
已经终结,属于另一时代,他们兄弟

的孩子们已多年不战斗,

——显然,在帕索里尼眼中,这些孩子们,**这些**二代,是更为彻底的"此世之子"。

而一个残酷的新历史已生产出
别的理想,静静地将他们朽烂?

他们像粗陋而贫穷的野人,将触及
这二十年来人类的暴行收获的
新事物,无法动摇那些

寻找正义的人们的事物……

而我们来庆祝吧,让我们打开……
合作社的好酒……
为总有新的胜利,新的巴士底!

莱弗斯科,蠕虫……万岁!
为你的健康,老友!力量,同志!
为美好的党献上最好祝愿!

在葡萄园之上,在农场的池塘之上
太阳来临:来自那些空荡墓穴,

来自那些白色墓碑，来自那遥远的时代。

而他们正在这里，狂暴，荒唐，
发出移民的怪声，
吊在街灯上，扼在绞具中，

谁来率领他们发动新的斗争？

——我们发现，这里出现了源于法国大革命时代的路灯形象。这些路灯，也是绞架。在如今的网络上，在一些社会化表达中，我们也会看到要把谁谁"挂路灯"这样的暴力言辞。不过，在此不必继续评论这一点。更应当注意到的是：这源于法国大革命时代的"路灯"，像一个坐标，提醒了我们，这些死去的青年武装革命者，**代表了整整一个漫长的、旧的革命观念的时代的终结。**

诗人写下了一种简史："革命者"形象的简史。同时，诗人也写下了"青年武装革命者"这样一种形象的终结时刻。这种形象，将彻底被一种残酷的新历史所取代。

陶里亚蒂本人终于老了，
老去乃是他一生的所愿，

他将一个警报器握在胸前，
像一位教皇，我们对他的全部爱，
虽被史诗般的热爱侏儒化，

忠诚得甚至接受一种暴烤的透明
的最非人的果实，强韧如疥疮。

第四讲　三首诗的"诗与真"　　587

——这是一幅将死的意大利共产党领袖陶里亚蒂的色彩强烈的肖像画,既有一种漫画感,又有古典肖像画家笔下的那种权贵人物形象的刻板性。

年轻人们对这位领袖、这位精神父亲的热爱,是"史诗般的",而且,年轻人被这种史诗般的热爱给"侏儒化"了,这是一个非常辛辣的表达。由于对精神之父的热爱,年轻人的身上永远保留了某种侏儒性或者……学生气。而且,这个辛辣的表达,是对这首诗的高潮部分的铺垫,在后者这一部分,诗人帕索里尼的想象力将令我们震撼。

"一切政治都是现实政治,"战斗的

——"现实政治"可以对比常常表现于知识分子的"意见政治"。

灵魂,带着你精致的愤怒!
你认不出别的灵魂,除了这一个
有聪明人的全部平实话语,

献给老实民众的革命的全部
平实话语(甚至艰苦年月的杀手
和他的共犯也嫁接成

古典主义的保护人,共产主义者
就变得可敬了):你认不出那颗心
已做了它敌人的奴隶,敌人去哪里

它就去哪里,被一种历史引领着
这是两者共同的历史,使两者,深深陷落,

扭曲着，成为兄弟；

——反讽在于：常见的说法是"人民去哪里我就去哪里"，但此处是一个讽刺性的表达："敌人去哪里它就去哪里"。这两者，扭曲着"成为兄弟"，这是这首长诗中的对立统一辩证法的讽刺性预演。

你认不出一种

觉悟的恐惧，借与世界争斗，
同享世世代代的争斗法则，
像穿过一片悲观进入那希望能

沉溺其中以增阳刚之地。为一种
不知幕后动机的欢乐而欢乐，

——讽刺性的力度和精巧程度在继续升级。于是，我们眼前出现了**这片讽刺性的阳刚之地：死人的阳刚之地**。这些弗兰肯斯坦式的，具有阳刚之气的死人，并不行动在黑夜或者古典抒情性的阴柔环境中，而是活动在一种展开于辩证法的光天化日之下，活动在一轮从空荡荡的墓穴中升起的、**矛盾性的烈日照射之下**。

这是世界文学中绝无仅有的画面，**是空前的**。

这军队——在盲目的阳光中

盲目——全是死去的青年，到来，
等待。如果他们的父亲，他们的领袖，正专注于
一场与权力的玄妙论辩，困在它的

辩证逻辑当中，而历史不停地将这逻辑改变——

——那个父亲，那个革命领袖，困在他的莫比乌斯环般的永无休止的辩证法中，而且，因为历史在不断改变逻辑，所以，莫比乌斯环也永无休止。因此，那个伟大舵手，那个观念大师，顾不上这些从坟墓爬起、集合、列队而来寻找他，投奔他的革命之子／"光明之子"们。

堪可类比的场景，在我的有限阅读中，我只有在密茨凯维奇的诗剧《先人祭》中读到过：青年学生的鬼魂去寻找隐居在森林中的老师，这个老师，在前者年轻时教给了他们那些"正确的知识"：什么是正义，谁是卢梭，什么是解放，什么是光明。老师把这些知识教给了学生们，学生们怀抱着这些知识，去现实世界中斗争，随后，被现实世界绞死。当这些青年学生的鬼魂去寻找那个隐居躲藏在森林中的老师——当鬼魂集体出现时，老师被吓坏了。老师因为学生们鬼魂所带来的那种恐怖，不断尖声叫喊。整部篇幅厚重的诗剧《先人祭》，结束在老师的叫喊声中。密茨凯维奇的想象力，堪可呼应帕索里尼的想象力。

> 如果他遗弃了他们，
> 在白色群山，在宁静庄严的平原，

——这场发生在光天化日之下的遗弃，是在精神之父与"光明之子"之间必然发生的，好比俄狄浦斯故事的另一种版本。不过，这个故事里没有母亲，因为这是一些死人，是一些脱离了生育与被生育的生命之链的行尸走肉。他们脱离了生命之链，同时，也被辩证法的莫比乌斯环抛弃了。

这种双重否定，是长诗《胜利》中平行存在的多种双重否定之一。双重否定在诗中翻转不定，用"清晨"否定"中午"，又用"中午"否定"清晨"，而属于两种时段的语言色彩也在相互否定。但是，我们却不能把这种作为诗艺现象的双重否定,立刻理解为"思辨"。这首长诗告诉我们——就像那个精神之父困于辩证法一样——"思辨"是一种鬼魂思维,是一种表现为虚假进取的颓废状态。

> 渐渐地,儿子们
> 野蛮的胸中,恨成为对恨的爱,
> 只在他们中燃烧,这几个,被拣选的。

> 啊,绝望无法无天!
> 啊,无政府之乱,对神圣的
> 自由之爱,唱着英勇的歌!

——在死于一种"异于自身的命运"之后,他们成为了世界的彻底他者,同时,也成为了那种残酷新历史的绝对他者——既脱离了旧历史,也脱离了新历史。在此情形下,他们的"绝望无法无天"——这个场景的悖论性,使之显得,好比这是一个展现在人类革命道路上的中阴世界。

> ……
> 我还将罪责加于自身,试图
> 背叛之罪,权衡投降之罪,
> 将善当作次恶来接纳之罪,

——在此,帕索里尼又为自己添加了三道罪名,接续前文提到的四种罪,可以把这"七宗罪"总和在一起,分别是:
"将一切按其原样处置之罪",也即还原论之罪;
失败之罪;

第四讲 三首诗的"诗与真" 591

怀疑之罪；

艰苦的年月中肮脏的希望之罪；

试图背叛之罪；

权衡投降之罪；

将善当作次恶来接纳之罪。

——这也是"此世之子"的七宗罪。值得注意的是最后一条，"将善当作次恶"之罪，指向一种相对主义者和政治现实主义者的观点：不存在善，只有次要的恶。这也是一种犬儒主义观点。相信存在着善恶之别（诗人切斯瓦夫·米沃什便认同一种摩尼教观点，认为善就是善，恶就是恶）——"光明之子"。相信没有区别，只有现实的不同程度的变形——"黑暗之子"。

> 对称的不相容握在
> 我的拳中有如旧习……

——善与恶的不相容，对立价值的不相容，诗人说，这是握在拳头中的旧习——而且，是已经生活在新历史中的"此世之子"所怀有的、来自过去那个"光明之子"的旧习。

> 人的一切问题，带着它们暧昧不明的
>
> 糟糕陈词（自我的孤独
> 之结，它感到自身将死
> 而不愿赤裸着来到上帝面前）：
>
> 我将这一切加于自身，我便能从内部
> 理解，这模糊的果实：

被爱的人，在这无以盘算的

四月，从他那里，一千名青年
从超乎等待、信任的世界里坠落，一种标志
有着没有怜悯的信仰的力量，

来献祭他们卑微的愤怒。
在南尼体内憔悴下去的是不确定性
他借此重入游戏，熟练的

一致性，公认的伟大，

——在这里，又出现了"四月"，这是继 T. S. 艾略特的残酷的"四月"，以及乔叟《坎特伯雷故事》开头的欢欣而具有自然生产力的"四月"之后，"四月"的又一个变体，而且是一个否定性的变体："光明之子"的鬼魂们从中醒来的"四月"。

这些从"等待、信任的世界里坠落"的人，他们生命中的不确定性枯萎了。那因为不确定性才存在的生命可能性枯萎了，因此，**僵化的政治灵魂们**，意大利社会党领袖南尼那样的人，才重新进入到那种熟悉的一致性之中——信条的一致性，目标的一致性，现实利益的一致性。

他借此宣布断绝史诗般的热爱，
尽管他的灵魂能向其索要

头衔：而，离开布莱希特的舞台
进入后台的阴影之中，
他在那里对现实，学会了新的话语，不确定的

第四讲 三首诗的"诗与真"

>　英雄以巨大的个人代价击碎束缚他的
>　锁链，像一位旧日偶像，对人民而言，
>　为他的旧时代带来新悲痛。

　　——长诗的第二个阶段就进行到这里：这是一个青年鬼魂们从坟墓中爬起，被一轮来自空荡的坟墓的太阳所照耀的中午时刻。接下来是这首长诗的第三阶段。

>　年轻的瑟维兄弟，我的弟弟圭多，
>　1960年被杀的雷焦青年，
>　有纯洁、强劲而坚信的
>
>　双眼，神圣之光的源头，
>　注视着他，等待他旧日的话语。
>　然而，英雄已分裂，他已
>　缺少一种触动心灵的声音：

　　——那种触动，只能来自"光明之子"的那种旧话语的触动，已经不存在了。因此，诗人说自己不是诗人，也许这是因为他认为，他自己再也写不出那种声音。

>　他诉诸那些不是理性的理性，
>　诉诸理性的悲伤姊妹，希望
>
>　在现实当中理解现实，

　　——对于诗人来说，"在现实当中理解现实"，这是一种失败。如果不能在革命政治指出的方向上，从存在指向"非在"的那种积极向度去理解现实，诗人会认为，这是失败的。并且，"在现实当中理解现实"是一种颓废状态。

> 拥有一种
> 拒绝任何极端主义，任何激进的热情。
> 能对他们说什么？那种现实有新的张力，
>
> 只作为它自身，人们至今
> 除了接受它，便没有别的途径……
> 革命会成为沙漠
>
> 如果一直没有胜利……

——"如果一直没有胜利"，革命就会成为不存在胜利的革命，就会成为无休无止的荒漠状态，革命理想，就会异化为**世界荒漠化**的主要构成条件。这里，又是一个双重否定。通过"在现实当中理解现实"的理性主义观点，我们会知道，革命事业是一直没有胜利的，所以，革命必然会成为荒漠状态。

> 对那些
> 想赢的人还不算太晚，但不能靠老旧的
> 无望的武器的暴力……

——在此，诗人又再次否定了旧的革命武器，但这首长诗始终没有说出新的武器是什么。

>那必须以一致性
>向生命中的不一致献祭,尝试一种造物者
>的对话,哪怕有违良知。

——诗人不知道新的武器是什么,他只能归纳那种旧的武器的暴力。那种暴力就是:"以一致性向生命中的不一致献祭。"这就是革命行为:用一致性向不一致献祭的行为。基于它,革命者还会"尝试一种造物者的对话,哪怕有违良知"。在此,可以联想以赛亚·伯林在关于赫尔岑的文章中的观点——伯林认为,没有一种观念有理由煽动青年人去为之流血献祭。

>即使这个局促小国
>的现实都比我们重大,这总是件可怕的事:
>人必须成为它的一部分,不管那多苦……
>
>而你如何指望他们合理,
>一群焦虑之众离开

——这些青年武装革命者的鬼魂们,不可能成为"局促小国"的一部分,而且,那是件"可怕的事"。如何指望这些观念沙漠——革命思想所导致的观念沙漠——中的灵魂们,是具有常规理性的呢?他们,这些产生自一致性的灵魂们,被用来向世界的不确定献祭的灵魂,如何要求他们是理性的呢?那么,他们的非理性会变成什么?

>——如
>歌中所唱——家,新娘,

生命自身,特意以理性之名?
……
而或许南尼的一部分灵魂想
告诉这些同志们——来自另一个世界,
身穿军装,窟窿开在

他们的布尔乔亚鞋底,他们的青春
天真地渴求鲜血——
大喊:"武器在哪里?快来,我们

走,带上它们,在干草堆里,在地里,
你们竟没发现什么都未改变?
那些哭泣的还在哭泣。

你们当中那些有纯洁无辜之心的,
去到贫民窟当中,
到穷人的廉租房当中讲话,

他们的墙壁和巷陌背后
藏着可耻的瘟疫,那些知道自己
没有将来的人们的消极。

你们当中那些有心
献身于那遭诅咒的透明的,
进到工厂和学校

提醒人民这些年中什么都不曾

改变知晓的质量,永恒的借口,
权力可爱而无用的形式,却从不关乎真实。

你们当中那些服从纯正的
旧日教规的
去到那些心中空无真正激情

而长大的孩子们当中,
提醒他们新的恶
仍是并一直是这世界的分割者。最终,

你们当中那些悲惨地意外降生于
没有希望的家庭中的,将给予粗壮的肩膀,罪人的
卷发,阴郁的颧骨,无怜悯的双眼——

走吧,首先,到凯蕾丝帝家族去,到阿涅利家族去,
到瓦莱塔家族去,到那些把欧洲带到波河河岸的
公司首脑们那儿去:

为他们每个人备下的时刻即将到来
不同于他们拥有的和他们憎恨的时刻。
那些从公共利益的宝贵资产中

窃利谋私又无法律
能惩罚他们的,好嘛,那么,去用屠杀的绳索
将他们捆绑。在洛雷托广场尽头

仍有一些，重新涂绘的
气泵，在与它的命运一同归来的
春日那安宁的阳光中

呈现红色：是把它再变成一座墓场的时候了！"
……

——这段诗，不论在三行体诗节的形式、句法和声音上，都酷似奥登《诗解释》中的那段关于"无名工作者"的诗。帕索里尼的诗行，正好构成了奥登诗行的反题！

他们正在离去……来人呐！他们正在逃走，
他们的脊背掩盖在乞丐与逃兵的
英雄大衣下……他们归去的山岭

多么宁静庄严，冲锋枪多么轻盈地
敲打着他们的屁股，太阳的
步履踏上生命的

完整形式，成为它极深处
的初态。来人呐，他们在逃跑！——回到他们
在马扎博多或维亚塔索的寂静世界……

带着破裂的头，我们的头，家中
的微薄之珍，二儿子的大头，
我弟弟重入他血腥的睡眠，独自

在枯叶之间，在前阿尔卑斯山脉
宁静的木质避难所，消失在
没完没了的星期日的金色和平中……
……
然而，这是胜利之日。

1964

——这首长诗至此终结。在此，我特别想给读者推荐海涅的一段文字，出自文章《为威尔的〈风俗画卷〉序》(1848年)：

在此他完全是分裂的，欧洲疲倦的运动的儿子，他不愿再承受我们的今日世界秩序的不舒适和令人厌恶，匆匆进入未来，背负着一种观念……这样的人不仅是一种观念的背负者，而且他们也被其自身背负，他们同时也将自己赤裸的身体同那观念绑在了一起——他被它拖跑，经历所有可怖的事情，穿越所有荒野大漠，翻越山峰峭壁——荆棘丛撕裂了他们的肢体——他们最终会到哪儿？(……)我毕竟还是往昔之子，我依然没有摆脱那种奴颜媚骨的恭顺，那种点头哈腰的自轻自贱，半个世纪以来人性为此而衰弱，那我们还在婴儿时便已学会了的东西……我不能说出我看到了什么……但是我们比较健康的后代将会以一种愉快的平静态度来看待他们崇敬的东西，承认并坚守它们。他们将来可能不理解他们父辈的疾患……总是争吵和说谎，忍受最苦涩的生活，他们会觉得这一切听起来像是神话……

结 语

这首以"胜利"一词为标题和结尾的诗,所写的是一场失败,是对这种失败的总结。这种失败,是源于大革命时代,却突出表现于二十世纪政治灾难中的、一场内在而具有普遍性的失败。并且,这首情感极为苦涩的长诗,写出了一种政治动能的终结,以及,被这种政治动能所标志的那种历史——事实上成为了一个精神沙漠的革命史——的终结。

在这种历史的终结之后,彻底成为"此世之子"的人类开始得过且过,以一种面对临终时间,而非面对未来的心态而生活。人类成为了无未来者,成为失去了未来想象的人。人类仿佛在进入自我临终关怀的时代。

与此同时,豪强政治、资本巨头构成的联合极权,除了加固统治地位和利益之外别无他求,这一切,在帕索里尼的时代,并非难以想象——他早已在《我的时代的宗教》中表达了预见:

> 一个只有邪恶的时代……
> 我们存在的纪元死去了

历史仿佛终结了,或者说,"此世之子"甚至主动需要历史的终结。但是,激进化的改变需要武器和流血,而改变的理由,比过去任何时代都显得暧昧和模棱两可,曾经支持它的那种中世纪殉教徒式的道德,那种完美的社会变革家的形象,也不断被解构——或者说,我们今天崇尚的完美主义是一种"解构的完美主义",否则便不被承认。而在从不断的政治灾难到以9·11为结束的二十世纪以来,人类的空前复杂化了的怀疑心态,似乎从没有被各种理论知识真正回应过,因为,这些理论知识只是一些跟随现象而展开的、同时自身也现象化了的研究,而且,再也没人愿意扮演先知了。任何阿兰·巴迪欧所说的那种"独特的真实肯定"，都有成为极端虚无主义和恐怖主义的可能。关于怎样发明新的政治动能，能够抵抗住"解构的完美主义"的冲击，除了每一个既不是"光明之子"，但也不是"黑暗之子"的"无名工作者"和平凡人之外，只有哲学家在不断论证这一点。

那么，哲学家，例如对帕索里尼的长诗曾写下钦佩性的评论的阿兰·巴迪欧那样的哲学家，正是那个沉浸于辩证法之莫比乌斯环的精神父亲的、更加伶俐的翻版吗？不同的是，如今可能并没有青年死者的鬼魂再去寻找哲学家们，而是哲学家自己，动身行走在活着的、"已多年不战斗"的孩子们，二代、三代，总之是为更为彻底的"此世之子"之间。也许，二代、三代"此世之子"中的一些，也会像帕索里尼诗中所写的那样醒来，发现自己正处在一种延续了数个世纪的无解放状态之中，也想到问问"武器在哪里"，同时发现自己手无寸铁，那么，他们也会像帕索里尼写的那样，绝望得"无法无天"吗？

帕索里尼在诗中所哀悼的、那个缺失了的激进意志，想要区别于旧的主体化冲动，使精神的动态过程成为朝向未来主体的敞开机制。如果一个划时代的、意味着经验的巨大分裂的事件，不能够提供这一向度，则是它最为失败之处。但是，帕索里尼不仅目睹了这种失败，而且认为，自己的精神命运也被这种失败深深决定了，这是阿兰·巴迪欧作为哲学家虽然激赏帕索里尼的诗作，但却不同于后者的结论之处。

巴迪欧希望**重振肯定性**。某种程度上，巴迪欧的观点也使之像一种"异于自身命运"的另类苏格拉底。因为，如果那个历史中的苏格拉底是在对话中促使智者、促使青年、也促使潜在的未来公民意识到，自己只是以为自己懂得其实并不懂得的东西，那么，巴迪欧所直接或间接呈现的那**另一种苏格拉底**，则想要推动这些人意识到，被席卷了每个人的否定所遮蔽的**肯定**。

但是，帕索里尼的失败，也许比巴迪欧对肯定性的召唤或者复魅离我们更近。《胜利》这首诗中的失败，同样也发生在现代中国，发生在汉语中。但是，在现代汉语写作中，依然缺乏的，是对这场作为精神事件的失败的认识。

下周，就是整个"试论诗神"的最后一节课，从去年开始到今天的十几节课中，我们从近代文学来到了二十世纪，下节课的主要内容，是关于我们自己如何处理我们身上的二十世纪记忆，以及，尝试对于"在当代汉语中写作，这意味着什么"，提供一点理解。

然后，我们会回到整个"试论诗神"的开始，评析去年第一节课上我们读过的那段艾略特《小吉丁》中，关于"交叉时刻"的诗，以此作为结语。所以，还请大家在接下来的一周，不妨抽空再看看那一段诗。

今天就到这里，谢谢大家。

第四节课

每个人的二十世纪——"试论诗神"结语

> 地点：中国美术学院南山校区跨媒体艺术学院 4-405 教室
> 时间：2020 年 12 月 8 日（周二 13：30—16：00）

二十世纪文学创造对我们的矫正作用，不同于古典学和当代未来主义。——在当代存在着的一种对二十世纪现代主义文学的忽视。

——从命运多舛的汉语现代诗谈起。——被遗忘和失去的并不是古典传统，而是离我们最近的二十世纪。——并非古典主义者，而是虚假的激进性，删除了我们对二十世纪现代文学和思想成就的理解可能性。——僵化了的对"语言败坏"的恐惧，导致语言贫乏。——"语言败坏"的结果正是刻板的语言道德主义。——我们正处在一种过渡状态和一个认知结构转变的时期吗？——以"两次断裂"为背景的汉语现代诗。——对现代文学/现代诗的三种概括方式：奥克塔维奥·帕斯的，克默德的，"余烬"的。——阿兰·巴迪欧："真实的激情完全是二十世纪的激情。"——是选择"愉悦与见证"还是"愉悦与变革"？——"愉悦与变革"是一种资产阶级"美学自律"的灵活化，是对僵硬的纯粹主义美学观的修正。

——使"肯定性"难以再生的因素：一、"大可破坏的最后的东西"，对大江健三郎的一种概述。二、赫胥黎《美丽新世界》中的那个关于"新人"和"野蛮人"的段落。——我们没有处理好"现实主义"和"现代主义"的关系。——作为诗神的礼物的"失败"。——一种对"跨界"一词的批评。——"界"的产生意味着每个知识领域为了自身存亡而一再进行的社会化与专业化的运动。——文学中的纯粹主义是晚近才产生的自我中心化运动的一部分，这种自我中心化运动是近现代知识分子的"入世""在世性"的反题。——皮埃尔·布尔迪厄论"入世"和"纯洁政治"。——"在世的"体验更多是被毁坏感，而且很难被图像化，只能不断被置于一种对根本要素的积极叙述之中。——诗人是面对和积极处理根本要素的人。——对"独特性"的过分神话化，以及对于例如策兰、曼德尔施塔姆这些诗人的非语境认识，使写作者长期处在非理性的自我认识的压力之下，最终这可能摧毁写作。

——包括我在内的汉语现代诗写作者，往往背负的三种历史背景。——背景一，与早期现代汉语前人的关系。——并不是某个具体作者，并不是鲁迅或者闻一多，也非某个西方大师（例如奥登）给予我们参照，而是一种整体的现代文学写作文化为我们构成参照。——谈"自我正统化"。——自称"反正统"的写作者也在进行自我正统化的表达，是正统论者的怨恨版本。——背景二，与图像世界的关系。——每个写作者都需要在写作实践中，体会到那不可被替代的"非图像性"为何。——背景三，汉语现代诗的政治性内涵和认知结构的转变。——"技艺"与美学纯粹主义的区别。——"技艺"正是把创作者带离僵化的东西。——放下没有答案的关于何为"内行"与"外行"的美学纯粹主义的困扰，重新理解那些"非技艺"层面的心灵，可能是比学习前人和磨炼技艺更重要的功课。——语言实用主义不为"失败"留出位置。——伟大的"技艺"会表现出一种为"失败"留出自由空间的精神活跃性。——"完美主义者"和"粗糙主义者"都误解了"技艺"。——只有那些非社会化身份的、非技艺主义的心灵现象,才可以把我们带离其实往往是非常社会化的"美学自律",这也是"技艺"从中涌现的过程。——只有成熟的、允许失败性的"技艺"才可以重建我们与"人民"这一主体的感性关系。

——正义问题,是在与伪造正义的因素的斗争中产生的。——"意见分子"通过指责伪善,获得了自己的正义性和虚伪性。——失去"纯诗"对于诗这一领域同样是致命的。——有一些在美学成就上根本不能放在"纯诗"的高度上去评议的诗,往往只是以"纯诗"作为借口的狭隘的诗。——"入世的诗"与纯粹主义观点的诗的争吵。——在现实生命政治方面的表现与抵达能力,在汉语现代文学写作中一直得不到开放性的训练。——卡内蒂的观点:经院形而上学是西方知识的一种亚里士多德式的自卫方式。——再谈"非个性化处理"。——超越审美。

"在中国写作"意味着什么?是在一个怎样的"中国"?——是一个存在于修辞之中的抽象地理空间,一个"自我中国化"的中国,还是作为一个现实生命政治现场的中国?——用以辨认以上问题的事实材料与知识材料仍然主要是二十世纪馈赠给我们的,我们每个人都是它的遗产共有人。——朗读《山河概述》。——在地理的"错乱"中。——生存于"文化中心"氛围的创作者有可能更倾向于认知封闭。——"中国空间"。

"试论诗神"结语之一:重提"交叉时刻"。对艾略特《小吉丁》的一段诗节的析读。——"诗神"正是把我们带离对诗和诗人的刻板化解释的途径，也是使我们通过走向"非诗"而走向"诗"的途径。——那个"既亲近又不可辨认"的"一个熟识的复合的灵魂"，也是我们自己，是还没有在炼火般的客观性中通过实践去认识到的自己。——提供一份二十世纪诗人的选读名单。

结语之二：多余的话。谈"中性"。——"卡埃罗式教育"。——存在着一种"卡埃罗式戏剧"吗？——"中性"和不可驯化的"卡埃罗式生活"。——在一种非常容易失去积极生活的能力，"肯定性"被剥夺和傀儡化了的现实中，我们是要成为文化保守主义者，还是激进主义者？——如果环境是集体主义的，那么我们就参与恢复并促成独立性；如果环境是各自孤立隔绝的，我们就参与恢复并促成共通性。——做积极生活的人和积极写作者。

正文

大家好。今天是"试论诗神"的最后一节课。其实我不知道，去年以来的这十五次"分享"，多大程度上可被称为"课程"。我担心，其实它并不能够符合去年开始时，我声称想要遵守的一些传统观点：其一，课堂只应用来"说明"，而不该用来演说（这是马克斯·韦伯的观点），我时时以此自警；其二，应该用更少的时间和更多的次数来评析一个作品，好比海德格尔用一个学期来讲荷尔德林的一首诗，每次课也只有几十分钟，这样，也许才是能够称之为"文本的研习"的大致样态。如果是第二种标准，那么我们用三次课就读了三首篇幅不短的现代长诗，也许会令前贤皱眉。

今天的主题是"每个人的二十世纪"，以及"在当代汉语中写作"

意味着什么。这些关涉到我们自身和我们的创作实践，而且，可能更多是通过非文学史材料、非理论性的材料来应对的问题，必然会使我们说出常常只会是尝试性的判断和个人观点。既然认为课堂不应该是侧重个人观点的场所，而更应该是一个用来说明"常识之链"，说明由历史知识和当代知识构成的"比较知识"的客观化场所。那么，这些问题就会把我们带入矛盾。不过，也许，"课堂"本身就是一种矛盾性的场所。

我想，我们每个人都可以从记忆中整理出一些源于二十世纪生活的印记。就我个人而言，那些西南、西北的非汉语族群的生活，那里的山地、河流、大型工矿集体劳动现场的遗迹，都影响了我对往昔二十世纪生活的理解。我一直想在诗中写出这些理解，有时写出了一些，但常常很不够。我在这里匆匆概括这种意愿，表达对"每个人的二十世纪"这种主题的一种个人回答，也许不论怎样都会是宽泛的，所以我只能把范围缩小为：现代主义以降的二十世纪文学创造对我们——汉语现代诗写作者——的矫正作用，这种矫正作用不同于古典学，也不同于当代未来主义的观点。二十世纪文学写作中的一些现象和问题，直到现在还困扰着写作者们。我们今天评价他人与自我评价的方式，以及还在继续发生的争吵，都间接或直接地是二十世纪现象的反映。

一般来说，二十世纪作家在美学语言、哲学等各个领域做出的深刻变化，对两次世界大战前后世界现实的表达，对于异化、时代病和政治灾难的认识，都做出了直到今天仍然与我们息息相关的探索。但有时我们会看到一种现象：我们的注意力常常被古典学和未来主义的一种结合所占据了，同时，现代主义以降的二十世纪文学似乎被我们默默忽视了，在此情形下，萨缪尔·贝克特似乎比古希腊戏剧诗人还要不合时宜。谈论一个现代诗人仿佛比谈论贺拉斯、但丁更显得过时。爱德华·萨义德、吉尔·德勒兹这些人物，对文学主题与文学风格的深刻理解——例如他们对康拉德、叶芝、卡夫卡这些作家的评论——在今天，会被消解为一种谈资性质的或者氛围性质的东西。因此，这些思想家的敏感性，一种对精神图景的描绘刻画和对伦理问题的评议方式，便不被我们所理解，因为我们离他们用来讨论的那些文学材料之间隔着许多距离。一个中文的罗兰·巴特崇拜者，可能会因为并不阅读拉罗什富科、雨果和司汤达等作家，而将罗兰·巴特的相关观点过分地专业主义理论复杂化。有些文化保守主义者鄙视吉尔·德勒兹，认为他是一个因为"激进法哲"在中文的推广从而受到过分关注的"bullshit"分子，但似乎并没有当代中文卡夫卡论者写出过一页像《卡夫卡——为弱势文学而作》那样的东西。

与此同时，文学写作与其他思想领域的本应当是传统的共在、交流能力，在这个时代也越来越萎缩了。我们会用"跨界"这个糟糕的社会化用词来命名那种历史悠久的，文学创作者与其他思想领域的从事者的相互激发与共同创造关系。可能这是因为，发生了一种遗忘：对二十世纪的现代文化创造活动曾具有的内涵与表现方式的遗忘。

这种遗忘，同样也发生在"写诗"这个领域，而我认为诗人们要负主要责任。这个领域——汉语现代诗——在今天仍然是难以定论的。一定程度上可以说，它命运多舛。汉语现代诗在摆脱国家文化意识形态的管制后，很晚——可能是近四十年左右，才形成了自己的现代意识与美学自律性。同时，又面对文化的世俗化浪潮的冲击。而且，这是一个有着强大的古汉语诗词美感观念和词语理解习惯的国度，而汉语现代诗的创造所注重的东西，与这种美感惯性与理解惯性之间常常是断裂的。这些情况，使汉语现代诗在公共领域中面目难辨，而它的自我意识或自主性，同时又被同样强大的二十世纪西方现代诗写作文化所塑造。于是，许多认知错位或者"失认"，发生在这个领域。偏爱"美文"的读者、认为读诗便是获得情怀论体验或"审美愉悦"的人（然而情怀论体验只是"审美愉悦"的一种），可能很难理解：诗人们为什么以一种陌生的现代汉语表达方式去写各种异常的，疑似受到了外国诗人、思想史和历史学的"不正确影响"的内容（当然这只是个一般化描述，历代诗人均有自己处理"实在领域"的思想能力与传统,而非仅因为受其他领域影响),以及,为什么会有一些作者以那种像现代小说或现代戏剧的方式写诗。反过来,写诗的人则常常会把"你们不懂"挂在嘴边。可是,被这些写诗的人用来塑造自我专业化意识的显赫来源——那些被作为"共用的秘密"的世界现代诗人,例如奥登、布罗茨基和米沃什们,却一直都是与公共领域保持交流关系的诗人。也就是说,他们其实是一些并不孤僻的、具有现代公共文化意义的诗人。

另一个更为强大的众所周知的束缚,是内容和思想上的狭窄。因为审查制度的存在,若干内容或主题不能被坦率地处理。因此,久而久之我们把这种束缚给内化了,例如内化为"美学自律"。可矛盾的是:我们的"美学自律"往往以那些世界现代诗人为典范,然而,却正是这些诗人对其所处时代的政治灾难与人类存在的境况做出了无畏的表达——以及,因为无畏才得以成为"具有创造性的"——也因此他们正是"何为美学自律"的重新定义者。

因此,在处理那些不断被悬置的内容或主题方面,我们的语言能力和思想能力都长期缺乏训练。同时,我们也对世界现代诗人们的方法和主题,及其在一个更为广阔的思想语境和政治境况中的命运常常缺乏实质性理解,而只有一种氛围性质的印象,但是,我们又不断把他们当作自己的诗人身份和"美学自律"的神话性来源。一方面,我们缺乏对这些诗人的诗学史层面的认识,例如对于他们背后纵深的西方古典传统缺乏理解,另一方面,我们也缺乏对他们在其时代、所径直去表达的创造性内容的实质性理解。于是,发生了许多错位和颠倒。过去,例如上世纪八十年代前后,曾经是一种没有诗学史意识的理解,或者说是一种未被训练、缺乏综合知识素养的"原始主义理解",在试图进行实质性理解。而今天,一种行业主义的、狭义的诗学史评议方式,又几乎取代了对一个具体的诗人的辨认方式,从而不去直接对诗人所致力的内容和整体的美学事实做出实质性理解。总之,汉语现代诗人们常常是首鼠两端的。一方面,一直很难建立"综合感受力",以及埃里克·沃格林所说的"比较知识体系"。另一方面,也一直很难像奥登所写的那样,"什么时候我们不喜欢兜圈子／而向我们的所居笔直地前行?"(见《我们的偏见》一诗,桑克译。)

文科领域还有一个常见现象:对古典学的推崇。我自己很喜欢西方古典诗学,获益良多。但是,有许多现代世界的作家／诗人,始终没有在汉语中得到实质性的讨论,也许由于大家都知道的原因,例如这些作家的政治立场**与我们今天所处境况的关系太近**,所以他们的作品也"不便"被深入评述,或者只能做出一种"历史学化"的评议。例如埃利亚斯·卡内蒂《群众与权力》这样的著作,一本非理论化、同时又非文学化的书,可能会被视为一个小说家的不务正业,因此它对二十世纪政治运动中的群众行为现象学,对于那种想要成为"唯一的人"的偏执狂人格(上节课我们引用过那段文字)在现实中的表现方式的洞见,这一切,可能就不被我们真正立足于自身的现实所理解。这类例子不胜枚举。就此意义上说,我们遗忘和失去的,可能并不是对古典传统的理解(好比夫子士人们哀叹古风不存)。我们遗忘和失去的,其实正是离我们最近的二十世纪。

我不知道,大家怎样理解今天的这个时代。我们有许多"新话"去命名这个时代。但作为文学写作者,一种基本责任就是避免用社会化的"新话"去叙述这个时代的生命政治境况。如常言所说,文学写作者——尤其是写诗的人,其基本语言道德就是避免并反对陈词滥调。但是,不仅是要避免陈词滥调,更要避免那种为了避免陈词滥调而进行的"语不惊人死不休"的前沿化表达——它可能是陈词滥调的精神分裂症式表现,也是作家社会化了的表现。关于这种情况,埃里克·沃格林有精准的评论,上一节课,我们也读过了这段评论,我想在此再朗读一遍:

穆西尔补充说——以极亮的眼睛看着德国发生的一幕一

幕——请你们留意，这一段话是1937年写的：

"在一个积极进取的精神受到珍视的时代，我们有必要注意有时候可以跟这种精神乱真的东西。"

也就是说，这种伟大的精神，这种激进，这种积极进取，乃是对于现实的恐慌性拒绝，是糊涂的一种形式。

上节课，我们也读到了穆西尔的另一段文字：

它不是缺乏理解力，而是由于这样一个原因使理解力失效了：它对自己其实并不具有的能力怀有一种自负。

穆西尔对此补充道：

糊涂是全然灵活的，能够穿上真理的所有衣裳（聪明的糊涂臭名昭著的典范就是意识形态）。真理则与之相反，在每一个场合都只有一件衣裳，一条道路，并且（面对这种聪明的糊涂）总是处于不利地位。这里所说的这种糊涂绝不是"精神病"，然而却是最致命的，是危及到生命本身的精神疾病。

——这提醒我们，也许并不是古典主义者，而是那种虚假的激进性，才删除了我们对二十世纪现代文学和思想成就的理解的可能性。这很矛盾：这种激进性延续自二十世纪，可是它又删除了二十世纪。

另一种常常与这种对激进性的批评同时出现的批评是：对"语言败坏"这一现象的关注。"语言败坏"本身，是一个在二十世纪的现实政治情境中才尤其得到了讨论的现象。这之前，有主要是在美学、文学风格层面的批判性讨论，例如叔本华、伏尔泰这些文章家，都反对经院哲学的"不可理解"的文风。但"语言败坏"这一问题，尤其是在二十世纪的政治灾难中才突出的。卡尔·克劳斯这样的深切关注社会语言和文学语言的扭曲的作家,以及今天我们熟知的乔治·奥威尔,都在各自时代的知识情境与政治情境中,对"语言败坏"做出了具有长久参考价值的批判性分析和定义。

但是,"语言败坏"是积重难返的。"语言败坏"的深入程度在于:并不可能你知道了有"语言败坏"这件事,然后你也大棒子打人,说别人"语言败坏",你自己就可以避免了。**如果,一个作家全然禁止自己不用那些他主观认为是有"语言败坏"可能的语言材料写作,那么,他的语言可能会变得非常贫乏。他可能会因此变成文化守旧者和刻板的道德主义作者。从而,这样一个作家的写作就并不是他所自我期许的"写作道德"的表现,而是僵化的表现。**

但如果,一个作家不选择"僵化的语言正义",而尝试某种"灵活的语言正义"(这一点,建议大家参考露丝·W.格兰特在《伪善与正直》一书中对"僵化的正直"和"灵活的正直"的区分),那么他的语言则又有可能被"语言道德主义者"们认为是"不可信"的,是"话术"。

这种对"语言道德"的刻板追求,以及僵化了的对"语言败坏"的恐惧,本身就是"语言败坏"的结果。"语言败坏"的结果,不是各种"新话",也不是每个义正词严、想要"纯净部族的方言"的高儒雅士都喜欢批判一番的"翻译体",不是的,这些都是很容易被辨认的。"语言败坏"的结果,正是"语言道德主义"完全控制了语言,**是对语言的灵活运用的可能性的恐惧**,本质上,是对想象力的恐惧,最终,它走向**语言极权**。

由于二十世纪的这些深深牵涉到我们的问题,甚至有可能对我们今天的文化工作赖以立足的立场带来意义危机,它与我们的纠葛是如此复杂和内在,所以,我们都逐渐采取了某种对二十世纪思想的回避或沉默态度,转而谈论历史更久远的思想和文学,同时,在技术变革的"大环境"中去谈论"未来"。也就是说,二十世纪,可能并不为我们带来"符号利润"，**反而会使我们陷入某种风险**。例如两次世界大战前后至上世纪末的流亡知识人的写作，有时，这一非常重要的现象，被我们视为一种"道德自恋"就予以概括完毕。可是，例如赫塔·米勒这样的作家，在齐奥塞斯库时期（作为一个辛苦工作的女工，然后是被特务骚扰的边缘写作者）为自己保存的敏感性与辨析世界的方式；例如海因里希·伯尔对那个"非图像化的"（见他关于《莱尼和他们》的自述）的战后废墟状态的探索，这些，都没有被我们真正理解。而且，从上世纪头三十年（《尤利西斯》和《荒原》均发表于1922年）以降产生的一切，至今还使我们感到读起来费力而疲惫，情况有些类似于：上一代人使我们感到疲惫，但我们会对遥远的祖先浮想联翩。

我的粗浅感受是：我们正处在一种过渡状态中。不论对于文学还是广义的艺术领域，可能都处于一个正在发生认知结构转变的时期。对于当代艺术，其评价体系可能还是与创作现象同步变化的。但是，对于文学写作——尤其对于汉语现代诗——随着该领域社会地位的愈益萎缩和窄化，其评价体系也越固化，越具有消极性，并且直接涉及参与人数有限的人们的利益，从而尤其难以改变。另一方面，有才能的文学工作者（包括创作者与评论者），也许就会为了释放在其局限难以改观的当代文学文本那里得不到施展的智力欲望，又不愿借助潮流理论去获得某种"当代性"，则纷纷把心力放在一种历史学化了的文学研究上。

即使在文学工作者之中，世界文学与文学批评史的"常识之链"（或者埃里克·沃格林所说的"比较知识体系"）也往往阙如。例如，一直没有《指环与书》的中译本，这是近代戏剧诗的一部早应被了解和熟悉的基础性作品，但是依然会引起汉语诗写作者们的一种对陌生边缘事物的生疏费解感。同时，各种"前沿"之风把"会思想的芦苇"吹得忽左忽右。这些，可能还与另一种情况有关。

汉语现代诗的创造，是以两次断裂为背景的。二十世纪四十年代末,早期现代汉语的"新中国化"是一次断裂(例如一批汉语现代诗前人的写作中止)。然后,二十世纪八十年代的"原始现代主义"冲动,虽然是一次"文学的改革开放"(针对上一次断裂导致的教条化土壤而言),但同时也是第二次断裂——因为,从一种普遍的本能主义氛围中产生了一种对诗人与诗的刻板化理解(什么是诗,什么是诗人,"诗人气质"是怎样的,"诗人的生活"应该是什么样的,等等),以及,在对世界文学的理解方面的刻板化认知结构。

我们的文学视野和历史视野,很大程度上就被这两次断裂框定了。尽管世界文学中一直有许多不在这两种历史现象所规定范围内的不同的写作,但我们都倾向于无视,或者进行刻板化的理解,乃至倾向于删除。

形成"常识之链"的途径有许多。每个读者/作者,都会发展出一种自己的"文学史",所谓"每个诗人发明自己的传统"。我的一点个人建议,是参考对现代文学的三种概括方式:

a. 现代主义诗学概括者奥克塔维奥·帕斯的方式。优点在于其视野极为宽宏,却又不是外在的。在对"非诗"的文本成为"诗"的一种现代文本表现形式方面,在叙述"什么是诗而什么不是"方面都敏锐而宽容,并且对古典的民族叙事史诗和现代文学的试验文本,都进行了一种综合性的描述。也许,每个想在"世界主义的现代诗写作文化"中写作,而非在各自民族语言的"美文"传统的规定下写作的诗人,都可以借用奥克塔维奥·帕斯宽容而富于激发性的诗学概括来回顾自己的来源。

b. 第二种方式,是弗兰克·克默德的"愉悦与变革"的模式,可以用来对比谢默斯·希尼的模式:"愉悦与见证"。也可以说,可用来取代"愉悦与见证"的"愉悦与变革",是一种资产阶级美学自律的灵活化,是对愈益僵硬的纯粹主义美学观的修正。

c. 我们的一种疑似"余烬"的方式。我们接受的,是世界诗学的余晖。但这一点,可能过分鼓励了现代诗人们作为"余烬"的忧郁情感。这个时代的痛苦,有着更为深广的现实原因,但诗人对现实世界的理解往往萎缩、窄化为一种美学忧郁，而且受到例如以波德莱尔为代表的早期现代派美学的支持。我没有能力反对它，因为，这种美学忧郁在我身上也存在着，也因为没有人是完全独特的。但是，这种美学忧郁，支持了美学中的一种否定性的、对现代世界的理解，也推动了创作者在自己身上的"去政治化"。

"余烬"的方式，依然有一种否定性在其中。如果，我们认为现代世界的精神生命已经没有再生性，只有一种临终状态，这无疑是个过于悲观的观点。阿兰·巴迪欧——在上节课我们也引用了他——就非常反对这种悲观。在一次公共讲座中（见《追寻消失的真实》，他在其中的语言并不像他的诸多论著那样，堪称质直明白），巴迪欧如此概括二十世纪的"特征"（以皮埃尔·保罗·帕索里尼的诗作《葛兰西的骨灰》为例）：

> 我曾将二十世纪描述为真实的激情的世纪。我们就在其中！这正是帕索里尼在二十世纪中叶，于1954年以诗的形式质疑的激情（指帕索里尼的早期长诗代表作《葛兰西的骨灰》），他怀疑这激情已毫无价值，也不再令我们备受鼓舞，也是在这番质疑中，化作骨灰并始终流亡的葛兰西对我们说："我曾竭力追求它，但我要求你们放弃这追求，我要求你们摒弃这存活于世的无望的激情。"
>
> （……）帕索里尼自问，自己是否还能做一些努力，"以纯粹的激情努力前行"——我们在此重新找到真实的激情——于是他有了历史已终结的消极信念。
>
> 总之，真实的激情完完全全是二十世纪的激情。帕索里尼和我们谈的就是这个激情的消失。自1954年起，即在二十世纪中叶，一位诗人已经向我们说过，这个世界动荡不安的、值得纪念的、至关重要的历史已终结。
>
> （……）我们需要的是，一个为有利的历史真实性哀悼的理性，这个理性却在真实的激情之中、在局部的政治实验中试图把握真实

中的真实,并避免具有破坏性的极端主义。

我并不认为——这是我同帕索里尼唯一的分歧——这个否定辩证法中具有肯定性的姊妹本身是悲伤的。我们在帕索里尼那里感觉到,他所提出的这个理性姊妹——具有肯定性的理性——是一个悲伤的姊妹,因为对他来说,摒弃有利的历史之恩赐是可怕的。但在今天,我们必须相信,纵然思想使我们不得不哀悼,在真实中寻找真实会是并且就是一种令人愉快的激情。

——阿兰·巴迪欧试图明确:"肯定性"是可以再生的。使"肯定性"难以再生/新生的因素有许多,有两个例子,可以暂时作为此种困难的标志。

a."大可破坏的最后的东西"。在关于核危机的散文集《广岛札记》中,大江健三郎把"人"写为"大可破坏的最后的东西",可将其视为反核观点与一种终结观——"人之终结"——的复合表达。大江健三郎在他的小说作品中,常常致力于把东亚世界的现实写成一幅在原子弹爆炸这一"曝光过度"事件中产生的"坏图像"。

但是,大江健三郎也提供了一种与"坏图像"相制衡的东西:一些现代人文主义者的思索。在他的后期小说中,例如《优美的安娜贝尔·李》便借用 T. S. 艾略特的长诗《四个四重奏》中的意象与场景为依托(英语现代诗常常为他的小说提供了核心意象、内容要旨和形式结构方面的激发因素)。大江健三郎也把爱德华·萨义德(前者是后者的朋友和遗稿事务委托人之一)的观点——例如对"晚期风格"和"在世性"的讨论——作为他关于那幅世界"坏图像"的写作的精神制衡元素。或者说,现代人文主义观点是帮助作家与读者接近"再生/新生"的途径。对"再生/新生"的探索是大江健三郎小说的重要主题。大江健三郎笔下的"新人",不完全是那些在战后意识形态潮流中想成为青年积极分子的年轻人,后者的精神状态类似赫尔曼·布洛赫所写的"梦游人"状态,还是一种从"坏图像"的负片重新自我成像为一幅正常图像的寻找着新生实践的人。大江健三郎的晚年写作中充满了"无尽的谈话",老年人与老年人的对话,以及处于矛盾性之中的老年人与处于矛盾性之中的"新人"的对话,小说也成为一种难以定义的文学文本——一种现代主义之后的(但又不是典型"后现代"的),无限期持续而又具有尾声性质的难以定论状态。

b. 我想再提到另一个关于"新人"的作品:阿道司·赫胥黎《美丽新世界》中的那个关于"新人"和"野蛮人"的段落。大家应该还记得,上学期的课上也曾提到这个情节。但这里需要对没有听过的人再简述一遍。在小说里,那个被称为"野蛮人"的人,可能是最后一个记得莎士比亚的人。他被关在笼子里,供被成批复制出来的"新人"们参观。一段对话之后,"野蛮人"说,他的处境没有任何词语能够表达,"即使在莎士比亚之中也找不到"。

两个场景——大江健三郎的那幅核爆之后的世界"坏图像"、赫胥黎的"笼子"意象——都是阻碍阿兰·巴迪欧所说的那种"肯定性"、使之难以再生的东西。可能在今天,我们也都处在世界"坏图像"和被关押在"笼子"之间,我们每个人都是"大可破坏的最后的东西"。

那么,在"被破坏"和在"笼子"里之间,我们怎样叙述自己的那一部分二十世纪经验呢?而且,我们也能够叙述吗?

但可以肯定的是,我们一直处在一种"亮起肯定的火"的能力得不到训练的现实中(在关于W. H. 奥登诗作《诗解释》的那节课我们详谈了这一点)。我们把握"积极意义体系","向我们的所居笔直地前行"的能力,是始终没有得到训练的。写作者对那些一直悬置在中国现实中的主题进行"紧急写作"的能力,不论是辨析材料、探索语言表达方式、认识伦理内容的能力,都得不到训练。当我们去写这些主题时,会被认为是在积极"媚俗"。当然,更多的情况是我们表达不好它。还有一种情况是,至今我们也没有处理好"现实主义"和"现代主义"的关系。这些情况，可能都指向写作的一种内在失败状态。

但是，这种失败并不令人气馁。它是诗神给予汉语现代诗的礼物，一件接收起来困难的礼物。正是这种失败为我们指出了方向。只是，我们避开了最坏的可能，也避开了最好的可能。我们都在某种中间状态里，能写一点就再写一点。

有时我们只是去赞美那些最好的表现，赞美曼德尔施塔姆，赞美保罗·策兰，从而间接或直接地获得某种"符号利润"。但事实上，我们自己并没有直接走向那样的写作。如果是那样，我们的肉体是否还能够继续存在，可能也未可知。有个例子，来自犹太作家普里莫·莱维。他在晚年也像保罗·策兰一样结束了自己的生命。有一次，当他在公开讲演后，有青年人问他：当你们面对纳粹冲锋队的时候，为什么不去跟他们搏斗？你们为什么不起来对打呢？普里莫·莱维说，年轻人不能够理解，"当时是根本不可能反抗的"。

当然，我们常常还不至于处在普里莫·莱维的那种处境。我们更经常的一种现实可能是：连准备性质的工作也没有继续——我们并没有在进行自我训练。

一般而言，大家常常听到的一种声音是，"需要再次启蒙"。先不评论"启蒙"一词所意味着的复杂内容，我想这可能也是在说，我们需要一种倾向于全面性的准备工作。二十世纪的一种很重要的知识现象，就是各个人文创造领域的合作现象：文学、哲学、艺术、人类学、社会学、精神分析等等领域的合作。但是，这种合作状态也被异化了。我个人很不认同"跨界"一词，也许并无何种可被社会化区分的"界"，构成这些领域的问题和知识来源，本就是相互交叉的。但是，每个领域都被挤压到了一种"自我中心化"的运动中，并且把那称之为"界"。"界"的产生，意味着每个知识领域为了自身存亡而一再进行的社会化与专业化的运动。

由于我是个从事文学写作的人，我首先想要反思的，就是文学中的一种很晚近才产生的纯粹主义观念论。它也是那种更为普遍的、而且也是很晚近才产生的"自我中心化运动"的一部分。"自我中心化运动",是大革命时代以降的近现代知识分子的"入世""在世性"的反题。关于这一点,皮埃尔·布尔迪厄在《现代世界知识分子的角色》一文中有准确评述:

> 知识分子是吊诡的存在者(paradoxical beings)。只有在对纯文化(pure culture)和入世(engagement)的经典对立进行质疑后,才可能给他一个准确的画像。而这种经典对立不过是知识分子关于自身的许多虚假观念中的一种。
>
> 知识分子,正是通过克服纯文化和入世之间的对立,并在这一克服的过程中,历史地出现的。因此,知识分子是二维的存在者。文化生产者要取得知识分子的名义,必须满足两个条件:一方面,他们必须从属于一个知识上自主的、独立于宗教、政治、经济或其他势力的场域,并遵守这个场域的特定法则;另一方面,在超出他们知识领域的政治活动中,他们必须展示在这个领域的专门知识和权威。他们必须做专职的文化生产者,而不是政客。尽管自主和入世之间存在二律背反式的对立,但仍有可能同时得到发展。知识分子因为他们的专门知识(比如奥本海默的科学权威、萨特的知识权威)而区别于世俗利益的独立性越强,他们通过批评现存权力来宣称这种独立性的倾向就越大,无论他们采取什么政治立场,这政治立场的符号有效性也就越大。
>
> (……)对1848年革命的幻觉被打破了以后,产生了一种异乎寻常的幻灭(disenchantment),这种幻灭在福楼拜的《情感教育》中得到强烈的共鸣,它创造了新的拒绝入世的条件。为艺术而艺术的捍卫者,像福楼拜和戈蒂埃,把纯艺术和社会艺术、资产阶级艺术对立起来——后者在艺术的内容和接受方面都屈从于资产阶级主

顾的规范。他们拒绝因创作产业化的文学而受到奴役（目的不是糊口），只对同人的批评做出反应，他们把文学场域的遗世独立，等同于作家拒绝走出象牙塔去行使任何符号权威（这就和雨果之视诗人为先知以及米什莱的预言家式的学者决裂了）。

只有到十九世纪末文学、艺术、科学场域达到高度自主，这些自主场域最自主的行动者才认识到，自主并不等于拒绝政治，他们可以以艺术家、作家、学者的身份干预政治。和基佐和拉马丁这些文化生产者不同（这些人事实上成为政客），这些自主行动者是带着一种权威进入政治的，这种权威深深地扎根在其学科的自主性里面，源于学科核心的价值，如伦理上的诚实和专业能力。具体说来，人文权威和科学权威在左拉的"我控诉"以及支持他的请愿活动这样的政治行动中得到了坚持。这种新的政治干预的模式，扩大了构成知识分子身份的"纯洁"和"入世"的概念。这些干预行动产生了纯洁政治（politics of purity），正好构成国家理性（the Reason of State）的反题。

——今天，我们常常处在两种现象之间：其一，是"纯洁政治"的呼声起伏不断；其二，是我们"入世"的体验、我们的"在世性"，更多的是一种**被毁坏感**——而且，这是很难被图像化的，同时又必须不断被置于一种对根本要素的积极叙述之中。这十几节课以来，我们都试图把诗人"定义"为面对和积极处理根本要素的人，同时他的工作的前提是"非图像化"的。

现代诗人的一种不同于早期文士形象的"成熟性"在于：诗人是面对并积极处理根本要素的人。但是，时代中涌现的方法论以及论争环境，往往推挤着诗人走向这一形象的反面，使诗人的语言成为**派生性的**，或者他们会在写作中不断进行一种图像化。随着表达环境的改变，要进行某种既非资产阶级格调主义的、也非"纯洁政治"的言论立场性质的写作,或者"第三种写作",也许会越来越困难。也因此,也许写作只是在走向"第三维度"(可参考上学期第一节课中对"第三维度"的解释)过程中的临时停靠点。

现代以来,对于何为"写作"、何为一个"文本"的若干不断复杂化的要求,**也许会使写作崩溃**。今天,我们也可能把"文学写作"这件事过度地复杂化了。而且,我们对于"独特性"的过度神话化的认识也加剧了这一点,从而加剧了我们的写作的自我崩溃。在一篇采访记录中,记者问纳博科夫对曼德尔施塔姆的看法。纳博科夫回答说:"至于曼德尔施塔姆,我也记得这位诗人,但他给予我的快乐并不强烈。今天,经由一种悲剧命运的折射,他的诗歌显得比实际成就更伟大。"我们都知道,纳博科夫喜欢对同时代许多作家都做出冷嘲热讽的、有时是非常轻浮的评价。但在这一对曼德尔施塔姆的评价中却透露出一种信息:纳博科夫本人熟悉"白银时代"诗人写作的上下文,熟悉勃洛克、伊万诺夫,也熟悉曼德尔施塔姆同时代人的文化讨论语境,例如什克洛夫斯基这些人所构成的文化圈子。他非常熟悉这些,所以,他不会对曼德尔施塔姆产生一种震惊式的美学认识。在这种震惊式的美学认识中,就好像曼德尔施塔姆这样的诗人是一块天外陨石,燃烧着流星的光芒,来到我们之中。我们认为,这种"独特性"是没有来源的,从而对"独特性"做出极端化的认识。但是,在纳博科夫那里却有一种**语境式的**认识。我们在上世纪九十年代末期接受了这些诗人,然而却可能在较长一段时期里,我们并没有去深入了解他们的写作语境是怎样的。因为我们过分夸大了、极端化了那种"独特性",以至于可能在十年、二十年之中,我们认为:自己达不到那种陨石火光一般的"独特性"。这种观念带来的结果,是我们自己的写作崩溃:我们写不出我们认为一直想要写的那种东西。但是,那种东西本身,却可能是一种被我们过分复杂化了的幻觉。现代写作中的这种过度复杂化的自我要求,这种对过分的"独特性"的追求,与那种比如对于曼德尔施塔姆、保罗·策兰这些诗人的非语境的认识结合了起来，可能都使写作者们长期处在一种非理性的自我认识的压力之中——最终，这可能会摧毁了写作。

汉语现代诗写作者——包括我这样的许多创作者在内——往往都背负着三种历史背景，我们与之的关系一直都没有解决好。在它的面前，我们要么是怨恨者，要么是不情愿的跟随者，或者接受在自己身上发生一种自己并不情愿的"历史化"。我们与这三种历史背景之间一直争吵不休——

第一种，是与早期现代汉语前人的关系，例如与白话文运动的关系。这也是一个"说不尽的话题"，在今天还在不断发生争吵。现代汉语是一种在今天还没有停止变化、还在形成之中的语言。而我们用来写作的语言，并不是古汉语和传统西方诗那样的语言。同时，"写诗"这件事情反对"习语"。所以，一方面，汉语现代诗人用来写作的语言，并不是正统化的书面语言，另一方面，诗人们又不想让自己变得习语化。所以，写作可能一直都只是临时性的，建立在一种半口语、半书面语基础上的混成、自我平衡的语言形式之上。但是，汉语现代诗在感受力方面却能够汲取世界文学、世界知识的一切成就，虽然它在文法上是非正统化、尝试性的，甚至是无参照的。当然，这种"无参照"有时候也被夸大地理解了。因为，其实并不是某个人、某个具体作者，并不是鲁迅或者闻一多，也不是某个西方大师例如奥登，给予我们参照，而是一种**整体的现代文学写作文化**不仅可以构成、事实上也已经成为我们的参照物了。

整个现代文学写作文化，对汉语现代诗人来说都构成了一种规定，而且事实上也已经是我们的"传统"的一部分。但是同样，这也使现代汉语写作处在刚才我们所说的那种源于巨大的"独特性幻象"的压力之下。虽然，汉语现代诗的创造也因此具备可能性，但另一方面，它也承担了这种在复杂化和"独特性"方面的过度的要求，它的可能性，也因此同时是面临自我崩溃的可能性。

还有一个不难注意到的现象是：许多反正统的写作者，也在纷纷进行自我正统化的表达。或者说，反正统论者，常常只是正统论者的一种怨恨版本。例如，我们今天有一个社会化的词语，说某某是"野生作家"（爱德华·萨义德就很反感"野生"这个词），但是，强调所谓"野生性"，可能正是一种**自我正统化的机会主义表达**。自我正统化的历史，与那种"动身追寻传统"或者"每个诗人发明他的传统"的行为其区别何在，这一点似乎又需要再次辨析。每一种自我正统化都会有政治性的表现，例如像鲁迅所说的那样"少读或不读古书"（可视为一个策略化的激进表达）的同时"摩罗化"，那么就必然带来一种与读古书不同的和政治现实、和世界文化的关系。

自我正统化也表现在我们对世界诗的学习中，尤其表现在我们对那些具有现代社会成功意义的现代英语诗人（包括约瑟夫·布罗茨基这样的英/俄语诗人）——社会成功的色彩似乎使他们的形象比其前辈老师们逊色了一些——的学习中。在我们身上已经形成得堪称熟练，以至于接近某种机械性的东西——进一步说可能"官僚化"的东西——好的情况下，它会令我们产生自己也是"文明之子"的自我感受，但在许多时候，它是一种倾向于行会式秘传化的技艺逻各斯中心主义，它有可能在我们的写作中形成审美极权，而且是一种"去政治化"的审美极权。

以上是第一种历史背景——现代汉语的条件，以及为了反抗现代汉语前人和古汉语所进行的自我正统化。

第二种历史背景，是图像化的问题。

"非图像化"，是对"不可视"、但可以被理解的事物保持关注的文学能力，这一点，可能今天比以往任何时代都处于退化之中。一种常见的意见是："图像化"导致了文字语言的衰落，从而也导致了"文学的衰落"。但是我们也可以理解为，正是在一个"图像化"的时代，文学可以再次自我认识，以及"文学事务"究竟是在哪一部分展开。

大家也许还记得，去年的第一节课上，我们已经谈过了"可见性"与"不可见性"的问题。与其说"隐秘写作"与是否"显明"或社会地位的"显要"有关，不如说它与"可见性"与"不可见性"有关。我与一些当代艺术家聊天时，对方常常对我提到文字语言与图像之别。今天，我们有许多概念，比如有"视觉写作"，有"影像诗"，但是今天我们在谈写作、谈写诗时，却并不能援用图像为比较或类比，来形成文学写作自身的一种不可替换的叙述。与其说，关于写作的讨论更适合是"经验性的"而不是理论性的，不如说每个人都可能要在写作实践中，体会那不可被替代的"非图像性"为何。那可以叙述、可以理解，但是"不可见"的部分是什么？这也是一个可以用俄狄浦斯的故事来讨论的问题，尤其在诗学上可以再次讨论——俄狄浦斯瞎了之后，作为一个盲人进入了"非图像之境"，这一点对诗人来说意味着什么？

　　是否，在当代环境里，就好比榨取艺术家们的图像潜力一样，艺术市场开始促使艺术家去走向他们的"非图像"潜力呢？写作中的艺术家，和写作中的诗人，要怎样从各种各样的对"可见性"的预设之中拽出自己的写作，共同进入到一种不同的劳动之中呢？上个学期我们也谈到了《浮士德》，可能大家还记得我朗读过的那篇《浮士德》的"序幕诗"：剧团诗人、小丑和剧团团长的对话。剧团团长要求诗人提供更多可以被"看"的东西，团长说，观众们来到剧场，最喜欢的是看。而诗人却想要始终不变地、用自己的"非图像性"的内容来抵抗剧团团长的要求。在这篇序诗里，歌德就已经提出了这个问题：何为"可见性"。

　　语言文字与视觉、与"可见性"之别，可能是很晚近才出现的媒介区别论。但人类仍然主要用文字语言表达思想，而且表达了这么久的时间。这意味着，文字语言所积累的那些"非图像性"的信息、传达这些信息的能力与准确性，其实仍然是未被"超克"的。而"文字与视觉之别"，可能是一种把视觉认知局限在"可见性"中的话术。我们也正在把这些越出"可见性"或者是与之"反动"的工作称之为"写作"。当图像不能完成某事时，人们便想通过其他学科，例如社会科学的、哲学理论的话语来补充。于是图像工作者们也开始"写作"了。一般认为，这是传统写作的"非写作层面"显现的时刻，但情况可能更传统一些，是图像工作也被推动面对"非图像性"的劳作，是后者显现的时刻。

今天我们常常说，写作是进行"见证"。"证据"是一种很有意思的东西，有时候，是一种精神性的"痕迹学"（相对于"物证"），它的"写作性"非常突出。斯芬克斯（那个故事里最具"可见性"的形象，人头狮身鹰翅，一个仿佛临时拼凑起来的"强图像"）一死，俄狄浦斯的"自然人"时期或作为粗朴自我感知者的时期也死了。这以后，他作为外来者，开始进入一场与逻各斯的战争中。在这场战争里的人以及承载了各种"证据"的临时主体，都有点疯狂，共同构成了一种"灵性病理学"的现象。当"证据"在城邦成为闭环，也带来了终结：人不再能够为自己和现实提供新的存在条件、新的"可见性"了。从那个"证据语境"离开后，瞎眼流放中的俄狄浦斯——进入"非图像之境"后——尤其像一个写作者。随着踏出忒拜的第一步，他那与"可见性"撕裂了的主体性，作为"另一个人"（因此意义上"写作者"也是"另一个人"的涌现）的主体性，才刚刚开始。

现代写作的一个重要观点是：一个写作者需要不断地成为"另一个人"。在主体性与"可见性"相撕裂的时候，那个作为"另一个人"的写作者才开始显现。

我们都知道，"每个诗人发明自己的传统"，但是，不如说，每个诗人身上都有一半的死人之声——诗人至少一半是立足于冥界，而这也带给了诗和诗人一种"不可见"。所以，当诗人认为自己在"发明传统"时，他却并不因此获得一个清晰可见的、可以俯瞰一切"过时写作"的位置——这个位置是不存在的。相反，那些死人的写作、那些"过时的写作"，正是因为"过时的"，因为"不可见"，才成了今天我们写作赖以立足的一个废墟：一个过去的写作的废墟。因此我们才无法摆脱废墟，无法摆脱那种"不可见性"。

当我们接受了它,把它当作再没有比它(那些"过时的写作")更对"现时"构成歧义与"反题"的东西来接受时,它成了我们的**责任**。

只有在这时——在"写作的废墟"抵达了我们时——我们才发现,我们与写作之间建立了一种可称为"责任"的关系,因为"责任"命令我们,使我们不可能在走进"写作的废墟"时,还具有安然无恙的"可见性"(以及"可读性")。每个诗人——今天还在为此写作的人,也许都要分担一部分被损害与"不可见",甚至"不可读性"。也就是说:每个诗人都要分担一部分**被毁坏**。

第三种历史背景,是汉语现代诗的感受力方式的变化和认知结构的转变。这也包括,我们常常需要重新询问"什么是新诗"。关于"新诗"的评价体系的共识性一直颠簸不定,其中一个原因,是**汉语现代诗的政治性内涵的转变**。例如,那种作为一种从上世纪流亡知识分子的继承也好、模仿也罢而得来的"符号利润"的政治内涵,往往已不再被信任。现代知识分子因为"入世",从而使自己在远方他乡流亡,这样一种形象容易被认为是"道德自恋"的表现,并且是在获取从历史人物得来的"符号利润"——以及,容易被认为是"刻奇"。这种批评在今天,常常是部分正确的。

但是,仅仅采取一种"去政治化"的、具有主体优越感的"美学自律"态度,又常常会使一个作者的现实理解倾向于僵化。一般我们会认为,"技艺"是守卫性质的,是一种像那种关于"留住手艺"的文化纪录片中所谈论的东西。可是,对于文学——对于诗的领域,**"技艺"更应该是把创作者带离僵化的东西**。有一种矛盾性是:诗人走向事物、走向世界、走向他人、走向"客观对应物",是对事实世界的一种"语言实用主义"行为,比如说都是"为了写诗"。这种"语言实用主义",被自命为"诗艺家"的人们心照不宣地遵守着,但是却被称之为"美学自律"。

第四讲 三首诗的"诗与真"

另一方面，诗人们也把这种"美学自律"称作缪斯的强权。在何为"诗艺"、怎样理解"诗艺"这一问题上，产生了诗人与公众之间最常见的争吵。诗人认为，自己不断面对外行的裁判（我并不认为这是一种不正当的感受，而且我自己有时也面对一些粗鄙的裁判）。有意思的是，在当代文化创造各个领域中，诗这个领域尤其生产"外行"，或者在不断界定谁是它的"外行"。伏尔泰的一个警句是，"**爱好者更专断**"。诗人们也不断被这种"更专断"的外行所裁判。或者，诗的外行尤其专断。伏尔泰的警句部分具有真理性，因为，对于那些热衷于对一个创作领域进行裁判的人——那些"爱意见者"——而言，可能他们认为：自己是"一颗淳朴的心"，是以某种淳朴的普遍性理由来判断诗这个领域。但经常发生的情况是：他们正是被那颗"淳朴的心"窒息了的道德僵化主义者。

要怎样对待这些令伏尔泰头疼的专断的"爱好者"、这些"爱意见者"们呢？同时，诗人又不断地为自己生产和界定着何为"外行"。这些问题没有答案。也许，一个当代写作者要做的第一件事，就是放下这些没有答案的"美学纯粹主义"的困扰。而且，需要重新理解那些"非技艺"层面的心灵——那些精神生命。这可能是一个诗人比学习前人和磨炼技艺更为重要的功课。

对于创作者的一种基础教育是：不论任何政治立场，任何主题，任何对正义和伦理的理解，都一定要成为一种"更新了的美学事实"。但是，这种同样的"语言实用主义"并不为**失败**留出位置。这并不是说，我们要重新做一个"失败主义者"。而是我们是否可以尝试认为：一种伟大的"技艺"，会表现出一种为"失败"留出自由空间的精神活跃性。就此而言，也许"完美主义者"和"粗糙主义者"都共同误解了"技艺"。只有那些非社会化身份的、非"技艺主义"的心灵现象，才可以把我们带离那种其实往往是非常社会化的"美学自律"。而这，也正是一个"技艺"从中涌现的过程。在我最近的、有限的视野里，二十世纪诗人中，新西兰诗人、贫民社区的创建和服务者詹姆斯·K.巴克斯特符合这种定义。

"技艺"正是为了把我们领向那些不应在社会化身份和"技艺主义"层面去辨识的事物和人们。在巴克斯特那里，是那些穷苦的人。在奥登那里，是那些"无名工作者"。**只有成熟的、允许失败性的"技艺"，才可以重建我们与"人民"这一主体的感性关系。**

　　我们休息十分钟。

（中场休息）

【下半场】

　　我们继续。之前我们引用了埃里克·沃格林的观点，"正义问题"，正是在与那些伪造正义的因素的斗争之中产生的。正义并非不言自明，而且，并不自动涌现为"纯洁政治"。而且那些伪造正义的因素常常可能是真诚的，真诚的"伪造正义"的现象也常常表现为"纯洁政治"。与真诚的伪造正义的因素相斗争，会是一场尤其令人疲惫和备受伤害的争吵。这种争吵，也来源于纳粹时代、斯大林时代的知识分子与大众公共观念的争吵。在哈罗德·布鲁姆这样的欧美白人美学至上论者看来，这样的争吵可能是伪善的一种表现：愤世嫉俗和"憎恨主义"可能是一种伪善，并且，通过指责伪善而获得了自己的正义性和虚伪性。哈罗德·布鲁姆把他眼中的那些不同于欧美白人美学中心论的观点学说，不论后者是愤世嫉俗，还是同样基于理性，常常刻板化地命名为"憎恨学派"。这一点，曾受到爱德华·萨义德的有力驳斥（见《人文主义与民主批评》）。不论两者究竟谁才是对"信念的客观化"（这里依然是在别尔嘉耶夫的贬义上使用"客观化"一词）的一种"恐慌性的拒绝"，这种争吵在文学写作中内在化的同时，事实上已经构成我们在认识当代世界时的不可回避的语境了。

我并不是"纯诗"的反对者。贾科莫·莱奥帕尔第（一位很少被中文读者关注的伟大诗人、对话体散文和瓦莱里式的杂论作家）在人生后期的若干观点便是"纯诗"的先声（可参考雷纳·韦勒克《近代文学批评史》第二卷"意大利批评家"中的相关内容）。"纯诗"意味着一种非常重要的美学才能，失去它和失去那些对它构成异议的东西——例如米沃什的那种立场——一样，对于诗这一领域来说都是致命的。但我们尤其需要注意的是：有一些在美学成就上根本不能放在"纯诗"的高度上去评议的诗，往往只是以"纯诗"作为借口的**狭隘的诗**，也许可称此类写作者为"蒙昧纯诗主义者"。同时，他们又往往是埃里克·沃格林所说的"意见爱好者"，常常从"纯诗"立场又改变为用道德主义来否定和推卸"写作的艺术"方面的要求。

之前，在关于切斯瓦夫·米沃什的长诗《诗论》的那节课上，我们谈到了"入世的诗"和纯粹主义观点的诗，也谈到米沃什对纯粹主义观点的批评，以及《诗论》中的那个令人难忘的警句："我需要的不是诗，而是一种新的措辞。"依照米沃什的立场，纯粹主义观点或者其赖以自述的"美学自律"，可能只是一些未经分析的**派生性概念**的一种"自我纯粹化"。同时，"入世的诗"——也即通常所说具有责任意识的诗，这种"责任"不论是叶芝式的定义，还是荷尔德林的那种定义（"民族之舌"），这样的一种诗，在当代汉语诗的创作中一直是得不到训练的。如前所述，这也导致写作在现实生命政治方面的表现与抵达能力，一直得不到开放性地训练。

于是，作为一种阶段性的工具，哲学尤其受到了文学写作者们的注意。尤其是因为，这些哲学对既有文化概念和美学观念的颠覆能力，以及它在二十世纪以来的政治现实中产生的一种情境化的积极解释性叙述，使之不同于古典经院哲学。在一些观点尖锐的现代作家、例如埃利亚斯·卡内蒂看来（见《人的疆域》），经院形而上学建构只是西方知识对自己的"西方性"的亚里士多德式自卫方式。在今天，在当代艺术中，我们也能够看到亚里士多德体系——以及它的"托马斯主义"变体——的回归。

部分为了反对哲学对诗的柏拉图式指控，现代主义以来的文学和诗经过了深刻的自我修正。我们知道，T. S. 艾略特的教诲其一，是诗人的工作"不是追求个性而是逃避个性"，是"非个性化处理"。这种观点，我们可以理解为一种情感教育，为了使诗人对"庸诗皆出于真诚"（见《传统与个人才能》）保有自我警醒能力。为了补充这一点，艾略特继续说"圣哲不动情"（同上），我们可以把这理解为是对历史悠久的柏拉图式指控——诗人是"迷狂"的追求者、是一个非理性的主体——的回应和自我修正。T. S. 艾略特的教诲其二，是诗人需要"客观对应物"，对此我们已经在之前的课上详细评析过了。T. S. 艾略特的教诲是自我修正的**第一阶段**的结束，但也是另一个阶段的开始。

近代化明确了人作为审美主体的地位，现代主义则进一步将文学和诗置入"超审美"之中。例如兰波写道，"我的生命太宽广，而不能仅仅致力于追求力与美"（《地狱一季》），这是一个反唯美主义的观点，当然，还是以非常美的方式表达出来的。自此以后，现代主义文学的一种不断的运动，就是把文学和诗置于"超审美"的文本实验之中。但是，"超审美"的东西是什么？在二十世纪的后五十年，"后现代主义"的时代轰轰烈烈开始了，仍然没有答案。

那么，在现代人文主义者（不同于古典人文主义者）那里，在萨义德、米沃什这些人那里，基于现实生命政治境况的伦理学是它的一种阶段性的呈现方式吗？因为现代人文主义者的一种主要伦理关注便是一种对"超审美"的东西的追问。

我也没有答案。但可以肯定的是，这种"超审美"的东西不会是被某个单独的"强力作者"的原创性所单独显现的，而是由一个时期的共同创造所显现。并且，必然伴随着动荡的社会变革。

现在我们可以来归纳一下，我们的写作的三种纠结的历史背景：

第四讲　三首诗的"诗与真"

一、与早期现代汉语前人的关系。

二、与图像世界的关系。

三、汉语现代诗的认知结构方面转变的冲动（以及汉语现代诗的政治内涵的转变）——这种冲动表现为：

a. 追求一种既摆脱旧式"现实主义"也摆脱"美学自律"的写作。旧式"现实主义"的规定，在今天有一种当代化的表现：我们往往会看到一种关于"虚构"和"非虚构"这两种体裁的争论。这种争论可能只是一些非常陈旧的话题，但是通过前沿化的知识生产方式，偷偷溜进了我们的讨论之中。此外大家还记得，我们去年关于荷尔德林的那节课上，也着重提到了荷尔德林的警句："诗需要非诗，但尤其需要敏捷的把握。"我认为这是一个不朽的警句。在当代，这一追求既可能表现为一种写作辩证法：写作者的一种冲动（这是一种非常珍贵的意愿），是他寻求某种"实践性"，而写作也就意味着写作者不断想要去做一些"非写作"的事情；也意味着写诗的人需要"实践性"地把自己置于"非诗"之中。今天，我们看到许多学科的讨论在不断交叉。那么，各个不同学科之间彼此学习的可能性，我们也可以将其视为把自己置于"非诗"之中从而走向未来之诗的努力。

b. 一种欲望：尝试一种"个人知识路径"，就像卡尔·波兰尼所说的那种"个人知识"。

以上这些问题，以及我们用以辨认的事实材料和知识材料，主要是二十世纪馈赠给我们的。我们每个人都是它的遗产共有人。也可以说，我们也还都在生着二十世纪的病，并未从中痊愈。"每个人的二十世纪"——作为一种直接或间接的遗产继承，也作为一种症状，都规定了我们对一个问题会做出怎样的认识——我们也可以把这个问题，视为以上所说的冲动的第三种表现。这个问题就是：

c. 在中国写作，以及在当代汉语中写作，意味着什么？

首先，在中国写作，是在一个怎样的"中国"呢？

有时候，我们会把一个现实的"中国空间"，理解为一种存在于修辞中的抽象地理，好比"三山五岳""七十二洞天三十六福地"等构成的一幅修辞地图。一种从古汉语延续至今的修辞性的地理，也为我们对"中国空间"的理解提供了一种历史来源。那么，我们所说的"在中国写作"的"中国"，是这个基于修辞性的"抽象地理"的中国，甚至是一个我们在自己身上再一次进行"**自我东方化**"和"**自我中国化**"的中国，还是作为一个现实生命政治现场的中国呢？

我个人的一点尝试，也是延续自现代主义的一种尝试是，与"通感"这一美学的早期现代化概念有关（我们都知道兰波说，要有意识达到"感官的错乱"）。我想表达一种"地理的错乱"，以及一种知识材料方面的有意识的"错乱"。去年的一节课上，在谈到威廉·戈尔丁的小说《启蒙之旅》时作为对比，我们也曾说到一个中国的例子：上世纪八十年代的长江漂流活动。当时的长漂队员发明了一种球形的橡胶船，想象着把自己放在其中，而橡胶球可以在湍急的水流中蹦跳着渡过险滩。

今年不久前的十月份，我把那个球形橡胶船写进了一首诗。我想把这首诗读给你们听。这首诗，可有助于说明我对"中国"是一个在怎样的地理基础之上呈现的、一个怎样的现实空间的理解。这是我第一次在一个公共空间朗读这首诗——

山河概述

> 我遇见个古怪的前江河学家，在成都
> 当他的所作所为都被忘记后的某一天。
> 我记下了他的一番话，不知道是
> 喝多了还是老之将至，使他健谈。
>
> "我反对你们"，他说："我拒绝接受

你们那种用地理学来夸夸其谈的方式。
你们议论河流、水电站和运输史
让大脑成为一个词语的堰塞湖
只为了杜撰一首约翰·阿什贝利
《在黄昏弥漫的天空中》那样的诗。"[1]

"可是,当你们在西南深处,走进
一片片麻布状,大炼钢铁留下的
灌木林时,难道丝毫不会想到
这片山地就是你们的反对者,当你们
走进地理学,就是走进否定性吗?
可是,每条水库化的河流,每个
风化的工厂社区,都不能反对你们。
你们博闻强识,早就把你们的自我膨胀
给专业化了。你们,年轻的专业主义者
总能够抢先一步,让我这样的人——让我
这种反对你们的失败现实主义者显得愚蠢。"

"所以,愚蠢,就是我反对你们的方式。
我并非在强调,我与你们的区别
我是在提醒我们的共同点。在所有
关于新旧、进步和相关知识的争论中
从来没有被说清楚的是,我和你们
都是以怎样的方式,站在了愚蠢的一边。"

---

[1] 《在黄昏弥漫的天空中》是约翰·阿什贝利诗集《山山水水》里的一首长诗,用接近150行的诗句将包括黄河和长江在内的几乎所有世界著名大河联结在一起。

他看了看我,见我愿意
听下去而非厌恶,便继续说:
"真的,愚蠢就是我们的来源。
我没和你谈论哲学,我以事实为证。
你知道,上世纪八十年代
出现在长江上的一种球形橡皮船吗?"

我连忙说不知道。但我知道这位
与其说是徐霞客风格,不如说是
敏希豪生男爵派头的先生已抢先
让我显得愚蠢。我诚恳表示谦逊
洗耳恭听,故事也的确奇妙动听
关于长漂时代,被遗忘的愚人船。[1]

"可悲啊,呜呼哉!"仿佛在
背诵《蜀道难》,他正式开始说:
"那些大儿童们,以为只用胶水
即可修补,被长江撕开的橡皮筏。
又异想天开,发明了一种密封的
球状橡皮船,他们想象,它会在
激流中皮球一样蹦跳,渡过险滩。"

"可是,橡皮球里的人们在彼此的
呕吐物中上下翻滚。然后这只球
像塑料袋一样,被长江轻轻撕开。

---

[1] 敏希豪生男爵是德国作家拉斯培和戈·比尔格编写的故事《吹牛大王历险记》的主角。

第四讲 三首诗的"诗与真" 635

里面的人尸骨无存。在那场被国家主义
背书的漂流竞赛里,球形橡皮船成了
长江的足球,这是谁的世界杯呢?"

"可是,正是这场在长江上游的滑稽
又悲惨的翻滚,成为一代人经验的缩影。
不,是经验的反像!是死亡留在
如今我们已知的经验知识背后的鬼脸!
我被它改变了,不能够再学习新知识
新语言、新的未来,从而度过与它和解
而非对抗的余生。它截停了我这代人冲出
亚洲,走向世界的欲望。你以为,你年轻
就没有一只沉默的鬼球,在你背后轻跳吗?"

"接受它吧。接受它,就是接受一种固有的
反成功性。你看,它在指点你看,那毁碎的
西南江源地区,就是国家主义大地的反像。
难道,这些年,我们不是继续置身于一个个
自己靠自己的球体,度过泥石流、水库危机
和地震,有时,让我们的理解一步就跨越到了
地理学的终结——一个地理黑洞吗?接受
这个地理黑洞吧。这是我们的知识、我们的
经济社会运作史,全部在其中坍缩的地理黑洞。
也是你我的生命共陷其中的地理黑洞。如果你
接受它,就请停止你从人文知识中派生的
地理想象,就此去摸索一种废墟制图学吧!"

我没料到,他从那只阴森森的怪球,立刻跳向
一个宏大话题。如各位所知,宏大话题是我国
特色的土锤表达方式。接下来的一切让我感到
我也在一只语言的黑暗球体中翻滚,在时间的
乱流中,没有从前,没有八十年代,没有以后。

"地理黑洞就是思想禁区。那些
濒危区和无人区,就是思想禁区。
我们真的理解它们,而且从此理解
半个世纪以来的破土动工所积累的
罪业:上游的罪业吗?我们的大地法死了。
不,我并不会夸张到,把那只鬼球当作
大地法的幽灵。除了愚蠢,它什么也不是。
但有时,它也拒绝着把全世界都当成一张
台球桌的跨领域游戏者们,拒绝着你们和我。"

"我们没有证据。关于地理黑洞
我们永远不会有充分证据。能够
组织和垄断证据的人不会是我们
但是会凌驾于我们,从而解释我们的现实。
因此,就在每次灾难中,我们也失去了现实。
因此,灾难被称作灾难,正是因为
那随死亡而轰然发生的——不可研究性!
正是因为,死于其中的一切立刻成为
不可研究的!那些有可能告诉我们灾难中的
生命是什么的一切,永远、永远死灭了!"

"死去的事物就这样打断了我们。
大地的死亡凝视造成的人民惊恐
与官方惊恐,被进行'最快捷修补'[1]
(是的,这是你的阿什贝利的题目),在一项
重建工作中。可是,被称之为'废墟'的
正是因为那轰鸣着的、让你我的语言
就此毁碎的不可研究性,才成为废墟!
让事后的理解统统成为一种下游的讨论。"

"唉!唉!难道废墟不是一只大球吗?"
——他越说越激动。我不知道他的话
掺杂了多少的知识,多少的无知
总之,以我国乡土艺术家那种急吼吼的
前沿跟随者的方式,混合了有趣与胡扯。
但还不算是随便看不起常识,这大概是
因为,毕竟,他忠于那只死后成圣一般
兼做愚蠢之神和水神的球,这使他
管住了自己的嘴,不会把话
越说越蠢当作是越说越激进
他知道,那无异于在球中的
彼此呕吐。所以,这也算是
令人愚蠢的,也令人有所知。
接下来的奇谈宏论,读者
任您评判。如果我必须选择
我愿意做一条客船上的乘客

---

[1] "最快捷修补"也是约翰·阿什贝利一首诗作的标题。

因为，我喜欢以正常的方式
而非走一条称作非常的捷径
在他如下描述的山河中悠游。

"兄弟，难道我们不是乘着
一块大废墟，在到处漂流吗？
我们的大废墟也一蹦一蹦地
漂浮在这个世界紊乱的水流中
仿佛弹跳在魔鬼的羽毛球拍上
它玩弄着我们，但是为什么
不把我们击出呢？我们会被
击向什么？而这就是那只球
赋予我们的视力，请看——
这幅画面：我们的大废墟在
当代乱流中蹦蹦跳跳，那只球
也在我们身后蹦蹦跳跳。我劝你
钦佩格雷伯不如做回你的格列佛
在这浩瀚的黑暗水体之上，重写
你的飞岛，你那些大人物的城邦
和小人之心的共和国，尽情嘲讽
他们用新工具描画的各种海洋和
陆地上的发展蓝图。但水无定势
兄弟，难道你不也曾在无人区
寻找水体存在过的一点痕迹吗？
它们总是消失在荒漠，又猛然

摆动，像耶梦加得昂起头颅。[1]
所以，你可以在濒临枯竭和那种
狂乱的摆动之间，找寻你的语言
而那只球，像一只抹去了你的
知识的橡皮擦，把你变成一个
反向的绘图员，你写下的一切要么
消失，要么就如同泥沙俱下的鞭笞
这样，没有主人的大废墟才是
可见的！这样，不可被你们的
任何想象叠加在它之上的大废墟
才会成为这个世界的反像地理！
才会成为拒绝被造型，拒绝拟像的
大地法！忘了那些靓丽的可见性吧
无非是《话说长江》的新浪潮版本。[2]
无非是掩盖了那作为共同尺度的
废墟，而是让我们看到了造型！
是废墟，在把四分五裂的我们整体化了
我们的命运在其中翻滚，我们的灵魂
在其中作呕。我们走出了那只橡皮球吗？"

他见我听得出神，于是又重复一遍
这使我感到他即将结束发言——
"我们走出了那只橡皮球吗？
显然没有。但是，我们可以

---

1 耶梦加得（Jormungand、Jörmungandr），北欧神话中环绕人世的巨大海蛇。
2 关于长江沿岸地理及人文的电视纪录片《话说长江》，于1983年8月7日首播后，成为上世纪八十年代最受欢迎的电视纪录片。

找到把自己变成球中之球的方式,
变成愚蠢中的愚蠢,翻滚中的翻滚
从而继续一场没有结束的漂流。
而你,也正好得到成为诗人中的
诗人的机会。就把这只鬼球带给
你虚伪的同类,你的读者。与其说
让它回到他们的知识,不如说回到
他们的翻滚,由此回到汪洋大海般的
无知,大脑内部翻滚着大脑的……宇宙。"

我昏头昏脑,听完一个从对我的否定开始
经过一只幽浮的橡皮球,再到大地法是怎样
闹鬼的鬼故事。我是该严肃对待,还是逃走?
这是一个疯了的略萨送给我的中国套盒吗?[1]
总之,这愚蠢套住愚蠢,大脑套住大脑的
中国套路,使我所知的一切变得颠转不定。
此时此刻,我的同类正在研究欧亚折叠
和无限次踏进同一条河流的多样化方式。
那只鬼气森森的球,是否也跟着他们
开始一场量子漂流?即使我并不相信他
但我知道,我仅有的一点知识完全可以
反过来,把高大上的一切都变成高康大。[2]
此时此刻,我没有感到烦乱而是快活。
此时此刻,我在基建蓬勃、桥梁宏伟

---

1 马里奥·巴尔加斯·略萨有一本论小说艺术的书,书名是《中国套盒》。
2 高康大是拉伯雷《巨人传》的主角,其子是庞大固埃。

第四讲 三首诗的"诗与真"

人民好吃好喝，因此重力正常的贵州。

2020.10

　　——这首诗，也是对于长江上游所代表的"水系地理"的一种理解。

　　如今，采取积极立场的创作者常常都会说："开放性"是必须再次打开的，并且这可以和一个创作者选择怎样的个人生活方式并行不悖。我个人也认同并希望践行这种观点。但是，当我们说"开放性"，并不是对"文化中心论"的一种重新定义。例如，像耶胡达·阿米亥那样的诗人就不愿生活在一个文化繁荣、有许多同行的城市。而另一种诗人可能就很需要一种"文化中心"的氛围，但这并不意味着后者就比前者具有更多的对于"开放性"的认知，甚至后者——依赖"文化中心"氛围的创作者——有可能因此而更加在认知上倾向于封闭。

　　创作者的一种实践是，避开信息复杂化——以及充满了过度的"独特性"要求——的中心地区，去到那些边缘地带。而这，正是创作者对"开放性"的一种探索，是他并非自我中心和美学利己主义的一种对于"开放性"的揭示。我们知道，现实社会并不是以"开放性"为原则来自我建构的，例如"中国空间"被分为一线、二线、三线城市，便是一种并非按照"开放性"的程度来进行的等级化分层。而创作者，首先就要克服那种以"开放性"的程度为假象来进行宣传性叙述的城市等级主义。

　　刚才，我们谈到了地理的"错乱"。米歇尔·福柯的观点是，"没有任何一个主体能够从他自己的语言出发独自创造这个力量场"。那么，"中国空间"也不是我们虚设主体的"力量场"的条件。而且，当我们用"中国空间"去称呼我们所工作的地点和内容时，有可能是错误的。因为其一，"中国空间"这一标识的部分有效性，仅仅源于我们常常仍然缺乏对"中国"这一自然生态事实、生命政治现场和工作现场的辨认；其二，

"中国空间"容易混淆于那些用来自我虚设主体的、关于创作者的"中国性"的主体化呼吁。我们所在的场域，并非"中国空间"能够概括——不论"自我中国化"的中国，还是"文化中国"这样的中国，这些命名都不能指出并概括我们所工作的地带和内容。如果用"亚洲"来称呼它也可能是错误的，因为，它不能混淆于那种经过社会科学发展理论，跻身为下一个虚设的政治主体的东西。

创作者的尝试可以是一种有意识的地理"错乱"，是"现场"的位移错乱，大地的位移错乱，这一点，已经在当代的一些汉语现代诗、戏剧和小说中得到表现。这不是一个"知识化"的过程，而且投身其中的创作者也许会承受一种强烈的感知压力。同样，这也不是一个"去知识化"的过程，而是对于我们之前所接受的"知识路径"的一种**积极改写**。因为，必须发明一种新的空间意识，一种反复的地理位移，从而改写事物的关系，并且改写我们的"知识路径"。

去年以来的这十五次"课"虽然有些散漫，但我想，也是一种"知识路径"的尝试。

在地理的"错乱"中，我们所在的场域是一个可变的、位移的、动态的空间。当今天，许多当代创作者在谈论"东北亚""非汉族地区"或"西南"等等时，看起来好像军阀割据似的，但我想，也都是在积极指涉这个空间。这个空间就是我们的"归零地"，就是这个我们用"中国"来指称的工作场所。

这也是这十五次"课"所谈到过的所有内容的落点。

本来我还想为大家介绍一些同时代汉语文学写作者的文本，但后来我想，其实我并不知道有哪一个当代作者个人，能够代表性地表现出这些品质。一定要找出某个人或几个人为例，可能也是一种偏执。我们应当注意的是一种群体的现象，一种共有的情境，它是在当代的共同工作现场中所共同表现出来的。但还需做的一个辨析是：这种共同工作的现场，表面看来，可能是一种容易被反对的"非个人主义"趋势。因为，不论创作者走向的那个"客观对应物"如何，他总会要去不断探索自身作为一个创作个体的主体性为何，从而走向一个"更新了的美学事实"。这种在二十世纪文学、美学运动中不断被实践性地定义的自主性，是无法动摇的。而且，一种"非个人主义"的观点往往会成为政治压迫。这一点，二十世纪已经充分地告诉了我们。但是，可能这也正是我们可以重新思考 T. S. 艾略特在距今已一百年前所提出的，那种非个人化的、客观主义观点的时刻。

关于这种当代的共同工作现象，可以关注的是两种表现方式：主题的本土化，以及虚构美学的本土化。主题的本土化，表现为在中国现实生命政治情境中的对若干人类共同命题的本土化努力，比如一些以东北亚地区的生命政治状况为主题的小说、戏剧作品。

虚构美学的本土化，表现为从现代主义虚构美学（比如以博尔赫斯—卡尔维诺及相关的现代文学形式追求为榜样）演变而来，但是本土化了的写作。然而，这种写作一直没有清晰化的，是与其文学范式的关系。可以观察的是，这一类创作者在"现实主义"和"现代主义"之间，为自己寻找的是怎样的位置。观察这一点，也才因此产生对他们的写作的理解与评价方式。

结语一：重提"交叉时刻"

接下来的内容，我想把它作为"试论诗神"这十五次"课"的结语。

去年第一节课上我曾经说过，将会重读 T. S. 艾略特的那段关于"交叉时刻"的诗节，并略作评析，以此作为"试论诗神"的结语。这段诗，是 T. S. 艾略特晚期最重要的诗作、组诗《四个四重奏》的第四篇《小吉丁》第二部分第二节，是一段以但丁《神曲》式的三行体诗节写成的诗。"交叉时刻"这一被我们去年以来作为整个"试论诗神"的"核心词语"

的词，即出自这段伟大的诗。

组诗《四个四重奏》由四首长诗构成，分别以诗人生命中的四个地点为标题。就个人而言，这是对我影响最大的诗篇之一。小说家大江健三郎也不仅在作品叙事结构上致敬，还多次在随笔杂文中援引这部诗作。现在，我想为大家再次朗读这节诗的汤永宽先生的译本——

  黎明来临前无法确知的时刻
   漫漫长夜行将结束
   永无终止又到了终点
  当黑黝黝的鸽子喷吐着忽隐忽现的火舌
   从地平线下掠飞归去以后
   在硝烟升腾的三个地区之间
  再没有别的声息，只有枯叶像白铁皮一般
   嘎嘎作响地扫过沥青路面
   这时我遇见一个在街上闲荡的行人
  像被不可阻挡的城市晨风吹卷的
   金属薄片急匆匆地向我走来。
   当我用锐利而审视的目光
  打量他那张低垂的脸庞
   就像我们盘问初次遇见的陌生人那样
   在即将消逝的暮色中
  我瞧见一位曾经相识、但已淡忘的已故的大师
   突然显现的面容，我恍惚记得
   他既是一个又是许多个；晒黑的脸上
  一个熟识的复合的灵魂的眼睛
   既亲近又不可辨认。
   因此我负担了一个双重角色，一面喊叫

一面又听另一个人的声音喊叫:"啊!你在这里?"
　　尽管我们都不是。我还是我,
　　但我知道我自己已经成了另一个人——
而他只是一张还在形成的脸;但语言已足够
　　强迫他们承认曾经相识。
　　因此,按照一般的风尚,
双方既然素昧平生也就不可能产生误会,
　　我们在这千载难逢,没有以前也没有以后的
　　交叉时刻和谐地漫步在行人道上作一次死亡的巡逻。
我说:"我感到的惊异是那么轻松安适,
　　然而轻松正是惊异的原因。所以说,
　　我也许并不理解,也许不复记忆。"
他却说:"我的思想和原则已被你遗忘,
　　我不想再一次详细申述。
　　这些东西已经满足了它们的需要:由它们去吧。
你自己的也是这样,祈求别人宽恕它们吧,
　　就像我祈求你宽恕善与恶一样。上季的果子
　　已经吃过,喂饱了的野兽也一定会把空桶踢开。
因为去年的话属于去年的语言
　　而来年的话还在等待另一种语调。
　　但是,对于来自异域没得到抚慰的灵魂,
在两个已变得非常相像的世界之间
　　现在道路已畅通无阻,
　　所以当我把我的躯体
委弃在遥远的岸边以后
　　我在我从未想到会重访的街巷
　　找到了我从未想说的话。"

既然我们关心的是说话,而说话又驱使我们
　　去纯洁部族的方言
　　并怂恿我们瞻前顾后,
那么就让我打开长久保存的礼物
　　褒美你一生的成就。
　　首先,当肉体与灵魂开始分离时,
即将熄灭的感觉失去了魅力
　　它那冷漠的摩擦不能给你提供任何许诺
　　而只能是虚妄的果子的苦涩无味。
第二,是对人间的愚行自知表示愤怒的
　　软弱无力,以及对那不再引人发笑的一切
　　你的笑声受到的伤害。
最后,在重演你一生的作为和扮演的角色时
　　那撕裂心肺的痛苦;日后败露的动机所带来的羞愧,
　　还有你一度以为是行善之举,
如今觉察过去种种全是恶行
　　全是对别人的伤害而产生的内疚。
　　于是愚人的赞扬刺痛你,世间的荣誉玷污你。
激怒的灵魂从错误走向错误
　　除非得到炼火的匡救,因为像一个舞蹈家
　　你必然要随着节拍向那儿跳去。"
天色即将破晓。在这条毁损的街上
　　他带着永别的神情离开了我,
　　消失在汽笛的长鸣声中。

——"交叉时刻",其实是一个我们都没有达到的时刻,因为我们深陷"人间的愚行"。我们受到的伤害和对别人的伤害还未清晰,我们的时间还没有在一种经过了深思熟虑的历史视野中,以及,在炼火的正义性中得到清晰。客观性尚未到来。

那么,"肯定的火"也是一种炼火吗?我不知道。而且,我可能也是艾略特所说的那种"瞻前顾后"的写作者。我也不知道,我们这个时代的那个"既亲近又不可辨认"的、"一个熟识的复合的灵魂"是谁。是鲁迅—穆旦,还是包括艾略特在内的世界诗人们。也许,我们可以临时理解为,那是一种曾经帮助 W. H. 奥登看见了那些"无名工作者"的,使之得以**正视他人**的力量。那些"积极生活的平凡人"、那些"无名工作者",也许同样也是"既亲近又不可辨认"的"熟识的复合的灵魂"。我们也可以暂时理解为,那是切斯瓦夫·米沃什诗中的那种不在乎是不是诗,而在乎一种"新的措辞"的意志——也就是说:诗神,**正是把我们带离对诗和诗人的刻板化解释的力量**,甚至是使我们变得"非诗"的力量。我们也可以理解为,那个"既亲近又不可辨认"的"一个熟识的复合的灵魂"也会表现为"非诗",如同皮埃尔·保罗·帕索里尼笔下的那种光天化日之下的失败者,而那正是使他的伟大诗作得以产生的"非诗"。

我们还可以理解为,那个"既亲近又不可辨认"的"一个熟识的复合的灵魂",**也是我们自己**,是还没有在一种**炼火般的客观性**中通过实践去认识到的自己。

我没有答案。但我想,怎样去理解,将决定我们是怎样的精神生命。

我们已读过了三首现代长诗:奥登的《诗解释》、米沃什的《诗论》和帕索里尼的《胜利》。然后,回到了艾略特的这部《四个四重奏》。我们也看到:三首长诗中都明显有《四个四重奏》的影子,都是已成为了一个母本的《四个四重奏》的深刻影响力的证据,而且是一种并不同于《荒原》这一标志性母本的,得到了其他诗人的内在拓展的母本。《荒原》的母本意义是地标性的,而《四个四重奏》的母本意义是道路性的。

除了这四位诗人,二十世纪有着数量相当之多的杰出诗人,他们深刻影响了汉语现代诗的内容想象力和形式想象力。我想,在座各位如果对这个领域有一定了解,都会自主形成一份阅读目录,并不用我冒昧提供书单。所以,我个人的这份选读名单也就不太考虑全面性,而更个人化一些。我建议大家读兰德尔·贾雷尔(我最喜欢的二战后美国诗人和聪敏独到的批评家),读耶胡达·阿米亥全部的诗,读 R.S. 托马斯(尤其是全部的晚期诗作),读埃利蒂斯和塞弗里斯的全部作品,读杰弗里·希尔(对我而言他诗作的奇崛风格与精神影响力到了具有强烈威胁性的程度),读健谈而警炼的罗伯特·洛威尔,读茨维塔耶娃的全部作品(随着时间过去,我感到布罗茨基称她是"最伟大的俄语诗人"绝非故作惊人的虚言),读圣-琼·佩斯的全部作品,读约瑟夫·布罗茨基的全部作品(包括他的剧作),读华莱士·史蒂文斯的全部诗作(尽管我们以前好像对他颇有微词,但他依然是二十世纪的一位诗艺家楷模,帮助我们警惕粗俗的文艺道德主义),读詹姆斯·K.巴克斯特(尤其是在"耶路撒冷"时期的全部诗作)。为了避免这份名单有可能带来的某种单一化的二十世纪现代诗中心论,我尤其建议,这些作品都可以置于由古典作品和近代文学构成的那个"文学主流"中去观察和理解。如果大家还记得,去年我们在第一、二节课上提出的那种对"文学主流"的定义。

结语二:多余的话

最后是一些"多余的话",也是题外话,我也想把它作为"试论诗神"的结语。

我记得去年的最后一次课,我们以罗兰·巴特对但丁的理解为例,谈到"中途"。那么,今天这最后一次课,为了对仗工整,我想谈谈"中性"。

不只罗兰·巴特论述过"中性",这也是诗人佩索阿的主题。

我们知道，佩索阿为自己虚构了一个朋友团体，其中包括老师和同学。在那个由"异名者"们构成的文学宇宙中，佩索阿唯一没有虚构的是女性，这是他与但丁的区别。

"异名者"团体虽然没有女性，但是，女性被内在化了。"异名者"之一坎波斯说："里卡多·雷耶斯（'异名者'之一，卡埃罗的弟子）遇见卡埃罗（'异名者'之一）的时候，他不再是女人，而是变成了男人——或者，如果你喜欢的话——他不再是男人，而是变成了女人。"（见《回忆我的导师卡埃罗》）。在过去我们已经谈到过，《浮士德》的"永恒的女性"是踩在"永恒的女性的尸体"之上得以显现的。但在佩索阿这里却是反向的：是复活那个在人类语言、也在写作中死去的女性。

阿尔伯特·卡埃罗是个青年人，只在人世生活了二十六年，但佩索阿称他为"导师"。包括几个"感觉主义者"在内的"异名者"，构成了一个以阿尔伯特·卡埃罗为中心的"异教学校"。在这个团体中，"卡埃罗式教育"带来了一种独特教益。

长诗《守羊人》全篇中，充斥着对"实在"与"感知"的关系的细微分辨。被称为"唯感觉论者"的阿尔伯特·卡埃罗反对古代，也反对现代，要求自己停留在一种"实在"与"感知"之间的**中性精神**中，并不迈出下一步——那下一步，就是一个他不愿进入的**总体化城邦**。

卡埃罗本人不尽同意他是"唯感觉论者"。因为在"实在"与"感知"的中间状态中，"感知"本身也并非不变。这可能是与我们今天在现代诗美学观念中了解的"感觉主义"、也与今天的青年人容易认同的"感觉主义"（"不要思考，只去感受"）最为不同的一点。卡埃罗对"实在"与"感知"、对事物存在的限度有着细微的分辨，但微妙而又朴素的是，这种分辨并不是主动追求的结果，并不被"知识意志"所推动，而是顺从于自然——不能立刻认为它就是"对世界的最初感受"（米沃什晚年以此来自我矫正他与现代知识的纠葛），而是一种"观看世界时我们只能观看到的事实"（见《守羊人》）。这种细微的分辨，就像"物体的阴影，是现实，又少于现实"（同上）。

这种"卡埃罗式教育"要求我们，接受我们的感知只是"物体的阴影"这一事实。或者说，卡埃罗认为，停留在这种"阴影"中，比总体化的知识和社会所规定的一切更符合人类存在的事实。卡埃罗反对宗教和经院哲学，"只在极其负面的情绪下才会表现出形而上的一面"（见《回忆我的导师卡埃罗》）。试想，他与"青年黑格尔派"们将会发生多么剧烈的争论。

诗人佩索阿把他虚构的这位青年哲人阿尔伯特·卡埃罗，写成一个感受力细微的人。但这种细微不出于"知识意志"，也不出于希腊人式的"爱智慧"——里卡多·雷耶斯就把卡埃罗与希腊人进行了区别——而且看起来，是顺从于被自然处境所界定的结果。也就是说，阿尔伯特·卡埃罗是一个"中性"的人。里卡多·雷耶斯称卡埃罗为"潘神"，但是，如此隆重的命名，也许是遵守中间状态，并具有无神论维度的卡埃罗所不会同意的一种"卡埃罗主义"式曲解。卡埃罗的语言缺乏耀眼或激进的转折，但它在思绪上的微妙转折性如影随形，像"物体的阴影，是现实，又少于现实"，微弱却又始终存在——佩索阿在介绍卡埃罗时不断用非常直白的语言强调，这是卡埃罗"令人震惊的新奇之处"。

《守羊人》这首由四十九首诗构成的长篇诗作，在国内国外都有一些戏剧团体将其改编为舞台戏剧。由此产生了一种设想，存在着一种"阿尔伯特·卡埃罗式戏剧"吗？是否有一种"中性"品格的卡埃罗式戏剧，无需刻意排斥"共鸣"（相对于布莱希特式的"共鸣的消除"），但是它的"共鸣"也将不同于布莱希特所批判的那种"共鸣"。而且，也许卡埃罗也会以他那"去意志化"的方式反对布莱希特。

在观看《守羊人》的几种剧场化表现时我油然想象，例如，音乐部分可以侧重于民间音乐，而且可以由真实的牧羊人来表演——我个人希望他来自大凉山，来自羌、藏的高山草原。但是，一旦如此想象，我就感到了阿尔伯特·卡埃罗怀疑的目光。他会警惕这样的"创设性"，这些设想也许会僭越并窒息"物体的阴影,是现实,又少于现实"。这种卡埃罗式的尺度或适度感,一如"阴影",细微而困难。我想,也许,这是对每个想要把卡埃罗的诗篇排演为戏剧者的主要考验。也就是说:我们不能对它进行那种太"当代艺术实践"的处理。

在这首长诗中,牧羊人和哲人卡埃罗并不是对那些成熟化的知识分子说话。他的说话对象是青年人,就像苏格拉底一样。他想对一些不太成熟的人说话,或者对那些愿意在自己成熟的人生阶段中,再一次变得不那么成熟的人说话。

有一位我个人非常喜欢的当代希腊戏剧家(去年的第一节课上我们也提到了他),提奥多罗斯·特佐普罗斯,在2008年5月,也就是汶川地震发生的那段时间,他在北京的中央戏剧学院培训青年演员,为了表演他的戏剧《被缚的普罗米修斯》(埃斯库罗斯的剧作)。他为此写下了排演笔记,大家在网上可以读到。在排演笔记中,他评价中国青年演员们"太孩子气",并且训练他们掌握一种成熟化的、关于肢体的动态张力的表现方法。但是,也许我们可以对"孩子气"提出另一种看法。坎波斯回忆他与卡埃罗的对话时写道:"这种辩论很孩子气和女性化,因此无法辩驳……"(《回忆我的导师卡埃罗》)。

卡埃罗式的戏剧方法也许是相反的:正好是想在过分成熟化的表演方式中激起那种孩子气,找到那种孩子气的"卡埃罗式表现";在已经过分成熟化的知识表现方式——以及我们的生命表现方式中——进行"去意志化"。一种卡埃罗式的观点即:表演童真是困难的。演员在表演童真时常常会引起观众的讪笑。

可是,不仅表演童真是困难的,而且,童真在生活中的实现本身也是困难的。童真意味着一种对"实在"与"感知"的关系的**良好简化**。过去我们也曾提到启蒙主义的那种"简单化",那么在这里,卡埃罗又提供了启蒙主义式"简单化"之外的另一种理解。存在着一种不好的简单化,就意味着存在着一种好的简单化。那么,卡埃罗式的观点也许会是:

对童真生命状态的激活，就是一种对于"实在"与"感知"的关系的良好简化。

但是，卡埃罗式的简化不是反智主义的，而是**对人类扩张意志（不论在现实中还是在艺术中）的一种细微调整**。因此，卡埃罗式剧场也许是个罕见的机会：它将开启一个"孩子气"和"女性化"不再是负面评价，而是一个目标的表演空间。也许，卡埃罗式戏剧将更新"孩子气"和"女性化"的意义，不同于我们用"孩子气"和"女性化"来指称的那些病症——或时代病——而是相反，朝向一种生活尺度和一种**健康**。

在《守羊人》里的许多卡埃罗式观点中，还有一种与"圣人无意"相近的东西。

事实上，我很晚才感到自己作为一个读者/写作者，与"佩索阿神话"的和解。所谓"佩索阿神话"就是：卡夫卡、罗伯特·瓦尔泽、康斯坦丁·卡瓦菲斯、佩索阿等这样一些作家，构成了一种神话：一种边缘崇拜。这是现代主义文学的主要神话之一。这种神话可以概括为：我们是不被注意，处在边缘的人，但我们又创造出了重要的东西。我曾经认为，这种"佩索阿神话"会成为一种对权力的间接配合，因为我们会因此主动把自己囚禁在一个自我中心美学世界的"单人监狱"，对这种"单独监禁"做出一种文过饰非的、常常便是"佩索阿神话"式的解释。

当上一代人告诫青年人"你们要接受和顺从你们的边缘处境"时，青年人是否能够既不顺从于这种告诫，也不走向一种抵触性的"入场竞争"（例如皮埃尔·布尔迪厄称之为"纯洁政治"的那种竞争），而是以卡埃罗式的方式去经历一种"中性"的、**不可驯化**的生活呢？"不可驯化"并不是一般意义上的反叛和对抗，而是保持一种卡埃罗式的"实在"与"感知"的真实关系、并始终诚实于它的生活。这也是一种有别于各类后现代激进生活方案的异见。这种"哲学"——卡埃罗反对的词——这种"去意志化"的观点，如果放在我们的政治处境中理解会怎样呢？

我曾经想，现代主义神话是翻过去的一页，而我们应当讲述另一个故事。但也许,"另一个故事"已经蕴含在前人的故事中。在今天,我们之中,不乏鲁迅和苏格拉底的直接或间接的青年学生——我也愿意认为自己是其中一员——但我们可能还需要一个阿尔伯特·卡埃罗。

在佩索阿的设想中,有点遗憾的是,阿尔伯特·卡埃罗是一位诺瓦利斯式的早逝者。也许这种设定,是一个拖着浪漫主义尾巴的缺陷。抑或,这种人生结局,符合那"是现实,又少于现实"的阴影尺度。主宰了里斯本"边缘人"佩索阿命运的忧郁,使卡埃罗有了一个可能是非卡埃罗式的悲剧结局。

我更希望,阿尔伯特·卡埃罗一直平凡地生活在世人中间,像一个不变的朋友,但并不是神灵,也不是亚当·密茨凯维奇诗剧中那个陷入对学生的鬼魂的恐惧中的可悲老师。如果有一种"阿尔伯特·卡埃罗式的戏剧",它不会有剧烈的行动、怨恨、创伤、毁坏和歇斯底里,它也是完全非莎士比亚式的。它所可能带来的"剧场的零度",不是冷冰冰的零度,而是活泼的,伴随着舞蹈和乐器的奏鸣声。

当阿尔伯特·卡埃罗——佩索阿笔下的这位异名者——不断对我们说出"心灵""自然""河流"等词语时,它并不是"浪漫抒情"的或关于"唯感觉论"的,更非灵修的(在《守羊人》中,不乏卡埃罗对修道士的讽刺),而是对一种生活方式的指出。这种生活,不仅是平和的,也是不可驯化的。我想,也许,一种卡埃罗式的生活方式,可以为我们带来一种**平和而非平庸**的信息,在"何为良好生活"这一古老问题方面带来惊奇。

那么,我们是要成为文化保守主义者,还是激进主义者呢?尤其是在一种非常容易失去积极生活的能力,"肯定性"被剥夺和傀儡化了的现实中?

也许,我们应当尝试让自己保持某种中介性或某种"间性",既不是集体主义者,也不是那种被"原始现代主义"所支持的超级个人主义者。**如果,环境是集体主义的,那么我们就参与恢复并促成独立性;如**

果环境是各自孤立隔绝的，那么，我们就参与恢复并促成共通性。对待知识和对待伦理，都是一样的。也就是说，我们可以使自己获得一种"中性"的品质。"中性"不是中庸，不是"你好我也好"的和睦主义。用简朴的语言来说，我们可以把它理解为成熟的积极性，相对于那种在激进主义言行中显现的不成熟的积极性。我们可以在这种中性精神的启发中，去积极生活和创作，接受"非诗"和"非艺术"的介入，从而去成为积极创作和积极生活的人。

非常感谢你们，使我有机会从去年到现在，从近代文学观念史、从世界诗学中的一些思想内容到二十世纪的三首诗，为大家提供了一些来自文学领域的信息。这些信息，有的是对既有文学知识的引介，有的是我的个人见解——其中一些也许值得肯定，更多的则需存疑和再讨论。但我想，这不是结束而是开始。我希望，这也是你们在以后的创作和研究工作中保持读诗的开始，也是我自己，另一个写作阶段的开始。我想感谢刘烨先生和唐晓林老师，从去年第一节课开始，他们一直陪伴着我，每次我看到他们在场就觉得有安全感了一些。

再次感谢你们！

（"试论诗神"十五次课至此全部结束。）

图书在版编目（CIP）数据

试论诗神 / 王炜著. -- 上海：上海文艺出版社，2022（2023.5重印）
ISBN 978-7-5321-8382-1
Ⅰ.①试… Ⅱ.①王… Ⅲ.①诗词研究—世界—文集
Ⅳ.①I106.2-53
中国版本图书馆CIP数据核字(2022)第121186号

发 行 人：毕　胜
责任编辑：肖海鸥　李若兰
特约编辑：贺宇轩
特约审校：昆　鸟
装帧设计：常　亭
内文制作：常　亭

书　　名：试论诗神
作　　者：王　炜
出　　版：上海世纪出版集团　上海文艺出版社
地　　址：上海市闵行区号景路159弄A座2楼　201101
发　　行：上海文艺出版社发行中心
　　　　　上海市闵行区号景路159弄A座2楼206室　201101　www.ewen.co
印　　刷：苏州市越洋印刷有限公司
开　　本：1240×890　1/32
印　　张：20.875
插　　页：2
字　　数：578,000
印　　次：2023年1月第1版　2023年5月第2次印刷
Ｉ Ｓ Ｂ Ｎ：978-7-5321-8382-1/I.6616
定　　价：88.00元
告 读 者：如发现本书有质量问题请与印刷厂质量科联系　T:0512-68180628